清代内府曲本研究

上海市学术著作出版基金

博士文库

熊静　著

清代内府曲本研究

上海人民出版社　　上海书店出版社

序

黄仕忠

  长期以来,戏曲史研究者关注的重点是民间的戏曲,着眼点是以乡村祭祀为中心的演剧或城市的商业化为中心的演剧。至于帝室与王公贵胄相关的演剧,被认为至多是代表了奢华与靡费,于戏曲史几乎无足轻重,因而也较少给予正面的评价。以清代内廷演剧而言,究竟具有何种价值,似乎依然要打上一个问号。

  事实上,在民国初年,关于清代帝后对演剧的参与,学者曾有过很高的评价。

  1937年,王芷章以北平图书馆所藏清升平署戏曲档案文献为基础,撰成《清升平署志略》一书,由商务印书馆出版,他在书中提出:清代戏曲之盛,在于"俗讴民曲之发展,为他代所不及也。若其致是之因,则不得谓非清帝倡导之功,而其中尤以高宗(乾隆)为最有力"(第2页)。

  王芷章所利用的这批文献,原系北京大学教授朱希祖从冷摊收购而得。朱氏曾据此撰《整理升平署档案记》,载1931年《燕京学报》第10期,"略谓近百年戏曲之流变,名伶之递代,以及宫廷起居之大略,朝贺封册婚丧之大典,皆可于此征之。后因此珍贵史料,涉于文学史学,范围太广,并世学人,欲睹此为快者甚多,而余之志趣,乃偏于明季史事,与此颇不相涉,扃秘籍于私室,杜学者之殷望,甚无谓也。乃出让于北平图书馆,以公诸同好"。朱希祖为王氏之书撰写了序文,不仅激赏王氏的前述观点，而且补充说："王君所推重之乱弹，谓为真正民间文学者，正发生于道光、咸丰以后，且其倡导之功，不得不推之清慈禧太后。"（第3页）

但王、朱二人也仅仅是点到而已，在此后相当长一段时间里，他们的观点并没有得到学者的回应。到了20世纪50年代之后，学者所撰的戏曲史著作，更多突显的是历代帝王禁毁小说、戏曲的事例，在政治意识上，实际是将宫廷与民间对立起来，强调皇朝对于戏曲活动的负面作用。例如周贻白先生的《中国戏曲史纲要》（中国戏剧出版社，1979），只是在第22章"内廷大戏及其排场"，正面叙述了内廷演剧与舞台美术、穿关等问题，肯定了宫廷舞美通过民间艺人入宫演剧而产生的影响（第391—401页）。张庚、郭汉城先生主编的《中国戏曲通史》（中国戏剧出版社，1982）也相类似，设"宫廷戏曲的舞台艺术"一节，介绍宫廷演剧的概况、戏台、舞台设备与彩灯砌末、服装与化妆（第278—319页），实际上是把具体的技术性事例，作为戏曲史上之现象写入史书，而没有对宫廷演剧之于戏曲史的影响做出评价。在相对晚近出版的廖奔、刘彦君伉俪合撰的《中国戏曲发展史》（山西教育出版社，2000）中，虽辟专章叙述"清宫廷演剧状况"，但也只是在叙述"优秀京剧艺术"的形成过程时，才有条件地肯定说："其中不能说没有清代宫廷戏台的陶冶之功。"（第177页）这三部不同时期的代表性戏曲史著作，都只是从舞美、戏台等方面，有条件地说到清代宫廷演剧的影响，其视野、角度，可谓惊人地一致。

也有剧种史的研究者，曾就清廷演剧对京剧的影响作过正面表述。如马少波等先生合编的《中国京剧史》（中国戏剧出版社，1990），设专节阐释"清代宫廷戏剧在京剧形成与成熟中的作用"，并将其"积极影响"归纳为三点：

（一）以皇室雄厚的财力物力，为戏曲的发展提供丰足的物质基础。

（二）为了提供排演的定本和供帝、后阅览的"安殿本"，提高了剧本的文学性,并使之相对的稳定,从而流传后世。

(三)在舞台艺术(表演、音乐)上,帝、后是高标准,严要求。这对于京剧艺术的规范化、程式化,起了积极作用(第235页)。

这里所列的"积极影响"依然十分有限。其后,丁汝芹先生撰《清代内廷演戏史话》(紫禁城出版社,1999),对内廷演剧活动作了较为全面细致地梳理,但其戏曲史观基本上仍处于《中国戏曲通史》的观照之下。

一般认为,所谓的戏曲,主要包含舞台演出与剧本文学两个方面。舞台被视为更具本原性的;而剧本的撰写,主要从文学一路,为了解古代戏曲的发展历史留下了可供追溯的原始材料。以此而论,演剧主要是一种娱乐性的活动。戏曲表演艺术,是由无数代民间艺人累积而形成一套程式体系,似乎很难想象宫廷演剧能够对此有什么贡献。在说到借助皇家"雄厚的财力物力"而在舞美、服饰、化妆、戏台等方面尚可称道时,读者能够联想到的,便只有"穷奢极欲"之类的评价。另一方面,从剧本创作的角度来看,宫廷戏剧大多属于歌功颂德之作,例如《四海升平》《法官雅奏》之类,从题目便可以知道不外乎一片颂扬之声,内容也自然贫乏无趣,很难想象对社会现实的批判性作品会出自宫廷戏剧作家之手。所以,从这种习惯视野来看,宫廷的戏剧创作、演剧活动,很难找到有价值的亮点。前引三部戏曲史书作如此表述,也有着其逻辑依据。

不过,如果转换一个视角,我们可以发现,事情并不是这么简单。

演剧本身首先是一种经营性商业活动,需要有消费市场来支持。在传统中国社会里,演剧既与祭祀、节庆娱乐相关联,也常被用作社交活动的平台。这种社交平台,既有文人士大夫的雅集,也有商界名流、社会贤达的聚会,同时,还是政治性活动的一个组成部分。翁同龢(1830—1904)在日记里记述了自己在官内"赏听戏"的经历,三十余年间,记录所见内廷演剧多达140余次,其中可见内廷演剧的功能,一为礼仪,二为娱乐。被"赏听戏"的对象,主要为"近支王公"和朝廷重臣。

这些重臣包括军机大臣、六部尚书、内务府大臣、御前大臣、上书房大臣、南书房大臣、理藩院大臣等,观戏的座次也是他们身份地位的标志。翁同龢在同治元年(1862年)初次获"赏听戏",座次在第五间,二十年后他升任军机大臣,座次才升到第三间。他感慨"廿年来由第五间至此,钧天之梦长矣"。[1] 这既是观剧的座位的变迁,同时更是政治待遇、在皇上心中地位的变迁。翁氏在观剧问题上,也曾向皇上提出"节制",但有大臣反对,因为这是皇家的"礼典",即并非单纯的娱乐活动。说明这种演剧活动,是皇家表达臣民亲疏关系、身份地位的一个重要方式,从而是一项正常的"行政性开支"。皇家演剧的排场,也有着向臣民、属国展示本国高雅艺术的功能。

在清代演剧所赖以生存发展的消费对象之构成中,乡镇农民、城市平民、商人、文人、官员、王公贵人乃至内廷皇室,组成了一个由低到高、层次分明的金字塔式结构。我们以往习惯于挑出一个"最重要""最根本"的层次,其实在这个结构中,每一个层次都有其不同的功能,都是不可或缺的。

人类社会的发展,也是一个文明、文化演进的过程。在这个过程中,当基本的生存需要得到满足之后,娱乐业便必然会成为时兴的行当。虽然在古代社会的正统观念里,商为末、农为本,嬉娱玩赏令人玩物丧志,理当严律,但事实上商业活动仍顽强地存在,并且成为社会经济发展的支柱产业之一,特别在明清时代,其作用益发重要。只要"游于艺"之类的观念存在,则紧张工作学习之余,适当娱乐,便是人们调节身心的必要内容。

演剧本身是从唐宋的百戏伎艺中脱颖而出的,在20世纪西方电影等传入之前,一直独占娱乐业的鳌头。而元、明及清初文人曲家与评论家的努力,让戏曲的文本创作从"士夫罕留意"的低下地位,"进而

---

[1] 以上参见黄卉《同光年间清宫演戏宫外观众考——以〈翁同龢日记〉为线索》一文,载《清风雅韵:清代宫廷戏曲学术研讨会论文集》,北京:故宫出版社,2015年版。

与古法部相参",进入"乐府"的行列。到明代中叶之后,"传奇"作为一种新兴的文体,逐渐为占社会主流的文人士大夫所认可,并因为他们的认可与参与,大大提升了戏曲的社会地位,这也意味着戏曲打通了上升之路,借此占有了从底层到上层、包含社会各个阶层的巨大的消费市场。这个市场本身足以让演剧活动、戏班、新兴声腔得以生存发展,构成巨大的"第三产业"。入清之后,演剧进入皇家祀典、国务活动,更是打开了戏曲进入"政府消费"和"高端市场"的通道。雍正年间废除乐户制度,"禁止外官蓄养优伶",表面上看来是对演剧活动的限制,其实它主要限制是官员的家班,以及官员的有关消费,同时也意味着演剧娱乐市场向社会全面开放,这使得原先以达官贵人为主要消费对象的昆班因之明显走向衰落,并为花部地方声腔的蓬勃兴起打开了大门。乾隆一朝数次大庆,邀请各路戏班进京演出,这也为花部演剧提供了崛起的契机,促成了地方声腔、戏班迅速兴盛,在花部和雅部对消费市场的竞争中,花部从此占有优势,而清代的演剧活动,也由此进入更为繁盛的时期。

清皇族作为"最高端"的消费者,自其入关之后,就一直把戏曲作为娱乐消费项目。康熙时期就开始设立南府等机构,来组织管理宫廷的演剧。皇家演剧在乾隆末年达到鼎盛,最多时曾有上千演员构成庞大的"皇家剧团",不仅组织文人、官宦来写作剧本,而且君王每次出巡,各地都以新创戏本迎接銮驾,花团锦簇,歌舞升平。道光以后,改设升平署,规模大大缩减,但演剧活动并未减少。同治、光绪以后,演剧人员的组成方式也有所变化,即从完全由皇家出资培育、供养演员,完全用于自我消费,转向向社会"购买服务",请戏班、演员入宫演出。这种打上皇家印记的消费行为,对于扩大"演剧"这种"商品"的社会影响力,拓展戏曲消费市场,促进戏曲的繁荣,具有无可估量的价值。

所以,内廷皇室参与演剧的意义,主要不是他们为市场"生产"了什么新的产品,而在于他们作为社会资产的最大拥有者,在"演剧消费"中所起到的作用,以及他们对于整个演剧市场的存在与拓展中所承担的功能。其意义不在于具体的创作与创新,而主要在于这种介入对于整个社会的号召性影响。所谓上有好之,下必甚焉。当演剧这种元明时代不能用于严肃场合的表演艺术,在清代皇家的示范下,终于可以从半遮半掩中,转向堂堂正正的演出,它对于戏曲占有整个娱乐业市场的最大份额,无疑有着决定性的意义;它对戏曲娱乐业这个"文化市场"的发展,也是意义重大的。

所以,当演剧进入"政府消费"之后,其释放出来的能量,正是需要我们认真考虑的问题。

乾隆十六年(1751年)太后六十岁生日、三十六年(1771年)太后八十岁生日、乾隆五十五年(1790年)皇帝本人八十寿诞,这三次大庆相关的典礼,邀请各地戏班进京演出,表示与民同乐,也借以彰示皇朝盛世。乾隆一朝太后的两次生日庆典,令南北各地戏曲声腔汇聚京城,乾隆的大庆,更是形成四大徽班进京,成为清代戏曲发生转折的重要节点。乾隆朝的这三次庆典花费几何,今不得而知。有档案可查的是,光绪二十年(1894年),为庆祝慈禧六十"整寿",皇家曾耗费白银五十余万两。今日看来,诚为巨大的靡费。殊不知在王朝时代,家即是国,耗资巨万演剧,在娱乐以外,尚有展示国力,彰显盛世,表明国家治理有方,凝聚民心的作用。从这个角度来看,清朝宫廷演剧的花费也就不难理解了。

在皇家频繁的演剧活动中,"近支王公"列为观剧者,也因此而必然发展成为爱好者,以及演剧活动的推动者。我们编校《清车王府藏戏曲全编》(全二十册,广东人民出版社,2013年版),收录了从道光到光绪间的一千余个戏曲剧本,可以说这个时期京城地区曾经演出过的六七成的剧本,都已经包括在这里了。而这仅仅是一个"车"姓蒙古亲王的收藏,其他王府的情况,也应大致与此相类似。由此也可推想,这个阶层所构成的"高端市场",对于晚清京城演剧的兴盛,会起到怎样的作用。

以此而论,王芷章说乾隆皇帝对于演剧史的意义,便在于他个人的喜好和展示的庆典活动，让各种声腔、各地戏班堂堂正正进入京城市场，又可以借助在京城市场获得的影响力，辗转其他地区，从而有力地推进各种地方化新声腔的改造、衍化，以及新生。

同样，朱希祖说慈禧太后对戏曲发展的功绩，也由此可以得到解释。慈禧对皮黄的喜爱，无疑对皮黄戏曲在清末走向兴盛至为重要。程长庚、谭鑫培等人入内廷为太后、皇帝演出，这是皇权社会对艺人的最大光荣，对于艺人自身的"品牌塑造"，更是意义重大。另一方面，清廷挑选演员入皇宫演剧，也必然有其"德艺双馨"的要求，这意味着皇家对于这些民间演员的认可，而当他们重新回到民间演出市场时，号称"内廷供奉"，这种经历成为他们的重要资历，大大提升了他们的演艺"品牌"，也意味着巨大的市场号召力。所以，这种被挑选，在某种意义上，意味着受官方肯定。这是一种重要荣誉、最大认可，对于演员此后在演艺方面的发展、演出市场价值的增长，意义重大。

平心而论，宫廷的主要功能，是"利用"戏曲，而不是戏曲的"生产"。皇家的一举一动，代表一个政府的行为，对于演剧市场有着巨大的影响力。居于市场最顶端的这个阶层，对于演剧史的意义，便是其巨大号召力、影响力，会影响整个市场的走向。处于市场底端的那个阶层，可能是最有活力的。但在乡村、乡镇，消费空间有限，市场空间有限，演剧必然向上努力，进入城市，才能有更大的市场，获得生存发展的空间。例如浙江嵊县的越剧，便是进入上海后，重新根据市场需要而发展出独特的、为市场认可的演出方式，从而取得巨大的成功。而在城市的戏班、名角，则不断寻求官家、商人、社会名流的认可与支持，以获得更大的市场份额。在这个金字塔结构上，各个阶层是怎样发出自己的"力"，然后在一个更高的层面上构成"合力"，以推进戏曲的发展，是值得深入研究的课题。

事实上，"高端市场"对于演剧活动的贡献，在晚清、民国时期，依然发挥着作用。如果没有罗瘿公、齐如山等人的发掘，就不会有梅兰芳等名旦的崛起。而一批商业巨子成为京剧爱好者，因他们的介入、揄扬,助成了梅兰芳广泛的演出机会和巨大的影响力。这种"造星运动",也是戏曲得以兴盛发展的一个重要推动力。当晚清之后,戏曲演出成为巨大的商品市场的一个分支的时候,商业活动所需要的营销、策划,也成为演剧兴盛的保障之一。张彭春等人组织安排梅兰芳在美国演出并产生巨大的国际影响力,可以视为一例。

以此而论,作为在社会各阶层演剧消费中居于最高端的宫廷演剧,有着巨大的研究空间,有待于我们深入拓展。

而事实上,我们对于清代内廷演剧的基本文献的存藏情况,还不是很清楚。特别是在十年前,我们能够看到的只是《故宫珍本丛刊》里收录的一些剧本,还有周明泰从内府档案里摘抄的一些资料,以及我们在海内图书馆里寻访到的从升平署散出的零散的文献,包括东京大学东洋文化研究所双红堂文库藏的一百余种"库本"。所以,我们还需要在广泛调查的基础上,编制一部现存内廷剧本的总目。也就是说,首先需要从最基本的资料入手,做基础文献的发掘、梳理、研讨工作,然后才能真正推进内廷演剧的研究,才能从宏观视野重新认知内廷演剧对于整个戏曲发展史的意义。

也正是有感于此,十年前,熊静在考虑博士论文选题时,选择了"清代内府曲本研究"这个题目,因为她的学科背景是图书馆学专业文献学方向,我觉得版本目录学应该是她的基础,所以建议她从第一手文献出发,先编制一部《清内廷所藏剧本总目》,作为后续研究的基石,然后再就相关的问题,展开研讨。她愉快地接受了这项任务,并且很快就找到了感觉,所以进展良好。

2010 年 9 月到 2011 年 9 月,在矶部彰教授的帮助下,熊静获得到日本东北大学作访问研究的机会。矶部教授当时正承担"清代内府演剧研究"这个日本文部省的重大课题,组织一批从事戏曲小说研究的学者,分头进行有关研究。熊静的选题,正与之相契合。在矶部教授指导下,不仅编目、文献探讨等工作取得较快的进展,而且熊静大大拓展了视野,体悟日本学者的做事方式,收获良多。她还利用日本所藏的一些有关内廷演剧的珍稀文献开展研究，形成学术成果，例如她写的关于大阪中之岛图书馆所藏《升平宝筏》的讨论文章，就是其间的成果之一。

2012年，熊静顺利完成学业。她的毕业论文达60余万字，前半部分为内廷演剧剧本的专题研究，后半部分则是《清内廷所藏剧本总目》（稿），在论文答辩时，受到全体专家的高度肯定。其后，她赴北京大学随王余光教授做博士后，利用北京地区所藏内廷演剧有关文献，对论文作修订补充，现在取其中研究部分，作为十年努力的阶段性成果，正式出版。她所编的《清代宫廷戏曲文献总目长编》也完成了初稿，待细致打磨后另行出版。

近十年中，关于清代内廷演剧的研究，也渐成热门。故宫博物院故宫学研究所在2013年5月召开学术研讨会，故宫博物院和中国人民大学、北京外国语大学合作在2015年11月召开了学术研讨会。升平署旧藏的文献，更是渐次公布于世。先是朱希祖转让的那批升平署旧藏档案和剧本，2011年由中华书局影印出版；随后故宫博物院图书馆所藏的两万多册剧本，也在2016年由故宫出版社影印出版。这意味着清代内廷演剧的研究，进入了一个新的阶段。难得是一批年轻的学者，进入这个领域，其中如张净秋、谷曙光等位，做出了引人注目的成绩。

熊静此前发表的一系列有关内廷演剧研究的论文，已经受到了学界的关注。现在，她的博士论文经过修订充实后以完整的面貌出版，作为这个领域的最新成果，可以大大丰富我们对内廷演剧的认识，对于进一步了解内廷演剧对于清代戏曲发展史的价值，也具有重要的意义。

我期待着有更多的年轻学者，投入这个领域的研究。

是为序。

2017年4月30日

摘　要

　　清代内府曲本是指曾在清代宫廷演出或保存的戏曲剧本。自1924年首次大批散出以来,这批曲本屡经辗转,命运多舛,今分藏于世界各地的收藏机构和私人藏书家之手,而学界一直对于其整体收藏状况以及存本数量不甚明晰,使其具有的文献和史料价值未能得到充分发掘。本论文以清代内府曲本为研究对象,首先根据前人对内府曲本整理编目的成果和近年来出版的多种影印丛书,对现存内府曲本的内容、数量、版本情况进行著录,对于部分稀见版本,辅以实地调查,补充版本信息。在此基础上,对内府曲本的相关问题进行研究。借助内府曲本和清代宫廷戏曲演出档案,对内府本研究中一些容易混淆的概念作出界定。并对1924年以来,清内府曲本和档案的流散情况作了梳理,介绍了各主要收藏机构和个人的藏书来源及目前的存藏状况。其后,按照内府本的分类,对其中的仪典剧和连台大戏作个案研究。通过清仪典剧与唐宋教坊致语、明脉望馆本"教坊编演"杂剧之间的比较,从内容和结构上对清内府本的来源进行了分析,认为明清内府本继承了宋代以来宫廷承应戏的传统,在结构和内容上都保留着明显的前代遗存。《劝善金科》《升平宝筏》是清宫连台大戏中,已被发现有康熙时期抄本传世的两种。两剧的康熙时期抄本,传本较多,不同版本间差异较大。在对各种传本进行文本校勘的基础上,结合清代史料,对两剧康熙抄本的版本序列提出了看法,并对两剧的稀见版本,如大阪府立中之岛图书馆藏四色精抄本《升平宝筏》、北京大学图书馆藏

《救母记曲本》等进行了考证。《昭代箫韶》是清宫连台大戏中唯一被完整翻改为皮黄本的一种,通过对其诸声腔版本的比较,考察了内府本在昆弋腔向皮黄腔过渡过程中发生的变化,讨论了宫廷演剧在声腔变革过程中起到的作用。

关键词:清代内府曲本　九九大庆　升平宝筏　劝善金科　昭代箫韶

目　录

绪　论

第一节　研究对象及选题意义

1. 研究对象

我国的宫廷戏曲演出传统由来已久,宋元以来,史籍屡有记载,至清代而集大成,达到了宫廷演剧史的巅峰。其特征有二:一为高度的规范化与制度化,表现在宫廷演剧的仪式化以及戏曲演出的制度化,演剧成为朝廷典仪,并完善了演剧机构和管理制度。二为演剧形式的多样化。由于清朝统治者对戏曲的特殊爱好,使得民间艺人,流行声腔大量地进入到内廷中来,通过在宫廷戏曲演出舞台上的淬炼,反向作用于民间剧坛,对清中期之后花部兴盛的局面产生了重要影响,促进了京剧的最终形成。

与繁荣的舞台演出所对应的,是留存至今的数以万计的各种曲本。清廷明制,崛起于白山黑水之间的满族统治者,对于相对先进的汉族文化始终保持了浓厚的兴趣,入关之初,对明代的各项制度几乎采取了全盘照搬的态度,宫廷演剧也不例外。可以想见,在清代初年的内廷中,仍然保存了大量的前代遗存,这也是清代内府曲本的最初来源。[1]到了康熙时期,随着国家的稳定,清廷开始组织人员编写剧

---

〔1〕　如今天我们所能见到《升平宝筏》《劝善金科》等宫廷大戏的康熙改本,有充分的材料表明,早在康熙朝改编之时,就已经有了比较完整且篇幅庞大的成本存在,可以推断这些曲本应当是继承前代而来。

目。这项工作在乾隆时期达到了顶峰,今天我们看到的大多数仪典类剧目和半数以上的宫廷大戏都是乾隆时期定型的。除了自行编写的剧目外,明清以来流行的传奇杂剧,也是内廷演出的重要组成部分,在今存的内府曲本中占据了相当的比重。乱弹戏是清代晚期内廷承应的主角,以皮黄为主的乱弹戏本,究其来源,一为内廷组织人员对前代宫廷剧本的改编,一为民间戏班入内廷演出的进呈本。以上所述,便是清代内府曲本的三个主要来源。除此之外,尚有皇帝巡幸时士绅进呈,王府进献等途径作为补充。对于内廷收藏的各种曲本,在清代专司戏曲演出管理工作的机构——南府(升平署)中,设立"写法处",为之建立起一套完整的剧本体系,将曲本分为总本、单头本、提纲、曲谱等类型,分别抄写,以备不同目的使用。由于上述制度的存在,使得清代内廷保存了数量十分惊人的各种曲本,其中不乏民间已经失传的剧目,成为中国戏曲史研究的一座宝库。

1924 年,宣统帝溥仪搬离紫禁城,久藏深宫的内府曲本随之大量出现在坊间,为众多的收藏机构和个人所得。1925 年,故宫博物院成立,未散出的部分提存为馆藏。在随后的几十年中,这批珍贵的曲本散落于世界各地,辗转流离,命运多舛。迄今为止,还未得到全面整理和深入关注,使得学界对这批珍贵戏曲文献知之甚少,虽治此学者,亦难窥全貌。近年来,随着多种宫廷戏曲文献丛书的影印出版,内府曲本的面貌日益清晰,为研究提供了便利。而清代内府曲本在中国戏曲史、清代社会史等方面的研究价值,也逐渐得到了学界的关注,通过文献调查可以发现,在 21 世纪的前十年,清代内府曲本研究日渐成为一个研究热点。

本研究以清代内府曲本,主要指曾演出或存藏于清代宫廷中的戏曲剧本为研究对象,对内府本的种类、来源、影响等问题进行讨论,通过对清代内府曲本的访查和整理,立足于第一手材料的收集,综合运用文献学的各种研究方法,梳理唐宋以来内廷演剧的发展脉络;对内府本的创作、编演方式,宫廷连台大戏的版本序列,戏曲作品与明清小说之间的关系,宫廷与民间剧坛的交互影响等问题进行论证。试图通过对宫廷演剧和剧本的研究,从一个新的视角,解析清代以来中国戏曲史的发展轨迹。

2. 研究的目的和意义

本研究,希望分为三个层次:首先,对清代内府曲本的存藏状况进行全面调查;其次,对内府本中具有代表性的曲本展开个案研究;第三,以内府本为切入点,从社会文化史的角度,解构清代宫廷演剧在戏曲史上的地位,以及各种艺术形式在发生发展过程中的交互影响。具体目标包括以下五点:

(1) 通过研究,对清代内府曲本的流散与分布情况进行考察。以1924年文献流出为起点,对各收藏机构所藏曲本的来源、数量、类别、现存状况等进行调查,勾勒出今存清内府曲本的全貌。

(2) 清代内府曲本研究述评。从1924年至今,清代内府曲本的研究取得了一定的进展,其中不乏具有较高学术含量的论著,但迄今为止,尚无学者对前人研究成果进行全面总结。作为第一篇从宏观角度对清代内府曲本进行研究的论著,本文有必要对前人的研究成果进行全面的梳理,在总结前人成就的基础上,对本领域未来的研究方向提出看法。

(3) 对剧本本身的特点进行总结和归纳。从清代内府曲本的总体而言,研究如何对其分类、著录,并通过统计学的方法,对同一类别曲本的版本特征、内容特征进行总结归纳,找出内府曲本的共同点。选择部分曲本进行个案研究,通过文本细读、版本对比的方法,比较不同时期版本之间的发展轨迹,内府曲本和民间演出本、王府曲本之间的异同,从而考见三者之间的关系。

(4) 对剧本普遍存在的某些现象的研究,如内府曲本的删改、避讳、舞台提示等,分析其产生的原因和带来的影响。

(5) 通过对剧本的比较和研究,客观定位清代宫廷演剧。在纵的方向上,考察清代宫廷演剧对前代的继承和发展;在横的方面,则需比较同一时期内廷与民间演剧之异同,宫廷演剧与民间舞台的交互影响,进而为清代宫廷演剧在中国戏曲史上找到应有的位置。

本研究的主要意义,可以归纳为三点。

首先,清代内府曲本是中国戏曲史研究的重要资料,以其为研究对象,可以直接或间接地解决清代戏曲声腔变革、京剧兴起的影响因素等众多戏曲史上的重要问题,而文献整理是研究工作的第一步,对于清代宫廷戏曲研究乃至清史的研究,都是有益的基础性工作。

其次,本文以清代内府曲本作为研究对象,以文献研究为基础,通过对剧本的细读和比较得出结论,这种研究方法在清代宫廷演剧方面所用不多。以往的研究多是从宫廷演剧的制度变迁入手,借助各种档案资料进行总结归纳,笔者以剧本为立足点,可与前人研究互证有无,亦可补其研究角度之不足。

第三,对于清代宫廷演剧在戏曲史上的作用和地位,前人评价不高,近年来,虽有一些学者正确地认识到清代宫廷演剧对清代戏曲发展所起到的重要作用,但仍未在学界形成共识。本研究从剧本出发,力图以各种实例为证,客观展现清内府本在戏曲史上的位置,其一方面继承了唐宋以来宫廷戏曲演出的传统,另一方面也为乱弹诸腔在舞台表现、剧目来源等方面提供了支持,在中国戏曲史上起到了承前启后的重要作用,是其间不可缺少的一环。

3. 研究背景

有清一代,最高统治阶层一直对戏曲演出保持着浓厚的兴趣,演戏作为一项重要的宫廷典礼,在三百多年的清朝历史中,书就了浓墨重彩的一笔。在热闹非凡的宫廷演剧背后,是宫廷戏曲演出制度的数度变迁,今天,我们再次回顾这段历史,不仅可以重温清廷演剧活动的盛况,同时也可从一个侧面揭示晚清戏曲声腔从昆弋向皮黄过渡的轨迹。

清廷最早的戏曲演出记录,可以追溯到关外二帝时期。清军入关以前,太祖、太宗即在宫内设立内廷乐部。入关以后,沿袭了明代的制

4

度,由教坊司负责宫中奏乐和演戏事宜。从康熙年间开始,清朝统治进入了一个相对稳定和繁荣的发展时期,与此相应的是宫廷演剧活动的日渐频繁。在这种情况下,原有的教坊司已经无法满足皇室不断排演新剧并随时欣赏的需要,于是便开始挑选宫内的太监学习唱戏,以备节令承应之需。由于他们学戏和生活的地方位于皇城内的南花园,因此被称为南府。乾隆七年(1742),复立乐部,教坊司归入其中,专司宫廷典礼时的礼乐承应,不再负责宫廷戏曲演出,原有的演剧职能全部划归南府。与南府并列的另一个戏曲演出管理机构——景山,始建于康熙时期,在乾隆时得到发展壮大,其构成人员主要为二帝南巡时带回的大批江南民间优秀艺人。这批伶人来京后,被安排在景山官学居住,称为民籍教习和民籍学生,他们和南府的内学太监们一起组成了清朝前期庞大的宫廷戏班,两处事务由南府总管统一管理,这一时期可被称为清廷演剧史上的南府时代。

1796 年,乾隆退位,嘉庆登基。终嘉庆一世,数次裁减南府和景山的学生人数,到了嘉庆末年,南府的总人数只剩五百余人,不到全盛时期的三分之一。在裁减人员的同时,嘉庆帝也加强了对南府的管理,在南府和景山内设立档案房,由内务府兼管,这为南府以及后来升平署时期戏曲文献资料的保存,提供了制度上的保证。真正意义上的变革发生在道光朝。1821 年,道光帝即位不久,就开始对南府进行大刀阔斧的整顿。最终在道光七年(1827)二月初六日,下令全员裁退南府民籍学生。同日传旨:"南府着改为升平署,不准有大差处名目。"至此,延续了近百年的南府结束了历史使命,清代的宫廷演剧进入到升平署时代。在改组升平署的同时,道光帝也进一步完善了内廷演剧机构的管理制度,不仅御笔厘定管理章程,对演出时间和规模也进行了规范。

经过了道光帝的改革,升平署的人员构成和管理制度正式确立,一直到咸丰十年(1860)以前,没有再发生大的变化。其中在道光二十年(1840),曾因演剧人手极为短缺,将原外学的两名鼓师召回,除此之外,再无民间演员进入内廷的记载。内廷演剧制度的再次变革,肇始于咸丰后期。咸丰十年(1860),清文宗以三旬万寿为契机,下旨挑选"外边学生"进宫,传选外边戏班进宫承差,再次开启了民间伶人进宫承应的大门。此后直到慈禧太后听政时期,内廷演剧最终完成了"昆乱易位"这一极具历史意义的重大变革,演剧制度也经历了传外班入内、挑选内廷供奉、组织近侍科班等一系列演变,迎来了清代宫廷戏曲演出的第二个高峰。

清王朝覆灭以后,以溥仪为首的小朝廷仍居旧宫。由于升平署署址并不在宫内,在这一时期,就已出现了所藏文献外流的苗头。不过大批升平署戏曲文献的散出,是在1924年"北京政变"之后。宫廷文献、文物的散出,一方面固然使国粹流失,宝珠蒙尘,但客观而言,内府秘本流入坊间,才能让更多的学者见到这些珍贵史料,从而开创了清代宫廷演剧与内府曲本研究的先河。

内廷戏曲文献,可以分为两类。

一类是清历代宫廷戏曲演出档案。目前所能见到的宫廷戏曲演出档案,主要是道光七年(1827)以后的升平署档案,以及少量的嘉庆和道光七年以前的南府档案。王芷章先生在《清升平署志略》中将这些档案分成十五类,即恩赏档、旨意档、恩赏日记档、日记档、差事档、分钱档、花名档、散角档、白米档、库银档、银钱档、知会档、记载档、颜料纸张档、传卯房档等。[1]

另一类是供帝后观看或者排练使用的各种戏曲剧本。升平署内设"写法处",有"写字人"专做抄写工作。这些戏曲抄本的年代,最早的可追溯至顺治时期,多数为南府及其后的升平署时期所抄写。除了早期的昆、弋腔外,在光绪年间,还仿照惯例,为新进入宫廷的皮黄戏抄存了一套完整的剧本。按照用途的不同,每部曲本都包括安殿本、总本(串关)、曲谱本、提纲本、单头本、排场本等六种。

---

〔1〕 王芷章:《清升平署志略》,北京:商务印书馆2006年版,第295—328页。

清宫廷戏曲文献，自 1931 年朱希祖先生首次向学界披露以来，受到了广泛的关注。民国时期，就有众多研究者和机构竞相购藏，在此基础上，也取得了不少研究成果。然而，由于这批戏曲文献数量巨大，收藏也比较分散，至今仍然未有学者进行全面、系统、深入地梳理。如能在前辈学者研究的基础上，从全局出发作总结和归纳，则清朝三百年来的剧坛变迁以及晚清戏曲声腔重大变革中的诸多相关问题，或可得到新的解说。

第二节　研究方法

1. 研究方法

本研究为清代内府曲本的文献学研究，主要研究方法如下：

（1）文献调查法。以清代内府曲本为对象，采用实地访查和文献搜集相结合的方式，全面收集有关清代内府曲本和清代宫廷演剧的各种研究成果和原始文献，并对这些文献进行分类整理，总结前人研究的热点和不足之处。

（2）目录学方法。在初步完成文献收集的基础上，综合运用目录学的各种方法，对现存清代内府曲本进行著录和分类，同时完成相关文献的汇编。在对具体曲本进行研究时，采用异本校勘和版本比对的方式进行文本细读，关注不同版本间的细微差异，据此对版本序列提出见解，进而总结清代内府曲本的特点。

（3）个案研究法。除了从宏观角度总体把握内府曲本的特点、形式，本论将内府曲本分为三个大类，分别是仪典剧、传奇杂剧（含清宫编演连台大戏）、乱弹腔戏，在对每个类别展开研究时，选择了其中较具代表性的作品，进行个案研究。尽可能全面地收集该作品的见存版本，通过逐一校勘的方式，结合相关史料，对该剧的创作背景、成书年代、各版本版本序列等问题展开讨论。

（4）历史研究法。清代宫廷演剧，亦属清代戏曲史和清代宫廷社会史的范畴,以演剧和内府曲本为观照,对于清史研究是一个全新视角。反之,在研究内府本时,也利用了历史研究的方法,将清代宫廷演剧和内府本放到其所处的历史背景下考量,综合运用各种史料,对内府本的历史定位,内廷演剧与清代历史事件之间的关系等问题进行研究。

(5)统计分析法。在文献综述的章节,主要采用了统计分析的方法,按照类型对前人研究成果进行归类整理,总结前人研究的热点问题,并对本领域未来值得探索的问题提出看法。

2. 创新点和不足之处

本研究的创新点:

(1)在对内府本中的仪典剧进行研究时,梳理了唐宋以来宫廷演剧的史料,从内容和形式上论证了清代内廷所演仪典剧,实际上是继承了唐宋以来宫廷戏曲演出和创作的传统。并以北京大学图书馆藏嘉庆六十诞辰寿戏剧本集《九九大庆》和乾隆时期英使朝贡戏《四海升平》为例,说明了清宫演出的仪典剧,经过长期发展后,已经形成了一个庞大的剧本库。对于戏曲演出组织者来说,每次演出只是一个重新组合"模块"的工作。一方面解释了内府本仪典剧一剧多用的原因,另一方面也重新还原了内廷演出的真实面貌。

(2)《升平宝筏》《劝善金科》是目前已经确知有康熙旧本存世的两种清宫所编连台大戏。在充分收集两剧现存版本的基础上,对康熙旧本系统诸版本的先后顺序提出了新见。重点考证了两剧的几个稀见版本,对其与康熙旧本、乾隆改本之间的关系加以说明。

本研究存在的问题:

(1)资料收集方面,由于研究对象——清代内府曲本,数量十分庞大,且收藏分散,不少曲本还流散海外,限于条件,笔者虽然掌握了大部分的资料,但仍无法做到对所有的清代内府曲本加以核实比对,故文中所引,有一部分观点、资料系转述自他人,而非笔者亲见。

（2）如上所述，目前已知的清代内府曲本数量十分惊人，本研究主要利用了见诸记载的部分。不排除在笔者目力之外尚存未被披露的曲本，可能会对结论的全面性和概括性产生一些影响。

（3）清代内府曲本是一个非常广阔的研究领域，本文主要从文献学角度出发，对目前已知的内府曲本进行整理校勘，就这个过程中发现的问题展开论述，使用的研究方法主要是文字校勘、版本对比。虽然在研究过程中，尽可能地使用了演出档案等史料，希望能够将文本研究与舞台演出有所结合，全面展现内府本的价值。但囿于学力，对于内府曲本的艺术价值、演出情况等方面论述较浅。在基本厘清清代内府曲本的面貌后，对其中涉及的专题进行更加细致深入的研究，是本领域的研究者应当继续关注的。

第一章
清代内府曲本和内廷演剧概述

第一节　概念界定

依照不同的划分标准,清内府曲本可以分为许多不同的类型,较为常见的如安殿本、总本、提纲、串头、排场、曲谱等。而在清代宫廷戏曲档案和后人的研究文献中,对内府曲本的称呼还有很多,如开团场、宴戏、轴子、大戏,或存库本、内务府堂官用本等。在不同的语境下,这些称呼的含义既有重合,亦不乏差别。如果不对这些概念追根溯源,很难理解曲本名称背后的时代背景和特殊含义,进而影响研究的准确性。故此,在本节中,我们将分组对常用的内府曲本概念进行辨析,通过对每个词语使用语境的分析,挖掘概念背后的内涵,这也是后文论述的基础。

1. 总本·曲谱·单头·排场·提纲

这是一组按照内容的繁简程度和演出功能划分的概念。需要说明的是,在之前的研究中,人们常常将"安殿本"这种曲本类型与上述概念并列,但从概念的内涵来看,这是两种完全不同的曲本分类标准。安殿本是恭楷精写,供帝后观看的净本,这主要是从其使用功能而言的。依照完整程度,安殿本可以是总本,也可以是提纲,或者其他形态。因此,安殿本应是与舞台演出本对应的概念。

总本,又名总讲、总纲,〔1〕或总书,内府本中比较常见的是总本,〔2〕是指载有全部脚色唱词、科白的完整本。〔3〕如果我们将一个剧本按照组成元素解构,那么可被拆出的部分包括:唱词、说白、科介、出场脚色(行当)、排场、人物装扮几个部分。总本是所有剧本形态中包含上述要素最多的本子,但并不是每一个被称为总本的曲本都包括了上面的所有要素。如《故宫珍本丛刊》第660册收有四部《喜朝五位、岁发四时》,其中三部均标为总本,1—12页本开篇作"五方神、八方神、执旗使者、十喜神上,同唱",而12—19页本则写作"生扮五喜神,各执小方旗,旗上分绣甲丙戊庚壬字,旦扮五喜神,各执小方/旗,旗上分绣乙丁己辛癸字,衣色、旗色各按甲乙木色青丙乙火色赤",由此可见,即使同一种曲本的总本,在剧本的详略程度上也是不同的。一般来说,凡被称为总本的曲本,必须包括的剧本要素有:完整的曲词、说白、科介;而出场脚色或其行当通常只标其一,同时出现的情况较为少见。穿戴扮相以及排场则是可有可无的。

　　此外,内府本中还有一种与总本类似的本子,被称为"串关"。关于"串关"的释义,笔者目力所及,未见记载。《京剧知识词典》有"串贯"词条,谓"清代升平署对于剧本的俗称,类似总讲,但比总讲还要详尽。串贯的内容包括全剧每个角色的台词,唱词都注明'工尺谱'(在唱词右侧注明音阶符号,中国民族音符以'工尺'字记谱),表演和武打注明身段、动作、档子、调度,念白注明四声和尖团音,伴奏和演唱注明

---

〔1〕　关于总讲、总纲的关系,据黄仕忠师指示,在南方方言中,"讲""纲"同音,而将曲本以总讲、总纲命名之,似源自苏州梨园子弟,按照苏州方言,这种剧本形式最早应音同"总讲",流传至北方后,则以"总纲"代之。如此,音义方相合。

〔2〕　关于"总本""总书""总讲"的关系,除"总本"外,内府本中亦有标示为"总书"和"总纲"者,剧本形态与"总本"完全相容,但数量极少,属于十分个别的现象。标为"总书"的,如昆弋腔戏《水帘洞》《小天宫》《火云洞》,乱弹戏《凤鸣关》等。标为"总讲"的,如昆弋腔戏《雅观楼》,乱弹戏《再生缘》等。三者似有前后关系,但因材料有限,尚不能得出准确的结论。但"总书"类的曲本,如《火云洞》《琵琶洞》等均分场,且有个别曲本为昆弋混合乱弹腔的本子,如《故宫珍本丛刊》第666册影印之《小天宫》,所唱曲分别为:【斗鹌鹑】【吹腔】【尾声】【点绛唇】【催拍】,因此,"总书"应该是三个名称中较晚出现的。

〔3〕　《中国大百科全书·戏曲曲艺卷》,北京:中国大百科全书出版社1983年版,第620页。

11

图 1-1 《水帘洞》总书   图 1-2 《游园惊梦》总本

锣鼓经和板式,全剧演出时间也详细记录。在宫廷演出时,皇帝、太后和贵族、大臣,看戏时都手持串贯,对照观看,演出不仅不许发生错误,即使与串贯稍有出入,也要受到处罚"。[1] 定义的前半部分与"串关"的剧本形态基本吻合,但"串贯"所包括的内容却与我们今日能见到的曲本形态颇不相同。当然,作为与总本相似的形式,曲词、说白、科介也是"串关"必须包含的三个要素。但是,所谓"唱词都注明'工尺谱'",有不少标为"串关"的曲本确实如此,如《故宫珍本丛刊》(以下简称《珍本丛刊》)第663册《三代》,但大多数曲本却并无此例,如660册《文氏家庆》《正则成仙·渔家言乐》、首都图书馆藏《铁旗阵》(己304)等,均不注曲谱,且与上引"串贯"释义相反。目前所见到的标为"串关"之本往往比同剧的"总本"记载更为简略。首都图书馆藏《铁旗阵》残本,其内容与清宫大戏《昭代箫韶》重合,《铁旗阵》封面标为"串关",下面是将该本与《昭代箫韶》相应出目比较后得出的结果(曲词说白基本相同):

〔1〕 吴同宾、周亚勋:《京剧知识词典》,天津:天津人民出版社1990年版,第345页。

清代内府曲本研究

表 1-1　首都图书馆藏《铁旗阵》与嘉庆刊本《昭代箫韶》比较

《铁旗阵［串关］》第二十一段第七出《大审奸党》	嘉庆十八年序刊本《昭代箫韶》　第三本　第十六出　定铁案罪着奸雄［寒山韵］
扮陈琳柴干上白	杂扮陈林、柴干各戴扎巾，穿镶领箭袖，系鸾带，从上场门上白
下。扮校尉、呼延赞、寇准、吕蒙正、赵昌上白	从下场门下。杂扮皂快各戴皂隶帽，穿缎箭袖，系皂隶带，杂扮衙役各戴红毡帽，穿缎箭袖，系红搭膊，杂扮军卒各戴军牢帽，穿缎箭袖，系军牢带，引净扮呼延赞戴黑貂，穿蟒束带，末扮赵昌戴纱帽，穿蟒束带，外扮寇准，生扮吕蒙正，各戴相貂、穿蟒、束带、印绶从上场门上，寇准等唱
众下。吹打，武士上，作开门科，大太监陈琳捧鞭引德昭上唱	杂扮从人各戴小页巾，穿箭袖排穗，佩腰刀。杂扮内侍，各戴太监帽，穿贴里衣。杂扮陈琳，戴太监帽，穿镶领箭袖，系鸾带，捧金鞭，引生扮德昭，戴素王帽，穿蟒束玉带，乘马从上场门上，德昭唱
吹打升高台公案科，陈琳白	作到科。内奏乐，德昭下马，寇准等作迎进科。中场设高台公案桌椅一座，两旁设公案桌椅四座，德昭转场升座，寇准等作参见科，白
（作箍潘仁美，王侁、米信白）阿呀（作昏迷科，德昭白）喷	（作用刑科，潘仁美等作叫苦昏迷科，呼延赞白）拿凉水喷
（陈琳、柴干上白）来此已是。千岁（校尉白）出去	（陈林、柴干从上场门上白）来此已是，不免进去。（作直进科，衙役作拦科白）出去
（德昭白）什么人	（德昭作见，问科白）什么人
（陈林柴干白）千岁	（陈林、柴干作进叩见科白）千岁在上……
（德昭白）阿呀！可恼他二人	（德昭怒科白）他二人
吹打下座同唱	寇准等应科，内奏乐，下座，随撤高台公案科。德昭等作上马，众引绕场科同唱

　　从上面的比较可以看到，《铁旗阵》"串关"的科介部分比《昭代箫韶》简略。当然，作为清宫戏曲的代表作之一，《昭代箫韶》的嘉庆十八年（1813）刊本属于最完整的总本。在内府曲本中更为常见的"总本"，也是与"串关"类似的，舞台提示相对简略的形态，对于"串关"来说，它

13

既不会比"总本"更加简略,也没有比之更为详尽。从字面意义理解,"串关"大约是指"串联关目",将完整的剧情展现出来,因此舞台提示部分相对简略。在今存内府曲本中,标为"串关"的远远少于标为"总本"的曲本,大概"串关"属于比较早期的称呼,后统称为"总本"。

单头是相对于总本的一种剧本形态。总本抄录剧中所有角色的曲白动作,单头则仅载某一脚色的唱词、科白,又被称为"单词""单讲""单篇""单片"。〔1〕在剧本形态方面,因只记录某一角色的唱词科白,为了区分唱词科白的起讫,表演段落之间用","隔开,或者在衔接处略注几字其他角色的唱白,以示区别。

曲谱是记载全剧所有唱词曲文的剧本,在唱词旁注有详细的音符和节奏记号,亦被称为"工尺谱"。〔2〕内府本中标为"曲谱"的剧本,仅载该剧的所有唱词,不录说白科介,在连接处用","隔开,并略注几字上下文的科白提示。曲谱还有一种形式更为常见,即与总本组合呈现,称为"总本曲谱",这种曲本完整记载全剧的所有唱词科白,并且在曲文旁标注工尺。

图 1-3 《游园惊梦》总本

图 1-4 《升平雅颂》单头

〔1〕 吴同宾、周亚勋:《京剧知识词典》,天津:天津人民出版社 1990 年版,第 345 页。张中月主编《中国古代戏剧辞典》,哈尔滨:黑龙江人民出版社 1993 年版,第 64 页。
〔2〕 《中国大百科全书·戏曲曲艺卷》,北京:中国大百科全书出版社 1983 年版,第 278 页。

图 1-5 《访普》曲谱

图 1-6 《万寿祥开》串头

"排场"是记录一出戏的所有表演程式的剧本,又被称为"串头"。包括"身段""武打"的指示和舞台调度,有时也会记录扮演者的姓名。需要注意的是,所谓"排场"或者"串头"本,不载人物之间的说白、唱词,只记录人物的动作、身段以及舞台站位。这种本子应该是宫廷剧团中"管戏人"作排戏和舞台调度之用。此外,排场本(串头)还有一种特殊的形式,在内府曲本和档案中被称为"字样",字样是指由演员通过站位和道具,在台上摆出一个特定的字形,一般为"寿""福""喜"等

图 1-7 《雅观楼》提纲

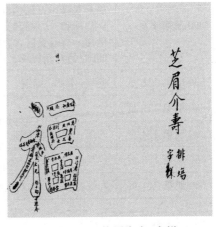

图 1-8 《芝眉介寿》字样

吉祥字,首先画出要摆出的字样形状,然后在相应位置注明演员的名字,在排戏时就可以按照图样安排演员的站位。

提纲的情况比较复杂,按照工具书中的解释,提纲"就是戏曲班社编演剧目时,详列每场出场的演员及其所扮剧中人物姓名,以及武戏所用的开打套子等,张贴于后台的上场门侧,供演员及后台人员参照,习称提纲。"[1]朱家溍先生说提纲是"一出戏演出时,张贴于后台墙面的一览表,上列每一场某演员所扮角色出入场的次序,专供舞台监督人员使用。"[2]两者的解释基本相同,按照内府曲本的实际情况,清宫内的提纲本更符合第二种解释,主要记载每场戏的出场人物和扮演者。但是问题随之而来,在内府曲本中,多将这类曲本标示为"题纲",此"题纲"是否就是彼"提纲"呢,二者之间的区别和联系若何,这是我们需要解决的问题。笔者考察了《故宫珍本丛刊》第690—694册影印的题/提纲曲本后得出以下结论:

(1)在内府本中,"提纲"和"题纲"两者是可以通用的。

表 1－2 《故宫珍本丛刊》所收题纲与提纲辨析

出　处	提　　　　纲	题　纲
690 册第 1 页	封面:福禄寿　平安如意　天官祝福　福寿双喜　万民感仰　万花献瑞　三代喜洽祥和　万福云集　三元百福　祝福呈祥　喜溢寰区　吉曜承欢　遣仙布福仙圆/另有新提纲　此本仅存以备查底	封面:现用开团场题纲
690 册第 116 页	卷端:乱弹[提纲]	
680 册第 119 页		卷端:乱弹题纲
680 册第 184 页	卷端:新乱弹提纲	
680 册第 195 页		卷端:文戏题纲
680 册第 214 页	卷端:[二本]文戏提纲账	

〔1〕 张中月主编《中国古代戏剧辞典》,哈尔滨:黑龙江人民出版社 1993 年版,第 342 页。
〔2〕 朱家溍:《序〈故宫藏珍本图书丛刊〉》,《文物》1998 年第 2 期,第 80—86 页。

首先需要说明的是，《故宫珍本丛刊》所收曲本，不管是"题纲"还是"提纲"，在剧本形态上没有任何差异，均为记载出场人物和扮演者的对照表，且上表第一行所列为同一种曲本在封面不同位置题写的文字，可见在内府本中，"题纲"和"提纲"两者是可以通用的。但是，标为"题纲"的远远多于"提纲"。

（2）在汉语词汇中并没有"题纲"一词。根据《辞源》的解释，提纲一词源自"唐杜甫《杜工部诗史补遗》三《又观打鱼》：苍江鱼子清晨集，设网提纲万鱼急。注：纲，大绳也，持以取网。"[1]后来引申为列举大要。"提"有提起、列举之意，而"纲"本义为提网的绳，引申为事物的主体。"题"的释义则包括：头额；标识篇首的文字；题目、问题；书写、署；品评；章奏等多种。将"提纲"误写为"题纲"是现代汉语中经常出现的错误。[2]

（3）题/提纲的形制不只有"详列每场出场的演员及其所扮剧中人物姓名"一种。据笔者考察，题/提纲至少包括了以下四种形式：① 列出场演员和扮演者对照表，这是最为普遍的一种形式。② 记载戏出中演员穿戴的《穿戴题纲》，这种类型不载出场人物，而是将宫中经常上演的某类型曲目出场人物的穿戴扮相详细地记录下来。今存封面署"二十五年吉时立"的《穿戴题纲》一种，原本现藏故宫博物院，中国艺术研究院藏有傅惜华和齐如山过录本。[3] ③ 记载每出出场人物和器物道具的。如《古本戏曲丛刊》九集《升平宝筏》卷末所附《升平宝筏题纲》，每出只记录出场的人物，不标扮演者，此外还详细记录每一场出现的道具及其摆设位置。④ 类似演戏日志性质的"题纲"，如《故宫珍本丛刊》第690册第95页所收，记录某日所演所有戏出、演

---

〔1〕《辞源》，北京：商务印书馆1979年版，第1289页。
〔2〕《辞海》（卷四），上海：上海辞书出版社1999年版，第5427页。
〔3〕 内府本附剧中演员穿戴提示的，在今存文献中，最早见于脉望馆本中的明代内府编演曲本。将剧中演员穿戴以附录或专集的形式归总的做法，应当承袭明代传统而来。但与明内府本在剧末专门附录穿戴提示的做法不同，清内府更惯常采用在剧本科介中直接注明出场人物穿戴的做法，《穿戴题纲》这种总集的形式更多地起到了档册的作用。

出者、每出戏的演出时间及总时长。第二至四种，是朱家溍先生所谓"档册性质"的本子，但在标名时亦被称为"题纲"。

（4）题/提纲的书写格式。题/提纲的书写格式也有两种不同的类型，其一为比较常见的文字书本式，与之前介绍的总本、排场等类似，在纸张上顺序写下每场出场的人物及其扮演者，页面被分为两栏或者四栏，上为剧中人物，其下为扮演者，扮演者的名字字体稍小。其二为表格图画式。以一页纸为限，画出一个梯形和长方形结合的表格，在梯形部分写上戏出的名字，其下长方形部分按照戏出的场次分为相应的栏格，在栏格中标明场次和出场人物及扮演者。比较精美的题/提纲还会在表格的边框饰以花纹。这种形制的题/提纲应该就是前引释义中所谓"张贴于后台墙面的一览表"，相对于文字型的题/提纲，这种形式更加易于张挂，且一目了然。

（5）题/提纲的书写习惯。在书写多场的戏的题/提纲时，第一场注明所有出场人物的扮演者，其后的场次，出场人物或有重复，不再列出扮演者姓名，径以"原人"或"元人"代替。第一次出场的则继续标出扮演者姓名。因为题/提纲和排场通常会出现扮演者的姓名，因此常在文中出现许多用来签改的小纸条。可以想象，当时内廷中的管戏人在安排演出时，应该就是用这些纸条调配演员，改派角色，最终完成舞台演出。

可见，题/提纲作为一种剧本形态，最主要的功用在于简单明了地揭示场次、出场人物，或是其他与演出相关的信息，起到演出大纲的作用。关于题/提纲的类型，齐如山先生曾经进行过细致的分类，按照功用可分为：场面提纲（记录场次、出场顺序等）、场次提纲（记录出入场法）、检场人提纲（道具摆列法）、把子提纲（武戏打法）、龙套提纲（龙套走法）、行头提纲（穿戴），[1]这些题/提纲的样式在内府本中均能找到相应的文献支持，可见其在演出中具有不可替代的作用。

---

〔1〕 齐如山：《齐如山回忆录》，沈阳：辽宁教育出版社2005年版，第245—246页。

综上，我们分析了题/提纲这种剧本形态的特点，关于"题纲"和"提纲"之间的区别，并无更加直观的材料可为确证。"题"字有题写、篇首等含义，或者和"提纲"多贴于后台显要位置的性质相符，于是在书写时便写作"题纲"，当然这也只是笔者的一种推测。在后文引用时，为了尽量反映原貌，将按照剧本上注明的形式引录。

最后，上面所介绍的总本、曲谱、排场（串头）、单头、题/提纲等几种形式的曲本经常以组合的形式出现，如前述的"总本曲谱"。而排场、题/提纲、总本也常常互相组合，形成"排场题纲""串头题纲"等形式，或者在总本之前的空白页，用较小的字体，抄写"排场"和"题纲"以附之。

2. 安殿本·存库本·台本

关于安殿本，齐如山在《谈四脚》一文中说："什么叫作安殿本呢？这个名词，在升平署或宫中，是人人知道，极普通的，外边因为用不着他，所以也就没人知道。宫中每逢演戏，戏台对过殿中，总要摆一张大长案，此即名曰御案，后边就是宝座。每演一出戏，必须把该戏的本子，放在案上，他不名曰放，而名曰安，意思安于殿上，故名曰安殿本。不但剧词的本子，安于殿上，连某脚去某人，也都详书于小册上，放在案上，倘皇上想知道去某人的是哪一个脚色？一看此小册，便能明了。"[1]对安殿本的来历和作用解释得十分清楚。

安殿本是专门给帝后在演出前后用以对照的本子，其形制，周明泰先生言"皆黄纸封面，所抄曲文，疏行大字，句读分明，封面外粘红签，书戏名，字体皆正楷，所谓安殿本也。"[2]《升平署月令承应戏·序》谓"此项剧本，咸装订成册，册衣黄色者，粘有红签，题写剧目，称安殿本，盖供演唱时呈览者。白色者，称存库本。册内抄录字体颇工，词

---

〔1〕 齐如山：《谈四脚》，《齐如山全集》，台北：联经出版事业公司1979年版，第2213—2214页。

〔2〕 周明泰：《几礼居随笔卷四》，转引自：沈津：《上海图书馆所藏清乾隆内廷精写本〈西游记〉传奇二种》，《文物》1980年第3期，第95页。

句谱板,均标朱色圈点(曲谱)。分无谱板,及有谱板二式。"〔1〕黄封红签是判断安殿本最重要的一个要素。此外,凡属安殿本,都为精抄精校,除了帝后批阅,一般不会有其他的改动,这就是所谓"净本"的含义。安殿本的抄写格式也有比较严格的要求,一般的内府本多为半页8行,安殿本则要稀疏的多,以6行为常见,还有不少4行本,字大行疏的形制应当是为了方便帝后观看并能随意批阅。

安殿本最普遍的形式是总本,即记载整部戏的所有曲白科介的本子。但也有不少其他形式的安殿本,如齐如山先生《北平国剧学会陈列馆目录》收录的就有"承应戏安殿题纲""昆弋安殿题纲""皮黄安殿本题纲"等多种。〔2〕此外,所谓"宴戏承应上安戏折",也应该归入安殿本的范围。宫中每次演出之前,南府或升平署总管都要将演出曲目抄成戏单,以呈御览。档案中有许多关于此类戏单的记载,如《道光七年恩赏日记》录:"七月十一日奏十五日戏单,上留《佛旨度魔》《魔王答佛》《迓福迎祥》总本。"〔3〕这种呈送御览的戏单,当然也必须符合安殿本的要求。此外,在咸丰之后,民间演出的剧目通过外边戏班和内廷供奉大量传入宫中,在这些民间艺人演出之前,要将戏班的戏单或者内廷供奉的擅演剧目抄成折子,供帝王点戏。内廷供奉们的戏单,在《国剧画报》等民国刊物中多有登载,可参看。

黄封红签的是安殿本,白封者则为存库本。对于存库本,前人没有明确的定义,顾名思义,应该是内府本中用来存档的本子。根据齐如山先生的分类,存库本包括"曲谱存库本""十番乐存库本""题纲存库本""内学八行皮黄存库本""内学六行皮黄存库本""内学五行皮黄存库本"等(《北平国剧学会陈列馆目录》)。可见,一部曲本的所

---

〔1〕 国立北平故宫博物院文献馆编《升平署月令承应戏》,《民国京昆史料丛书》(第四辑),北京:学苑出版社 2009 年版,第 198 页。

〔2〕 齐如山:《北平国剧学会陈列馆目录》,1935 年版。

〔3〕 朱家溍、丁汝芹:《清代内廷演剧始末考》,北京:中国书店出版社 2007 年版,第 176 页。(注:本文所引南府、升平署档案,如无特别说明均转引自《清代内廷演剧始末考》,下文不复注,仅在文中标明页码。)

图1-9 《寿祝万年》安殿本　　　　图1-10 《寿祝万年》安殿本

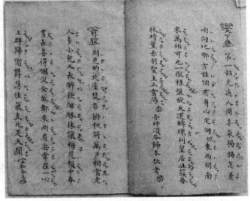

图1-11 《喜朝五位》存库本　　　　图1-12 《喜朝五位》存库本

有剧本形态,都要为之抄写一份存档。存库本的抄写,没有安殿本精
细,但也是比较干净、较少改动的本子。之所以出现存库本,是和内府
本的演出特点密切相关。清宫所演的戏出,特别是一些庆赏类曲目,
在不同的场合需要反复上演,而且在演出时还要换上应景的曲词,这
就要求在演出前在原来的剧本上做出相应的改动。存库本的出现,很

大可能就是出于保存底本的需要,在每次演出之前,将存库本作为底本,改动后形成新的舞台演出本。

舞台演出本,是相对于安殿本、存库本的另一种重要形态,笔者将之简称为台本。在过去的研究中,尚未有学者对内府本中舞台演出本的形态进行介绍和定义。相对于存库本和安殿本,用于演出的本子一般抄写比较潦草,行款密集,且多有删改。此外,台本不如存库本之装帧精细,一般没有书签,书名直接题写在封面上,且封面常录有演出时间、改订时间、改订者等信息。内府本中还有一种比较有趣的现象,由于同一出戏可能在不同场合演出,或者某出戏在不同时期有各种声腔的改本,为了改编的需要,常常将不需改动的部分按照底本抄录下来,在需要改词的地方预留空格。当我们在比较同一种曲本不同时期的版本时,常能发现年代较晚的改本在曲、白之间的留白。如清宫大戏《昭代箫韶》,有最初的昆曲本,也有后来的皮黄改本;《故宫珍本丛刊》载有其皮黄改本。在与《古本戏曲丛刊》第九集收录的嘉庆刊本比较之后,可以清晰地看到,皮黄本完全继承了昆曲本的说白,只是在曲文位置预留空格,便于编者改曲。这种情况在清宫庆寿戏中也大量存在,底本往往预留出颂圣曲词的位置,在演出时根据实际情况写入相应的词句。这类曲本都属于舞台演出本的范畴。按照齐如山先生的分类,舞台本可以细分为"总底稿本""后台公用本""承应戏底稿本""内务府堂官用本""升平署司员用本""内学太监自用单本"等众多小类。

最后,我们可以引用《老太监的回忆》中的说法来说明总本、安殿本、库本、台本之间的关系:"一出新戏,总讲须写三份。一本上安(安殿本),太后看戏时按本听看。一本交管戏的总管承应差使。一本存司房留底案(库本)。"[1]

3. 开团场·轴子·宴戏·杂戏

上述的两组概念,主要是按照剧本功用、形式划分出的。在南府、

---

〔1〕 信修明:《老太监的回忆》,方彪等点校,北京:燕山出版社1992年版,第179页。

清代内府曲本研究

升平署档案中,对于内府本则有另外的一套话语体系。这组以演出规模和演出时间为标准划分的概念,是我们接下来所要重点关注的。

> (六月)二十日　禄喜面奉谕旨,今岁万岁爷万寿,初十日承应《九九大庆》一本,初八日、十二日此二日**开团场大戏**,其余内外学承应**寻常轴子小戏**。今岁皇太后整寿,于十月初七日至十一日共承应戏五本,其初十日承应《九九大庆》一本,其四日承应《升平宝筏》、内外学小戏,**开团场仍承应大戏**。钦此。十月十五日　祥庆传旨,将内外学**节令**、**开团场**、**轴子**、**杂戏**,着更改添减写得时,再交进上安。钦此。——道光五年恩赏日记档(《始末考》,第162—166页)

以上是笔者摘录的一段南府演剧档案,对于演出的组织者来说,"节令戏""开团场""轴子""杂戏"等名称,才是在工作中最常使用的词汇。那么,这些名称各自的含义和关系又是怎样的呢? 在对这些概念进行考释之前,我们有必要首先回顾清代宫廷演剧的一般程序。

> 清代宫中,升平署内外二学演剧承应之日,于戏台布置,扮装齐备时,乃由升平署总管太监进内奏知皇帝,谓之"报请"。迨开场,帝后出观时,即由太监作乐,俗曰"迎请"。承应人员,每闻乐声作,无敢稍懈者。至承应剧毕,或帝后离座入内时,场面人员,遂起吹打,恭送圣驾,则谓"送驾"也。演剧开场之先,例跳灵官,谓之"净台",亦曰"扫台"。由杂色扮灵官八人,……跳舞下,正剧始开场。[1]

在正式演出开始后,首先演开场戏。"内廷开场,恒属南府内学扮

---

[1] 傅惜华:《南府轶闻》,《国剧画报》1932年第1卷8—10期。

演，多吉祥戏。开场戏演毕，即由外学诸人，轮流演唱。……末场即为大切末戏，此名团场，即外称之大轴子。团场戏毕，即在台下院内满铺棕毯，举行跳灯"。[1]

以引文论之，在清宫演剧中，"开团场""轴子"等是以演出时段划分的概念。相对于"轴子"而言，"开团场"的意指十分清晰，代表着"清宫戏曲场次名称。演于一日之首的戏曲称开场，演于一日之末的戏曲称团场，一般均为吉祥戏"。[2]

"轴子"的情况则要复杂一些。据《故宫辞典》载，"轴子"是指："一场折子戏中作为轴心的主要剧目。宫中演戏一般惯例为先开场戏，后轴子戏，再团场戏结束。而清宫整本之戏少则数十出，多则 240 出，每次庆典活动只演一出，数日甚至数月才能演完，这样只有去掉开、团场戏，直接演正本轴子戏。"[3]

在这里，轴子戏首先被认定为一场折子戏演出中的主要剧目，但是，随后话锋一转，轴子戏又被等同于清宫整本戏（作者所指应为《劝善金科》等清宫大戏），需要数日数月方能演完。显然，概念本身已有矛盾之处。而前引《道光五年恩赏日记档》提及的"轴子"，是与"开团场""杂戏""节令戏"相对的一种演出形式。为了搞清概念的含义，我们有必要从源头上探索"轴子"的由来。

"轴子"的原始含义，据《小轴子戏》一文所录，是编撰戏曲剧本时，"将戏曲脚本中曲词、宾白，以毛笔直书于长方条形卷轴式宣纸或高丽纸上，书后卷拢，以备参用，一般存放搁置，卷成一轴，是为一卷本册，

---

[1] 曹心泉：《前清内廷演戏回忆录》，《剧学月刊》1933 年第 2 卷第 5 期。关于宫中演戏"跳灵官"，在前人的记载中略有差异，在本文的第四章中将有专节讨论清宫演剧的开场仪式，可参看。

[2] 万依：《故宫辞典》，上海：文汇出版社 1996 年版，第 351 页。关于开团场，齐如山先生在《谈四脚》一文中提及："开团场戏，开团场者，即是开场戏。"但考之诸家所论并升平署档案之记载，此说实误，"开团场"为清宫演剧头尾两出之合称，常以二者并称者，实因所演为同类剧目，而非仅指"开场戏"。由此，曹心泉所谓"末场即为大切末戏，此名团场，即外称之大轴子"，亦有待商榷。

[3] 同上，第 351 页。

称为横幅手卷,为当时通行手卷之款式"。〔1〕可见,"轴子"这一名称的出现最早源于剧本卷轴装的装帧形式。由于各种剧本长短有别,所以,也相应地出现了"大轴""小轴"之类的称呼。而后,在清代的戏曲演出中,"轴子"慢慢演化成为每日演出时段的代名词。蕊珠旧史《梦华琐簿》(道光二十二年)载:"今梨园登场,日例有三轴子:早轴子,客皆未集,草草开场;继则三出散套,皆佳伶也。中轴子后一出曰压轴子,以最佳者一人当之;后此则大轴子矣……大轴子皆全本新戏,分日接演,旬日乃毕。"〔2〕可见,"轴子"的出现,最早是划分演出时段的需要,在划定的每一"轴子"中,各演出数量不等的几出戏。然而,随着演出活动的深入,为了招徕观众,戏班必须在每个"轴子"时段形成演出特色,以吸引观众。具体表现为,在剧目编排上,某一类型的剧目被固定于特定的"轴子"时段来演出。于是,"轴子"除了代表演出时段,也慢慢成了该时段演出剧目的代称。剧团往往在"中轴子"的末场安排班中头号伶工演出拿手剧目,这出戏被称为"压轴戏"。或是在最后一场演热闹的大武戏或什门角色戏,因为演出的时段属于"大轴",后来"大轴戏"也成了这类剧目的代称。〔3〕

就目前所能见到的清宫戏曲演出史料而言,尚无文献可证宫廷演剧亦曾以"轴子"划分演出时段。但显而易见的是,在档案中将"轴子"作为某一类戏的代名词,也是基于民间分时演出的原因。

> 十二月十五日　祥庆传旨,正月十五日,万岁爷从天坛内下圆明园时候晚,唱小戏、寻常轴子,将《劝善金科》移在八月万寿时承应。钦此。——道光六年恩赏日记档(《始末考》第170页)
>
> 闰五月初一日　祥庆传旨,俟再有同乐园承应戏之日,仍插

---

〔1〕戴申:《小轴子戏》,《中国京剧》2003年第8期,第34页。
〔2〕(清)蕊珠旧史:《梦华琐簿》,张次溪编《清代燕都梨园史料》,北京:中国戏剧出版社1988年版,第354—355页。
〔3〕杜嘉夫:《轴子戏》,《北京艺术》1983年第1期,第10页。

《蝴蝶梦》轴子。钦此。——道光七年恩赏旨意承应档(《始末考》
第 184 页)

九月初一日　同乐园承应二十六段《昭代箫韶》。九月二十
六日同乐园拆工,俟明年起,再承应《升平宝筏》,其不整装。今年
十月间伺候别的轴子,在恒春堂承应。明年同乐园戏台未得之
前,承应戏仍在恒春堂伺候。钦此。——道光十八年恩赏日记档
(《始末考》第 214 页)

分析档案中的记载,"轴子"类别下的剧目至少包括:昆弋传奇
(如《蝴蝶梦》)、折子戏(寻常轴子)、清宫连台大戏(文中将《劝善金科》
与"寻常轴子"、《升平宝筏》与"别的轴子"相对应,可见连台大戏亦属
轴子的范畴,只是与普通的轴子戏有区别的一种特殊形式)。那么,基
于"轴子"与"开团场""节令""杂戏""宴戏"相对的事实,笔者将"轴子"
定义为:在清宫戏曲演出中(节令和庆典演出除外),除去开团场戏之
外,演出的主要剧目之总称。其范围既有昆弋传奇、折子戏,也包括连
台大戏。相对于开团场戏以吉祥戏为主,轴子戏的剧情、结构比较完
整,艺术表现力更强。

宴戏,顾名思义,是指主要在朝廷宴飨场合演出的戏目。这种宴
会有外国使臣参加,一般只在重大节日或者重要庆典时举行,因此,相
对于宫中频繁的日常演出,宴戏的演出机会要少得多。

二十七日　禄喜面奉谕旨,除夕宴戏《金庭奏事》《锡福通
明》。元旦宴戏《膺受多福》《万福攸同》——道光二年恩赏日记档
(第 138 页)

(五月)初五日　奉三无私酒宴承应,酉初八分开戏,酉初三
刻二分戏毕。《奉敕除妖》《祛邪应节》。(八月)初十日　未初
午宴。奉三无私升座。未初五分,开戏:《青牛独驾》《环中九
九》。未初二刻五分,戏毕。酉初,酒宴。内学承应《祥征仁寿》

《万寿同春》——道光三年恩赏日记档（第145、150页）

乾清宫承应宴戏《膺受多福》，转宴《万福攸同》（一分大戏）。五月十七日　皇后千秋，奉三无私酒宴承应。酉初十分入宴，酉正戏毕。《平安如意》《探亲相骂》。——道光四年恩赏日记档（第155、157页）

十二月二十七日敬事房传旨，正月十四日奉三无私宗室宴，是日同乐园伺候戏。十五日奉三无私内庭宴，是日同乐园伺候戏。十六日正大光明廷臣宴，是日同乐园伺候戏。——道光七年恩赏旨意承应档（第184页）

以上是笔者摘引的道光年间记载有"宴戏"演出的南府、升平署档案，为了节省篇幅，删去了历年同一时间演剧的记载。由此可知，一年之中需要演出宴戏的场合至少包括：帝后的生日（万寿节，八月十日是道光帝生日；皇后生日等）；元旦、除夕，以及正月里赐宴宗室、藩臣的宴会；特殊的令节（在档案中，仅见端午赐宴演剧的记载）。

在清代，赏赐听戏是帝王赐予群臣的特殊恩典，据《升平署之闻见》所载："月戏不赏各王大臣听戏，只逢万寿始赐王大臣看戏，尚须有要差者，亲郡王不兼都统，均不上单，亦极隆重之典礼也。……朔望日月戏，……有赏戏者，不过内廷当差，近支王公贝勒，及各椒房诸公，至内廷请安者。其传戏规矩，与大典令节不异，向归内务府大臣管理升平署带戏。"[1]能够受邀听戏，对于清代的臣子来说是莫大的恩遇，甚至连演戏本身也被作为节庆典礼的一部分，被一丝不苟地执行着。从另一个方面来说，在有群臣参与的场合，宴戏也展现出异于内廷日常演出的面貌。朝鲜使者朴趾源在《热河日记》"山庄杂记"中记载了乾隆皇帝万寿节赐宴群臣、外藩时的演出剧目，是我们今天所能看到的关于清宫演剧较早的史料。在论及演出剧目的来源时，谓"戏本皆朝

<hr>

[1]　岫云：《升平署之闻见》（四），《国剧画报》1932年第1卷第22期。

臣献颂诗赋若词,而演而为戏也",在演出时则"每设一本,呈戏之人,无虑数百,皆服锦绣之衣"。[1] 胡忌在《"院本"之概念及演出风貌》一文中介绍了傅惜华先生旧藏《清宫承应曲谱十三出》,其中《百岁上寿》《函谷骑牛》《应月令花》,均见于朴氏"戏本名目"所录。这些戏出均"有谱无白",[2] 体非代言,纯以歌舞装扮取胜。可见,宴戏是一种歌舞场面较多,戏剧性较弱,专以装扮华美鲜丽,适合在筵宴过程中欣赏的剧目。篇章应有不少出自宫廷词臣之手,内容以颂圣呈祥为主。

杂戏,《中国曲学大辞典》谓之:"古代对戏剧、歌舞、杂技等表演技艺的总称。……然至宋代,……其意当已专指戏剧。并且即是'杂剧'的同实异名。"[3] 然而,这与升平署档案中出现的"杂戏"概念并不一致,道光五年(1825 年)"(九月)十五日,同乐园承应九出戏,禄儿传旨,今日《探监法场》减去不唱,将《打场》此出,再添杂戏四出,共五出,着在奉三无私晚间伺候上排。"(《始末考》第 164 页)在一天承应的九出戏中,杂戏就有五出之多,可见杂戏是很受清代帝后欢迎的。但是,档案中提到的杂戏剧目《探监法场》,绝非杂剧之属。那么,到底哪些戏目才属于杂戏呢?《故宫所藏升平署剧本目录》中曾专列一类"杂出目录",[4] 可以帮助我们更直观地认识这个问题。该目下收戏出 36 种,因《故宫周刊》于文物南迁后停办,目录末章虽标待续,但已无续出,虽非故宫所藏之全部,但于本文结论无涉。在这 36 种戏出中,有一出名为《戏目连》。该剧演观音化身凡间女子试验目连道心,为目连戏之一种,但情节却非出自郑之珍《目连救母劝善戏文》或清宫大戏《劝善金

〔1〕 [朝]朴趾源:《热河日记》(卷十八),朱瑞平校点,上海:上海书店出版社 1997 年版,第 250 页。
〔2〕 胡忌:《院本之概念及演出风貌》,《菊花新曲破》,北京:中华书局 2008 年版,第 119 页。
〔3〕 齐森华、陈多、叶长海主编《中国曲学大辞典》,杭州:浙江教育出版社 1997 年版,第 28 页。
〔4〕 在"杂出目录"之前,尚有"杂曲目录"之类,所收曲本为"莲花落、大鼓"之类的曲艺作品,而升平署档案在提到杂戏剧目时,都可明确判断出其属于戏曲演出。因此,"杂戏"应该被认为是和杂剧传奇相对的,一种特殊的戏曲形式,而非戏曲、曲艺、杂技作品的总称。

科》,据学者考证,为民间常演之"花目连"戏而入宫廷供奉者。其曲词既有南套【步步娇】【园林好】,亦有板腔体唱段,昆徽并奏,〔1〕可能是京、昆声腔交替之际的过渡产物。此外,该目下还收有多种"西游戏",《火云洞》《琵琶洞》《双心斗》《水帘洞》《芭蕉洞》等等,均为西游戏中情节火爆,场面热闹的出目,虽仅从名目上无法判断剧本的声腔,但今存内府本"西游戏",不少都昆、乱杂陈,上述剧目大致也都属于这类情况,目录中所收其他出目也都与此相类。因此,我们总结杂戏的特点如下:从舞台效果来说,杂戏是情节比较热闹,场面火爆,且多插科打诨,极具趣味性和观赏性的剧目;从声腔来说,多为多种声腔并举,特别是昆、乱混杂的出目;从来源而言,杂戏应该原产于民间,在民间盛演不衰而传入宫廷的剧目,为宫廷演剧带来一股清新而浓郁的"山野"气息。

4. 大戏·小戏·节戏·寿戏

"大戏"是在谈到清内府本时一个十分常用的概念。人们在使用时,往往将"大戏"与清代编写的多种百出以上的连台本戏等同起来,认为"大戏"是内府鸿篇巨制《劝善金科》《昭代箫韶》等长篇作品的代名词。〔2〕李玫在《明清戏曲中"大戏"和"小戏"概念刍议》中对这一问题有详细论述,今试述其主要观点,对"大戏"的含义进行说明。

最早对"大戏"进行描述的是清代的赵翼和昭梿。赵翼《檐曝杂记·大戏》记载了乾隆万寿时演出的"大戏":"所演戏,率用《西游记》《封神传》等小说中神仙鬼怪之类,取其荒幻不经,无所触忌,且可凭空点缀,排引多人,离奇变诡作大观也。"〔3〕昭梿《啸亭杂录》"大戏节戏"条,介绍了乾隆、嘉庆时期编制的承应曲本"月令承应""法宫雅奏""九

---

〔1〕 傅惜华:《说戏目连》,《国剧画报》,1933 年第 2 卷 13—15 期。
〔2〕 如《中国大百科全书》"戏曲曲艺"卷清代宫廷大戏"条(第 294 页);李玫:《清代宫廷大戏三题》,《中国典籍与文化》1999 年第 1 期;廖奔:《清宫大戏》,《书品》2004 年第 6 辑等,均将"大戏"直接对应清代编撰的《劝善金科》等连台本戏。
〔3〕 (清)赵翼:《檐曝杂记》,李解民点校,北京:中华书局 1982 年版(2007 年重印),第 11 页。

九大庆""劝善金科""升平宝筏""鼎峙春秋""忠义璇图"等。因为《檐曝杂记》所载之西游戏被普遍认为是《升平宝筏》，而《啸亭杂录》的作者没有对"节戏"和"大戏"进行严格的区分，因此，这两条材料常使人们产生"大戏"等同于清宫连台本戏的误解。

但是考之清代宫廷戏曲档案，有不少剧本目录中均列"大戏"一类，如《内学昆弋戏目档》《穿戴题纲》等，在这些目录中，"列入'大戏'的剧目说明，'大戏'与'节戏'及'开场戏'一样，是一种表现吉祥内容的短剧，即一种吉祥戏，这是'大戏'最为重要的一个特点。其内容与'宴戏''开场戏'和'寿戏'相似，通常以《四海升平》《万象春辉》《福寿征祥》《万福云集》等吉利字眼为题目。"[1]朱家溍先生在《清代内廷演戏情况杂谈》一文中也曾谈到："'承应大戏'之所以名曰大戏，是以别于'开场承应戏'，其内容性质差不多，总之都是奏演祥瑞，比开场承应戏的角色多，排场大，歌舞更热闹。"[2]

在比较了"大戏"和"寿戏""宴戏""开场戏"之后，李玫总结出大戏的几个特点：1. 大戏的演出时间比较灵活；2. 大戏在一场演出中的排列顺序不固定；3. 大戏的演出排场特别大。最后总结"大戏"是指一类排场大、表现喜庆内容、但不规定演出场合及演出中排序的短剧。针对前述赵翼和昭梿对"大戏"之阐释，在比较了《檐曝杂记》描述的场景与《升平宝筏》的相关出目后，认为赵氏所描写的演出并非《升平宝筏》，而是其他西游戏中的一个故事段落，属于神怪戏的范畴。而昭梿的记载本就包括了"大戏"和"节戏"两部分，即使将寿戏作为"万寿节"的专属剧目来看，"大戏"也应该包括连台本戏和"法宫雅奏"等宫廷仪典类曲目。

综上，我们对"大戏"的概念已经明了。"小戏"是相对于"大戏"的

〔1〕 李玫：《明清戏曲中"大戏"和"小戏"概念刍议》，《文学遗产》2010 年第 6 期，第 110—111 页。
〔2〕 朱家溍：《清代宫廷演戏情况杂谈》，《故宫退食录》，北京：北京出版社 1998 年版，第 548 页。

概念，《道光三年恩赏日记档载》："十月初九日　皇太后万寿　祥庆传旨，《女博士》《农丈人》此二出不唱，换外学两出小戏。钦此。换外学《十宰》(大庆)、《灏不服老》(钮彩)。又传旨，初十日《瑶池整辔》《涵谷骑牛》《万年太平》《丰年天降》此四出不唱，换内学小戏《古城相会》(李兴)、《吟诗脱靴》(安福)。十一日《法轮悠久》《女娲呈瑞》此二出不唱，换小戏二出：《问探》(鸣凤)、《赏雪》(张明德)。"(《始末考》第 151 页)档案中，用小戏替换的都是"九九大庆"里的戏出，这些出目的突出特点就是出场人物少，情节简单，但表演诙谐有趣，所谓"小"者，应该就是相对于大戏之"大"。

节戏，即月令承应戏，顾名思义，是指专供各节令演出的剧目，内容为与节令有关的典故故事。据云，是乾隆时由庄亲王允禄及张照等一班词臣所编。但是，节日演剧在宫廷演出的历史上显然要更加久远，仅按有实物留存判断，至少在脉望馆本中就有了供月令演出的内府曲本，今日所能见到的清代月令承应戏有数十种之多，其中应有不少剧本从前代遗存中汲取了养分，张照等人所做的工作，更有可能是在整理前代存本的基础上，增删修订。乾隆时期，国力昌盛，逢月令必演剧。嘉庆之时，尚能维持其旧，但规模已不如前。及至道光年间，崇尚节俭，于前代节令演戏之例多加废除，只维持了在重要节日(如端午、除夕、冬至等)演剧的传统。这就是造成所谓"南府时代，此种承应剧本，原分节令二十余种，每种有数出者，有十余出者，约有二百余册。迄光绪末，常演者仅数十余出而已"[1]的原因。

寿戏，是在皇帝及后宫主位诞辰时演出的剧目。具体可分为：皇太后万寿承应、皇帝万寿承应、皇后千秋承应、皇太妃寿辰、皇贵妃寿辰、皇子千秋、亲王寿诞。虽然清宫祝寿演剧的场合有如此之多，但并不代表寿戏也相应地被分成了这些种类。对于"寿戏"来说，在演出

〔1〕 国立北平故宫博物院文献馆编《升平署月令承应戏》，《民国京昆史料丛书》(第四辑)，北京：学苑出版社 2009 年版，第 198 页。

时,只要在提及祝寿对象的时候改换相应的称呼,即可适用于各类演出场合。当然,最早的寿戏应该都是为处于内廷权力的金字塔顶端的皇帝或者太后祝寿所特别编写的,只是在为其他的皇族成员祝寿时借用了这些曲本而已。需要特别说明的是,在前人的论述中,往往将"九九大庆"等同于宫廷寿戏,但在演出档案中,"九九大庆"是皇帝或太后寿戏剧本集的特称,其他皇族成员的寿诞,并没有资格演出"九九大庆"。

最后,在对上述第三和第四组概念的内涵进行解析之后,笔者将借助于一份清代内府戏目,比较开团场、节令、宴戏、大戏、轴子的不同。《节令宴戏大戏轴子目录》,傅惜华旧藏,今藏艺术研究院图书馆,戏 001.60/0.846。以"国剧学会"稿纸抄写,系傅惜华先生过录之内府戏档。现根据该目录所载戏出,试作如下比较:

表 1-3 《节令宴戏大戏轴子目录》统计表

	演出所需时间	剧目的内容	演 出 特 色
开团场	十分—二刻	单出吉祥戏	情节简单,主要以天地瑞应,烘托祥和气氛
节 令	一分—三刻	与节令相关的故事	在节令演出的应景戏
宴 戏	一分—二刻五	单出吉祥戏	以歌舞为主的戏目,如《瑶林香世界》,载歌载舞,用于宴会场合
大 戏	十二分—二刻十	单出吉祥戏	比之开团场戏,出场人物更多,此类中的大多数剧目都需要借助大型切末增强演出效果,如《罗汉渡海》《地涌金莲》等
轴 子	二刻—二十二刻	吉祥戏(多出);传奇;折子戏;连台大戏等	戏剧性强,一般为多出戏,注重舞台艺术效果,折子戏也多选择全本戏中艺术水平较高的单出

通过前面的介绍,我们已经了解了"开团场·轴子·宴戏·杂戏·大戏·小戏·节戏·寿戏"等概念的内涵。在行文过程中,为了便于区分,笔者尽量突出了每种类型的特点。但实际上,如"开团场"

"大戏""宴戏"等,由于其本身均为较短的吉祥戏,使其在清代内廷演剧中的界限并不十分明晰,"大戏"的剧目可能也会在寿诞的场合演出,反之亦然。但是,作为一组在内府戏档中出现频率很高的概念,这些名词的出现都反映了当时演出的实际需要,在具体使用时,需根据前后文意,对其代表的含义进行具体地分析。

5. 连台本戏

在上一个词条中,我们对"大戏"的概念进行了分析,指出大戏并不能完全等同于清宫编演的如《升平宝筏》《昭代箫韶》之类的长篇戏曲作品。在行文中,为了以示区别,笔者以"连台本戏"为名指代《升平宝筏》之类的剧目。那么,"连台本戏"这一概念又是否能够完全概括此类作品的特征呢?事实上,在前人的论述中,连台本戏与以明清传奇为代表的全本戏(整本戏)之间的界限并不明显,二者之间仍然存在着不少模糊地带。有学者就认为"明传奇从它一形成,特别是由剧作家创作的名作,都是连台本戏",[1]若事实果真如此,那么我们将《升平宝筏》之类的剧目称为"连台本戏",显然并非是一个专指而且能够排他的概念。对于这个问题,在总结了前人对于"连台本戏"概念研究成果的基础上,可以看到,对于连台本戏的定义其实就是围绕着其与整本戏之间的差异展开的。总的说来,前人的观点可以概括为具有代表性的三种。

(1)"本戏"又称"整本戏",系相对于折子戏而言。指包含若干出(折)的大戏,一般一场演一本大戏。几本至几十本的大戏称"连台本戏",每天演一本,可连续演许多天,甚至几个月。[2]这种观点认为连台本戏就是整本戏的拉长,两者之间的区别仅在于篇幅长短。甚至有的观点更进一步认为,连台本戏的诞生是因为"传奇所描写的故事比

〔1〕 金式:《盛于史 否至极 泰已来——连台本戏三部曲》,《剧本》1987年第3期,第91—93页。
〔2〕 马良春、李福田:《中国文学大辞典》(第三卷),天津:天津人民出版社1991年版,第1342页。

较复杂",“有些就非接连演出几次不可,这就开始了连台戏这种演出形式"。[1]

(2) 严格意义的"连台本戏",当指由同一剧团连演的,题材相同、前后剧情与人物关联但又可各自独立的多本系列剧,它应区别于分作多本多场演出的单一长剧。[2] 这种观点对连台本戏的限定最为严格,诸如南戏《张协状元》、长篇杂剧《西厢记》、明清传奇等作品均不属于连台本戏的范围。

(3) 连台戏的基本特征,就是由多本组成,分本连演。所谓多本,伸缩性很大,最短的,只有四本;最长的,则有十本以至四十本。[3] 而全本戏,顾名思义,就是完整的一本戏,故亦称整本戏。与连台本戏的区别主要在于"全本戏以独立的一本戏为限",且"力求适于一个半天或晚上,一次演毕"。[4] 在这种观点下,南戏、弋阳、海盐诸腔的长篇作品都被认为属于连台本戏的范畴。连台本戏和全本戏有各自独立的发展脉络,而在具体的戏曲演出实践过程中,则互相汲取养分,可以说是调和(1)(2)两种观点的产物。

在对"连台本戏"与"全本戏(整本戏)"进行辨析之前,我们有必要首先简要地回顾中国戏曲发展史上作品形制的演变。据今存文献可征,我国成熟的戏曲样式诞生于宋代。而在戏曲形成之初,就有长、短两种不同的形态。

孟元老《东京梦华录》记载,北宋京师汴梁"构肆乐人,自过七夕,便扮演《目连救母》杂剧,直到十五日止。"[5] 应是今天所能见到最早关于长剧之记录。及至南宋,则有戏文《张协状元》,长达 53 出,可分作 5 至 6 本演出。在长剧出现的同时,短剧也大量地存在于舞台

---

〔1〕 焦菊隐:《连台·本戏·连台戏》,《上海戏剧》1962 年第 10 期,第 8—12 页。
〔2〕 孙崇涛:《风月锦囊考释》,北京:中华书局 2000 年版,第 230—232 页。
〔3〕 徐扶明:《连台戏简论》,《戏曲艺术》1991 年第 1 期,第 51—58 页。
〔4〕 徐扶明:《全本戏简论》,《戏曲艺术》1992 年第 4 期,第 29—35 页。
〔5〕 (宋)孟元老:《东京梦华录》(外四种),上海:古典文学出版社 1956 年版,第 49 页。

之上，宋杂剧"一场两段"的形式，决定了演出必须以短小剧目为主，剧目《二圣还》《三十六髻》的存在证明了这一点，及至金院本仍延其绪。

到了元代，出现了更为成熟的戏曲样式——元杂剧。一本四折一楔子的基本形制，决定了元杂剧以短剧为主要形态。当然，杂剧中也有少量的鸿篇巨制，如《西厢记》《杨东来先生批评西游记》等，但只是元杂剧体制的一个变例，并不常见。

如果说，元杂剧继承的是短剧的传统，那么，长剧的传承也没有断绝，主要被以弋阳、青阳腔为代表的南方声腔所承袭。祁彪佳《远山堂曲品》："《三国传》中，首《桃园》，《古城》次之，《草庐》又次之。"又谓《草庐记》"以卧龙三顾始，以四川称帝终，与《桃园》一记，首尾可续，似出一人之手。"[1]再者，西班牙爱斯高里亚圣劳伦佐图书馆所藏嘉靖刊孤本《风月锦囊》，其中收有自"桃园结义"至"单刀赴会"的《三国志大全》，这些主要以弋阳、青阳等南方声腔演唱的剧目，篇幅巨大，显然非一两日可以演毕。与此同时，南方戏曲声腔中的一支——昆山腔，由于文人的参与，迅速雅化，出现了一大批专为昆腔演出创作的剧本——明传奇，这种剧本一般都在二十出以上，长者如《牡丹亭》达五十余出，亦属长剧的范畴。在长剧蓬勃发展的同时，约在明代中叶，出现了众多以"摘锦"（如《摘锦奇音》《梨园摘锦乐府菁华》等）命名的戏曲选集，从当时流行的长剧中摘选精彩篇章，促进了折子戏的出现和成型，是短剧的一次大的发展。

及至清代前期，《升平宝筏》《劝善金科》《忠义璇图》《鼎峙春秋》等大型历史、神话题材作品大量地出现在清宫戏剧舞台上，十本二百四十出的规模使长剧的创作迎来了最后一个巅峰，而折子戏则在上至宫廷，下迄厅堂的戏曲演出舞台上取得了统治地位。清代中叶以后，中

〔1〕（明）祁彪佳：《远山堂曲品》，《中国古典戏曲论著集成六》，北京：中国戏剧出版社，1959年版，第84—85页。

国戏曲史的发展呈现诸腔杂陈的局面。花部诸腔勃兴后,在剧本和演出形制上同时继承了长短剧的传统,其间还兴起了一个大规模排演长剧的浪潮,"三庆演连台《取南郡》,为排本戏之嚆矢。四喜之《五彩舆》《雁门关》,春台之《铡判官》《混元盒》,皆步其后尘。"[1]花部长剧的大量涌现,促进了京剧剧目的初期积累,其中精彩片段被摘出后形成新的折子戏,丰富了戏曲演出舞台。当然,同一时期,在民间广泛上演着大量的民间小戏,文人也热衷于短剧的创作,如《吟风阁杂剧》《续离骚》等,都是其中翘楚,这都是短剧发展的一个重要侧面。

及至清末民初,以海派为主要推手,又一次在京剧舞台上形成了一次长剧编演的小高潮。清同治六年(1867年),上海丹桂茶园建成,从北京、天津聘请名艺人铜骡子、夏奎章等到上海演出"十本新戏"《五彩舆》,这是上海演出此类戏剧的开始。[2]此后,上海京戏班盛演各种题材的长篇剧目,风靡一时,甚而与"彩头戏"互相借鉴,产生了"连台彩头戏"这样一种特点突出、形式新颖的演出形态。[3]当然,在创新的同时,也招致"恶性海派"的评价,这也是导致后代对"连台本戏"评价不高的直接原因。

前文主要按照剧本的长度,回顾了我国戏曲史上戏曲作品的主要形态。那么,其中的哪些形式可以被称为"连台本戏"呢?在这里首先需要明确一点,相对于舞台演出形态,"连台本戏"这一名称显然要晚出许多,陆萼庭《昆剧演出史稿》说"连台本戏的名目创始于光绪年间",[4]大致是按照清末三庆班开始排演《三国志》等连台戏为起点。徐扶明《连台戏简论》则根据对《申报戏曲文章索引》的统计认为"连台本戏之名,大概始于清末到民国初年时期",其产生的原因,在于连台本戏体制庞大,往往要在一段相对长的时间连续演出,标示本数是为

---

〔1〕 陈彦衡:《旧剧丛谈》,《戏剧月刊》1931年第3卷9—11期。
〔2〕 《中国大百科全书·戏曲曲艺卷》,北京:中国大百科全书出版社1983年版,第207页。
〔3〕 艾青:《连台彩头戏》,《大家》1947年第2期,第42—44页。
〔4〕 陆庭萼:《昆剧演出史稿》,上海:上海文艺出版社1980年版,第302页。

了便于观众判断是否已经看过该本。

据笔者目力所及，"连台"戏的名目至少在清代中叶已经出现在文献记载上。主要生活于乾隆、嘉庆时期的清宗室昭梿（1776—1829 年）在其《啸亭杂录》"大戏节戏"条记载"嘉庆癸酉，上以教匪事，特命罢演诸连台，上元日惟以月令承应代之，其放除声色至矣。"〔1〕结合上下文考虑，其所谓"诸连台"，指的就是《升平宝筏》《昭代箫韶》等四部清宫编写的连台大戏。这是文献中出现的较早的关于"连台"戏的记载。《道光二年恩赏日记档》亦谓："十二月初一日重华宫内外学承应《膺受多福》《万福攸同》一分，其福判用一百名。《劝善金科》连台今年忙，不必承应。钦此。"（《始末考》第 135 页）可见，将《升平宝筏》《劝善金科》之类的戏目称为"连台本戏"，至少在清代中叶前已经形成惯例了。

在清宫连台大戏之后，清中叶以来各京班排演的《三国志》《五彩舆》等剧目，以及民国以后海派京剧所上演的"连台彩头戏"都被认为属于"连台本戏"的范畴，这一点是没有争议的。那么，既然"连台本戏"是一个后出的概念，我们只能根据已经确定的属于连台本戏的剧目逆推，以总结连台本戏的特点，并将之与其他的剧目形态相区别。而当我们对前述的几种"连台本戏"进行考察时，其共同的特征是显而易见的：（1）篇幅长，本数多。清宫连台大戏的惯用篇幅为十本二百十四出，三庆班《三国志》36 本、《德政坊》16 本、《五彩舆》10 本，其规模由此可见一斑。（2）需要连演数日，甚至数月。清宫大戏早期分本演出，每日一本，需演十日，后期分段，演完一次需要更长的时间，道光二十一年（1841 年）演出分段的《昭代箫韶》，直至道光二十三年（1843

---

〔1〕（清）昭梿：《啸亭杂录》，何英芳点校，北京：中华书局 1980 年版（2006 年重印），第378 页。嘉庆十七年（1812 年）以后，清宫并未停止上演连台本戏，嘉庆二十四年（1819 年）尚有十天演完全部十本《劝善金科》的记载。清宫演出连台本戏，实际上并没有真正停止过，即使在道光七年（1827 年）下旨裁减升平署定额后，仍有上演分段本《昭代箫韶》《鼎峙春秋》的记载，只是演出规模不如乾嘉时期，且演出时间拉长，每次所演的出目减少。及至慈禧太后时期，更是组织大量人力物力将昆弋本《昭代箫韶》《锋剑春秋》等翻成皮黄本，可见，连台本戏一直在清宫演剧中占据了相当重要的地位。

年)三月方才演完。(3)诸腔杂陈。今存的清宫连台大戏剧本,昆弋出目比例约为7:3,且其中穿插了许多弦索调、采茶歌、吴歌等民间小调。春台班所排之《混元盒》,"既非纯昆曲,亦不尽为皮黄,乃一昆黄兼奏之乱弹。"[1]《三国志》初期亦为"风搅雪"之唱本。(4)场面热闹,内容繁杂。不同于传奇的集中叙事,连台本戏由于篇幅巨大,虽然有一个统率全篇的中心情节,但常常在其中插入多条线索,多线叙事。如《劝善金科》除了目连救母、李晟平叛的主线外,还有诸如朱紫贵卖身葬父、李文道谋财害命等众多辅戏。在舞台演出时,这一特点常常外化表现为出场人物多,情节复杂。而且情节辅线往往自成起讫,各故事段落之间的联系不似传奇紧密,其中的部分段落亦可挑出单演。(5)舞台技术水平高,通常能够代表当时戏曲演出舞台上所能达到的最高技术水准。如清宫连台本戏对砌末的应用,海派连台本戏对灯彩戏的借鉴等。(6)剧本多取材于神怪、生活、断案、历史等,且与同题材小说的关系十分紧密。与传奇专注于生旦情感戏不同,连台本戏由于容量大,可以更加全面、真实地重现生活场景。另一方面,与昆腔传奇的作者多为具有较高文化素养的文人学士不同,由于从事连台本戏编演者多为直接从事舞台实践的剧团成员,因此题材也以观众喜闻乐见,内容直白、浅显的历史、生活故事居多,常从时下流行的小说、曲艺作品中吸收养分,以达到吸引观众的目的。

以上总结了连台本戏的主要特点,可以看到,除了篇幅的长短外,判断一部作品是否为连台本戏还需综合考虑多种因素。从历史上看,在"连台本戏"的称呼出现之前,被冠以"大全""大戏""合锦传奇""连轴戏""大轴戏"诸名的剧目,应属连台本戏的范畴。前文提到的《目连杂剧》《张协状元》等属于连台本戏早期形式,《风月(全家)锦囊》所收的《三国志大全》已经是比较成熟的连台本戏了。在排除了上述剧目之后,我们需要回到原点,来看看"连台本戏"和"整本戏(全本戏)"之

---

[1] 傅惜华:《〈混元盒〉剧本嬗变考》,《北平晨报·国剧周刊》1936年6月25日。

间的区别。首先,所谓整本戏(全本戏),从杂剧、传奇,乃至后代花部诸腔,为各个时期、各种声腔皆备,当然,其中以传奇最具代表性。它与连台本戏最主要的区别在于篇幅长短以及演出形态的不同,杂剧基本形制为短剧姑且不论,传奇虽然不乏鸿篇巨制,但演出台本多以上下两本为限,演出时间通常为半日或一晚,这显然是与连台本戏不同的。其次,连台本戏并非全本戏的拉长。连台本戏和整本戏的差异是由其各自相对独立的发展脉络所决定的。在前面关于戏曲作品形态的简要回顾中可以看到,连台本戏所继承的主要是北宋"目连杂剧"、南戏《张协状元》的传统,以及南戏声腔弋阳、青阳一脉。相对于后来雅化的昆剧来说,连台本戏从结构、内容,乃至演出时间上都显得比较松散,这种戏曲演出样式在相当长的时间内也主要在乡土之间流传。而全本戏方面,不论是短篇的杂剧、长篇的传奇,乃至后来的花部诸腔,[1]文人的参与始终贯穿其中。这是导致连台本戏和全本戏之间不同道路选择的根本原因。可以说,连台本戏主要继承了民间戏曲的余绪,始终与普通观众的审美情趣紧密结合,因此常以剧情新奇为号召,需要在舞台技术上痛下苦功,以求吸引普通市民、农民阶层的视线。而全本戏自其诞生之初就致力于追求戏曲艺术上的精益求精,寄托了表达作者的情怀的愿望,因此选材更加精炼,着重在文词、关目方面的雕琢。在演出形式上,则以较短的演出时间,较高的艺术表现力取胜。最后,连台本戏和整本戏(全本戏)并非截然对立的两个概念,在各自发展的过程中,两种剧目形态亦互相汲取养分。连台本戏中的某些段落,经过加工可以成为十分精彩的全本戏;同样,某些全本戏在长期的演出实践中,不断扩充规模,也能够成为优秀的连台本戏。

上面,我们用较长的篇幅论述了连台本戏的发生、发展的过程,以

---

[1] 花部的"本戏"被定义为"是为了某一特定演员编写、而又能充分发挥这个演员的独特艺术特点和艺术风格的剧本。"显然,即使是后起的花部,本戏也是度身定做的,出自有较高文化水平之人之手,在艺术风格上追求精致。参考资料:焦菊隐:《连台·本戏·连台本戏》,《上海戏剧》1962年第10期,第8—12页。

及其与以传奇为代表全本戏之间的区别和联系,现在我们不妨再回归到本文讨论的主题:关于《升平宝筏》《劝善金科》等清宫大制作的性质。可以明确的是,不论是从前人文献,还是清宫戏曲档案所记载的内容来看,将《升平宝筏》等称为"连台本戏""连台大戏",[1]确有所本。而从剧本形制和演出实践而言,清宫连台大戏和民间长期上演的连台本戏,基本具备了相同的特点。因此,将《升平宝筏》等剧称为清宫"连台本戏"是合适的。

6. 进呈本·御笔改订本·宴戏承应折

最后的一组概念,在内府本目录和戏档中均极少出现,笔者目力所及,仅齐如山先生曾对此加以说明,齐氏所编《国剧学会陈列馆目录》亦以之立类,故此,笔者在此仅引用齐如山先生的解释,以飨读者。

王府进呈本　此为各王府雇人抄好进呈本,都是五色笔所抄,极工整。

御笔改订本　皇帝以为不合意,往往亲自动笔改动。余藏有几种,比方咸丰名奕詝,有一本经同治把与詝同音的字,都改了,尤其是戏中最爱用"且住"二字,自此以后,宫中演戏都说"且慢",没有说"且住"的了。外边尚随便。

临时改词安殿本　前边说过,皇帝与皇太后合用之剧本,届时只把皇上二字改为皇太后三字便妥。其实不只如此,剧中词句也有大段改的,也只是用黄纸条虚盖上而已。

宴戏承应折　此是于节日专备吃饭时用的,中国所谓作乐佑食即此。此种戏极短,不过一二百字,然也须扮演,于皇帝吃饭时唱之。[2]

---

〔1〕连台大戏的称呼见于《道光七年恩赏日记档》:"其升平署太监,每逢皇太后、万岁爷万寿与年节不能无戏。若连台大戏,一场上七八十人者亦难,无非归拢开团场、小轴子、小戏就是了。"(《始末考》,第173页)

〔2〕齐如山:《齐如山回忆录》,沈阳:辽宁教育出版社2005年版,第236—237页。

第二节　清代内府曲本的分类

据今天所能看到的各种工具书统计,存世的清代内府曲本总量当在万册以上。在前文讨论内府曲本的概念时我们已经发现,由于缺乏一个统一的分类体系,在对内府本进行论述时,论者往往自行其是,给学术研究带来了极大的不便。本节拟就这一问题,在充分回顾前人成果的基础上,提出一孔之见,以求正于方家。自1924年升平署文献被首次大规模披露以来,代有学者为之整理编目。从二十世纪三十年代至今,亦有关于清代内廷演剧的多种论著问世,虽无专章对内府本的分类展开讨论,但其中涉及的分类思想亦足重视,下面将首先对此进行回顾。

1.《啸亭杂录》关于清代宫廷演剧的记载

昭梿,乾隆四十一年(1776)—道光九年(1829),号汲修主人,清太祖次子礼亲王代善六世孙。嘉庆十年(1805)袭礼亲王爵,二十一年(1816)以罪夺爵,二十二年(1817)获释,从此远离政治中心,潜心著述。《啸亭杂录》是据其亲身见闻所著笔记。本书"续录卷一·大戏节戏"条,是今日所能见到的,最早详细介绍清宫戏曲编演情况的史料。由于昭梿的身份特殊,且其生活的主要时代正处清代宫廷演剧的第一个高峰期,因此,这条材料历来受到学者的重视。在本文后面的篇章中,我们还将多次引证这条材料,在此引录全文如下:

> 乾隆初,纯皇帝以海内升平,命张文敏制诸院本进呈,以备乐部演习,凡各节令皆奏演。其时典故如屈子竞渡、子安题阁诸事,无不谱入,谓之月令承应。其于内廷诸喜庆事奏演祥征瑞应者,谓之法宫雅奏。其于万寿令节前后奏演群仙神道、添筹锡禧,以及黄童白叟、含哺鼓腹者,谓之九九大庆。又演目犍连尊者救母事,析为十本,谓之劝善金科,于岁暮奏之,以其鬼魅杂出,以代古

人催被之意。演唐玄奘西域取经事,谓之升平宝筏,于上元前后日奏之。其曲文皆文敏亲制,词藻奇丽,引用内典经卷,大为超妙。其后又命庄恪亲王谱蜀、汉三国志典故,谓之鼎峙春秋。又谱宋政和间梁山诸盗及宋、金交兵,徽、钦北狩诸事,谓之忠义璇图。其词皆出日华游客之手,惟能敷衍成章,又抄袭元、明《水浒》《义侠》《西川图》诸院本曲文,远不逮文敏多矣。嘉庆癸酉,上以教匪事,特命罢演诸连台,上元日惟以月令承应代之,其放除声色至矣。[1]

以昭梿的身份,出入宫禁,份属平常,其说自当所据。在乾、嘉宫廷戏曲档案基本无存的情况下,研究者也只能以此条为信史。在谈及清代宫廷演剧状况时,多直接因袭昭梿的说法,将清代宫廷戏曲演出和剧目分为:月令承应、法宫雅奏、九九大庆以及连台大戏几种。但是,当我们仔细分析这条记载时就会发现,这样的分类法并不符合昭梿原意,特别是不能准确反映晚清内廷戏曲演出的实际情况。

首先,昭梿对宫廷演出戏本的分类主要基于乾隆时期的情况,并且专指乾隆时重新编撰的一批曲本。他的前提是"乾隆初,纯皇帝以海内升平,命张文敏制诸院本进呈,以备乐部演习,凡各节令皆奏演",其后的文字都是对这项工作内容的具体说明。这就是说,昭梿的分类仅仅适用于乾隆朝新编的戏本,至多能涵盖到嘉庆一朝的情况,不能概括嘉庆以后清朝皇帝的看戏活动,更不能概括清廷演戏全貌。

其次,昭梿所举并非清代内廷演出的全部,他主要记录的是有外臣参加的庆赏性质演出的情况。有清一代,戏曲演出作为朝廷仪典的一部分,在各种活动中占据了重要的位置,举凡祭祀、庆典活动,演戏

---

[1] (清)昭梿:《啸亭杂录》,何英芳点校,北京:中华书局1980年版(2006年重印),第378页。

必点缀其间,成为仪式的重要组成部分。昭梿曾为亲王,能看到的主要是这类仪式性的演出,[1]而这种有宗室王公等外臣参加的宴飨活动,演出的剧目必然经过严格的筛选,不能代表宫廷演剧的全貌。有清一代,历代帝后对戏曲的热情始终不减,宫中演剧一直长盛不衰,除了必要的仪式性演出外,比例更大的是形式、种类更为丰富多彩的日常演出。据升平署档案所载,从咸丰十年(1860)八月初八日"驾幸热河",至十一年(1861)七月十七日咸丰帝去世为止,在不到一年的时间里,热河行宫共演出昆腔、弋腔、乱弹三个剧种的戏320余出。如此高的演出密度,自然不可能仅仅演出仪典类剧目,清宫演剧的形式显然要丰富得多。因此,仅仅对庆典性质的剧目进行分类是以偏概全的。在昭梿生活的嘉庆、道光时代,乱弹戏在宫中的演出的机会与昆弋腔相比极少。但是,即使如此,众多前代流传下的戏本、明清传奇中的折子戏等以昆弋腔演唱的观赏戏目都无法在昭梿的分类法下得到反映。

第三,从昭梿著述的性质来看,笔记史料的体裁决定了所载内容只是作者对见闻的文学表述,并不能算作严格意义上的学术著作,昭梿本也无意对清宫百年演剧史做出概括。如果将其作为分类标准,必然会出现标准不统一的现象,并导致类目内涵上的混淆。在《啸亭杂录》中,昭梿举出了内府曲本的四类:月令承应、法宫雅奏、九九大庆以及宫廷大戏。其中,月令承应是演剧时间;法宫雅奏、九九大庆是演出场合;而《劝善金科》等连台大戏究竟于何时演出,从昭梿的记载中并不能得其全景。按照分类法的一般准则,同一层次的类目应该具有排他性,而不能互相包含。昭梿的分法显然不能满足这一要求,如他

---

〔1〕 清代,被皇帝、太后等赏赐听戏是一种恩典,只有在得到这种赏赐的情况下才能列席观看宫廷戏曲演出,如《啸亭杂录》"派吃跳神肉及听戏王大臣""万寿节"等条记录了臣下被赏赐听戏的时地。而演戏的内容也多为仪式性质的剧目,在清代中前期,侉戏、乱弹之类的戏目在王大臣列座时是不能承应的,如道光五年(1825)七月十五日升平署档案记载:"俟后有王大臣听戏之日,不准承应侉戏。"(朱家溍:《清代乱弹戏在宫中发展的史料》,《故宫退食录》,北京:北京出版社1998年版,第574页)

对"月令承应"的定义是"各节令皆奏演"的"典故",而在大戏《升平宝筏》处又云"于上元前后日奏之",上元前后日为清代的节庆之一,那么按照昭梿的定义,《升平宝筏》也应当是"月令承应"的一种,同一层次的类目互相包含,必然给著录造成许多难题。

第四,对皮黄、乱弹等清代中后期进入宫廷的声腔缺乏容纳性。正如前面所提到的,在嘉庆、道光时期,皮黄、乱弹初起,尚未得到官方的认可,故宫中演出乱弹诸腔的情况非常罕见。昭梿本人对乱弹腔也是持否定态度的,他说:"近日有秦腔、宜黄腔、乱弹诸曲名,其词淫亵猥鄙,皆街谈巷议之语,易人市人之耳。又其音靡靡可听,有时可以节忧,故趋附日众。"[1]在这种思想的驱使下,昭梿在记述宫中演戏时没有提到乱弹戏,也是很正常的。但是,随着"花雅"之争的尘埃落定,道光、咸丰年间,花部皮黄声腔迅速兴起,这种以北方语音为基础的曲种,较之诞生于江南地区的昆腔,显然更受王公贵人的喜爱。特别是慈禧太后时期,将大量的昆弋曲本改编为皮黄,又将"内廷供奉"们进呈的民间演出本审核后在升平署存档,在清宫保存了大量的乱弹戏本。因此,在昭梿生活的时代虽未遇到这样的问题,时至今日,在我们对内府曲本进行整理著录时,必须为这批曲本找到合适的位置。

2. 近人著述中对清代宫廷演剧的分类

升平署曲本被披露以来,也有不少学者对之展开专题研究。其中,以《清升平署志略》为开山,《清代内廷演戏史话》则是近年的力作。两书均以较大的篇幅探讨了清代内廷演剧的种类和形式。

王芷章先生出版于1935年的《清升平署志略》,是第一部以清代宫廷演剧为研究对象的专著,在该书第四章《分制》中,对升平署的职掌进行了归类,具体的分类体系如下表所示:[2]

---

〔1〕 (清)昭梿:《啸亭杂录》,何英芳点校,北京:中华书局1980年版(2006年重印),第236页。
〔2〕 王芷章:《清升平署志略》,北京:"国立北平研究院史学研究会"1937年版,第1—307页。

表 1-4 　《清升平署志略》——分类体系〔1〕

A. 月令承应	B. 庆典承应	C. 临时承应〔2〕	D. 丧礼承应
A1. 元旦承应	B1. 法宫雅奏		D1. 皇太后大丧
A2. 立春承应	B1/1. 定婚承应		D2. 皇帝大丧
A3. 上元前一日承应	B1/2. 大婚承应		D3. 皇后大丧
A4. 上元承应	B1/3. 皇子成婚承应		D4. 公主之丧
A5. 上元后承应	B1/4. 皇子诞生承应		
A6. 燕九承应	B1/5. 洗三承应		
A7. 花朝承应	B1/6. 弥月承应		
A8. 寒食承应	B1/7. 册封妃嫔承应		
A9. 浴佛承应	B1/8. 嘉庆殄灭邪教献		
A10. 端五承应	捷承应		
A11. 关帝诞辰承应	B1/9. 大驾还宫承应		
A12. 赏荷承应	B1/10. 迎銮承应		
A13. 七夕承应	B1/11. 行幸翰苑承应		
A14. 中元承应	B1/12. 行围承应		
A15. 中秋承应	B1/13. 召试咏古承应		
A16. 重九承应	B1/14. 酒宴承应		
A17. 宗喀巴诞辰承应			
A18. 冬至承应	B2. 九九大庆		
A19. 腊日承应	B2/1. 皇太后万寿承应		
A20. 赏雪承应	B2/2. 皇帝万寿承应		
A21. 赏梅承应	B2/3. 皇后千秋承应		
A22. 观酺承应	B2/4. 皇太妃寿辰		
A23. 祀灶承应	B2/5. 皇贵妃寿辰		
A24. 小除夕承应	B2/6. 亲王寿辰承应		
A25. 除夕承应			
A26. 朔望承应			

　　1999 年，学者丁汝芹出版了《清代内廷演戏史话》一书。该书上编第二章专门论述了清宫演戏形式，将清代宫廷戏曲演出分为仪典戏和

---

〔1〕 类名前的英文字母和数字为笔者所加，仅为区分上下层类目所设，无特殊含义，表二同此。其中，字母"A""B"……所标示的为一级类目，数字表示该类在上位类下的序号，"字母＋数字"为二级类目，"字母＋数字/数字"为三级类目，依此类推。

〔2〕 所谓"临时承应"，是指于"正项承应外，临时加演小戏，以为娱乐者"，俗名为"羊猴戏""猫儿排""坐腔""清唱"。与非节令时间的日常演出不同（《清升平署志略》，第131 页）

观赏戏两种,具体的分类体系如表5所示:[1]

表1−5 《清代内廷演戏史话》——分类体系

A. 仪典戏				B. 观赏戏				
A1. 节令戏	A2. 喜庆戏	A3. 万寿戏	A4. 朔望 承应	B1. 宫廷 大戏	B2. 元 明清传 奇杂剧 中的折 子戏	B3. 外邦 朝拜戏	B4. 玩 笑戏	B5. 民 间流行 的乱弹 戏、秦 腔等
A1/1. 元旦 A1/2. 立春 A1/3. 上元前 一日 A1/4. 上元 当日 A1/5. 上元后 一日 A1/6. 燕九 A1/7. 太阳节 A1/8. 花朝 A1/9. 寒食 A1/10. 浴佛节 A1/11. 端阳 A1/12. 关帝 诞辰 A1/13. 七夕 A1/14. 中元 A1/15. 中秋 A1/16. 重九 A1/17. 冬至 A1/18. 腊日 A1/19. 祀社 A1/20. 除夕 A1/21. 赏荷 A1/22. 赏雪 A1/23. 赏梅	A2/1. 皇 上定婚 A2/2. 皇 上大婚 A2/3. 皇 子诞生 A2/4. 皇 子洗三 A2/5. 皇 子弥月 A2/6. 大 驾还宫 承应 A2/7. 行 幸翰苑 承应 A2/8. 行 围承应 A2/9. 皇 太后恭上 徽号 A2/10. 册 封妃嫔	A3/1. 皇帝 万寿 A3/2. 皇太后 万寿(或 称圣寿) A3/3. 皇后 千秋						

---

〔1〕 丁汝芹:《清代内廷演戏史话》,北京:紫禁城出版社 1999 年版,第 34—65 页。

以上二书对演出内容的划分同样也适用于对曲本的分类。《清升平署志略》成书较早，主要利用了朱希祖先生转让给北平图书馆的升平署戏曲档案，对演剧内容的划分受《啸亭杂录》影响甚深。在划分类目时基本上遵循了依功能（或演剧时间）分类的标准，于昭梿所述四类中合并"法宫雅奏""九九大庆"为一大类，定名曰"庆典承应"；舍去"宫廷大戏"而另列"临时承应""丧礼承应"两类，核心思想与《啸亭杂录》并无二致，存在的问题亦同，在此不再赘述。

《清代内廷演戏史话》是丁汝芹先生在查阅了中国第一历史档案馆、北京图书馆、首都图书馆、故宫博物馆等处的历史档案、曲本和史料后，集多年之功的厚实之作。因其资料收集更为全面，对清代宫廷戏曲演出的把握也更加准确。作者的分类标准仍以演戏功能为依归，与《啸亭杂录》《志略》等一脉相承。但是将演剧的内容分为"仪典戏"和"观赏戏"两类是一大创举，这种划分方法解决了日常演出戏本的归类问题，具有较好的容纳性。"仪典戏"下的四小类，基本上涵盖了宫廷仪式演出的各种形式。"观赏戏"部分较好地解决了昆弋腔折子戏、连台本戏的归属。但是存在的问题也不少。首先，"外邦朝拜戏"应属于"仪典戏"的一种；其次，"玩笑戏"的意指不明，"玩笑戏"亦可是"元明清传奇杂剧中的折子戏"的一种，可能导致列类上的混乱；再次，对乱弹诸腔仍需进一步细分，清代内廷演出的乱弹剧种比较复杂，如此含混地将其归为一类，实难满足使用上的要求。

总的说来，丁氏分类体系的主要问题还是分类标准不一致造成的，特别是在"观赏戏"下，出现了演出形态、演剧功能、声腔剧种三种不同分类标准并存的情况，这些都是需要进一步完善的地方。

3. 内府曲本目录中的分类

目录中的分类体系直接针对剧本而制定，更具参考价值。自清宫演戏曲本散出以来，研究者和收藏机构编制了多种藏书目录，以下按目录的年代顺序，逐一介绍。

（1）《本学门所藏清升平署剧本目录》（1925—1926 年）

北京大学国学门刘澄清、马汝邶先生所编。[1] 这是最早的升平署曲本目录。但由于北大所藏仅得 232 部，种类也比较单一。在编制目录时，编者并未为这批曲本分类，而是按照笔画顺序排列，相同笔画的，按照起笔列序。[2]

（2）《故宫所藏升平署剧本目录》（1933—1934 年）

1933—1934 年间，故宫博物院文献馆对其所藏的升平署剧本进行整理，将已经整理告竣的部分编制成《故宫所藏升平署剧本目录》，发表在 1933 年 8 月至 1934 年 1 月第 276～315 期的《故宫周刊》上，分承应戏、宴戏、昆弋戏、乱弹、杂出、岔曲、杂曲七类，共收曲本 873 种，[3] 类目如下表所示。[4]

表 1-6　《故宫所藏升平署剧本目录》类目表

承应戏目录	宴戏目录	昆弋戏目录	乱弹戏目录	杂出目录	岔曲目录	杂曲目录
（1）月令承应戏 （2）九九大庆戏 （即寿轴子）		（1）开场戏 （2）昆弋本戏 （3）昆弋大戏 （4）昆弋单折戏	（1）乱弹本戏 （2）乱弹单出戏			

依此分类，在一级类目上采用了两个分类标准，第一、第二大类按照演剧功能，其后五类则以声腔剧种类分。所谓的"承应戏""宴戏"本身也是用昆弋腔演出的，它们只能算作昆弋戏的一部分，在分类上应作为下位类。举例来说，在该目录中，分在"昆弋大戏"下的《芝眉介

---

〔1〕 该目发表在 1925—1926 年的《北京大学研究所国学门周刊》上，其中第 11、13、18、19 期所列目录为刘澄清先生编，第 20 期目录为马汝邶先生编。

〔2〕 刘澄清、马汝邶：《本学门所藏清升平署剧本目录》，《北京大学研究所国学门周刊》1925 年 12 月 23 日（第 11 期），第 22—23 页；1936 年 1 月 6 日（第 13 期），第 23 页；1926 年 7 月 7 日（第 18 期），第 22—23 页；1936 年 7 月 14 日（第 19 期），第 22—23 页；1926 年 7 月 21 日（第 20 期），第 22—24 页。

〔3〕 原目将合订本算为一种，此处统计亦将合订本算作一种。

〔4〕 故宫博物院编《故宫所藏升平署剧本目录》，《故宫周刊》1933 年 8—1934 年 1 月（276—315 期），第 4 版。

寿》,同时也是"九九大庆"戏之一,但现有的分类体系下,这种联系是无法让读者看到的。此外,在"昆弋戏目录"的下位类中,也存在着类目重叠的现象,且有内涵指意不明之嫌,[1]这也是分类法所应尽力避免的问题。

在故宫的目录中,特设的"杂出目录"类目未见于他家著录,据所收剧目来看,应为多种声腔混合的曲本,此为该目之创新。

(3)《国立中央研究院历史语言研究所善本剧曲目录》(1940年)

这是1940年吴晓铃先生为"国立中央研究院"历史语言研究所整理其收藏的善本剧曲时所编。由于是综合戏曲目录,吴氏考虑到内廷演剧剧本的特殊性,将"清内府承应戏"单列一类,但内府本的传奇、杂剧不入此处,在"杂剧之属""传奇之属"反映,分类体系如下表所示。[2]

表1-7 《国立中央研究院历史语言研究所
善本剧曲目录》——分类体系

A. 杂剧之属	B. 传奇之属[3]	C. 清内府承应戏
		(甲)月令承应 (一)元旦承应 (二)立春承应 (三)上元前一日承应 (四)上元承应 (五)上元后承应 (六)燕九承应 (七)花朝承应 (八)浴佛承应 (九)赏荷承应 (十)中元承应 (十一)中秋承应

---

[1] 由于编者未为本目录编写相关的说明文字,根据各小类下收录的剧目推测,"开场戏"属于昆弋腔短剧,供开场时演出;"昆弋本戏"似清廷新编或前代遗传之连台本戏;"昆弋大戏"则指规模宏大、砌末众多的剧目,如西游记相关剧目《安天会》之类;"昆弋单折戏"专收明清传奇中的某一折,且标明取自何处。但这种分类下每种剧目的归类就变得比较模糊,更有可能受到编目者主观因素的影响。

[2] 吴晓铃:《国立中央研究院历史语言研究所善本剧曲目录》,《图书季刊》1940年9月(新2卷3期),第392—415页。

[3] 此类下著录升平署抄本四种。

A. 杂剧之属	B. 传奇之属	C. 清内府承应戏
		（十二）冬至承应 （十三）除夕承应 （乙）九九大庆 　（一）皇太后万寿承应 　（二）皇帝万寿承应 　（三）皇后千秋承应 　（四）皇贵妃寿辰承应 （丙）承应史剧 （丁）其他承应戏本（未入前类的均入 　此）〔1〕

（4）《百舍斋存戏曲书目》（1945 年）

高阳齐如山先生曾为其私藏的戏曲小说编制目录，经北京图书馆负责戏曲索引编辑的工作人员校订，以《百舍斋存戏曲书目》为题，发表在该馆的图书馆季刊上，后收入《齐如山全集》第五册。据《齐如山全集》再版序中所言，清宫各种承应戏，私家收藏以"舍下为最多"，为了保存这部分曲本的相关信息，特别将其单列一类。分类时，其他清人杂剧和传奇按年代排列，清宫承应戏与之并列，但清人所著传奇、杂剧虽有内府抄本存世，仍按作者年代归类。〔2〕

```
A. 清人杂剧传奇
A1 顺康间
A2 同光间
A3 承应戏
A3/1 九九大庆
A3/2 月令承应
A3/3 法宫雅奏
A3/4 宫廷大戏
```

---

〔1〕 从此类收书情况看，承应史剧是指根据历史故事改编的宫廷大戏，如《封神天榜》《锋剑春秋》等。

〔2〕 齐如山：《百舍斋存戏曲书目》，《齐如山全集》，台北：联经出版事业公司 1979 年版，第 2589—2624 页。

（5）《清代杂剧全目》和《清代传奇全目》（1960 年代）

《清代杂剧全目》和《清代传奇全目》为傅惜华先生遗著《中国古典戏曲总录》的第六、七编。其中，《清代杂剧全目》1981 年由人民文学出版社出版，《清代传奇全目》虽已完稿，但因历经"文革"动乱，书稿散佚不存，今日幸运存留的只有数页手稿残页，现藏于中国艺术研究院图书馆。残稿包括《传奇全目》"目录"和"例言"的全部内容，使我们得以了解傅惜华先生对于内府曲本分类的全部设想。以下列出二书中关于内府本的分类体系：

《清代杂剧全目》[1]

卷七　承应戏丛编　卷八　开团场承应戏　卷九　月令承应戏
卷十庆典承应戏

《清代传奇全目》[2]

卷九　承应大戏　卷十　承应传奇　附录一：清代承应大戏传奇存疑目

首先，傅氏在《清代杂剧全目》中对"承应戏"的定义为"翰苑词臣歌功颂德而编制者"。而区分杂剧和传奇的主要标准是剧本的长度，按照这两个标准，《清代杂剧全目》收录范围是十六出以下的。由臣下所编颂扬皇帝的吉庆曲本。其次，《清代传奇全目》中的"承应大戏"是指《劝善金科》之类的长度在六十出以上的曲本；"承应传奇"则为"民间流行之传奇作品"经过宫廷改编者；附录中的"存疑目"是指"承应大戏"和"承应传奇"中析出，但经内廷人员改编，出处已不可考的曲目。

傅惜华先生的两种清代戏曲目录，是目前著录内府本最为详尽，收录数量最多，也是大型戏曲综合目录中首次为内府本单独列类的。应当指出的是，傅氏的分类法，是针对清代以来杂剧传奇界限日趋消融的实际情况而制定的。在对内府曲本进行类分时，又充分考虑到了

---

[1]　傅惜华：《清代杂剧全目》，北京：人民文学出版社 1981 年版，第 351—620 页。
[2]　刘效民：《记傅惜华〈清代传奇全目〉手稿残页》，《文献季刊》2002 年第 1 期，第 278—284 页。

所谓纯为"歌功颂德"曲本的特殊性。虽然在《杂剧全目》中著录的部分曲本,长度达到了十六出以上,但因为其演出目的和创编手法的特殊性,还是将其归入杂剧承应戏之中,这也是非常有眼光的分类方法。但是,正如傅惜华先生在《清代杂剧全目》"例言"中所说,由于清宫承应戏的多变性,"开团场"戏可以作为"庆典"戏用,"承应大戏"也可被改成"月令承应戏",以演出场合的类分往往会给著录带来一些问题,这也是我们在内府本分类中所应着力解决的一个问题。

(6)《故宫珍本丛刊》(2001 年)

出版于 2001 年的《故宫珍本丛刊》是目前收录清内府曲本最多的丛书,它将超过 1700 部的故宫藏南府、升平署曲本影印出版,该书之目录亦可当作是内府本之专目。《故宫珍本丛刊》将著录对象分为 26 个并列的大类,具体类目见下表:[1]

表 1-8 《故宫珍本丛刊》类目表

A. 昆弋月令承应戏	B. 昆弋承应宴戏	C. 昆弋开场承应戏	D. 昆腔单出戏	E. 昆弋本戏
F. 乱弹单出戏	G. 乱弹本戏	H. 秦腔戏	I. 昆弋戏单角本	J. 昆弋月令承应戏曲谱
K. 昆弋承应宴戏曲谱	L. 昆弋开场承应戏曲谱	M. 昆弋承应大戏曲谱	N. 昆腔单出戏曲谱	O. 昆弋本戏曲谱
P. 清曲谱	Q. 各种提纲	R. 各种排场	S. 岔曲	T. 大鼓
U. 莲花落	V. 秧歌	W. 快书	X. 子弟书	Y. 鼓词
Z. 石韵书				

(7)分析

上述六种目录,可以分为两种类型:一类是综合性戏曲目录,如《清代杂剧/传奇全目》(以下简称《全目》)、《国立中央研究院历史语言研究所善本剧曲目录》(以下简称《剧曲目录》)、《百舍斋存戏曲书目》

〔1〕 故宫博物院编《故宫珍本丛刊目录》,海口:海南出版社 2000 年版,第 92—121 页。

（以下简称《百舍斋目》）；另一类为清内府本专门目录，如《本学门所藏清升平署剧本目录》（以下简称《学门目》）、《故宫珍本丛刊目录》（以下简称《珍本丛刊目》）。

综合性戏曲目录考虑到清代内廷承应戏本的特殊性，往往将其单列一类，但是对前代流传下的折子戏、杂剧、传奇之升平署抄本，又不将其列入承应戏本，而是归入专类，这样就无法全面地反映升平署戏本收藏之全貌。实际上，《剧曲目录》《百舍斋目》中的承应戏分类只是对昭梿分类思想的一种延续，将清内廷承应戏等同于庆典剧。以《百舍斋目》为例，在承应戏下完全照搬了昭梿在《啸亭杂录》中的分类。《剧曲目录》考虑到了这个问题，在承应戏下再分为四个小类，前两类收录仪典类曲目，后两类收其他类型。但是，由于内府曲本的多样性，以"其他承应戏本"来归类多种声腔剧本，显得勉强了一些。

专门性目录是特别针对升平署曲本所编制的，著录之初便将其作为一个整体考虑，因此不会出现内府曲本被分散到各处的问题。但是《学门目》失之于简，而《珍本丛刊目》仅列一级类目，且将提纲本、曲谱本与总本等分门别类，不利于在同一剧目下集合各种版本。

4. 结论及建议

在比较和分析了前人的研究成果后，笔者将在下文中提出自己对清代内廷演戏曲本分类体系的看法。

（1）分类准则

第一，同一层次按照统一标准划分

同一层次的类目必须遵循相同的划分标准是分类法的基本原则。以往清内府本分类体系的不足多是因同一层次下分类标准混乱造成的。对升平署曲本的分类一般有四种标准，即：以演剧时间，划分为"月令承应""法宫雅奏""九九大庆"等；按演剧功能划分为仪典戏和观赏戏；按剧种划分为"昆弋腔""乱弹""曲艺""杂出"；按演出形态划分为"折子戏""单出戏""本戏"等。不管采用哪个标准，都要遵循在同一层次类目下只能按照一个标准划分的原则，但每层可采用不同的标准。如一级类目按照演剧功能划分,二级类目可以声腔剧种为标准,以此类推。

第二,容纳性原则

好的分类体系应该具备较高的容纳性。这主要表现在两个方面:第一,能为所有的条目找到合适的类别,这就要求在制定分类体系时,应尽可能地贯彻唯一性的原则,使得类目和曲本能做到一一对应;第二,由于著录对象本身的复杂性,在贯彻唯一性的同时,也要注意相关类目之间的互见性。对清内廷演戏曲本来说,部分剧目可能并不只是在一个规定时间内上演,例如,"节令承应戏"也有可能会在"宴戏承应"时上演,这样的情况不可能完全避免,因此,如何在相关类目上表现二者的联系也是在设计分类体系时所应注意的。

第三,扩展性原则

由于清内府曲本的数量巨大,种类繁多,迄今仍无权威的数字显示曲本之确数。目前所能得见的内府本也未必能反映全貌,因此制定分类体系时要为将来可能发现的曲本种类预留空间,使得类目具有可扩展性。

(2)清代内府曲本之分类体系

在总结和分析了前人清内府曲本分类方法的主要成果后,笔者提出了以下分类体系,在此首先对分类表做一说明:

第一,一级类目按照声腔剧种划分,由于音乐体制是每个剧本具有的唯一性标识,按照这个划分标准可以有效地减少剧目之间的交叉,因此在一级类目中以此为分类标准。在本级类目中,分为:A类"曲牌体";B类"板腔体"〔1〕;D类"曲艺";E"杂出"〔2〕。

第二,在一级类目"A曲牌体"下,按照剧本的内容结构和长度分为三类:A1昆弋仪典剧;A2杂剧;A3传奇。当然,仅从剧本体制上

---

〔1〕 目前所见的剧目,主要有昆弋、乱弹皮黄、秦腔几类,暂未见其他声腔的剧目,因此在这里仅列出两类类,如有新的声腔剧目发现,可在B类后扩展。
〔2〕 两种声腔以上混合曲本入此。

来说，仪典承应剧亦可相应地被归入杂剧或传奇的类目中去，但是考虑到此类剧目在演出功能、剧本结构上的特殊性，将其单独列类。在此对昆弋仪典剧的定义如下：专用于宫廷演出的，由内府创编或改编的，内容以吉祥喜庆、歌颂帝王功业为主的剧目。包括单出/折短剧；有连贯情节的多出剧；及由多个剧目构成的，各剧情节相对独立，但统一在一个创作目的之下的剧本集，如蒋士铨撰作江西士绅承应剧《西江祝嘏》即属此类。A2 杂剧，包括元明清以来流传的杂剧单出/折或整本戏。A3 传奇，包括清宫编演的连台大戏和明清传奇的散出或整本。

第三，B 类板腔体下，按照声腔剧种的不同细分为"皮黄、秦腔、梆子"等，可按照新发现曲本情况继续扩展。

第四，D 类曲艺和 E 类杂出，按照内府曲本的实际情况继续细分。其中，E 类下可分为"昆乱混合"等细目。

第五，A1 昆弋仪典剧类下，按照承应目的划分下级类目，分为"节令戏""庆典戏""寿戏""仪式戏""其他"五类。其中，"仪式戏"是指没有明确的编演目的，但形制属仪典承应剧的剧目，如"开团场戏"等。值得注意的是，按照承应场合来划分仪典承应剧的各个子类，其实存在着很大的风险。正如前文多次提到的，仪典剧由于其形式和内容上的高度同质性，演出场所并不固定，在稍加修改后，即可用于不同的承应目的，但考虑到此类分方法在内府本研究中已成惯例，故仍延续采用。对于每种具体的剧目，将尽量按照其年代最早版本的演出目的归类。如无法确定版本序列的，则按照该剧比较常见演出目的分类，并注明每种版本的具体情况。

第六，A2 杂剧、A3 传奇的子目，按照剧目的长短分类，分别分为单出/折戏和本戏，在传奇类下，将清宫编演的多种连台本戏单独列类。连台本戏的范围按照《古本戏曲丛刊》九集、前人目录中的记载以及存世曲本的具体情况确定。一般来说，有内府本存世的，超过六十出以上的，主要以演史和神怪故事为题材的剧目均属此类。

第七,"曲艺"类下子类按照《故宫珍本丛刊》子类分类,可在"D9"类后扩展。

第八,分类表中的符号释义:数字表示该类在上级类目下的序号;"/"间隔上级类目类号和下级类目类号。

第九,如曲本同时可入两种或两种以上子类的,以类号标明互见。

表 1-9　清内廷演戏曲本分类体系表

A. 曲牌体	B. 板腔体	D. 曲艺	E. 杂类
A1 昆弋仪典戏	B1 皮黄	D1 岔曲	E1 昆弋合腔
A1/1 节令戏	B1/1 皮黄单出	D2 大鼓	
A1/1/1 元旦	B2/2 皮黄整本	D3 莲花落	
A1/1/2 立春	B2 秦腔	D4 秧歌	
A1/1/3 上元前一日	**按:仿 B1 例,**	D5 快书	
A1/1/4 上元当日	**下同此**	D6 子弟书	
A1/1/5 上元后一日	B3 吹腔	D7 清曲谱	
A1/1/6 燕九	B4 其他	D8 石韵书	
A1/1/7 太阳节		D9 鼓词	
A1/1/8 花朝			
A1/1/9 寒食			
A1/1/10 浴佛节			
A1/1/11 端阳			
A1/1/12 关帝诞辰			
A1/1/13 七夕			
A1/1/14 中元			
A1/1/15 中秋			
A1/1/16 重九			
A1/1/17 冬至			
A1/1/18 腊日			
A1/1/19 祀社			
A1/1/20 小除夕			
A1/1/21 除夕			
A1/1/22 赏荷			
A1/1/23 赏雪			
A1/1/24 赏梅			
A1/1/25 宗喀巴诞辰			
A1/1/26 观酺			
A1/1/27 祀灶			

A. 曲牌体	B. 板腔体	D. 曲艺	E. 杂类
A1/2 庆典戏 A1/2/1 皇上定婚 A1/2/2 皇上大婚 A1/2/3 皇子成婚 A1/2/4 皇子诞生 A1/2/5 皇子洗三 A1/2/6 皇子弥月 A1/2/7 册封妃嫔 A1/2/8 嘉庆殄灭邪教献 捷承应 A1/2/9 大驾还宫 A1/2/10 迎銮承应 A1/2/11 行幸翰苑 A1/2/12 行围承应 A1/2/13 皇太后恭上徽号 A1/2/14 册封妃嫔 A1/2/15 召试咏古 A1/2/16 酒宴承应 **A1/3 寿戏** A1/3/1 皇帝万寿 A1/3/2 皇太后万寿 A1/3/3 皇后千秋 A1/3/4 皇太妃寿辰 A1/3/5 皇贵妃寿辰 A1/3/6 亲王寿辰 **A1/4 仪式戏** **A1/5 其他**			
A2 杂剧 A2/1 杂剧析出单折 A2/2 杂剧全本			
A3 传奇 A3/1 连台大戏 A3/2 明清传奇单出 A3/3 明清传奇整本			

第三节　清升平署文献聚散考

　　清代内府曲本是指曾经收藏或演出于清宫舞台的戏曲剧本。清代内廷演剧管理机构,道光七年(1827)以前为南府,之后为升平署。1924 年,清室迁出紫禁城后,内府曲本开始大量流入民间,对于这些流出曲本,学者习惯上称之为升平署曲本。在本章的前两节中,对内府曲本的类型、概念、分类等问题进行了辨析。本节会将关注点转向内府曲本流出以来的命运,以时间为脉络,用历史的眼光,梳理 1924 年之后内府曲本的流散和今日的存藏状况。

　　1. 升平署档案的聚散

　　清升平署文献分为戏曲档案和曲本两类,其中戏曲档案的流传脉络比较清晰。1924 年,冯玉祥发动北京政变,将清皇室迁出紫禁城,由于升平署署址不在宫内,自政变发生后直至故宫博物馆成立的一段时间内,升平署文献大量流散于坊间。较早开始收藏和购买升平署戏曲文献的是北京大学史学教授朱希祖先生。1924 年 12 月 10 日,朱希祖从北京宣武门外大街汇记书局发现并购得一批升平署剧本及档案,通过对这批文献的整理和研究,在 1931 年 12 月的《燕京学报》上发表《整理升平署档案记》一文。据该文所载,朱氏所购得的升平署戏曲文献,"为第一次售出者,其中档案较全,戏曲惟清廷自制大戏曲亦较全,其它皆为升平署演习曲本,有六七百种,不全者多。"[1]至于档案部分,自嘉庆至道光七年的南府档案,"仅有十余册",道光七年(1827)至宣统三年(1911)的各种档案,"共计五百七十七册"。

　　在完成这篇文章后不久,朱希祖先生便将这批文献转让给当时的国立北平图书馆保存。1933 年 3 月,周明泰先生根据北平图书馆所藏

---

〔1〕　朱希祖:《整理升平署档案记》,《燕京学报》1931 年 12 月(第 10 期),第 2083—2122 页。

升平署档案辑成《清升平署存档事例漫抄》，对涉及清代宫廷演剧类型、时间、内容，以及南府和升平署各项制度的档案进行分类归总，时至今日，仍是升平署档案研究的重要成果。[1] 值得庆幸的是，虽历经多年动荡，这批文献目前仍完整的保存于国家图书馆善本室，据1987年的统计，尚有566册。[2] 2011年，国家图书馆与北京中华书局合作，出版《中国国家图书馆藏清宫升平署档案集成》（108册），其中前50册为升平署档案，即朱希祖先生转让文献。

除了朱希祖先生所购得的部分，故宫博物院成立后，升平署文献的存留部分被博物院接收，其中就包括大量的升平署档案。1949年后，第一历史档案馆成立，升平署档案被移存于此。据丁汝芹先生在《清代内廷演剧史话》中的介绍，第一档案馆原存登记在册的"升平署档案"类（包括各类文本文件、曲本、戏单、赏单、花名册、知会等）共计8605册，1955年清点时，缺少51件，尚存8554件。[3]

第一历史档案馆和国家图书馆是收藏升平署档案最多的两个机构，除此之外，也有少数升平署档案零星流落于个人之手。

1935年，齐如山先生为国剧学会陈列馆编制目录，上卷"内务府档案文件类""升平署档案文件类"中著录了大量齐氏所藏升平署档案。[4] 在回忆搜集国剧资料的经历时，齐如山先生曾经提及所收内府文献的来历，因"故宫升平署及内务府衙门之中有关戏剧的材料极多，且极重要"，故"自民国六七年间"，齐氏就不断从升平署当差太监手中搜罗剧本，开始只是零散买卖，"后来渐有一包一包的卖出来的了"，长年累积之下"共买到了八百多本，又替南京编译馆买了一百多种"。[5] 在回忆录中，齐氏还记叙了一个颇有传奇色彩的故事。清亡

---

〔1〕 周明泰：《清升平署存档事例漫抄》，《几礼居戏曲丛书》（第四种），1933年自印本。
〔2〕 么书仪：《关于升平署档案》，《中国古代戏曲学术研讨会论文集》，哈尔滨：黑龙江大学文学院2006年版，第399—403页。
〔3〕 丁汝芹：《清代内廷演戏史话》，北京：紫禁城出版社1999年版，第5页。
〔4〕 齐如山：《北平国剧学会陈列馆目录》，1935年版。
〔5〕 齐如山：《齐如山回忆录》，沈阳：辽宁教育出版社2005年版，第170—171页。

之后，大量的内府戏剧公事被卖往纸厂，欲作还魂之纸。纸厂工作人员赵君知齐如山素好此道，特持一卷请其鉴赏。经如山鉴定，知为内府故物，大喜之下，亲赴纸厂挑拣，抢出不少内府戏档，一代文献赖以保存。这个故事，读来与清内阁大库档案的经历颇有几分相似。档案文籍，在今日已经成为学术研究中珍贵的一手资料，但在当时并不受人重视，珍贵文献赖以保存，一个优秀学者的眼光在此显露无遗。除去多方搜购，故宫博物院成立后，齐氏被聘为文献馆委员，得以尽览宫中藏书，今日中国艺术研究院图书馆藏有百舍斋抄本《故宫戏剧档案摘抄》（戏 001.23/0.244），和据故宫藏本复抄的《穿戴题纲》（戏 001.357/0.467），应该就是这段时间内齐氏借职务之便摘抄誊录的。齐如山先生所藏的升平署档案，在《北平国剧学会陈列馆目录》中有详尽记载。这批藏书，齐氏离开大陆时并未随身携带，后来的流传脉络也不甚清晰，今日中国艺术研究院图书馆中藏有齐如山先生旧藏《穿戴题纲》2 册，光绪十九年（1893）至三十四年（1908）的各种内务府底档 12 册；傅惜华先生藏咸丰八年（1858）至宣统二年（1910）的恩赏日记档 31 册，宣统年间日记档 3 册，同治十二年（1873）至宣统四年（1912）知会档 25 册，宣统八年（1915）至十年（1918）知会档 1 册，清末京剧演员俸禄账单 149 折，《升平署花名》1 册，光绪年间花名档 5 册，《恩赏日记档》5 册等。[1] 其中，部分亦见《北平国剧学会陈列馆目录》所载，故疑陈列馆旧藏辗转归于艺术研究院图书馆，但具体情况尚需考察。

　　1924 年后，似未再有升平署档案大批买卖的记载，但 1924 至 20世纪 30 年代之间，坊间仍有零星升平署戏曲文献流通。1927 年 7月，日人长泽规矩也在北京旧书铺松筠阁购得数十册内府曲本。1929 至 1936 年间，中央研究院历史语言研究所也购买了不少升平署戏曲文献。但均以曲本为主，档册资料渐少。故今日藏有升平署档案的机构主要是中国第一历史档案馆、国家图书馆和艺术研究院

---

〔1〕 以上据中国艺术研究院图书馆卡片目录。

图书馆。

2. 升平署曲本的聚散

相对于升平署档案相对集中的收藏状况,升平署曲本的命运则要坎坷得多。1924 年以后,大批的升平署曲本流入坊间。由于其数量庞大,许多书坊都借以渔利,公私收藏者竞相购买,使升平署曲本散于众家之手。时至今日,我们已经无从还原当时的交易情况,但从当时学者的记载和见存曲本上的书坊印记可以知道,民国以来曾经鬻售过升平署曲本的书肆至少包括:"悦古斋"(北大藏五色套印本《劝善金科》)、"汇记书局"(朱希祖《整理升平署档案记》)、"松筠阁"(长泽规矩也《中华民国书林一瞥》)〔1〕、"来熏阁"、"邃雅斋"、"修便堂"(国图/16328 本《昭代箫韶》)、"爱莲堂"(国图/10976 本《昭代箫韶》)。

前文已及,朱希祖先生购买的清内府戏曲文献,除了档案部分外,还有为数不少的曲本,数量不下"六七百种"。1932 年 8 月,朱希祖先生将其所藏的升平署戏曲文献转让给当时的国立北平图书馆。1934年,北平图书馆举办了戏曲音乐展览会,其后编成的《国立北平图书馆戏曲音乐展览会目录》中记载了部分该馆参展曲本的书目。惟因展览所需,所选的只是其中的传奇杂剧和几部宫廷大戏,未能反映全貌。〔2〕1935 年至 1936 年,戏曲史学家王芷章先生根据这批文献,分别完成《升平署志略》和《清代伶官传》二书。《清代伶官传》附录的《北平图书馆藏清升平署曲目》,是目前最完整和详尽的北平图书馆藏清升平署曲本目录。此外,在归于北平图书馆后,馆方将这批书归入善本书目乙库,在 1935 年出版的《国立北平图书馆善本书目乙编》中大略统计其总数,为逾"五百余册",所列仅"九九大庆"、"法宫雅奏"等几个大类及其册数,而未列细目。〔3〕1998 年,北京图书馆出版社曾将

〔1〕 [日]长泽规矩也:《中华民国书林一瞥》,钱婉约、宋炎:《日本学人中国访书记》,北京:中华书局 2006 年版,第 209 页。
〔2〕 国立北平图书馆编《国立北平图书馆戏曲音乐展览会目录》,1934 年版。
〔3〕 《国立北平图书馆善本书目乙编》,《明清以来公藏书目汇刊》(第 15 册),北京:北京图书馆出版社 2008 年版。

本馆所藏的升平署戏曲人物画册影印出版,名为《北京图书馆藏升平署戏曲人物画册》。目前,这批书仍完整地收藏于国家图书馆古籍部善本阅览室,均可通过国家图书馆书目检索系统索得书目信息。

除朱希祖转让的升平署文献外,国家图书馆通过其他渠道入藏的内府曲本数量也不少,以下试举其要:《清内廷承应剧本二十种》(/16350),钤"长乐郑振铎西谛藏书"印;《昭代箫韶》二部(/10976、16328),均为郑振铎旧藏,/16328 本前有郑氏跋文,其书得于 1956 年 6 月;清乾隆乌丝栏精抄进呈本《天人普庆》(/18233),钤"高阳齐氏百舍斋藏书"印[1];《封神天榜》(/A03498),钤"吟秋山馆"印[2];《九九大庆》九卷(/A03433);《升平宝筏》九册(/10975)、《升平宝筏西游记》(/02464)、《升平宝筏》二十一段(/149703)等。

与朱希祖几乎同时,北京大学研究所国学门也开始收购升平署曲本。作为北大"歌谣收集"传统的继承者,北京大学研究所国学门向来重视戏曲曲本的收集。1924 年,该学门从坊间购藏了多种升平署曲本,刘澄清先生为之整理并编制《本学门所藏清升平署剧本目录》,陆续发表在 1925—1926 年的《北京大学研究所国学门周刊》上(第 11、13、18、19、20期)。[3] 据笔者统计,该目收升平署曲本 232 部,190 册。[4]

稍后,刘氏在 1927 年 11 月的《北京大学研究所国学门月刊》上发表《清代升平署戏剧十二种校刊记》一文,介绍了国学门所得升平署戏曲文献的由来和种类:

[1] 国图藏《天人普庆》(书号/18233),据《清代杂剧全目》题为"清昼堂"(郑骞堂号)旧藏;《百舍斋存戏曲书目》则著录为"天人普庆十四出　安殿本",今观国图藏本,只钤有齐氏藏书章,故将其认定为齐如山旧藏。

[2] 关于"吟秋山馆"印章,据黄仕忠师指示,日本著名书志学家长泽规矩也先生于 1927—1930 年在北京购得的许多曲本上,亦多钤此印,由此推测升平署曲本的再次散出,当在 1927—1930 年之间。

[3] 刘澄清、马汝邺:《本学门所藏清升平署剧本目录》,《北京大学研究所国学门周刊》1925 年 12 月 23 日(第 11 期),第 22—23 页;1936 年 1 月 6 日(第 13 期),第 23 页;1926 年 7 月 7 日(第 18 期),第 22—23 页;1936 年 7 月 14 日(第 19 期),第 22—23页;1926 年 7 月 21 日(第 20 期),第 22—24 页。

[4] 根据目录,北大研究所国学门所藏的升平署曲本共计 190 册,由于其中部分为合订本,由两种或以上曲本合订为一册,故得曲本共计 232 部。

（民国）十三年研究所自坊间购得前清升平署剧本多种，内有戏文、串头、提纲，排场，档册等件。……初购，整本散页，参杂错置；清理后，得整本百九十种；其单角本与曲文，依原剧配合，尚可辑出若干种，其所得亦宏矣。[1]

在后文中，刘氏将这批曲本中与该所所藏内府寿戏集《九九大庆》中相同者十二种进行校勘，完成《清代升平署戏剧十二种校刊记》。但已经刊出的文章中，仅有"寿祝万年"一种，剩余11种大致因本刊停办而未能如期刊出，无缘于后学。遗憾的是，刘氏之后，北大所藏未再见诸记载，询之图书馆工作人员亦不得而知，这批曲本之归属，尚待进一步调查。虽刘氏目中之升平署曲本尚下落不明，但北大图书馆尚藏有其他几种内府曲本：《九九大庆》八卷（SB/812.7/4440），钤"国立北京大学研究所国门学"印；[2]燕京大学图书馆旧藏五色套印本《劝善金科》（NC/5662/4882）、岳小琴本《升平宝筏》全本（NC/5270/6138）[3]；不登大雅文库旧藏《升平宝筏》残本（MX/812.5/6138.1）；《升平宝筏》残本（MX/812.5/6138）。

成立于1928年的中央研究院历史语言研究所也收藏了许多升平署曲本。1928年，该所在广州成立，1929年，研究所迁往北京，1936年再迁南京。抗日战争爆发后，研究所曾一度辗转西南。以此推断，该所对升平署曲本的购置可能在1929至1936年之间。1939年史语所暂驻四川龙泉镇期间，恰逢戏曲学家吴晓铃先生随西南联大亦寓居于此，在1939年9月至10月的二十多天内，吴氏在饱览该所所藏剧曲文献之余，为之编制《国立中央研究院历史语言研究所善本剧曲目

[1] 刘澄清：《清代升平署戏剧十二种校刊记》，《北京大学研究所国学门月刊》1927年11月（1卷7.8号合刊）。
[2] 校之刘氏之《校刊记》，应即其文中所提到的《九九大庆》本，可能是在1924年大批购入后又零散买入的，故未列入目录中。
[3] 此本《升平宝筏》（NC/5270/6138），与通行《古本戏曲丛刊》九集本颇为不同，据张净秋博士考证为康熙旧本。详情参见：张净秋：《清代西游戏研究》，北京师范大学博士论文，2008年。

录》,并作《读曲日记》以记其事。[1] 目录共计著录历史语言研究所所藏剧曲文献240种,其中标明为"清升平署钞本"的计78部,对于同名但稍有不同的剧本,标明"又一部"以示区别。

关于这批曲本之后的命运,学界曾一度认为在其由南京运往西南的途中,不幸沉船江底,傅惜华先生在其《清代杂剧全目》中著录原藏史语所的升平署曲本时,就不无惋惜地注明尽数毁于抗日战争期间。实际上,这批曲本一直完好无损地保存在史语所内,1949年,史语所迁台,该所所藏的戏曲文献统一归入史语所图书馆。1950年傅斯年去世,该馆更名为傅斯年图书馆。2001年,该馆选录馆藏曲本收入《俗文学丛刊》,由新文丰出版公司陆续影印出版,2006年出齐全部500册。其中包含一部分升平署抄本,但在提要中未予注明。2007年春,李芳博士赴台为傅斯年图书馆编制俗曲目录,据吴目对这批升平署旧藏曲本作了梳理,据其调查,吴目有载而《俗文学丛刊》未录的有:《百花献寿》一折角本、《太仆陈仪》一折角本、《虞庭集福》又一部残存二折角本、《灵仙祝寿》残存二折角本、《河清海晏》又一部残存二折角本;吴目有录而傅图未藏的有:《霓裳献舞》一折角本/又一部角本、《贾岛祭诗》又一部角本、《上会群仙》一折总本、《南极增寿》又一部残存一折角本、《鸿禧日永》一折角本。

除了上述三家收藏机构外,散入坊间的升平署曲本为个人所得者亦为数不少。其中,尤以吴晓铃、傅惜华、齐如山、梅兰芳、程砚秋、周明泰、长泽规矩也等人的收藏最为丰富。

吴晓铃先生是我国著名的戏曲史学家,其早年为史语所编《剧曲目录》时,就将内府曲本单独列类,足可见作者对升平署曲本的重视,其"双椿书屋"亦以收藏清代内府曲本著称。吴氏搜书购书,早在20世纪30年代尚在求学时便已开始。其所藏升平署曲本大致也是在民国时期遍求场肆而得。就类别而言,"双椿书屋"所藏的南府、升平署

―――――――――
[1] 吴晓铃:《读曲日记》,《吴晓铃集》(第二卷),石家庄:河北教育出版社2006年版,第12—28页。

曲本种类十分丰富,既有在各种节日、月令、宴飨、祝寿、册封、弥月、行围、浴佛、迎祥等演出的宫廷仪典剧180多种(其中《咸丰万寿午宴承应之二》等二十八种,系吴晓铃先生亲笔过录本)。也有《鼎峙春秋》《升平宝筏》等大型昆弋腔"承应史剧"。其中南府旧外二、三学的《末段犀镜圆》《闹花灯》《盘龙岭》《玉鸳鸯》《双飞燕》,旧大班的《无瑕璧》(题纲),前人戏曲书目均未见著录。《四段下南唐》《十段、十一段通仙枕》,不见他处收藏。[1]此外,还有为数不少的皮黄曲本,涵盖了清代宫廷演剧的各个时期。从版本形制而言,总本、提纲、鼓板、曲谱、串关等各种类型应有尽有;从年代而言,以升平署时期抄本为主,但也不乏钤"旧外二学"、"旧大班"等印章的南府抄本,具有很高的研究价值。吴氏藏书在其去世后,由其后人捐出,于2001年由首都图书馆历史文献中心全部入藏,特辟"绥中吴氏藏书"专门藏书室。2003年,首都图书馆将吴晓铃先生旧藏稿本、抄本戏曲,汇辑成《绥中吴氏抄本稿本戏曲丛刊》,于2004年3月由学苑出版社出版。该书第22—37册收录了吴氏所藏宫廷承应戏和皮黄剧本301种。[2]除去吴晓铃先生捐赠的曲本外,首都图书馆还藏有的内府曲本包括:康熙旧本《劝善金科》(甲四64),孔德学校旧藏;《西游传奇》,孔德学校旧藏本;南府抄本《东周列国传奇》,马彦祥旧藏本,钤"旧外二学"印;《七国传》,郑骞(清昼堂)、马彦祥递藏本,钤"旧大班"印;升平署抄本《德政芳》等。

梅兰芳、齐如山、傅惜华三位先生也是较早开始关注内府曲本的。1931年,利用退还的"庚子赔款",国剧学会在京创立。为了扩大国剧的影响力,促进戏剧研究,特设国剧学会陈列馆,展览各种戏曲文物、文献。梅、齐、傅三位亲主其事,尽出珍藏曲本充实展览会藏品,其中就包括了大量的内府曲本。与此同时,国剧学会也从坊间采购了一批升平署文献,对于这段历史,齐如山先生曾在回忆录中记载:

---

〔1〕 吴书荫:《吴晓铃先生和"双椿书屋"藏曲——〈绥中吴氏抄本稿本戏曲丛刊〉序》,《文献》2004年第3期,第4—18页。

〔2〕 吴书荫主编《绥中吴氏藏抄本稿本戏曲丛刊》,北京:学苑出版社2004年版。

民国之后，需要此房（按：指升平署署址），升平署搬到景山，这些东西（按：指升平署所藏戏曲文献），当然也运到景山。当这搬运的时候，所有文件就被盗卖了许多，也有大批成总的，也有零星的。国立北平图书馆及我国剧学会所买，大约都是这次流落出来的。搬到景山之后，又陆续出来了许多，彼时故宫还归溥仪居住，而这项文件等等永远没有再入故宫，俟民国接收故宫时，宫中这种文件存的当然很少，他所接收的只是故宫内所存的文件，而存于升平署内的，都被署中人私自分了，所以他一件也没有接收到。所有私运出来的东西，当然不敢卖，尤不敢明卖，而我与他们有直接或间接认识的，常常托他们代觅，所以收得这些零碎本子很多。国立北平图书馆，虽然收的颇多，但是一次成总买得的，所有升平署的公事册簿，大多数都被收去，但剧本则甚少，像这些公事册簿，我只有六七本，其余可以说全在北平图书馆，实在宝贵，实在应该整理。[1]

北平图书馆所藏内府戏曲文献，实际得自朱希祖先生，齐氏此说或为误记。但是，从这段记载中可以明显感到，民国学者对这批文献的浓厚兴趣，而散出文献数量之巨，也是我们今日难以想象的。

1935年，齐如山先生编辑《北平国剧学会陈列馆目录》，其中的内府本主要是来自前述三人的私藏。以目录观之，三人的收藏在当时已颇具规模，可见对这类曲本的关注已经持续了相当的时间。这份目录将所收升平署剧本分为50个小类，以先昆后乱（主要是皮黄）的顺序，依照曲本功用分为各时期安殿本、各时期存库本、曲谱本、排场本、单本、总底稿本、王府精钞本、如意馆钞本、承应戏底稿本、题纲、排场题纲本、串头题纲本、皮黄梆子合演题纲、公用全本题纲、场面题纲本、砌末题纲本、皮黄安殿本、皮黄存库本、各班进呈本等不同类型。可见其

---

〔1〕 齐如山：《齐如山回忆录》，沈阳：辽宁教育出版社2005年版，第232—233页。

清代内府曲本研究

收藏之精美，种类之丰富。事实上，上述三人的收藏的清代内府曲本还远不止于此。

　　齐如山先生的家藏曲本，曾由其本人亲编《百舍斋存戏曲书目》以录，该目最早刊于北平图书馆发行的季刊上，后又收入在台湾出版的《齐如山全集》第五册，在序言中，齐氏曾十分自信地说，清宫各种承应戏的私家收藏，"舍下为最多"。据该目所载，齐氏所藏的清代内府曲本有 120 余种。[1] 其中包括了大量品相精美的安殿本和进呈本，如前文提及的现藏于国家图书馆之乌丝栏精抄本《人天普庆》等，为海内孤本。1949 年，齐如山先生去往台湾，随身带走部分藏书，这部分文献在其逝世后，由其家人让与哈佛燕京图书馆。学界或以其为齐氏所藏之全部，但索之哈佛燕京图书目录，其中并没有内府曲本。2009 年 11 月，笔者赴艺术研究院图书馆访查清代内府曲本，在该馆卡片目录上见到大量的齐氏旧藏升平署曲本，据其与前述《百舍斋存戏曲书目》相核，有《单折昆曲十一出》《寿益京垓》等 18 种不见于卡片目录（按：其中包括《人天普庆》，今藏国家图书馆）。与之对应，另有 50 余种标为齐氏旧藏的升平署曲本不见目录记载。如总题为《升平署皮簧剧本集》的皮黄剧本 5 种，昆弋大戏《升平宝筏》《铁旗阵》《下河南》等。可见，齐氏所藏曲本未必尽归哈佛燕京，其在国内的藏所也不止艺术研究院一家。齐氏赴台之后，其夫人和子女尚留守大陆，未被带走的藏书后来应当辗转归于公帑，分散藏于国家图书馆和艺术研究院图书馆等多家单位。

　　那么，比齐氏自编《百舍斋存戏曲书目》多出的 50 余种内府曲本又是从何而来呢？笔者将之与前述《北平国剧学会陈列馆目录》（简称《陈列馆目录》）相较，发现大部分《百舍斋目》未载的曲本，如"乾隆晚年安殿本"5 种、"承应戏安殿题纲"9 种均见于《陈列馆目录》。或可据此推测，梅、傅、齐三人当年捐出陈列于国剧学会的内府曲本，事后并

---

〔1〕 齐如山：《百舍斋存戏曲书目》，《齐如山全集》（第五册），台北：联经出版事业公司 1979 年版，第 2589—2624 页。

未收回。[1] 抗日战争爆发之后，齐如山先生为避与日本人合作，闭门著述，隐居七年不出，期间对其家藏曲本进行编目时，因国剧学会陈列版本未在手边，故不及列入。1949 年以后，国剧学会藏书由文化部门接管，后来辗转归入中国艺术研究院图书馆（先当归中国戏曲研究院，后则为其前身文化部文学艺术研究院），该馆在编目录时，又按照曲本最初的来源予以标注，[2] 因此"国剧学会"的信息就此失记了。对艺研院傅藏、梅藏曲本的考察亦可佐证。对于两目均无记载的曲本，其来源尚待进一步考察。

傅惜华先生"碧蕖馆"所藏清代内府曲本的杂剧部分，在其《清代杂剧全目》第七卷《承应戏丛编》、卷八《开团场承应戏》、卷九《月令承应戏》、卷十《庆典承应戏》中有非常详细的记载。[3] 惜乎体例所限，尚难了解其承应短剧之外的传奇折子戏、大戏、皮黄剧的收藏状况。傅惜华先生的藏书，文革中一度被收缴，傅氏亦因此含恨去世。八十年代后发还其遗属，后赠予文化部文学艺术研究院戏曲研究所，[4] 现集中收藏于中国艺术研究院图书馆，特辟傅氏藏书库。傅氏藏内府曲本涵盖了昆弋腔传奇杂剧、开团场吉祥戏、京剧等内府曲本的基本大类，版本形式以总本居多，但单头、曲谱、题纲、串头、排场均有收藏。部分剧目如《全宋图》《黄巢造反》等，甚少见于记载。

梅兰芳先生的藏书，主要来自其家累世所藏的戏曲文献及清末梨园世家——金匮陈氏的部分收藏。其藏书最初捐献给原中国艺术研

---

[1] 关于国剧学会陈列馆展出曲本的下落，以今藏于艺术研究院的曲本观之，部分曲本的来源径著"国剧学会"，也有部分原为齐如山藏本的曲本著录来源为梅兰芳、傅惜华旧藏本。据此，笔者推测，齐、傅、梅兰三人展览于国剧学会的曲本，当时都未取回，战争结束后，梅、傅二人留居大陆，故此取回了部分，剩下的大部分应被当时的文化主管部门收归国有，后又辗转调拨终归艺术研究院所有，当然，确切的结论尚需对艺研院所藏曲本逐一目验，此处仅备一说。

[2] 这批曲本一般都同时标注有多个来源。如艺研院图书馆藏南府抄本《丰乐秋登》，戏 140.61/0.780，书衣右上方贴一张纸签，上题"国剧陈列馆"/"品名　存库本"/"藏者　齐如山"/"备考　丰乐秋登"。

[3] 傅惜华：《清代杂剧全目》，北京：人民文学出版社 1981 年版，第 351—620 页。

[4] 戴云、戴霞：《傅惜华的研究著述与其戏曲收藏》，《文学遗产》2006 年第 5 期，第 113—124 页。

究院戏曲研究所图书室,组建梅兰芳纪念馆时,部分藏书被移存此间,剩余部分今移藏中国艺术研究院图书馆。梅氏所藏内府曲本,较少见的昆弋大戏有《锋剑春秋》《平龄会》《中兴图》等;明清传奇则以折子戏为主;开团场吉祥戏有十分罕见的宫锦装安殿本《太平祥瑞》十出;乱弹曲本则有由昆弋腔改编而来的大戏《昭代箫韶》《阐道除邪》等,此外还有为数不少的《升平署扮像谱》,具有很高的艺术价值。

程砚秋先生的玉霜簃藏曲中也有不少内府曲本,程氏藏书的主要来源是金匮陈氏旧藏。金匮陈氏为梨园世家,其祖陈金雀(爵),著名小生演员,嘉道咸三朝承应内廷,其子亦工梨园行。陈氏所藏之钞本戏曲与怀宁曹氏并称于世,其后分别归于梅氏缀玉轩与程氏玉霜簃。归于程氏者,据杜颖陶先生《记玉霜簃所藏抄本戏曲》记载,共有 22 大包。其中所谓"用于庆祝的杂剧"有"内廷本"和"普通本"之别。〔1〕杜氏所谓"用于庆祝的杂剧"大略即清代内府曲本中的"月令承应""法宫雅奏""九九大庆"等专为节令、宫廷仪式所备的承应戏本。程砚秋藏书部分归于艺术研究院图书馆,另有一部分近年为北京大学购得,北大所藏尚未完成编目,故难知其详情。程氏藏书亦有部分存留其后人之手。艺研院所藏包括:《程氏所藏南府升平署剧本提纲》28 种;《程氏所藏清代南府升平署剧本第一集》52 种;《程氏所藏清代南府升平署剧本第二集》256 册 230 余种;《程氏所藏清代南府升平署剧本集第三集(弋)》12 种;《寄子》等京剧剧本 8 种;《钵中莲》梆子腔 1 种;传奇、宫廷大戏等 10 余种,此外还有数十种开团场吉祥戏。

除去上述四人旧藏曲本,艺研院藏有的清代内府曲本尚有:杜颖陶旧藏《玉麟图传奇》等传奇杂剧 7 种、弋腔戏 3 种、京剧曲本 26 种、吉祥戏 1 种。此外,在《耿藏剧丛》〔2〕一至四集中还收有内府曲本数百种。

周明泰先生是最早关注清代宫廷演剧研究的学者之一,在几礼居

〔1〕 杜颖陶:《记玉霜簃所藏抄本戏曲》,《剧学月刊》第 2 卷第 3、4 期。
〔2〕 《耿藏剧丛》为原升平署太监伶人耿玉清所藏曲本,《清代杂剧全目》载其承应戏部分详目。

藏书中也有不少内府曲本。据统计，周氏所藏"杂剧传奇单出抄本、单出昆弋谱、抄本总讲类"中共有南府旧抄本 16 种、升平署抄本 35 种、"清宫廷戏曲类"收曲本 200 余种，此外还有十余种清宫戏曲档册。南府旧抄本中稀见者如《游湖借伞》《金山寺》《四门阵》《洒金桥》《打龙棚》《鹊桥密誓》等。升平署抄本则有《药茶计》《荡湖船》《遇龙封官》《定情赐盒》《狱神宽限》《赵家楼》《神谕填榜问路闯界求灯》等。据《至德周氏几礼居藏戏曲文献录存》记载，[1]周氏所藏有：

> 杂剧传奇单出抄本：《梳妆》《鹊桥密誓》；单出昆弋谱：《打番》《瑶台》《鸿门撒斗》《投渊》《梳妆掷戟》（南府、升平署抄本各一）、《琴挑》《茶叙问病》（南府一、升平署二）、《乔醋》《苏武牧羊》（升平署二）、《大逼》《前亲》《定情赐盒》《小宴》《闻铃》《弹词》《独占》《藏舟》《井遇》《思凡》《游湖借伞》《金山寺》《断桥》《十宰北饯》（南府一、升平署一）、《狱神宽限》《赵家楼》《飞波岛》《庆安澜》《戏目连》《界牌关》等。抄本总讲：《搜孤救孤》《摔琴》《登台笑客》《四门阵》《洒金桥》《打龙棚》《头二本双铃记》《沙桥》《三教寺》《药茶记》《荡湖船》。

> 清内廷戏曲类，有《村妇逢仙》《喜朝五位》《七襄报章》《三阳开泰》《辉煌盛典》《平安如意》《普天同庆》《文昌点魁》《永庆遐龄》《承应寿戏》《玉面怀春》等二百多种。此外还有戏曲档案：长春宫内库旧抄排场题纲一册；长春宫外学戏目十折；内廷承应戏目三张；昆曲身段谱甲编十册；昆弋身段谱乙编五册；升平署扮相谱一册；升平署脸谱一册等。

> 另有《鼎峙春秋》《升平宝筏》《圣世奇英》《征西异传》《平南传》《忠义传》等 19 种为周氏过录本。

上面介绍了散入坊间的升平署曲本的聚散情况以及现今的藏处。

---

〔1〕 合众图书馆：《几礼居藏戏曲文献存录》，民国间油印本。

虽然当时流出的曲本数量十分惊人，但是相对于内府曲本的总量来说，留存在宫内的仍有大半。北京政变后，鉴于文物流失的现状以及保护的需要，事变后的第三天，即 1924 年 11 月 7 日，决定建立故宫博物院。11 月 21 日，"清室善后委员会"成立，负责对故宫文物的接收、清点、登记、整理和保管工作。1925 年 10 月 10 日，故宫博物院正式开放。[1] 所存留的升平署戏曲文献也在此时入藏博物院。初成立的故宫博物院有古物、图书两馆，图书馆下设图书、文献二部，升平署文献归图书馆文献部管理，1925 年统计时尚存 7000 册。[2] 1929 年，文献部独立为文献馆，升平署文献亦由其存藏编目。1933—1934 年间，故宫博物院文献馆将所藏剧本整理完毕的部分编成《故宫所藏升平署剧本目录》，发表在 1933 年 8 月至 1934 年 1 月第 276—315 期的《故宫周刊》上，分承应戏、宴戏、昆弋戏、乱弹、杂出、岔曲、杂曲七类。该目小序曾言："现文献馆将是署余存剧本目录一部分，已整理完竣。……其余尚未整理部分，俟竣事，当再续刊，以飨读者"，[3] 整理工作或一直在继续，但 1930 年以后，受战乱影响，故宫博物院屡次南迁，续刊亦未能如愿。已刊出的《故宫所藏升平署剧本目录》收月令承应戏 17 种，九九大庆戏（即寿轴子）14 种，宴戏 7 种，昆弋戏开场戏 43 种，昆弋本戏 24 种，昆弋大戏 80 种，昆弋单折戏 137 种，乱弹本戏 39 种，乱弹单出戏 351 种。此外，尚有杂出 48 种，岔曲 91 种，杂曲 22 种，共计收录升平署曲本 873 种。每种仅记剧名和册数，承应戏记承应类型，昆弋单折戏记所出之传奇本戏。

此外，在 1931 至 1936 年间，文献馆还将《鼎峙春秋》《御雪豹》等宫廷大戏整理刊出。[4] 1936 年，又将其所藏的月令承应戏 16 种编

[1] 故宫博物院网站：http://www.dpm.org.cn/China/default.asp.
[2] 苗怀明：《清升平署戏曲文献的搜集、整理和发现》，《二十世纪戏曲文献学述略》，北京：中华书局 2005 年版，第 178—185 页。
[3] 本馆编《故宫所藏升平署剧本目录》，《故宫周刊》1933 年 8 月—1934 年 1 月，第 276—315 期，第 4 版。
[4] 《鼎峙春秋》刊于《故宫周刊》第 101 - 425 期，共 10 本 224 出。《御雪豹》刊于《故宫周刊》第 427 - 510 期（民国二十四年二月九日至民国二十五年四月二十五日），计上卷 17 出，下卷 32 出。

印成集,以《月令承应戏》为名出版,在原本已难看到的今天,这些资料的出版就显得尤为珍贵了。

资料整理工作很快就被随后愈演愈烈的战火打断。1933 年 2 月至 5 月,13427 箱又 64 包故宫文物、文献踏上了漫长的南迁之路,从今日台北故宫博物院藏有不少内府曲本的事实来看,当日南迁的文物中也包括一些珍贵的内府曲本。南迁文献文物先存上海,1937 年 1 月前全部运往南京,1937 年"七七事变"之后,分为南、中、北三路再度向西迁移。1947 年,三路文物全部返回南京,1948 年底至 1949 年初,南京国民政府在南迁文物中选取 2972 箱运往台湾,成为后来台北故宫博物院藏品的主体部分。[1]据《清宫藏书》一书的考察,台北故宫博物馆现藏清升平署昆弋剧本 419 种,乱弹 388 种,合计 807 种。[2]应当就是这一时期随大批文物迁往台湾的。

除去运往台湾的一批,故宫博物院所藏的清代内府曲本未再有大的遗失,目前保存于故宫博物院图书馆。[3] 2001 年,故宫博物馆和海南出版社合作,影印出版《故宫珍本丛刊》,该书第 660—685 册收录清南府与升平署剧本与档案共计 1700 余种。[4]按照先昆弋承应戏、昆弋大戏、昆腔单折戏、乱弹单折戏、乱弹本戏的基本顺序,先收总本曲谱本,后收单头、提纲等版本形式,是目前收录清代内府曲本最多的丛书。但该书的编辑也存在一些问题,在两类单出戏类别下,混入了不少多出/折戏。影印时采用了缩印的方法,将原本的数页排于一页,

---

〔1〕 姜舜源:《故宫文物痛苦流离》,《紫禁城》1988 年第 4 期,第 34—35 页。于坚:《故宫博物院的历史和发展》,《故宫博物院院刊》1986 年第 1 期,第 5—6 页。

〔2〕 齐秀梅、杨玉良:《清宫藏书》,北京:紫禁城出版社 2005 年版,第 411—449 页。

〔3〕 2011 年 3 月 5 日,笔者参加了在日本冲绳举办的"清朝宫廷演剧文化研究"研究会,会上,中国故宫博物院故宫学研究所所长章宏伟先生做了《故宫博物院清宫廷戏剧文献收藏现状》的大会报告。据章先生介绍,20 世纪 30 年代针对内府曲本的文献整理确已告竣,但因随后局势动荡,故未能继续刊出。1999 年和 2004—2010 年间,故宫博物院图书馆又两次对账册进行了清点,前后两次结果无异。据《(1999 年)故宫博物院图书登记总账》,共登记戏本 11 491 册,按部计则有 4 000 余部,这是目前对故宫所藏曲本数量最为权威的披露。章文现已发表在《戏曲艺术》2011 年第 3 期上。

〔4〕 故宫博物院编《故宫珍本丛刊》,海口:海南出版社,2000 年版。

使原本的许多重要信息失记。

以上是国内升平署曲本的聚散情况,我国之外,日本也藏有不少的内府曲本。日本藏有清代内府曲本最多的是学者长泽规矩也。长泽氏是日本著名的书志学家,1926—1930年间多次往返中国搜集图书。1928年前后他在北京购得一批内府抄本。1952年转让给东京大学东洋文化研究所,为设双红堂文库,有目录。据黄仕忠师《双红堂文库戏曲曲艺目录》(未刊),双红堂所藏的内府曲本包括:《庆赏中秋唐明皇游月宫昆灯戏总本》1种、《劝善金科》2册、《阐道除邪》残本1册、《喜朝五位岁发四时》1册、《访普》1册、《相调》1册、《虞庭集福》1册、《内抄昆曲总本》12册12种、《乱弹剧本》34册33种、《皮黄剧本》48册48种、《梆子戏本》6种6册。

此外,据黄仕忠师《日藏中国戏曲文献综录》辑录,日本各地收藏的内府曲本还有:

乾隆武英殿五色套印本《劝善金科》十本二十卷(天理图书馆·922-イ57;大阪图书馆·238-76),盐谷温旧藏,今藏天理图书馆;八田兵次郎寄赠,今藏大阪图书馆。

清内府朱丝栏四色精钞本《升平宝筏》二十卷,残存一册(东京大学东文研·集·词曲·南北曲138)。

清内府朱丝栏四色精钞本《升平宝筏》二十卷(大阪图书馆·甲汉-33),钤"八田氏寄赠"章,为八田兵次郎寄赠,今藏大阪图书馆。

清嘉庆十八年(1813)序刊本《昭代箫韶》十本二十卷(大阪图书馆·238-94;拓殖大学·宫原(民平)文库·M922.8-20),"八田氏寄赠"书,今藏大阪图书馆。

清内府四色精抄本《如是观》(外三种)(东北大学·丁B·2-5-1·72),包括:如是观(连四出昆腔);太尉赏雪;滑子拾金;冥判到任。今藏东北大学。

《洪羊洞》,关西大学·长泽(规矩也)文库·L23-D-6480。

《探庄·射灯》,关西大学·长泽(规矩也)文库·L23-D-757。

《京剧剧本四种》,包括:讲三字经总本、四郎探母总本八本、四杰村总本带工尺、乌盆记总本,庆应大学·CL/D/6-5/153-2。

自1924年至今,距升平署戏曲文献被披露已近百年。在漫长而动荡的岁月里,这批珍贵的戏曲文献,虽历经劫难,但大体不失,虽散落天涯,但仍给今人留下了追索的痕迹,皆赖前辈学人孜孜以求,妥为保存,给我们留下了一座戏曲研究的宝库。

第四节　清代内廷演剧的变迁及其艺术特征

前面三节我们讨论了内府曲本的类型和存藏情况。清代内府曲本和宫廷演剧史料,因去时不远,与其他朝代的同类史料相比,保存的最为完整,数量最为丰富,对于戏曲史研究的价值不言而喻。我们常说,戏曲是一种活着的舞台艺术,内府曲本的价值需要与舞台演出相结合才能得以更好地体现。换句话说,存藏至今的内府曲本不仅仅是一本本珍贵的文献,同时也是清代宫廷戏曲舞台上一幕幕鲜活的演出。因此,在本节中,我们将视野转向清代的宫廷戏曲演出,通过讨论各个时期的演出特色,进而展现内府曲本在文本和艺术方面的双重价值。

1. 顺治至康熙时期的内廷演剧

清代宫廷最早的演剧记录,可以追溯到关外的太祖、太宗时期。据《清史稿·乐志一》:"太宗天聪九年,又定出师谒堂子拜天行礼乐制,元旦朝贺乐制。九年,停止元旦杂剧先是梅勒章京张存仁上言:'元旦朝贺,大礼所关,杂剧戏谑,不宜陈殿陛。故事,八旗设宴,惟用雅乐'。从之。"[1]可见,当时在宫廷筵宴的场合已经出现了戏曲演出,但是规模很小,且演剧的地位不高,在外廷燕飨场合出现时还受到了谴责。

1644年,明清鼎革,满洲八旗入主中原。照搬了明代的制度,以礼部教坊司、内府钟鼓司、太常寺神乐观等分典乐事。康熙时期,将演剧

---

〔1〕　赵尔巽撰:《清史稿》(卷九十四·乐一),北京:中华书局1976年版,第2733页。

职能从教坊司〔1〕、钟鼓司〔2〕剥离,成了专门负责演剧的机构——南府和景山〔3〕。

除了成立了专门负责演员管理和戏曲承应的机构,康熙时期关于演剧的记载也较之前朝丰富许多,也可作为演剧规模扩大的一个旁证。从今存的史料可知,至少在以下几个场合有戏曲演出出现。

(1)庆典演出。清人董含在其日记中记载:(康熙二十二年)癸亥正月,上以海宇荡平,宜与臣民共为宴乐,特发帑金一千两,在厚载门架高台,命梨园演《目连》传奇,用活虎、活象、真马。先是,江宁、苏、浙三处织造,各制献蟒袍、玉带、珠凤冠、鱼鳞甲,具以黄金、白玉为之。上登台抛钱,施五城穷民。彩灯花爆,昼夜不绝。古所称大酺,想即此也。〔4〕这是较早的清代内廷庆典演出的记载。

除去庆祝战争胜利,在皇族成员定婚等喜庆场合也有演出的记载。据康熙年间满文朱批奏折所录,在康熙第八子允禩定婚时,曾有行定婚礼时,在女方家由大内剧团演戏的记载。在康熙指派的观礼大臣明珠等人向康熙回奏的奏折中提到"我等于本月二十日赴八阿哥福晋之初定婚宴,将福晋之首饰、金、银、绸缎等逐一摆列,计数交付。……言毕叩恩。筵宴后,安王福晋再次跪称:得圣主所赐克食,并观看大内戏子演戏,方知无法堪比。"此外,明珠等还说,安王福晋恭奉大内戏子所用银四百两,民间戏子所用银二百两。因有阿哥、福晋初定婚宴,不收恭奉戏子物品之先例,故此次亦未收纳

〔1〕 教坊司在雍正元年(1723)改变了明代发罪臣妻女入教坊的传统,以精通乐律之人充任乐工,提高了专业化程度。雍正七年(1729),教坊司改为和声署。

〔2〕 钟鼓司的变革则更为复杂一些,顺治十一年(1654)初设,十三年(1656)改钟鼓司为礼仪监,十七年(1660)改礼仪监为礼仪院。十八年(1661)二月罢十三衙门,仍以其事隶内务府。康熙十六年(1677),又将礼仪院改为掌仪司。参见:《清史稿》(卷一百十八·职官五)"内务府"条,第3421—3428页。

〔3〕 关于南府、景山的设立时间,可参考:朱家溍、丁汝芹:《清代内廷演剧始末考》,北京:中国书店出版社2007年版,第11—16页。

〔4〕 董含:《三冈识略》(卷八)《大酺》,沈阳:辽宁教育出版社2000年版,第171页。按:董氏此书在康熙间曾有《说铃》本选其三卷刊刻,易名为《莼乡赘笔》行世,与引文对校,个别文字略有不同。

云云。[1]据学者考证，明珠奏折所记事件发生在康熙三十七年（1698）。定婚承应，又作纳彩承应，是庆典承应的一种重要形式，亦谓其为"法宫雅奏"之一，据《升平署志略》考证，其礼有皇子定婚时于福晋家赏戏之例。可知，这项制度至少在康熙中后期已经形成，且演出的人员包括了大内戏子和民间戏子。由此可以推断，在庆寿、定婚等庆典场合演出戏剧，在康熙时已成定制。之前的研究中，学界多以演剧制度如"月令承应""法宫雅奏""九九大庆"等均形成于乾隆时期，今可将这类制度的形成时期大大提前，乾隆则是宫廷演剧制度的最终定型者。

（2）庆寿演出。在中国古代，于皇室成员寿诞时演戏的传统由来已久，由《脉望馆抄校本古今杂剧》中保存的大量内府庆寿剧可知，明代的宫廷庆寿演出已经十分发达了。清代也继承了这一传统，今存康熙时期《万寿盛典初集·图画》卷中，绘制戏台四十六座，虽为京师、地方各衙署庆祝康熙六旬寿诞所建，但亦足见演剧已经成为宫廷庆寿场合所不可或缺的环节。

加上日常的观赏性演出，到了康熙朝，宫廷演剧的规模得到了扩大，而演出的场合也从内廷慢慢向外延伸。随着这种趋势的发展，原有的内府曲本很快不能满足演出的需要，清代大规模的曲本编写也从康熙时期开始。

2. 乾隆到嘉庆时期的内廷演剧

乾隆是一个十分喜爱戏曲演出的皇帝，在他的治下，清代宫廷演剧达到了第一个高峰。乾隆七年（1742），设立乐部，彻底将礼乐与戏曲承应分离，[2]专司戏曲演出的南府和景山的规模也在此时达到了顶点。这

---

[1] 中国第一历史档案馆：《满文朱批奏折》，明珠等奏，无年月。转引自：杨珍：《荣辱未卜的皇室女性——以瓜尔佳氏、郭络罗氏为例》，《故宫博物院八十华诞暨国际清史学术研讨会论文集》，北京：紫禁城出版社2006年版，第113—114页。

[2] 乾隆七年（1742）设立乐部，特简典乐大臣掌之。将原太常寺所属之神乐署、礼部所属之和声署、内务府掌仪司所属之中和乐处、銮舆卫所属之卤簿乐队、侍卫处所属之什帮处等机构，统由乐部管理。以神乐署掌郊庙、祠祭诸乐；和声署负责殿廷朝会、燕飨诸乐；宫廷之乐，则由掌礼司中和乐处典之。参见：《清史稿》（卷一百十四）《职官一》"乐部"，第3284—3285页。

一时期演出的内容和特点如下：

（1）庆寿演出。此类演出在顺康时期早有发端，到了乾隆时代，演出规模达到了顶峰。乾隆四十五年（1780），逢乾隆帝七十大寿，朝鲜使臣朴趾源《热河日记》"大戏节戏"条记载了乾隆朝万寿演出的盛况，按照其描述"八月十三日，乃皇帝万寿节，前三日后三日皆设戏。"〔1〕可见，万寿节演戏七日是乾隆时期确定下来的演出制度。此外，除去皇帝寿诞外，乾隆时期，还曾为其生母崇庆皇太后举办了数次万寿庆典，故宫博物院现存的《崇庆皇太后万寿点景图》也证明了寿诞演出在乾隆时期已经属于宫廷戏曲承应的常规性任务。

（2）燕飨演出。如果说庆寿、月令演出尚属继承前代的演出形式，那么乾隆时期在外臣参与的外廷宴赏场合大量出现演剧的记载则是清代演剧地位提高的确证。据《国朝宫史》卷之四"训谕四·皇上谕旨"载乾隆十一年（1746）八月二十四日上谕：

> 本月二十七日在丰泽园崇雅殿赐王公宗室筵宴……。院内张二丈四尺行台演剧。……二十八日在瀛台涵元殿赐满汉大臣等筵宴，着于涵元殿抱厦下满铺毡毯，设矮桌，张圆明园所用亭子台演剧设乐。〔2〕

同书卷七"典礼三"的"乾清宫曲宴廷臣仪""瀛台锡宴仪""丰泽园凯宴仪""紫光阁锡宴仪"条记载与此相仿，不再赘引。如果说前面提到的庆寿、月令、日常观赏性演出尚属于帝王宫内宴乐的范畴，没有超出前代演剧的规模和场所。那么，引文展示的在国家正式宴会，且有外臣参加的场合进行戏曲演出，则可谓宫廷演剧在清代的发展了。特

---

〔1〕 ［朝］朴趾源：《热河日记》（卷十八），朱瑞平校点，上海：上海书店出版社1997年版，第250页。

〔2〕 （清）鄂尔泰、张廷玉等：《国朝宫史》（卷四）《训谕四·皇上谕旨》，北京：北京古籍出版社1987年版，第52—53页。

别是在"丰泽园凯宴仪"〔1〕等一些特殊的宴会中,演剧不仅仅是为了观赏,通过演剧希望体现的政治意图昭然若揭,体现了演剧在清代宫廷生活中不可取代的作用。

当然,除了上述的演出场合外,高度规范化也是乾隆时期演剧的一个突出特点,在月令节日、朔望日有专门的演出剧目,日常性的演出也非常频繁。乾隆时期戏曲档案今已无存,但嘉庆时期的演剧制度基本继承乾隆旧例,笔者以《清代内廷演剧始末考》《升平署志略》《清升平署存档事例漫抄》所载嘉庆二十四年(1819)南府档案,统计出乾嘉时期的演出场所及内容,如下表所示:

表 1-10　嘉庆二十四年(1819)演剧统计表

月份	日期	演出内容	演出地点
正月	初二日	《南渡》《报喜》《琴挑》《遣仙布福》	养心殿
	初四日	《天官祝福》	奉三无私
	初九日	头本《鼎峙春秋》	同乐园
	初十日	二本《鼎峙春秋》	同乐园
	十一日	三本《鼎峙春秋》	同乐园
		《梳妆》	奉三无私
	十二日	四本《鼎峙春秋》	同乐园
	十三日	五本《鼎峙春秋》	同乐园
		《小逼》	奉三无私
	十四日	《群仙导路》《学堂》《扫花》《三醉》《亭会》《拾金》《三代》	恒春堂
		六本《鼎峙春秋》	同乐园
		《万花向荣》	奉三无私

---

〔1〕《国朝宫史》(第 128—135 页):乾隆十四年(1749)平定金川,乾隆二十五年(1760)平定回部,凯旋礼成,皇帝幸丰泽园锡宴。……是时,善扑、百技并作,承应宴戏毕,各退。

清代内府曲本研究

月份	日期	演出内容	演出地点
正月	十九日	七本《鼎峙春秋》	同乐园
		《亭会》	奉三无私
	二十日	八本《鼎峙春秋》	同乐园
	二十一日	九本《鼎峙春秋》	同乐园
		《绣房》	奉三无私
	二十二日	十本《鼎峙春秋》	同乐园
	二十四日	《前拆》	奉三无私
	二十六日	《跪池》	奉三无私
	二十七日	《送京》《佳期》《撇子》《琴挑》《亭会》《三代》	奉三无私
二月	初九日	《卖花》	奉三无私
	十二日	《祭姬》	奉三无私
	十四日	《送京》	奉三无私
	十五日	花朝承应《南渡》《佳期》;船台《扫花》《三醉》	花神庙
	十六日	《孙诈》	奉三无私
	十八日	《痴梦》	奉三无私
	二十日	《饭店》	奉三无私
	二十二日	《北醉》《拷红》《访素》	奉三无私
	二十四日	《山门》	奉三无私
	二十七日	《阳告》	奉三无私
	二十九日	《当巾》	奉三无私
三月	初二日	《请宴》	奉三无私
四月	初三日	《添筹称庆》《梳妆》《拷红》《英烈传》《交账送礼》《露杯》《醒妓》《贾志诚》《佳期》《激迓》《星云景庆》	恒春堂
	初四日	《云阳》《法场》	奉三无私
	初六日	《五台》	奉三无私

月份	日期	演出内容	演出地点
四月	初八日	《佳期》《侠试》	舍卫城
		《前拆》	奉三无私
	初十日	《北醉》	奉三无私
	十五日	《痴梦》	奉三无私
	十八日	《天官祝福》(碧霞元君诞辰承应)	广育宫
	二十二日	皇子成婚《列宿遥临》《双星永庆》	奉三无私
	二十四日	《万福骈臻》《请宴》《孙诈》	重华宫
		《琴挑》《送京》《阳告》《报喜》《诧美》《点香》《三代》	养心殿
	二十六日	《当巾》	奉三无私
	二十八日	《寻夫》《刺股》	奉三无私
	三十日	《山门》《佳期》	奉三无私
闰四月	初二日	《祭姬》《藏舟》	奉三无私
	初四日	《撇子》	奉三无私
	初六日	《小逼》	奉三无私
	初八日	《卖花》	奉三无私
	初十日	《云阳法场》《佳期》	奉三无私
	十二日	《赶车》《拷红》	奉三无私
	十四日	《梳妆掷戟》	奉三无私
	十六日	《闹救》《痴梦》	奉三无私
	十九日	《麻地》	奉三无私
	二十一日	《荣归》	奉三无私
	二十三日	《描容别坟》《批斩》	奉三无私
	二十五日	《女舟》	奉三无私
五月	初一日	河北四船:《南渡》 河南:《善才三参》	龙舟

月份	日期	演出内容	演出地点
五月	初二日	头本《阐道除邪》,五出《金殿试术》	同乐园
		《规奴》	奉三无私
	初四日	二本《阐道除邪》,十六出《彭泽斗法》	同乐园
	初五日	二本《阐道除邪》:十五出《雷击余氛》、十六出《三清祝国》	同乐园
		《访素》	奉三无私
	初七日	《泼水》	奉三无私
	初九日	《相约》	奉三无私
	十一日	《送京》《错梦》	奉三无私
	十三日	《井遇》	奉三无私
	十五日	《前逼》	奉三无私
	十七日	《山门》《祭姬》	奉三无私
	十九日	《点香》	奉三无私
	二十一日	《撇子》	奉三无私
	二十四日	《藏舟》	奉三无私
	二十六日	《侠试》	奉三无私
	二十八日	《佳期》《探监》《法场》	奉三无私
	三十日	《赶车》《惠明》	奉三无私
六月	初一日	《探监》《法场》	同乐园
	初三日	《看状》	奉三无私
	初五日	《寻夫》《刺股》	奉三无私
	初七日	《五台》	奉三无私
	初九日	《南渡》	奉三无私
	十一日	《草桥惊梦》	奉三无私
	十三日	《刺虎》	奉三无私
	十五日	《北醉》	奉三无私

月份	日期	演出内容	演出地点
六月	十七日	《思凡》《拜月》	奉三无私
	十九日	《访素》	奉三无私
	二十一日	《絮阁》《亭会》	奉三无私
	二十三日	《泼水》《拷红》	奉三无私
	二十五日	《送京》《请宴》(福寿)《藏舟》	奉三无私
	二十七日	《报喜》《饭店》	奉三无私
七月	初二日	《养子》	奉三无私
	初四日	《闹救》《荣归》《假期》	奉三无私
	初六日	《祭姬》《别弟》《阳告》	奉三无私
	初七日	《七襄报章》《佳期》	西峰秀色
		《乔醋》《拷红》	同乐园
	初八日	《跪池》	奉三无私
	十一日	《三溪》《错梦》	奉三无私
	十三日	《出罪府场》	奉三无私
	十四日	《寄柬》《思凡》《卖花》《学堂》《诓美》	奉三无私
	十五日	《刘唐》	奉三无私
	十七日	《打子》	奉三无私
	十九日	《胖姑》《请宴》	奉三无私
九月	初三日	《南极增辉》	奉三无私
	初五日	《思凡》《狐思》	奉三无私
	初七日	《小逼》	奉三无私
	十一日	《升平集庆》《南极增辉》	侉戏台
	十二日	《羞文》	奉三无私
	十三日	《侠试》《佳期》《寄柬》	奉三无私
	十五日	《藏舟》	奉三无私
	十七日	头本《升平宝筏》	同乐园

月份	日期	演出内容	演出地点
九月		《绣房》	奉三无私
	十八日	二本《升平宝筏》，十三出《玉面怀春》	同乐园
	十九日	三本《升平宝筏》，十三出《闻仁驱邪》	同乐园
		《报喜》	奉三无私
	二十日	四本《升平宝筏》	同乐园
	二十一日	五本《升平宝筏》	同乐园
		《亭会》	奉三无私
	二十二日	六本《升平宝筏》	同乐园
	二十三日	七本《升平宝筏》	同乐园
	二十四日	八本《升平宝筏》	同乐园
	二十五日	九本《升平宝筏》	同乐园
		《当巾》《痴梦》	奉三无私
	二十六日	南大桥：《光被四表》	
十月	初一日	头本《九九大庆》《八佾舞虞庭》	宁寿宫
		《天官祝福》	养心殿
	初二日	二本《九九大庆》《五方康阜》《万宝光华》	宁寿宫
	初三日	三本《九九大庆》	宁寿宫
		《遣仙布福》	养心殿
	初四日	四本《九九大庆》	宁寿宫
	初五日	五本《九九大庆》	宁寿宫
		《三元百福》	养心殿
	初六日	六本《九九大庆》《福禄寿》	宁寿宫
		《三寿作朋》	养心殿
	初七日	七本《九九大庆》	同乐园
		《北渡》	奉三无私

月份	日期	演出内容	演出地点
十月	初八日	《万载恒春》《天官祝福》《规奴》《亭会》《扫花三醉》《三代》、六本《五云龙（笼）北阙》	恒春堂
		八本《九九大庆》	同乐园
	初九日	九本《九九大庆》	同乐园
		《请宴》	奉三无私
	初十日	《瑞应祥征》	奉三无私
	十一日	《逼婚》	奉三无私
	十三日	《南极增辉》《南渡》《梳妆跪池》《规奴》《报喜》	奉三无私
	十六日	《北醉》《诧美》《山门》《寻夫》《刺股》	养心殿
	十九日	《斩子》《劝妆》《絮阁》《阳告》	养心殿
	二十二日	《单刀》《痴诉》《点香》《描容别坟》	养心殿
	二十五日	《看状》《云阳法场》《错梦》《醒妓》	养心殿
	二十八日	《十宰》《访素》《羞文》《麻地》《佳期》	养心殿
十一月	初二日	《宴刺》《报喜》《祭姬》《痴梦》《饭店》	养心殿
	初八日	《出罪府场》《交账送礼》《扫花三醉》	养心殿
	十一日	《学堂》《拾金》《廊会》《错梦》《闹救》	养心殿
	十五日	《打子劝妆》《草桥惊梦》《逼婚》《诧美》	养心殿
	十八日	《孙诈》《思凡》《撇子》《昭君》《刘唐》	养心殿
	二十一日	《南醉》《罢宴》《惊丑》《批斩》	养心殿
	二十四日	《牧羊》《亭会》《剪卖发》《山门》《访素》	养心殿
	二十七日	《疑谶》《阳告》《闹救》《拷红》《祭姬》	养心殿
	三十日	《报喜》《北醉》《梳妆跪池》《看状》	养心殿
十二月	初一日	《膺受多福》	养心殿
	初三日	《寻夫刺股》《错梦》《五台》《絮阁》《踏勘》	养心殿
	初七日	《扫花三醉》《探监法场》《十宰》《赶车》《佳期》	养心殿
	初十日	《云阳法场》《劝妆》《痴诉点香》《吃糠》	养心殿

月份	日期	演出内容	演出地点
十二月	十一日	头本《劝善金科》《忠良议事》	重华宫
	十二日	二本《劝善金科》《遣子经商》	重华宫
	十三日	三本《劝善金科》	重华宫
		《醒妓》《闹救》《前拆》	养心殿
	十四日	四本《劝善金科》《刘氏亿子》	重华宫
	十五日	五本《劝善金科》	重华宫
	十六日	六本《劝善金科》	重华宫
		《梳妆掷戟》	养心殿
	十七日	七本《劝善金科》	重华宫
	十八日	八本《劝善金科》	重华宫
	十九日	九本《劝善金科》	重华宫
		《刘唐》《阳告》	养心殿
	二十日	十本《劝善金科》	重华宫
	二十二日	《痴梦》《北醉》《梳妆跪池》《藏舟》	养心殿
	二十八日	《报喜》《牧羊》《祭姬》《闹救》《井遇》	养心殿

以上统计主要根据嘉庆二十四年(1819)内小学恩赏日记档得出，从统计结果来看，在整整一年之中，几乎每天都在演戏。[1]演出无定时且十分频繁，是乾嘉时代内廷演剧的第一个特点。

从演出地点和演出时间而言，乾嘉时期的内廷演剧包括：月令演剧，上表"二月十五日"（花朝），"四月初八日"（佛诞），"五月初五"（端午），"七月初七"（七夕），"十二月初一"[2]均是节令演戏，演出的场所

---

[1] 据档案记载，嘉庆二十四年(1819)只有三月和八月的演出记录非常少，我们不妨来看看《清史稿·仁宗本纪》所载："三月己亥，上谒东陵。壬子，上幸南苑行围。己未，上谒西陵。夏四月甲子，还京。""秋七月壬戌，以郑亲王乌尔恭阿为汉军都统。庚申，上巡幸木兰。……九月壬戌，上还京。癸酉，罢松筠御前大臣为盛京将军。"可见，此两月演出减少并不是由于演剧制度发生了变化，而是因为皇帝不在京城。

[2] 十二月初一日演出剧目同除夕日，历年如此。改升平署之后亦是如此。

在圆明园相应神庙戏台，或水台等固定的场所，考察历年的宫廷演剧档案，乾嘉时期月令承应戏演出的程序一般为皇帝往神庙拈香，然后在神庙戏台或特制的演出场所演戏，起到的作用是向神灵献戏。乾嘉之后，月令演戏频次减少，且帝王一般不再拈香，演剧娱神的意义减弱，转而变为以娱人为主。庆寿演剧，嘉庆二十四年（1819）正逢嘉庆帝六十寿诞，十月初一至初九日演戏九日庆祝。[1] 婚庆演出，四月二十二日的演出是为了皇子定婚承应。日常演出，除去上述特殊节日、庆典的演出，更为频繁的是日常的观赏性演出。

在演出地点方面，我们也可以找到规律，首先，在圆明园演出的频率大大高于在内廷演出，引文中除去"养心殿""重华宫""宁寿宫"外所列演出场所均在圆明园；而在圆明园演剧时，凡是承应《升平宝筏》《鼎峙春秋》《九九大庆》之类的大戏均在同乐园，这是由于这类戏的演出需要用到三层大戏台，所以必须在同乐园的清音阁大戏台上演，宫内在宁寿宫（畅音阁大戏台）演出的剧目类此。此外，在宫内演剧时，亦有在重华宫演出《劝善金科》的记载，这是因为重华宫内漱芳斋戏台是宫内最大的单层戏台，亦可敷用。而圆明园内的奉三无私戏台，是帝王欣赏日常演剧的戏台，演出剧目以昆腔折子戏为主，短小精练。宫内养心殿戏台的演出类此。此外，花神庙、广育宫是专门的节令演出之地，所搭建戏台应类似于神庙戏台。

最后，就演出的内容而言，因上举嘉庆年间戏曲档案，只记载了内小学的承应剧目，较难判断每次演出的具体内容。道光四年（1824）仍属南府景山时期，该年一份记载花朝演出的旨意档可让我们略见南府时期的演出内容和程序：

　　　　二月十五日，[花神庙船台卯初一刻进门]花神庙船台承应

---

〔1〕　嘉庆二十四年（1819）是嘉庆帝六十寿诞，也有可能是因为这个原因所以增加演出的天数。道光以前，皇帝万寿演剧的定制是七日还是九日尚待材料的进一步发现。

《花台啸侣》(一分　外学)、《百花献舞》(一分　外学)　辰初三刻
万岁爷驾幸花神庙拈香,山门前下船。东穿堂门外南泊岸,十番
学迎请。船台外学献戏,庙内待佛人迎请拈香毕,仍回山前门上
船,驾幸同乐园。此日请皇太后辰正一刻十分驾诣同乐园听戏同
乐园承应卯正二刻进门[辰正开戏　未初一刻十分戏毕]

　　万卉呈祥[内学]　　山门[大庆]　　打番[贾得禄]

　　赶车[保林]　　飞虎山[六出外学]　　卖兴[百福]

　　刺汤[四喜]　　叩当[增福]　　万花献寿[外学][1]

　　由此可知,南府景山时期的宫廷戏曲演出,以吉祥戏为开场和末
场戏,在月令或其他庆典时,开团场吉祥戏换作与当时情景契合的剧
目,中间演出折子戏。嘉庆二十四年(1819)的戏曲档案也说明,嘉庆
时期的小内学应该是主要负责昆弋折子戏演出的剧团,其演出的内容
以此为主。

　　3. 道光时期的内廷演剧

　　在经历了乾隆时期的演剧高潮后,清代的宫廷剧团的规模在嘉庆
时期已经开始逐渐缩小,但大体还是维持了乾隆时期的制度。道光帝
即位后,对前代的演剧制度进行了大刀阔斧的改革。从道光元年
(1821)至七年(1827),道光帝屡次降旨裁撤南府人员,并在道光七年
(1827)二月正式撤销南府,成立升平署。道光帝在对演剧机构的改革
中表现出精简规模、力行节俭的决心,这一点在演剧时同样得到体现。

　　首先,演出场合被大量缩减。从道光二年(1822)至四年(1824),
至少六种节日承应被停止。[2]

　　其次,在演出时间方面,相对于乾嘉时期的演无定时,道光显然要

---

〔1〕 王芷章:《清升平署志略》,北京:商务印书馆 2006 年版,第 63 页。
〔2〕 如:"(道光二年)十月十六日　内务府大臣英和面奉谕旨,嗣后每年正月初一日、四月
　　初八日、八月初十日、十月二十五日等,日各寺庙均着停止献戏钦此。"(《清代内廷始
　　末考》,第 133 页。是书摘引史料中多处类似记载,文繁不录。)

节制得多。道光二年（1822），首先将演戏的日期规定为初一、十五日，与乾嘉时期几乎日日演戏的传统比较，演剧的频次被大大地缩减。需要说明的是，道光旨意中提到的初一、十五演戏是指除去月令节日或庆典活动的日常性演出，在非朔望日，遇到月令节日，或者庆典活动（如皇帝、太后万寿等）同样也要演戏。在节日庆典时演剧的时间也被缩短，道光七年（1827），因为已将南府民籍学生全部裁撤，宫廷剧团的现有人数已不敷用，于是将万寿节戏的演出时间缩短。

再次，在演出内容方面，也不再追求场面华丽、费用巨大的大戏，而是以吉祥寿戏和小戏轴子代替。

概言之，道光时期的宫廷演剧，规模被严格地控制，演出场合和时间比较固定，取消了许多前代规定的演出场合，而演出的内容也更加务实。

4. 咸丰至慈禧太后时期的内廷演剧

道光帝的继任者咸丰，在位时间较短，但对戏曲演出十分喜爱。在其统治期间，升平署的组织结构没有发生变化，但是被道光全部裁撤的外学伶人又在此时回到了宫廷戏曲舞台上。与乾嘉时期取江南伶人入京的做法不同，这批来自京城民间戏班的伶人，挟风雷之势登上宫廷戏曲舞台，并最终主导了宫中承应声腔的变革。

咸丰十年庚申（1860），以清文宗三旬万寿为契机，升平署奉命挑选民间艺人入宫演戏，传选外边戏班进宫承差，再次开启了民间伶人进宫承应的大门。但是，和乾嘉时期的外学民籍学生相比，此时再次入值内廷的演员发生了很大的变化。首先，此次挑选演员，不再从遥远的江南选取，而是在京城戏班"就地取材"，可见当时北京剧坛已经取代了江南，成为戏曲演出的中心。其次，挑入的艺人可以自由选择留在宫中充任教习或者回到民间舞台，即使选择出宫，也可以在需要时召入演戏，这打破了南府时期民籍艺人对内廷的人身依附，而建立起类似雇佣的关系。对于此点，在慈禧时盛极一时的"内廷供奉"制度和传整班入宫演戏的制度，其发明权应属咸丰，慈禧则将这一制度进一步完善,广泛地运用在宫廷演出中。

除了重开民间伶人入宫承应之例,咸丰朝也是承应声腔由昆弋腔向乱弹腔过渡的时期。据朱家溍先生的统计,从咸丰十年(1860)八月初八至十一年(1861)七月十七日,因八国联军侵华,咸丰帝后逃至热河的不到一年的时间里,热河行宫共演出昆、弋、乱弹剧 320 余出,其中乱弹恰好 100 出,占据了总量的三分之一,[1]可以说乱弹腔在宫内的演出在咸丰时期得到了极大的发展,取得了与昆弋腔鼎足而立的地位。

咸丰去世后,清帝国一度陷入内交外困的局面,因此在同治二年(1863)七月二十二日,两宫皇太后发出"懿旨",宣布"咸丰十年所传民籍人等着永远裁革",[2]宫廷演剧又恢复到了由原升平署太监担任,以弋腔、昆腔为主的轨道。但慈禧太后对戏曲演出的喜爱直追其祖乾隆,当然不会满足于如此沉闷的局面。

光绪九年(1883),慈禧授命升平署重开从民间挑选著名伶人入署的旧例;光绪十九年(1893),频传民间戏班整班进宫演戏;光绪二十六年(1900)庚子事变,停止整班入宫,但挑选优秀民间伶人入宫承应的制度被一直保存下来。[3]可以说在宫廷演剧中,慈禧完全继承了其夫咸丰帝所"发明"的制度,挑选知名艺人入宫,同时允许其在民间演出,并且也不再包办民间伶人的"生老病死",而采用赏银的方式,演出结束即刻退出宫。当然,这种被外间尊称为"内廷供奉"的制度,确实是在慈禧时期发展到极致。从光绪九年(1883)起,终慈禧一世,几乎所有在民间崭露头角的优秀艺人都被网罗到宫廷舞台上。此时的升平署,除了负责开团场吉祥戏和昆弋腔戏的演出,最重要的职责就是

〔1〕 朱家溍:《升平署时代昆腔弋腔乱弹的盛衰考》,《故宫退食录》,北京:北京出版社1998 年版,第 556—572 页。
〔2〕 《清代内廷演剧始末考》,第 321 页。
〔3〕 关于慈禧太后时期的内廷演剧,前人已有十分详尽的论述。参见:么书仪:《晚清宫廷演剧的变革》,《文学遗产》2001 年第 5 期,第 94—105 页。温显贵:《从教坊、南府到升平署——清代宫廷戏曲管理的三个时期》,《湖北大学学报:哲学社会科学版》2006 年第 2 期,第 206—209 页。么书仪:《西太后时代的"内廷供奉"》,《寻根》2001 年第 3 期,第 88—95 页。

派员在京城各大戏班搜寻演出人才,使得慈禧能够在第一时间观看到最流行、最精彩的演出。宫内太监伶人和宫外名角同台竞技,宫廷和民间演剧在此时的互动达到了顶点,宫廷从民间引入了大量时兴戏出,欣赏到了当时最流行的声腔剧种。民间剧坛则从宫廷精益求精的演出氛围中汲取养分,反过来促进了乱弹诸腔,特别是皮黄戏的发展成熟。

5. 内府曲本的艺术特征

上面我们按照时间顺序,从演出机构、演出内容、演出形式和场所等方面,回顾了清代自顺治至慈禧太后时期宫廷演剧的变迁及其主要特点。内府曲本是为宫廷戏曲演出而创作或改编的剧本,它的内容和形式必须符合内廷演剧的需要,虽然内府曲本的类型多样,但共同的演出场域也赋予了内府曲本一些共同的艺术特征。这些特征超越了年代和声腔的变化,体现了内府本的独特性,是判断内府曲本的重要依据。

首先,内府曲本对剧本形态的规范化有非常高的要求。结构化,或者说同质化,应该是我们阅读内府曲本时最直观的感受。这一点在内府本仪典剧中表现得最为突出,除了出场人物不同,其他如故事情节、场面调度等如出一辙,读千本如读一本。再如康乾以来内廷编演的连台大戏,二百四十出均以对仗工整的七字出目命名,在中国戏曲史上也十分罕见。为什么会出现这种现象? 这是宫廷演出的特殊环境所造成的。宫中的戏曲演出不仅是一种娱乐形式,同时也是宫廷仪典的一部分,对演出时间、演出程序都有非常严格的规定。今天我们看到的许多内府本封面上,都标注了演出时间。为了保证演出能在规定时间内顺利完成,编写结构相同、内容相似的剧本就非常必要了,这是宫廷演出对可控性的要求所决定的。再者,清代的宫廷演剧,除了个别朝代,是十分频繁的,几乎到了每天都演的程度。如果所有剧本都要原创,必然面临不足敷用的局面。此外,宫中演出所着力营造的是一种富丽堂皇的景象,这不仅表现在舞台设计上,剧本曲词也要辞藻华丽,格律整齐,连台大戏的命名方式,就是出于这种审美情趣的需要。综上,规范化成为内府曲本最突出的艺术特征。

其次,相对于民间演出的剧本,内府曲本在内容和结构方面都展现出一定的滞后性。比较脉望馆本中的内府本,清代仪典剧的形式内容几乎与之无二。不少曲词还能在《雍熙乐府》收录的明代内廷演出本遗存中找到出处。晚清异军突起的皮黄声腔,也是由民间舞台迈入宫廷的。宫中的演出环境比较封闭,与民间舞台相比,宫廷戏曲舞台显得权威而神秘,这在晚清"内廷供奉"的回忆录中还常有体现。这种由所处位置决定的"优越感",使得宫廷演出对新的艺术形式接受得比较慢。并且在宫中大量的节日庆赏演出中,仪式感是首要的,继承前代内廷遗存,显然会让演出增加一分厚重。

第三,内府曲本和宫廷演出往往承载了演剧之外的目的。在某些特殊场合,对内府曲本政治正确的要求会大于对艺术效果的追求。清代的宫廷演剧是内廷仪典的组成部分,特别是在有外臣参加,或者国家重大庆典时,除了歌舞助兴之外,内廷演剧还承担着展现国力,宾服四方的政治目的。以当朝发生的重大事件,特别是皇帝的武功入剧,以及满篇颂圣之词,都是这一特征的具体表现。

第四,舞台效果方面,内府曲本往往以砌末新奇,场面浩大取胜,体现了古代戏曲演出史上最高的舞台美术成就。前面说到,宫廷演出的审美取向是富丽堂皇,在内容和结构都很难出新的情况下,这几乎是宫廷艺人唯一可以自由发挥才华的地方。当这种舞台艺术追求与国家财力的支持契合后,留给后人的就是演出档案和剧本上那令人叹为观止的宏大场面。

本章对内府曲本的基本概念、主要类别、存藏情况进行了界定和考述,在此基础上,结合清代宫廷演剧制度的变迁,总结了宫廷演剧和内府曲本的主要特征。在对内府曲本的整体情况有了概要性的了解后,下一章我们将首先回顾前人在内府曲本研究方面的主要成果,然后再转入对具体版本和问题的考证。

第二章
清代内府曲本研究述评

　　清代内府演剧史料,在时人的笔记中即有相当多的记载,但比较系统的研究始于 20 世纪 20 年代。1924 年以后,随着升平署戏曲档案和曲本大规模流入坊间,公私藏家竞相购入,虽然导致了此类文献的长期分离,但在客观上却使内府秘本呈现于世人面前,为研究的进行创造了条件。民国时期的研究成果,既有扎实的文献考据,也有立足于舞台的品评,更不乏清宫演剧亲历者的回忆,可以说为清代内府曲本研究打下了坚实的基础。1949 年至 1990 年间的一段时期内,由于受到意识形态方面的影响,清代统治者始终作为阶级对立面出现,对清宫演剧的评价也打上了浓重的历史烙印,显得谨慎而保留。但抛开主观因素不谈,这一时期在文献整理出版方面仍然取得了一定的成就。1990 年至今,是清代内府曲本研究全面发展的历史时期,不仅论著数量呈现井喷式增长,且在文献出版、专题研究方面均取得了长足的进步。可以说,在这一时期,不仅完成了对清代内府曲本重新认识的任务,而且在研究的深度和广度上,也都得到了不同程度的拓展。前人的研究成果,是后续者继续迈进的起点。清代内府曲本研究自发端至今,已经取得了十分丰硕的成果,但遗憾的是,迄今为止,并未有论著对此进行全面总结。由于本文是以清代内府曲本的整体作为研究对象的,故在本章中,笔者将以较大的篇幅,按照时间的界限,分三个历史时期对清代内府曲本研究的成果进行总体概括。之后的各小节将以专题为序，对每一专题所取得的成就进行简要评价，并提出可供进一步探索的方向。

第一节　清代内府曲本研究综览

1. 资料准备阶段（1919—1949）

1919—1949 年之间，在各类刊物上出版和发表的论著约有 150 部（篇），[1]其资料类型统计结果如表 2-1 所示。

表 2-1　民国时期内府曲本研究成果资料类型统计[2]

专　著	论　文	目　录	出　版
3	118	15	14

三部专著分别为 1933 年《清升平署存档事例漫抄》（以下简称《漫抄》）、1936 年《清代伶官传》、1937 年《清升平署志略》。《漫抄》一书是至德周氏（明泰/志辅）对升平署戏曲档案进行辑录的专著。全书共分六卷：卷一是关于"月令承应"的戏目，列 16 种承应类型之戏目，其中正月初二日承应、国服期内元旦承应，为他书所不载。卷二是关于"九九大庆"和"丧礼承应"的戏目，列 14 类承应戏目。卷三记载的是南府和升平署的各项制度，如南府官职钱粮、升平署传进外边戏班等。卷四是关于演剧制度的，如开团场及轴子、朔望承应的演出情况。卷五为掌仪司乐队奏乐的档案汇编。卷六汇辑了 11 种宫廷大戏的演出史料。包括：《劝善金科》《升平宝筏》《鼎峙春秋》《征西异传》《铁旗阵》《昭代箫韶》《下河东》《兴唐外史》《普天同乐》《忠义传》《剑锋春秋》。书后附录《乐器折一》《乐器折二》《安设乐器次序单》《存档释名及详

---

[1]　详细书目参见文末参考文献中民国论著及民国刊物部分。
[2]　关于资料类型分类的说明：分类表中所谓"出版"是指民国时期在各类刊物上登载或独立出版发行各种升平署戏曲档案或曲本。

目》。在今日升平署档案分藏各处,外间难得一见的情况下,周氏此书在相当长的时间内都是研究者所能参考的唯一原始资料,且分类摘录的方法也给专题研究提供了便利。惟此书仅摘国立北平图书馆所藏升平署档案,于作者而言乃历史条件之限,亦出无奈,但在今日研究条件日益改善的背景下,利用时应多方参酌,避免片面定论。

《清代伶官传》和《清升平署志略》为王芷章先生清代内府戏曲档案与演剧研究的姊妹作。《清代伶官传》也是迄今为止唯一一部以清代南府升平署艺人为研究对象的专著,其《例言》云:该书"皆取升平署档案为据,共分三卷:以在乾嘉道三朝者为上卷,咸同两朝所选为中卷,光宣所选者为下卷。"[1]正文以人列目,按照该伶人入宫承应的时间先后为序,每人名下先述其姓名行当,兼评价其技艺;次为其人在宫中所担任之职分和钱粮;最后记演戏时地及场次。本书不仅可供研究清代内府演剧及艺人时参考,因其考证扎实,亦是学者为南府、升平署文献断代的重要依据。

《清升平署志略》(以下简称《志略》)是王氏研究南府、升平署制度的力作,因王氏曾在国立北平图书馆任职,因工作之便,对该馆所藏升平署文献的发掘深度又远超前揭周氏书。在利用馆藏档案的同时,作者还大量参考了南府、升平署太监墓志、老郎庙碑等金石资料,此类文献今多已无存,今天的学者也只能从《志略》中寻觅其雪泥鸿爪。该书共分六章,第一章引论,叙述了唐以来宫廷戏曲管理结构的沿革,以及本书的创作缘由。第二章沿革,主要介绍了升平署成立前,南府时期的机构设置。第三章升平署之成立,记述了道光元年(1821)至道光七年(1827),由南府改制为升平署的过程。第四章分制,详细介绍了升平署总管、内学、中和乐、钱粮处、档案房等升平署组成机构的职责和具体的演出情况。第五章职官太监年表,以表格的形式列出了自乾隆五年(1740)至宣统三年(1911),南府和升平署所有职官太监的任职时

---

〔1〕 王芷章:《清代伶官传》,北平:中国印书局1936年版。

间等史料。第六章署址,考述了升平署宫内外所有的办公和演出地点。《志略》在今日早以其史料丰富、考证精密,成为本领域研究者案头必备之作。但是,由于历史的局限,《志略》也不可避免地存在着一些错误,如作者在书中考证,南府得名"应在五年(乾隆)至十九年之间",[1]而景山的出现则在"乾隆十六年辛未初次南巡"之时,这一点已被近年来新出现的清大内满文档案所推翻,南府的成立可上溯到康熙年间。总体说来,虽然有着这样或那样的错误,但是瑕不掩瑜,《清升平署志略》仍可称得上清代内廷演剧研究的开山扛鼎之作。

除去上述三部专著,民国时期编制的各种升平署曲本目录亦是这一时期研究的亮点。除《清代杂剧全目》之外,几乎所有有分量的内府曲本目录均出现在这一时期。其中,既有收藏机构的专题目录,如北大研究所国学门、国立北平图书馆、北平国剧学会、国立中央研究院史语所的藏曲目录;亦不乏知名收藏家的私藏书目,如齐如山、程砚秋、梅兰芳、周明泰等人的家藏书目,均收录有不少内府曲本。

除了编制书目反映收藏情况,民国时期也全文刊出了不少升平署文献。1928 年,《南金》杂志第 10 期刊载了傅惜华藏升平署曲谱《火云洞》《双心斗》,是内府曲本首次在刊物上与普通读者见面。1929 年,《民言戏剧周刊》(第 3、7 期)刊登了清宫连台大戏《封神天榜》之书影。1932 年,《国剧画报》(1 卷 32 期)登载吉祥承应戏《福禄寿》三星行头摄影。1932 年,《国剧画报》连续 20 期连载齐如山藏升平署乱弹抄本《双合印》,但该本以排印出版,且由编者加以标点,原本版本信息无法考察。1934 年,内廷供奉曹心泉口述,邵茗生记谱,在《剧学月刊》(3卷 4 - 6;8 期)上刊载了清宫吉祥戏《寿祝万年》《圣朝风雅》《万花献瑞》《和合添祥》《天台甲子》《瑶池集庆》《菊颂南山》《九如献瑞》《祥云捧日》《添筹献寿》《三元甲子》《钧天献祝》《寿域天开》《寿祝无量》《四海讴歌》《凤鸣协吉》《椒殿呈祥》《罗汉渡海》《尧天晋祝》的曲谱,其中

---

[1] 王芷章:《清升平署志略》,北京:商务印书馆 2006 年版,第 7 页。

大部分剧目为世间罕见，具有重要的文献价值，且附记宫谱，按图索骥，可探清宫演剧实况。

　1931—1936 年间，故宫博物院在其院刊《故宫周刊》第 101—510期上，连续排印出版宫廷连台大戏《鼎峙春秋》和《御雪豹》。其中，101—425 期刊载《鼎峙春秋》1—224 出；427—510 期登出《御雪豹》卷上 17 出、卷下 32 出。《鼎峙春秋》为四字出目本，与通行之 10 本 240出本有所不同。1935 年排印出版《升平署岔曲》，收岔曲作品九十种一百段，该书于 1984 年，经林虞生重新标点、整理后，由上海古籍出版社以《升平署岔曲（外二种）》为名再版。1936 年，故宫博物院文献馆又将其所藏的月令承应戏 16 种 48 册编印成集，排印出版《月令承应戏》，此本原本印数较少，今已为难得之物。2009 年 5 月，学苑出版社《民国京昆史料丛书》第四辑收录该本，化难为易，极大地方便了今天的研究者。

　扮相谱是内廷演剧的标准装扮，且与民间所扮多有不同，是考察宫廷与民间演剧异同的重要史料，因此颇得学界青睐。1928—1929 年间，《北京画报》《民言戏剧周刊》零星刊布了一部分傅惜华藏升平署扮相谱。1932—1933 年间，《国剧画报》连续刊登了梅兰芳旧藏升平署扮相谱 62 幅，傅芸子为之题记，谓之"图为绢本，着色鲜明，绘画工细绝伦"。[1] 在当时动荡之局势下，刊物的主持者尚能勉力行之，向学界强力推介，实令我等后辈汗颜。但是，由于技术条件的限制，民国时期所刊出的文献，多为排印出版，如故宫博物院《月令承应戏》等，失掉了不少原本信息，是一个不小的遗憾。

　1919—1949 年之间，发表在各种刊物上有关清代内府曲本和演剧研究的文章共计 118 篇，据笔者目力所及，最早为 1923 年 1 月，铁鹖客在《戏杂志》第 6 期上发表的《清宫传戏始末记》一文。其分类统计如表 2－2 所示：

─────────────

〔1〕　芸子：《升平署扮相谱题记》，《国剧画报》1932 年 1 月 15 日（1 卷 1 期）。

表 2 - 2 　民国时期内府曲本研究论文分类统计〔1〕

曲　　本	剧　　场	演　　剧	史　　话
42	11	19	46

　　专论各种清内府曲本的论文 42 篇,具体可分为作品研究和曲志两类。作品研究包括的内府曲本类型有:清内廷开团场戏,如傅惜华《清代内廷之开场、团场戏》;月令承应戏,如傅惜华《内廷除夕之承应戏——如愿迎新》《清宫之月令承应戏》《谈〈天香庆节〉》等;寿戏,如张笑侠《清宫寿剧〈吉星叶庆〉》;连台本戏,《封神天榜》《升平宝筏》《劝善金科》《昭代箫韶》《混元盒》等均有专文论及;传奇杂剧,如对清代著名文人蒋士铨创作的承应剧《西江祝嘏》的专题研究。

　　曲志类文献则主要发表在创刊于 1932 年的《国剧画报》上。1932年,傅惜华首先在该刊上撰文介绍家藏曲本,于《碧蕖亭藏曲识略》(2卷 4—5 期)中披露了内府本《碧云霄霞》和《封神天榜》。1933 年,傅氏又发表了《缀玉轩所藏曲草目》(2 卷第 23—30 期),简要登录了梅兰芳家藏曲本中的内府本,但该目仅录书名、撰者、版本等项,失之于简。于是在 1934 年再编《缀玉轩藏曲志》,其中详细记录了缀玉轩藏内府本:《狮吼记》《太平祥瑞》《福寿荣》《兴唐传》等,每条均列版本、出目、本事等项,并详考版本源流,具有相当的文献价值。

　　清代宫廷园囿多建戏台,而传统治曲者,于戏台向不关注,目为小道。时至民国,受到西方剧场及戏剧理论的影响,一批关注并切身参与舞台实践的戏曲研究大家不断涌现,清代宫廷戏台以其形制独特、保存完好,首先得到了学者的重视,在这一方面尤以齐如山、傅惜华二人用功最勤,在研究清宫戏台的 11 篇文章中,二人各居其五。除去两

〔1〕　关于论文分类的说明:"曲本"专门研究内府本的某一或某一类作品的论文入此;"剧场"研究清宫戏台的论文入此;"演剧"专论清宫演剧形制、规则论文入此,如开团场、跳灵官等;"史话"泛论清宫演剧或漫话性质论文入此。

篇总论清宫戏台的文章外,涉及的戏台包括:德和园戏台[1]、寿安宫戏台、风雅存小戏台、倦勤斋小戏台、宁寿宫畅音阁、南府戏台、景祺阁小戏台、纯一斋剧台。除去傅惜华的三篇文章外,这批论文集中在1932—1933年的《国剧画报》上连续刊载,每篇论文均配以照片,其文先记戏台形制,次记戏台和观戏楼匾额,如可考者,则附记建筑年代和用于演出的时间。在全部11篇论文中,齐如山《南府戏台志》[2]和傅惜华《清宫内廷戏台考略》[3]尤其值得我们关注。齐氏《南府戏台志》名为对南府(升平署)排戏戏台的研究,但实际上却是对宫中戏台形制的全面总结。该文分为上下两篇,上篇介绍了南府戏台与他台的三点不同之处:"上场门为城门式;下场门为庙门式;中间亦为一大庙门式",并对这种建筑风格的来源进行了考索,兼及介绍了宫中排戏的四个步骤"串戏、帽儿排、响排、彩排。"下篇则将宫中剧台按照样式的不同划分为五种形制:三层楼式、一层台式、暖台式、小台式、板台式。这种五分法,包含了宫中戏台的所有样式,至今仍是对清宫戏台最为权威的概括。

傅惜华《清宫内廷戏台考略》,考察的戏台包括:寿安宫戏台;重华宫戏台;风雅存戏台;宁寿宫畅音阁、倦勤斋、景祺阁戏台。傅氏此文最大价值在于收集史料之完备。每种戏台首先记其位置,次则形制、戏台匾额,再次考证建筑时间,最后记建成后历次修葺之史料,每论皆旁征博引,不发无根之谈。如记寿安宫戏台,依次引用《养吉斋丛录》、自藏乾隆二十五年(1760)八月十一日《内务府皇太后七旬万寿庆典奏案》、国剧陈列馆《寿安宫戏台粘修工程奏销黄册》等稀见史料,考证可谓精审。

〔1〕 关于德和园戏台的文章有二。傅惜华:《德和园戏台考略》,《北京画报》(戏剧特号)1930年8月17(第17期)。齐如山:《德和园戏台考略》,《国剧画报》1932年7月29日(1卷28期)。
〔2〕 齐如山:《南府戏台志》,《国剧画报》1932年10月14日(1卷39期)。
〔3〕 傅惜华:《清宫内廷戏台考略》(1—4),《北平晨报·国剧周刊》1936年7月30日;8月6日、20日;9月17日。

演剧和史话类的论文,本质上属于同一类型,都是对清代宫廷演剧制度、形式进行的介绍和探讨。民国之时,距清亡不远,不少曾亲身参与过清廷演剧的艺人仍然健在,且清遗老遗少中也不乏戏曲活动的拥趸,于是,在报章杂志上撰文回忆清廷演剧之情形,一时蔚然成风。其中不少都属于漫话性质,拉杂谈来,并无严密的逻辑,亦不专门针对某一主题,因此为了与其中较为规范的论文以示区别,特分为"演剧"和"史话"两类,今择要述之。

"演剧"类中收集了三类文章。其一为专论演剧程序的论文,讨论的主题包括内廷演剧之开团场,如傅惜华《清代内廷之开场、团场戏》《内廷普通之承应开场剧》[1],列举了清宫内演出的主要开团场戏目。《内廷承应传奇之开场》[2],研究对象为清宫所编连台本戏《升平宝筏》等的开场形式,并简要剖析了其与民间传奇开场的不同之处,并述及开场之后"跳灵官"的规矩。内廷演剧净台的习俗,如傅惜华《净台》[3]、侠公《内廷元旦演戏跳灵官》[4]等。1933 年 5 月,《剧学月刊》刊载了曹心泉口述、邵茗生整理的《前清内廷演戏回忆录》,是内廷供奉对其亲身经历的总结和回忆,文中较为全面地介绍了宫内演戏的规矩和常演剧目 363 种。[5]

第二类为对伶人的研究,包括 1934 年松凫《清末内廷梨园供奉表》[6]和 1935 年周志辅《清末梨园供奉表校补记》[7],后者是对前者的校订和补充。该文记载了同治、光绪以来入值内廷的民籍艺人(俗称内廷供奉),表内记录人名、籍贯、职别(行当)、入值年月、入值时年龄、退值年月、退值时年龄、最后俸给等项。

第三类为演出内容和戏衣的研究。包括傅惜华《两张道光年间承

〔1〕 傅惜华:《内廷普通之承应开场剧》,《北京画报·戏剧特号》1931 年 5 月 18 日(第 43 期)。
〔2〕 傅惜华:《内廷承应传奇之开场》,《北京画报·戏剧特号》1931 年 6 月 6 日(第 45 期)。
〔3〕 傅惜华:《净台》,《大公报·剧坛》(天津)1935 年 1 月 13 日。
〔4〕 侠公:《内廷元旦演戏跳灵官》,《立言画刊》1941 年第 123 期
〔5〕 曹心泉口述、邵茗生笔记:《前清内廷演戏回忆录》,《剧学月刊》1933 年第 5 期(2 卷)。
〔6〕 松凫:《清末内廷梨园供奉表》,《剧学月刊》1934 年 11 期(3 卷 11 期)。
〔7〕 周志辅:《清末梨园供奉表校补记》,《剧学月刊》1935 年第 2 期(4 卷)。

应戏单之研究》[1]《关于故宫戏衣之研究》[2]，前者是根据戏单对道光年间演出剧目的个案研究；后者则记载了美国人溥爱伦在京购置的升平署戏衣三十二件之名目，并对畅音阁戏台两侧陈列戏服标记错误之处进行了考订。翁偶虹《混元盒之大锚小锚》[3]，则是对清宫端午节戏《混元盒》中出场的两个人物大锚小锚演变源流进行的考证，并兼及清宫连台本戏《混元盒》的版本。

"史话"类的文章所论比较琐碎，且一篇文章中往往涉及多个主题，有很强的资料性，但论述缺乏逻辑，很难对其论题进行精确的概括。总体说来，其关注点集中在两个方面，其一为清宫演戏之回忆或见闻，如《升平署之闻见》《南府轶闻》等；其二为清宫演剧史料的辑录，如刘儒林《同乐园演剧之史料》《内廷演剧之史料》，寰如《清末戏班承值内廷史料之一斑》等。这些文章为我们从各个方面了解清宫演剧提供了线索。但是需要特别说明的是，"史话"性质的文章，虽作者言之凿凿，但其论多为口耳相传，即使是"内廷供奉"们的亲身经历，所述也只是清代末期内廷演剧的情况，且因记忆之误，相互抵牾之处并不少见，这一点是在引用这些材料时所应特别注意的。

民国时期发表的论著，因其去清不远，因此多以翔实可靠的历史资料取胜。其中不乏亲历者的回忆录，其文献价值，在今日已无法亲眼目睹清内廷演剧胜景的情况下，可做信史观。且这一时期的研究不乏戏曲研究大家的参与，有不少的观点在今日已被奉为圭臬。从论题的广度而言，这一时期学者所关心的话题，已经基本涵盖了内府曲本及演剧的所有方面，为后来的研究埋下了种子。但是，从另一个方面而言，民国时期的研究，重资料而轻分析，多感性认识而少系统整理，

---

〔1〕 傅惜华：《两张道光年间承应戏单之研究》(1—2)，《民言戏剧周刊》1929 年 10 月 21 日、28 日，第 2、3 期

〔2〕 傅惜华：《关于故宫戏衣之研究》(1—4)，《民言戏剧周刊》1930 年 8 月 18 日、25 日；9 月 1 日、15 日，第 44—46 期。

〔3〕 翁偶虹：《混元盒之大锚小锚》，《三六九画报》1940 年第 34 期。

在研究的深度上尚待提高。因此,这一阶段在整个清代内府曲本研究史中可被称为资料准备阶段。

2. 研究构建阶段(1949—1990)

进入 20 世纪 50 年代及以后,在阶级分析成为学术研究唯一方法论的时代背景下,作为"封建残余"的清宫戏曲是不可能获得主流价值观的认可,进而进入学术研究的热点领域的。因此,在这一阶段中,相关的成果并不算多,但是也出现了个别具有较高学术含量的著作,在本领域的研究中负有开创之功。

(1)戏曲史视野下的清宫演剧。中国戏曲史研究的开创者王国维先生,曾在其戏曲文献学著作《曲录》中列出了几部清宫连台大戏的版本情况,但在其后的戏曲史奠基之作——《宋元戏曲考》中,对元杂剧以后的戏曲样式不置一词。日人青木正儿续作《中国近世戏曲史》,将明清以后的中国戏曲史作为研究对象,囿于体制,该书虽然在相关章节零星涉及了清宫剧作的情况,但并未将其放入戏曲发展史的背景下进行整体探讨。1950 年以后,出于教学和科研的需要,先后出版了多部中国戏曲史论著,如《中国戏剧史长编》《中国戏曲通史》等,清宫演剧也于此时,第一次进入到戏曲史研究的视野之下。其中,较具代表性的如周贻白先生的《中国戏剧史长编》《中国戏曲史讲座》等。在《中国戏剧史长编》中,"升平署与内廷演剧"出现在"皮黄剧"的章节之中,但是该节论述的范围远不止于此。在本节中,作者首先介绍了从南府到升平署的清宫演剧机构的变革更替过程,对各时代宫廷戏曲演员的相关情况进行了考证。最后,着重考订了"清宫四大本戏"的本事源流及其改编为皮黄剧的情形。"升平署与内廷演剧"一节在《中国戏剧史长编》中所占篇幅并不长,但其涉及的问题基本上涵盖了清内廷演剧的各个方面,其后出现的戏曲史或者清内府演剧的研究成果,大多是对周文论及问题的进一步分析和细化,其研究范围、论述逻辑都没有超越《中国戏剧史长编》。当然,在 50—60 年代的时代背景下,作为与"民间"对立存在的"宫廷"演剧,对其展开的任何论述都必须首先做到"阶级立场正确"。因此,虽然清代宫廷演剧进入到了戏曲史的研究范围中,但其显然不会成为研究的中心和重点,而只能作为能够活跃民间剧坛的演剧,甚至是民间演剧对立面而存在。对其的评价也打上了明显的阶级批判的烙印,即使是普遍认为给清代后期皮黄剧创作提供了素材的清宫连台大戏,都带上了"封建统治者维护其本身利益的一些毒素"的标签,〔1〕而宫廷特有的节令戏,更是"媚神颂圣、征瑞称祥而已,极少戏剧性"。〔2〕这样的定性评价,在 20 世纪后半期的清宫演剧研究中几成定论。在这样的基调下,清代内府本的价值不能被客观地发掘,研究论题也呈现出萎缩的趋势,并对清代宫廷戏曲研究产生了长期的负面影响,这也是我们所不能回避的事实。

(2) 清宫舞台艺术论。事实上,当清代内府曲本以"封建残余"的面貌出现在道德审判台前时,就注定了本领域的研究论题向舞台艺术方面集中。相对于民间剧坛,宫廷演剧天然具有财力、物力、人力,甚至舆论上的优势,宫中流行的舞台风尚在沟通渠道顺畅的情况下,必然会对民间演剧的发展趋势产生影响,从某种意义上而言,这种影响是具有决定意义的。在内府本的价值还没有被正确认识之前,宫廷演剧的舞台技术首先得到了学术界的认可。初版于 1980 年的《中国戏曲通史》,初稿早在 20 世纪 60 年代就已经完成,其对清代宫廷戏曲的介绍就主要从舞台美术的角度展开,以"戏台、舞台设备和灯彩切末、服装与化妆"为分论题,对清宫演剧的台上风采进行了全景式的展现。其后,又有朱家溍先生的《清代的戏曲服饰史料》〔3〕、龚和德先生的《清代宫廷戏曲的舞台美术》(1981)〔4〕,分别从不同角度对这一问题进行了更进一步地探索。特别值得注意的是,在上述二文,及稍后朱、

〔1〕 周贻白:《中国戏剧史长编》,上海:上海书店出版社 2007 年版,第 570 页。
〔2〕 张庚、郭汉城主编:《中国戏曲通史》,北京:中国戏剧出版社 2007 年版,第 982 页。
〔3〕 朱家溍:《清代的戏曲服饰史料》,《故宫退食录》,北京:北京出版社 1998 年版,第 646—662 页(原载于《故宫博物院院刊》1979 年第 4 期,第 26—32 页)。
〔4〕 龚和德:《清代宫廷戏曲的舞台美术》,《舞台美术研究》,北京:中国戏剧出版社 1987 年版(原载于《戏剧艺术》1981 年第 2 期,第 36—47 页;第 3 期,第 90—98 页)。

龚两位先生在同期《故宫博物院院刊》上发表的另两篇文章中,对原本藏于故宫博物院的清宫演剧管箱人档册——《穿戴题纲》的成书年代展开了辩论,通过二位先生的反复讨论,基本确定了此本《穿戴题纲》为"嘉庆二十五年"抄本,为南府时代的清宫演剧提供了宝贵的史料。延续着前人开创的研究领域,此阶段尚有许玉亭先生《宫廷戏衣》(1985)、张淑贤先生《清宫戏衣材料织造及其来源浅析——兼谈戏衣衬里上的几方印铭》等文章,对清宫戏衣的样式、特点,以及戏衣内印记进行了介绍和说明。[1] 可以说,舞台艺术研究是本时期清宫演剧研究中展开最为充分的论题,并且这一良好的发展势头也被后来的研究者所继承,使得本论题成为清宫演剧研究领域一个持续的学术增长点。

(3) 作品研究。在介绍民国时期内府曲本的研究状况时已经提到,对单个内府曲本的介绍和披露是这一时期的重要成果。1950 年后,对内府本的分析和研究受到了时代思潮的限制,因此,这一时期出现的对单个曲本的研究,实际上是民国时期研究思路的延续,偏重于对版本流传情况的介绍,带有一定的曲话性质,缺乏系统性的梳理。如赵景深先生在《明清曲谈》中撰文介绍了《昭代箫韶》和《劝善金科》,这些文章的实际完成时间还是在民国年间。再如蒋星煜先生对连台大戏作者张照及其作品的介绍,李宗白先生的《浅析〈忠义璇图〉》等文,为后来的研究提供了宝贵的线索,但论述都相对简略。1984 年,朱家溍先生发表《〈万寿图〉中的戏曲表演写实》一文,根据故宫藏《康熙万寿图卷》所绘内容,推测了康熙六十万寿时自畅春园至神武门沿途所设戏台上的演出的具体戏目,是综合运用各种史料展开研究的典范,其研究思路值得后学借鉴。[2] 此外,在本阶段得到了学者关注的

---

〔1〕 张淑贤:《清宫戏衣材料织造及其来源浅析——兼谈戏衣衬里上的几方印铭》,《故宫博物院院刊》1986 年第 2 期,第 58—64 页。

〔2〕 朱家溍:《〈万寿图〉中的戏曲表演写实》,《故宫退食录》,北京:北京出版社 1998 年版,第 635—645 页(原载于《故宫博物院院刊》1984 年第 1 期)。

内府本作家、作品还有蒋士铨,《蒋士铨的生平创作和创作道路初探》(1981)、《蒋士铨和他的十六种戏曲》(1985),对清代著名文学家蒋士铨的生平及其创作的进呈剧《西江祝嘏》进行了介绍和考订。

(4) 目录和出版。这是这一阶段另一个成果比较显著的领域。著名戏曲学家傅惜华先生的《清代杂剧全目》《清代传奇全目》均成书于本时期。《清代传奇全目》虽毁于文革浩劫,但以《清代杂剧全目》和《清代传奇全目》残稿观之,傅惜华先生无愧为内府曲本文献学研究领域的第一人,其目收集内府本的完整和详尽,时至今日也未有学者能够超越,是治此学者案头必备之参考书。此外,陶君起先生的《京剧剧目初探》对一些可能源自清宫连台大戏的剧目做出了说明,也是研究内府本与后世皮黄、京剧曲本关系的重要参考。本时期内府曲本的出版,首推 20 世纪 60 年代的《古本戏曲丛刊》九集,该集由我国著名戏曲学家吴晓铃先生主持编纂,所收版本均为吴氏亲定,皆选版本精良、完备之本。吴氏为之撰作的序言,还是清宫连台本戏研究中一篇十分重要的文献,对十种清宫连台大戏的版本源流考述甚详。1986 年,台湾天一出版社出版了收录范围完全相同的《清宫大戏》,卷前无任何说明。考之内容版式与《古本戏曲丛刊》九集完全一致,应是据九集本复制,两书的出版,为海峡两岸学者研究清代内廷演剧提供了便利。

(5) 清宫演剧制度。在这一领域成果较为突出的代表是朱家溍先生的《清代宫廷演戏情况杂谈》(1979)和杨常德先生的《清宫演剧制度的变革及其意义》(1985),主要从昆弋、皮黄声腔变革的角度对清宫演剧制度的发展变化进行了梳理,后文有专题论述,此处不再赘述。

以上对 1950—1990 年的清宫演剧及清内府本研究成果进行了回顾。在清代宫廷演剧和内府本近一个世纪的研究史中,这一阶段主要起到了承前启后的作用。一方面,延续了民国以来重视本领域基础资料建设的传统,编制了收录全面、款目详尽的目录,影印出版了一批清宫连台大戏,使内府曲本研究的文献建设更上层楼。另一方面,首次将清宫演剧写入戏曲史,虽然不可避免地带着阶级批判的烙印,但清宫演剧在戏曲史相关章节的出现,客观上扩大了清宫演剧及内府本研究的影响,使得更多的青年学者有机会接触此论题,为其未来的发展打下了基础。同时,在曲本研究之外扩充了对舞台艺术研究这一新的领域,这一方面是继承了民国时期清宫戏台研究的传统,另一方面也将清宫舞台艺术全方位地展现在读者面前,为研究者提供了更为广阔的视野。总的说来,这一时期的研究,扩展了本领域学术研究的范围,基本搭建起了清代宫廷演剧和内府曲本研究主要议题的框架。从研究方法上来说,逐渐摆脱了民国时期"史话""琐谈"性质的记叙,更加注重传统考证方法和戏剧理论的互相结合,使得研究成果具有更强的逻辑性和学术性,舞台和文献相结合的研究思路也使得对清宫演剧的认识更加全面。当然,无须回避的是,在当时的时代背景下,指导学者进行研究的方法论本身就存在问题,意识形态上的影响在这一时期的研究成果中几乎无处不在。通过本时期学者的共同努力,虽然也取得了一定的成就,延续了民国以来的学术传统,并给未来的研究制定了基本框架,但是研究也存在着不少的漏洞。正因如此,当研究方法更为科学、研究态度更加理性的新时代到来之时,清代宫廷演剧和内府曲本的研究很快迎来一个全面发展的黄金时期。

3. 全面发展阶段(1990—)

1990 年以后,随着文化事业和学术研究的全面复兴,清代宫廷演剧和内府曲本的研究也越来越多地得到了学者的关注。特别是进入21 世纪以后,出现了大量的研究专著和各类论文,一时之间,内府本研究几成显学。同时,经济水平的提高带动科研条件不断改善,使得学者有更多的机会接触原始资料,极大地提高了研究的学术含量和论述深度,促进了本领域学科体系的不断完善和进一步发展。以下将概要介绍本时期研究的主要特点。

(1)成果类型更加多样,研究主体的范围不断扩大

自 1937 年,王芷章先生刊出《清升平署志略》后,虽历时数十年,但本领域再无有分量的专著问世,这一局面直到 1990 年后才被打破。

在演剧制度和升平署档案辑录方面，有丁汝芹先生的《清代内廷演戏史话》(1999)，朱家溍、丁汝芹二位先生合著的《清代内廷演剧始末考》(2008)，两书都是辑录分藏于国家图书馆、第一历史档案馆等处的南府、升平署档案而成，在掌握了大量原始资料的前提下，对清代内廷演戏的声腔、剧种，戏曲管理机构的变革、演出内容、演出习惯等问题进行了全景式的梳理。由于其利用升平署档案的广度和深度都超越了王芷章先生著书时所能达到的条件所允许的程度，因此颇能补足王书的不当之处（如《史话》中对"跳索学"和"弦索学"的考辨）。两书作者用力既勤，辑录史料不遗余力，故能做到引证翔实、资料丰富，在升平署档案原本难得一见的情况下，几乎成为学界研究此问题时所能参引的唯一史料。但这种按照朝代分段的记录方法，并不利于理论体系的建立。作为一代文化现象的清代宫廷演剧，需要放在更为广阔的视野下，充分利用相关学科的最新成果，才能进一步推进研究的深度。晚清至民国初年，是中国戏曲史上的一个变革年代。在此时期，以京剧为代表的乱弹诸腔，最终战胜了昆弋雅调，取得了剧坛霸主的地位，在这个过程中，晚清宫廷演剧所起到的作用也得到了学者们的重点关注。其中，么书仪先生先后出版的两部大作《晚清戏曲的变革》(2006)、《程长庚·谭鑫培·梅兰芳：清代至民初京师戏曲的辉煌》(2009)是其中的杰出代表，后者为前者的普及本，两书均将晚清宫廷演剧的变革式发展作为研究的重点，以承应声腔的变化为线索，突出了戏曲样式发展自身的"调节"作用，为读者形象地再现了晚清至民国时期的宫廷戏曲生活画卷。同时，在论述的过程中，将宫廷演剧放入社会文化史的大背景下，从传播学、经济史等不同的角度展开，其研究思路和研究方法十分值得后来者学习借鉴。此外，曾凡安先生在博士论文基础上增订而成的《晚清演剧研究》，以礼乐的视角审视了晚清宫廷演剧在国家礼乐体系中的定位，并重点阐释了帝后的好恶对戏曲发展所产生的重要影响。王政尧先生的《清代戏剧文化史论》(2005)，则是从历史学的角度切入，将演剧作为一种文化现象，除了观照演剧本身外,还对清代历史上宫廷演剧的作用,燕行使眼中的宫廷演剧等问题展开了精彩的论述。作品研究也是 1990 年以后清宫戏曲研究领域的一个新的学术增长点,其中最具代表性的如,戴云先生的《劝善金科研究》。

除了学术专著的不断涌现,本时期更为可喜的是出现了多篇以清代宫廷演剧和内府曲本为研究对象的学位论文。这不仅标志着清代宫廷戏曲研究在整个学术体系中地位的上升,更大的意义在于,越来越多的年轻学者加入到这一研究领域,为这一论题的持续发展注入了新鲜的血液。可以预期,在不远的未来,清代内府曲本和清宫演剧研究必将成为中国戏曲史上的一个热点。从 1997 年至今,共有 18 篇硕博士学位论文涉及清宫戏曲的相关论题。其中,以清宫演剧制度为研究对象的 3 篇,《清代帝王与戏曲研究》(台湾成功大学硕士学位论文,1997),《清同治光绪年间宫廷演剧研究》(中山大学硕士学位论文,2009),《晚清"升平署"及"内廷供奉"制度研究》(中国艺术研究院硕士学位论文,2011);内府本戏曲作品研究 7 篇,《〈鼎峙春秋〉与关公造型之研究》(台湾政治大学博士学位论文,2004),《清代宫廷承应戏曲研究》(台湾成功大学硕士论文,2010),《〈鼎峙春秋〉研究》(北京师范大学博士论文,2008),《清代西游戏研究》(北京师范大学博士论文,2009),《杨家将戏曲暨〈昭代箫韶〉研究》(山西师范大学硕士论文,2009),《从三国戏到〈鼎峙春秋〉关羽形象的演变研究》(河南大学硕士论文,2011),《清宫承应戏及其形态研究》(中山大学博士论文,2011);清宫戏台研究 1 篇,《历史衍变下的清宫大戏台》(上海戏剧学院硕士论文,2007)。研究综述 1 篇,《清代宫廷戏剧研究综述》(广州大学硕士论文,2007)。其余 6 篇并非专以内府曲本作为研究对象,但在论文中仍以相当篇幅介绍了清宫演剧和曲本的情况,如《论蒋士铨的戏曲创作》(南京大学博士论文,1998),《杨家将戏曲研究》(南京大学博士论文,2001)分别介绍了进呈剧《西江祝嘏》和《昭代箫韶》的版本、艺术特点等。其他如《中国古代宫廷戏剧史论》(中山大学博士论文,

2002)、《清代京剧文学史》（南京师范大学博士论文，2004），都从各自论题的角度出发，对清宫戏曲的部分问题进行了梳理。通过前面的介绍可以看出，在选择清宫演剧或内府本作为毕业论文题目时，更多的年轻学者将注意力投入到具体的作品中去，以个案研究的方式，以点统面，通过对局部问题的深入发掘得出结论。这一方面反映了研究环境的不断优化，学者有更多的机会接触到一手资料；另一方面也表明了清宫戏曲研究的开放性和多样性。

　　20世纪90年代以后，本领域大量学术专著和学位论文的出现，体现了清宫戏曲研究在学界的地位及研究水平的不断提高。在日益丰富多元的研究成果背后，更值得我们关注的是本课题研究国际化、协作化发展的趋势。前述各类学位论文中，几乎半数出自台湾地区学者之手。在专著方面，陈芳先生的《乾隆时期北京剧坛研究》也有大量篇幅专论清宫演剧。可以看到，在新世纪，清宫戏曲研究的学术价值已经得到了海峡两岸学者的共同认可。无独有偶，日本东北大学矶部彰教授主持下的日本文部省科学研究费补助金项目"清朝宫廷演剧文化之研究"也将研究对象锁定为清宫戏曲。该项目立足于对清宫演剧原始资料的搜集，集合了日本多所著名高校的知名学者，并联合中国大陆的科研院所共同展开研究。以内府曲本、清宫演剧文化、清代出版政策等论题为切入点，将清宫演剧放在文化史的广阔视野下，试图解决清朝的文化政策与清宫演剧，清宫演剧对中国社会文化生活乃至中国人精神世界的形成所产生的影响等一系列戏曲史、文化史上的重要课题。截至2011年10月，在本项目的支持下，已经先后影印出版了日本东北大学图书馆所藏《如是观》四种；庆应义塾图书馆藏《四郎探母》；上海图书馆所藏《江流记》《进瓜记》。所揭文献均为首次披露，彩色铜纸印刷，制作精美，且每种均附解题，是日本学界研究清内府演剧的重要成果。举办了9次学术研讨会，取得了不少引人瞩目的重要成果。对于清宫演剧和内府本这样涉及面广，内容庞杂的研究课题，仅靠个人的力量很难全方位地推动研究进展。面对这种局面，开展国际、国内协作研究就是一个必然的选择，在这方面，日本的学者已经走在了我们前面，其经验和做法值得国内学界总结和借鉴。

（2）资料建设取得突出进展

自 2001 年至今，多部大型影印内府曲本集的出版，使本领域的基本资料建设工作达到了前所未有的覆盖面，为研究打下了坚实的基础。2001 年，《故宫珍本丛刊》出版，拉开了影印出版清代内廷戏曲文献的序幕。及至 2015 年底，包括故宫博物院、首都图书馆吴晓铃旧藏、台湾傅斯年图书馆、中国艺术研究院傅惜华旧藏、中国国家图书馆朱希祖旧藏、北京大学图书馆程砚秋旧藏在内的内府曲本已先后和读者见面，这些丛书大多采用影印的方式出版，较好地保存了内府曲本的原貌，为研究提供了极大的便利。2016 年 10 月，《故宫博物院藏清宫南府升平署戏本》初版，全书分上、中、下三编 450 册，收录了故宫博物院图书馆存藏的全部 11498 册内府曲本，是本领域最新成果。

但应该指出的是，这些大型丛书在编纂、排印方面也存在着一些问题，如《故宫珍本丛刊》中不少曲本的归属有误，昆弋杂入乱弹，或乱弹混入昆弋的情况都不少见。其他如《俗文学丛刊》《绥中吴氏抄本稿本戏曲丛刊》没有明确标出是否为内府本。《中国国家图书馆藏清宫升平署档案集成》，曲本部分完全按照书库收藏号编排，并未经过编者的整理。实际上，这些丛书在编制时出现的问题，恰好体现了清代内府曲本文献学研究上的缺失。迄今为止，我们所能利用的清代内府曲本目录，几乎全部出现在民国时期。傅惜华先生的两部清代戏曲目录，定稿于 1949 年之后，但实际上仍是对其民国以来一直从事的戏曲目录工作的总结。而自傅惜华先生之后，清代内府曲本的目录学研究几乎是一片空白，上述各种丛书中出现的问题其实就是这种"重出版、轻目录"的思想在实际工作中的反映。目录学在中国传统学问中向有"辨章学术，考镜源流"之誉，在清内府本的研究中也不应例外。有清一代，在帝王的鼎力支持下，演剧在宫廷文化生活中占据了十分重要

109

的地位,也为后世留下了数量庞大、品类繁多的各种内府曲本,对其进行分类整理,进而编制内府曲本总目,不仅能为治此学者提供线索。更重要的是,在宫廷这样一个相对密闭的环境中,留存曲本在形制、体式上的变化轨迹更加清晰,通过对其的整理著录,当可解决清代以来戏曲史上的许多重要问题。时至今日,在内府本出版工作已经先行一步的情况下,编制内府曲本总目的条件越来越成熟,这一目标的达成需要更多学者的参与。

(3) 选题更加多样,对内府曲本的理解更加深入

除了上面介绍过的成果外,1990 年至今,尚有近 200 篇(部)的以清代宫廷戏曲为研究对象的论著问世,从绝对数量上远远超越了此前的任何时期。从研究主题的分布来看,呈现出主题多样化、选题分散化的发展趋势;从论述的深度而言,完全摒弃了前一时期在阶级分析法指导下的论述逻辑,转而引入戏曲史学、人类学、经济史学、文化史学等学科的理论,不仅将清宫演剧放在戏曲史的角度考量,更将其作为中国近代社会文化史上的重要现象。研究的视野更加开阔,对清宫戏曲本质的理解也更加深入。以大的主题划分,这一时期的清代宫廷演剧和内府本研究包括以下几个方面。

宫廷演剧制度和演出研究。对这一问题进行系统研究的,始于王芷章先生的《清升平署志略》。在本时期,由于更多的南府、升平署档案被披露,对这个问题的讨论也更加深入。除了前文提到的朱家溍、丁汝芹、么书仪等诸位先生的著作,尚有陈芳先生《乾隆时期北京剧坛研究》(2001)、范丽敏先生《清代北京戏曲演出研究》(2007)、张影先生《历代教坊与演剧》(2007)等专著。及朱家溍先生《故宫退食录》(1998)中收集的专论清宫演剧声腔及演剧制度变革的数篇论文。而丘慧莹、汤显贵、曾凡安等诸位先生则是近年来对此问题用力甚勤者。由于清宫演剧制度在清宫戏曲研究中的基础性地位,下文将辟专节介绍具体的研究成果。在此略述本时期研究所取得的较为突出的成果。其一,根据新发现的内府满文档案,基本厘清了南府建立的时间,考证

其在康熙二十五年（1686）左右即已出现。其二，全面梳理了清代以来宫廷戏曲管理机构及承应声腔的变革，对南府改升平署，以及皮黄腔取代昆弋腔的具体时间，民籍艺人制度在内廷的发展变化等问题进行了详细的考证。第三，对清代中期以来宫廷演剧制度发生变革的原因提出了许多值得继续思考的观点。综合起来可以概括为戏曲发展的自我调整、宫廷经济条件的变化以及统治阶层的好恶和引导等多要素共同导向的结果。

内府曲本研究。本时期对内府曲本的研究，在研究方法和研究的深度上，都远远超越了前代。民国时期内府曲本研究方面的成果，以介绍性质为主，陈述多而考证少，1949 年后由于学界普遍对内府曲本评价不高，对具体作品的研究基本上是一片空白。直至 1990 年以后，内府曲本的价值才慢慢为人们所认可，对内府曲本的研究也呈现个体化、深入化的趋势。其中部分作品的研究，论者在深入调查国内外各种版本的基础上，综合运用文献学的各种方法，资料扎实、立论可信，将本领域的研究推向了一个新的高度。总体来说，在清内府本的各个类别中，以清宫创编的连台本戏成果最丰，尤其是《劝善金科》《升平宝筏》《鼎峙春秋》《忠义璇图》等所谓的"清宫四大本戏"得到的关注最多。其次则为《昭代箫韶》《九九大庆》。月令承应戏中的《中秋庆节》、燕九承应戏《庆乐长春》、内府传奇《江流记》《进瓜记》，明传奇《牡丹亭》在宫中演出的单折，亦有学者撰文论之。取得的主要成就如下：其一，证实了《劝善金科》和《升平宝筏》两剧康熙旧本系统的存在。《劝》剧和《升》剧是清宫连台大戏中年代最早的两种，流传至今的康熙朝谕旨已经证明了两剧在康熙年间已有改本。但长期以来因缺乏实物支持，故对康熙旧本的探讨只能建立在推测的基础上。在本时期的研究中，通过学者们认真细致地文献调查，终于发现了两剧的康熙旧本，通过康熙旧本与乾隆改本的比较，可以更加全面的了解清代前期内府编剧的实际情况，对内府本创编的艺术特点有更为全面的认识。其二，通过以《鼎峙春秋》《劝善金科》《升平宝筏》等剧与元明清传奇杂剧的校勘，厘清了内府本的主要来源。如李小红博士在其学位论文中以《鼎峙春秋》与十数种明清"三国戏"校勘，从而更加直观地体现了清代连台大戏与前代戏曲作品之间的关系。第三，对于清宫节令戏、庆寿剧等仪典类剧本的研究，注重与民俗学、历史学相结合。月令承应、法宫雅奏、九九大庆一类的曲目，向被学界认为是一种辞藻华丽、场面浩大，但却内容空洞、关目苍白的作品，文学性、艺术性都极度缺乏，因此较少得到学者的关注。但是从另一个方面说，此类剧目多为歌功颂德之作，为博天颜一笑，在剧中加入了许多本朝发生的实事，或活泼热闹的民间生活场景，如能从这些角度进行深入发掘，也是历史学、社会学研究的重要史料。戴云《旧京赛社一瞥——燕九承应戏〈庆乐长春〉中的赛社场景描写》一文，就为我们提供了很好的研究思路，该文从内府承应剧《庆乐长春》所记载的民间赛社场景出发，以戏证史，将清代中前期北京周边地区燕九赛社的生活场景形象地展现在读者面前，其研究方法亦足借鉴。

清宫演剧的舞台艺术研究。应该说清宫演剧的舞台艺术研究，是自民国以来，在本领域研究中开展较早，且一直未有中断的论题。在本阶段，较为突出的成果主要集中在清宫剧场研究方面。1996年，廖奔先生的《清宫剧场考》一文，首先简要回顾了清代以前宫廷戏台的建设情况，认为"今天能够确认的宫廷剧场建立于清代"，[1]其后对故宫、热河、苑囿（圆明园、颐和园等）中的戏台逐一介绍，最后总结了清宫戏台与民间戏台相比较为突出的特点。其后，俞健先生的《清宫大戏台与舞台技术》(1999)，刘畅先生的《清代宫廷和苑囿中的室内戏台述略》(2003)，分别从建筑形制和舞台技术的专业角度对清宫戏台的特点进行了总结。2010年，张净秋先生的《清宫三层戏楼结构新探》则是从内府曲本上的文献记载出发，根据演员在演出中对三层大戏台的运用，对三层戏楼的结构提出了新的看法。此外，尚有《与"一片云"戏

---

〔1〕 廖奔：《清宫剧场考》，《故宫博物院院刊》1996年第4期，第28页。

楼》(1997)、《紫禁城畅音阁大戏台》(2010)、《畅音阁》(2009)等文对特定戏台的具体构造、布景等进行介绍,在此不一一赘述。对清宫戏衣进行研究的则有《清宫戏衣上的吉祥图案》(1999)、《清宫戏衣与神魔戏》(2008)等文,承续了朱家溍、龚和德等多位先生所开创的舞台艺术研究传统。对扮相谱的研究应该是本阶段新兴的一个研究论题。此类文献的披露,前有《北京图书馆藏升平署戏曲人物画册》(1997),后有《中国艺术研究院藏清升平署戏装扮相谱》(2005)。所谓"扮相谱"是清宫组织画师所绘内廷常演剧目的人物脸谱。清亡后,此类文献与内府曲本一道流落民间,为各公私藏家所得,其中北平图书馆、梅兰芳先生得其大宗,梅氏旧藏后泰半归于艺术研究院,故今日此类文献的收藏以国家图书馆和艺术研究院图书馆为多。这种扮相谱,传统观点认为是演员和管理戏箱人员作备忘录用的,但杨连启先生2008年发表《清内府戏出人物画》一文,据《故宫物品点查报告》的记录,"从戏曲人物画在寿康宫的存放这一点看,说明它属于观赏物",[1]以画风观之,这批图画绘制于光绪初年。2006年,戴云先生在连续两期的《中国京剧》发表《清代南府彩绘戏剧脸谱——兼谈梅氏缀玉轩藏清初昆弋脸谱的绘制年代》一文,介绍了美国芝加哥自然历史博物馆所藏中国脸谱,据其与艺术研究院梅氏旧藏南府昆弋脸谱对照,认为二者属于同类物品,芝加哥藏本亦为南府旧本。最后,根据《劝善金科》脸谱残页上的题记,推断分藏于芝加哥和艺术研究院的这批南府彩绘戏剧脸谱残页,是乾隆时期南府旧物,"其上限时间应在乾隆十一年(1746年)以后,甚至更晚一些"。[2]上述二位先生的观点显然存在着一些分歧,因笔者于戏曲扮演方面知识不多,也无法对二者观点的孰是孰非做出判断,但是作为清宫流出的关于演出扮相的第一手资料,扮相谱确实是一个值得关注的论题。

---

〔1〕 杨连启:《清内府戏出人物画》,《文史知识》2008年第3期,第40页。
〔2〕 戴云:《清代南府彩绘戏剧脸谱——兼谈梅氏缀玉轩藏清初昆弋脸谱的绘制年代》,《中国京剧》2006年第5期,第34页。

上面按照主题对 1990 年以来清宫戏曲研究的主要成果进行了梳理,可以看出,经过了近一个世纪的辛勤耕耘,本时期的研究进入了一个全面开花,多向发展的收获期,研究者关注的视野越来越广阔,许多新的问题被不断提出,促进了整个学科体系的建立和完善。另一方面,更为可喜的是,越来越多的学者在从事清代宫廷戏曲研究的同时,注重借鉴其他学科的研究方法和基础理论,虽然取得成果还略显稚嫩,但不失为一条值得我们重视的研究思路。如吴志武先生的《〈新定九宫大成南北词宫谱〉收录的清宫戏——曲文、曲乐材料来源考之一》(2008),从戏曲音乐学的角度对清宫戏曲的特点进行总结。岳微先生《清同治光绪年间内廷伶人的时代特征及畸形的文化认同》(2009)、钱志中先生《清代宫廷戏剧演出的组织管理与经济投入》(2011),分别从戏曲人类学、心理学,管理经济学等不同角度切入,虽观点尚需进一步淬炼,但不失为建立清宫戏曲研究与交叉学科关系的有意义的尝试,这也体现了 21 世纪学者思维的开放性,以及对内府演剧理解深度的加强,这对于本领域未来的研究是至关重要的。

当然,在总结成就的同时,我们也不应漠视在以往研究中存在的问题。首先,虽然已有大量内府戏曲文献出版,但尚无专门的内府档案和曲本目录问世,使得本学科的文献基础建设还稍显薄弱。由于对清宫戏曲档案和内府本整体存藏情况掌握不足,使得学者们的论述陷入缺少第一手文献支持的尴尬境地,从而导致了本领域研究的第二个问题——低水平重复的论文占据了相当的比例。本文参考文献中,笔者列出了 1919 年至今本领域研究的主要书目,从绝对数量上来说,近百年来取得的成果不少,但其中相当一部分只是对前人研究成果的重复或普及性质的介绍,学术含量甚显不足。在数百篇各类著作中,能够经得起时间考验的屈指可数,没有经典著作出现,也是本领域研究亟待解决的问题。第三,论题严重不均衡,学者的关注点集中在少数几个作品和研究议题上。以内府曲本研究为例,学者关注的对象基本集中在有数的几部清宫连台大戏上,对内府本其他种类的研究几乎是一片空白。造成这一现象的原因不能不归结到作品本身的艺术价值和文学性上，但是，虽然如月令戏、寿戏一类的仪典类剧目，其艺术价值不高，但于清代二百多年的舞台演出史是不可缺少的一环，此类剧目却甚少进入学者的视野，这不能不说是一个遗憾。

自20世纪20年代以来，清代内府曲本和内廷演剧的研究历时已近百年，在我们继续推进本领域的研究之前，有必要首先对以往取得的成果进行梳理，但就目前的情况来看，尚无此类论著出现。本论致力于对清代内府曲本进行全景式的展现，故笔者不揣冒昧，将在本章接下来的章节中，对以往的成果，特别是清代内府曲本研究方面的主要论著进行评述，通过总结，希望为未来的研究提供线索。

第二节　清代内廷演剧制度研究述评

清代宫廷演剧制度及其变革的研究，是清代宫廷戏曲研究领域最早得到学者关注的几个论题之一。其具体内容包括：南府、升平署时期的机构设置、宫廷戏曲演出制度以及清朝三百年来宫廷演剧声腔的变革。

1. 内廷演剧制度研究

1932年，清贵族后裔清逸居士在《戏曲丛刊》第2期上发表的《南府之沿革》是较早介绍清宫演剧机构和制度的文章。文中所谓的南府，实际上包括了道光改制后的升平署时期。道光七年（1827）后，民间仍然习惯性地将这个新机构称为"南府"，因此作者在撰文时也没有进行严格的区分。在这篇文章中，作者介绍了南府的由来、乾嘉时期四大徽班进京演戏的情况以及升平署时期内学、内廷供奉、本家班演剧的次序、内容和场面，对于南府的建立时间，作者认为"清之南府，设自国初，原名内廷乐部，……原归四十八处都领侍太监管理，后于康熙年间迁入南长街，始改称南府。"[1]

---

〔1〕 庄清逸：《南府之沿革》，《戏剧丛刊》1932第2期。

1933 年 5 月,《剧学月刊》刊载了曹心泉口述、邵茗生整理的《前清内廷演戏回忆录》,由于作者"宿值内廷",是一名资深的内廷供奉,文中记载的清宫演剧制度和趣闻轶事为作者亲身见闻,信度极高,具有一定的史料价值。此外,文中还列出了作者知见的清宫常演剧目 363 种,足可考见一时风气好尚。

1935 年,王芷章先生根据北平图书馆所藏升平署戏曲文献,完成了《清升平署志略》,是本领域的开山之作。除了对升平署的制度展开研究外,王芷章先生还曾做《清朝管理戏曲的衙门和梨园公会、戏班、戏园的关系》,后收入《京剧谈往录三编》,论述了清代管理民间梨园事务的精忠庙与升平署之间的关系,认为二者之间"升平署虽是演唱单位,但有时也暂行管理精忠庙事务衙门的行政事项,这两个机构既有明确分工,又互为补充处理一些事务",[1]事实上搭建起一条沟通宫廷演剧与民间剧坛的桥梁,使得我们对清代戏曲政策有更加全面的认识。

1949 年以后,关于清宫演剧制度的研究曾一度停顿下来,这一局面直到 20 世纪 80 年代才被打破。1985 年,杨常德先生在其《清宫演剧制度的变革及其意义》一文中将清代宫廷演剧划分为三个阶段,从康熙繁荣至乾隆盛世为第一阶段,这一时期以南府的建立和发展壮大为标志,宫廷演剧从萌芽发展到了极盛。第二阶段是道光改制,通过道光时期的改革,升平署的制度确立下来,宫廷剧团规模的缩小,客观上为民间皮黄声腔进入宫廷演出创造了条件。咸丰十年(1860)以后是为清宫演剧的第三阶段,在这一时期的变革中,慈禧太后起到了重要的作用,她建立的"内廷供奉"制度,事实上对促进宫廷剧坛和民间剧坛的交流,具有一定的积极作用。[2]

---

〔1〕 王芷章:《清朝管理戏曲的衙门和梨园公会、戏班、戏园的关系》,《京剧谈往录》,北京:北京出版社 1986 年版,第 520 页。
〔2〕 杨常德:《清宫演剧制度的变革及其意义》(上),《戏曲艺术》1985 年第 2 期,第 89—96 页。杨常德:《清宫演剧制度的变革及其意义》(下),《戏曲艺术》1985 年第 3 期,第 98—103 页。

同年，朱家溍先生也发表了《南府时代的戏曲承应》一文，根据道光五年(1825)和六年(1826)的《恩赏日记档》阐述了南府时期宫廷演戏的流程和细节，以及外学排练大戏《升平宝筏》的过程。[1]

1998年，针对王芷章先生在《清升平署志略》中提出的南府建立时间，丘慧莹先生在《关于〈清升平署志略〉——论及"南府"、"景山"的几个问题》一文中提出不同见解。根据《梨园公所永名碑记》所载，作者认为虽无法确定南府、景山建立的具体时间，但应当将《志略》所认定的时间往前推，最迟不能晚于乾隆元年(1736)。[2]

1999年，丁汝芹先生积多年之功，完成《清代内廷演戏史话》，是近年来该领域一部贡献较大的著作。全书分为前言；上编清宫戏剧综述；下编各朝演戏史事三个部分。由于丁氏穷数年之力，全面梳理了分藏在国家图书馆、第一历史档案馆、故宫博物院等多家收藏机构的升平署档案，因此能够以第一手的史料出发，在清代宫廷演剧制度、升平署沿革等方面多有建树。下编按照清帝分期，辑录了大量的戏曲演出史料和见于档案记载的逸闻趣事，于读者了解一代戏曲演出之盛，多有裨益。

2001年5月，《文学遗产》上刊载了么书仪先生的《晚清宫廷演剧的变革》，在详细的叙述了道光时期、咸丰时期、慈禧太后时期，清宫廷戏曲演出制度所发生的屡次变迁后，作者将变革的原因归于戏曲史上"昆乱易位"的必然要求。即清宫演剧制度的变化，实际上是晚清时期，乱弹诸腔取代昆弋腔的趋势在宫廷剧坛中的反映。[3]2006年3月，么书仪先生的《晚清戏曲变革》一书由人民出版社出版。在本书中，更加细致地梳理了从嘉庆至光绪(慈禧)太后统治时期内，宫廷演剧所发生的巨大变化，并阐述了戏曲声腔在宫廷演剧中的嬗变过程，

---

〔1〕 朱家溍：《南府时代的戏曲承应》，《紫禁城》1998年第3期，第4—6页。
〔2〕 丘慧莹：《关于〈清升平署志略〉——论及"南府""景山"的几个问题》，《南京师大学报：社会科学版》1998年第2期，第115—119页。
〔3〕 么书仪：《晚清宫廷演剧的变革》，《文学遗产》2001年第5期，第94—105页。

同时敏锐地把握了宫廷演剧在晚清戏曲变革中所起到的作用,进一步扩大了清代宫廷演剧的研究领域。

2006 年,温显贵先生连续发表了《从教坊、南府到升平署——清代宫廷戏曲管理的三个时期》《清代宫廷戏曲的发展与承应演出》两篇文章,对清代宫廷戏曲演出机构和演出制度的变迁进行梳理。[1] 除此之外,研究清代宫廷演剧制度及其变革的论著尚有:朗秀华先生的《中国古代帝王与梨园史话》(2001);《清代宫廷大戏三题》(李玫,1999);《清宫演剧的宫廷文化意味》(李真瑜,2004)。

"普天同庆"班是慈禧太后一手策划成立的近侍太监科班,虽不隶于升平署之下,但在晚清宫廷剧坛上与升平署、内廷供奉三足鼎立,是晚清宫廷演剧制度的重要组成部分。台湾学者游富凯《晚清宫廷剧团"普天同庆班"演出活动研究》(2011)一文就是专以"普天同庆"班为对象展开的研究。该文通过整理光绪时期的升平署戏曲档案,对"普天同庆"班的组织结构、演出剧目、存在的时间等问题进行了卓有成效的探索。[2]

在清代宫廷演剧制度研究中,历来存在着几个极具争议的问题,而学者们在这些问题上的不断努力,体现学术研究不断进步的过程。

其一,关于南府建立的时间。在王芷章先生提出南府设立于乾隆时期以后,代有学者对此提出异议,但此问题的最终解决仍有赖于清代早期戏曲、内务府档案的发现。1999 年,丁汝芹先生在《清代内廷演戏史话》中,较早地利用了康熙年间的满文档案,提出南府、景山建立于康熙朝的论点。2007 年,合朱家溍、丁汝芹二位先生之力而成的《清代内廷演剧始末考》一书,在丁书的基础上补充了大量满文档案、康熙懋勤殿谕旨等史料,考证出南府、景山设立的具体年代为康熙二十五

〔1〕 温显贵:《清代宫廷戏曲的发展与承应演出》,《云南艺术学院学报》2006 年第 1 期,第54—61 页。温显贵:《从教坊、南府到升平署——清代宫廷戏曲管理的三个时期》,《湖北大学学报:哲学社会科学版》2006 年第 2 期,第 206—209 页。
〔2〕 游富凯:《晚清宫廷剧团"普天同庆班"演出活动研究》,《戏曲研究》2011 年第 1 期,第305—334 页。

清代内府曲本研究

年(1686)和康熙三十七年(1698)左右。至此,建立在新材料发现的基础之上,关于南府景山设立时间的争论已经得到了较为圆满的解决。

其二,南府的署址。关于南府署址的由来,向有南花园、吴应熊额驸府等不同的传说。2010 年,刘政宏先生在《清代宫廷皇家剧团管理机构沿革考》一文中,根据康熙朝《皇城宫殿衙署图》、乾隆朝《京城全图》、嘉庆朝《南花园地基图》、道光朝《北京内外城全图》等历史文献中绘制的清代北京地图,得出南府与南花园紧邻,但并非一处的结论。[1]

其三,升平署取代南府的原因。关于此点,王芷章先生曾在《清升平署志略》中不无犹疑地记载了几条所谓道光帝与戏子相争,怀恨取消南府的传说,又云或是嘉庆十八年(1813)天理教"林清之乱"后宫禁加强所致,但后来的研究者对此常持异议。丁汝芹先生在《关于道光朝改南府为升平署》(2001)一文中,主要从经济实力的角度对这一问题进行了阐释,认为道光时期国力衰退,财力不济,是道光帝裁撤南府的根本原因。[2]而上述么书仪先生的论作,则将原因归结到戏曲发展本身,戏曲艺术本身求新求变的规律是促成这一改变的内因所在。曾凡安先生在其多篇文章中《礼乐文化与晚清宫廷演剧的变革》(2009)、《试论清宫演剧的礼乐性质》(2009),探讨了清宫演剧在清代礼乐文化中的定位,因"清宫戏曲本来即为宴飨而设",所以道光改制的实际后果是"内廷戏曲的纯宴乐化",而这种变革则是"是清宫演剧本位的一种不自觉的回归",从新的角度对升平署建立的原因提出了新观点。[3]事物的发展变化是一个受到多方因素共同影响的过程,从戏曲史的角度来看,道光改制并非一个单纯的历史事件,是内外因共同作用下的结果,任何片面的看法都无助于此问题的解决。前人已

---

[1] 刘政宏:《清代宫廷皇家剧团管理机构沿革考》,《河北师范大学学报》(哲社版)2010年第 5 期,第 125 页。

[2] 丁汝芹:《关于道光朝改南府为升平署》,《戏曲研究》2001 年第 56 辑,第 214—223 页。

[3] 曾凡安:《礼乐文化与晚清宫廷演剧的变革》,《文学遗产》2009 年第 3 期,第 123—130 页。

经从各自的角度对这一问题进行了阐释,在未来的研究中我们仍可继续开阔思路,寻找新的切入点,也许通过我们的努力,当所有要素都被发掘之日,一幅全新的清宫演剧图景将展现在世人面前。

2. 晚清宫廷戏曲声腔的变革

晚清剧坛声腔的变革和京剧的形成,是戏曲研究者所关注的热点。朱家溍先生是在这方面成就最为显著的学者,20 世纪 80 年代,朱氏先后发表了《升平署时代昆腔弋腔乱弹的盛衰考》《清代乱弹戏在宫中发展的史料》两篇文章,后一篇还作为附录收入北京市艺术研究所和上海艺术研究所联合编著的《中国京剧史》中,产生了较大的影响。

《升平署时代昆腔弋腔乱弹的盛衰考》一文主要根据升平署的档案记载纠正了两条戏曲史学界的错误看法,一为乾隆末年,昆腔在北方剧坛就已让位给其他剧种;另一为嘉庆末年,京城已无纯演昆腔的戏班。根据作者列举的材料,直到同治年间,北京的十六个戏班中,还有八个昆腔戏班,两个昆弋戏班,光绪初年昆腔戏班的数量也还占到总数的三分之一,而乱弹剧取代昆腔则一直要到光绪末年才真正实现。宫廷承应乱弹剧种,最早可追溯到嘉庆时期的"侉腔",此后宫廷演戏的剧种分布比例一直与民间戏班同步。[1]

《清代乱弹戏在宫中发展的史料》一文是朱氏根据故宫博物馆、第一历史档案馆、北京图书馆现存的档案和剧本写成的。全文共分 6 章,按照时间顺序排列材料,详细地介绍了清代道光至宣统时期内廷演剧承应乱弹诸腔的具体情况,通过分析排比相关的史料,作者为乱弹戏在清宫中的发展梳理了一条清晰的脉络。道光时期,西皮二黄戏开始在宫中出现,但极少见之于记载。此后的几十年间,西皮二黄戏在宫中的演出逐渐由少而多,直至取代昆弋腔成为宫廷戏曲承应的主要声腔剧种。从道光初年至咸丰初年,乱弹戏还很少上演,到了咸丰

---

〔1〕 朱家溍:《升平署时代昆腔弋腔乱弹的盛衰考》,《故宫退食录》,北京:北京出版社 1998 年版,第 556—572 页(原载于《故宫博物院院刊》1995 年 S1 期)。

十年(1860)以后,其所占的比重经历了一次跨越式增长,占整个演出剧目的三分之一。咸丰去世后,乱弹戏又一度沉寂下来。随着西太后统治时期的到来,西皮二黄戏进入成熟阶段,人才辈出,在宫中和民间的演出共同显示出繁荣昌盛的局面。挑选民籍教习担当内廷供奉,不但丰富了宫廷演剧的舞台,同时也带来民间剧坛的流行剧目,促进了西皮二黄在宫中的演出和发展。在光绪前期,宫中演戏仍以昆弋戏为主,加演乱弹中的西皮二黄戏;光绪十九年(1893)至二十六年(1900),西皮二黄就独自在宫中占据较大比重了。到了光绪末年,直至宣统时期,西皮二黄戏已经占到了全部戏目的十之八九,乱弹戏终于取代昆弋腔在宫廷演剧中占据了主要的地位。[1]

新一代学者中,以范丽敏博士在晚清宫廷戏曲声腔变革方面用力最勤。2004年,范氏先后发表了《清末内廷演剧由“雅”到“花”过渡时间考索》《清代内廷花盛雅衰的戏曲承应》《南府、景山承应戏声腔考》等多篇文章。作为其博士论文的部分章节,这些文章的主要观点在其专著《清代北京戏曲演出研究》中也得到了进一步发展。范文的主要观点认为,“在道光改南府、景山为升平署之前,亦即道光七年二月之前,内廷所演戏剧基本上仍是昆、弋二腔,个别时候也插演一二出‘侉戏’”,[2]因此相对于乱弹诸腔在民间的蓬勃发展,内廷在声腔变革方面要明显滞后于民间剧坛。而在内廷中,花部取代雅部独霸舞台的时间大约在光绪十八年(1892)。[3]

“侉戏”是清宫承应声腔由昆弋转为皮黄之间的重要过渡。朱家溍先生在《升平署时代昆腔弋腔乱弹的盛衰考》一文中曾对其加以定义,“早期曾是泛指时剧、吹腔、梆子、西皮、二黄等等,与档案中所谓侉腔是同义语,后来成为专指西皮二黄而言,也就是现在所谓京剧的前

〔1〕 朱家溍:《清代乱弹戏在宫中发展的史料》,《故宫退食录》,北京:北京出版社1998年版,第573—628页。
〔2〕 范丽敏:《南府、景山承应戏声腔考》,《中国戏曲学院学报》2004年第2期,第66页。
〔3〕 范丽敏:《清末内廷演剧由“雅”到“花”过渡时间考索》,《戏曲研究》2004年第2期,第147页。

身"。而在朱氏撰作此文时,所能找到的清宫戏曲档案中最早关于"侉戏"的记载始于道光五年(1825)。2005年,王政尧先生发表《"侉戏"的最早记录》一文,根据新发现的嘉庆时期南府档案,将"侉戏"最早出现的时间定在了嘉庆七年(1802)。[1]2008年,李小红博士在其论文《〈鼎峙春秋〉演出研究》中,在《鼎峙春秋》的乾隆时期抄本中找到了一条演唱"侉戏"的舞台提示,又将"侉戏"在清宫中出现的时间提前了不少。[2]作为昆弋与皮黄声腔在内廷演剧中的过渡,"侉戏/腔"的重要性不言而喻。但是值得引起注意的是,在学者的论述中往往有将"侉戏/调/腔"等同于"乱弹"的倾向,而"侉腔"的真正含义,朱家溍先生已经给出了明确的解释,其在清宫戏曲舞台上所代表的戏曲曲艺形式经过了一个发展变化的过程,因此,当我们在档案或曲本中发现新的材料时,应该结合语境理解其含义,不能想当然的将其等同于乱弹,甚而做出对清宫演剧出现乱弹声腔时间的错误判断。在此,笔者还可以补充一条有关"侉调"的史料。大阪府立中之岛图书馆藏本《升平宝筏》第九本《第六出　为乘沉醉换三铃》科白如下:

> （一宫女跪科白）贱妾会唱清曲。（一宫女跪科白）贱妾会唱
> 夸调。（按：赛太岁向一宫女白）张姨,你可唱清曲与我听。（一
> 宫女唱）【又一体】…（又连饮科,作微醉科,白）李姨,你可唱**夸调**
> 与我听。（一宫女随唱**时行小曲**科）

本出演朱紫国赛太岁摄走金花夫人事,此处情节为赛太岁要求朱紫国送来的宫女进行表演。结合上下文来看,这里的"夸调"指的是当时民间流行的所谓"时曲"而非后代的"乱弹"。大阪本《升平宝筏》,据笔者考证,完成年代不应晚于乾隆十年(1745),此条史料亦可为"侉

---

〔1〕　王政尧:《"侉戏"的最早记录》,《紫禁城》2005年第1期,第134—135页。
〔2〕　李小红:《〈鼎峙春秋〉演出研究》,《戏曲研究》2008年第76辑,第229—230页。

调"在清宫中的出现提供一个坐标。

第三节　清代内府仪典剧研究述评

仪典剧是指清宫戏曲演出时,一般演于开场和结尾,内容以颂扬帝王功业,题材以仙佛、万民称祝为主,上场人物众多,场面热闹的一种剧本形式。这类曲本,虽无太高的艺术价值,但作为宫廷演剧的代表形式,有着十分悠久的历史。对其内容、结构的研究,有助于加深对内府演剧的认识。本节将择要介绍前人在仪典剧方面的主要研究成果。

1. 进呈剧

所谓进呈剧是指清宫组织编写以外的,由臣下撰作进呈御览的曲本。内容多为歌颂帝王功业和表现各地风土人情,如乾隆数次南巡,由各地士绅进呈的数种《迎銮乐府》即属此列。进呈剧常仿杂剧体制,一般为多个小故事连缀成一个剧本集。每个故事一至四折不等,自成起讫。此类剧本以乾隆之前较为多见,乾隆后,清帝巡幸的次数明显减少,且清中叶后杂剧创作日益衰落,此类剧作也因此退出了历史舞台。清代创作此类曲本的剧作家,名声最彰者为蒋士铨。

1985 年,周妙中先生在《蒋士铨和他的十六种戏曲》一文中,对蒋氏创作承应剧《西江祝嘏》的作成和刊刻年代进行了考证,认为两个时间均为乾隆十六年(1751)。并对北京图书馆藏本《西江祝嘏》进行了介绍,认为该剧是"承应戏中的白眉",在关目结构、排场设置方面具备了一般承应剧没有的优点,是较早关注蒋氏创作承应剧的论文。[1]1998 年,林叶青博士的学位论文《论蒋士铨的戏曲创作》中,《西江祝嘏》占据了一章的篇幅。该文主要从艺术成就和剧作内容的角度,探

---

〔1〕 周妙中:《蒋士铨和他的十六种戏曲》,《上饶师专学报》(社科版)1985 年第 3 期,第1—15 页。

讨了该剧的文学价值,虽然结论并未超越周妙中先生大作,但论述的详尽程度更进一步,对于从文学上了解《西江祝嘏》具有一定的价值。[1]

浙江文人王文治是另一位受到关注的进呈剧作者。王汉民先生2009年发表《王文治年谱》一文,通过辑录王氏诗文集中的材料,认定其于"乾隆三十五年,创作了《浙江祝厘新乐府》,乾隆四十五年高宗南巡,为浙江作《浙江迎銮新乐府》。"[2]除蒋王二人以外,进呈剧的作者今已多半无考。1932年,傅惜华先生在《碧蕖亭藏曲识略》中介绍了家藏曲本时,提到了内府承应戏集《碧云霄霞》一种,列出该剧六种分目,谓之为"皇帝巡幸时之承应戏"。[3]1934年,傅惜华先生为缀玉轩藏曲撰作提要,其中记载的《太平祥瑞》杂剧,就是著者姓名不传的一种进呈本。傅氏在文中列出了该剧的出目(共十出,每出为一种),详细介绍了每种的剧情,据版本装帧情况推断其为乾隆内府安殿本,又据内容判定为"乾隆十三年,高宗东巡至阙里释奠孔庙时,祝嘏演剧。词臣特制进呈以供承应之本。"[4]随后,傅氏又在1935年的《大公报》上发表《记乾隆抄本〈太平祥瑞〉杂剧》,对此版本的考述更为细致。

2. 庆寿剧

庆寿剧是清宫仪典剧的一个大类,对其的研究主要集中在皇帝、皇太后万寿承应戏——《九九大庆》上。1926年,刘澄清先生在整理北京大学图书馆藏清代内府曲本时,曾对该馆所藏《九九大庆》中的一种《寿祝万年》进行校勘,是对此类剧本进行深入研究的第一人。[5]2006—2007年,故宫博物院的梁宪华先生先后发表《清皇太后万寿庆典戏〈九九大庆〉的编演》和《乾隆时期万寿庆典〈九九大庆〉戏》两篇文

〔1〕 林叶青:《论蒋士铨的戏曲创作》,南京大学博士论文1998年,第9—13页。
〔2〕 王汉民:《王文治年谱》,《中华戏曲》第39辑,北京:文化艺术出版社2009年,第336—354页。
〔3〕 傅惜华:《碧蕖亭藏曲识略》(1—2),《国剧画报》1932年11月17日、24日(2卷第4—5期)。
〔4〕 傅惜华:《缀玉轩藏曲志》,1934年版。
〔5〕 刘澄清:《清代升平署戏剧十二种校刊记》,《北京大学研究所国学门月刊》1927年11月(1卷7、8号合刊)。

章,介绍了乾隆年间清宫所编《九九大庆》戏的出目,总结了《九九大庆》戏的内容及演出特点。并披露了现藏于故宫博物院的张廷彦等绘《崇庆太后万寿图》,对图画中所绘戏台上演剧目进行了考证,具有一定的文献价值。此外,1997年,李鼎霞先生发表《北京大学图书馆藏〈九九大庆〉全本简介》一文,详细介绍了北大藏《九九大庆》的主要内容,并对其特点稍作总结。[1]

此外,讨论清宫庆寿剧的尚有张笑侠先生的《清宫寿剧〈吉星叶庆〉》一文,该文详细介绍了《吉》剧的出目和内容,并据剧中第七出科白,判断此剧系为"嘉庆皇帝祝寿之作"。[2] 1932年,《国剧画报》曾刊出《福禄寿》剧福、禄、寿三星所穿戏衣摄影,使外界得见清宫演剧装扮之风采。

3. 月令戏

月令戏是清宫演于月令节日的喜庆短剧。早在民国时期,故宫博物院就曾将本院所藏数十种内府月令承应戏剧本排印出版(1936年),故相对于内府本的其他种类,月令戏也更早地得到了学界的关注。

《天香庆节》系内廷中秋节所演承应剧,因乾隆皇帝生日在中秋前后,故此剧在乾隆朝亦可作为万寿节祝寿剧用。1928年,傅惜华先生在《北京画报》上撰文介绍《天香庆节》,认为其"系《九九大庆》之一种。乾隆间,张文敏公照,奉敕所撰也",并列出内府本二本十六出的目录并介绍其主要内容和演唱所用声腔。[3] 文章的后半部分介绍了著名京剧表演艺术家王瑶卿先生据内府本改编的乱弹剧《天香庆节》,谓之"壬戌中秋节…初演于第一舞台。全剧未分出,亦不分本,一日演毕"。

---

[1] 李鼎霞:《北京大学图书馆藏〈九九大庆〉全本简介》,《周绍良先生欣开九秩庆寿文集》,北京:中华书局1997年版,第475—491页。
[2] 张笑侠:《清宫寿剧〈吉星叶庆〉》,《半月剧刊》1936年12月(第1卷9期),第21—23页。
[3] 据傅文介绍内府本《天香庆节》本为昆弋混合的剧本。傅惜华:《谈〈天香庆节〉》,《北京画报》1928年9月28日(第15期)。

对于王瑶卿据内府本改编的《天香庆节》，民国戏曲评论家汪侠公、张聊公先后在其评论文章中谈到，介绍《天香庆节》剧系王瑶卿和小说家庄荫棠商编而成。张聊公则在其《观天香庆节》一文中，详细地记载了王氏所演《天香庆节》的演员表，演出特色等。[1] 前面介绍的几篇文章，主要从版本和演出的角度对《天香庆节》的情况进行了披露，尚未上升到学术研究的深度。2010 年，台湾成功大学黄雍婷女士的《清代宫廷中秋承应戏曲研究》是首篇以清宫中秋月令承应戏为研究对象的学位论文。该文探讨了内府本《天香庆节》《会蟾宫》《丹桂飘香》《霓裳献舞》等中秋节戏的文本内容、情节安排、关目结构等，复及《天香庆节》在民间流传的情形，是目前为止本领域最全面的研究成果。[2] 在前人的论述中，《天香庆节》的版本主要有两种：内府昆弋腔本和王瑶卿乱弹改本，但是事实果真如此吗？笔者曾略校《故宫珍本丛刊》第660、669、689 册所收《天香庆节》，其中有曲牌体的昆弋本，也有板腔体的乱弹本，甚至不乏昆乱杂陈的"风搅雪"本，特别是《珍本丛刊》第669册 383—404 页所收版本，还有吹腔的出现。可见，《天香庆节》在宫内流传时期已经出现了多种声腔的改本，王瑶卿所演版本究竟据哪种本子改编还是一个尚待挖掘的问题。此外，《绥中吴氏藏抄本稿本戏曲丛刊》第27 册亦收有《天香庆节》，与傅惜华先生在文中介绍的四字出目本不同，此本出目全为七字，如《五出　冰人自荐心怀诈》《第六出荒服来王蚌献瑞》等，鉴于这种出目命名方法是乾隆时期内府本的特征，这种本子可能是《天香庆节》在内廷演出中的祖本，当然，具体的情况也需要更加深入的研究。

除中秋节令戏外，元旦、除夕等节日演出的承应剧目，也曾有学者撰文论及。1932 年，傅惜华先生撰文介绍内廷除夕承应剧《如愿迎新》，在对该剧内容、排场进行梳理后，论定"统观全剧，歌曲排场，似全

〔1〕　张聊公：《观天香庆节记》，《听歌想影录》，天津书局 1941 年版，第97—98 页。《侠公剧话：王瑶卿昔排天香庆节》，《立言画刊》1944 年第 314 期。
〔2〕　黄雍婷：《清代宫廷承应戏曲研究》，台湾成功大学硕士论文 2010 年。

袭《昭君出塞》一剧而来。"[1]此外,傅惜华先生还在《清廷元旦之承应戏》中介绍了《喜朝五位》《岁发四时》等八种内廷元旦承应戏的剧情、扮相及演出时刻等。而在《清宫之月令承应戏》一文中,按照节日次序,列出了从"元旦"至"除夕"十六个节令的主要承应剧目。[2] 1942年,《三六九画报》上刊登了《新年内廷承应戏》,摘录了元旦承应戏《喜朝五位》《岁发四时》的部分曲文,并介绍了《文氏家庆》的主要情节。[3]

综上是前人对内府仪典剧的主要研究成果,对于此类剧作,因其"纯为歌功颂德之作,在文学上不能有若何之评价"(傅惜华《碧蕖馆藏曲志》),故学界对之评价普遍不高,目为迎奉之作,论述的角度也多从排场关目展开。诚然,对于内府仪典剧来说,从艺术性上的探讨确实不值一哂,但历数中国历代宫廷演剧,仪典剧都能占据一席之地,是内府演剧中最为稳定和重要的一种形式,颇能体现内府戏编演的特色。但针对这个问题迄今尚未有学者展开专门研究,是在未来所应引起我们注意的。

第四节　清代内府连台本戏研究述评

内府曲本中的连台大戏是清代内府曲本研究中成果最丰者。这类曲本的主要特点如下:篇幅浩大,一次完整的演出需数日甚至数年;多取材于神话、历史故事,特别是见诸史籍记载者能容易得到青睐,故有"全史戏曲"之谓;与同题材明清小说之间关系密切;对京剧剧目的积累产生了较大的影响。正是由于清宫连台大戏这些突出的特

[1] 傅惜华:《内廷除夕之承应戏——如愿迎新》,《国剧画报》1932 年 2 月 5 日(1 卷第 4 期)。
[2] 傅惜华:《清廷元旦之承应戏》(1—2),《大公报·剧坛》(天津)1935 年 1 月 1 日、3 日。
　　傅惜华:《清宫之月令承应戏》(1—3),《大公报·剧坛》(天津)1935 年 8 月 21—23 日。
[3] 砚斋:《新年内廷承应戏》,《三六九画报》1942 年第 14 期。

点,上承元明以来的戏曲传统,下启乱弹诸腔在清末的新局面,故而特别得到研究者的重视,取得的成果也颇为丰硕。《古本戏曲丛刊》九集行世以来,该集收录的十种曲本尤为研究者所熟知,但清宫创编的此类曲本远不止此数,本节将回顾前人在本领域的主要成就。

1.《升平宝筏》研究述评

《升平宝筏》是以唐僧师徒西天取经为题材的清宫连台大戏。在清宫所编十余种连台大戏中,以《劝善金科》和《升平宝筏》的创作年代为早,演出次数也最多。相对于有内府刻本传世的《劝善金科》,《升平宝筏》仅以抄本行世,因此其版本源流较之《劝善金科》更为复杂,给研究者的资料搜集工作带了很多的困难,故其研究成果反不如《劝善金科》丰富。

傅惜华先生是最早收藏和研究内府本的学者之一,对《升平宝筏》的专门研究亦由其开端。1930 年,傅氏在《北平晨报》连续六期上发表《〈升平宝筏〉——清代伟大之神话剧》,逐本抄录《升平宝筏》出目,并以之与梨园常演之西游剧目简要比对,是最早关注《升平宝筏》与民间演出西游戏关系的学者。[1] 1939 年,孙楷第先生发表力作《吴昌龄与杂剧〈西游记〉》,虽着力于解决当时新发现的《杨东来先生批评西游记》杂剧的著作权问题,但文中辑录吴昌龄《西天取经》杂剧佚曲《诸侯饯别》《回回指路》,指出此两套残曲亦被《升平宝筏》所吸收。[2] 1956 年,古典文学出版社刊行了赵景深先生的《元人杂剧钩沉》,附录收《升平宝筏》第十六出《饯送郊关开觉路》、十八出《狮蛮国直指前程》,署吴昌龄《西天取经》残套,是对孙楷第先生研究成果的补充。[3] 1999 年,苏兴先生在遗作《〈升平宝筏〉与〈西游记〉散论》中,对《升平宝筏》的改编来源提出看法,认为其虽然吸收了前代戏曲作品的成果,但更

---

〔1〕 傅惜华:《〈升平宝筏〉——清代伟大之神话剧》(1—6),《北平晨报·艺圃》1930 年 12 月 16—21 日。
〔2〕 孙楷第:《吴昌龄与杂剧西游记》,《辅仁学志》1939 年 6 月(8 卷第 1 期)。
〔3〕 赵景深:《元人杂剧钩沉》,上海:上海古典文学出版社 1956 年版,第 163—172 页。

多的是"吴承恩长篇小说的戏剧改编"。[1] 2000 年,李玫先生发表
《〈升平宝筏〉在清代宫廷缘何受青睐》,主要从《升平宝筏》艺术特点、
舞台效果的角度,阐释该剧在清宫常演不衰的原因。[2] 2006 年,胡
淳艳先生的《清宫"西游戏"的改编与演出——以〈升平宝筏〉为核心》
一文,探讨了《升平宝筏》对《西游记》小说的改编方法,回顾了从康乾
时期至清末《升平宝筏》和"西游戏"在内廷演出的情况,认为《升》剧的
演出经历了一个由繁而简的过程。[3] 2009 年,北京师范大学张净秋
博士发表《西游戏百年研究述评》,文中简要回顾了百年以来关于西游
戏的研究成果,其中对《升平宝筏》研究的回顾也占据了一定的篇幅,
但是由于张文完成的时间较早,对近年来新出成果的收集尚不够全
面。同年,张净秋完成其学位论文《清代西游戏研究》,全面总结了清
代西游戏的发展情况。其中尤以《升平宝筏》为重点关注对象,对其现
存版本、发展源流进行了详细梳理,是目前对《升平宝筏》版本搜罗最
全,考证最精的成果。综上,回顾了迄今为止《升平宝筏》的主要研究
成果,总体来说,本领域的研究论著虽然数量不多,但已达到了一定的
深度,为后继者打下了良好的基础。学者关注的焦点主要集中在两个
方面,其一为《升平宝筏》的版本;其二为《升平宝筏》的成书源流,特别
是其与《西游记》小说之间的关系。下面将按照上述两个主题对前人
的主要结论进行介绍,在此基础上对本领域未来的研究方向提出
看法。

(1)《升平宝筏》的版本

1959 年,《古本戏曲丛刊》九集印行后,所收故宫博物院藏 10 本
240 出《升平宝筏》成为该书版本系统中最为人熟悉的一种,但吴晓铃
先生在为《古本戏曲丛刊》九集所作序言中,已经透露出该书版本情况

---

[1] 苏兴:《〈升平宝筏〉与〈西游记〉散论》,《洛阳师专学报》1999 年第 3 期,第 71—74 页。
[2] 李玫:《〈升平宝筏〉在清代宫廷缘何受青睐》,《中国文化报》2000 年 5 月 11 日。
[3] 胡淳艳:《清宫"西游戏"的改编与演出——以〈升平宝筏〉为核心》,《中国戏曲学院学报》2006 年 11 月,第 111—116 页。

的复杂性。除去影印本外，吴文中提到了两种节本，一种别本，[1]是最早介绍《升平宝筏》版本的论文。2003年，戴云先生在《张照艺术成就述略》中介绍了现藏于中国艺术研究院图书馆的两种《升平宝筏》，其一为傅惜华旧藏，残存第四、五、六本，共六卷，康熙间内府抄本，为"现存《升平宝筏》之原始祖本"，[2]最早向世人披露了康熙本《升平宝筏》的信息。2006年，前述胡淳艳氏文中，在介绍简本《升平宝筏》时，作者于吴晓铃提出的节本而外，介绍了国家图书馆藏21册（段）《升平宝筏》，并据其封面所附排演时间和地点，判定为道光节本，为《升平宝筏》研究补充了新的版本信息。2009年，张净秋博士在充分吸收前人研究成果的基础上，对国内各图书馆展开深入调查，全面汇总了现存《升平宝筏》的各种版本，首次披露了康熙旧本《升平宝筏》的存藏情况，并对各本间的版本源流进行了梳理。据其调查，今存《升平宝筏》版本约有29种，根据版本年代，可以分为康熙旧本系统；故宫藏珊瑚阁（《古本戏曲丛刊》九集所收本）本系统；中国艺术研究院图书馆藏曙雯楼本系统；道光后节本系统。每种版本均列出目，并对各系统主要版本进行故事情节和出目的对比，资料翔实可信，考证精确，为《升平宝筏》版本研究提供了宝贵的线索和资料。[3]

通过上面的介绍可以看到，人们对于《升平宝筏》版本的认识经历了一个由简而繁的过程。通过前人的努力，今天我们已能比较全面地掌握《升平宝筏》的版本存藏情况。在对现存版本搜罗殆尽的情况下，未来的研究，除了继续新资料的发现外，应将关注的重点转移至各版本间的内在联系。如，今日我们已知《升平宝筏》康熙旧本的存在，并对旧本系统的各版本有初步的认识，但康熙旧本系统各版本之间的关系仍不明确。举例来说，北大藏康熙旧本《升平宝筏》有10本240出，

---

〔1〕 吴晓铃：《〈古本戏曲丛刊〉九集序稿》，《吴晓铃集》，石家庄：河北教育出版社2003年版，第238—239页。
〔2〕 戴云：《张照艺术成就述略》，《艺术百家》2003年第4期，第50—54页。
〔3〕 张净秋：《清代西游戏研究》，北京师范大学博士论文，2009年。

同系统的古吴莲勺庐本则为 100 折,二者孰先孰后,相互关系如何?是我们所应继续探索的方向。在《升平宝筏》诸版本间,这样的问题并不少见,在对各版本的存藏情况已有整体把握的情况下,通过文本细读的方式,对单个版本进行个案研究,仍有很大的拓展空间。此外,从康熙年间至清末的光绪慈禧时期,今存《升平宝筏》的版本年代完整地跨越了整个清代,诸版本之间有繁有简。从声腔上说,从早期的昆弋兼半,到后来皮黄声腔改本的出现,版本前后相继,并无隔断,是研究清代内廷演剧的上佳材料。通过对各时期、声腔版本的纵向比较,可以对清宫各代编演剧目所遵循的准则和价值取向的转变进行理论上的概括,从而更加深入地揭示清宫演剧的文化内涵。

(2)《升平宝筏》的成书源流

对《升平宝筏》成书源流的考察,主要针对《古本戏曲丛刊》九集(以下简称《九集》本)影印的故宫藏本展开。而所谓《升平宝筏》成书源流的讨论,具体就是对《九集》本与前代“西游戏”及《西游记》小说之间的关系的论证。对此,周贻白先生在《中国戏剧史长编》中认为:“内廷之《升平宝筏》,或即《莲花宝筏》。其于旧有各本似皆有所据,甚至所谓‘俗西游’亦有掺入”,[1]最早对其来源提出看法,可惜在后文中并未展开。及至苏兴先生《〈升平宝筏〉与〈西游记〉散论》一文,对《升平宝筏》所吸收的前代西游戏进行了简略的梳理,除《唐三藏西天取经》和《西游记》杂剧外,作者还提出丙集第二出《铅汞走丹空鼎烧》“或许与明杨慎杂剧《洞天玄记》有关”。虽然罗列了不少《升平宝筏》所吸收的前代戏曲作品,但苏氏认为相较于戏曲作品,《升平宝筏》改编的主要依据是小说《西游记》。通过对比,举出《升平宝筏》相对于小说《西游记》的 7 条增饰之处;6 条删削之处;2 条改易之处;2 条捏合之处。胡淳艳先生的文章亦持此观点,并更进一步认为“从《升平宝筏》开始,小说《西游记》开始以全面、完整的戏曲形式进行传播”,而《升平

---

〔1〕 周贻白:《中国戏剧史长编》,上海:上海书店出版社 2007 年版,第 569 页。

宝筏》这种与《鼎峙春秋》《忠义璇图》〔1〕截然不同的改编方式,是其在艺术上取得成功的关键。我们知道,在《西游记》小说研究领域,关于以杂剧《西游记》为代表的"西游戏"与小说之间的关系,历来有截然相反的两种观点。〔2〕而在上面的介绍中,在讨论《升平宝筏》的成书源流时,学者们的观点竟如此的一致,似乎《升平宝筏》与小说的关系已成定论,事实果真如此吗?

且不论上述论文的观点正确与否,单就其立论的基础而言,似乎就颇值得商榷。众所周知,小说《西游记》的版本序列,是至今仍困扰学界的重要论题之一,仅就笔者所知,至少存在明代三种版本之间前后关系的争论。而前述所有论述《升平宝筏》与小说之间关系的论文,却没有一篇提到所据小说的版本,遑论对升平宝筏的数十个版本"具体问题具体分析"了。事实上,不论是《升平宝筏》还是小说《西游记》,由于其版本系统的复杂性,讨论其源流时,给出任何一个总结性的判断时都应格外小心。戏曲和小说作为关系最为紧密的两种艺术形式,自其诞生之日起,必然在传播的过程中互相渗透、互相影响,最终形成你中有我,我中有你的血肉联系。在研究的过程中,与其做出非此即彼的判断,不如在充分掌握资料的情况下,抽丝剥茧,通过个案研究的方法,将二者的关系层层揭示在读者面前。

(3) 研究方向展望

《升平宝筏》版本和成书源流研究,是迄今为止本领域成果最为丰硕的两个论题,在这两个论题之外,还有许多值得关注的问题等待学

〔1〕 作者认为《鼎峙春秋》《忠义璇图》的改编方式与《升平宝筏》不同,主要参照元明杂剧传奇作品,而非小说《三国演义》和水浒传》。
〔2〕 一派以严敦易先生为代表,认为《唐三藏西天取经》《西游记》杂剧与小说《西游记》,"两者并没有什么密切的血肉联系"。另一派发端自胡适、鲁迅、郑振铎三位先生,后得到李时人、熊发恕、刘荫柏等多位先生的赞同,认为小说中许多情节均脱胎于西游戏,特别是《西游记》杂剧。参见:严敦易:《〈西游记〉和古典戏曲的关系》,《西游记研究论文集》,北京:作家出版社1957年版,第145页。郑振铎:《〈西游记〉的演化》,梅新林、崔小敬编《20世纪〈西游记〉研究》,北京:文化艺术出版社2008年版,第34—59页。

者们的发掘。笔者在此不揣鄙陋，试述几例，以为引玉之砖。

其一，《升平宝筏》舞台研究。《升平宝筏》是清代宫廷最受欢迎的演出剧目之一，现存版本中，除了宾白齐全的总本外，还有数套完整的提纲，这些都是研究清代内廷舞台演出的珍贵史料。在之前的研究中，虽亦有学者从传播学的角度对清代宫廷演出《升平宝筏》的情况进行阐释，但因与南府、升平署戏曲演出档案的结合不足，得出的结论失之于简。在未来的研究中，立足于剧本和演出史料的相互印证，可以从以下两个方面展开研究：1.《升平宝筏》舞台美术和艺术特点研究，以《升平宝筏》为例，探讨三层大戏台的作用，舞台技术的实现方法，以及清宫演出的艺术特点，角色设置等等。2.《升平宝筏》演出研究。将现存各版本与演出史料进行对比，互相印证，一方面可以确认各版本的具体年代，另一方面对清宫演剧制度的变迁进行总结。

其二，《升平宝筏》与西游小说、戏曲作品关系研究。前文已及，在《升平宝筏》成书源流的考察中，学界主要关注了《升平宝筏》与小说《西游记》的关系，对前代传奇、杂剧的影响则较少涉及。事实上，通过对清宫所编几部连台大戏的成书过程进行考察可以发现，这些动辄数百出的剧目，实际所用的编辑时间都非常短暂，在如此紧迫的时间内，完全另起炉灶重新创作显然是不可能完成的任务。因此，现存的几部连台大戏，如《劝善金科》《鼎峙春秋》等，都是在杂合了前代相关传奇、杂剧作品的基础上改编而成的。《升平宝筏》的成书或者参考小说《西游记》更多一些，但是其与前代戏曲作品之间的关系绝非无关紧要。在今存《升平宝筏》的诸多版本中，我们不难找到《西天取经》杂剧、《西游记》杂剧、南戏《陈光蕊江流和尚》的痕迹，许多出目甚至整套移植于上述作品。而《升平宝筏》中许多小说中没有的故事段落，也很有可能来源于前代民间流传的西游故事。从某种意义上来说，对《升平宝筏》和前代戏曲、小说作品关系的研究，是一个重新发现的旅程，一方面可对《升平宝筏》的成书源流进行辨析，另一方面也是对宋元以来西游戏佚曲的再探索。

其三,《升平宝筏》与同时代或清代后期西游戏关系研究。对《升平宝筏》与其后民间剧坛"西游戏"关系的讨论,实际上就是对《升平宝筏》在中国戏曲史上影响的研究。不论在宫廷还是民间舞台,西游戏都是最受观众欢迎的剧目之一。那么,宫廷演出本与民间盛演的西游戏之间的关系若何? 两者是否具有直接前后相继。《升平宝筏》对清代中期以后西游戏艺术特色的形成起到了什么作用,都是十分有趣的论题。

2.《劝善金科》研究综述

《劝善金科》是以目连救母为题材的清宫连台大戏。在清宫连台大戏中,《劝善金科》的创作年代较早,对后世的影响也比较大,因此得到了学界更多的关注。在之前的研究中,学者讨论的议题主要集中在版本源流、作者及其艺术成就以及对后世的影响等几个方面,下面将按照主题,以时间为序,对《劝善金科》的研究状况进行梳理。

(1)《劝善金科》的版本和源流

讨论《劝善金科》的来源和版本流变,决然无法绕开其与明郑之珍《目连救母劝善戏文》(以下简称郑本)之间的关系。作为今日仅存的两种完整的长篇目连戏曲本,两者不论是题材还是内容均有千丝万缕的联系,前辈学者们的议题也无不由此展开。总的说来,初期由于康熙旧本未被发现,人们往往将乾隆五色刻本(以下简称五色本)与郑本直接相连,认为五色本根据郑本改编。近年来,随着康熙旧本的披露,已可证明,五色本的直接来源为康熙旧本。而郑之珍戏文与康熙旧本的关系要复杂的多。

1935 年,郑振铎在《清代宫廷戏的发展情形怎样》一文中首先提出"《劝善金科》则根据《目连救母行孝戏文》而力加扩充"。[1] 同一时

---

〔1〕 郑振铎:《清代宫廷戏的发展情形怎样》,《文学百题》,上海:生活书店 1935 年版,第 416 页。后又收入《郑振铎古典文学论文集》。

期,周贻白的观点与此相仿,认为"内廷大戏的《劝善金科》出现,也便是依据《目连行孝》戏文,由一百折扩伸为二百四十出。"[1]赵景深则认为康熙年间为庆祝平定三藩,在京城演出过的目连戏脚本即为郑之珍的《目连救母行孝戏文》,这事实上否定了康熙本《劝善金科》的存在。[2]

最早撰文指出康熙旧本《劝善金科》存在的是吴晓铃。1948年9月,吴晓铃在《华北日报》发表《跋胡适之先生所藏抄本救母记曲本》,吴氏在对校了胡适旧藏《救母记曲本》(刘青提角本)和五色本的基础上,判定胡适所藏本"殆康熙原本劝善金科也。张照于乾隆年间尝据康熙原本改编刊行,流传舞榭,遂掩前修"。并披露了吴氏家藏曲本中亦有康熙原本旧抄全宾残帙二册,附带提及孔德图书馆另藏有作者未经寓目的全本康熙旧本《劝善金科》。也许是孔德旧藏收归公帑后难得一见,吴氏此文并没有引起足够的重视。在1949年以后编写的文学工具书中,关于《劝善金科》的条目基本上延续了郑振铎等人的观点,认为其"据佛教传说及郑之珍《目连救母行孝戏文》等改编";[3]对这点稍存疑问的,也只是谨慎的摘引"凡例谓其源出于《目连记》",[4]而对《目连记》的来源则置之不论。

其实,不论是对五色本来源持何种意见者,在论述时都不得不引

---

〔1〕 周贻白:《中国戏曲发展的几个实例》,《周贻白戏剧论文选》,长沙:湖南人民出版社1982年版,第15页。

〔2〕 赵景深:《目连救母的演变》,《读曲小记》,上海:中华书局上海编辑所1959年版,第82—89页。《读曲小记》和后文将要提到的《明清曲谈》虽然都出版于20世纪50年代,但收录的都是作者1949以前完成的曲论短文,因此可以认为和郑文、周文处于同一时代。关于康熙年间在京师演出的目连戏,清人赵翼在《檐曝杂记》中记载,康熙二十二年(1683),为了庆祝平定三藩,"特发帑金一千两,在后宰门架高台,命梨园演《目连传奇》"。是由皇帝直接授命的官方演出,赵文主要针对这场演出,认为其演出脚本为郑之珍《目连救母劝善戏文》。至于五色本《劝善金科》与郑本之间的关系,在赵氏本人另一篇文章《劝善金科》中,虽未直接说明,但明确提出了五色本与郑本之间的差别,可见,作者至少并不认为五色本完全脱胎于戏文,这是与郑振铎、周贻白观点的不同之处。

〔3〕 邓绍基主编《中国古代戏曲文学辞典》,北京:人民文学出版社2004年版,第579页。

〔4〕 齐森华、陈多、叶长海主编《中国曲学大辞典》,杭州:浙江教育出版社1997年版,第510页。

证该本凡例的说法,而凡例中所谓"劝善金科旧有十本,则多之至矣。但每本中或二十一二出,或三十余出,多寡不匀,今重加校订"的说法,使得五色本与戏文的关系显得不那么顺理成章。

1962年,蒋星煜在《上海戏剧》上发表《清代中叶上海著名连台本戏剧作家张照》一文,指出现存《劝善金科》的版本,除五色本外,尚有一种红黑双色抄本,且与五色本在"细节上却颇有出入,所用曲牌也不一致,回目也不相同",[1]虽然没有进一步论述二者之间的关系,但是首次提出了别本存在的可能,推进了相关问题的讨论。

20世纪90年代,朱恒夫和挥之也在各自的文章中对五色本的源头提出了意见。朱恒夫在其1993年出版的专著《目连戏研究》中特辟专章讨论《劝善金科》的相关问题,在谈到版本源流时,作者根据五色本的凡例以及《穿戴题纲》所载目连戏穿戴关目与五色本的不同,认为"张照的《劝善金科》只是根据前代的《劝善金科》本改编而成",[2]而《穿戴题纲》所载目连戏极有可能就是五色本之前的《劝善金科》。挥之的意见与此相仿,在其文中更进一步提出了"旧本《劝善金科》很可能就是清康熙中前期至雍正末年近五十年间,流传在弋阳诸腔戏班的一个庞杂的演出本。"[3]

至此,旧本《劝善金科》的存在得到了越来越多的支持,但是,由于一直没有实物的发现,上述文章在论证时都稍显薄弱。而关于《劝善金科》版本问题的讨论,也是在康熙旧本被发现的基础上得到最终的解决。1995年至2006年,戴云一直持续关注旧本《劝善金科》的研究,在各类刊物上连续发表了多篇专论康熙旧本《劝善金科》的文章,首次系统介绍了旧本系统《劝善金科》的现存版本,并对版本源流、艺术成

---

〔1〕 蒋星煜:《清代中叶上海著名连台本戏剧作家张照》,《上海戏剧》1962年第9期,第13—14页。

〔2〕 朱恒夫:《目连戏研究》,南京:南京大学出版社1993年版,第105—106页。

〔3〕 挥之:《张照和〈劝善金科〉》,《目连戏研究论文集》,长沙:艺海编辑部1993年版,第138—156页。

就等问题进行了全面的论述。[1] 2006 年 12 月，戴云将之前的研究成果整理扩充，出版了《劝善金科研究》，既是对以往研究成果的总结，也第一次向世人全面地展示了《劝善金科》版本的来龙去脉，是目前该领域最具分量的著作。[2]

在本书中，戴氏以两章的篇幅讨论《劝善金科》的版本和源流问题。据其调查，现存比较完整的康熙旧本系统《劝善金科》有三种，分别为：（1）清康熙内府宋体字精抄本，傅惜华旧藏，十卷，二百三十五出（卷一下册九—二十二出缺），今藏艺术研究院图书馆；（2）朱丝栏抄本，十本二百三十七出，孔德图书馆旧藏，今归首都图书馆；[3]（3）朱墨抄本，此本未经戴氏目验，据其推断，即前蒋星煜文所提到的版本，亦属康熙旧本系统。此外，尚有 4 种残本存世：（1）《傅罗卜传奇》，存两卷十四出，此本即为吴晓铃跋文中所谓"余曾藏有旧抄全宾残帙二册"者，只是之后经郑骞、齐如山迭藏，而非吴氏所记归于傅惜华，现藏于艺术研究院图书馆；（2）《康熙旧本劝善金科残卷》，存四册二十四出，郑骞旧藏，戴氏将其与首图藏本对校，认为此本内容就是康熙旧本《劝善金科》第九卷。今亦藏于艺术研究院图书馆；[4]（3）吴晓铃跋胡适旧藏《救母记曲本》；[5]（4）《清音小集》所收"刘氏望乡""鸨儿赶妓"。清乾隆四十八年（1783）敏修堂刻本，据戴氏核对，文字

---

[1] 作者谈论《劝善金科》相关问题的文章包括：戴云：《简论张照及〈劝善金科〉》（上），《戏曲艺术》1995 年第 3 期，第 91—93 页；第 103 页。戴云：《简论张照及〈劝善金科〉》，《戏曲艺术》1995 年第 4 期，第 81—84 页。戴云：《康熙旧本〈劝善金科〉管窥》，《湖南社会科学》2004 年第 5 期，第 139—145 页。戴云：《试论康熙旧本〈劝善金科〉》，《戏曲研究》第 64 辑。戴云：《康熙旧本〈劝善金科〉本事探源》，《中华戏曲》2005 年第 33 辑，第 215—230 页。

[2] 戴云：《劝善金科研究》，北京：北京师范大学出版社 2006 年版。

[3] 艺术研究院藏二百三十五出本与首图藏本，在第十本（卷）倒数第二出均有"幸逢大清康熙二十年十二月二十日，因天下荡平，广颁赦诏，十恶之外，咸赦除之"的说白，这是作者判定康熙旧本的主要论据。首图本逢"真""镇"均避讳，因此被认定为雍正抄本，艺研院本避"玄"不避"真"，为康熙抄本。

[4] 上述两种残本，均有戴云校注本。见：戴云校注：《目连戏珍本选辑》，台北：施合郑民俗文化基金会 2000 年版。

[5] 据笔者调查，今藏北京大学图书馆，书号 X/I237.1/3，卷末有吴晓铃跋。核其内容，与五色本，首图本均有不同，笔者另文述之。

亦属康熙旧本系统。

康熙旧本的来源也是《劝善金科研究》所着力解决的问题。在第三章《康熙旧本〈劝善金科〉本事探源》中,戴云首先比较了首图本、五色本、郑本、艺研院傅藏本的回目,接着列举了现存《目连记》的残出,并将之与郑本、康熙旧本进行比较,最后得出结论"康熙旧本《劝善金科》中有关目连救母之事是根据当时流行于民间各地不同剧种的《目连记》演出本而改编,其中包括明郑之珍的《目连救母劝善戏文》。"[1]对于《劝善金科》目连救母之外的故事情节,戴氏认为是吸收了元明清戏曲中的众多养分,杂取了前代杂剧、传奇的相关内容。而康熙旧本《劝善金科》中关于李晟平定朱泚、李希烈叛乱的情节,原本被认为是《劝善金科》的独创,据其多方辑录,亦从明代屠隆的传奇《昙花记》中找到了源头。《劝善金科》中的众多小戏,则被认为来源于当时颇受民间欢迎的剧目。

至此,关于《劝善金科》版本和来源问题的讨论可以告一段落。从最初郑本与五色本关系的论断,到康熙旧本《劝善金科》的最终发现,体现了各个时期学者不断探索的过程。时至今日,我们已经可以确定张照的五色本《劝善金科》并非无所依傍,至少在康熙年间,内廷已经有了卷帙浩繁的十卷本目连戏存在,甚至《劝善金科》的名称也非张照独创。而康熙旧本则可在包括郑之珍《目连救母劝善戏文》在内的众多元明戏曲作品中找到源头。但是,关于《劝善金科》版本的讨论还远未结束,今日已知的各种康熙系统旧本,虽可肯定尽皆早于五色本,但是各本之间仍然存在着显著的差异,那么,康熙旧本系统各种版本的关系如何? 五色本更加接近于哪一种旧本? 康熙帝是中国历史上在位时间最长的帝王,而《劝善金科》是内府连台大戏中最早的两种之一,在今日清代早期内廷戏曲演出史料无存的情况下,从各种康熙旧本的差异中,是否可以补充更多的康熙时期戏曲演出史料? 诸如此类

---

[1] 戴云:《劝善金科研究》,北京:北京师范大学出版社 2006 年版,第 73 页。

的问题都是值得我们关注的。而在康熙旧本的来源方面,虽然五色本的凡例中明确提到旧本来源于《目连记》,但今存与《目连记》相关的文献十分稀缺,使得学者至今对《目连记》的存在与否以及具体内容莫衷一是。此外,作为目连戏史上篇幅最长的作品,《劝善金科》不仅包括了目连戏的主线,还收录了不少玩笑小戏,从其结构、内容来看,这部分作品来自民间的可能性很大,考察这些小戏的来历,不仅可以更加清晰地认识《劝善金科》的来源问题,对目连戏的整体研究也有巨大的推动作用。总之,在《劝善金科》的版本和来源问题上,前辈学者已经做出了卓有成效的探索,在此基础上,我们需要从更加微观的层次继续推进这些问题的研究。

(2) 张照与五色本《劝善金科》的艺术成就

由于康熙本《劝善金科》作者无法考证,张照就是目前已知的唯一一个对众多宫廷大戏拥有著作权的艺术家。虽然康熙旧本的发现,否定了《劝善金科》为张氏原创的论点,但是,作为康乾时期的著名文人、戏曲家,张照在改编和创作乾隆五色本《劝善金科》上所取得成就,仍然值得人们关注。

对张照的生平及戏曲创作经历进行研究的论著包括:蒋星煜的《清代中叶上海著名连台本戏剧作家张照》;挥之《张照和〈劝善金科〉》;孟燕宁《张照与乾隆朝宫廷戏曲》(1994);[1]戴云《清代艺术家张照生平事迹考》(2003)[2];戴云《张照艺术成就述略》(2003)[3]等。此外,梁骥的硕士论文《张照年谱》,是目前比较全面的关于张照生平史料的辑录,虽然与张照的戏曲创作基本无涉,但是为研究者提供了不少有价值的史料[4]。

事实上,虽然在作家研究方面出现了几篇文章,但今天我们所能

---

〔1〕 孟燕宁:《张照与乾隆朝宫廷戏曲》,《紫禁城》1994年第4期,第44—45页。
〔2〕 戴云:《清代艺术家张照生平事迹考》,《广西社会科学》2003年第11期,第109—112页。
〔3〕 戴云:《张照艺术成就述略》,《艺术百家》2003年第4期,第50—54页。
〔4〕 梁骥:《张照年谱》,吉林大学历史学硕士论文,2006年。

掌握的关于张照戏曲创作的史料并不多,作为书法家、诗人的张照在清代文学史上得享盛名,而作为戏曲家的张照则不那么为世人所熟悉。即使被认定为《劝善金科》《升平宝筏》《九九大庆》《法宫雅奏》等清宫大戏的作者或改编者,也仅有昭梿在《啸亭杂录》中提供的孤证。因此,在这一领域的研究仍然有许多尚待发掘之处,如张照创作《劝善金科》《升平宝筏》等宫廷大戏的具体时间;张照的个人经历与其戏曲创作之间的关系等,都是十分有价值的研究课题。

对《劝善金科》的文学和艺术成就进行研究的,主要有李玫撰写的三篇文章。1991 年,在《目连戏的两种面貌——〈目连救母劝善戏文〉与〈劝善金科〉的比较研究》一文中,认为郑本和五色本在创作意图方面基本相同,但是在作品主旨的侧重上,郑作以"教孝"为重点,张照则加入了"教忠"的主线,而造成这种差异的主要原因在于二人经历和创作背景的不同。[1] 1992 年,发表《目连戏中的"恶"与"惩恶"论析》,该文从目连救母故事中刘青提所犯罪行与受到的惩罚不一致的矛盾展开,比较郑本和五色本后,认为郑作虽然给刘氏加上了不少"罪行",但是在戏文中并没有充分展开,在文本中被重点提及的仍然是刘氏"违誓开斋",因此并没有解决上述矛盾。而张照剧中则有意识地加重对刘氏罪行的描写,以求达到惩罚与恶性的统一。郑作如此处理的原因,一方面是受到传统目连救母故事核心内容的影响,另一方面则是明代反对禁欲,追求人性思潮的体现。而张照之改写,则"坚定地表达了他否定现世人生享受,推崇儒释思想的创作态度。"[2] 1992 年,作者在《从目连戏看民间剧作与宫廷剧作艺术上的差异》中,又从郑本和五色本中"说唱艺术痕迹的留与除"的角度,认为《劝善金科》对郑作中说唱艺术痕迹的去除,一是剧作宫廷化、典雅化的需要,二是剧作更加戏剧化的需要。而与郑作比较,《劝善金科》的许多场次在艺术上显得

<hr>

〔1〕 李玫:《目连戏的两种面貌——〈目连救母劝善戏文〉与〈劝善金科〉的比较研究》,《戏剧:中央戏剧学院学报》1991 年第 3 期,第 28—39 页。
〔2〕 李玫:《目连戏中的"恶"与"惩恶"论析》,《戏剧艺术》1992 年第 3 期,第 69—76 页。

更加完整和成熟，具有更强的戏剧性。在历史价值方面，由于五色本在编写时，吸收了许多民间作品中艺术水平较高的部分并加以完善，在提高民间已有剧目，丰富表演艺术方面起到的作用是明显的，《劝善金科》是目连戏史上的一个重要衔接环节和显著的路标。[1]

(3)《劝善金科》的影响

《劝善金科》是现存篇幅最长的目连戏作品，是对前代目连戏的一次总结，因此，论者在关注其本身的发展的同时，亦对《劝善金科》成立后，目连戏的发展与《劝善金科》之间的关系有不少讨论。

赵景深在 20 世纪 40 年代撰写的《劝善金科》一文，首先将《劝善金科》与清末民初昆、京舞台上常演剧目联系在一起。该文通过将《劝善金科》与郑之珍《目连救母劝善戏文》及当时菊坛演出本《思凡》《下山》《滑油山》等进行比较，认为这些剧目跟《劝善金科》有直接的血缘关系，《劝善金科》是沟通目连戏发展的重要桥梁，[2]首次从目连戏发展史的角度肯定了《劝善金科》的价值。

然而，1949 年以后，由于受到意识形态和资料获取等方面的影响和限制，人们对《劝善金科》的认识并没有相应的进步。由于剧中包括了大量"有违善行的报应和地狱的残酷阴森的描绘"，[3]《劝善金科》被认为是想通过"神道设教的办法来镇压人心"，最终达到维护封建统治的目的，[4]在文学艺术上并无多少价值可言。与生动活泼的民间目连戏相比，以《劝善金科》为代表的宫廷目连戏演出"所具有的力量和作用是微弱的，虽然由皇帝领起，极尽华饰、铺张，亦不过是在宫廷上层官僚圈子里修剪、雕琢的一枝雍容华贵的昙花，其短促的生命早由日薄西山的封建王朝总走向所决定，不能与民间发展相颉颃"，基本

---

〔1〕 李玫：《从目连戏看民间剧作与宫廷剧作艺术上的差异》，《武汉大学学报》（社会科学版）1992 年第 3 期，第 12—18 页。
〔2〕 赵景深：《劝善金科》，《明清曲谈》，上海：古典文学出版社 1957 年版，第 154—162 页。
〔3〕《中国大百科全书·戏曲曲艺卷》，北京：中国大百科全书出版社 1983 年版，第 294 页。
〔4〕 周贻白：《中国戏曲史长编》，上海：上海书店出版社 2006 年版，第 570 页。

上否定了《劝善金科》的文学艺术价值，更将《劝》剧与民间目连戏的发展完全隔绝开来。[1] 在从文学艺术成就上否定《劝》剧的同时，学者们也都有所保留地从舞台艺术的角度给予该剧一些正面的评价。如张庚、郭汉城《中国戏曲通史》最后一节《宫廷戏曲活动》，在介绍清代宫廷舞台艺术方面的内容时，多以《升平宝筏》《劝善金科》为例。[2] 前述挥之的文章也主要从精致的舞台艺术的角度对《劝善金科》进行了正面的评价。

20世纪90年代以后，随着越来越多目连戏，特别是民间目连戏演出本的发现，在追溯源头时，人们对《劝善金科》的认识也变得客观起来。

1995年，戴云发表《一部珍贵的目连戏演出本——谈影卷〈忠孝节义〉》一文，介绍了中国艺术研究院图书馆藏影戏《忠孝节义》目连戏精抄本（四函三十二本，光绪三十年抄本），认为该书剧情，除顺序颠倒之外，基本是按照《劝善金科》的内容改编的。这说明，《劝善金科》的演出并没有绝迹，只是转化成另外一种形式，在民间活跃着。[3]

1997年，刘祯在其专著《中国民间目连文化》中专章介绍了民间本滦州影戏《劝善金科》，该书今存十八册，梅兰芳先生捐赠，今藏艺术研究院图书馆。据刘氏考察，此本故事情节与张照本《劝善金科》基本相同，大约相当于张照本第八本第六出之前的内容。后文比较了影戏本与《劝善金科》出目的不同，分析了影戏改编的方法，及影戏的艺术特点等。[4]

2005年，戴云在《鼓词〈目连记〉散论》中，披露了首都图书馆收藏的鼓词《目连记》（巾箱坊刻本，残存八册），作者在文中推翻了前人认为该书为"宝卷"的看法，论证了此书应归为鼓词。而鼓词《目连记》的

---

〔1〕 刘祯：《中国民间目连文化》，成都：巴蜀书社1997年版，第57—58页。
〔2〕 张庚、郭汉城：《中国戏曲通史》，北京：中国戏剧出版社2006年版，第976—1006页。
〔3〕 戴云：《一部珍贵的目连戏演出本——谈影卷〈忠孝节义〉》，《戏曲研究》1995年第2期，第189—201页。
〔4〕 刘祯：《中国民间目连文化》，成都：巴蜀书社1997年版，第216—240页。

主要情节,分别来自宫廷大戏《劝善金科》和郑之珍的《目连救母劝善戏文》。[1] 原书中改编者自行标榜此书为《劝善金科》"野史"的做法(每卷卷端均有"目连救母第 XX 部 阴阳果报 劝善金科鼓词野史"字样),反映了《劝善金科》在民间剧坛巨大的号召力,是各戏班竞相标榜的卖点。

2006 年,戴云发表《京剧目连戏研究》一文,对京剧常演的几出目连戏进行研究,认为其"大都在升平署戏档的乱弹(皮簧)戏目中经常出现,他们本是清宫廷大戏《劝善金科》的散出,或据以改编者。"[2]这是继赵景深之后,对京剧目连戏与《劝善金科》关系论证较为深入的文章。戴氏文中还重点谈到了京剧《戏目连》的问题。最早介绍《戏目连》的是傅惜华,1933 年,其在《国剧画报》上撰文介绍了家藏三种《戏目连》剧本,其一为"清《劝善金科》传奇本。此种系内廷升平署名为《四面观音》之抄本,南曲【步步娇】【园林好】一套,亦注宫谱。"[3]但戴氏在核对了康熙旧本、五色本《劝善金科》后,均未找到相应情节,因此认为《戏目连》并非源自《劝善金科》,且根据升平署档案记载推测《戏目连》为慈禧时代的产物。

最后不得不提到的是关于"双下山"故事源流的讨论。虽然"双下山"故事并非目连戏的主线,但是由于其在民间演出中始终保持了旺盛的生命力,盛演至今而不衰,因此历来受研究者的青睐。围绕着双下山故事来源,学界曾展开激烈的讨论,其与《劝善金科》的关系也是论战的焦点之一。

关于这一问题的争论最早可以追溯到 20 世纪 30 年代,郑振铎在《中国俗文学史》中认为"双下山"出自明代郑之珍的《目连救母劝善戏文》。而在前述赵景深《劝善金科》一文中,赵氏认为清代曲选中标为"双下山"出处的传奇《孽海记》并不存在,今天广泛流传于各个剧种的

〔1〕 戴云:《鼓词〈目连记〉散论》,《浙江艺术职业学院学报》2005 年第 6 期,第 90—95 页。
〔2〕 戴云:《京剧目连戏研究》,《戏曲艺术》2006 年第 2 期,第 55—59 页。
〔3〕 傅惜华:《说戏目连》,《国剧画报》1933 年第 2 卷 13—15 期。

"思凡下山"曲目源自《劝善金科》。

20世纪70年代，就"双下山"相关问题，在赵景深和文力两位先生之间发生了一场论战，具体的内容见赵景深《曲论初探》的相关篇目。[1] 20世纪90年代，廖奔在考察了众多曲选和海外收藏的《思凡》《下山》版本后，对这一问题有了比较系统的阐释。1995年，其在台北《民俗曲艺》上发表《目连与双下山故事文本系统及源流》一文（后又刊登于1996年第4期的《文献》杂志上），辑录了明清22种曲选里有关"双下山"的出目，将之与《僧尼共犯》《目连救母劝善戏文》《劝善金科》等进行校勘，将清以前的"双下山"戏目划分为《全家锦囊》《思婚记》《救母记》《出玄记》《劝善记》几个系统，认为"尼姑和尚双下山故事有它独立于目连戏之外的发生发展脉络和在民间的长期流传演变过程，后来被目连戏吸收。"[2]《孽海记》大约产生于明清之际，"双下山"故事分别吸收了《思婚记》《出玄记》《劝善记》的内容，至于《劝善金科》中的双下山戏出主要继承了《孽海记》的相关部分，但也参酌吸收了《劝善记》的一些地方。[3]

关于《劝善金科》中"双下山"故事的来源，戴云认为，康熙旧本的五卷八出，对"思凡"的选择是沿袭了郑本的路子，即明代曲选中标目为《劝善记》或《目连记》的套路，而五色本则不同，曲词更加俚俗、泼辣，是不同于旧本的另一套路。关于"僧尼相会"的情节，五色本和康熙旧本的区别不大，但是五色本在卷末增加了一些关目，使得表演更具趣味性。

---

〔1〕 赵景深：《曲论初探》，上海：上海文艺出版社1980年版，第149—171页。文力是蔡敦勇先生笔名，蔡氏关于"双下山"的文章包括：《〈思凡〉和〈孽海记〉》，《艺术百家》2002年第1期，第76—79页。《"思凡下山"的来历和演变》，《上海戏剧》1962年。《再谈〈思凡下山〉的来历》，《曲论初探》1980年。《〈思凡〉娘家的新发现》，《江苏戏剧》1985年。《〈思凡〉流变的启示》，《艺术百家》1988年。《〈思凡〉的娘家在哪里》，台湾《中央日报·长河》1991。《漫话〈思凡〉》，台湾《复兴剧艺学刊》1996年。《〈思凡〉娘家探源补说》，台湾《复兴剧艺学刊》1999年。《我的〈思凡〉研究》，《中国文化报》1999年。

〔2〕 廖奔：《也谈〈孽海记〉和思凡》，《艺术百家》2003年第2期，第50—51页。

〔3〕 廖奔：《目连与双下山故事文本系统及源流》，《文献》1996年第4期，第29—51页。

以上，我们从版本源流、作者与艺术成就、改编与影响几个角度全面回顾了近百年来《劝善金科》研究所取得的成就。作为清宫连台大戏中仅有的两部有刻本传世的作品之一（另一为嘉庆十八年（1813）内府刻本《昭代箫韶》），相对于其他的作品，《劝善金科》在传播方面具有天然的优势。在五色本刊行之后，我们可以见到来自民间的仿刻本，甚至不乏五色影抄本存世，可见《劝善金科》在当时社会生活中影响力之巨。上有所好，下必甚焉，作为最高统治者所喜好的艺术形式，宫廷戏曲的艺术风格必然深刻地影响到戏曲艺术的各个方面，甚至成为民间剧团竞相效仿的新风尚，进而对清代中叶后戏曲史的发展走向发生影响。《劝善金科》正是论证这种影响的一个最佳样本，当我们从传播史的角度来探讨《劝善金科》的流传脉络时，也许会对清代的戏曲史，特别是地方戏的形成和发展产生新的理解。

3. 《鼎峙春秋》研究述评

《鼎峙春秋》，演魏蜀吴三国鼎立事。据昭梿在《啸亭杂录》中的记载，在清宫所编连台大戏中属于较早的一种。因三国故事在民间流传中的巨大影响，以及关公崇拜在中国传统文化中的特殊地位，有关三国题材文学作品的研究一直是学术界关注的热点。正是在这样的背景下，敷演三国故事的连台大戏《鼎峙春秋》也受到了足够的重视，在清内府本研究中，属于成果最多、论述主题最为广泛的一部作品。

2008 年，北京师范大学李小红博士选择了《鼎峙春秋》作为博士论文选题，并于同年发表了《〈鼎峙春秋〉研究综述》[1]一文，对之前《鼎峙春秋》的研究状况进行了总结，介绍了周贻白《〈鼎峙春秋〉与旧有传奇》、陶君起《中国京剧剧目辞典》等著作对《鼎》剧研究的主要成果，可参看。为免重复，本文仅就李文中没有涉及的各种论著，按照年代顺序进行介绍。

---

〔1〕 李小红：《〈鼎峙春秋〉研究综述》，《兰州学刊》2008 年第 2 期，第 207—208 页；第 111 页。

1991 年,陈翔华先生《明清时期三国戏考略》一文,详细地列出了明清传奇杂剧中有关三国戏的内容,资料收罗甚全。其中也介绍了《鼎峙春秋》的版本,较早披露了台湾中山博物院〔1〕所藏原北平国立图书馆藏本,文字虽简,但在《鼎峙春秋》版本研究方面实有开创之功。〔2〕2000 年,王政尧先生撰文介绍清宫"关戏",以时间为序,声腔为线索,全面回顾了清宫"关戏"演出自昆弋至皮黄的发展脉络,〔3〕但本文属于资料性质,并未就其中涉及的问题进行更深层次地探讨。

　　2004 年,台湾政治大学柳珍姬博士的《〈鼎峙春秋〉与关公造型之研究》,是本领域第一篇学位论文,梳理了关公信仰以及关公形象在文学作品中演变的脉络。其第四章、第五章集中对《鼎峙春秋》的主题意识、布局、排场,以及《鼎峙春秋》剧中关公艺术形象、装扮、专用砌末等多个方面进行了探讨。其中在谈到《鼎峙春秋》剧的版本时,也论及台湾故宫博物馆藏本的特点,与通行本相比,该本的关公事迹,只演到"单刀会"为止;对诸葛亮七擒七纵孟获的南征毫无描述;但对曹操事迹的记载甚详细,一直演到曹操杀华佗,死后入地狱的情节为止。〔4〕因台湾藏本大陆学者难得一见,故详列于此。柳氏此文,在考述每个问题时,均详细列出《鼎峙春秋》的相关出目,特别是讨论《鼎峙春秋》局的布局时,尽列十本的内容,并以图表的形式立体呈现,体现了台湾学者一贯严谨细致的作风。但在本文的核心论题《鼎峙春秋》中关公形象的考索上,却显得比较薄弱,全文以两章近百页的篇幅回顾了清代以前关公形象的转变,却在论述《鼎峙春秋》的章节里缺乏照应,虽资料翔实,但未能更好地体现《鼎峙春秋》剧中关公形象的独特性。

　　2008 年,李小红博士完成了其学位论文《〈鼎峙春秋〉研究》,并在 2008 年至 2011 年间,先后发表了《清宫何以盛行三国戏》〔5〕《〈鼎峙

〔1〕　即台北故宫博物院。
〔2〕　陈翔华:《明清时期三国戏考略》,《文献》1991 年第 1 期,第 23—59 页。
〔3〕　王政尧:《清代宫廷"关戏"概说》,《中国京剧》2000 年第 6 期,第 19—21 页。
〔4〕　柳珍姬:《〈鼎峙春秋〉与关公造型之研究》,台北政治大学博士论文,2004 年。
〔5〕　李小红:《清宫何以盛行三国戏》,《文史知识》2008 年第 1 期,第 123—131 页。

清代内府曲本研究

春秋〉演出研究》〔1〕《从〈三国志〉到〈鼎峙春秋〉：曹操形象嬗变及其原因探析》《〈鼎峙春秋〉与京剧三国戏》〔2〕《清代宫廷戏曲研究述要》〔3〕等多篇论文。在其博士论文《〈鼎峙春秋〉研究》中，对《鼎峙春秋》剧的版本、文本来源、人物形象、思想内涵、舞台演出及其对京剧三国戏的影响等问题做出了全面论述。重点比较了《鼎峙春秋》对明清三国戏《连环计》《续琵琶》《古城记》《草庐记》《赤壁记》《四郡记》《西川图》《狂鼓吏渔阳三弄》的继承与改编。而在阐释清宫为何盛行三国戏时，作者认为"关羽崇拜的政治凝聚力""清代皇帝对戏曲的喜好""三国戏自身的丰富积累"共同促进了三国戏在清宫的发展。〔4〕在《从〈三国志〉到〈鼎峙春秋〉：曹操形象嬗变及其原因探析》一文中，在对从《三国志》到《鼎峙春秋》之间曹操形象的发展嬗变进行梳理后，认为清代社会生活中的反三国倾向对《鼎峙春秋》的改编产生了重要影响，并提出《鼎峙春秋》基本上依据《三国演义》而非《三国志》而成。〔5〕李小红博士的学位论文及其近年来发表的多篇以《鼎峙春秋》为研究对象的文章，是近年来最为全面、细致地对《鼎峙春秋》进行全面研究的成果，是《鼎峙春秋》剧研究的集大成者。特别是其通过文本比较的方式，在与明清传奇杂剧中的三国戏进行校勘的基础上，基本解决了《鼎峙春秋》成书源流问题，对我们了解清宫连台大戏的编纂过程具有重要的意义。美中不足的是，在探讨《鼎峙春秋》与后世三国戏，特别是京剧三国戏的关系时，主要辑录了京剧剧目工具书中的材料，如能举出更多的一手文献，当使其研究更具说服力。

2011 年，河南大学硕士学位论文《从三国戏到〈鼎峙春秋〉关羽形

〔1〕 李小红：《〈鼎峙春秋〉演出研究》,《戏曲研究》第 76 辑,2008 年 6 月,第 211—230 页。
〔2〕 李小红：《〈鼎峙春秋〉与京剧三国戏》,《戏剧研究》2011 年第 1 期,第 80—87 页。
〔3〕 李小红：《清代宫廷戏曲研究述要》,《云南艺术学院学报》2011 年第 1 期,第 29—31 页。
〔4〕 李小红：《〈鼎峙春秋〉研究》,北京师范大学博士论文,2008 年。
〔5〕 李小红：《从〈三国志〉到〈鼎峙春秋〉：曹操形象嬗变及其原因探析》,《河南师范大学学报》(哲社版)2010 年第 11 期,第 153—156 页。

象的演变研究》是本领域最新的研究成果。该文的作者在写作的过程中，应该没有见到李小红博士的论文，故两篇文章在探讨《鼎峙春秋》的来源时有一些重复之处。在论述元明戏曲作品对《鼎峙春秋》剧形成的影响之外，作者还比较了《三国演义》与《鼎峙春秋》剧的关系，有一定的独到之处。[1]

以上就是1990年以来《鼎峙春秋》的主要研究成果。可以看到，相对于清内府本中其他作品相对沉寂的研究现状，《鼎峙春秋》受到的待遇要好得多，取得的研究成果也颇为丰硕。特别是对《鼎峙春秋》本体的研究，如在版本源流、文本来源、结构和叙事模式等问题上的讨论也已经达到了一定的深度。在《鼎峙春秋》剧的研究中，有一个值得注意的现象，由于关公崇拜在中国传统文化中的特殊地位，人们对《鼎峙春秋》剧的研究往往与关羽信仰的论题相结合，在前文提到的论著中，涉及这个议题的就占到了一半以上的比例。但遗憾的是，虽然学者注意到了这个问题的重要性，但在论述的过程中，虽然能够从《鼎峙春秋》剧中提炼出一些素材，却在对这些材料进行理论概括的过程中显得力不从心，结论千人一面，缺乏足够的深度。如能在未来的研究中，从民俗学、人类学乃至宗教学中汲取养分，充分借鉴其他学科的理论，辅以《鼎峙春秋》剧的文本支持，当能在这个问题上取得更多突破。

4.《昭代箫韶》研究述评

《昭代箫韶》和《劝善金科》，是清内府连台大戏中唯一有刊本传世的两种。在清宫演剧中，杨家将故事是一个十分受欢迎的题材。在今存的数十种清宫连台本戏中，除《昭代箫韶》外，《铁旗阵》亦演杨家将事，在连台本戏中亦属特例，足见清代帝王对此题材的喜爱。时至清末，在慈禧太后的直接领导下，昆弋腔《昭代箫韶》经过多次改编，出现了数种皮黄改本。而此时恰值内廷供奉人才济济，京剧艺术方兴未

---

〔1〕 潘琰佩：《从三国戏到〈鼎峙春秋〉关羽形象的演变研究》，河南大学硕士学位论文，2011年。

艾,在清末《昭代箫韶》的数次演出中,由当时声名最为显赫的内廷供奉们组成的"豪华阵容",共同上演了清代宫廷演剧最后的辉煌。而这种民间与宫廷戏曲艺术的交流方式,客观上促进了京剧的最终定型。正是因为《昭代箫韶》在清宫演剧史上独特的位置,在清代内府曲本研究中,关于该书的研究成果相对来说也是较为丰富的。下面将按照时间顺序介绍前人的研究成果,并对未来可供探索的方向提出看法。

1930 年,《北洋画报》10 卷 487、490 期刊载《谈南府旧本〈昭代箫韶〉剧》一文,是最早关注《昭代箫韶》的单篇。该文以介绍了嘉庆刊本《昭代箫韶》的主要情节及其在清末的演出情况,特别开列演员名单,其中不少都是京剧发展初期活跃在舞台上的著名艺人,具有一定的史料价值。但该文开篇所云"昆曲中之《昭代箫韶》,为南府旧本,系逊清乾隆年间张尚书照奉敕编撰",[1]实不知所据。目前我们能够见到的《昭代箫韶》的最早版本为嘉庆十八年(1813)序刊本,为昆弋腔传奇。清末在慈禧太后组织下所编演者,为据昆弋本改编而成的皮黄本。该文前半介绍的是昆弋本,而后文列出演员表的演出本是皮黄本,作者将二者混为一谈,显然并不恰当,且径云该本为乾隆时期张照所作,不免有臆断之嫌。

1934 年,周志辅(明泰)先生在《剧学月刊》上发表长文《〈昭代箫韶〉之三种脚本》,对该书版本源流论述甚详,后人论及《昭代箫韶》版本时尽依其说,是迄今为止《昭代箫韶》剧研究最为重要的成果。周氏据家藏的几种《昭代箫韶》版本及清升平署档案中的相关记载,揭示了《昭代箫韶》三种版本及其出现的年代。其一为嘉庆内府朱墨刻本,昆弋本。其二为四十本一百二十二出的皮黄改本,考证为光绪二十四年(1898)戊戌改本。此本虽依昆弋本次序,但每本仅有一至四出,翻至昆弋本第七本第三出即止,边翻边演,有光绪二十四年(1898)的演出记录。其三为慈禧自订本家班改本。此本仅有五本,完全按照昆弋本

〔1〕 林炎:《谈南府旧本〈昭代箫韶〉剧》,《北洋画报》1930 年年第 10 卷第 487、490 期。

的顺序和出目名称，每本亦二十四出，惟第一本首二出未翻，至第五本第十一出止，共一百零五出，供本家班演出使用。周文在列出上述三种版本的出目对照表后，特别摘取了三种版本"托兆碰碑"出目的全文，认为一百零五出的皮黄改本因袭民间《托兆碰碑》词句甚多，表达了周氏对皮黄改本来源的看法。[1]

1957 年，在专收赵景深先生建国前戏曲曲艺论文的《明清曲谈》一书中，收录了《昭代箫韶第七本》一文。该文披露了著名藏书家穆藕初先生所藏朱墨套印本《昭代箫韶》第七本，列出该本出目并介绍主要剧情。[2] 该文并提及《北平图书馆戏曲音乐展览会目录》著录《昭代箫韶》"嘉庆升平署抄本"[3] 一种，待考。

1990 年，杨芷华、傅如一合著的《从〈昭代箫韶〉看乾嘉宫廷戏曲之鼎盛》一文也是从舞台艺术的角度对《昭代箫韶》展开研究的，作者进行了大量的数学统计，从脚色行当、舞台装置、服饰的种类和数量、《昭代箫韶》剧特有的砌末、舞台色彩搭配、演出时间和场所等方面，对《昭代箫韶》剧的演出实况进行了全景式再现。[4]

进入 2000 年后，《昭代箫韶》作为研究对象在两篇学位论文中出现，意味着《昭代箫韶》剧在杨家将戏曲研究中已经进入主流视野。2001 年，韩军博士在其学位论文《杨家将戏曲研究》中以一章的篇幅专门探讨《昭代箫韶》的相关问题。对该剧的产生背景、人物体系、关目结构、舞台艺术、曲牌曲韵等提出了看法。列出了《昭代箫韶》现存的 4 种版本。认为《昭代箫韶》剧对"杨门八虎"和"杨家三代英勇抗敌者"的设计是其独到之处，丰富了人物形象。对于《昭代箫韶》中宋辽和解的大团圆结局，作者认为是满族以少数民族入主中原，迫切地希望得

〔1〕 周明泰：《〈昭代箫韶〉之三种脚本》，《剧学月刊》1934 年 3 卷第 1—2 期。
〔2〕 赵景深：《昭代箫韶第七本》，《明清曲谈》，上海：古典文学出版社 1957 年版，第 163—165 页。
〔3〕 核之原目，著录为"昭代箫韶十本二百四十出　清嘉庆升平署抄本"（《国立北平图书馆戏曲音乐展览会目录》，第 13 页），可能是嘉庆刊本之误。
〔4〕 杨芷华、傅如一：《从〈昭代箫韶〉看乾嘉宫廷戏曲之鼎盛——〈杨家将论丛〉之九》，《山西大学学报》1990 年第 4 期，第 72—79 页。

到汉族士大夫阶层的认可,剧中的处理方式实际上是这种政治诉求的体现。最后,作者重点讨论了《昭代箫韶》的用韵情况,认为其忠实地遵循了《中原音韵》和《九宫大成》的规范。[1] 韩文是首次对《昭代箫韶》进行较为全面研究的论著,虽然更多地偏向文学方面的研究,但对不少论题均有开创之功。然而,比较遗憾的是,在文学分析以外,作者并没有提供更多的文献来支持其论点,使得部分结论仍然停留在感性认识的阶段,给进一步的研究留下了广阔的空间。

2009 年,《杨家将戏曲暨〈昭代箫韶〉研究》是第一篇以《昭代箫韶》为专门研究对象的学位论文。该文对《昭代箫韶》的成书源流、作者年代、杨家将戏曲在宫廷与民间的演出及交流等多个问题进行了探讨。认为"《昭代箫韶》的编撰是集合了宋史、杨家将小说、杨家将戏曲并加入了新增情节来编成,情节主线来自小说,参考了正史及戏曲情节,同时加入了鬼神设教和其他新增内容而成。"[2] 最后,根据演出档案,考述了民间与宫廷剧坛在"杨家将戏曲"上的互相影响。但本文在论述的深度和条理性方面尚待提高。如讨论《昭代箫韶》与元明清"杨家将戏曲"的关系时,只是根据情节对比提出结论,缺乏文本的支持。再如在第三章第二节仅根据升平署档案列出了宫中演出的数十种"《昭代箫韶》以外"的杨家将戏,似乎只要档案中未标明出自《昭代箫韶》的就属于"之外"的范畴了。笔者曾以嘉庆十八年(1813)刊本《昭代箫韶》与《故宫珍本丛刊》"昆弋单出戏"收录的杨家将戏对校,发现其中不少其实就是刻本《昭代箫韶》的散出。在没有更多文献资料支持的情况下,仅仅根据档案记载来断定清宫所演杨家将戏是否属于《昭代箫韶》,显然是值得怀疑的。

上面回顾了民国以来关于《昭代箫韶》研究的主要成果,在此基础上,尚有以下几个问题是值得我们继续探索的。

---

[1] 韩军:《杨家将戏曲研究》,南京大学中文系博士论文,2001 年。
[2] 郝成文:《杨家将戏曲暨〈昭代箫韶〉研究》,山西师范大学硕士论文,2009 年。

第一，昆弋本《昭代箫韶》的来源。嘉庆十八年刊本《昭代箫韶》序在陈述本书源流时说"今依北宋传[1]为注脚，略增正史为纲领，创成新剧"，但经过前人的研究，事实并非如此简单，《昭代箫韶》与元明杨家将戏曲之间有着千丝万缕的联系。再联系到《劝善金科》《升平宝筏》等剧均采用了不少元明戏曲作品的事实，《昭代箫韶》剧的来源还有不小的探讨空间。元明杨家将戏在脉望馆本中尚有存本，元明清的杨家将小说也有众多的版本，建立在文本校勘基础上，对三者的关系进行探讨的条件是成熟的。

第二，《昭代箫韶》的改编。自周明泰先生披露了《昭代箫韶》的三种版本后，后人多只移录周氏的观点，并未对《昭代箫韶》剧的各种版本进行深入调查。我们知道，《昭代箫韶》是唯一一个由慈禧太后亲自组织翻改为皮黄的剧本，通过对各个版本的对比，足可考见清代末期宫廷演剧的价值取向和艺术追求，是探讨宫廷曲本改编的上佳材料。此外，笔者在访书过程中，亦发现了四字本和分段本《昭代箫韶》的存在，《昭代箫韶》剧的版本系统应该要比已知的情况更加复杂，这些问题都需要我们投入更多的注意力。

第三，《昭代箫韶》与《铁旗阵》《下南唐》等内府剧本的关系。《铁旗阵》，清宫连台大戏之一，前半部演杨家将南下征伐南唐事（宋太宗朝），后半部分内容与《昭代箫韶》有重合。《下南唐》，内府本戏，演宋太祖征南唐事。二者同演一事，但情节背景完全不同，为何在内府本中会出现这种题材一致，情节内容完全抵触的剧本？这是一直以来困扰笔者的问题，而将包括《昭代箫韶》在内的内府本杨家将戏放在一个大的体系下考量，也许就是解决这一问题的途径。

第四，《昭代箫韶》及其改本与京剧"杨家将戏"的关系。前人的研究中，已经初步涉及了这一问题，如周明泰先生就认为《昭代箫韶》本

---

[1] 即《北宋志传》，明嘉靖年间建阳书商熊大木辑，与描写宋太祖故事的《南宋志传》合订，是明末清初十分流行的一种杨家将小说。

家改本的"托兆碰碑"来源于民间。但是,迄今为止尚未有学者对《昭代箫韶》与京剧杨家将戏的关系进行全面研究,可以肯定二者在发展过程中必定经历了一个互相影响的过程,但这种影响程度有多少?具体表现是什么?都是十分值得探讨的问题,对京剧发展史的研究亦有重要的借鉴意义。

5.《忠义璇图》及其他

《忠义璇图》是清宫以北宋末期梁山泊宋江等人发动的农民起义为题材的一部戏曲作品。其作虽然以《水浒传》小说为蓝本,但由于宫廷演出的需要,对整个作品的价值取向、艺术特色"改头换面",完全摒弃了原作中的抗争精神,转而宣扬维护封建统治所需的"忠义"理念,对宋江等"梁山好汉"持否定的态度,因此,在过去的文学评论中,对《忠义璇图》的评价多为负面,且此剧在清宫演出中难觅踪迹,因此,也较少受到学界的关注。

2010年,康小芬先生曾对《忠义璇图》数十年来的研究进行综述,介绍了赵景深先生《〈忠义璇图〉与〈虎囊弹〉》(1942),《谈清宫大戏〈忠义璇图〉》(1980),李宗白先生《浅析〈忠义璇图〉》(1982),台湾谢碧霞先生《水浒戏曲二十种》(1981),王晓家先生《水浒戏考论》(1989),陈芳先生《乾隆时期北京剧坛研究》(2001)等论著中对于《忠义璇图》剧的主要研究成果。[1]下面仅就康文中没有涉及的问题和近年来新出的研究成果作一些补充。

《忠义璇图》的版本。目前《忠义璇图》最易得见的是《古本戏曲丛刊》九集影印国家图书馆所藏清抄本。此外,还有赵景深先生在《〈忠义璇图〉与〈虎囊弹〉》一文中提到的二十出残本,该本每出后注明"原改"或"旧有",部分出目并标注有编者"蓝畹",与通行本作者署为"周祥钰"者不同。[2]赵氏认为该本是《忠义璇图》的"初稿本子",而这个

---

〔1〕 康小芬:《〈忠义璇图〉研究综述》,《文艺理论》2010年第3期,第16—17页。
〔2〕 赵景深:《〈忠义璇图〉与〈虎囊弹〉》,《小说月报》1942年第19期。

本子是"按照《水浒》吸收旧有剧本连缀起来的"。[1] 以上就是前人曾经谈到的《忠义璇图》的所有版本,其对《忠义璇图》剧版本的调查显然是不够全面的。首先,赵景深先生介绍的二十出残本,今下落不明,后人的论述多直接移录自赵氏的论文,对其实际情况并不清楚,如其果系《忠义璇图》的底本,其版本价值不言而喻。其次,仅就笔者所见,在《古本戏曲丛刊》九集所收七字本外,尚有首都图书馆藏四字本,该本仅存二十出,自《第一出　被纵复擒》至《第二十出　互显雄威》,[2]《明清抄本孤本戏曲丛刊》第 7 册据以影印。在前面介绍《劝善金科》《升平宝筏》等清宫大戏的研究成果时,我们已经不止一次的指出这些曲本在版本上的复杂性。作为与《劝善金科》剧基本同时代的作品,《忠义璇图》的版本情况显然也要比我们今日已经知道的要复杂的多,对《忠义璇图》进行全面文献调查,辨析其版本源流,应是对其进行全面研究的基础。

《忠义璇图》的创编年代。对于这个问题,赵景深先生在《谈清宫大戏〈忠义璇图〉》中已经明确地提出了《忠义璇图》应该经过了两次改编的观点,第一次就是前面提到的蓝畹改订二十出残本,第二次就是今日通行的《古本戏曲丛刊》九集本。李宗白先生的《浅析〈忠义璇图〉》一文,根据九集本编者周祥钰编纂《九宫大成南北词宫谱》的时间,和《忠义璇图》第五出的内容大体确定《忠义璇图》是在乾隆十四年(1749)四、五月开始正式编制,完成于乾隆十五年(1750)夏秋之间。[3] 而王晓春先生的《清宫大戏〈忠义璇图〉创编时间考述》,则根据《忠义璇图》剧的避讳情况,以及《忠义璇图》剧与同时代折子戏选本《缀白裘》中"水浒戏"的关系推断"《忠义璇图》的编创极有可能是在嘉庆七年(1802)前后至嘉庆十八年(1813)之间"。[4] 在没有对文本进

〔1〕 赵景深:《谈清宫大戏〈忠义璇图〉》,《艺谭》1980 年第 2 期。
〔2〕 首都图书馆编《明清抄本孤本戏曲丛刊》,北京:线装书局 1996 年版。
〔3〕 李宗白:《浅析〈忠义璇图〉》,《艺谭》1982 年第 4 期,第 86 页。
〔4〕 王晓春:《清宫大戏〈忠义璇图〉创编时间考述》,《四川戏剧》2011 年第 1 期,第 76 页。

行全面比对的情况下,笔者亦难对前人研究成果发表看法。这一问题的解决有待于对《忠义璇图》剧文本更加深入细致地分析,同时可以借助与清宫大戏中其他已能明确创编年代的剧目相比较,最终得到较为圆满的解答。

最后,关于《忠义璇图》的成书来源。通过前述诸位先生的努力,已经基本可以确定《忠义璇图》的总体构架来自《水浒传》小说,但也广泛借鉴了明清杂剧传奇《虎囊弹》《水浒记》《义侠记》《翠屏山》《十字坡》的内容和曲文,并根据清代统治者的需要做了一些价值取向上的改编。但对《忠义璇图》形成后,其对"水浒戏"发展的影响尚欠深入研究,虽然也有所涉及,但大多泛泛而谈。即使康小芬先生的新作《清宫"水浒戏"的传播——以〈忠义璇图〉为核心》,以传播学的视角切入,但对这个问题也只是一笔带过。[1] 时至今日,随着各类影印丛书的出版,解决这个问题的条件已经成熟,这也是清代内府曲本研究中下一个值得重点关注的问题。

除去前面介绍的几种清宫连台大戏外,尚有傅惜华先生的《记〈封神天榜〉——清廷承应传奇之一种》[2]和《碧蕖亭藏曲识略》,披露了家藏《封神天榜》,据其考证该本为乾隆抄本。

以上介绍了 20 世纪 20 年代以来前人在清宫连台大戏研究上的主要成果,相对于清代创编连台大戏的数量来说,得到学界关注的作品仅仅占据其中很小的比例。即使《古本戏曲丛刊》九集影印的十部较为易见的作品,也仅有不到半数的取得了一些研究成果。在王芷章先生《国立北平图书馆藏升平署曲本目录》中,"传奇"类下列出了时间跨度上起商周、下迄明清的多部连台大戏作品,可见这是清代统治者

〔1〕 康小芬:《清宫"水浒戏"的传播——以〈忠义璇图〉为核心》,《明清小说研究》2011 年第 1 期,第 58—65 页。
〔2〕 傅惜华:《记〈封神天榜〉——清廷承应传奇之一种》,《北京画报·戏剧特号》1931 年5 月 27 日,第 44 期。

有意打造内府本"全史戏曲"体系的结果。今传内府本中亦有《东周列国传奇》(首都图书馆藏,丁13783)、《七国传》(首图藏,丁13784)、《全宋图》(艺研院图书馆藏,戏151.61/0.987)、《明传》(首图藏,己320)等一大批史剧存世,如能对这批曲本进行全面梳理,当可从整体上把握清宫连台大戏的编纂体系,并对内府本与明清小说之间的关系有全新的认识。

第五节　清代内府传奇、杂剧研究述评

1.《混元盒》(《阐道除邪》)研究述评

《混元盒》,托言明嘉靖朝事,演天师张捷与金花圣母斗法,以混元盒收伏诸妖事。清宫连台大戏之一,亦为端午应节戏,从嘉庆至光绪朝,内廷代有演出记录。由内廷本改编的乱弹本戏《混元盒》,在清末至民国的戏曲舞台上大放异彩,该戏以及由之衍生出的《五花洞》《如意针》等剧目,也是京剧舞台上的常演剧目之一。正是由于该剧所具有的强大舞台号召力,因此得到了论者的关注,研究成果颇丰。

董康《曲海总目提要》卷四十"近时人作"最早著录该剧,介绍了该剧的主要内容,并谓"荒诞不根。大约仿封神演义、西游记等书。凭空结撰。以悦一时之耳目也。"[1]《曲海总目提要》并未注明所据版本,但以其内容观之,当为清末翻改之乱弹连台本戏《混元盒》,而非清宫所演之本。

1923年,瘦庐在《戏剧杂志》上发表《斌庆社之〈混元盒〉》[2]一文,详细介绍了斌庆社连演十一日本《混元盒》的内容及扮演者。虽然与内廷本无涉,但所述余菊笙改本与斌庆社本之间关系甚详,为今日

---

〔1〕 董康:《曲海总目提要》,北京:人民文学出版社1959年版,第1850—1851页。
〔2〕 瘦庐遗著:《斌庆社之〈混元盒〉》,《戏剧杂志》1923年第2期。

辨别版本源流提供了依据。

　　1931 年和 1936 年，傅惜华先后在《北平晨报·艺圃》《北平晨报·国剧周刊》上发表《剧谭——〈混元盒〉之嬗变》〔1〕《〈混元盒〉剧本嬗变考》〔2〕两篇文章，是最早从版本源流上对该剧进行考证的专论。文章分别介绍了作者家藏康熙年间六十九出抄本传奇《混元盒》；清内府四本三十二出昆弋应节大戏《阐道除邪》；同治间旧京四大徽班之春台部改编八本乱弹本戏《混元盒》。每种均详列出目，介绍梗概。并认为清宫大戏《阐道除邪》删节自传奇本戏《混元盒》，而春台班乱弹本《混元盒》则是根据《阐道除邪》并杂以《封神演义》碧游宫翻天印诸事改编而成，为昆乱杂陈本。

　　1940 年，翁偶虹《混元盒之大锚小锚》〔3〕一文，虽然主旨在于介绍当时菊坛常演的皮黄戏《混元盒》中二妖——大锚、小锚之扮相，但文中在叙及源流时，提到"大内所演曰《阐道除邪》，分高腔昆腔两种"，"昆腔《混元盒》，则又有两本，一本与皮黄所演者大致相同"，"一本则据曲海所载者，其妖精数目，又超九妖之例"。简略比较了内廷曲本与皮黄本在出场人物、关目结构上的差别。

　　民国时期，论及《混元盒》的文章尚有汪侠公《〈混元盒〉原本无广成子内廷秘本现仍存在视为古董品矣》〔4〕和翁偶红《八本〈混元盒〉》等。前者着眼于内廷本与当时上演的皮黄本在剧情上的差异。后者则详细介绍了俞菊笙春台班所排演之八本《混元盒》的内容，在叙及来源时提到"俞菊笙排演之始，是通过升平署的权贵，借出《阐道除邪》的总讲，翻编为昆曲加皮黄的'风搅雪'剧本。排到第三本时，事为内廷察觉，严禁总讲外传。只得掇拾了《封神榜》里'广成子三进碧

---

〔1〕　傅惜华：《剧谭——〈混元盒〉之嬗变》(1—4)，《北平晨报·艺圃》1931 年 6 月 20 日、22 日、26 日、27 日。
〔2〕　傅惜华：《〈混元盒〉剧本嬗变考》，《北平晨报·国剧周刊》1936 年 6 月 25 日。
〔3〕　翁偶虹：《混元盒之大锚小锚》，《三六九画报》1940 年第 34 期。
〔4〕　汪侠公：《〈混元盒〉原本无广成子内廷秘本现仍存在视为古董品矣》，《立言画刊》1940 年第 89 期。

游宫'的情节,补充内容。"是今日所见对内廷本与俞本关系最为清晰的说明。

1949 年以后,研究《混元盒》的单篇论著减少,取而代之是《混元盒》(或《阐道除邪》)作为条目在各种戏曲工具书的大量出现,给研究提供了便利,但是,其中错漏抵牾之处亦复不少。如《中国曲学大辞典》[1]《中国古代戏曲文学辞典》[2]《古本戏曲剧目提要》[3]均有《混元盒》条目,均直接采用《曲海总目提要》的说法,认为昆腔传奇本《混元盒》今已不存。而前文已叙,传奇本至少有傅惜华所藏旧抄本传世。著录《混元盒》的升平署抄本时,均谓其为八十五出,[4]但据今天所见清宫戏曲档案,内廷演出的《混元盒》或《阐道除邪》至少有三十二出、十出等两种版本,八十五出者未见全本。著录皮黄本的《京剧剧目初探》[5]《中国剧目辞典》[6]的"混元盒"条目,又有八本和十六本之别,但并未说明这种差别的由来。

2009 年,常立胜在《中国戏剧》上发表《两出清宫戏在菊坛的影响》,[7]介绍了中国艺术研究院所藏内府本《混元盒》的主要内容,该本仅有十场,与前述诸本均异,是本领域研究的重要资料。

在国内学者对"混元盒"题材戏曲作品甚少关注的同时,日本学者

〔1〕 齐森华、陈多、叶长海主编《中国曲学大辞典》,杭州:浙江教育出版社 1997 年版,第547 页。

〔2〕 邓绍基主编《中国古代戏曲文学辞典》,北京:人民文学出版社 2004 年版,第 288—289 页。

〔3〕 李修生主编《古本戏曲剧目提要》,北京:文化艺术出版社 1997 年,第 816 页。

〔4〕《中国文学大辞典》和《中国古代戏曲文学辞典》并谓清宫承应戏《阐道除邪》有 85 出,《古本戏曲丛刊》九集据以影印。按之《古本戏曲丛刊》九集,并未收录《阐道除邪》或《混元盒》。据笔者所见,此误之源头当在庄一拂《古典戏曲存目汇考》,其著录《混元盒》谓之"升平署抄本《古本戏曲丛刊九集》本""八十五出",不知所据。后人书目径加移录,实误。庄一拂:《古典戏曲存目汇考》,上海:上海古籍出版社 1982 年版,第1304 页。

〔5〕 陶君起:《京剧剧目初探》,北京:中国戏曲出版社 1963 年版,第 256—257 页。

〔6〕 王森然:《中国剧目辞典》,石家庄:河北教育出版社 1997 年版,第 652—653 页。

〔7〕 常立胜:《两出清宫戏在菊坛的影响》,《中国戏剧》2009 年第 8 期,第 54—55 页。

清代内府曲本研究

山下一夫的《混元盒物语の成立と展开》〔1〕一文,可谓目前为止本领域最有价值的研究成果。该文依照小说、传奇、京剧、影戏、鼓词的顺序,对"混元盒"题材的故事源流进行了完整地梳理,并在每一部分均列出作者知见的所有版本,撮其概要,考辨源流,试图建立起立体的混元盒故事关系图谱。特别是其中"传奇《混元盒》"的部分,大致因作者并未见到傅惜华对家藏《混元盒》传奇的介绍,作者考辨的均为内府所演之本。借助前人辑录的清代内廷演剧史料,认为清廷上演过的《混元盒》或《阐道除邪》至少包括:嘉庆二十四年(1819)三本十六出以上本;道光三、四年(1823、1824)间,二本三十二出本;道光七、八年(1827、1828)之十出本。而对现存各版本之间的关系,作者判定台北"中央研究院"所藏《混元盒》残本(头本二出、二本四出、二本七出)与所谓"八十五出本"同源;东京大学东洋文化研究所双红堂文库《阐道除邪》第二本则为三十二出本之遗存。在论述京剧混元盒故事的部分,对俞菊笙所改八本《混元盒》,衍生剧目《五花洞》,以及清蒙古车王府曲本《混元盒》(第一至第八本题《混元盒》;第九至第十六本题《善道除邪》)之间的关系进行了考辨,认为车王府十六本之《混元盒》,为王瑶卿据俞菊笙本所改,并吸收了影戏的相关出目而成。

以上简要介绍了迄今为止《混元盒》研究的主要成果,虽然取得了一些成绩,但是仍有许多值得继续探索之处。在此,笔者不揣冒昧,提出以下几个值得学界继续关注和探讨的问题,并做简要的分析,以求教于方家。

第一,《混元盒》与《阐道除邪》的关系。在近人的论述中,两者为同书异名,如《中国曲学大辞典》径谓《混元盒》"一名《阐道除邪》",山下一夫论文中亦有类似表述。可见,在学者们的话语体系下,两者是可以通用的名词。实际上,将两者划上等号是极为不妥的,上文提到

---

〔1〕 [日]山下一夫:《混元盒物语の成立と展开》,《近代中国都市芸能に关する基础的研究》,第 107—132 页。文献来源:http://wagang.econ.hc.keio.ac.jp/～chengyan/publish/bp1/yamashita.pdf.

的傅惜华的文章已经告诉我们《阐道除邪》是清宫根据《混元盒》传奇删改而成的新连台本戏。由此可见，两者至少在情节、出目上都有所不同，至多能将《阐道除邪》称为《混元盒》改本，而不应将二者等同。但是，傅氏的论述也带来了一个潜在的问题，即其家藏的《混元盒》是明清传奇，而清宫以之为蓝本的改编本则名为《阐道除邪》，换句话说，清宫的混元盒故事戏应该都叫作《阐道除邪》。但是事实果真如此吗？首先，在今存的清宫戏曲档案中，《混元盒》和《阐道除邪》的名称是并存的，道光年间曾经演出过二本的《阐道除邪》，也曾演出过十出的《混元盒》。[1]《故宫所藏升平署曲本目录》《北平国剧学会陈列馆目录》等民国内府曲本目录中，《阐道除邪》与《混元盒》也都是并列条目，编者并未将其归入一条，可见在编者所见之下，两者是有明显区别的。至此，我们可以确定的说，《混元盒》和《阐道除邪》应属同一故事系统的两种不同版本，而两者之间的关系在前人的论述中显然没得到很好的解决，这也是我们应当继续探索的方向。

第二，内府本《混元盒》及《阐道除邪》的版本源流。明确了《混元盒》和《阐道除邪》并非同一剧目，并不会否定二者之间存在的承继关系，在检索了清宫戏曲档案以及部分《混元盒》《阐道除邪》现存版本的基础上，笔者试图对这一问题进行简要的分析，并提出其中可供继续发掘之处。

（1）《混元盒》传奇及嘉庆年间内府本《混元盒》

前文已揭，傅惜华旧藏有《混元盒》传奇六十九出，康雍间抄本，作者谓之"明末人作"，中国艺术研究院编《傅惜华藏古典戏曲珍本丛刊》139 册据以影印，丛刊提要则以之为"清无名氏撰"，八册六十九出，[2]应属明末清初作品。

清宫所演之《混元盒》，仅存清宫戏曲档案上的最早记载见于《嘉

〔1〕 参见《清代内廷演剧史话》，第 120—245 页。
〔2〕 国家图书馆普通古籍部藏有四册六十九出之《混元盒》一部（书号：88043），笔者未曾寓目，疑与傅藏为同一版本。

庆七年旨意档》：

> （四月）二十一日　上交下《混元盒》一至三本，着内头学、内二学写串关，上览分派。五月初九日　上派角色《混元盒》第一出　玉皇；金星；金花；第二出　天师；第三出　吕洞宾　陶谦；第四、五出　陆炳；第六出　嘉靖　（后略）（按：此处原引文如此）。

> （十一月）初十日　长寿传旨，《混元盒》头本十六出"拘魂辨明"内跟玄坛黑虎变四个化身，与黑石精白石怪也变四个化身，八个人对把子。（略）

> 荣德谨奏，因《混元盒》切末：点石为金切末二个、白狐黑狐衣二分、磕头二个白黑石精、白石黑石切末二块、各样顶形四十个、金针刺蟒切末一分、翻天印切末一个、黑虎衣一件、阴阳桶二个、朱判画轴二卷、羊肉切末一分、各样盔三顶（金花一、白狐一、蟒精一）、男女回回帽十六顶、五毒衣子收拾见新。彩头五个、彩头套一个。（略）

> 十一日旨，"万岁爷宣召"上改宣陆炳上念白，着陆炳叫陶谦上，陆炳下。嘉靖下座下早了，等陶谦谢恩之后再下座。（《始末考》第78—88页）

由此可知，嘉庆内府本《混元盒》有三本，头本第十三出为《拘魂辩明》，且头六出的情节包括：陶谦点石成金、嘉靖召见陶谦等。将上引文中嘉庆帝所排头本前六出角色与《故宫珍本丛刊》第668册所收《混元盒》比较，二者出场人物完全不同，但与傅藏《混元盒》传奇本则基本相同。可见，嘉庆本《混元盒》与明清传奇本有直接继承关系。

庄一拂《古典戏曲存目汇考》著录《混元盒》，谓有"八十五出"，此本传本甚稀，遍索各图书馆目录，仅见首都图书馆善本书目著录："混元盒(书号：(G)(甲四)/809)三卷八十五出",可能就是此本。嘉庆本头本第十三出为《拘魂辩明》,而相同情节的出目,傅藏传奇本为第二部(本)第三出;《故宫珍本丛刊》第668册之《混元盒》为头本第八出;同册所收《阐道除邪》则为头本第八、九出。可见嘉庆本的容量较之其他内府本都更为丰富,可能与上述之八十五出本《混元盒》为同一版本,具体情况尚待进一步考察。

(2)内府本《混元盒》和《阐道除邪》

前文已揭,嘉庆七年(1802)时内廷所演混元盒故事戏尚且名为《混元盒》,那么《阐道除邪》是何时出现的? 与《混元盒》之间的关系如何呢? 为了解决这一问题,笔者辑录了前人论文及《清代内廷演剧始末考》中的嘉庆至光绪年间《混元盒》《阐道除邪》的演出史料,将之与目前所知见存版本的出目进行了对比,具体情况见表2-3、表2-4。

表 2-3　清宫历代五月节所演剧目

	五月初一	五月初二	五月初四	五月初五
嘉庆二十四年		头本《阐道除邪》	二本《阐道除邪》	三本《阐道除邪》
道光三年	头本《阐道除邪》十六出			二本《阐道除邪》十六出
道光四年	头本《阐道除邪》			二本《阐道除邪》
道光七年				十场
道光八年				十场
道光九年				《金桃献瑞》《过平顶山》《六殿逢母》《祭姬》《打棍出箱》《三挡》《混元盒》

	五月初一	五月初二	五月初四	五月初五
道光十五年				《奉敕除妖》（一分）《针线算命》《姜女苦城》《孟良求救》《招商》《请美猴王》《三气》
道光二十二年	《阐道除邪》头本八出			
道光二十五年	头本《阐道除邪》十六出			二本《阐道除邪》十六出
道光二十六年	头本《阐道除邪》十六出			二本《阐道除邪》十六出
咸丰三年				二本《阐道除邪》
咸丰八年	头本《阐道除邪》十六出			
咸丰十一年				《青门》《追信》《探监法场》《拾镯》《南天门》《扯本》《嵩寿》《刘氏望乡》《上天台》《跳墙着棋》《尼姑思凡》《尼姑庵》
同治七年				今日之戏唱至《蝎虎吞儿》毕
同治十一年		头本《阐道除邪》一至九出		二本《阐道除邪》十至十六出
光绪十一年		头本《阐道除邪》（九刻五）、二本《阐道除邪》（八刻）、三本《阐道除邪》（九刻五）、四本《阐道除邪》（八刻）	掌仪司玩艺十四当	掌仪司玩艺十四当

表 2-4　各版本《混元盒》《阐道除邪》出目对照表

傅藏《混元盒传奇》〔1〕	中研院《阐道除邪》残本四出	嘉庆二十四年恩赏档《阐道除邪》	道光三年恩赏日记档头二本《阐道除邪》	《故宫珍本丛刊》668册《混元盒》一至四本	道光七年恩赏旨意承应档十出《混元盒》〔2〕	《故宫珍本丛刊》668册《阐道除邪》
头本 开宗始末 喜得兰孙 房山遇道 国盛行路 陶谦遇骗 张李首告 金殿试术 星官奏事 道陵赐宝						
金花聚妖			头本 金花聚妖	头本 第一出 金花聚妖	群妖奉令	头本 第一出 金花聚妖
陈生嗟叹			陈生自叹			
※道陵赐宝	头本二出道陵赐宝			第二出道陵赐宝		第二出道陵赐宝
二妖设计 月下摄韩 得信伤心			月下摄韩	第三出被摄痛妻		第三出被摄痛妻
※金殿试术		头本五出金殿试术				
※黉夜吞丹			午夜吞丹	第四出午夜吞丹		第四出午夜吞丹
全节剖腹			全节剖腹	第五出全节剖腹		第五出全节剖腹

〔1〕　六十九出本尚有国家图书馆普通古籍馆藏《混元盒》，书号：88043。四部六十九出，核其目录与傅藏本除个别字词外完全相同，该本题为"混元盒总纲"，因内容未经寓目，其与传奇本的关系待考。

〔2〕　道光十出/场本存本有国家图书馆普通古籍馆藏《混元盒》，书号：149820。

傅藏《混元盒传奇》	中研院《阐道除邪》残本四出	嘉庆二十四年恩赏档《阐道除邪》	道光三年恩赏日记档头二本《阐道除邪》	《故宫珍本丛刊》668册《混元盒》一至四本	道光七年恩赏旨意承应档十出《混元盒》	《故宫珍本丛刊》668册《阐道除邪》
黉夜吞丹巡天遇怪						
第二本起程失印			起程失篆	第六出起程失篆		第六出起程失篆
二妖献印			二妖献印	第七出二妖献印		第七出二妖献印
求印生嫌				第八出谒师辨明		第八出谒师生衅
			拘魂辨明			第九出拘魂辨明
回京诬奏神惊召使						
蟒精求配洞房花烛			蟒怪思春	第二本第九出思春获偶		第二本第十出思春获偶
辞家起程						
傅年染病※夫妻叹子			渔户忧儿	第十出渔户忧儿		第十一出渔户忧儿
蜈蚣投庵夫妻叹子						
邪法阻舟			摄水阻舟	第十一出摄水阻舟		第十二出摄水阻舟
法官缚怪				第十二出寻踪露机		
长兴诉苦			遭冤泣诉	第十三出遭冤泣诉		第十三出遭冤泣诉

傅藏《混元盒传奇》	中研院《阐道除邪》残本四出	嘉庆二十四年恩赏档《阐道除邪》	道光三年恩赏日记档头二本《阐道除邪》	《故宫珍本丛刊》668册《混元盒》一至四本	道光七年恩赏旨意承应档十出《混元盒》	《故宫珍本丛刊》668册《阐道除邪》
金针刺蟒			金针刺蟒	第十四出金针刺蟒		第十四出金针刺蟒
第三本花前家宴				第十五出刘府开宴		
※大悲救难			大悲救难	第十六出大悲救难	大悲救难	
村郎闹庙			二本渔色逢妖	第三本第十七出渔色逢妖		
书斋详扇				第十八出猜诗遭魅		
诘子问情				第十九出痴子隐情		
			狂狐作祟			
朱判降妖			灵判闲邪	第二十出灵判驱邪		
失画被责						
白狐附体	二本四出狂狐作祟		※狂狐作祟	第二十一出狂狐作祟		
※水中吞寿			※蝎虎吞儿	第二十二出蝎虎吞儿	蝎虎吞儿	
鸣冤降妖	二本六出疯魔控诉		拦街控诉	第二十三出疯魔控诉		

清代内府曲本研究

傅藏《混元盒传奇》	中研院《阐道除邪》残本四出	嘉庆二十四年恩赏档《阐道除邪》	道光三年恩赏日记档头二本《阐道除邪》	《故宫珍本丛刊》668册《混元盒》一至四本	道光七年恩赏旨意承应档十出《混元盒》	《故宫珍本丛刊》668册《阐道除邪》
分身拒法	二本七出施威被擒		白氏施威	第二十四出施威被擒		
白狐求救悟空奉谍			金花奋勇			
金花皈命		二本十六出彭泽斗法	彭泽斗法			
国盛访友						
水中吞寿			蝎虎吞儿			
三妖会盟				第四本第二十五出结义联盟		
投井入窍			投井幻形	第二十六出投井幻形	投井幻形	
长寿摆索厨役闹店闯道追踪英府家宴法官缚怪后堂勘问						
			献计投充	第二十七出献计得信	献技投充	
			端阳闻信			

傅藏《混元盒传奇》	中研院《阐道除邪》残本四出	嘉庆二十四年恩赏档《阐道除邪》	道光三年恩赏日记档头二本《阐道除邪》	《故宫珍本丛刊》668册《混元盒》一至四本	道光七年恩赏旨意承应档十出《混元盒》	《故宫珍本丛刊》668册《阐道除邪》
			妖犯锁拿	第二十八出 锁拿哭尸	妖犯锁拿	
			哭尸露目		哭尸霜目	
姊弟议盗			议盗同心	第二十九出 议盗同心	议盗同心	
请神降伏			诸神预召	第三十出 预召诸神	诸神预召	
北门盗尸				第三十一出 盗尸妖遁		
金殿陈情 会审足案 法场脱逃 点化归山 火祖下凡 泄露天机 天曹赦诛 火焚公寓 大悲救难						
靖扫妖氛		三本 第十五出 雷击余氛				
		三本 第十六出 三清祝国	四怪全除	第三十二出 三教伏魔	扫除诸毒	
妆楼验毒 阖宅恩荣						

168

清代内府曲本研究

对看上表,嘉庆二十四年(1819)端午节前后演出的剧目已经变为《阐道除邪》,[1]但仍分三本,且包含了嘉靖金殿试陶谦点石成金的情节。说明至少在此之前,嘉庆七年(1802)交下的《混元盒》已经被改编为《阐道除邪》,但剧情和容量的变化都不大。道光三、四年(1823、1824)所演同为二本各十六出之《阐道除邪》,其出目名称与嘉庆本和传奇本比较相似,但已经减去了关于陶谦、嘉靖帝等一些支线,仅保留张天师收妖的主线。道光七、八年(1827、1828)所演的十出版本,山下一夫认为这是《阐道除邪》的另一个节本,但从表2-4的情节对照看,该本的主要情节集中在原本的后半部分,如果是节本,显得有些比例失调,且十场本在道光七、八年(1827、1828)之后未见再演,因此笔者推测,这种十出本应该是道光七、八年间端午节所演二本三十二出《阐道除邪》本的选本。道光七年,大量裁撤外学伶人,南府改名为升平署,道光帝曾有旨意,往后演戏不必求大求全,升平署演戏的规模因此大幅缩减,这种十出本,应当是在此背景下,于端午节演出时,由升平署人员在《阐道除邪》中选择了部分热闹精彩的出目所进行演出的底本。道光八、九年(1828、1829),五月节均不演《阐道除邪》,代以《奉敕除妖》等节令承应戏,亦可见此影响。道光二十二年(1842)所演《阐道除邪》头本八出本,因引文不全,未能窥其全豹,笔者推测,可能就是《故宫珍本丛刊》

---

[1] 关于《阐道除邪》,据笔者所见,在清宫节戏《阐道除邪》出现之前,前人著录中未有见将混元盒故事戏命名为《阐道除邪》者,且将《混元盒》改题为《阐道除邪》,符合清宫改编戏曲时化俗为雅的做法,如清宫西游记戏曲被命名为《升平宝筏》、目连戏被命名为《劝善金科》等。因此可以推定,《阐道除邪》是清宫混元盒戏曲开创的名目,后期的京剧以有名为《阐道除邪》的,应当是继承了清宫戏曲的名目(京剧混元盒剧目本就改编自内府本《阐道除邪》)。在表2-3,2-4中我们注意到一点,《故宫珍本丛刊》668册收录《混元盒》第一至四本,此本显为清宫后来改编的剧目,与早期三本《混元盒》或传奇本不同,这并不能说明清宫所演的《混元盒》和《阐道除邪》是相同的,首先,由表2-3可知,嘉庆七年(1802)以后,端午如演应节戏,档案中均记载为《阐道除邪》某本,而不称《混元盒》某本,可见对此还是有区别的。造成这一现象的原因,笔者认为可能是升平署抄写剧本时的随意性所致,同样的情形亦出现在其他内本上,如《升平宝筏》的某些内府抄本封面题为《西游记》《西游传奇》,显然是升平署艺人们对这些曲本的俗称。对于这类情况,首先,诸如《混元盒》与《阐道除邪》,《西游记》与《升平宝筏》,彼此之间本来就存在密切的关联,在不严格区分的情况,两者通用并不存在问题,但在考证版本源流时,则有必要对其来龙去脉一一分剖。

668 册所收《混元盒》(一至四本),此本均唱昆腔,一本八出。此后,道咸年间常演者均为二本三十二出本,可见这种版本应为内廷演出的通行本。咸丰十一年(1861)端午节,时逢清帝至热河避难,故未演应节戏,当为特例。最后,同治十一年(1872)所演为一本九出之《阐道除邪》,与《故宫珍本丛刊》669 册《阐道除邪》形制一致,且《丛刊》本为昆腔夹唱西皮,亦符合同治年间声腔流行之潮流,因此应该为这一时期的抄本。最后,光绪十一年(1885)所演四本各八出《阐道除邪》,此种版本笔者未见,亦无其他资料可供推断,列此存疑,以求教于方家。

2. 其他传奇、杂剧及乱弹作品

1934 年,傅惜华先生在《缀玉轩藏曲志》中,做书志以录梅兰芳缀玉轩藏曲。其中内府本包括:乾隆四色精抄本《狮吼记》;乾隆抄本《福寿荣》,谱俞克孝事,据傅氏考证为"当日词臣南府供奉将《十大快》传奇略事窜改,更易剧名,以为进呈之本耳",每种均列出目,介绍版本信息,并对本事略作考证。其后,关于内府本《狮吼记》的考证又被析为单篇,分别发表在 1935 年的《大公报》和 1937 年的《半月剧刊》上,列其出目、别本,并略论本事源流。[1]

1948 年,唐长孺先生发表《红楼梦中的几出冷戏和南府剧本》,将小说研究与戏曲研究相结合,使宫廷演剧的社会文化价值得以体现,也从另一个侧面反映了贵族阶层与内廷演剧在兴趣上的高度一致。[2]

2002 年,李玫先生的《汤显祖的传奇折子戏在清代宫廷里的演出》一文,在清内府本传奇作品的研究方法上对我们有诸多启发。李玫首先根据内府升平署档案,如《内学昆弋戏目档》《穿戴题纲》等,辑录了曾在清宫演出的汤显祖传奇折子戏 23 出,并指出"乾隆年间宫廷里已有了《紫箫记》《牡丹亭》《邯郸记》《南柯记》折子戏的演出"。[3] 其后

---

[1] 傅惜华:《狮吼记》,《半月剧刊》1937 年第 16—17 期。
[2] 唐长孺:《红楼梦中的几出冷戏和南府剧本》,《申报》1948 年 5 月 5 日,"文史"第 21 期。
[3] 李玫:《汤显祖的传奇折子戏在清代宫廷里的演出》,《文艺研究》2002 年第 1 期,第 94 页。

以同时代或更早的民间戏曲选本为参照，将其中收录的汤显祖传奇折子与内府本中所保存的作比对，认为内府本与同时期民间戏曲选本《缀白裘》收录范围相似度最高。最后，针对民间与宫中常演的汤显祖传奇作品的不同出目，对宫廷演出的特殊性做出了阐释，解释了《劝农》等少见于民间演出的折子戏，何以在宫中受到欢迎。

2005年，戴云、戴霞两位先生发表的《傅惜华的研究著述与其戏曲收藏》一文中，介绍了傅氏碧蕖馆旧藏内府曲本中的传奇作品——《中兴图》《残唐》《月中桂》，并略述其版本形制，内容特点等。[1]

上海图书馆藏四色精抄本《进瓜记》《江流记》，为乾隆时期内府抄本，两剧均为昆弋合套。1980年，沈津先生曾撰文介绍两剧的版本概况。对于《江流记》的研究，有孙书磊先生的《从"江流"故事的演变看古代戏剧与小说的趋俗性》(2002)。对于《进瓜记》，则有赵毓龙、胡胜两位的《试论清阙名〈进瓜记〉传奇对"刘全进瓜故事"的改造》一文，该文通过对《进瓜记》与《钓鱼船》等明清同题材作品的校勘，认为"《进瓜记》传奇是在由对明代张大复《钓鱼船》传奇因袭、改编而来的"，[2]在改编的过程中，发生了叙事重心向百回本《西游记》小说回归的转变。

《穿戴题纲》是升平署档案中较为特殊的两册，它本是管箱人的档册，即管理服装道具人员的工作手册，记录了演出戏服、演出剧目和演出节令等信息。原本现藏故宫博物院图书馆，分上下两册，收折子戏484出。齐如山先生曾抄有过录本，在原书封面内加入扉页，并在扉页右下角加注"如山藏"三字。

由于这两册档案封面均题为："《穿戴题纲》，二十五年吉日新立"，但无具体的年代，因此对这两册文献的研究始于对其著作年代的考证。最早关注这份史料的是朱家溍先生，在《清代的戏曲服饰史料》一

---

〔1〕 戴云、戴霞：《傅惜华的研究著述与其戏曲收藏》，《文学遗产》2006年第5期，第113—124页。

〔2〕 赵毓龙、胡胜：《试论清阙名〈进瓜记〉传奇对"刘全进瓜故事"的改造》，《辽宁大学学报》(哲社版)2011年第5期，第46页。

文中,作者根据提纲所载戏目判断这两本《穿戴题纲》是乾隆二十五年(1760)南府所立。对于《穿戴题纲》中记载的具体戏出中的人物穿戴,作者说到,"对照起来,大多数角色的穿戴和近数十年来昆腔、弋腔、皮黄腔、梆子腔,在舞台上同一人物、角色的穿戴基本上一样(指的是穿戴衣物从名称上看来相同)。"并且,在当时的宫廷演剧中,已经非常关注人物着装和角色身份之间的呼应,舞台艺术达到了很高的水平。[1]

随后的 1981 年,龚和德先生在《〈穿戴题纲〉的年代问题》中对朱氏的结论提出异议。他指出:《穿戴题纲》所记录的昆腔剧目中有属于《吟风阁杂剧》之一的《罢宴》。而《吟风阁杂剧》最早的版本也在乾隆二十九年(1764)以后。其次,针对朱氏用作例证的《目连大戏》,龚文在比较了《穿戴题纲》所记的《目连大戏》与《劝善金科》的回目后认为,《穿戴题纲》所记的《目连大戏》只是一些散出,这些散出恰是从乾隆初期改编为二百四十出的《劝善金科》中抽出来的。据此,龚文得出了"道光二十五年"(1845)抄本的结论。[2]

龚文发出后不久,朱家溍先生随即发表了《关于〈穿戴题纲〉的几点说明》,修正了自己的观点,否定了"乾隆二十五年"的看法,但又据抄本中记载的戏出没有避道光皇帝讳的事实,提出《穿戴题纲》是嘉庆二十五年(1810)抄本的观点。[3]

2004 年,范丽敏博士发表《〈穿戴题纲〉的年代问题及剧目研究》,介绍了《穿戴题纲》的版本,除齐如山过录本外,尚有傅惜华过录本,均藏艺术研究院图书馆。对于《穿戴题纲》的年代,作者同意"道光二十五年立"的看法,并将《穿戴题纲》中所载的昆腔折子戏,按照其所属杂剧传奇全本戏的名目排列,为使用提供了便利。[4]

---

〔1〕 朱家溍:《清代的戏曲服饰史料》,《故宫退食录》,北京:北京出版社 1998 年版,第 646—662 页(原载于《故宫博物院院刊》1979 年第 4 期,第 26—32 页)。
〔2〕 龚和德:《〈穿戴题纲〉的年代问题》,《故宫博物院院刊》1981 年第 2 期,第 81—84 页。
〔3〕 朱家溍:《关于〈穿戴题纲〉的几点说明》,《故宫博物院院刊》1981 年第 2 期,第 84 页。
〔4〕 范丽敏:《〈穿戴题纲〉的年代问题及剧目研究》,《中华戏曲》2004 年第 30 辑,第 105—117 页。

2006年,宋俊华先生在《〈穿戴题纲〉与清代宫廷演剧》一文中同意"嘉庆二十五年"的观点,在详细列出了《目连大戏》和《劝善金科》的出目进行比较后,认为不能肯定《目连大戏》是《劝善金科》的改编本,相比之下,"嘉庆二十五年"的说法更接近事实一些。对于《穿戴题纲》所记载的内容,作者认为,《穿戴题纲》的出现表明嘉庆以后,宫廷演剧进入了以折子戏为主的时代,同时也表明宫廷演剧在逐渐摆脱追求鸿篇巨制、歌功颂德而向精巧细致、审美娱乐的方向发展,这是宫廷演剧走向成熟、规范的标志;而书中所载的服饰,与角色身份、环境一致,体现了高度的程序性、符号性特征,也反映了宫廷演剧服饰与民间演剧服饰的互动性。[1]

综上是前人在内府曲本中的传奇、杂剧及个别档案文献研究上的主要成果。相对于清宫连台大戏,内府本中的传奇杂剧,数量更巨,形式更加丰富多彩,得到的关注却很少,这是与其在内廷演剧中的地位与作用十分不符的。内府本中的传奇、杂剧,虽然全部来自民间,但经过宫中演出的改编,在艺术形式、价值追求上都发生了重心的转移,将之与同期民间流行的相同作品对勘,既可把握宫中演剧的特点,亦对宫廷、民间剧坛交互史的研究有重要作用。

以上,从宏观的角度对内府本的类型、分类、概念,以及前人研究成果进行了总结和评述。从下章开始,我们的视角将转入微观,以具体作品为例,继续探索内府本的特点。

---

〔1〕 宋俊华:《〈穿戴题纲〉与清代宫廷演剧》,《中山大学学报》(社科版)2007年第4期,第22—28页。

第三章
清代内府仪典剧研究

　　在对内府曲本进行分类时，笔者将仪典戏定义为在宫廷各种节庆和典礼上演出的带有仪式性质的剧目。在本章中，我们将以此类曲本为研究对象，通过资料排比和分析，试图对清代仪典戏的来源、形制、特点等问题给出阐释，并对其中较为特殊的几种进行个案研究。

第一节　内府本中的仪典剧

　　在内府曲本分类的章节中，仪典戏和观赏戏同属昆弋腔戏下子类，在仪典戏下又分出了节令戏、喜庆戏、寿戏、仪式戏四类（参见第一章《清内廷演戏曲本分类体系表》），所遵循的分类标准主要为演剧功能。而在前人内府曲本分类目录中，对于仪典戏多以"承应戏"名之，囿于篇幅，前文笔者没有解释为何弃用"承应戏"之名，而采用了"仪典戏"。这是我们在本章中首先要解决的第一个问题。

　　首先，在前人的目录中，对于承应戏内涵和外延的认识存在分歧。在今存收录内府曲本较多的目录中，《清代杂剧全目》（以下简称《杂剧全目》）、《百舍斋存戏曲书目》（以下简称《百舍斋目》）、《故宫所藏升平署剧本目录》（以下简称《故宫目》）均有承应戏子类。按照其列类及收录的剧目，《杂剧全目》所收范围为：一般承应戏、开团场、月令承应、庆典承应。《杂剧全目》的姊妹篇《清代传奇全目》,原本虽已散佚,但幸有目录留存,其中涉及内府本的类目尚有"承应大戏、承应传奇"。[1]《百舍斋目》"清代承应戏之属"下则收:九九大庆、月令承应、庆典剧,并在类末附清宫连台大戏《劝善金科》等三种。《故宫目》"承应戏目录"下只有月令承应戏和九九大庆戏(即寿轴子)两种。《故宫珍本丛刊》"清代南府与升平署剧本与档案"中,惟单列出"昆弋腔承应戏"一类,与昆乱本戏、单出戏相对。可见,对承应戏所应包括的范围,至少存在两种不同的看法,一种认为承应戏是宫廷演出剧目的总称,如《清代杂剧/传奇全目》;一种则认为承应戏是一个特称,仅代指只在宫中编演的一类剧目,而对于此类特殊剧目的具体范围,学者的看法也不一致。

从词源上考察,"承应"一词,典出《晋书·卷十七·律历志中》"夏殷承运,周氏应期",[2]本意为承接而起。至南宋时,已引申为"妓女、艺人应宫廷或官府之召表演侍奉"的特称。[3]如南宋吴自牧《梦粱录》卷三"皇太后圣节"条"向自绍兴以后,教坊人员已罢,凡禁庭宣唤,径令衙前乐充条内司教乐所人员承应。"[4]卷二十"妓乐"条"御马院使臣,凡有宣唤或御教,入内承应奏乐。"[5]由此可见,"承应"用于宫廷演出,主要体现的是一种下对上的关系。也就是说,将宫中演出的剧目称为"承应戏",所取的是与民间演出相对的概念,"承应"本身所指的是一种行为,而所有在宫中演出的剧目都可以称为承应戏。[6]因此,用"承应戏"作为仪典剧的专名就不太合适了。

〔1〕 刘效民:《记傅惜华〈清代传奇全目〉手稿残页》,《文献季刊》2002 年第 1 期,第 278—284 页。
〔2〕 (唐)房玄龄等:《晋书》,北京:中华书局 1974 年版,第 497 页。
〔3〕 罗竹风主编《汉语大词典》,上海:汉语大词典出版社 2001 年,第 777 页。
〔4〕 (宋)孟元老:《东京梦华录(外四种)》,上海:古典文学出版社 1956 年,第 152 页。
〔5〕 《东京梦华录(外四种)》之《梦粱录》,第 309 页。
〔6〕 事实上,这种看法并非笔者独创,上举《清代杂剧全目》的作者,我国著名戏曲目录学家傅惜华先生另作《清代传奇全目》,其中关于内府本的类目为"卷九　承应大戏;卷十　承应传奇;附录一　清代承应大戏传奇存疑目",可见,傅氏亦认为"承应戏"只是区别于民间演出的一个概念。

第三章　清代内府仪典剧研究

其次，未专列"承应戏"类目的目录，往往将仪典剧散入到其他类别中，不利于同类型曲本的集中反映。《国立北平图书馆藏升平署曲本目录》未列承应戏子目，该目按照"杂剧、传奇、乱弹"分类，所以仪典剧也按照剧本的长短分别归入杂剧和传奇的子目下。纵观全目，在判断曲本属于杂剧还是传奇时，遵循以下标准，单折（出）或单折（出）剧本集归入杂剧类，如《月令承应戏》下的单折剧均列"杂剧"目下；超过四出的剧目归入传奇，如《天香庆节》（按：此本为乾隆时期所编中秋庆寿和庆节剧，应属仪典剧范畴），附列于传奇类目下。与单列"承应戏"类目的目录相比，虽然按照剧目长短分类的方法不会在收录范围上产生歧义，但是，由于仪典剧本身具有鲜明的特征，集中反映显然要优于附列他类之下。

最后，我们需要回过头来讨论仪典剧的具体范围。在分类时，笔者采用以演剧时地为标准的分类法，同时也是为了和前人普遍采用的分类方法相衔接。在仪典剧下分出节令戏（月令承应）、喜庆戏（法宫雅奏）、寿戏（九九大庆）、其他（宴戏、开团场戏等）。但是，在升平署档案和前人的目录中，又可见到"承应大戏""开团场"之类的名目似乎也能附列于仪典戏之下。在前面对内府曲本进行概念界定时，已经介绍过上述几个概念的含义。在此，我们首先概括一下仪典剧的特点。

（1）以短剧为主。现存的内府仪典剧，单种[1]最长的不超过十六出，绝大部分为单出戏或前后剧情虽有关联但亦可独立演出的剧目。对于其中的长剧，如果按照明清之际，以剧本长短区分杂剧、传奇的惯例，无疑也可算作传奇之列。但是本文仍将之归入仪典剧，这是因为，除了在内容和形式上与仪典类短剧相似外，这类长剧可能是清廷早期承应剧本，后来的短剧也是从这些长剧析出改编的。傅惜华先生即持此说，在《清代杂剧全目》"例言"中，作者提到：清代宫廷"承应

---

〔1〕 这个统计只针对自成起讫的单种剧目，《九九大庆》《月令承应》之类的剧本集不包括在内。这类剧本集只是为了特定的演出目的将多种独立的剧目收集在一起，仍旧是短剧剧本集，不会改变仪典剧本身的性质。

清代内府曲本研究

戏",每剧最初为"开场"或"团场"所特制者,后遇"庆典"时,复改编为"庆典承应"戏,亦有原为普通"承应大戏",又改制为"月令承应戏"。因此在目录中,卷七"承应戏丛编",卷八"开团场承应戏",多收如《升平雅颂》(八出,372页)、《四灵效瑞》(十二出,375页)之类的长剧,后两卷月令承应和庆典承应则大多为短剧。除此之外,现存内府曲本也为我们解决这个问题提供了线索。《故宫珍本丛刊》第662册《八佾舞虞庭》,卷端题"第十二出　八佾舞虞庭";同册《虹桥现大海》卷端题"第五出　虹桥现大海稳渡鲸波",诸如此类的例子,在《珍本丛刊》中并不少见。可以想见,这些现在作为独立单出上演的剧本,原本属于某一长剧的一部分,后来因为演出的需要,某些精彩热闹的场次被摘出,成为了独立的表演单元。即使是现存的长剧,从结构上看,与一般意义上的明清传奇相比,差别也是显而易见的。相对于明清传奇以生旦爱情故事为中心,仪典剧中的多出剧通常情况下并没有一个明确的中心人物,出场人物众多,各出之间的联系也并不紧密。虽然有一定的篇幅,但情节性不强。这就是下面要说到的仪典剧的第二个特点。

(2)以颂圣为中心,以仙佛故事、风土民情、瑞呈花舞等为题材。如果抛开演出的时地,仅以情节和题材来划分仪典剧,清代的仪典剧大致不出仙佛剧、花舞剧、民情剧三类。当然,这三者之间并不是截然对立的,也有不少曲本在同一个剧本中集合了上述所有的要素。所谓仙佛剧,是指以神仙、佛祖、菩萨祝圣献瑞为主线的剧目。花舞剧是指以舞蹈、歌唱为主的剧目,之所以不称为歌舞剧,是因为内府本中此类剧目的主角大多为花神、女仙之类,在演出时则以各类花朵切末来装点舞台。民情剧是指以反映现实生活中的民风世情为题材的剧目,士农工商各个阶层的生活图景都可以成为其表现的对象。当然,这种反映并非对生活的真实再现,只是在颂扬圣主治世的前提下,理想且刻板的生活影像。当然,其中也有一些富于生活气息的段落,是研究清代民俗的珍贵史料。对于仪典剧,前人从艺术角度对其评价甚低,从前面的介绍来看,事实也的确如此。由于主题被严格的限制在歌颂圣主、赞美盛世上,选择神仙、歌舞或者盛世民风等容易点染的题材就成为必然的选择。可以说,仪典剧的创作是戴着枷锁跳舞的艺术,当可供创作的主题被限制在狭小的空间之后,对参与者的束缚程度可想而知,艺术性下降就是其必然付出的代价。而且,对于宫廷演剧的组织者来说,仪典剧是每场演出的"规定动作"。在经过长时间的累积之后,仪典剧的内容、形式,甚至演出场景都成为固定的模式,后来者再次组织演出时,明智的选择,不是重新排演新剧,而是在固有模式中选择适合本次演出的模块进行排列组合。上述这些因素,共同导致了仪典剧"千剧一面"的生存状态。但也正因为如此,才可以十分容易地将仪典剧从内容和形式上与其他承应戏区分开来。如,上述在部分书目中被归为传奇的多出剧,以及清廷宴会时演出的宴戏,以及开团场戏,都具有以上的特点,因此都属于仪典剧的范畴。

(3) 演出目的明确,演出场所确定。仪典剧是一种宫廷独有的,专为承应内廷演出而编演的剧目,除去少量的剧目在清末流出外(如《天香庆节》),基本上不见于民间戏曲舞台,这与内府本中传奇、杂剧剧目多来自民间,且一直盛演于民间舞台上是有明显区别的。前文按照功能对仪典剧进行的分类,其实已经说明,需要演出仪典剧的时机,无非就是节令、寿诞、庆典(皇室成员婚嫁均属于庆典),以及筵宴(宴会即有外臣参与的列入朝廷仪典的大宴,也有仅供皇帝及其妃嫔欣赏的普通宴会,两者均要演出仪典类剧目,只是在剧目的选择上略有不同。一般来说,有外臣参与的宴会,因常在三层大戏台举行,故多选择切末新奇,排场浩大的"承应大戏";而只供内廷宴会欣赏的仪典类剧目,则是规模相对较小、演出时间较短的"开团场戏")。终清一代,内廷演剧完成了承应声腔从昆弋转向皮黄的跨时代变化,然而无论是哪种声腔在宫廷园囿戏台上占据主导地位,总有仪典承应剧的一席之地。当然,随着新声腔的兴起,仪典剧的地位也并非没有受到影响。

总体来说,乾隆时期是仪典剧发展的巅峰,这一时期,在乾隆皇帝的直接授意下,一批宫廷词臣投入到仪典剧的创作和改编中来,整理和新编了大量剧本,规范了仪典剧的种类和演出程式,为人们所熟知的《月令承应戏》《九九大庆》戏都创作于这一年代。从演出角度来看,这一时期也是仪典剧最为辉煌的年代。乾隆时期的南府戏曲档案今已无存,但今日我们仍然能从朝鲜李朝使者《燕行录》,英国使团日记以及赵翼等文人的笔记中追慕乾隆朝戏曲演出的盛况。虽然由于身份的限制,上述史料中记载都是乾隆时期外朝宴飨的演剧记录,但是从中可以看到,演出剧目多为情节较为曲折、时间较长的"大戏",其舞台艺术之精美,诚可为"一时之选"。道光七年(1827)之后,裁撤外学,改设升平署,演出人员的急剧减少使得需要众多演员的"大戏"承应成为了不可能完成的任务。道光帝在给升平署的旨意中也明确说,这些需要七八十人的剧目能演则演,如果力有不逮,不演亦可。但是在实际演出中,这些剧目并没有绝迹,仪典戏的代表《九九大庆》戏在道光时,尚有多次承应的记录,但是已经从九本(需演九天)减少到了三本(演出三天),仪典剧的地位已大不如前。到了清末慈禧太后统治时期,清廷演剧迎来了第二次辉煌。但是,在升平署档案上,我们只能看到在演出的开始和结束时,各有一出时间仅为一两刻(15—30 分钟)的仪典剧。这时仪典剧受冷落的原因,已不再是人手不敷使用,而是皮黄剧在内廷的独擅胜场,挤压了包括仪典剧在内的昆弋腔曲目的生存空间,在这一时期,仪典剧的存在仅是延续传统的需要罢了,其象征意义远大于观赏价值。

以上是清宫仪典剧几个最主要的特点,内府本中符合上述特点的剧本都应归入仪典剧的范畴。从承应功能上说,节令戏、寿戏、庆典戏、宴戏同属此类;从演出规模上说,除去连台本戏外的清宫大戏、开团场戏亦都是仪典剧。当然,两种划分标准互有重合之处,在判断具体的剧本是否属于仪典剧时还应综合考虑其内容与结构上的特点。

最后,仅以《故宫珍本丛刊》《绥中吴氏抄本稿本戏曲丛刊》《国家图书馆藏升平署戏曲档案集成》等几种影印丛书统计,今存清内府仪典剧的数量在千册以上,即使单以种数论之,也有数百种之多,如果再算上前人目录中有载但今已失传的剧本,总数当在千种以上。数量如此庞大的仪典剧都是从何而来呢？

清代仪典剧不少继承自明宫旧藏。明代内府本今存有限，笔者目力所及，未见清内府本中的明抄本，但是，单以仪典剧而论，明清两代的此类剧本，在内容、结构，甚至措辞上均有惊人的相似，可以肯定两者之间存在着继承关系。而早在康熙年间，清宫即有承应仪典剧的记载，此时距清定鼎中原未久，不可能在如此短的时间内组织人员进行重新创作，合理的推定只能是此时的宫廷演剧制度和剧本应当都是前代遗存。清宫自编内府仪典剧的创作高峰期为乾隆朝，除去继承和创作，士绅、臣工进呈是仪典剧的第三个来源，今天所能见到的进呈本均为仪典剧之属。

在相当长的一段历史时间内，学界对清宫演剧及曲本的评价不高，针对的对象就是仪典剧。但是，在今存上万册、数千种的内府本里，仪典剧占据了半壁江山，这是一个无可辩驳的事实，可见这类剧目在内廷演剧中不可替代的地位。仪典剧的特点决定了它只能是一种产生、成长于宫廷，且只为宫廷演出服务的剧目。相对于内府本中的其他类型，这种曲本是在宫廷密闭环境下产生发展起来的，最能代表最高统治阶层欣赏趣味以及内廷曲本编演原则。因此，即使在艺术方面并无多大价值，但是通过对其内容、形制的研究，亦可从仪典剧的兴衰荣辱中，一窥清宫生活的实景，以及在喧嚣的戏台彼端，仪典剧最主要的欣赏者们——清代帝王们的心态，进而对清代宫廷史，乃至清代社会史产生更加深刻的认识。

第二节　清内府仪典剧源流考

中国古代宫廷戏剧演出的传统十分悠久，经常被戏曲史研究者引用的借以说明中国戏剧起源的材料，如"优孟衣冠""东海黄公"之类，都与宫廷宴飨演出有着密切的联系。宋元之交，戏曲从"承应御前"的百伎中脱颖而出。至明清以降，俨然成为宫廷宴飨演出的主流，不仅曲本数量庞大,而且囊括了宫廷庆赏演出的所有场合,出现了大量的为特定演出目的而编写的大型剧本集,如寿戏集《九九大庆》、月令戏集《月令承应戏》、庆典戏集《法宫雅奏》。从清朝建立到上述剧本集大量出现,历时极短,如果不是吸收了前代宫廷演剧之遗存,是很难想象的。下面,我们将多方采撷历代宫廷戏曲演出的史料,力求为清代内府仪典剧找到源头。

1. 致语与清内府仪典剧

近年来,随着大量原始资料的影印出版,明清两代宫廷演剧研究取得了不少成果,日益成为戏曲研究中的热点。但是,在相关论著中,对明清承应戏与前代宫廷演出的关系,着墨较少,使得我们对宋代以来宫廷戏剧演出的继承与发展脉络不甚明晰。而最早关注这一论题的是著名戏曲史学家齐如山先生,通过对其家藏康熙年间内府承应剧抄本的研究,齐氏发现其中的几段在内容和结构上均与宋杂剧有相似之处,据此认为"宫中承应戏的结构,可能是直接来于宋之杂剧,且可能还没有多大的变动。"[1]齐如山先生的观点给我们以启发。自宋代以来,由于中国戏剧样式的不断成熟,在民间和宫廷舞台上,各种戏剧样式战胜了汉代以来的"百伎",日益成为演出的主流。相对于民间演出的多样性和流动性,宫廷演出更加强调仪式性,以及相对严肃的演出环境,决定了专供内廷演出所用的仪典剧不会轻易发生结构上的变化,保持了一条相对封闭的发展脉络。因此,以前代宫廷演出史料与明清仪典承应戏做结构上的对比,对我们梳理宋代以来宫廷戏曲演出的继承与发展脉络,具有启示意义。下面,我们将按照齐如山先生提供的思路,对宋代以来仪典承应戏的结构变化进行梳理和分析。

中国古代宫廷宴飨演出的历史虽然悠久,但存留至今有较为完整

---

〔1〕 齐如山:《齐如山回忆录》,北京:新华书店1998年版,第222—224页。在回忆录中,齐氏并谓,针对承应戏的问题,作《承应戏研究》一书,但此书笔者遍索未见,愿得之者教我。齐氏关于承应戏与宋杂剧的观点,仅见于《齐如山回忆录》中的记载,其论证过程不详,故笔者复作此文。

文字记载的，仍要晚至宋代以后。《宋史·乐志七》卷一四二载宋代三大节教坊宴飨承应程序：

> 每春、秋、圣节三大宴：其第一，皇帝升坐，宰相进酒，庭中吹觱栗，以众乐和之；赐群臣酒，皆就坐，宰相饮，作《倾杯乐》；百官饮，作《三台》。第二，皇帝再举酒，群臣立于席后，乐以歌起。第三，皇帝举酒，如第二之制，以次进食。第四，百戏皆作。第五，皇帝举酒，如第二之制。第六，乐工致辞，继以诗一章，谓之"口号"，皆述德美及中外蹈咏之情。初致辞，群臣皆起，听辞毕，再拜。第七，合奏大曲。第八，皇帝举酒，殿上独弹琵琶。第九，小儿队舞，亦致辞以述德美。第十，杂剧罢，皇帝起更衣。第十一，皇帝再坐，举酒，殿上独吹笙。第十二，蹴鞠。第十三，皇帝举酒，殿上独弹筝。第十四，女弟子队舞，亦致辞如小儿队。第十五，杂剧。第十六，皇帝举酒，如第二之制。第十七，奏鼓吹曲，或用法曲，或用《龟兹》。第十八，皇帝举酒，如第二之制，食罢。第十九，用角觝，宴毕。[1]

《东京梦华录》卷九"宰执亲王宗室百官入内上寿"条、《梦粱录》卷四"宰执亲王南班入内上寿赐宴"条、《武林旧事》卷一"天基圣节排当乐次"条所叙与此类似，惟进盏数和表演次序略有出入。阅读上述史料可以感到宫廷演出有着非常强烈的仪式感，整个宴会过程完全按照固定的程序，由歌颂帝王的赞美之词和各种形式的演出串联而成。其中，首先引起我们关注的是其中的"乐工致辞"。

"乐工致辞"，即致语，又称乐语，按照现代汉语的解释，致语就是致辞的意思。在我国，宴会时致辞有着悠久的传统，而在宫廷宴飨场合，"致语"与"乐"的关系密切，是"礼乐"制度的重要组成部分。关于致语的由来，明代徐师曾在《文体明辨序说》有比较系统的解释：

---

[1]（元）脱脱等：《宋史》，北京：中华书局1985年版，第3348页。

按乐语者,优伶献伎之词,亦名致语。古者天子、诸侯、卿大夫、朝觐聘问,皆有燕飨,以洽上下之情,而燕必奏乐,若《诗小雅》所载《鹿鸣》《四牡》《鱼丽》《嘉鱼》诸篇,皆当时之乐歌也。夫乐曰雅乐,诗曰雅诗,则虽备其声容,娱其耳目,要归于正而已矣。古道亏缺,郑音兴起,汉成帝时,其弊为甚,黄门名倡,富显于世。魏晋以还,声伎浸盛。北齐后主为鱼龙烂漫等百戏,而周宣帝征用之,盖秦角抵之流也。隋炀帝欲夸突厥,总追四方散乐,大集东都,为黄龙、绳舞、扛鼎、负山、吐火之戏,千变万化,旷古莫俦,呜呼极矣。自唐而下,雅俗杂陈,未有能洗其臣者也。宋制,正旦、春秋、兴龙、地成诸节,皆设大宴,仍用声伎,于是命词臣撰致语以畀教坊,习而诵之;而吏民宴会,虽无杂戏,亦有首章:皆谓之乐语。其制大戾古乐,而当时名臣,往往作而不辞,岂其限于职守,虽欲辞之而不可得欤? 然观其文,间有讽词,盖所谓曲终而奏雅者也。[1]

由此,致语就是在宫廷筵宴时,由乐工口诵,赞颂帝王美德、称扬天下宾服之语。在结构上,分为致语和口号两部分,致语文辞典雅,多为对偶文字,对仗排比工整。口号则为诗体,或七言,或四言。[2]关于致语最终定型的年代,上引徐师曾文认为形成于宋,对此学界尚有争议。[3]但是,到了宋代,致语的结构和内容已发展得十分成熟,并广泛应用于宫廷宴飨的各个场合,这一点是没有疑问的。

前文已揭,致语的核心思想是歌颂当朝帝王,通篇全为称颂之词。在致语发展最为鼎盛的两宋时期,参与创作者除了教坊乐工外,还有为数众多的文人学士,前者如保存在《武林旧事》卷一"天基圣节排当乐次"条下,为皇帝祝寿时教坊所进致语;后者著名者如《东坡全集》中保

---

〔1〕 (明)徐师曾:《文体明辨序说》,罗根泽校点,北京:人民文学出版社 1982 年版,第 169—170 页。

〔2〕 黄竹三:《"参军色"与"致语"考》,《文艺研究》2000 年第 2 期,第 58—67 页。

〔3〕 参见黎国韬:《"致语"不始于宋代考》,《中山大学学报》(社会科学版)2010 年第 2 期,第 16—24 页。该文就考证出致语的形式在唐五代时期已有之。

存的几首教坊乐语。无独有偶,与两宋并立的辽、金,以及代宋而起的元代,正史《乐志》及文人笔记中也多有宫廷宴飨演出中进教坊致语的记载,说明了宋教坊致语的传统一直在宫廷演出舞台上得以保留。

到了明代,杂剧、传奇等成熟的戏剧样式占据了演出舞台。由于宫廷所演与民间风尚相比存在着一定的滞后性,明中叶以后,虽有昆山腔异军突起,传奇作品大量涌现,挟风雷之势迅速地风靡了大江南北,但是,在宫廷舞台上,演出仍以北曲杂剧为主。明《脉望馆抄校本古今杂剧》中保存了大量内府本,是我们今日探索明代宫廷演剧的第一手资料。其中"教坊编演"(以下简称教坊本)类目下的 18 个杂剧曲本,不论是内容还是形式上均与清内府本具有极高的契合度,是明代的仪典承应剧。明教坊编演本的一般套路,都是在第一折或楔子中,由某一仙真召集群仙提出向人间帝王祝贺之事,接下来的两到三折,演出一个完整的仙佛故事,末折呼应头折,群仙毕集,呈祥献瑞,表达称颂之意。末折结尾的祝词,结构与致语十分相似。为了证明此点,笔者考察了上述 18 种教坊编演杂剧的文本内容,其中《宝光殿天真祝万寿》《贺升平群仙祝寿》《贺万寿五龙朝圣》三种,末折所叙称颂之词,剧中人物径称之为"致语",为我们的论点提供了直接的证据。剩下的15 种剧本,虽然没有直接出现"致语"的称呼,但考之文辞,内容、结构与上述三种均保持一致。由此我们知道,明内府本中这种称颂文字的直接来源,就是唐宋以来的致语。

清代仪典剧,按照习惯上的划分方法,一般包括月令承应、九九大庆(寿戏)、法宫雅奏(庆典剧)等。概言之,清代仪典剧重点表现的主题不外两类,其一为神佛、万灵献瑞;其二则叙四海升平的生活图景。不管是何种题材,在剧末都会通过剧中人物之口,念诵一段称颂当今帝王功业的文字,与前述致语"皆述德美及中外蹈咏之情"的作用并无二致。可见,明清两代的仪典承应戏,至少剧末的颂语上,与宋代教坊致语保持了一致。

当然,在宴飨演出场合,即使不是在宫廷,也会选择吉祥喜庆的内容。如果单从思想倾向上分析,并不足以说明明清内府仪典剧与致语之间的因袭关系。前面我们已经介绍了致语的构成,简单来说,致语就是韵律化的赞颂文字。下面,我们将从南宋教坊致语、明脉望馆教坊编演杂剧,以及清内府本中选择具体的例子,具体地比较三者的区别与联系。

表3-1　南宋致语、脉望馆本、清内府本"致语"对照表

南宋教坊致语(《武林旧事》)[1]	伏以华枢纪节,瑶墀先五日之春;玉历发祥,圣世启千龄之运。欢腾薄海,庆溢大廷。恭惟皇帝陛下,睿哲如尧,俭勤迈禹,躬行德化,跻民寿域之中;治洽泰和,措世春台之上。皇后殿下,道符坤顺,位俪乾刚,宫闱资阴教之修,海宇仰母仪之正。有德者必寿,八十个甲子环周;申命其用休,亿万载皇图巩固。(臣)等生逢华旦,叨预伶官,辄采声诗,恭陈口号: 上圣天生自有真,千龄宝运纪休辰。贯枢瑞彩昭璇象,满室红光袅翠麟。 黄阁清夷瑶荚晓,未央闲暇玉厄春。箕畴五福咸敷敛,皇极躬持锡庶民。
宝光殿天真祝万寿—第四折(《古本戏曲丛刊四集》《脉望馆抄校本古今杂剧》)[2]	(寿星捧读宝篆科,云)伏以天开景云,律届应钟,正丰稔太平之世,遇仁皇圣寿之辰,群仙毕至,万圣来临,祥鸾蟠舞在虚空,彩凤飞鸣离三岛。金炉爇祝寿奇香,玉斝泛仙家美醴。恭惟圣人仁慈广大,恩泽均施。欣逢圣诞之辰,喜遇兴隆太运,八方贺大有之年,四海仰承平时世,寿同天地,寿比南山,西王母捧蟠桃,南极老斟寿酒,笙歌声沸绮筵开,弦管齐鸣升宝殿。 寿诞欣逢泰运开,寿星朗朗照瑶阶。寿香齐爇金炉内,寿福从天降下来。 (众拜科,正末云)是好祝寿的致语也。(长生大帝云)众群仙祝寿已毕您听者: 方今一统天朝,普天下雨顺风调,四海安黎民乐业,五谷成道泰歌谣。 因圣上仁慈厚德,宴天庭同献蟠桃,虚玄仙降临凡世,显道法搜捕邪妖。 献宝塔前来祝寿,动仙音响透青霄,众真人诚心谨办,安排着美酒香醪。 祝遐龄天长地久,比南山松柏坚牢,赞圣主德过虞舜,荷吾皇胜唐尧。

〔1〕 (宋)孟元老:《东京梦华录(外四种)》,第348—354页。
〔2〕 下文引述的曲本原文,如无特别说明,明内府本均引自《古本戏曲丛刊》四集,清内府本均引自《故宫珍本丛刊》。

天保九如（《故宫珍本丛刊》第 685 册）	【天保九如章】圣皇御极，膺天命兮受福荐臻，履方盛兮谦谦令德，成自性兮大宝有箴，握金镜兮道洽尧心，仁德并兮所亲惟贤，纲维正兮执两用中，聪明圣兮如山如皋，天保定兮惟天佑圣，豫皇情兮惟圣承天，法天行兮躬耕籍田，岁功成兮虔祀先农，锡丰登兮圣功典学，文教兴兮国学临雍，多士盈兮圣代右文，颂休明兮如日如月，世升恒兮我皇继述。率由旧章，丕承谟烈，之纪之纲，春蒐灵囿，秋狝岐阳，圣人神武，弓矢斯张，殄灭邪教，宾服遐荒，越南南掌，来享来王，上治日臻，莫敢或遑，绵绵寿考，如陵如冈。惟天为大，我皇则之，圣祖垂裕，我皇式之。惟天为圣，孚佑我皇，臣工贤哲，天子当阳。于万斯年，载笃其庆，子孙千亿，瓜瓞繁昌。如松之茂，如柏之长，如川方至，万寿无疆。

首先，由上表引文可见，三者在所要表达的思想倾向上是完全一致的，都是对天子的称颂之词。表中宋教坊致语，引录的是南宋理宗皇帝生日（天基圣节）初坐第四、第五盏之间乐工所进致语，致语结束后，第五盏中穿插杂剧编演，但致语与后面的演出并无情节上的关联，纯粹起到沟通前后演出的作用。致语的形式完备，由骈体"致语"和诗体"口号"组成。

明内府本《宝光殿天真祝万寿》，采用的是四折一楔子的杂剧体制。该剧演虚玄真人思凡下界，吕洞宾下凡点化之事，上述情节又以长生大帝召集群仙向"圣人（人间帝王）"祝寿串联起来。引文所出的第四折，即演群仙在长生大帝的带领下，向人间圣主呈祥祝寿。本折与全剧的故事主线关联不大，即使拎出单演亦无不可，但作为祝寿的内府本，又是全剧的旨归所在。剧中，在群仙祝寿已毕，寿星出场念诵的祝颂之词，被明确标明为"致语"，形制上也遵循了致语的标准格式，由骈文和七言诗组合而成。可见，至少在明内府本编演者的认识中，这类颂词的来源是十分明确的。值得注意的是，到了明代，致语已经被纳入演出之中，虽然与故事情节关联不大，但已成为戏曲演出的一部分。

清内府本中，并没有明确出现"致语"的称呼。但是，每种仪典剧基本上都有或长或短的称祝之词，与一般念白不同，此类祝词多为对仗的骈体文,应当看作致语的变体。表3-1所选引文为其中比较长的一段。一般来说,清内府仪典剧中的祝颂之词都较前代为短。笔者认为,产生这种现象的原因,在于仪典剧创作手法上的提高。致语虽然能够直接表达对帝王的赞美之情,但是在演出中加入大段与情节无关的文辞,影响了演出的连贯性,同时也使得演出时间被拉长。相对于明教坊杂剧,清代的仪典剧更加精炼,演出时间比较短,这大概是简化"致语"的主因。

通过上面的分析可以看到,明清内府仪典剧剧末的祝颂之词,直接继承了两宋教坊致语的内容和结构。发展到明清之际,仪典承应剧已经形成了十分严格的套路,呈现出强烈的仪式化倾向。而这种倾向的源头,不能不追溯到两宋宫廷的承应演出。致语,这种与演出内容本身毫无关联的样式,能够被明清仪典剧所继承和发展,实际上就是这种倾向的反映。两宋致语,为明清仪典剧的创作和取材提供了范式与源泉。

2. 宋教坊演出与清仪典剧

除了内容上的传承之外,两宋教坊致语、明教坊本、清内府本之间在结构方面的相似性显得更为有趣。记载北宋旧事的《东京梦华录》为我们留下了关于宋代宫廷筵宴的重要史料,卷九"天宁节"(注:皇帝生日)下"宰执亲王宗室百官入内上寿"记录了北宋时期皇帝诞辰赐宴群臣时进盏上寿的礼节:

> 十二日,宰执、亲王、宗室、百官,入内上寿大起居……
>
> 第四盏如上仪舞毕,发谭子,参军色执竹竿拂子,念致语口号,诸杂剧色打和,再作语,勾合大曲舞……
>
> 第五盏御酒,独弹琵琶……参军色执竹竿子作语,勾小儿队舞。小儿各选年十二三者二百余人,列四行,每行队头一名,四人簇拥,并小隐士帽,着绯绿紫青生色花衫,……擎一彩殿子,内金贴子牌,擂鼓而进,谓之"队名牌",上有一联,谓如"九韶翔彩凤,八佾舞青鸾"之句。乐部举乐,小儿舞步进前,直叩殿陛。参军色

作语，问小儿班首近前，进口号，杂剧人皆打和毕，乐作，群舞合唱，且舞且唱，又唱破子毕，小儿班首入进致语，勾杂剧入场，一场两段。是时教坊杂剧色鳖膨刘乔、侯伯朝、孟景初、王颜喜而下，皆使副也。内殿杂戏，为有使人预宴，不敢深作谐谑，惟用群队装其似像，市语谓之"拽串"。杂戏毕，参军色作语，放小儿队。又群舞《应天长》曲子出场。

第七盏御酒慢曲子，宰臣酒皆慢曲子，百官酒三台舞讫，参军色作语，勾女童队入场。女童皆选两军妙龄容艳过人者四百余人，……亦每名四人簇拥，多作仙童丫髻，仙裳执花，舞步进前成列。或舞《采莲》，则殿前皆列莲花。槛曲亦进队名。参军色作语问队，杖子头者进口号，且舞且唱。乐部断送《采莲》讫，曲终复群舞。唱中腔毕，女童进致语，勾杂戏入场，亦一场两段讫，参军色作语，放女童队，又群唱曲子，舞步出场。比之小儿节次增多矣……〔1〕

引文中记录了九次进盏，因后两盏不涉致语或杂剧演出，故不赘引。在记载南宋制度的《武林旧事》卷一"圣节""天基圣节排当乐次"条下亦载有南宋宫廷进盏献寿的礼节，虽然到了南宋时期，筵席分为了初坐、再坐等三十多盏，但在初坐的第四盏开始进诵致语，并进行杂剧和队舞演出，在两宋都是一致的，亦可看作是两宋间的惯例。〔2〕根据《东京梦华录》和《武林旧事》的记载，我们可以总结出在致语的穿插引导下，宋代宫廷宴会中演出杂剧和队舞的程序。

第四盏：参军色念诵致语、口号→杂剧色和声→参军色再作语引导大曲舞出场。

第五盏：参军色念致语引导小儿队出场→小儿队队首擎队名牌→参军色问小儿班首→小儿班首进口号、杂剧色和声→小儿队舞→小儿班

---

〔1〕（宋）孟元老：《东京梦华录（外四种）》，第52—55页。
〔2〕同上，第348—354页。

清代内府曲本研究

首进致语、引导杂剧入场→杂剧毕,参军色再作语,放小儿队下场。

第七盏:参军色作语引导女童队入场→女童队首擎队名牌→参军色问女童队班首→女童班首进口号→女童队舞→女童班首进致语、引导杂剧入场→杂剧毕,参军色再作语,放女童队下场。

完整的一套致语,按照参军色→杂剧色→参军色→小儿班首→参军色→女童队首→参军色的出场顺序依次进行。可以看到,在整个演出过程中,致语主要起到了连缀演出,调度场面的作用。而致语的内容与教坊演出并无关系,念诵致语的参军色也不直接参与演出,小儿队、女童队首进献致语也是在其各自的演出结束后,打个比方,两宋教坊致语在演出的作用相当于今天一台演出的串场词,起到了串联前后表演段落的作用。到了明清时期,不管是教坊杂剧还是清内府本,"致语"或者祝颂词的进献者都变为剧中人物,虽然"致语"本身与剧情无关,但献"语"者并没有游离剧外,这是两宋致语与明清内府本在结构上的最大不同。但是,有趣的是,虽然由戏外进入到戏内,但"致语"进献者在整场演出中所起到的串联作用仍被保留了下来。可以看出后代内府本对宋代宫廷演出传统从结构上的继承。以下摘录宋王珪所作致语及明清内府本剧目加以比较,以观三者在结构上的异同。

表3-2　北宋教坊致语、脉望馆抄校明内府本、清内府本结构比较

北宋教坊致语[1]	贺升平群仙祝寿	庆寿万年661册128—130页
教坊致语:臣闻高廪登秋,美粢盛之已报;需云命燕,嘉饮食之维时。况宝历之逢熙,复皇居之乘豫;乐与群臣之饮,翕同万物之和。恭惟尊号皇帝陛下,德迈前王,德敷中寓。虎旗犀甲,韬兵武库之中;桂海冰天,献宝彤墀之下。邦有休符之应,民跻寿域之康。候爽气于重霄,置清觞于别	头折:(冲末扮南极大仙领仙童上,云)……因下方圣人孝敬虔诚,国母尊崇善事,昼夜讽诵经文,好生慈善,感动天庭。今逢国母圣诞之辰,	(扮寿仙执寿字,鹤童、鹿童执手卷、拐挂,作引南极寿星从仙楼上,同唱)……恭逢当今圣主万寿圣诞,正老人星呈祥献瑞之时,因此宏开寿宇,晋祝皇

〔1〕　吕祖谦编《宋文鉴·乐语哀辞》第一百三十二卷,北京:中华书局1992年版,第1843—1847页。

北宋教坊致语	贺升平群仙祝寿	庆寿万年661 册 128—130 页
殿;下珍群之鸧鹭,发和奏之笙镛。于时日上扶桑,风生阊阖。度芝盖于丹城,降金舆于紫闼。百兽感和,来舞帝虞之乐,群生遂性,如登老氏之台。固已追平乐之胜游,掩柏梁之高会。臣缪参法部,获望清光,麾撰才芜,敢进口号:翠辇鸣梢下未央,千官齐望赭袍光。霜清玉佩中天响,风转金炉合殿香。仙路忽惊蓬岛近,昼阴偏度汉宫长。年年万宝登秋后,常与君王献寿觞。 勾合曲:露泛帝觞,凝九秋之颢气;星联朝弁,灿初日之长晖。方鱼藻以均欢,宜箫韶之合奏。宸游正洽,乐节徐行,上悦天颜,教坊合曲。 勾小儿队:燕觞飞羽,方歌湛露之诗;广乐搅金,已极钧天之奏。宜命游童之缀,来陈舞佾之容。上奉皇慈,教坊小儿入队。 队名:红茵铺禁陛,绛节引仙童。 问小儿队:宸庭广御,仰俦太紫之缠;钧乐更和,曲尽咸英之奏。何处采髦之侣,辄趋文陛之前。必有所陈,雍容敷奏。 小儿致语:臣闻舜帝深仁,众极慕膻之乐;周家盛德,时歌在藻之娱。劂逢下武之期,屡洽登年之瑞;张君臣之广燕,焕今古之多仪。恭惟尊号皇帝陛下,躬神睿之姿,抚休明之运。礼乐兼于三代,文章近于两京。劂乃武库韬戈,戍亭彻候。百蛮奔走,南蹢铜鼓之乡;万里讴谣,西出玉关之路。今则清商应律,滞穗盈畴。奏肆夏之音,事轶元侯之飨;咏《嘉鱼之什》,礼交君子之欢;足以崇胜会于难追,腾颂声于无既。臣等生陶浓化,谬齿伶坊,虽在童髦,尝习舞干之妙;趣趋君陛,愿随乐节之行。未敢自专,伏候进止。	着贫道在此仙苑中聚群仙来商议,怎生与国母上寿。(按:以下情节为邀集群仙商议如何上寿。) 第四折:(南极仙领仙童上,云)……贫道有一篇祝寿的致语,权为供献。则等众神仙来与国母祝寿。这早晚敢待来也……(南极仙云)四位仙长,您来了也。您有何祝寿的仙物也。(钟离云)上仙,贫道有一金瓶莲花权为供献……(按:以下情节为铁拐李献瑞烟葫芦;韩湘子献牡丹仙花;国舅献簸箕金牌等宝物以为祝寿之资。南极仙在其中起到串场的作用,问答模式均如引文。) (正末云)上仙,松、竹、梅花来了也。(南极仙云)你四个仙女祝圣母之寿者。(四仙女齐唱) 【出队子】……	都,统领诸寿仙,恭献长生寿酒,九熟蟠桃,以隆庆典。现在分遣鹤童、鸾女,邀请瀛海洞府诸仙去了。你看蓬莱佳气,上映丹霄,果然是熙朝嘉瑞也。 (东王公白)南极仙翁相召,一同前往…… (南极寿星白)恭逢当今圣主万寿圣诞,恰喜蟠桃九熟,我等往度索山采取呈献,叩祝神州,庆赏蟠桃大会,多少是好…… (南极寿星白)来此已是度索山,诸位仙真,看老人献寿祝嘏者…… (南极寿星将拐拄、手卷人入地井,现大寿字科。内奏乐,扮众寿星、寿仙各执寿字分上走式科,同唱)……

北宋教坊致语	贺升平群仙祝寿	庆寿万年 661 册 128—130 页
勾杂剧：华旌炫影,观童舞之成文;尽鼓收声,识钧音之终曲。助以优人之伎,卜为清昼之欢。上怿宸颜,杂剧来欤? 放小儿队：铜壶递箭,屡移宫树之音;鹭羽充庭,久曳童髦之彩。既阙韶音之奏,难停舞缀之容。再拜天阶,相将好去。 勾女弟子队：华簪照席,再严百辟之趋;宝幄更衣,复睹中天之坐。宜度仙韶之曲,更呈舞袖之妍。上奉皇慈,两军女弟子入队。 队名：宫锦祥鸾下,仙韶采凤来。 问女弟子队：金徒缓刻,延丽日于壶中;翠羽飞觞,醉流霞于天上。何仙姿之绰约,叩丹陛以跗跰。须有剖陈,近前敷奏。 女弟子致语：妾闻候迎霜降,属百工之告休;歌起《鹿鸣》,见群臣之合好。翔万机之多豫,复千载之盛期。启燕良辰,腾欢绵寓。恭惟尊号皇帝,响明紫极,储思岩廊。迈三皇五帝之风,绍一祖二宗之烈。候亭相属,不赍万里之粮;年廪屡登,又美曾孙之稼。时及授衣之候,民多击壤之禧。广慈惠于前仪,庆升平于兹日。玉觞盈醴,均流湛露之恩;翠虞揽金,合奏洞庭之曲。感福休于靡极,召和乐于无穷。妾等幸遇昌时,预陈法部。举听铿纯之节,来参蹈厉之容。未敢自专,伏候进止。 勾杂剧：鸾拂宫茵,极七盘之妙态;凤仪仙曲,终九奏之和声。方镐饮之穷欢,宜秦优之进技。宸颜是奉,杂剧来欤。 放女弟子队：宫花剪彩,恍疑天上之春;海日衔规,忽觉人间之暮。宜整羽衣之缀,却回云岛之游。再拜彤庭,相将好去。	(南极仙云)好、好、好,您祝罢寿,也摆在一壁,众群仙都跪着。(众跪科)(南极仙做念致语科,云)伏以孟春佳节,律应夹钟,肇春萌复始之期,遇圣母遐龄之兆,群仙顿首,万寿遥瞻。赖仁慈化育群黎,崇善事感通天地。祯祥佳集,宇宙康宁,万邦稽首,同荷雨露之恩,士庶欢腾,共祝如天之寿。桑麻映日,皆因仁孝之诚,禾黍盈仓,仰贺慈恩之惠。人天共贺,海宇齐同,谨扮丹诚恭为献颂： 南极垂光耀九天,寿星高拱在华筵。臣民同献长生福,敬祝千秋万万年。	(东方朔白)…… (南极寿星白)这也使得。你可进山采取蟠桃来…… (南极寿星白)东方子,你可将八宝云车载此蟠桃先往,我等随后来也。

通过上表的对比可以看到，从宋到清，宫廷承应戏的内容在不断改变，但是在变化的过程中，其基本结构仍然有迹可循。宋代，虽然在南方乡野之间已经出现了成熟的戏曲样式——南戏，但是在宫廷演出时，队舞、宋杂剧仍是承应的主体，这种通过"致语"将各种演出内容连接起来的方式，对后代内廷承应戏的结构产生了重要的影响。明清两代的内府仪典承应剧，除去长度及曲牌套数上的差异，于结构并无二致。有趣的是，不论是明"教坊编演"本杂剧，还是清内府本，仪典剧中都会出现一个类似"参军色"的串场者。上表仅举了教坊本《贺升平群仙祝寿》一种为例，其余的17种明内府本中这种情况十分普遍，而且一般来说这个串场的角色都不是杂剧的主角——"正末/旦"，而是首先出场的"冲末"，扮演的角色多为"殿头官""南极星君"（按：召集剧中人称祝的神仙）之类，而类似"致语"的部分也由这个角色承担。同样的情形在清内府本中也并不少见，前面已经说过，清内府本比明教坊杂剧简短了许多，虽然很多剧本没有长篇的"致语"，但是也会出现一个串场的角色，其实也是担当了宋代教坊演出时"参军色"的作用，与宋代内廷承应戏在结构上一脉相承。而且，明清内府本中担任"参军色"的演员串联起的也是舞蹈、杂戏之类的表演段落，与进致语者所起到的作用何其相似。当然，明清内府本中，类似"参军色"的角色由剧外移入到剧内，这应当看作内廷承应戏曲样式成熟的表现，宋代的教坊演出，杂剧虽然已经占据了十分重要的位置，但是并非演出的绝对中心，只是御前献艺的"百伎"之一。到了明清之际，中国戏曲的样式已发展得十分成熟，在内廷承应中，戏曲成为绝对的主角，反而将在历史上盛极一时的百戏演出压缩到点缀的位置，这种角色的内化，实际上是戏曲演出发展的必然要求。

通过上面的分析可以看出，宋代盛极一时的"致语"和教坊承应演出，不论是从内容还是结构上，都对后代的宫廷承应戏产生了极其重要的影响。"致语"的内容给了承应戏文辞创作上的灵感，教坊承应的结构则决定了仪典剧的舞台表现形式，这应当是清仪典剧未曾断绝的源头。但是，海不辞水，故能成其大。今存清内府仪典剧卷帙浩繁，也是在广泛吸收前代戏剧传统的基础上形成的，历史上曾大放异彩的院本、杂扮之类的艺术样式在清仪典剧中都能寻其踪迹。

3. 院本、过锦戏和清内府仪典剧

关于院本，元代陶宗仪在《南村辍耕录》"院本名目"条记载："院本、杂剧其实一也，国朝院本、杂剧始厘而二之。院本则五人，……其间副净有散说，有道念，有筋斗，有科范。"[1]而杂剧与院本的具体差别，夏庭芝《青楼集》之论可谓明了：

> 　　唐时有"传奇"，皆文人所编，犹野史也；但资谈笑耳。宋之"戏文"，乃有唱念，有诨。金则"院本""杂剧"合而为一。至我朝乃分"院本""杂剧"而为二。……"院本"大率不过谑浪调笑，"杂剧"则不然，……皆可以厚人伦，美风化。[2]

当然，杂剧/院本的源头尚可追溯到更加遥远的年代，学界对此多有争议，但在元代的时候，杂剧、院本一分为二，形成了与宋金杂剧完全不同的戏曲样式，这一点并无太大异议。相对于元杂剧严格的曲牌联套体式，院本的风格更加轻松，表演以说白、动作为主，所谓"谑浪调笑"，足可令观者解颐。元明之间，杂剧演出中多夹演院本，如元无名氏《张子房桥圮进履》、明周宪王朱有燉《吕洞宾花月神仙会》杂剧等。在清内府本中，常常出现一些与剧情本身并无太大关系，单以滑稽调笑为主的表演段落，就是院本传统在后代演出中的遗存。如国家图书馆藏《九九大庆》（03433）所收《洞仙共祝》，演东海龙王与八仙争宝，群仙混战事。其第四出《塾师清课》中有这样一段演出。

---

〔1〕（元）陶宗仪：《南村辍耕录》，文灏点校，北京：文化艺术出版社1998年版，第346页。
〔2〕（元）夏庭芝：《青楼集》，《中国古典戏曲论著集成》第二辑，北京：中国戏剧出版社1959年版，第7页。

（作筛锣介）阿蚌，（阿蚌内应）怎么？（先生白）请小姐出来读书吓。（阿蚌内白）是，小姐有请。（龙女上唱）【引】……（阿蚌上唱）【引】……（白）阿蚌见。（先生叩头介，阿蚌白）先生为何磕起头来？（先生白）敬其主以及其使，自然要磕头。（阿蚌白）先生休怪吓，（先生白）吓、吓，那个要吃什么韭菜。（阿蚌白）不是吓，今日我同小姐来迟了些。（先生白）这也是王胖子的裤腰带，满不要紧。怎么这等诈庙滚。（阿蚌白）是。（先生白）女学生，凡为女子者，少吃水怕咳嗽、拉稀，杏干打卤没有吃头，你爱听不听。昨日上的百家姓，想来是背得出的了？（阿蚌白）小姐是烂熟的了。（先生白）你呢？（阿蚌白）……（阿蚌白）听了。（先生白）讲，（阿蚌白）赵（先生白）吓、好吓。（阿蚌白）赵、赵（先生白）赵什么？（阿蚌白）赵什么。（先生白）钱吓，（阿蚌白）拿来吓。（先生白）什么拿来？（阿蚌白）……

整个表演诙谐通俗，纯以剧中人物互相取笑为卖点，这种情况在清内府本中十分常见。上引国图本《九九大庆》共有9卷，每一卷均为一个独立的故事，其中，这样单纯玩笑的段落随处可见。可以说，滑稽谐谑是清内府本一个突出的演出风格。在这一点上，清内府本显然比明教坊本的尺度更宽，表演更加放得开。在《历代教坊与演剧》一书中，作者在总结明教坊本的特点时说到"内府本杂剧在角色体制方面还有一鲜明特征，即与元杂剧相比，净角的戏份减少"，[1]并认为科诨的明显减少是因为明初对演剧的诸多禁忌造成的。众所周知，清代是我国历史上文字狱最严重的时期，不论是在文化、还是在人数对比上都处于绝对下风的清朝统治者，试图通过罗织文网，禁锢思想的方法来征服广袤中原。然而，与以宋明理学为思想核心的朱明王朝相比，崛起于白山黑水之间的清代帝王们，虽然也不时发出针对戏曲演出的

---

〔1〕 张影：《历代教坊和演剧》，济南：齐鲁书社2007年版，第220页。

禁令,但是在欣赏趣味上,却显得并不古板。相对于明教坊在编演剧本时的畏首畏尾,清代宫廷戏剧的创作者的尺度显然要更加宽松一些,不仅滑稽调笑的表演段落比比皆是,内府本中频频出现的本朝故事,显然也是出于帝王的授意,明清两代内廷在对待这一问题时的微妙差别,颇为值得玩味。

过锦戏之名,似始于明代宫廷,明代刘若愚《明宫史》"钟鼓司"条载:

> 过锦之戏,约有百回,每回十余人不拘。浓淡相间,雅俗并陈,全在结局有趣。如说笑话之类。又如杂剧故事之类,各有引旗一对,锣鼓送上,所扮者,备极世间骗局俗态,并闺阃拙妇呆男,及市井商匠刁赖词讼,杂耍把戏等项,皆可承应。[1]

这种表演形式的来源被认为是兴起于宋代的"杂扮"。吴自牧《梦粱录》卷二十"妓乐"条谓:又曰杂扮,或曰"杂班",又名"经元子",又谓之"拔和",即杂剧之后散段也。顷在汴京时,村落野夫,罕得入城,遂撰此端。多是借装为山东、河北村叟,以资笑端。[2]同样是在宋代的时候,上述表演形式已经在宫廷演出中占据了一席之地,孟元老《东京梦华录》"驾登宝津楼诸军呈百戏"条载:"复有一装田舍儿者入场念诵言语讫,有一装村妇者入场,与村妇相值,各持棒仗,互相击触,如相殴态。其村夫者以杖背村妇出场毕。"[3]到了明代,以"过锦戏"为名的演出形式是内廷演剧的重要组成部分。

由引文可知,过锦戏的特点,其一在于演出内容均属民俗风情;其二为表演要达到令观者解颐的目的。前面已经提到,清内府仪典剧中有一种专以反映民情见长的剧本,应当就是"过锦戏"或"杂扮"在清代

---

〔1〕 (明)刘若愚:《明宫史》,北京:北京古籍出版社 1982 年版,第 39 页。
〔2〕 (宋)孟元老:《东京梦华录(外四种)》,第 302 页。
〔3〕 (宋)孟元老:《东京梦华录(外四种)》,第 48 页。

宫廷中的遗响。

国家图书馆藏清乌丝栏精抄本《天人普庆》(书号：18233)第三种《喜溢三农》,剧演：众农夫在田间耕作,感谢皇家雨露恩深,年年米谷收成足。众人劳作,唱山歌自娱。农妇村童来为父送餐,一童不慎将给父亲的酒泼洒,父怒责怪村童。此时卖酒人来到田间,于是复买一杯,儿童又失手倒掉,众人于是调笑嬉戏一番。卖果子人复到,村童吵嚷要买果子吃,一童儿买桃子带给祖父母。一番笑闹之后,农妇归去,农夫继续耕作。

北大图书馆藏《九九大庆》卷二第四种《人间吉士》、第六种《蹴鞠球场》,前者演国朝恩科取士事,将清代科考的完整程序通过戏曲的形式完全呈现在舞台之上,是研究清代科举考试可资参考的史料。其中举子入场搜检一段,演：四监试御史在科场部署,执事官、搜检军先后告进,先将搜检军搜查一番无弊,令其依次检查誊录生、号军,发现有誊录生夹带黑墨一锭,号军带色子、纸牌,四御史令人将夹带誊录生、号军逐出,交付司坊。众举子准备进场,一举子提议进场前先自行翻检一番,一近视眼举子将笔上文字误作夹带,引来众人嘲笑。写实程度极高,令人有身历其境之感。

《蹴鞠球场》剧演：众新进士登科之后宴集月灯阁,场下众人蹴鞠以助酒兴,蹴鞠人、武士、歌伎老鸨先后上场,众进士亦唱曲称赞。宴罢,新科进士题名以志,同感圣恩浩荡,裁诗献赋祝祷圣寿。其中,妓女上场前科介文辞如下：

> (扮歌伎、鸨儿从寿台上场门上,白)一层杨柳一层风,五里桃花十里红。此间是个蹴鞠场,须得我们几个打诨、打诨。踢得球好,或者撞个风流浪子,出些缠头,也未可知。姊妹们,请上场。

文字鄙俗,意境近乎淫秽,实在很难想象是堂而皇之地出现在宫廷戏曲舞台上的演出本(按：北大本《九九大庆》是为嘉庆六十大寿所编的剧本集）。这些以表现风土民情，士农工商生活场景的戏出，可以看作是"过锦戏"的变体。从源头上看，清内府仪典剧中的许多以市井生活为背景编写的剧目，应该来自宋、明以来的演出传统。

4.《雍熙乐府》与清内府仪典剧

明代中期先后出现的三种戏曲、散曲选集——《盛世新声》《词林摘艳》《雍熙乐府》，年代较早，所刊颇丰，是中国戏曲史研究的重要史料。且三者与内廷教坊均有着密切的联系，所收内府遗存亦为数不少。《金鳌退食笔记》"玉熙宫"条即谓之："神宗时，选近侍三百余名，于玉熙宫学习宫戏，岁时升座，则承应之。各有院本，如《盛世新声》《雍熙乐府》《词林摘艳》等词。"[1]嘉靖四十五年(1566)刊本《雍熙乐府》的编撰者春山居士则在序言中直言不讳地提到：

> 予生长中州，早入内禁，中和大乐，时得见闻。……比见旧刻，汇集国朝并金元以来，诸明公巨卿，佳词妙曲，套数小令，凡若干章……仍其旧名雍熙乐府。

以今存之《雍熙乐府》刊本[2]观之，收录的内廷承应套曲为数不少，一般排在每宫每调开头的几套均属此类。如卷一"黄钟宫"【醉花阴】下的"国祚风和太平了""航海梯山荷明主""雨顺风调万民喜"套；【画眉序】下"元宵景堪夸""皇恩被华夷"套等，均属此例。笔者曾以《雍熙乐府》与清内府本中的相关曲本互校，通过对比可以发现，《雍熙乐府》所保存的前代教坊、内廷曲本也是清内府本的一个重要来源，两者之间显然存在着明显的因袭关系。以下试举一例说明。

---

〔1〕 （明）刘若愚：《明宫史》，北京：北京古籍出版社 1982 年版，第 145 页。
〔2〕 本文所采《雍熙乐府》版本为日本东京大学东洋文化研究所藏嘉靖四十五年春山刊本，以下引文均出此版，特此说明。

表 3-3 《雍熙乐府》与《芝眉介寿》套曲比较

《雍熙乐府》第十二卷"双调"	《芝眉介寿》《故宫珍本丛刊》第 660 册,第 381—382 页
新水令 庆寿 【新水令】老人星添寿到中州,玩灵芝万年长寿。扇开丹凤尾,帘卷紫金钩。瑞霭香浮,听仙音乐声奏。	【新水令】老人星添寿诣神州,献芝祥万年延寿。歌功颂帝德,集福荫天麻。瑞叠祥稠,看喜气盈宇宙。
【乔牌儿】芝仙将千岁祝,东华将福禄授。向宫廷种得灵芝秀,庆长生齐叩首。	【乔牌儿】[俺此去]葵诚当面剖,[俺此去]德颂御筵奏,向金阶种得灵芝秀,庆长生同拜首。
【雁儿落】安容万载秋,重爵千钟厚。康强百岁身,总兆祯祥候。	【雁儿落】[拜贺着]皇仁万载秋,宝祚绵长悠。康强不老身,[与]天地同为寿。
【得胜令】只为那忠孝颇能修,宫壶总和柔。这的是/社稷延应,家邦吉庆酬,四境内歌讴,民物皆安阜,百姓每优游,田蚕万倍收。	【得胜令】可羡那苍生福何修,[向着]华胥世界投,[自然的]社稷延长应,家邦吉庆酬。歌讴,民物皆安阜。优游,田禾百倍收。
【沽美酒】种芝仙百万丘,似蓬岛凤鳞洲。忙唤仙童远去求,采将来酿仙酒,味甘甜嫩香味透。	【沽美酒】献仙芝作贡球,种蓬岛凤鳞洲。万几余暇供御游,采将来酿仙酒,味甘甜延年寿。
【太平令】张紫盖亭亭独秀,列金茎袅袅盈畴。晓露润,芳枝长就。似玄圃,阆风左右。琼田地那头采收,满贮在锦兜,看紫雾红光凝岫。	【太平令】万年芝亭亭独秀,列金茎袅袅盈畴。恩霈润,仙芝丰茂,仁风扇,仙芝香透。芝呵,福筹、禄筹、寿筹,报吾皇仁深德厚。
【川拨棹】感谢恁河嵩德大恩酬,告东华增寿久。吉庆源流,赐福中州,内外欢讴,瑞色盈眸,祥光现宫城里头,添喜气遍高楼。	
【七兄弟】这的是德修、道修,意相投,把人生功行都参透。常行善道得悠久,广施阴骘须延寿。	
【梅花酒】因此上瑞应稠,芝草仙留出产因由,总是嘉猷。众仙真临大国,恰便似,乘彩凤降瀛洲,与仙家是故友。吹玉管步丹丘,嵩阳山庇洪庥,黄河水永清流。	【梅花酒】感兆得瑞应稠,芝草仙留出产因由,总是嘉猷。[因此]老人星临下南极延寿,仙降神州,率群仙庆九九,瞻云日拜冕旒,向紫阙叩螭头,感圣德盼皇猷。

《雍熙乐府》第十二卷"双调"	《芝眉介寿》《故宫珍本丛刊》 第 660 册,第 381—382 页
【喜江南】看仙芝年年祝寿,庆千秋,八仙相伴恣嬉游。尊崇社稷春千秋,祯祥剩有守,藩忠孝翼皇猷。	
【鸳鸯煞尾】从今得见仙芝后,从今安享千年寿。每日家百味珍馐,玉斝金瓯,唱道是天赐祯祥,人皆赞祝。每日家筵宴欢娱,永听这笙歌奏。宝殿珠楼,共饮长生庆喜酒。	【余庆】周天大地祥云覆,看御苑喜气充周,老人星现照琼楼,芝眉同介无疆寿。

　　虽《雍熙乐府》不录说白,但通过上表的比较可以看到,"老人星添寿到中州"套应属剧曲,所演为南极老人星向御苑种灵芝献寿的故事。《芝眉介寿》亦演老人星御筵灵芝献寿事。曲牌套数、曲文均明显因袭前者。可见,清内府本不仅在结构上承袭宋承应剧一脉,即使其曲文套数也多采前代遗存。《雍熙乐府》等明代曲选虽收录了不少明代内府曲本,但相对于内府本的总量来说,仍是九牛一毛。明清易代之际,宫中保存的明内府本的数量应当相当惊人,而明代曲选、明内府本等存本,是清代仪典剧编演最为直接的来源。

　　相对于整套的移植,摘录套曲中的单支曲,在清内府本的创作中更为普遍。《雍熙乐府》卷十一"双调""新水令　元日祝贺""大明红日丽中天"套的首支曲【新水令】,在清内府本中多次出现。

表 3-4　《雍熙乐府》《恭祝无疆》《祥芝迎寿》单支曲比较

《雍熙乐府》卷十一"双调"	《恭祝无疆》 《丛刊》第 660 册,第 406—407 页	《祥芝迎寿》 《丛刊》第 661 册,第 55—56 页
新水令　元日祝贺 【新水令】大明红日丽中天,瑞云笼玉楼金殿。香风飘雾霭,瑞气隐霞边。炉爇龙涎,万邦会尽朝献。	【新水令】彩光红日丽中天,瑞云笼玉楼金殿,香风飘上苑,佳七绕华筵。炉爇龙涎,韵悠扬笙歌遍。	【新水令】辉煌旭日丽中天,瑞云笼玉楼金殿。欢声腾八表,瑞霭透微垣。炉爇龙涎,五云里双开雉扇。

《雍熙乐府》卷十一"双调"	《恭祝无疆》《丛刊》第 660 册,第 406—407 页	《祥芝迎寿》《丛刊》第 661 册,第 55—56 页
【驻马听】摆列着文武官员……	【折桂令】遍乾坤紫雾飞旋……	【太平令】拥旌幢羽车翠辇……
【沉醉东风】时遇着正旦节,鸿钧乍转……	【雁儿落】齐献着卿云禁苑天……	【朝元乐】化日光天,仁恩溥遍……
【搅筝琶】百姓每追欢劝。喜遇着春色正芳妍……	【沽美酒】庆升恒祝万年……	【锦上花】只为着皇太后乘乾,仁孝格天……
【川拨棹】我则见凤楼前,列簪缨文武官员……	【庆余】说不尽,皇仁渐被田畿甸……	【清江引】傅芳信,却驭得天风便……
【七弟兄】文武每大贤……		【碧玉箫】他荡荡巍巍功德迈前……
【梅花酒】呵他每都喜气喧……		【鸳鸯煞】只见那群仙踊跃多欢忭……
【收江南】呀！托赖着,当今天子重英贤……		

从上表的比较可以看出,《恭祝无疆》《祥芝迎寿》的首支曲显然为改写自《雍熙乐府》所录明内府曲本,但三者的曲牌联套完全不同。《恭祝无疆》《祥芝迎寿》均为祝寿剧,而《雍熙乐府》本则是元旦朝贺剧曲。可见,清内府本的作者在创作剧本时,很可能首先在前代曲选或存本中套录曲子,又因为内廷所演之曲,纯为呈祥祝寿的吉祥曲文,故此可在完全不同的套数类任意选择只曲来组成连套。以上表《雍熙乐府》与清内府本在曲牌连套上的选择来看,明代教坊严格地遵循着曲牌连套的规定,到了清代,内府本在曲体上受到的限制在不断减少,创作者可以在更加宽广的范围内选择套曲的组成。

5. 清内府本的相互改编

除了借鉴前代和外部的资料进行创作外,清内府仪典剧曲本之间也不乏互相改编之例。以下试举《永庆遐龄》和《万福云集》为例加以说明。

表 3-5　清内府本《永庆遐龄》和《万福云集》对校

《永庆遐龄》(以下简称《庆》剧) 《丛刊》660 册 420—421 页	《万福云集》(以下简称《福》剧) 《丛刊》第 660 册,第 313—314 页
剧演:三元天官奉上帝敕旨,下界庆贺盛世风光,路遇花神摘取四季仙花往祝新岁年丰,于是同往圣世献祝。	剧演:大清圣母治世,天官奉敕往御筵献瑞。和合二仙来到,与众福神献舞。
(三官上唱)【醉花阴】雨顺风调,万民好。庆丰年人人欢乐。似这般民安泰,乐滔滔,在华胥世见了些,人寿年丰,也不似清时妙。似这等,官不差,民不扰,只俺奉玉旨将福禄保。	(天官)【醉花阴】风调雨顺,万民好。庆丰年,人人欢乐。似这般民安泰,乐滔滔,在华胥世见了些,仁寿年丰,也不似清时妙,重睹这,唐虞世,万国朝,因此上奉玉音将福寿褒。
(花神上唱)【画眉序】胜景现琼瑶,庆祝岁礼贺圣朝。观世界清平,献瑞落道遥。普天下齐生欢笑,万物丰新秀齐漂。今行自立长生道,奇花耀山高。	
(同唱)【喜迁莺】则羡他功深德浩,则羡他功深德浩,因此上赐福天曹,逍也么遥。一门贤孝,则看这福自天来[将]官品超。争如为善好。这的是福缘自造,恁看那寿算弥高,恁看那寿算弥高。	(云童)【喜迁莺】羡皇家功深德浩。因此上献福天朝。逍遥国家欢乐。只见那福自天来洪蝠绕。岗陵寿不老。这的是福缘自造。喜得个寿算弥高。寿算弥高。
(同唱)【刮地风】[嗳呀]万千春享富贵乐滔滔,庆长生酒泛香醪。看牛郎早报了田丰兆,织女献丝帛鲛绡。积德的一门寿筹添,海屋耀。南极星福寿弥高。盈仓廪,稷米、豆谷满仓廒。麒麟儿早登廊庙,佐皇家永享官爵,财源发,德行招,乐善是福禄根苗。恁到看窦燕山五子登科早,又则见半空中魁星现的祥云来罩。	
(同唱)【水仙子】呀、呀、呀,福分高。呀、呀、呀福分高。早、早、早,早佩着玉带金章把鼎鼐调。羡、羡、羡,羡文才锦绣好。看、看、看,看德门呈祥耀。贺、贺、贺,贺百福骈臻妙。庆、庆、庆,庆福门千祥照。道、道、道,道万民乐欢天绕。拜、拜、拜,拜福主恩荣耀。俺、俺、俺,俺将这喜事儿留与后人标。	(福神同唱)【水仙子】喜、喜、喜,福寿高。喜喜喜,福寿高。早早早,早又见仁寿年丰,乐圣朝。现现现,现长生,寿比松乔。看看看,看百福骈臻妙。庆庆庆,庆的是万国来朝。贺贺贺,贺五代今古妙。道道道,道万民乐欢天绕。听听听,听九洲讴歌谣。俺俺俺,俺将这福寿双全[献上]大清朝。(众唱)福寿双全[献上]大清朝。

《永庆遐龄》（以下简称《庆》剧）《丛刊》660册420—421页	《万福云集》（以下简称《福》剧）《丛刊》第660册，第313—314页
（同唱）【尾声】列旌幢一派仙音绕。一霎时神州赤县皆游到。则普天下积德的享福直到老。	（同唱）【尾】列旌幢一派仙音绕。一霎时神州赤县皆游到。惟愿圣主长生永不老。圣主长生永不老。

上表两剧虽同演天官赐福献瑞事，但剧情并不完全相同，《庆》剧的主要出场人物为三元天官、花神，《福》剧则为天官及和合神。《庆》剧的演出目的是"今奉上帝敕命，庆贺盛世风光"，而《福》剧则为"奉玉帝敕旨，前往御苑呈祥献瑞"。虽情节不尽相同，但二者的曲套却惊人得相似，比较之下可以看出明显的因袭关系。可见，在创作内府曲本时，同一套曲可以运用于不同的剧本之中，只需在说白和部分曲文处稍加修改即可。具体到表3-5所引两种曲本，《永庆遐龄》的年代要早于《万福云集》，《福》剧当改编自《庆》剧。首先，《庆》剧繁而《福》剧简，以常理而言，在由繁改简的情况下，更有可能基本保存曲本的原貌。其次，前面已经提到，《庆》剧的曲白中没有明确提到"呈祥献瑞"的场所（《福》剧为"御苑"），且《庆》剧中没有面向帝王的直接称祝之词。纵观《庆》剧全本，即使用在民间普通庆祝场合演出也无不可，这显然与清内府仪典剧鲜明的体式特征有所区别。因此《庆》剧的年代应该要早一些，即使举其为前代遗存也不无可能，《福》剧则为一出典型的清宫仪典剧，它的直接来源就是同为内府本的《永庆遐龄》。

在阅读清内府仪典剧剧本时，常常令人产生一种"千剧一面"之感，不同的剧目有着十分相似的结构、雷同的曲白。实际上，由于仪典剧在内容、题材上的同质性，同一套曲只需作极少的改动，即可广泛地应用在不同场合。

6. 历代内廷承应之时地

上文主要从内容和结构上追寻了清代仪典承应剧的渊源。从演出角度而言，清代内府演剧与之前所有的朝代相比，不同之处在于戏曲演出在朝廷仪典中地位的提升。最为直观的反映就是，有清一代，特别是清代前期，戏曲在几乎所有的宫廷宴会场合，无时不演、无事不演。但是，如果我们从历史的角度来看待这一现象，就会发现，清内廷演剧承应之时地并非独创，而是继承宋代以来宫廷演出的传统。下面，笔者仅就目前掌握之史料辑成《历代宫廷戏剧承应的时地》，[1]以观历代宫廷演剧之盛。需要特别说明的是，关于明以前内廷演剧之史料流传甚少，亦无实物留存，故仅能就目前掌握的情况进行辑录，并非前代演剧之全貌。

表3-6　历代宫廷戏剧承应的时地

承应时地	北宋	南宋	辽	金	元	明
节令	元旦[2]	元旦		元旦[3]		正旦[4]
	元宵[5]	元夕[6]				元宵
					二月八日[7]	
					二月二十五日[8]	

---

〔1〕 需要说明的是，此处的历代宫廷承应，只收录历代教坊司或其他宫廷戏剧承应机构在内廷中演出戏剧（宋杂剧、元明杂剧、院本、明过锦戏之类）的材料，其他虽涉及教坊演出，但只提及乐舞演出的材料不入此表。

〔2〕《苏轼文集》卷四十五"乐语"下收《紫宸殿正旦教坊词》《集英殿春宴教坊词》《集英殿秋宴教坊词》《兴龙节集英殿宴教坊词》《坤成节集英殿宴教坊词》。参见（宋）苏轼：《苏轼文集》，孔凡礼点校，北京：中华书局 1986 年版，第 1303—1321 页。

〔3〕《金史》卷三十九·乐志上"散乐"条："元日、圣诞称贺，曲宴外国使，则教坊奏之"。（元）脱脱等撰：《金史》，北京：中华书局 1975 年版，第 888 页。

〔4〕《明会要》（下）明代节令演剧皆出此，不复注。参见：（清）龙文彬编：《明会要》，北京：中华书局 1956 年版。

〔5〕《东京梦华录》卷六"元宵"：正月十五日元宵，……宣德楼上，皆垂黄缘，廉中一位，乃御座。……楼下用枋木垒成露台一所，彩结栏槛，两边皆禁卫排立，锦袍，幞头簪赐花，执骨朵子，面此乐棚。教坊钧容直、露台弟子，更互杂剧。近门亦有内等子班直排立（《东京梦华录（外四种）》，第 34—35 页）。按：此表两宋演剧史料均摘自：孟元老等著：《东京梦华录（外四种）》，上海：古典文学出版社 1956 年版，以下仅注页码。

〔6〕《武林旧事》卷二"元夕"：一入新正，灯火日盛，……其上伶官奏乐，称念口号、致语。其下为大露台，百艺群工，竞呈奇伎。（《东京梦华录（外四种）》，第 368—369 页）

〔7〕（元）熊梦祥《析津志·岁纪》："（二月八日）南北二城，行院、社直、杂戏毕集，恭迎帝坐金牌与寺之大佛游于城外，极其华丽。（元）熊梦祥：《析津志辑佚》，北京：北京古籍出版社 1983 年版，第 214—215 页。

〔8〕《析津志·岁纪》：（二月二十五日）"凡社值一应行院，无不呈戏剧。……仪凤、教坊诸司乐工戏伎，竭其巧伎呈献，奉悦天颜。次第而举，队子唱拜，不一而足。"《析津志辑佚》，第 215—216 页。

承应时地	北宋	南宋	辽	金	元	明
节令						立春
		赏花〔1〕				
						四月八日
		端午				端午
		中秋				
		重九				重阳
		开炉				
	冬至〔2〕	冬至				冬至
					腊月〔3〕	
	除夕〔4〕	除夕〔5〕				
筵宴	皇帝生日〔6〕	皇帝生日〔7〕	皇帝生辰〔8〕	圣诞		皇帝圣节

〔1〕《武林旧事》卷二"赏花"条谓：大抵内宴赏，初坐、再坐，插食盘架者，谓之"排当"。否则但谓之"进酒"。结合同书卷一"圣节"条"天基圣节排当乐次"所载，赐宴为"排当"者均有戏剧演出。《武林旧事》卷三"端午""中秋""重九""开炉""冬至"条有"禁中排当"的记载，可以推断，南宋宫廷在这些节令都有戏剧演出。(《东京梦华录(外四种)》，第 374、379、381、382 页)

〔2〕《东京梦华录》卷十"冬至"下之"下赦"：车驾登宣德楼，……楼下钩容直乐作，杂剧舞旋，御龙直装神鬼，斫真刀倬刀。(《东京梦华录(外四种)》，第 60—61 页)

〔3〕《析津志·岁纪》："腊日……仪凤、教坊司、云和署、哑奉御，日日点习社直、乐人、杂把戏等，以备新元部家委官一同点视"。(《析津志辑佚》，第 224 页)

〔4〕《东京梦华录》卷十"除夕"：至除日，……教坊使孟景初身品魁伟，贯全副金镀铜甲装将军。用镇殿将军二人，亦介胄，装门神。教坊南河炭丑恶魁肥，装判官。又装钟馗、小妹、土地、灶神之类，共千余人，自禁中驱祟出南薰门外转龙弯，谓之"埋祟"而罢。(《东京梦华录(外四种)》，第 62 页)

〔5〕《梦粱录》卷六"除夜"：十二月尽，俗云"月穷岁尽之日"，谓之"除夜"。……以教乐所伶工装将军、符使、判官、钟馗、六丁、六甲、神兵、五方鬼使、灶君、土地、门户、神尉等神，自禁中动鼓吹，驱祟出东华门外，转龙池湾，谓之"埋祟"而散。(《东京梦华录(外四种)》，第 181—182 页)

〔6〕参见前页《苏轼文集》条所收乐语。

〔7〕《梦粱录》卷四"皇帝初九日圣节"条(《东京梦华录(外四种)》，第 178 页)。并见《武林旧事》卷一"圣节"条。(《东京梦华录(外四种)》，第 348—354 页)

〔8〕《辽史·卷五十四·乐志》"散乐"条：皇帝生辰乐次：酒一行，觱篥起，歌。酒二行，歌，手伎入。酒三行，琵琶独弹。饼、茶、致语。食入，杂剧进。酒四行，阙。酒五行，笙独吹，鼓笛进。酒六行，筝独弹，筑球。酒七行，歌曲破，角觝。参见：(元)脱脱等撰：《辽史》，北京：中华书局 1974 年版，第 891—892 页。

承应时地	北宋	南宋	辽	金	元	明
筵宴	太后生日[1]	太后生日[2]				皇太后圣节
	春宴[3]					春宴[4]
	秋宴					
						冬宴
	观争标锡宴[5]					
		北使到阙[6]	曲宴宋国使[7]	宴使[8]		宴外夷朝贡使臣[9]
						赐进士恩荣宴

---

〔1〕参见前页《苏轼文集》条所收致语。

〔2〕《梦粱录》卷四"四月""皇太后圣节""宰执亲王南班入内上寿赐宴"条。(《东京梦华录（外四种）》，第152—155页)

〔3〕参见《宋文鉴》卷一百三十二收：宋元绛《集英殿秋宴教坊致语》，苏轼《集英殿秋宴教坊致语》(《宋文鉴》，第1848—1855)，并《苏轼文集》所载。

〔4〕《脉望馆抄校本古今杂剧》之"教坊编演"杂剧。

〔5〕《东京梦华录》卷七"驾幸临水殿观争标锡宴"：驾先幸池之临水殿锡燕群臣。殿前出水棚，排立仪卫。近殿水中，横列四彩舟，上有诸军百戏，如大旗、狮豹、棹刀、蛮牌、神鬼、杂剧之类。(《东京梦华录（外四种）》，第40—42页)

〔6〕《武林旧事》卷八"人使到阙"：北使到阙，先遣伴使赐御筵于赤岸之班荆馆中，使传宣抚问，……又明日，入见于紫宸殿，见毕，赴客省茶酒，遂赐宴于垂拱殿。……次日又赐内中酒果、风药、花饧。赴守岁，夜筵用傀儡。元正朝贺礼毕，遣大臣就驿赐御筵，中使传宣劝酒九行。……五日，大燕集英殿，尚书郎官、监察御史已上，并与学士院撰致语。六日，装班朝辞退。(《东京梦华录（外四种）》，第478—479页)

〔7〕《辽史·乐志》"散乐"条：曲宴宋国使乐次：酒一行，觱篥起，歌。酒二行，歌。酒三行，歌，手伎入。酒四行，琵琶独弹。饼、茶、致语。食入。杂剧进。酒五行，阙。酒六行，笙独吹，合法曲。酒七行，筝独弹。酒八行，歌，击架乐。酒九行，歌，角觚。(《辽史》，第892—893页)

〔8〕《金史·卷三十八·礼志十一》"新定夏使仪注"：第四日，……候押宴等初盏毕，乐声尽，坐。至第五盏后食，六盏、七盏杂剧。八盏下，酒毕。押宴传示副使，依例请都管、上中节当面劝酒。……至第九盏下，酒毕，教坊退。(《金史》，第874—875页)

〔9〕《万历野获编》卷十"翰苑设教坊"：教坊司，专备大内承应。其在外庭，维宴外夷朝贡使臣，命文武大臣陪宴乃用之。盖沿唐鸿胪寺，宋研荆馆故事，乃柔服远人，本殊典也。又赐进士恩荣宴亦用之。则圣朝加重制科，非他途可望，其他臣僚，虽至贵倨，如首辅考满，特恩赐宴始用之。惟翰林学士到任，命教坊官俳供役，亦玉堂一佳话也。参见：(明)沈德符：《万历野获编》，北京：中华书局1997年版，第271—272页。

承应时地	北宋	南宋	辽	金	元	明
庆典、吉礼	皇子降生〔1〕					
		皇后归谒家庙〔2〕				
						亲耕〔3〕
		恭谢礼〔4〕				
		燕射〔5〕				

清代内廷仪典剧承应之时地,《清升平署志略》《清代内廷演剧史话》诸书记载甚详,笔者在《清内府曲本分类表》中综合了前人研究成果,尽列所有需要演出仪典戏的节令、寿诞、庆典的场合,可参看。在此,只需补充筵宴承应演出的几条史料。清《国朝宫史》载乾隆时期各项制度甚详,其中也列出了需要戏曲演出的宫廷宴会,今引其卷七"典礼"下"乾清宫曲宴廷臣仪"条以观筵宴演出的具体程序。

> 恭遇皇帝万寿及元旦、上元、端阳、中秋、重阳、冬至、除夕等节,乾清宫曲宴王公、大臣。宫殿监先期承旨,饬所司供备。奏事太监具王公、大臣名签,奏请钦派,并请进爵大臣。既得旨,交奏事官员下内阁通传。宫殿监恭请恩赐宴次诸物排列呈览。届日,尚膳具馔,尚茶具茶,司乐陈乐悬如仪,承应宴戏人等毕集祗俟。

〔1〕 参见王珪《华阳集》卷17《集英殿皇子降生大燕教坊乐语》。
〔2〕 参见《武林旧事》卷八"皇后归谒家庙"条"赐筵乐次"的记载。(《东京梦华录(外四种)》,第487—488页)
〔3〕 《明史・卷六十一・乐志一》:弘治之初,孝宗亲耕耤田,教坊司以杂剧承应,间出狎语。参见:(清)张廷玉等撰:《明史》,北京:中华书局1974年版,第1508页。
〔4〕 《梦粱录》卷六"孟冬行朝飨礼遇明岁行恭谢礼":每岁孟冬,例于上旬行孟冬礼。遇明,行恭谢礼。……礼成,就西斋殿赐平章、执政、亲王、百官宴,盏次食品,并如朝会。(页178)并见《武林旧事》卷一"恭谢"条。(《东京梦华录(外四种)》,第347—348页)
〔5〕 《武林旧事》卷二"燕射":淳熙元年九月,孝宗幸玉津园讲燕射礼,教坊进念致语、口号,作乐,……再进御酒,奏乐,用杂剧。(《东京梦华录(外四种)》,第363页)

官殿监率所司设御宴于宝座前,设王公、大臣宴席于左右,并重行,北上。东西向。王公高桌椅坐,大臣等低桌,各设坐褥。黎明,入宴之王公、大臣俱蟒袍补服,齐集乾清门外。届时,奏事官员引入宴次,各依班位祗俟。官殿监奏请皇帝升座,中和韶乐作,奏"隆平之章"。乐章各按时与常朝同,下仿此。乐止,官殿监引入宴之王公、大臣北面排立,行一跪三叩礼。丹陛大乐作,奏"庆平之章"。礼毕,乐止,各就宴位,一叩坐。进馔,丹陛清乐作,奏"海宇升平日之章"。乐章见慈宁宫筵宴仪,下仿此。乐止,承应宴戏进果檐下,清乐作,奏"万象清宁之章"。乐止,进酒。丹陛清乐作,奏"玉殿云开之章"。进爵大臣恭进皇帝酒。皇帝进酒时,王公、大臣各起座,跪,行一叩礼。乐止,仍各入座。承应宴戏毕,颁恩赐诸物,王公大臣各出座谢宴,行一跪三叩礼。丹陛大乐作,奏"庆平之章"。礼毕,乐止。官殿监奏"宴毕",皇帝起座,还便殿。中和韶乐作,奏"显平之章"。乐止,官殿监引王公、大臣各退。谨按:元旦岁有例宴,余不常行。[1]

这是一条节令和宴会演出的重要史料,清代的宫廷筵宴可分为允许外臣参与的和仅限内廷的两类,外臣参与的宴会均属朝廷典礼之列,如元旦朝会宴、万寿节宴等。当然,这种场合下,与仅供帝王及其后妃欣赏的内廷表演相比,在剧目的选择上会有所不同,不但"侉戏"之类的剧目不可承应,即使仪典类剧目也要优先选择排场热闹、切末新奇的"大戏"来演。因此,在内府本中也往往专列"宴戏"一项。除去上记,《国朝宫史》所记载的筵宴演出还包括:(乾隆十一年八月)二十七日丰泽园崇雅殿赐王公宗室筵宴;(乾隆十一年八月)二十八日瀛台涵元殿赐满汉大臣宴;瀛台锡宴;丰泽园凯宴;紫光阁锡宴(《国朝宫史》,第125—137页)。举凡节令、军队奏凯,必举大宴,逢宴必有戏曲

〔1〕 (清) 鄂尔泰、张廷玉等:《国朝宫史》,北京:北京古籍出版社1987年版,第125—126页。

演出,可见清代内廷演剧之繁。

在本节中,我们从曲本结构、内容等方面讨论了清代内府仪典剧的渊源。清内府本,继承了两宋以来内廷承应剧的基本结构,保留了类似"致语"的祝颂之词,用"院本""过锦戏"的形式来增强演出效果,在《雍熙乐府》之类的前代教坊遗存中丰富音乐创作的素材。可以说,作为内廷演剧史上最后一个辉煌时代,清内府仪典剧在创作和演出上的高峰,正是在广泛汲取前代文化传统的基础上形成的。在翻阅今存数以千计的内府本仪典剧时,我们或许可以不屑地批判其内容和形式上的"千人一面",艺术价值上的"媚上不堪"。但是,从另一个角度来说,在我国历史上,宫廷向来都是一个独立而封闭的社会生态系统。作为一种活在舞台上的艺术,戏剧/曲需要通过不断的变革来获取观者的青睐。但是,与民间舞台上"你方唱罢我登场"的流行趋势相比,宫廷演出由于受到所处环境的限制,必然表现出更加重视继承性和遗传性的特点。特别是仪典类剧目,作为戏曲样式,需要其在艺术性和观赏性上不断提高,但是作为宫廷仪礼的一部分,更多的是要照顾到其担负的仪式性,当两者发生矛盾时,宫廷曲本的编写者们只会毫不犹豫的选择牺牲其艺术性,这必然导致此类剧目在艺术上的停滞不前,以及形式上的因循守旧。而当宫廷演剧经历了千年以来的发展,到清代之时,仪典剧的内容、结构,乃至演出时地都已被固化下来。对于清代宫中的演出参与者们来说,仪典剧成为类似经典一般的存在,其存在本身的价值已经远远超越了其作为一种戏曲样式所应有的艺术价值。但也正因为如此,在清代内府本中我们可以轻易找到传承自前代内廷演出的形式,这为中国戏曲史的研究留下了宝贵的资料。失之东隅,收之桑榆,这大概也是内府本改编者所未能预见的。

第三节　脉望馆本教坊编演杂剧和清内府仪典剧

《脉望馆抄校本古今杂剧》是我国现存最大的杂剧总集,共收元明杂剧 241 种,据学者考证,其中教坊编演或转录自内府本的也有近百种之多,是今存最早、保存较为完整的宫廷演剧曲本文献。其中,"本朝教坊编演"类目下的 18 种剧目,均属明代宫廷仪典剧之属,在从远源上追寻了清仪典剧的源流后,有必要对前后相继的两代内廷演出剧本,一探其关系。在本节中,将首先从剧本题材、内容以及舞台艺术方面比较明清内府本的异同,最后在此基础上,总结清代内府本的特点。

脉望馆本教坊编演杂剧 18 种,名目如下:[1]

宝光殿天真祝万寿	众群仙庆赏蟠桃会	祝圣寿金母献蟠桃
降丹墀三圣庆长生	众神圣庆贺元宵节	祝圣寿万国来朝
争玉板八仙过沧海	庆丰年五鬼闹钟馗	河嵩神灵芝庆寿
紫薇宫庆贺长春寿	贺万寿五龙朝圣	乐天仙庆贺长生会
庆冬至共享太平宴	贺升平群仙祝寿	庆千秋金母贺延年
广成子祝贺齐天寿	黄眉翁赐福上延年	感天地群仙朝圣

其中《河嵩神灵芝庆寿》为周宪王杂剧混入教坊编演者,故不计入其中,本文的分析将主要针对其余的 17 种展开。

所余 17 种剧目,以编演目的分类,可分为贺寿、庆节、宴赏三类。据曾永义先生在《明杂剧概论》中考证,其中"宝光殿、献蟠桃、紫薇宫、五龙朝圣、长生会、广成子、群仙朝圣、万国来朝八本是万寿供奉之剧;庆长生、群仙祝寿、庆千秋三本是太后万寿供奉之剧。闹钟馗为贺正旦之剧,贺元宵为庆祝元宵之剧、八仙过海为春日宴赏之剧、太平宴为冬至宴赏之剧,而贺节宴赏之剧亦必归结于祝寿。"[2]其在演出目的上与清仪典剧没有任何不同,内容均为诸天神佛为贺圣寿/年节,向御前呈祥献瑞事,今试举一例说明。

---

〔1〕 (清)黄丕烈:《也是园藏古今杂剧目录》,《中国古典戏曲论著集成(七)》,北京:中国戏剧出版社 1959 年版,第 393—394 页。

〔2〕 曾永义:《明杂剧概论》,台北:学海出版社 1979 年版,第 128 页。

表 3-7 《争玉板八仙过海杂剧》与清内府本《洞仙拱祝》《蟠桃会》比较

	争玉板八仙过海杂剧（《古本戏曲丛刊》四集影印脉望馆本）	洞仙拱祝/洞仙庆贺（国图藏《九九大庆》本及首图吴晓铃藏本）	蟠桃会（《故宫珍本丛刊》第 676 册本）
由头	白云仙设牡丹宴，邀请八仙、五圣赴宴，八仙饮醉。	韩湘子得证金仙，欲赴御园献瑞叩谢圣恩，至七仙处商议，八仙饮宴。	金母寿诞，八仙赴蟠桃宴，洞宾喝醉，调戏仙女。
过海	钟离权提议八仙过海各显神通	果老醉酒无法驾云，于是提议八仙以法宝渡海。	洞宾提议八仙过海
事由	东海龙王长子摩揭、毒龙见宝起意。	众水怪奉龙王之命寻宝进献，欲夺八仙之宝。	猪婆龙见海生异光，图谋盗宝。
夺宝	蓝采和及其玉板	采和玉板、拐李铁拐	采和及其花篮
争端	洞宾搠战，龙子放回采和，洞宾讨要玉板，龙子不肯交回，洞宾以宝剑斩杀摩揭，伤毒龙臂。	采和、拐李、洞宾、钟离四仙往龙宫讨宝，龙子不与，反起争端。	洞宾往救采和，虽救出采和但未能夺回宝物。
升级	两方均请神佛相助，数次交战，互有胜负。	龙子龙女与四仙连番大战，不敌。其父敖广出战，四仙败走。	
龙王方	四海龙王三官大帝	钱塘君	
八仙方	太上老君五圣（齐天、通天、移山、搅海、翻江大圣）	四仙遇琴高，琴高与龙王有旧，往做说客，龙王反设计擒之，琴高逃脱。请众散仙相助。	洞宾召二郎神收妖
调解	连番大战，龙王并所请救兵均不敌败北。释迦文佛为龙王及八仙调解。	宝华延寿天尊赴御苑献瑞，路遇众仙，调解众仙纷争。	
结局	八面玉板，其二留龙宫，其六归还采和。	龙王得知八仙渡海为向御苑献瑞，归还宝物。	猪婆龙被二郎所擒，八仙为之求情，带回蓬莱。

上引三剧,其一为明教坊编演本,余下两种为清内府本,分别为四折杂剧、十二出的昆弋大戏,单出乱弹戏本,虽形制上天差地别,但均演八仙过海失宝争宝事。在具体情节的安排上,三者有着十分明显的沿袭关系。八仙故事是内府曲本中一个十分受到偏爱的题材,而类似这样以失宝、争宝为主要矛盾冲突的剧本,在明代内府本中已有排演,清内府本也完整地继承了前代的同类型剧目。

以上所举并非特例,其他如《祝圣寿万国来朝》与清内府本《万国嵩呼》,同演属国来享来王事。再如《祝圣寿金母献蟠桃》所敷演的蟠桃祝寿故事,清内府本中至少有《蟠桃上寿》《百福骈臻》同演此事。事实上,内廷演剧承应神仙题材作品的传统由来已久,并非明代教坊独创。

元代马臻《大德辛丑月十六日泺都棕殿朝见谨赋绝句》[1]记元代宫廷宴飨时所演剧目,谓:

> 清晓传宣入殿门,箫韶九奏进金樽。教坊齐扮群仙会,知是天师朝至尊。

元代耶律铸《为阅俳优诸相赠优歌道士》[2]亦记:

> 一曲春风杳杳歌,月光明似镜新磨。谁游碧落骑鸾凤,记姓蓝人是采和。

两首绝句所记的演出,一为群仙称祝事,一为八仙故事,可见此类题材在内廷演出中受欢迎的程度。在前文我们已经多次提到,宫廷演出特有的封闭性和规定性,是创作者不得不选择此类题材的主要原

---

〔1〕 (元) 马臻:《霞外诗集》,《文渊阁影印四库全书》(第 1204 册),北京:商务印书馆 2005 年版,第 88 页。
〔2〕 (元) 耶律铸:《双溪醉隐集》,《文渊阁四库全书》(第 1199 册),第 355 页。

因。正如明沈德符在《万历野获编》卷二十五"杂剧院本"中所说的一样："(杂剧如)华光显圣、目连入冥、大圣收魔之属,则太妖诞。以至三星下界、天官赐福,种种吉庆传奇,皆系供奉御前,呼嵩献寿,但宜教坊及钟鼓司肄习之,并勋戚贵珰辈赞赏之耳"。[1] 这种仙佛剧,表现大地山川、天人三界齐向人间至尊献瑞呈祥,确实天然适合在内廷演出。

综上,通过对具体剧本的比较我们看到,清内府本的题材选择基本上承袭了明代内府本所规定的范围。在前文讨论致语与明清承应剧时,我们已经论证了明教坊编演本与清内府仪典剧在基本结构上如出一辙,因此可以说,清内廷仪典剧不论从结构上,还是内容题材上,都直接继承了明教坊编演本杂剧的主要特点,明代内府本是清内府本仪典剧的近源。

除了内容和结构上的相似外,一剧多用也是明清两代内府本的一个共同点。在清内府本中,我们常常可以见到在祝颂处留白,或者在原文旁改写小字,以改变承应对象和承应目的的现象,这一做法在明教坊本中已经被大量采用。

表 3-8 教坊本之改编承应目的示例

《祝圣寿金母献蟠桃》	《贺升平群仙祝寿》
(正末扮卫叔卿上,云)贫道中山卫叔卿。奉台上敕旨,金母差遣,因当今圣母(按:旁写主)在内廷修持斋戒,命贫道下方察理一遭。贫道化作一凡仙,降于尘寰。	第二折:(山神引鬼力上云)……喜遇着下方圣人,仁孝兼全,况兼国母崇奉善教,看诵经文,今遇孟冬,国母圣诞之辰。 第四折:(众跪科)(南极仙做念致语科,云)伏以孟春佳节,律应夹钟,肇春萌复始之期,遇圣母遐龄之兆,群仙顿首……

上表两例,《祝圣寿金母献蟠桃》所示为承应对象改变之例,原本为给太后祝寿的曲本,旁写"主"字,表示此剧在给皇帝演出时,在"圣母"之处改念/唱"圣主"即可。《贺升平群仙祝寿》为太后祝寿曲本,却

---

[1] (明)沈德符:《万历野获编》,北京:中华书局1997年版,第648—649页。

在第二、四折之间出现了前后矛盾之处。由第二折说白可见,被称祝的这位太后的生日应该在孟冬时候,而末折南极仙所念致语则为"孟春佳节"。这说明,该本很可能是在前代同类曲本上改词而成,由于编者的疏忽,只在曲白中做了修改,遗漏了最后的致语,从而导致了前后抵牾的现象发生。同样的情况在清内府本中更加普遍,《故宫珍本丛刊》660册第304—312页收录了5部《福禄寿》,这5部曲本的内容、曲白完全一致,只是在文辞中提到承应对象时竟出现了前后不同的四种说法。

表3-9　清内府本改变承应目的示例

福禄寿 ［总本］	福禄寿 ［总本］	福禄寿 ［总本］	福禄寿 ［总本曲谱］	福禄寿 ［总本］
恭逢圣主 万寿圣诞	恭逢皇太后万 寿圣诞	恭逢荣惠皇贵 妃千秋令节	恭逢荣惠皇贵 妃千秋令节	恭逢圣主 万寿圣诞

　　对于承应内廷的艺人来说,在其种类繁多的演出活动中,这类仪式性或者称之为"呈祥献瑞"的演出占据了相当大的比例。对于这类形式大于内容的曲本,在长期的演出实践中,已经形成了一套十分成熟的程式化体系。程式化体系的形成,一方面可以让艺人们在相对较短的时间内记诵尽可能多的曲本,另一方面,当承应目的发生改变时,演出者亦可根据承应场合、演出对象的不同对曲本稍事修改,即刻上演。这也从一个角度解释了为何我国古代宫廷承应戏能在近千年的历史发展中保持结构、内容的高度一致性。

　　明清两代内府本在内容上的另一个重要特点,就是都包括了大量仪式性的演出段落。仪典类承应剧,顾名思义,其本身就是宫廷仪礼的一部分。对于统治者来说,仪式的作用就是通过高度程序化的行为模式来增加人们的敬畏,在内廷演剧的舞台上表演各种仪式性的段落也是出于同样的目的,一般来说,内府本中包括的仪式型演出段落有:宫廷典礼的仪式、节令拜神仪式、节令民俗。这些仪式性表演在明清两代内府本中都有大量的反映。教坊编演本《祝圣寿万国来朝》第四折：

> （赞礼官云）动乐。（乐作《朝天子》科）（正末、众齐摆住科）
> （赞制辞官、赞礼官二人作抬案卓殿中放下科）（乐止科）（赞礼官
> 跪云）（正同众做跪科）（读制辞官案卓上拿起制辞来，跪科）（做读
> 科云）三齐王、征西上将军韩信等，恭惟皇帝陛下万寿圣节，文武
> 群臣祝延庆贺……（赞礼官云）附伏。（正同众做附伏科）乐做《朝
> 天子》两句。（赞礼官云）入笏。（正末等同众做将牙笏拣在怀中
> 科）（做抄手科）……（赞礼官云）三舞蹈。（正同众做三舞蹈
> 科）……（赞礼官云）山呼。（正末同众齐云）万岁……

《祝圣寿万国来朝》杂剧虽托言汉高祖时事，但实际上敷演的是明朝附属国诸番进贡，[1]万国来朝的场景。引文出自该剧第四折，在舞台上直观地再现了外藩进贡朝会时群臣拜叩的礼节。

在清代内府本中，这种仪式性表演段落出现的频率更高。典型者如冬至承应《太仆陈仪·金吾勘箭》。清代冬至为三大节之一，是日于圜丘祭天，典礼完毕举行大宴，宴会时常演本剧。该剧前半部分演太仆宋绶向群僚讲述南郊大祭的礼节，后半部分则敷演祭祀完毕，宋仁宗回宫时所行"金吾勘箭"之礼。

> （宋绶白）天子卤簿原有四等：一曰大驾，二曰法驾，三曰銮
> 驾，四曰黄麾。今日南郊大祀，备的是大驾卤簿……（太监白）朕
> 于五鼓出明德门，赴太庙行礼毕，着太仆速备玉面騘候驾，即诣郊
> 坛，其余百官照常行事……

---

〔1〕《祝圣寿万国来朝》杂剧，剧中进贡的藩属国中还包括了"女真"，可知是托名西汉，实演本朝事。

在大宴群臣时演出这类剧目，显然是想让群臣明白，古礼一脉相承，而因袭了这一传统的当代帝王们自然也是"受命于天"，为其统治加上了一份法理上的合理性。其他如《六祖讲经·长沙求子》演四月初八民间祭祀九子圣母仪；北大本《九九大庆》卷五《武士三千》，剧演：圣主万寿，天下督抚齐聚直隶。直隶总督在教场招待各省督抚，试演各种军阵。同书卷六《天衢十二》演诸番朝贡，翰林官奉命带领游赏天街故事。剧中有谓："我等翰林院官是也。闻得各外国番王齐到京师朝贺，只因［云云］之期，暂留会同馆内。旧例，外番入贡许令游赏天街，并命儒臣陪从。"此类剧本生动地再现了清代社会生活图景，是我国古代民俗学研究的上佳材料。

上面从剧本形制、内容、结构等方面对明清两代内府本进行了比较，下面我们将论述的重心转向舞台艺术。

张影在《历代教坊与演剧》中曾总结明内府和教坊编演本的艺术特点如下：表演程式化；排场热闹，上场人数多，打斗场面多；喜穿插歌舞音乐与滑稽表演；切末新奇。这些艺术特色在清内府本中也得到了很好的继承。

首先，表演的程式化是由剧本结构的程式化所决定的。明清内府本的结构一般遵循以下规则，首先出场一人自报家门兼述承应目的，引出本剧其他出场人物，其中穿插歌舞、杂戏等表演，众人出齐后复由第一个出场者串联，众人一起表演歌舞并呈祥献瑞。因此，表现在表演程式上，人物出场、问答对话等已经形成了固定的模式，每一个内府本都像是将众多固定模块按照一定的情节拼合在一起而成。

其次，在排场安排方面。明清两代内府本同追求场面热闹，上场人物众多。在脉望馆本中，据笔者统计，17 种教坊编演本中，仅计最后一折，出场人物最少的为《庆冬至共享太平宴》8 人，最多为《祝圣寿万国来朝》71 人，而出场人数在 15 人以上的有 14 种。清内府仪典剧存世数量众多，对其进行完全统计存在操作上的困难，但清代内廷承应出场人数之多，在时人的笔记中已经有所反映，即如清赵翼《檐曝杂记》"大戏"条所谓:"神仙将出,先有道童十二三岁者作队出场,继有十五六岁,十七八岁者。每队各数十人,长短一律,无分寸参差。举此则其他可知也。又按六十甲子扮寿星六十人,后增至一百二十人。又有八仙来庆贺,携带道童不计其数。至唐玄奘僧雷音寺取经之日,如来上殿,迦叶、罗汉、辟支、声闻,高下分九层,列坐几千人,而台仍绰有余地。"[1]在今存内府本中,随意翻阅,即可轻易见到诸如:"扮十六神将上,跳舞毕。四相、四官引轩辕黄帝从仙楼上,同唱"(《万国嵩呼》《丛刊》661 册第 227 页)、"内奏乐。扮紫微垣、东藩八星、西藩七星,引紫微星/主,执如意,从禄台上。二童执旌旗,二童执宫扇,随/上,星主唱"(《千祥云集》北大本《九九大庆》)之类的记载。事实上,从清代在宫廷苑囿中修建了多处三层大戏台的史实来看,清内府承应剧上场人数的规模肯定要远超前明。

第三,在服装、切末上追求新奇华丽,也是明清两代内府本的共同特点。明教坊编演本杂剧大部分都附有穿关,尽载每折每一个出场人物的穿戴扮相,即使精怪之流也有特制的戏衣,如《贺升平群仙祝寿》穿关"第二折　柳树精　树枝陀　项帕　偏带　拄杖头　绿襕　项帕　偏带　拄杖"、"第三折　虎精　虎头　锦袄　项帕　法墨趿　直缠褡膊"。清内府本在这方面下的功夫更是青出于蓝,不仅在内府本中存在着大量如《穿戴题纲》之类专门记载剧中人物穿戴的文献,还有彩色精绘的数百幅扮相谱,直观地展现了人物扮相,足为演出之助。今仅举中国艺术研究院图书馆藏《穿戴题纲》一例直观说明:

> 三朋作寿　[场上用布云条一△九寿/太极图三十二△](十
> 二仙童[红福字采莲袄红绸道/袍线发绦子太极图]　延寿仙[出
> 摆白发玉蝉巾绦子出彩元瓶一个]/长寿仙[出摆白发方朔巾绦

---

〔1〕 (清)赵翼:《檐曝杂记》,李解民点校,北京:中华书局 1982 年版(2007 年重印),第 11 页。

子/出彩桃一只] 八仙童[红福字采莲袄红绸道袍/线发绺子四如意四黄幡]/天寿仙[黄蟒寿星套领/出彩太极图])

在切末的运用方面,清内府本与明教坊本相比,精巧程度也是有过之而无不及。教坊编演本《贺万寿五龙朝圣》一剧,切末辉煌华丽,代表了明代宫廷演剧切末制作的最高水准:

> (外扮金脊龙王,领巡海夜叉上,云)……我这海中,前年涌出三面龙牌,一面约高七尺,径过三尺,书八宝镶嵌,书着"圣寿万岁"四字。二面约高三尺,径过一尺,书着"万民乐业、天下太平"八字。吾又铸了一个金兽炉,其炉香烟不断。又有一对金瓶,插灵芝二株。

在其后的第四折中,除了上述金牌外,还由剧中人分别进献了:珊瑚四株、玻璃瓶牡丹、金盘八宝、金色鲤鱼。该剧借助新奇华丽的切末增强舞台效果,足可当"切末辉煌,天神水怪布满场中,热闹之极"(王季烈《孤本元明杂剧提要》)的评价。

清内府本对于切末和舞台技术上的追求更是达到了登峰造极的程度。以北大图书馆藏《九九大庆》为例,其中两种曲本的舞台提示如下:

> 卷一第七种《麟凤呈祥》:内奏乐。轩辕下辇,神将后护,从寿台下。轩辕等同上仙楼。众扮云使,各持黄云,福台上。众扮云使,各持喜字云,禄台上。众扮云使,各持彩云,从寿台两场门上,作绕场走势科。福台出二黄龙,禄台出二凤凰,寿台上二麒麟、二龟,从两场门作跳舞科,合唱;禄台云内现"万年甲子"匾。扮云童从禄台暗上,作镶匾/科,福台、禄台云使齐下至寿台,作合舞科,同唱。
>
> 卷八第二种《宝塔凌空》:内作金钟、梵呗声。如来面前现五

彩祥云。佛现无量寿佛相。——内金钟、法鼓。众扮云使,从寿台两场门上,走式科。五/地井同升七宝塔、垂宝璎珞、宝铃万亿,塔中各坐多/宝佛,云使作绕塔科,仍从两场门分下。

　　第一种剧中出现各色祥云,第二种自地井内升起七座宝塔,舞台效果令人眩目,达到了我国古代戏曲舞台艺术上的最高成就。

　　第四,以歌舞、滑稽演出与戏曲表演相结合,是明清内府本调剂舞台场面的常用手段。教坊本《紫薇宫庆贺长春寿》第四折:

　　　　(金母云)唤将十仙女来,捧着十长生寿物舞着,唱着,祝贺者。(十仙女各捧十长生寿物上)(紫薇夫人云)你十仙女舞着,唱着,祝贺者。[十仙女舞唱科]

　　在《众群仙庆赏蟠桃会》第三折里也有四毛女在正末演唱之间夹唱咏叹春夏秋冬四景的 4 支【出队子】。至于滑稽调笑之处,在明教坊本中更不少见。如《祝圣寿金母献蟠桃》头折:

　　　　(净金童云)金母奉太上法旨,下降四个仙女也去。若到人间,必索往临清过观音嘴儿,上有家人,坐东朝西,黑油板答里头,千万道我金童上复一声。(外云)那是谁家?(净金童云)是我丈母家。

　　类似的风格在清内府本中得到了进一步的发展。在明教坊本中,在套曲间夹唱的多为叹咏风景的小令。而在清内府本中,除了花神仙女之流所唱比较雅致的支曲,风格更加多样的民歌小调也进入到剧本中来,增加了演出的观赏性。如北大本《九九大庆》中的两例:

　　　　《万年太平》:(白)老伯伯。(九老白)你们来得甚好,唱个太

218

平歌儿与我们听听,快活、快活。(童子白)好夏! 大家都要帮腔
儿的夏。(内应十番锣钹,众童子合舞走式科,同唱)四时太平歌,
春月庆尧年[韵]。太平鼓敲响鼟鼟[韵],/四海升平乐/尧天
[韵]。太平春色[句],桃李争妍[韵]。[只见那]王孙抛蹴鞠
[句],/[还有这]仕女们戏秋千[韵]。[争如俺]儿童们[读],竹马
骋/驰骋[韵],太平人同欢忭[韵],太平人同欢忭[迭],齐庆和/太
平年。

《天家余庆》:(渔婆唱)/【吴歌】一叶扁舟驾顺风,[嘤朗朗]
渔歌高唱任西东。/欣逢海宴何清日,好受/恩波有几万重……
(渔郎唱)【吴歌】太平/天子兆清和,江海深/恩沛泽多。你看普天
下的耕夫樵子,与那读书的共乐。太/平无量福,还有吾渔家唱出
太平歌。

清新的民歌小调给沉闷的宫廷演剧带来了一缕清风。除了在套
曲中夹唱小调,清内府本在舞台艺术上的成就还集中地表现在舞蹈的
编排上,笔者粗略统计了北大和国图藏本《九九大庆》,在剧本中明确
提到其名目的舞蹈就包括以下十几种,更遑论其中为数更多的仅以
"舞科"一笔带过的各式舞蹈:

《四灵效瑞》万寿无疆之舞;《瓜瓞绵绵》瓜瓞绵长之舞;《万寿
无疆》八大吉祥之舞;《太保九如》九枝之舞;《麟凤呈祥》麟凤呈祥
之舞;《八旬献寿》圣寿同天之舞;《万年甲子》万年甲子舞;《佛日
光华》太平有象舞;《百福骈臻》万福攸同之舞;《福缘善庆》福缘善
庆之舞;《三星昭庆》祥和吉庆之舞;《仙子效灵》剑舞;《神风四扇》
扇舞;《霓裳仙子》霓裳仙舞。

王国维先生在《宋元戏曲考》中总结中国戏曲的特点是"以歌舞演
故事",以之形容清内府仪典剧可谓恰如其分。在剧本本身艺术格调

不高的情况下,将各色歌舞加入到演出中去,既可以弥补剧本结构和内容上的不足,又可使场面显得热闹有趣,增添了演出的观赏性,可谓清内府本艺术上最大的特色。

在讨论清内府本与院本、过锦戏的关系时,笔者已经列举了清内府本中滑稽调笑之例,此处不再复举。除了角色之间互相取笑的方式,清内府本还有一种调剂场次,增加趣味性的方式,也十分值得注意。国图本《九九大庆》第二卷《瓜瓞绵长》第二出"葵藿怀丹":

> (一仙童白)趁着仙师不来,我/们做什么顽耍?(一仙童白)我们串戏罢。(众)串戏到也好顽。串什么呢?(一仙童)《三挡》好不好?(众)好便好,那个去秦琼?那个去杨林?(一仙童白)我去秦琼,你去杨林。(一仙童)我去程咬金。(一仙童)我去王百当。如此,我们就串起来。

其后,按照舞台提示,三个仙童在舞台上串演了"三挡"故事。《瓜瓞绵长》剧演毛遂、东方朔盗走广成子准备向帝王呈现的瑞瓜,广成子纠集群仙捉拿二仙事。情节平铺直叙,没有激烈的戏剧冲突,在此加入的"三挡"的表演是隋唐故事中十分有名的秦琼三挡杨林事,是一场场面热闹火爆的打斗戏,非常能够吸引观众,这也是清内府本常常采用的一种调节冷热场次的手段。

以上主要从共性的方面对明清两代内府本进行了比较,那么,相对于明教坊编演本,清内府本的特点又有哪些呢?

首先,相对于教坊编演本,清内府本的编剧手法更加纯熟。明教坊本出场人物虽多、场面热闹,但千人一面,读之令人生厌。最典型的就是剧中人物的上下场,演员多按组出场,每组二至六人不等,每人上下场均念诵上、下场诗和骈文自叙身世,全剧三分之一的篇幅都被这种无意义的文字占据,毫无观赏性可言。清内府本在艺术的成就也不高,但其创作者还是在提高剧本的观赏性方面做出了有益的探索。大大简化了明内府本中的出场程式,人物通常只自报家门,取消或简化了骈文和上下场诗。此外,以时事入剧是其独特的编剧手法之一。如北大本《九九大庆》之《秘阁焕尧天》,剧演乾隆时建立七阁事:

> 【南吕】【一枝花】中天景运新,/圣世文明启。琅函罗宾笈,云阁映龙池。(白)吾等八部龙神。当今文治光昌,/万万岁建立文渊、文津、文溯、文宗、文澜、文汇等七阁,/收藏《四库全书》,惠天下士林,聿兴文教。又因范氏/天一之阁,用天一生水,地六成之之义,今七阁仿其/制度,规模愈大。吾神等职隶波臣,理当呵护。恭逢/圣主六旬大庆,文昌帝君率领七阁直阁神将前来庆祝,吾神等瞻仰威仪,好不荣幸也。

其他如《八佾舞虞庭》中插入平定回疆事,《吉星叶庆》敷演"海贼蔡牵"事:

> 【字字双】公母千年住岛崖,(八风唱)称怪。(周易白)谁称怪?(八风白)你不怪我怪。(周易唱)灰孙蔡贼掳民财,(八风唱)好坏。(周易白)谁坏?(八风白)我不坏你坏。(周易白)移居洛水姓名埋,(八风唱)躲坏。(周易唱)[喜]天威一怒迅惊雷,(八风唱)除害、除害。[1]

在内府本中,将时事加入剧中的目的不外是歌颂统治者和污蔑反抗者两个目的,前者自当能够喜动天颜,后者亦可让清朝的统治者们,

---

[1]《吉星叶庆》剧演周易与羲易争向神州献瑞事,引文出自本剧第三出《应龙讯因》,主要内容如下:周易灵仙和八风夫妻与门人讲述来历,其夫妻原住海中崖山,因其灰孙青毛蔡龟在广东摄来一个烟花女子生下一子蔡牵,在广东福建海边骚扰来往商贾,被圣主遣将捉拿正法,故此移居此处。逢圣主万寿,欲随群仙祝寿,并邀黄龙为伴。黄龙受羲易灵仙所惑,向周易灵仙问罪,责打其夫妇,并不允带其祝寿。周易灵仙夫妇因此深恨羲易灵仙。

在对起义无可奈何的情况下,借戏曲舞台一解心头之恨。对内廷演剧进行调侃也是编剧者常用的手段之一。

《吉星叶庆》第二出《海晏河清》:(羲易白)站住。你把后台这些夹纸云,你也让两了来。这万寿的时候,谁家神仙不用云,你也让两块人家使匕,一个人儿驾这些云。(云从子)不多吓。(羲易)不多,这是《黄云扶日》的黄云,这是《和合呈祥》的喜字云,这是《五方呈人寿》的寿字云。哟!这个云有利益吓。(云从子)什么利益吓?(羲易)这是五云笼宝贝云,一块云一两重呢。你一个人用这些云。(云从子)我驾的是景云。(羲易)景云不是夹纸片儿的切末云?

《天开寿域》第二出《远人向化》:(占宾、古罗二神白)呸,不用欺侮我们外国神怯斗子了。你见驾云有给钱的么?你查去新戏、老戏、轴子、连台大戏,谁驾云给过钱?(云使白)这原是新样儿,给钱罢……(云使白)不破例,还是依老派。领法旨。

《天开寿域》第七出《讹认误还》:(注辇国神白)除了这一下儿,他也不吃。呔!你这个人岂有此理,着我们外路货,就是这么宗欺负。手儿见了面,就对把子,也不念或白,也不唱曲子么?(三国神)早说不得,早说了,就没有了把子了。

自我调侃的说白,既妙趣横生,又十分应景,由内廷伶人们在舞台上一一道来,亦可博得天颜会心一笑。最后,清代虽然一直实行闭关锁国的政策,但乾隆之后,中国与西方各国之间的交往也在一定程度上展开,于是在内府本中,前来进贡的,除去传统的附属国,也出现了西洋人的身影,如北大本《寿星既醉》剧演:文昌六星、三台六星奉天帝敕令为圣人献瑞祝寿,于是天上吉星俱现。感政通人和,三十六老人星痛饮大醉,与众星同赴皇州共庆圣主六旬大寿。八耆老主持结坛诵经张灯演戏为圣主祝寿,见满天吉星俱现,于是众老人数星相戏。此时钦天监官员与西洋人来到,见此异景,向众人解说星名,并言此乃

圣德所致,将异景上报圣主。其中,西洋人在剧中是被取笑的对象:

> (一白)列位,小弟有个顽意口令,叫数星星……(作数不完,
> 又换一、二人,作数不完,作丑态,众笑科,一人句)列位听吓,……
> (二西洋人作说官话不清,指手画脚作口吃状)

把西洋人写入内廷演剧剧本中,一方面表现了内府本的编演确实"与时俱进",宫廷和民间出现的新现象都能及时地呈现在帝王面前。另一方面,从西洋人在剧中被取笑、被丑化的形象,亦不难窥视隐藏其中的清朝政府以"天朝上国"自居的心态。

其次,清内府本在声腔体制和曲体选择上更加自由。明教坊本遵守北杂剧一人主唱四大套北曲的演唱体制,相对于同时代南杂剧作品的大量涌现,内府本的发展显然滞后,在体制上不敢越雷池一步。清内府本则完全没有这方面的顾虑,腔调以昆弋为主,演唱形式则以一人独唱、轮唱、合唱交替运用,完全取决于演出的需要。更大的变化则是以【弦索调】为代表的民间小调在曲本中的大量出现,如:

> 《康衢击壤》:【弦索调】【皂罗袍】画鼓丁咚喧应[韵]。借阳
> 春一曲[读],歌舞升/平[韵]。(内应十番锣鼓,串舞科唱)琴引南
> 风度新声[韵],/钧天乐奏云光静[韵]。(内应十番锣鼓,串舞科
> 唱)华封/联祝[句],雍熙瑞征[韵],童谣传谱[句],宫商韵清
> [韵]。(内应十番锣鼓,串舞科唱)[辉映那]唐虞治俗/皇朝庆
> [韵]。(内应十番锣鼓,串舞科毕)

其中所引《吉星叶庆》第三出《应龙讯因》卷端即题:[唱弦/索调小字双行]。这可以看成是民间流行的小调对宫廷演剧的逆袭。

最后,在舞台美术上精益求精也是清内府本的一个突出特点。除了在上文中已经介绍的众多精美的切末、服装,清代内廷演剧对中国戏曲

舞台美术史上最大的贡献在于三层大戏台的新建和使用,大大增加的舞台演出空间,为机械化道具的使用创造了条件,关于三层大戏台的具体例子将在后文分析具体剧目时加以说明,此处暂且按下不表。

第四节 北京大学图书馆藏《九九大庆》考

前面三节,我们一一考述了内府本仪典剧的来源、艺术特点,从宏观角度对研究对象进行了整体描述。从本节开始,我们将转换视角,以具体曲本为个案,从更加细微的角度对其展开分析。首先要关注的是仪典剧寿戏中的一种特殊形式——"九九大庆"。"九九大庆"是宫廷庆寿剧的一种,由于其体制庞大,编演目的明确,最能反映清代宫廷戏曲,特别是庆典类戏曲的特点。流传至今的清代内府本中,有一类以《九九大庆》命名的曲本,即是这类演出的剧本集,是清代宫廷演剧研究的重要资料。然而在清代内府曲本研究中,学者对此类曲本着力较少,相关文献资料尚少披露,从而导致学界对"九九大庆"戏的认识存在争论。今以北京大学图书馆所藏《九九大庆》为例,试述其形制、特点,兼及该类曲本的编演过程。

1. 北京大学图书馆藏本《九九大庆》概述

北京大学图书馆藏《九九大庆》(书号:SB/812.7/4440),抄本,2函16册,2册为1卷,共计8卷。外有函套,函套侧面正中位置题"九九大庆[一 八]",每函8册,每册均有深紫色书衣,函套和书衣为整理者后加。第一册正文前有全书总目,每卷16种,8卷共计128种。目录末题"九九大庆总目终"。详目如下:

> 卷之一
>
> 洪福齐天 纯嘏祝南华 五方康阜 万宝光华 金桃献瑞
>
> 秘阁焕尧天 麟凤呈祥 千祥云集 保合太和 七旬舞彩
>
> 四海安澜 华封三祝 龙阙遥瞻 鲸波不动 清平见喜

和合呈祥

卷之二

祝寿万年　恩沾草木　天上文星　人间吉士　千秋彩索

蹴鞠球场　八旬献寿　万年甲子　瑞呈花舞　万寿承欢

佛日光华　九有人安　八旬焚义券　五星聚奎　百福骈臻

皇图瑞应

卷之三

福缘善庆　仙子效灵　寿星献瑞　福耀呈祥　芝茎骈彩

周雅九如　三星昭庆　神风四扇　武士三千　天衢十二

霓裳仙子　鹤发公卿　会蟾宫　晋万岁觞　九旬移翠巘

九天麟趾

卷之四

五方呈仁寿　山灵瑞应　花甲联绵　司花呈瑞果

吉星添耀　女娲呈瑞　古佛朝天　老人呈技　女博士

农丈人　海屋添筹　中外颂升平　河洛呈祥　丰年天降

寿星既醉　受福无疆

卷之五

福禄寿　八仙赞扬　品仙介寿　箕畴敛福　八仙增寿

福禄寿骈臻　七耀会东垣　五云笼北阙　瑶池整辔

函谷骑牛　永寿无疆　鹤舞呈祥　洪福天来　寿山拱瑞

似锦批　如环转

卷之六

法轮悠久　康衢击壤　香象渡滇池　黄发换朱颜

萧韶九成　霞觞献寿　乐陶陶　活泼泼　宣仁宏化

象德昭功　盛世农蚕　歌舞阳春　命仙童　邀织女

万福攸同　地涌金莲

卷之七

佛日光华　百岁上寿　九成仪舞　海岳呈祥　嘉禾庆三登

宝鉴大光明　罗汉渡海　蒨匐舒香　受兹介福　式围受禄
添筹献寿　金殿舞仙桃　黎庶讴歌　螽斯衍庆　万国麟仪
普天同庆
卷之八
宝塔凌空　万年太平　瑶林香世界　天家余庆　黄云扶日
绛雪占年　宝算遐龄　四海升平　扶仗祝　赐酺陈
朝帝京　国王会　欣上寿　待明年　太平有象　万寿无疆

　　总目后另起一页写第一卷目录,卷端无题。其后各卷正文前亦有分卷目录。目录后接正文,每种曲本卷端均题分剧名。每册首页卷端俱钤两枚印章,其下为"国立北京大学研究所国学门"、其上为"国立北京大学藏书"。

　　内文无板框、行格,版心无题。页高28.9厘米,宽18.1厘米,每面8行20字左右。曲文大字,科介、衬字小字,宫调小字双行。曲文高说白一格,科介不与说白联排时低说白一格,遇颂圣处则换行提格书写。[1]在全部128种曲本中,仅卷五《八仙赞扬》有目无书,余皆完整无缺,整部书抄写比较精美,字体工整,科白完整,未标工尺,以完整程度而言为总本。但在少数地方有修改,且书衣等处亦无特殊标示,以用途而言,并非精抄精校的安殿本,属于内府本中的存库本。

　　关于本书的来源,据卷端印章,属"国立北京大学研究所国学门"旧藏。该所成立于1921年11月。1932年北京大学研究院成立,国学门即被国立北京大学研究院文史部代替,[2]则此书的购置必在1932

---

〔1〕 关于颂圣语句的书写,在曲本中有三种处理方法(相对于宫调的位置),分别为换行提两格(顶格)、换行提一格、换行齐头。以换行提一格最为普遍,如遇"圣天子""圣主""皇恩"等均换行提一格。以换行提两格最为少见,此本仅有一例"先皇帝"。笔者在国图所藏《九九大庆》中亦曾发现一例"太上皇帝"。可见,在内府本中,关于颂圣语句的写法规定严格,层次分明,表现出森严的等级观念。
〔2〕 郭建荣:《北京大学研究所国学门的变迁》,《文史知识》1999年第4期,第115—119页;第5期,第98—102页。

年之前。继承了北大"歌谣征集"传统的国学门,曾于1924年购入一批清升平署曲本,刘澄清为之整理编辑《本学门所藏清升平署剧本目录》,陆续发表在1925—1926年的《北京大学研究所国学门周刊》上。但其中并未著录《九九大庆》或其中的单出。1927年11月刘氏发表《清代升平署戏剧十二种校刊记》,"翻此项剧本(按:即前述1924年购入并编目者)目录与九九大庆相同者十二种"校刊,后文校刊第一种为《寿祝万年》,标"九九大庆第二卷第一出",核之今本,若合符节。可知至少在1927年之前,此本《九九大庆》已经入藏。可能是1924至1927年间又零散购入者。

北大本的128种曲本(实为127种)中的89种在曲文中明确提到"恭遇/逢/祝圣主六旬万寿",可见此本在曲本类型上属于"寿戏"。除《五方康阜·万宝光华》《清平见喜·和合呈祥》《天上文星·人间吉士》《古佛朝天·老人呈技》《品仙介寿·箕畴敛福》《七耀会东垣·五云笼北阙》《罗汉渡海·蘮蔛舒香》等数种情节前后连属外,其余曲本情节独立,即使情节两两相连的剧目,也各成独立的表演单元。就性质来说,《九九大庆》可以看作一个庆寿剧丛编。就内容而言,或为"群仙神道添筹锡禧",如《洪福齐天》《纯嘏祝南华》;或为"黄童白叟含哺鼓腹者",[1]如《康衢击壤》《万福攸同》;或为"仙佛麟凤太平击壤",[2]如《麟凤呈祥》《鹤舞呈祥》;还有少量以歌舞为主的剧目,如《萧韶九成》《歌舞阳春》。概言之,曲本以天地万物、神灵百姓为皇帝祝寿呈祥为情节,词藻华丽、铺排堂皇,极力粉饰太平,营造喜庆气氛,从内容而言并不足观。但剧本的演出形式、剧目编撰方式,颇能反映清代宫廷剧的特点。

首先,从音乐结构而言,127种曲本用到了清代南北曲常用的全部九个宫调,尤以仙吕、中吕、南吕、双角、黄钟最为常见,南北合套也占

〔1〕《啸亭杂录》,第378页。
〔2〕(清)李斗:《扬州画舫录》(卷五)《新城北录下》,汪北平、涂雨公点校,北京:中华书局2007年版,第107页。

据了较大的比例。从宫调代表的音乐性格考察,黄钟之曲调"富贵缠绵",仙吕则"清新绵邈",[1]恰好反映了宫廷乐曲雍和肃穆的特点。具体情况见下表统计:

表 3-10 北大本《九九大庆》所用宫调统计

宫调名称	仙吕宫	中吕	南吕	双角	黄钟	正宫	商角	高大石调	越角	高宫	平调	南北合套
种数	21	19	16	16	15	9	7	2	4	1	1	12

此外,曲本多采时曲入调,如《盛世农蚕》主体采用仙吕调套曲,但中间穿插一支【弦索调】、一支【田家乐】;《天家余庆》在曲牌中穿唱四支【吴歌】。据顾笃璜先生在《弦索调和弦索调时剧》中介绍,"凡是用弦索伴奏的北方唱调都可以泛称弦索调",是明清之间风行一时的一种比较俚俗的腔调。其风靡程度,从乾隆时期庄亲王曾为之专门编撰《太古传宗弦索调时剧新谱》可见一斑。[2]在庆寿剧中穿插这种俗唱,一方面是剧本情节的需要(采用弦索调、时曲、吴歌等一类曲调的剧目多为反映与民同乐、百姓献寿的情节),另一方面则表现了宫廷演剧在吸收民间流行曲调方面十分积极,民间演剧与宫廷演剧在流行趋势上是基本同步的。

其次,在舞台设计方面,九九大庆剧反映了追求新奇、场面浩大的特点。其中最为突出的就是对三层大戏台的应用。内府本一般都有丰富的舞台提示,《九九大庆》中的曲本也不例外,根据其舞台说明,其中约90%以上的曲本都需要使用到两层以上的表演空间,因此说《九九大庆》是专为三层大戏台编制的剧目亦不为过。从传统的一层到清宫内的三层戏台(实际是四层,禄台和寿台之间的仙楼也是一个独立

---

〔1〕 吴新雷主编《中国昆剧大辞典》,南京:南京大学出版社 2002 年版,第 488—489 页。
〔2〕 顾笃璜:《弦索调和弦索调时剧》,《苏剧昆剧沉思录》,苏州:古吴轩出版社 2004 年版。文献来源:http://www.kjcxs.cn/News_View.asp? NewsID=85&page=2.

的表演空间),〔1〕带来的最大变化是舞台表演空间的扩大,其具体的作用不外以下三点:(1) 静态表现剧中人物的等级、层次,如神仙的等级、天地人三界的界限;(2) 动态展示空间、身份的变换,在第一种静态空间的基础上体现空间、身份的变化;(3) 作为大型道具的升降通道。《九九大庆》是庆寿剧,出场人物多,随时会出现上百人同时在舞台上表演的场面,人物身份也比较复杂,因此对三层戏台的依赖程度也比较高。此外,清宫演剧常常使用许多制作精美的砌末,借助各种机械动力巧妙地融入剧情,也需要足够宽阔的场地来展示。上述三层大戏台的功能在《九九大庆》的曲目中都有很好地反映,以下试各举一例说明:

表 3－11　北大本《九九大庆》使用三层大戏台示例

功能	剧名	三层大戏台使用
表现舞台层次	洪福齐天（卷 1 第 1 种）	寿台场上预设天门、云路——众扮南方七宿,持金枪从福台上——众扮东方七宿、西方七宿,持金枪从禄台上——众扮北方七宿,持金枪。众扮神将,持枪,从天门上,跳舞科,各分下——内奏乐。扮众云童,持祥云,从天门上,摆式科——二十八宿、八神将引太阳星君,执扇仙童,从天门上同唱。
表现舞台空间转换及天井的应用	佛日光华（卷 2 第 11 种）	地藏菩萨各执如意,从仙楼上同唱——内奏乐。扮四罗汉,执拂尘,乘云兜,从天井下。扮四罗汉,执拂尘,从寿台两场门上——扮八罗汉,执拂尘,从禄台左右天井虹霓桥梁至仙楼,下至寿台,同唱——扮二罗汉,执拂尘,乘二云兜,从中天井下——内奏乐。四菩萨等下仙楼至寿台中,罗汉、揭谛摆式——同从下场门下。扮金刚持风调雨顺,从寿台上场门上,跳舞科,从下场门下。内奏乐。扮大鹏鸟,从寿台上场门上,飞舞科,从下场门下。金刚大鹏鸟引天女,各执荷花,引阿难、迦叶、三世佛从禄台上唱——内奏乐。三世佛、阿难、迦叶乘大云板,四大菩萨乘四云兜,从天井下至半空,众揭谛、罗汉从寿台两场门上,同唱——众罗汉作跳舞太平有象势。

〔1〕 清宫三层大戏台,从上往下依次为福台、禄台、寿台,福台最小,仅屋檐下的一小块地域被辟为表演空间。寿台最大,是普通戏台面积的 2 倍以上。仙楼是寿台和禄台之间的一层表演空间,在寿台后部,有堆垛连接仙楼,仙楼上亦有阶梯通往禄台。地井、天井是寿台地面和屋顶的活动出入口,不用时以木板覆之,与普通地板持平,用时打开,以机械工具转动砌末出入,或负载演员出入。

功能	剧名	三层大戏台使用
地井和地井的应用	地涌金莲（卷6第16种）	内奏乐。扮优昙菩萨，各持金莲切末，从寿台两场门上。地井内现莲花五座，扮释迦文佛、无量寿佛、宝月光佛、功德海佛、威仪智佛，各坐莲花内，升座科。众扮四金刚、韦驮从禄台上，优昙菩萨唱——内奏乐。天井作下极乐世界匾科，五佛分白——……——金莲花内作献佛像科，九龙神白——……——天井收匾，九龙王从两场门下，地井收莲花座，众同唱。

最后，以时事入剧是九九大庆戏的另一个特点。前面已经提到，北大本《九九大庆》剧目的内容多是天地人三界为皇帝诞辰献瑞祝寿，仅从情节很难判断剧本的创作年代。但是也许是考虑到在剧目中穿插时事可以提高观赏性，同时也达到了歌颂皇帝功绩的目的，曲本中的不少剧目都将当时发生的事件谱入剧中。这虽于曲本的艺术性无补，但是为我们探索北大本《九九大庆》的创作年代和版本时间提供了线索。

2. 北大本《九九大庆》的年代

前文已揭，北大本《九九大庆》是为庆祝某位皇帝的六十寿诞而编，清代在位时超过六十岁的皇帝有四位，分别是康熙、乾隆、嘉庆、道光，北大本《九九大庆》肯定属于其中一位。而隐藏在曲文中的讯息，可以帮我们确定它最终的归属。

卷四第7、8种《古佛朝天》《老人呈技》剧情相连，剧演：上年皇帝东巡回銮之时，驻跸供奉三世佛的兴隆寺，期间恰逢万寿圣节，于是皇帝为之赐名万寿兴隆寺，又将寺前小泉赐号荣辉。本年乃皇帝六旬生辰，三世佛、荣辉河神感皇恩浩荡，乃相约往神京（京师）为圣主祝寿呈祥。兴隆寺所在的玉田县，在上年万寿节时，曾组织百名老人摆菊花山呈万花献瑞异景，皇帝赏赐甚丰，百姓感戴。今岁逢皇帝六旬万寿，于是众老人学杂耍、八仙庆寿剧往京城祝贺。路遇丰润县老人亦往京师，于是结伴同往。最后，万寿兴隆寺三世佛献天女散花祝寿。（按：

《故宫珍本丛刊》第 662 册第 443—453 页载此剧别本,情节相同,可参看。)

　　我们可以从剧本中提炼出以下 3 个关键事件：1. 剧本中提到的皇帝(即"当今圣主")在六十寿辰的前一年,曾在玉田县的兴隆寺行宫度过其五十九岁生日；2. 因为皇帝驻跸兴隆寺时恰逢"万寿",于是给该寺赐名为"万寿兴隆寺",寺边小泉河赐号为"荣辉河"；3. 皇帝之所以会在万寿寺行宫度过生日,是因为当时尚在东巡回銮路上,不及赶回京师。有了上面的分析,我们不妨来看看历史上的清代帝王们在其六十寿辰之际都做了些什么。

　　康熙帝玄烨生于顺治十一年(1654)三月,康熙五十二年(1713),为皇帝六旬大寿。该年二月皇帝由畿甸还京,驻跸畅春园,对于其生日庆典的安排,旨意如下："朕于十七日进宫经棚,老人已得从容瞻觐。十八日正阳门行礼,不必再至龙棚。各省汉官传谕知悉。"乙未正寿日,在太和殿受贺。翻查康熙五十一年(1712)三月的史料,同样未见皇帝离京的记载。(《清史稿·本纪八·圣祖本纪三》)

　　康熙帝的孙子乾隆皇帝,是中国古代最长寿的帝王之一,生于康熙五十年(1711)八月十三日的爱新觉罗·弘历,是一个十分喜欢热闹的皇帝,在位期间,多次为其母和自己举行盛大的生日庆典。乾隆三十五年(1770),皇帝六十寿辰,该年正月就以庆祝皇帝、太后寿辰为由,免除天下赋税一年,八月正寿日,乾隆皇帝的行踪如下："(八月)丙戌,万寿节,上诣皇太后宫行礼。御太和殿,王以下文武各官进表,行庆贺礼,奉旨停止筵宴。"而三十四年(1769)八月,乾隆皇帝的生日是在木兰秋围的过程中度过的。(《清史稿·本纪十三·高宗本纪四》)

　　道光皇帝是封建帝王中有名的"节俭皇帝",当大清朝这艘已经行驶了一百多年的巨舰交到道光帝旻宁手中时,已是尽显颓势。国家积弱,列强虎视,道光帝大概也没有心思像他的先祖一样,为自己的生日大肆庆祝演出。生于乾隆四十七年(1782)八月初十日的旻宁,道光二十一年（1841）八月为其六十大寿之辰，该年八月"辛卯，万寿节，上诣皇太后宫行礼。御正大光明殿，皇子及王以下文武大臣，蒙古使臣、外藩王公行庆贺礼。"之前一年的八月，正在为"英人复侵福建厦门"头痛的道光也没有离开北京的记载。（《清史稿·本纪十九·宣宗本纪三》）

　　排除了康熙、乾隆、道光三帝，似乎北大本《九九大庆》的归属，答案已经呼之欲出了。那么，史料中的记载是否能支持这一推断呢？

　　　　（嘉庆二十三年）七月甲子，上东巡启銮……辛卯，谒永陵，行大飨礼。九月丙申朔，谒福陵。丁酉，谒昭陵，均行大飨礼，诣宝册前行礼。上制再举《东巡庆成记》……冬十月庚午，上驻跸兴隆寺。辛未，万寿节，行宫受贺。癸酉，上谒东陵。——《清史稿·仁宗本纪》[1]

对于同一事件，《清实录》的记载更加具体一些：

　　　　（嘉庆二十三年十月）辛未，万寿节遣官祭太庙后殿……上御兴隆寺行宫蕴辉堂……以万寿节庆贺礼成，赐兴隆寺名为万寿兴隆寺，小泉河名荣辉河。[2]

　　嘉庆二十三年（1818），生于 1760 年的清仁宗嘉庆皇帝虚龄 59岁。这一年的七月，他离开紫禁城前往沈阳开始了为期 4 个月的东巡，经过一系列祭祀祖先、拜谒先陵的活动，于该年十月到达玉田县兴隆寺，时值万寿节，于是改兴隆寺为行宫，在此度过了他人生的倒数第二个生日。因为充当了皇帝万寿行宫，兴隆寺被冠以"万寿"之名，提

―――――――――

〔1〕　赵尔巽：《清史稿·卷十六·仁宗本纪》，北京：中华书局 1976 年版，第 613 页。
〔2〕　《清实录·仁宗睿皇帝实录·卷三四八》，北京：中华书局 1986 年版，第 596 页。

高了规格,连寺前的小河也得到了"荣辉"的封号。在史料的记载中清仁宗在生日过后立刻去祭奠了埋葬其父的清东陵,这也与曲文中不断提到的"当今"对"太上皇帝"的孝思暗相呼应。

上述史实完全符合曲文中的描述,至此已经可以基本确定北大本《九九大庆》处处不忘提及的"恭祝六旬万寿",就是为了这位嘉庆皇帝。但是,127种曲本,如果仅以此一种来断定年代,似乎也失之武断。幸运的是,曲本的编创者很会揣摩帝王的心思,处处不忘借祝寿之名歌颂当今皇帝的功绩,于是又给我们留下了另两个有趣的曲本。

卷六第2种《象德昭功》,剧演:皇帝万寿之时,九州岛方镇奉轩辕皇帝之命,使农神、掌花使者献九穗双岐之谷、长春富贵之花,编成大地同春之舞以彰圣德。剧中九州岛方镇出场时说:

> (九州岛方镇神同白)我等九州岛方镇神是也。恭逢当今圣主御世,万方向化,四海同风,殄灭邪教,安奠海洋。奉有轩辕六相之命,令我等昭现各种嘉祥以彰圣德。已曾邀请九州岛掌花使者、司稼农神,齐至神州同敷瑞应。

文中提到的"殄灭邪教,安奠海洋"并非虚指,而是代表了清代中期两个十分重大的政治事件。"殄灭邪教"是指乾隆末年至嘉庆初年,清王朝平息白莲教起义一事。清嘉庆元年(1796)至九年(1804),在湖北、四川、陕西三省,发生了以白莲教为组织形式的起义,给清王朝带来了极大的冲击。虽然这次起义开始不过被看作癣疥之疾,但随着起义规模的扩大,以及政府军的多次惨败,使得嘉庆帝对战况一直保持高度的关注。甚至在平时最频繁的宫廷娱乐活动——演戏时,都不忘祈求上天襄助将匪首一网成擒,或者将政府军取得的胜利谱入剧中,借以宣扬帝国的军威。据现存嘉庆七年(1802)的戏曲演出档案《旨意档》记载,嘉庆曾下旨:"(五月)二十六日　长寿传旨,《天献太平》刘之协上改苟文明。钦此。"〔1〕刘之协是最早发动起义的白莲教首领之一，于嘉庆五年（1800）七月被清军俘获，旋即被杀。苟文明则是活跃在西南一带的最后一位白莲教首领。《天献太平》剧本今已不存，估计其内容是神力助官军剿灭"匪乱"，俘获敌方首领的故事。此时刘之协已被擒获，尚活跃在战场上的苟文明掌握着白莲教最后一支有生力量，是清军最大的敌人，因此将剧中匪首的名字改为苟文明，足见嘉庆帝心情之迫切。嘉庆七年（1802）七月，苟文明被擒获，白莲教最后一支大的武装力量就此瓦解，起义也被基本平息。嘉庆帝兴奋之余，不忘在宫廷演剧中大肆宣扬自己所取得的"武功"，他将乾隆帝平定伊犁时编写的献捷剧目《八佾舞虞庭》略加修改，加入剿灭白莲教的内容，成为"嘉庆殄灭邪教献捷承应"，〔2〕剧中借舜帝之口歌颂当今皇帝的伟业，其中就包括消灭白莲教。

由此可知"殄灭邪教"所指的时代为嘉庆朝无疑。那么"安奠海洋"又指的什么事件呢？

在《象德昭功》中，也许是囿于篇幅，作者对"安奠海洋"只是点到为止。《九九大庆》第 8 卷收有《四海升平》，〔3〕剧演：圣主六旬大庆，文昌帝君率众星官往神州庆贺，路过神州海屿被怒涛所阻，召来四海龙王询问，乃知南海之际有巨龟不时吞吐风涛，帝君令众星捉拿，先被

---

〔1〕 朱家溍、丁汝芹：《清代内廷演剧始末考》，北京：中国书店出版社 2007 年版，第 81 页。

〔2〕 关于"嘉庆殄灭邪教承应"《八佾舞虞庭》，王芷章先生在《升平署志略》中以为"嘉庆十八年有天理教匪入宫作乱，事平之后，专制作此戏，用为承应，其后遇有功臣凯旋赐宴时亦常用之。"此说不确，齐如山《百舍斋存戏曲书目》中著录"八佾舞虞庭一出 稿本系重定新疆承应戏"。在今日所存剧本中亦有"高宗纯皇帝，平定伊犁，奠安西域，以致普天率土，无不来享来王。再传旨，八能之士大奏铙歌之乐，以昭功德"（《故宫珍本丛刊》第 662 册 436—427 页），因此，此戏至少在乾隆时期已经存在了。今存《八佾舞虞庭》的不同版本，在"平定伊犁"的内容而外，也有"殄灭邪教安奠海洋"的内容，可知嘉庆首先是在平定白莲教起义后改编过本剧。因笔者目力所及的曲本没有看到关于平定天理教叛乱的内容，对于是否在嘉庆十八年后又经改编无从判断。参见：王芷章：《清升平署志略》，北京：商务印书馆 2006 年版，第 94 页。齐如山：《百舍斋存戏曲书目》，《齐如山全集》，台北：联经出版事业公司 1979 年版，第 2589—2624 页。

〔3〕 《四海升平》一剧最早是乾隆皇帝为赐宴英国使臣马戛尔尼而专门编制的曲目。关于该剧演编的背景可参看：叶晓青：《乾隆为马戛尔尼来访而编的朝贡戏》，原载：《二十一世纪》总第 105 期，《南方周末》2010 年 2 月 24 日转载。

清代内府曲本研究

其逃脱，又派长庚星会同文曲、武曲星将其捉来，此时海上现四海升平宝瓶，帝君令将龟精宝瓶一齐带往帝京祝寿。

《四海升平》最早是乾隆帝为了迎接英国使者马戛尔尼而特意编制的，在乾隆之后历朝皆有演出。《九九大庆》本虽无涉平定海洋的相关史实，但《故宫珍本丛刊》第661册还存有一种年代更早的嘉庆朝《四海升平》，[1]其中，在文昌帝君向四海龙王询问为何有怒涛阻路时，四海龙王回答：

> （龙王白）启上帝君，当今圣天子文德丕昭，武功广著，四海久已承平，万灵靡不效顺。向者南海之际，有蠢顽巨龟，不时吞吐风涛，稍为微沴。**致有蔡牵等染惹其氛，遂而为乱。于闽越扰害生民。已经圣天子用彰天讨，获而正法。继有水贼无知结党，恣扰于粤闽之滨。劫掠商贾，抗御行人。又赖天威，复殄灭无遗。薛芥不存。**诚为四海升平，万年清晏也。帝君适见水族现形，阻扰法驾者，谅是此龟戏弄风涛耳。[2]

引文加粗部分即《故宫珍本丛刊》本较《九九大庆》本多出内容。其中所述的就是嘉庆朝平定海乱的史实。蔡牵，福建同安人，嘉庆七年（1802），蔡牵纠合沿海流民于海上起事。直至1810年，嘉庆帝令福建水师提督王得禄、浙江水师提督邱良功分率两省水师，合击蔡牵于舟山海面，蔡见敌方势大不敌，乃引爆巨炮，裂船自沉。[3]蔡牵势力瓦解后，在嘉庆十五年（1810），嘉庆帝尚有因追捕海盗有功而封赏臣

〔1〕《四海升平》今存版本尚多，故宫至少藏有三种：乾隆六十年南府抄本（故宫博物馆网站：http://www.dpm.org.cn/shtml/117/@/5802.html）、嘉庆早期抄本（《故宫珍本丛刊》第661册第378—381页影印）、慈禧太后时期抄本（《故宫珍本丛刊》第372—377页影印）。嘉庆二十四年抄本（北大藏《九九大庆》卷8）。此外还有，吴晓铃旧藏抄本。国家图书馆普通古籍部藏二部清抄本。各本虽年代有先后，但所叙剧情基本相同，与本文观点无障。至于各本之间的关系和差异，笔者另文叙之。
〔2〕故宫博物院编《故宫珍本丛刊》(661册)，海口：海南出版社2000年版，第379页。
〔3〕福建省地方志编纂委员会编《福建省志·军事志》，北京：新华出版社1995年版，第6页。

下的旨意，可见在蔡牵之后，东南沿海还有零星海盗势力对抗清廷。这就是曲文中所谓"继有水贼无知结党，恣扰于粤闽之滨"的由来。照常理推断，《故宫珍本丛刊》所收《四海升平》应该是嘉庆得到蔡牵身亡、清军取胜的消息后不久改编的，所以对其事叙述甚详。《九九大庆》本改编时则已距平定海乱将近十年，所以在曲本中只相对简略的提到此事。但"安奠海洋"所指为嘉庆朝平息闽粤蔡牵等海盗叛乱则属无疑。

如果《象德昭功》帮助我们确定了北大本《九九大庆》编定的朝代，那么《香象渡滇池》则可明确其编写的具体年份。《香象渡滇池》剧演：圣主六旬万寿，朝鲜国王、越南国王、暹罗国王、琉球国王、苏禄国王、南掌国王相约进京朝贺，途中遇缅甸国王、昆骞国王、扶南国王，缅甸国王进献乐章一部，应昆骞王之邀，于众人前演习一番。诸外番进京朝贺毕，皇帝赐宴，赏赉有加。

据《清仁宗实录》所载"（嘉庆二十四年）己卯冬十月庚寅朔享……越南国王阮福映、暹罗国王郑佛、南掌国王召蟒塔，各遣使贺万寿并进贡方物，均赏赉宴如仪。"（卷三六三第 788 页），可见曲本并非空穴来风，而是确有所本。有清一代，虽然东南亚附属国派使向清朝进贡朝觐非常频繁，但是，在前述四位超过六十岁的皇帝中，唯有在嘉庆帝六旬大寿时，留下了南掌诸国派使者朝贺的记载。由此可证曲本的创作年代为嘉庆二十四年（1819）。

通过对上面四个剧本的分析，[1]我们已经可以肯定《九九大庆》是为嘉庆二十四年（1819）皇帝六旬大寿演出所编定的曲本。那么，此本的抄写年代呢？是否可能是编定之后，如道光时期的抄本呢？答案是否定的。

---

〔1〕 曲本中可资判断创作时间的曲本当然不止上述四种，再如第一卷第一种《洪福齐天》，内有说白"小圣等紫微垣五福星主是也恭逢／圣天子六旬大庆／皇后千秋令节恰好日月合璧乃亘古未有之嘉祥"，嘉庆帝生日是十月初六日，而嘉庆的第二位皇后，册立于嘉庆六年的孝和睿皇后生日也在十月，在清代的帝后中亦独此一例。如此等例子还有不少，本文只选取了其中最有代表性的进行分析。

表 3‑12　《九九大庆》本与《故宫珍本丛刊本》避讳字比较

剧名	《九九大庆》本	《故宫珍本丛刊》本
《四海安澜》	大宇清宁/海甸秋,巨波恬静见时麻。/圣朝德在轩羲上,治水功难尽禹收。 (卷1第11种)	大宇清平/海甸秋,巨波恬静见时麻。/圣朝德在轩羲上,治水功难尽禹收。 (661册382—384)
《会蟾宫》	【仙吕宫正曲】【解三醒】俺逍遥仙山佳胜[韵],觑见那万国清宁。 (卷3第13种)	【仙吕宫正曲】【解三醒】俺逍遥仙山佳胜,觑见那万国清平。 (661册224页)
《五方康阜》	【商角只曲】【逍遥乐】人天欢畅[韵],[喜的是]四海清宁[句],三垣/耀朗[韵],遍寰中物阜民康[韵],幸遭逢/帝道光昌[韵],/圣德汪洋恩泽广[韵]。 (卷1第3种)	按:同曲"宁"字缺末笔。 (686册122—123曲谱本)

由上表可见,在与别本相较时,《九九大庆》本所有"宁"字均不避讳,而《故宫珍本丛刊》所收本则都将"宁"改为"平",或者缺笔书写。由此可见《九九大庆》本是嘉庆抄本,《故宫珍本丛刊》所收本避清宣宗旻宁讳,为道光后抄本。嘉庆二十五年(1820)七月,嘉庆帝病故于避暑山庄,未能度过其人生的第六十一个生日。故此,结合前文关于剧本创作年代的分析可以确定,北大本《九九大庆》的创作和写定年代均为嘉庆二十四年(1819)。

3."九九大庆"的性质和编纂

最后我们需要解决的是"九九大庆"的性质和如何编演的问题。如前文介绍,北大本《九九大庆》中有嘉庆二十三四年之间编纂的新戏,如《古佛朝天》《老人呈技》等,但为数更多的是继承前代而稍加改编的戏目,如《四海升平》等。此外,"九九大庆"中的戏目除了在寿诞时演出,在其他节令似乎也能使用,那么,我们应当怎样看待"九九大庆"的性质和来源呢?

"九九大庆"第一次在文献中出现是在清昭梿《啸亭杂录·大戏节戏》："乾隆初，纯皇帝以海内升平，命张文敏制诸院本进呈，以备乐部演习，凡各节令皆奏演……其于万寿令节前后奏演群仙神道、添筹锡禧，以及黄童白叟、含哺鼓腹者，谓之九九大庆。"

　　其后，民国时期王芷章《清升平署志略》介绍"九九大庆"时，将其分为"皇太后万寿承应""皇帝万寿承应""皇后千秋承应""皇太妃寿辰""皇贵妃寿辰""亲王寿辰承应"，[1]在同为王氏所编《国立北平图书馆藏升平署曲本目录》中对"九九大庆"戏的分类大略仿此，只将"皇太妃寿辰"撤去，加入"皇子千秋承应"。

　　民国时期，人们对"九九大庆"戏的认识都大致相同，如《故宫周刊》所载《故宫所藏升平署剧本目录》谓"九九大庆承应戏，俗呼寿轴子"。吴晓铃先生1940年发表《国立中央研究院历史语言研究所善本剧曲目录》，在"乙类九九大庆"下分列"皇太后万寿承应""皇帝万寿承应""皇后千秋承应""皇贵妃寿辰承应"。

　　由以上引文可以看出，《啸亭杂录》之后，近代以来的研究者均认为"九九大庆"戏等同于庆寿戏，下含帝后寿辰、妃子寿辰、皇子、亲王寿辰等众多小类。但是这符合昭梿的本意及相关史料的记载吗？

　　我们不妨再仔细分析昭梿的说法，在其对"九九大庆"的解释中，有两个关键点：1. 演出场合为"其于万寿令节前后奏演"；2. 演剧内容为"群仙神道、添筹锡禧，以及黄童白叟、含哺鼓腹者"。第二点已经在本文第一部分加以介绍，此处不必赘述。关于"九九大庆"戏的演出场合，昭梿明白无误地告诉我们，是在"万寿令节"前后。在中国古代，所谓"万寿节"是一个有特定含义的专用词汇，专指皇帝或者皇太后的生辰，其他皇族成员的生日则称为"千秋"，比皇帝和太后生日的规格低一等。我们在翻查《清实录》的记载时，也可以清楚地看到，只有在皇帝或太后的生日时，史官才记以"圣寿"或者"万寿"，即使是"帝后同

---

〔1〕　王芷章：《清升平署志略》，北京：商务印书馆2006年版，第97—131页。

体"的皇后,在史书的记载中也只能称作"千秋令节"或"千秋寿辰"。可见,对昭梿来说,他的解释是非常明白的,只有用在皇帝或者皇太后生日时演出的剧目才能够称为"九九大庆"戏,而非我们今日认为的泛指一切寿戏。

为什么将皇帝、太后的寿辰戏称为"九九大庆",这也是有讲究的。对于今人来说"九九"之类不过是比较吉祥的数字,但是在清代,时人对这类词汇的指向性是十分明确的,丝毫不容错乱。关于此点,国家图书馆藏《九九大庆》(书号/03433)第8种《天保九如》第七出《徒求附骥》曾有解释:

> (梅仙子)黄钟之数,一生九九八十一,如环之转运无穷,故曰九九大运与天终始。此章乃万寿之期歌奏,正合黄钟宫调,以祝圣寿绵长之兆。(众白)我等明白了,取黄钟九九之数以祝圣寿如环之转运无穷,怪道御筵前承应九九大庆,总是福寿无疆之意。

在中国传统文化中,黄钟定音,其长九寸,九黍为一寸,故而黄钟之数九九。九九为数之极,而其变无穷,既合至尊之意,亦蕴绵长无期之兆。"九九"所代表的特定含义,十分契合帝王、太后在人间至尊的地位,故而为皇帝和太后庆寿的剧本集名曰"九九大庆"。

从文献记载上,我们已经明确了"九九大庆"所指代的特殊含义,那么实际的演出记录是否支持上述观点呢? 通过辑录《清升平署志略》《清升平署存档事例漫抄》(《清升平署存档事例漫抄》第42—62页)《清代内廷演剧史话》中相关记载,清代"九九大庆"戏的演出情况如下表(表3-13)所示:

由于嘉庆以前的内廷演剧档案今已不存,故今天所能看到的"九九大庆"戏演出的最早记载为嘉庆二十四年(1819)。档案的记载也再次说明了,"九九大庆"戏确实是皇帝或者太后庆寿戏的特称。

表 3－13　清代"九九大庆"戏演出史料

文件名	事由	相关记载
《嘉庆二十四年恩赏档》	皇帝万寿	十月初一日至初九日承应《九九大庆》头至九本
《道光三年恩赏日记档》	皇帝万寿	八月初八日承应《九九大庆》头本；初十日二本；十二日三本
《道光三年恩赏日记档》	皇太后万寿	十月初九日承应《九九大庆》头本；初十日二本；十一日三本
《道光五年恩赏日记档》	皇帝万寿 皇太后万寿	（六月）二十日今岁万岁爷万寿，初十日承应《九九大庆》一本，初八日、十二日此二日开团场大戏 今岁皇太后整寿，于十月初七日至十一日共承应戏五本，其初十日承应《九九大庆》一本，其四日承应《升平宝筏》

　　从上面的分析可以看出，"九九大庆"不是庆寿戏的总称，而是特指太后或皇帝生日演出的戏目。但是，为何众多研究者会在分类时将"九九大庆"等同于庆寿戏呢？前文所引《四海升平》，除了在北大本《九九大庆》中作为庆寿戏出现，同时还是中秋节令戏。同样的情况在北大本的 127 种剧目中十分普遍，如卷 5 第 1 种《福禄寿》，在《故宫珍本丛刊》第 669 册 304—312 页所收的 5 部中，分别作为恭贺"圣主万寿圣诞""皇太后四旬大庆""荣惠皇贵妃千秋令节"的庆寿戏。一戏多用，大概是造成研究者困惑的根源所在，即使原本是在皇帝寿辰演出的剧目，将词句稍作变通即可畅通无碍的在其他节庆场合演出，如果只以剧名而不理会其演出场合的话，那么"九九大庆"戏确实已经包括了几乎全部的庆寿戏。要找到造成这一现象的根源，则要从"九九大庆"戏的来源和编纂过程说起。

　　根据昭梿的说法，"九九大庆"戏是乾隆初年宫廷词臣奉命编纂的。乾隆时期戏曲档案今已无存，我们已经无法直接了解当时所编演的剧目。今天，我们只能从朝鲜使臣朴趾源在《热河日记》中的记载，来大致了解乾隆时期庆寿剧目的编演概况。

戏本名目记

九如歌颂　光被四表　福禄天长　仙子效灵　海屋添筹
瑞呈花舞　万喜千祥　山灵应瑞　罗汉渡海　劝农官　苍荀舒
香　献野瑞　莲池献瑞　寿山拱瑞　八佾舞虞庭　金殿舞仙桃
皇建有极　五方呈仁寿　函谷骑牛　士林歌乐社　八旬焚义券
以跻公堂　四海安澜　三皇献岁　晋万年觞　鹤舞呈瑞　复朝
再中　华封三祝　重译来朝　盛世崇儒　嘉客逍遥　圣寿绵长
五岳嘉祥　吉星添耀　猴山控鹤　命仙童　寿星既醉　乐陶陶
麟凤呈祥　活泼泼地　蓬壶近海　福禄并臻　保合大和　九旬
移翠巇　黎庶讴歌　童子祥谣　图书圣则　如环转　广寒法曲
协和万邦　受兹介福　神风四扇　休征迭舞　会蟾宫　司花呈
瑞果　七耀会　五云笼　龙阁遥瞻　应月令　宝鉴大光明　武
士三千　渔家欢饮　虹桥现大海　地涌金莲　法轮悠久　丰年
天降　百岁上寿　绛雪占年　西池献瑞　玉女献盆　瑶池杳世
界　黄云扶日　欣上寿　朝帝京　待明年　国王会　文象成文
太平有象　灶神既醉　万寿无疆[1]

乾隆四十五年(1780)，为了祝贺乾隆皇帝的七十大寿，朴趾源随
朝鲜使节团来到热河，从八月十日至十六日，避暑山庄共演戏七天庆
祝皇帝万寿。上引材料记录的就是在这七日里朴氏随皇帝看戏的剧
目。将其与北大本《九九大庆》出目比对，朴氏所列80种曲本，其中42
种都被《九九大庆》所继承。[2]考虑到朴氏所列远非乾隆时期编演剧

〔1〕［朝］朴趾源：《热河日记》(卷十八)，朱瑞平校点，上海：上海书店出版社1997年版，
　　第250—251页。
〔2〕以下几种"戏本名目"和《九九大庆》出目略有不同(前为"戏本名目"所记)："晋万年觞"
　　作"晋万岁觞"；"活泼泼地"作"活泼泼"；"七耀会"作"七耀会东垣"；"五云笼"作"五云笼
　　北阙"。但基本上为简名和全名的差别，故此仍将其算为相同曲目。

目的全部,则《九九大庆》中继承自前代的剧目所占比例将更大。可见,说"九九大庆"戏主要继承前代特别是乾隆时期的已有剧目大体无差。

但是,按照昭梿的说法,却容易让读者产生两个误解:其一,所有的"九九大庆"戏都是乾隆时期编制的;其二,"九九大庆"戏目是固定不变的。如吴晓铃先生就以为:"九九大庆原为九本,每本内包括短剧若干折。今原本已不存,子目无从伴系,仅就所知者别为四类三十五种。"言下之意,"九九大庆"仅限于九本。关于第一点,前文介绍的《古佛朝天》《老人呈技》等剧本,可以肯定是嘉庆时期所编新戏。而在乾隆以前,通过康熙《万寿盛典初集》的记载,我们也可以看到康熙朝演出庆寿戏的画面,可见当时宫内已经保存了为数不少的庆寿戏。根据逻辑进行客观地推理:乾隆时期所做的工作,是在继承了前代遗留曲本的基础上,由乾隆皇帝亲自策划,宫廷词臣直接负责,将前代遗留的曲本进行了整理,又新编了一大批各类曲本,规范了宫廷仪典剧的模式。乾隆之后,各朝都根据当代所发生的时事少量地编制了新的曲本,这些曲本一起构成了清代内府庆寿剧的剧本库。

第二点,"九九大庆"是否仅限于戏目固定不变的九本,这也是值得商榷的。首先,上文"戏本名目"和北大《九九大庆》本的相较结果,除去相同的 42 种,尚有 85 种不见于"戏本名目"的记载,可见"九九大庆"的戏目并非一成不变。在这一点上,道光时期几次演出"九九大庆"的记载更能说明问题。

(八月)初八日　同乐园早膳承应《九九大庆》头本[卯正一刻开戏、未初二刻十分戏毕]

《八洞神仙》《九如颂歌》《福禄天长》《緱山控鹤》《虹桥现大海》《霓羽舞诸天》《七耀会》《五云笼》《佛日光华》《山灵瑞应》《五旬初衣帛》《八佾舞虞庭》《千秋彩索》《蹴鞠球场》《晋万岁觞》《地涌金莲》

初十日　同乐园承应《九九大庆》二本[卯正三刻五分开戏/

午正二刻十分毕]

《福禄寿》《八仙赞扬》《品仙介寿》《箕畴敛福》《罗汉渡海》《士林歌乐社》《四海安澜》《仙子效灵》《西池献瑞》《万福骈臻》《清平见喜》《和合呈祥》。

十二日　同乐园承应《九九大庆》三本[卯正开戏/未初二刻十分毕]

《宝塔凌空》《六旬称觞》《瑶林香世界》《嘉禾庆三登》《康衢击壤》《鹤舞呈祥》《螽斯衍庆》《老人呈技》《武士三千》《天衢十二》《朝帝京》《图王会》《欣上寿》《待明年》《太平有象》《万寿无疆》

——道光三年恩赏日记档(《清升平署存档事例漫抄》卷二第52—53页)

初八日　同乐园承应九九大庆头本[辰正三刻五分开戏/未初二刻十分戏毕]

《八洞神仙》《九如歌颂》《福禄天长》《缑山控鹤》《虹桥现大海》《霓羽舞诸天》《七曜会》《五云笼》《佛日光华》《千秋彩索》《地涌金莲》

初十日　正大光明内中和乐伺候中和韶乐　同乐园承应九九大庆二本[卯正三刻开戏/午正二刻十分戏毕]

《福禄寿》《八仙赞扬》《品仙介寿》《箕畴敛福》《罗汉渡海》《士林歌乐社》《四海安澜》《仙子效灵》《西池献瑞》《万福骈臻》《清平见喜》《香国呈祥》《仙姝扑蝶》《命仙童》《邀织女》

十二日　同乐园承应九九大庆三本[卯正开戏/未初一刻戏毕]

《宝塔凌空》《六旬称觞》《瑶林香世界》《嘉禾庆三登》《康衢击壤》《鹤舞呈祥》《螽斯衍庆》《老人呈技》《武士三千》《天衢十二》《朝帝京》《国王会》《欣上寿》《待明年》《太平有象》《万寿无疆》

——道光四年恩赏日记档(《清升平署存档事例漫抄》卷二第53—54页)

第三章　清代内府仪典剧研究

上引为道光三年(1823)、四年(1824)两次演出"九九大庆"的实况,与前代常常连演多日不同,这两次演出各自只上演了三本。将北大本《九九大庆》出目与道光三、四年演出曲目比较,我们就会发现一个很有意思的现象。首先,道光三、四年演出的曲目大致是相同的,特别是"九九大庆"第三本完全相同,只是道光四年的头、二本戏较道光三年所演少了几出。可以想见,道光三、四年演出所用的底本是相同的,只存在演出时剧目增减的问题。但与嘉庆二十四年(1819)《九九大庆》相比,则在嘉庆本《九九大庆》的范围外又增加了不少曲目,部分曲目的名称还见于"戏本名目"的记载,由此可见,各代"九九大庆"戏的戏目并非固定不变的。那么,变化是如何产生的呢? 道光三年(1823)皇太后万寿的戏曲承应档案记载了戏目改变的原因:

> 十月初九日　皇太后万寿　同乐园承应《九九大庆》头本。卯正三刻十二分开戏,未初二刻十分戏毕。《五方呈仁寿》《司花呈瑞果》《洞仙拱祝》(八出)、《慈容衍庆》《福献瓶开》《十宰》(大庆)、《灏不服老》(钮彩)、《退龄普祝》《永寿无疆》。祥庆传旨,《女博士》《农丈人》此二出不唱,换外学两出小戏。钦此。换外学《十宰》(大庆)《灏不服老》(钮彩)。又传旨,初十日《瑶池整辔》《函谷骑牛》《万年太平》《丰年天降》此四出不唱,换内学小戏《古城相会》(李兴)、《吟诗脱靴》(安福)。十一日《法轮悠久》《女娲呈瑞》此二出不唱,换小戏二出:《问探》(鸣凤)、《赏雪》(张明德)

> 初十日　敷春堂行礼　总管禄喜、内学首领、官职太监伺候中和韶乐。同乐园承应　《九九大庆》二本　辰初二刻开戏,未初七分戏毕。《福禄寿》《万喜千祥》《中外颂升平》《麟凤呈祥》《宝鉴大光明》《海屋添筹》《古城相会》(李兴)、《吟诗脱靴》(安福)、《七耀会》《五云笼》《罗汉献瑞》《四海升平》《渔家欢饮》《寿祝万年》

> 十一日　同乐园承应　《九九大庆》三本　卯正三刻开戏,未

初二刻五分戏毕。《太平王会》（十二出）、《问探》（鸣凤）、《赏雪》（张明得）、《佛日光华》《普天同庆》。

——道光三年恩赏日记档（《清升平署存档事例漫抄》卷二第43—44页）

十月初九日承应的头本《九九大庆》，本应有《女博士》《农丈人》两出，皇帝传旨，此两出不要，改成《十宰》《灏不服老》两种，在演出时就按照皇帝的要求改了。之后几日的戏目也大致如此。可见，除了演出剧目与前代不同外，帝王还可以根据自己的喜好改变本来已经排好的戏目。

至此，我们可以大致梳理出"九九大庆"戏产生和定型的脉络。前面我们说到，在乾隆朝规范庆典剧的模式后，内府应该已经形成了一个规模十分庞大的剧本库，其中就包括大量的庆寿剧。由于庆寿剧模式的同构性（情节、结构基本相同），可以在不同的场合重复使用，只是演出时要在念颂祝寿词时改为应景的词句。当然，需要明确一点，在最初创作剧本时，庆寿戏都是用来为皇帝和太后祝寿的，很少见到为别的皇室成员专门创作的庆寿剧，这时的庆寿戏将其称为"九九大庆"戏亦不为过。但是随着宫廷演剧的规范化，需要演出庆寿剧的场合变多了，由于剧本情节、演出场合类似，实无必要再专门创作曲目，于是就有了"皇后千秋承应""皇贵妃寿辰承应"等戏目，这时庆寿剧和"九九大庆"戏就不可以划等号了。关于这一点，国图藏《清内廷承应剧本二十种》（书号/16350）给我们提供了一个旁证，在该本收录的曲本中，多有和北大本《九九大庆》重复的曲目，在遇到"恭逢……"、"今逢……"等表示演出目的的词句时，该本采用"今逢［云云］"的形式。此外，在《故宫珍本丛刊》所收庆寿剧里也经常见到在这种位置预留空格的情况。可见，宫廷庆寿剧确有范本存在，不在剧中写明演出目的，可供各种场合使用。

图 3‐1 《祥徵仁寿》改白示例：签改　　图 3‐2 《平安如意》改白示例

　　遇到皇帝或者太后生辰时，庆寿演出的组织者（多为南府或升平署的总管）就会在上述庆寿剧剧本库中选择合适的曲目，或者根据当朝时事创作新的曲目加以编排，形成一个剧本集，这种为皇帝或太后生日演出所用的剧本集，才能被称为《九九大庆》。由于各朝选择曲目的不同，或者帝王欣赏兴趣的差异，于是各代的《九九大庆》在选择剧目上有所差异。综上，所有标名为庆祝"皇上万寿/圣诞""皇太后万寿/圣寿/圣诞"的曲本我们可以将其称为"九九大庆"戏，但具体到各代演出所采用的剧本集时，称之为某某朝《九九大庆》更为合适。

　　行文至此，还有最后两个小问题需要解决，在前文中我们一直介绍用来演出的"九九大庆"应有九本。《嘉庆二十四年恩赏档》记载嘉庆六旬大庆时所演《九九大庆》也确有九本，但北大藏本只有八卷。笔者统计了道光三年（1823）至四年（1824）三次"九九大庆"演出的出目：

表 3‐14 "九九大庆"戏演出出目统计表

时间	道光三年八月（皇帝万寿）			道光三年十月（太后万寿）			道光四年八月（皇帝万寿）		
	初八日头本	初十日二本	十二日三本	初九日头本	初十日二本	十一日三本	初八日头本	初十日二本	十二日三本
出目	16	12	16	16	14	16	11	15	16

由上表可知,《九九大庆》每本 16 出应为常态,这也符合北大本《九九大庆》每卷的实际情况。北大本今存 8 卷,推测其原因,其一可能为原本残缺,第九卷佚失。其二,此本以"卷"名之,而非文献中称为"九九大庆"某某本,可能只是为了嘉庆六十大寿所编辑的"九九大庆"剧本集之一,同时还有别的嘉庆本《九九大庆》存在,[1]供嘉庆帝在这些曲本中最终选定演出的曲目。因现存嘉庆二十四年(1819)戏曲档案中没有列出当日所演的剧目,其实际情形若何,尚待新材料的发现。

最后,嘉庆二十四年(1819)以后,档案中"九九大庆"戏的演出记录从之前的九本改为三本,道光五年(1825)更是缩减到仅演一本。道光五年(1825)以后,未再见"九九大庆"戏的演出记载。关于这一点,存留在南府、升平署档案中的道光帝谕旨说明了问题:

> 二月初六日……其升平署太监,每逢皇太后、万岁爷万寿与年节不能无戏。若连台大戏,一场上七八十人者亦难,无非归拢开团场、小轴子、小戏就是了。其钱粮处、档案房现退出民籍人去,着加恩每处加添两三缺一分。——道光七年恩赏日记档(《清代内廷演剧史话》第 173 页)

> 三月十五日　祥庆传旨,皇太后正圣寿原系承应五天戏,今改承应三天戏,常年圣寿原承应三天戏,今改承应两天戏。嗣后初一日、十五日听记载再承应戏。所有应承宴戏,若能按旧宴戏承应更好,若不能按旧宴戏时刻,就换新宴戏。有宴戏之日俟同乐园、重华宫承应戏,至午初站住戏。万岁爷别处少座,容伊等扮宴戏。再皇太后圣寿、万岁爷万寿俱不必唱大戏,人亦不够开团

---

〔1〕　做出这种推测有以下材料可以支持:国图藏本《九九大庆》(书号/A03433)据其内容观之,也是为嘉庆皇帝编制的《九九大庆》剧本集。如第二种《吉星叶庆》第一出《珠联璧合》,剧中有说白如下"(五星)昔帝尧禅于大舜时我等化为五老献图游于国都言造化之始临归蹰次之夕熏风四起现珠联合璧之/祥/今先/皇帝嗣位于当今天子一如神尧之得帝舜若论治世之功教民之德/倍于舜也我等仍化五老献图于帝庭以彰/圣德神功之瑞",清代在世禅位的皇帝只有乾隆嘉庆父子,可以确定其为嘉庆庆寿曲本无疑。因此,确有可能存在不同的嘉庆《九九大庆》本供皇帝在演出之前选择剧目。

场,要寿戏,其中间唱小戏轴子。——道光七年恩赏旨意承应档
(《清代内廷演剧史话》第 183 页)

道光皇帝是一个相对节俭的帝王,其即位后,一改其祖乾隆皇帝
在演剧方面大肆铺排的作风。道光三年(1823),除服后的首次生日庆
典,道光皇帝就只上演了三天的"九九大庆"戏。道光七年(1827)二月
初六日,皇帝下旨,将规模庞大的宫廷戏班大幅裁减,革退了所有民籍
艺人,盛极一时的南府被升平署所代替。此时,再想上演规模浩大,动
辄需要七八十人的"九九大庆"戏也是力有不逮了,于是,道光皇帝干
脆在三月十五日下旨,以后的寿戏不必再演出整本的大戏,只要小戏
轴子来意思一下就可以了。于是,曾经在清代宫廷演剧史上留下辉煌
一笔的"九九大庆"戏就此退出了历史舞台,而北大本《九九大庆》则见
证了清宫庆寿剧演出最后的辉煌。

第五节 《四海升平》考

上一节中,我们考证了北大本《九九大庆》的版本年代,其中,引用
了《九九大庆》所收曲本《四海升平》为例。《四海升平》是清代宫廷一
个十分常演的剧目,主要用于庆寿或节令场合演出。因此,今存《四海
升平》的版本比较丰富,比较不同时期版本之间的差别,可以帮助我们
考察清代宫廷仪典剧在历代演出中的流变情况。

《四海升平》剧,前人目录多有著录。早如《南府戏档》〔1〕《节令宴
戏大戏轴子目录》《穿戴题纲》〔2〕等并著录,谓之"大戏"。《清代杂剧

〔1〕 《南府戏档》,现藏中国艺术研究院(戏 140.60/0.236),系傅惜华先生据中国艺术研究
院藏《按节令排的戏目》(按:题目系后人自拟)(戏 140.600/0.274)过录,按其内容推
断,应为升平署遗物,为该署所藏之曲本目录。
〔2〕 《节令宴戏大戏轴子目录》(傅惜华旧藏,戏 001.60/0.846)、《穿戴题纲》(中国艺术研
究院藏齐如山藏本复抄,戏 140.37/0.73(1-2)),今均藏于中国艺术研究院图书馆。

全目》〔1〕《古本戏曲剧目提要》〔2〕等著录其别题为"庆安澜四海升平"。又谓其为乾隆五十七年(1792),乾隆帝巡幸五台山,驻跸期间承应剧目。〔3〕今存版本尚多,依照时间和剧本内容,主要可分为乾隆、嘉庆、道光后三种版本。

该剧的乾隆抄本,现存故宫博物院图书馆,为乾隆帝迎接英国使者马戛尔尼所编承应戏之一,原本笔者未见,据叶晓青先生《乾隆为马戛尔尼来访而编的朝贡戏》一文所附文本,乾隆本《四海升平》的剧情如下:文昌帝君率金童玉女众星君出场,赞颂当今皇帝功业,进而有英吉利使者不远万里来朝,正是天人交庆,亘古未有之盛事,故此文昌一行欲往神州庆贺。行至海屿,忽有波浪滔天,文昌请来四海龙神动问是何缘故。龙王回禀海底有顽蠢巨龟,吞吐风涛。文昌乃言英吉利使者不日回国,为了使他们稳渡海洋,文昌令手下众星神前往捉妖。一番混战后,龟精现形被捉。此时海上现"福庆大宝瓶",上书"四海升平"字样,文昌帝君又赞颂一番,全剧至此结束。〔4〕

如前文所述,《清代杂剧全目》《古本戏曲剧目提要》等著录《四海升平》为"乾隆巡幸五台山承应",《古本戏曲剧目提要》且谓改剧今仅存社科院文学所藏清乾隆精抄进呈本。国家图书馆普通古籍部藏有朱墨双色精抄本《太平杂剧》(书号33019),收承应戏六种,考之即为乾隆巡幸五台山承应戏,其中第四种《四海升平》剧情为:海若带领四海龙王遨游海屋添寿献瑞,并候众仙翁到来后齐伸祝嘏。九老跨鹤、壶公捧日月壶、携六十花甲神共演万年花甲。

与上文所引乾隆本《四海升平》对比,两剧剧情完全不同,可见

---

〔1〕 傅惜华:《清代杂剧全目》,北京:人民文学出版社1981年版,第384页。
〔2〕 李修生:《古本戏曲剧目提要》,北京:文化艺术出版社1997年版,第794页。
〔3〕 所谓乾隆巡幸五台山承应剧目包括:《大佛开殿》《万国来朝》《千秋海宴》《诸仙祝嘏》《四海升平》《山灵祝扈》。
〔4〕 叶晓青:《乾隆为马戛尔尼来访而编的朝贡戏》,《二十一世纪》2008年第2期(总第105期),第98—106页。

为同名异剧,《清代杂剧全目》将其作为一剧著录,实误。且"巡幸五台山承应"(1792)创作在前,迎接英使朝贡戏《四海升平》(1793)创作在后,两者亦无继承关系,前者可能是近臣或当地士绅进呈本,[1]后者则是在乾隆帝直接授意下由宫廷词臣为了特定目的即时创作的剧本。在今存的清代宫廷戏曲档案中,关于《四海升平》的演出记录十分丰富,嘉庆之后,[2]历代宫廷庆寿、节令的场合多有演出。那么,档案中的《四海升平》究竟是上述哪种呢?纵观《太平杂剧》所收六剧,皆演诸天神佛为皇帝驾幸五台山(灵山)呈祥献瑞,是为了皇帝巡幸五台山所特意编制的,情节不相连属。由于其情节的规定性,并不适合在庆寿等场合演出。其次,除去《四海升平》,"巡幸五台山承应"的其它几种剧目,档案中基本不见其演出记载。且为迎接英使所编之《四海升平》今存本甚多,而"巡幸五台山承应戏"的传本则十分稀少。[3]由此可以推断,档案中的《四海升平》是指乾隆五十八年(1793)为迎接英使所编剧本,下文所述之版本演变亦指此剧。

嘉庆时期的《四海升平》有三种版本,分别为:国家图书馆普通古籍部所藏《四海升平》(书号149271);北京大学图书馆藏《九九大庆》卷九所收《四海升平》(以下简称《九本》);故宫藏本,《故宫珍本丛刊》第661册第379—381页(以下简称《珍本丛刊Ⅰ本》)据以影印。三种传本剧情基本一致。剧演:圣主六旬大庆,文昌帝君率众仙往神州庆贺,路过神州海屿被怒涛所阻,召来四海龙王询问,乃知南海之际有巨龟不时吞吐风涛,帝君令众仙捉拿,先被其逃脱,又派长庚星会同文

---

〔1〕 根据国图所藏《太平杂剧》的剧本结构和剧目内容,其在情节安排、结构选择上与乾隆南巡时江浙士绅所献《浙江迎銮乐府》《迎銮新曲》等十分相似,且今存有乾隆精抄进呈本,故此推断。
〔2〕 嘉庆前南府、景山档案今已无存,无法考知嘉庆前的具体演出情况。乾隆时期演出《四海升平》的情形,可参见前揭叶氏文。
〔3〕 除国图所藏《太平杂剧》外,据《清代杂剧全目》《北平国剧学会陈列馆目录》《古本戏曲剧目提要》记载,"巡幸五台承应戏"版本包括:齐如山旧藏乾隆万年安殿本(今藏中国戏曲学院图书馆,书号:戏140.651/467.3);孔德学校旧藏乾隆精抄进呈本(或即社科院所藏本);社科院文学所所藏清乾隆精抄进呈本。

曲、武曲星将其捉来,此时现四海升平宝瓶,帝君令将龟精宝瓶带往帝京祝寿。嘉庆本与乾隆本最大的差别在于删去了所有有关英国使者觐见的曲白,新增了剿灭海盗的内容。

嘉庆以后抄本内容变化不大,存本亦多,今略举几种易见曲本为例说明。1. 同光间抄本。《故宫珍本丛刊》第 661 册第 372—377 页(以下简称《珍本丛刊 II 本》)据以影印。此本在曲本提到"圣天子"处均旁写"圣母训政"或"圣母"字样,可知是同光时期为太后演剧所改曲本。另首都图书馆藏《四海升平》题纲一种,《绥中吴氏抄本稿本戏曲丛刊》第 27 册、第 254—259 页据以影印,封面署"咸丰十一年四月初五日准",与前述同光间抄本对校,其出场人物、排场等均同,反证了同光抄本的抄写年代和版本源流。2. 道光以后抄本。《绥中吴氏抄本稿本戏曲丛刊》第 25 册、第 42—56 页据以影印。与同光间抄本情节内容相同,为"皇太后万寿圣诞"承应戏,但无法判断其具体的抄写和演出年代。今以乾隆本、国图本、《珍本丛刊 I 本》、九九大庆本、《珍本丛刊 II 本》相校,摘其异文,试以说明清代内廷庆典戏的改编和变化过程。校勘结果见文末附表。

图 3-3　故宫博物院藏乾隆抄本《四海升平》

图 3-4　《绥中吴氏抄本稿本戏曲丛刊》本

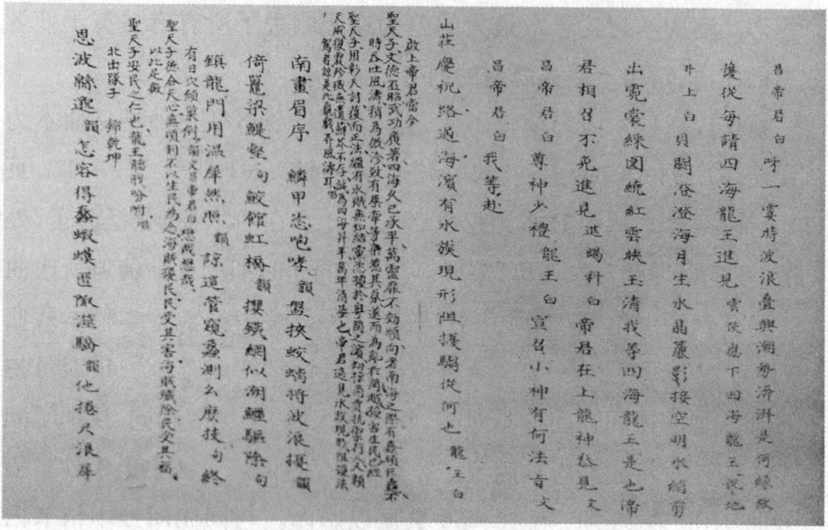

图 3-5 《珍本丛刊 I 本》

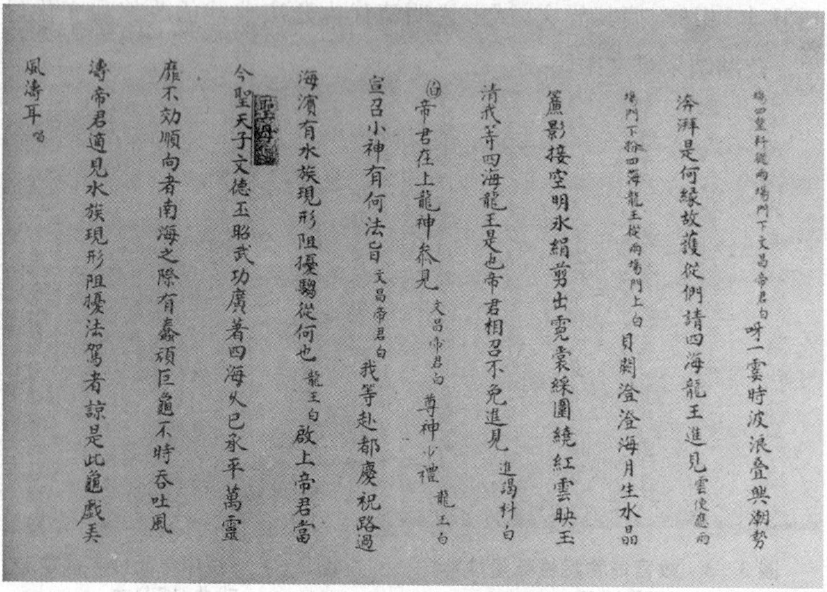

图 3-6 《珍本丛刊 II 本》

1. 乾隆本与嘉庆本《四海升平》

首先，对比乾隆本和嘉庆本，从剧情而言，二者并无差异。不同之处在于嘉庆本删去了曲本中所有有关英国使者的对白，而增入了嘉庆朝"安奠海洋"的内容。这与剧本的创作意图和演出场合密切相关，乾隆本为此剧祖本，最初的演出目的是为了在"首次来朝"的英国使者面前表现大国风范，炫耀天国上朝的实力。因此，剧本强调天威所致，天上诸神也要"仰体圣主仁德之心"使"英吉利国贡使"平安归去。到了嘉庆时期，英吉利使者来朝已非时事，没有相应的演出需要。再者，时过境迁，在国力的此消彼长中，对于嘉庆帝而言，亦缺少了在英使面前炫耀的资本。所以有关英国使者的部分被完全删去。以时事入剧是清代宫廷演剧的一个突出特点，除了观赏之外，宫廷演剧同时还承担着各种政治意图。由于演剧是清代朝廷典仪的一种重要形式，类似《四海升平》之类的剧目多用在帝王寿诞、朝廷宴飨等有外臣甚至外藩参加的场合，在演出的剧目中加入当朝取得功绩，或以时事入剧，即有应景的效果，同时达到对外炫耀天朝风范、四方臣服，对内颂扬帝王功业的目的，这实际上也是清代内府曲本的一个改编法则。内府曲本中有大量的仪典类曲本，这类曲本的情节结构、剧本内容都有非常高的相似性，基本上都是山川神灵感被皇恩，于是向神州献瑞呈祥。由于剧本本身并无情节可言，而清宫内需要演出此类吉祥戏的场合又非常多，为每次演出都编制独立的剧本既无此人力，更没有必要，因此，同一个剧目在稍加删改后即可广泛地应用在宫廷庆典演出的各个场合。而为了达到前述演剧的政治目的，在剧本的说白处加上突出当代功绩的时事，是宫廷曲本中一种十分常见的改编手段。在改编的过程中，改编者甚至不必费功夫重抄一本，而只是在原本需要改动的曲文或说白旁边贴纸条或者在原文上直接删改，前述同光间抄本即为此类。那么，嘉庆本《四海升平》增加的时事是什么呢？

在嘉庆本中，代替"英吉利使者"出现在曲本中的是"水贼蔡牵"。

这也是帮助我们确定曲本年代最主要的证据。关于蔡牵的事迹,《清史稿·仁宗本纪》载:[1]

> (嘉庆九年)六月壬戌,玉德等奏海盗蔡牵扰及鹿耳门,突入汕大寨……十一年丙寅春正月壬子,海盗蔡牵陷凤山县,命玉德剿办,调广州将军赛冲阿驰往督办……(十一年)八月庚寅,上行围。甲辰,李长庚奏剿歼蔡牵匪党多名,蔡牵逸……十三年戊辰春正月戊午,浙江提督李长庚追击海盗,卒于军,赠伯爵。以部将王得禄为浙江提督……(十四年二月)丁巳,福建总兵许松年歼毙海盗朱渍,予世职……(十四年)九月己未,以庆成为福州将军。庚申,上还京。己巳,张师诚疏报王得禄、邱良功合剿海盗蔡牵,紧逼贼船,冲断船尾,蔡牵落海淹毙……(十五年)六月戊戌,改热河副都统为都统,以积拉堪补授。壬子,百龄以擒解海盗乌石二功,予轻车都尉世职。

蔡牵,福建同安人,嘉庆七年(1802)至嘉庆十四年(1809),蔡牵纠合沿海流民于海上起事,声势浩大,一度攻陷多个清军据点。直至1810年,嘉庆帝令福建水师提督王得禄、浙江水师提督邱良功分率两省水师,合击蔡牵于舟山海面,才将蔡牵势力彻底消灭。[2]这就是《珍本丛刊Ⅰ本》所谓"致有蔡牵等染惹其氛,遂而为乱"的由来。蔡牵之后,东南沿海仍时有海盗滋扰,因此,在嘉庆十五年(1810),尚有因追捕海盗有功而封赏臣下的旨意,这就是后文所谓"继有水贼无知结党,恣扰于粤闽之滨"。由此史实,可证《珍本丛刊Ⅰ本》为嘉庆时期抄本无疑。作为嘉庆朝发生的重要历史事件,也是嘉庆可以炫耀的重大胜利之一,用此事取代"英吉利使者来朝"就顺理成

---

[1] 赵尔巽:《清史稿·卷十六·仁宗本纪》,北京:中华书局1976年版,第588—600页。
[2] 福建省地方志编纂委员会编《福建省志·军事志》,北京:新华出版社1995年版,第6页。

章了。

2. 嘉庆本《四海升平》

上面主要分析了乾隆本和国图本、《珍本丛刊I本》的差异。前文提到今尚存另一种嘉庆《四海升平》，即北大藏《九九大庆》本。通过校勘我们发现，《九九大庆》本与乾隆本、国图本、《珍本丛刊I本》相比，既无英使来朝的内容，亦无水贼蔡牵出现，这又是什么缘故呢？北大藏《九九大庆》是嘉庆二十四年（1819），嘉庆六旬万寿所用寿戏剧本集，该本所收之《四海升平》在剧中也提到演出目的是为了"恭祝圣主六旬大庆"，其为嘉庆抄本自当无疑。既然可以确定《九本》为嘉庆抄本，则曲本中删去英使相关内容的原因与前述国图本、《珍本丛刊I本》相似，不须赘述。此处，我们需要比较的是两个嘉庆本之间的差异：1.《珍本丛刊I本》总题为"四海升平"，分题为"第　出　四海承平文星朝绛阙"；国图本题为"第六出　四海升平"；《九本》卷端题"四海升平"。2.《九九大庆》本的演出时间是嘉庆二十四年（1819）万寿节，即嘉庆帝六十岁生日时；而《珍本丛刊》本则是某一年的"中秋令节"。国图本则为"万寿圣诞"。3.《九本》无"蔡牵海乱"的内容。

通过文本的对比，可知五种《四海升平》版本，只有《珍本丛刊I本》卷端题为"四海承平文星朝绛阙"，封面题名为"四海升平"，这说明该剧曾经属于一个总名为《四海升平》的剧本集。而通过对科介的比较可知，乾隆本、国图本、《九本》《珍本丛刊II本》基本属于同一系统，《珍本丛刊I本》的科介、排场则与其它三本都有所差异。此外，《珍本丛刊I本》在"致有蔡牵等染惹其氛，遂而为乱……"和"懋哉懋哉圣天子德合天心……"两段涉及嘉庆朝时事的说白处，字密行多，字体明显小于该本说白的正常字号，显为后来补入。"今值中秋令节台垣星象齐赴山庄"句，"中秋令节""山庄"等词与上下文字体不同，且文字间有较大的空隙，可见是后人在前代曲本上删改所致。上述都表明，《珍本丛刊I本》可能是用年代更早的底本增删而成。在存世的清内府曲本中，国家图书馆普通古籍部藏有编号为/154150的《四海升平》一种，分题"第十三出海宁庆时雍光华文治",命名方法与上述"四海承平文星朝绛阙"如出一辙,可证为同一剧本集中的两个剧目。据此我们可以推断,除了作为独立的剧目演出外,在乾嘉之间曾经杂取多种曲本编成一个名为《四海升平》的剧本集,原迎接英使朝贡的《四海升平》亦包括在内,改题为"四海承平文星朝绛阙",保留了曲本的主体内容,但对科介、排场进行了增删,嘉庆朝改编时,选用了这个剧本集中的《四海承平文星朝绛阙》为底本。清代宫廷演剧有按照某一个演出目的将同类型剧本归并为剧本集的传统,剧本集的曲本有可能情节相关,前后连属;也有可能毫无关系,由一个个独立的曲本组成,前者如国图本《九九大庆》,后者则如北大本《九九大庆》。为这类剧本集命名,可以按照剧本所表达的主要内容自拟一题,也可将剧本集中某一单出的题目拈出作为总题。[1] 上述《四海升平》剧本集,就是采用了以集中单出命名的方法。而这个剧本集的编纂年代,因其子目采用了非常文雅堂皇的多字目形式,比较符合乾隆朝编纂宫廷大戏时用雅驯的七字目代替原来较通俗的四字目的做法,更大可能为乾隆朝所编。

除了题名上的差异,嘉庆本《四海升平》的演出场所也不同。《珍本丛刊Ⅰ本》为"今值/中秋令节,台垣星象齐赴/山庄晋祝";《九本》则为"今当圣主六旬大庆,齐赴御园晋祝"。演出地点不同,一为避暑山庄,一为京城御园;演出时间不同,一为"中秋令节",一为"圣主六旬大庆"。《九本》前已有说明,该本为嘉庆六旬寿诞时的庆寿剧本,嘉庆二十四年(1819),嘉庆帝在京城度过了六十岁生日,因此剧本的所描写的地点在"御园"。《珍本丛刊Ⅰ本》则不然,该本有"海贼蔡牵"的相关内容,按照常理推断,剧本的编演应该在剿灭海盗的战争取得胜利后不久。前引《清史稿》已经提到,蔡牵于嘉庆十四年(1809)九月兵败身

---

[1] 自拟题名者如:《洞仙共祝》,分目为:证仙议祝　摄宝生瑞　龙子匿珍　塾师清课　敖广逞雄　琴高入瓮　水府交锋　长春祝寿;选取单出题名为总题者如:《瓜瓞绵绵》,分目为:跻堂祝嘏　葵藿怀丹　寿征百聚　瓜实千年　争添寿算　竞献遐龄　欢腾汴舞　瓜瓞绵长。

死,那么《珍本丛刊Ⅰ本》的编演时间应该在此后不久。清代的皇帝都有在七八月间往木兰行围的习惯,其间驻跸避暑山庄,据史料所载,嘉庆十五年(1810)、十六年(1811),皇帝都在承德度过了中秋节。因此,《珍本丛刊Ⅰ本》极有可能是嘉庆十五六年,皇帝在得知东南沿海对海盗的战争取得全面胜利时,十分应景的在中秋佳节上演的剧目,演出的地点是在"山庄",于是剧本也做了相应的改动。这也解释了为何《九本》没有有关蔡牵的内容,嘉庆十五六年,珍灭海盗是一件十分应景值得炫耀的大事,于是在当年的演出中此事便被迅速的谱入曲中。到了嘉庆二十四年(1819),据此事已有十年之久,"海贼蔡牵"已经不具备时效性,在剧本中再被提及时只用"安奠海洋"四字就一笔带过了。这个例子再次说明了清代仪典类曲本的通用性,同样的曲本在不同的演出场合,只需改动相关的内容使之应景就可以了。

3. 嘉庆本与嘉庆后《四海升平》抄本

前面我们已经证明了,在版本序列上,《珍本丛刊Ⅰ本》要早于《九九大庆》本,而嘉庆之后的《四海升平》则主要根据《九九大庆》本而来。嘉庆之后,清朝的国力江河日下,既没有英吉利使者的"远人来服",也没有可以装点门面的战功用以炫耀。于是嘉庆之后的曲本将与之相关的内容全部删去,只保留了文昌帝君率众星神来朝来贺的主线。只是在演出时,将剧中文辞相应的改为"圣母""皇太后""圣母训政"等,演出的地点也不再有"山庄"出现,基本上以"神京""京畿"为主了。当然,除了政治上的原因,自道光后,宫廷演剧日趋精简的趋势也是产生这种改变的一个原因。《四海升平》属于"大戏"的范畴,所谓"大戏"一般是指出场人物多、场面浩大、切末复杂的剧目。这种剧目虽无情节可言,但气势恢宏,比较适合宫廷庆赏演出。但道光以后,随着内廷演剧机构的不断精简,宫中演出此类"华而不实"的剧目的机会日渐减少。即使上演,一般也是作为寿戏,在较小的范围内演出。因此,《四海升平》也摆脱了附加在其身上的政治意图,只是单纯的作为一出庆赏类剧目活跃在清末的宫廷戏曲舞台上了。

以上通过对寿戏《四海升平》不同版本的分析，勾勒出了该剧从乾隆至清末发展变化的轨迹，从中亦可一窥清内府本编演的技巧和思想倾向。正如笔者在文中一直强调的一样，自明代以来的内府本，不论内容还是形式都没有再发生大的变化，作为宫廷演出中最为频繁的一种类型，皇室对戏曲演出庄严肃穆、华丽堂皇的要求注定了这类曲本必须严格地遵循一定的范式。从演出的角度来说，当此类曲本的数量积累到一定的程度，已经能够涵盖宫廷演出的全部需要之后，对于宫廷演剧的组织者来说，每次演出前的剧目安排就变成了一个在庞大剧本库中挑选合适剧目的工作。但是，某些演出频率较高的曲本，如《四海升平》之类，如果长期照搬旧套，也不免令人生厌，于是在保持整体结构不变的前提下，针对每次演出做出一些微调，也是情理之中的。而如前文中所一再列举的当朝时事，无疑是一个最好的选择，不仅起到了取悦皇室的作用，亦不乏"常演常新"的赞誉，不论这种改编方法是出于帝王授意，还是演出组织者的匠心，总之，当我们以此视角去看待清代宫廷演剧的许多问题时，或许会有新的启发。

最后，在前人研究清内府本的文献中，常常会对某个剧目属于"九九大庆"还是"月令承应"争论不休。但是，当我们以历史的视野来看待这些问题时就会发现，或许在某一剧本成立之初，它确实是为了某一个特定的演出目的而存在的（如宴会、寿诞、节令等），但是经过了清代宫廷近二百年的演出，彼此的界限已经趋于弥合，这些剧目全部成了清内府仪典剧剧本库的一部分，或者称之为"模块"。当演出组织者想搭建一台演出时，就会从剧本库中挑选合适的"模块"，进行恰当的排列组合，甚至做一些应景的修改。故此，在判断某个曲本的性质时，笼统的将其定位某一类既缺乏证据，也没有意义，对剧本进行全面的整理，考辨源流，追寻创作背景，才是今天的学者所应努力的方向。

表3-15 乾隆本、国图本、《珍本丛刊Ⅰ本》《九九大庆》本、《珍本丛刊Ⅱ本》《四海升平》校勘表

乾隆本	国图 149271	珍本丛刊Ⅰ本	九本	珍本丛刊Ⅱ本
封面：四海升平	封面：四海升平 卷端：第六出 四海升平	封面：四海升平 卷端：第 出 四海升平文昌朝绛阙	卷端：四海升平	封面署：排场串头在内/[看过没改的] 封面题名：四海升平[总本] 卷端：四海升平
扮众云使，各持祥云，从寿台上场门上，跳舞科。扮天恩星，玉堂星，天英星，天威星，月德星，太乙星，金匮星，武曲星，天乙星，天猛星，宝光星，天雄星，文曲星，长庚星，天寿星，朱衣神，天寿星，金童，玉女引文昌帝君从仙楼上。	扮众云使，各持祥云，从寿台上场门上，跳舞科。扮天恩星，玉堂星，天英星，天威星，月/德星，太乙星，金匮星，武曲星，天乙星，金光星，长庚星，宝光星，天雄星，从寿台合两场门上，作跳舞毕，分侍科。天猛星，武曲星，司禄星，红鸾星，普护星，文曲星，天庚星，长庚星，朱衣神，天寿星，金童，玉女引文昌帝君从仙楼上唱。	众云使上舞科，端门十宿，奏阶六符，天猛星，天威星，天英星，玉猛星，天威星，天英星，玉光星，普护星，司禄星，红鸾星，武曲星，玉堂星，天喜星，金匮星，月恩星，天喜星，长庚星，天寿星，天德星，太乙星，文曲星，天乙星，太乙星，金童，玉女引文昌帝君上唱。	扮众云使，各持祥云，从寿台上场门上，跳舞科。天恩星，玉堂星，月德星，太乙星，天乙星，金匮星，武曲星，宝光星，天雄星，从寿台上场门上，跳舞科。扮文曲星，长庚星，朱衣神，天寿星，金童，玉女引文昌帝君从仙楼上唱。	扮众云使，各持祥云，天恩星，玉堂星，月德星，天英星，天乙星，天威星，太乙星，天乙星，武曲星，天猛星，天曲星，宝光星，天雄星，文曲星，跳舞科。扮门上，长庚星，天寿星，朱衣神，天寿星，金童，玉女引文昌帝君上场门上唱。

乾隆本	国图149271	珍本丛刊Ⅰ本	九本	珍本丛刊Ⅱ本
恭惟圣天子至仁至孝，……四海咸孚声教，仁风广被于四极。天八荒，惠泽覃敷于四极。天无疾风淫雨、海不扬波，故有英吉利国、仰慕皇仁，专心朝贡，其国较近维抵中华，隔数倍，或率数载维抵中华。此番朝贡，自新正月上启舶登程、六月已抵京畿矣。此皆圣天子仁德格天，所以万灵效顺，非有神灵护送而行、安能如此迅速。载之史策，诚为亘古未有之盛事也。今当进表赐宴之期，隆典特开，天人交庆，小圣感沐恩荣、咸当趋跄觐觐，众星神、同往在神州庆贺去者。	按：与《珍本丛刊Ⅰ本》完全相同。	恭惟圣天子至仁至孝，……四海咸孚声教，懋修圣学，崇尚儒风。小圣蠢冰恩施，晋锡隆名徽号，感懔难言，惟期赞襄明盛，以广皇仁化育而已。众星辰，各宜禀遵圣天子崇实黜华，敦本宣化，不得有违。谕，承流宣化。（众星白）领法旨。	同珍本丛刊Ⅰ本。	恭惟圣天子至母训改至仁至孝。按：下同珍本丛刊Ⅰ本；"圣母训改"四字写在"圣天子"旁边，表示演出时可根据实际情况演说"圣天子"或"圣母"。

乾隆本	国图149271	珍本丛刊I本	九本	珍本丛刊II本
（文昌白）来此已是海屿，则见波平浪静，日丽风和，正好稳渡云楼也。	（文昌白）今值/皇上万寿圣诞/合垣星象齐赴/京畿晋祝。小圣感冰恩来，亟欲飘天颜，瞻依庆庆贺，来此已是/神州海屿，则见波平浪静，日丽风和，正好稳渡云楼也。	（文昌白）今值/中秋令节/合垣星象齐赴/山庄晋祝。小圣感冰恩荣，亟来趋飘天颜，瞻依庆庆贺，来此已是神州海屿，则见平浪静，日丽风和，正好稳渡云楼也。	（文昌白）今当圣主六旬大庆赴御园晋祝……按：下同《珍本丛刊I本》。	（文昌白）今当万寿圣诞/圣母圣驾入园/星象齐赴京畿……按：下同《珍本丛刊I本》。
天井下大云板、金童、玉女，文昌上大云板、长庚星、天寿星、文曲星，朱衣下至寿台，四神将上四隅云兜。	天井下大云板、金童、玉女，文昌上大云板、长庚星、天寿星、文曲星，朱衣下至寿台，四神将上四隅云兜。	无此段科介。	天井下大云板、金童、玉女，文昌帝君上大云板、长庚星、天寿星、文曲星，朱衣神下至寿台，四神将上四隅云兜。	同上。
内作水声科，中场设大莲花一座，云使逶迤科同唱。	内作水声科，中场设大莲花一座，云使逶迤科同唱。	内作海岛中水声介，中场设海岛拉水幔，云使逶迤介连唱。	内作水声科同唱。	同上本。
（文昌白）尊神少礼。（龙神白）宣召小神，有何法旨？（文昌帝君白）我等欲赴神州庆祝。	（文昌帝君白）尊神少礼。（龙王白）宣召小神，有何法旨？（文昌帝君白）我等欲赴御园庆祝。按："我等欲赴御园庆祝"几字较小，似在原文空白处补写。	（文昌君君白）尊神少礼。（龙王白）宣召小神，有何法旨？（文昌帝君白）我等欲赴山庄庆祝。	（文昌大圣白）尊神少礼。（龙王白）宣召微臣，有何法旨？（文昌大圣白）我等欲赴御园等庆祝。	（文昌帝君白）尊神少礼。（龙王白）宣召小神，有何法神，有何法旨？（文昌帝君白）我等赴都君白我等赴都君庆祝。

乾隆本	国图149271	珍本丛刊I本	九本	珍本丛刊II本
（龙王白）海宇承平，年来久矣，此乃一顽蠢巨龟，吞吐风涛，因此把云头云云阻住。	按：与《丛刊I本》完全相同，但此本原文如此，与前后文版式版面整齐，并没有如I本将此段小字插入原文的迹象。	（龙王白）启上帝君，当今圣天子文德丕昭，武功广著，四海久已承平，万灵效麀不效顺。向者南海之际，有蠢顽巨龟，不时吞吐风涛，稍为微疹，致有蔡牵等染惹其氛，遂而为乱于闽越，扰害生民。已经圣天子用彰天讨，获而正法。继有水贼无知，结党恣扰于粤闽之汊，劫掠商贾，抗衙行人，又赖天威复震，珍灭无遗，鲜芥不存，诚为四海升平，万年清晏也。帝君适见水族现形，阻扰法驾，谅是龟戏弄风涛耳。	（龙王白）启上帝君，文德丕昭，武功广著，四海久已承平，万灵效麀不效顺。向者南海之际，有蠢顽巨龟，不时吞吐风涛，帝君适见此龟戏阻扰法驾，谅是此龟戏弄风涛耳。	（龙王白）启上帝君，当今圣天子/圣母广著，文德丕昭，武功广著，四海久已承平，万灵效麀不效顺。向者南海之际，有蠢顽巨龟，不时吞吐风涛，有蠢顽巨龟，帝君适见水族现形，阻扰法驾，谅是此龟戏弄风涛耳。

清代内府曲本研究

乾隆本	国图149271	珍本丛刊 I 本	九本	珍本丛刊 II 本
（文昌白）英吉利国贡使等进表赐宴毕，不日赏赉神还。海道亦当肃清。尔诸神亦当保护，使他们稳渡海洋，平安回国，方为仰体圣主仁德之心也。岂可容此鳌鱼虫兴风作浪。	（文昌帝君白）懋哉，懋哉，圣天子懋合天心，无一刻不以生民为念。海瞰扰民，民受其害，海瞰殄除，民受其福。圣天子安民之仁也，龙王听我吩咐（唱）。	（文昌帝君白）懋哉，懋哉，圣天子懋合天心，无一刻不以生民为念。海瞰扰民，民受其害，海瞰殄除，民受其福。圣天子安民之仁也，龙王听我吩咐（唱）。	此处无说白，文昌接唱【出对子】	同上本。
（白）众星神，各显神威摘此丑类者。（众星，龙王两场门下。地井上八水怪，龟精门上，众星作战科下。雷公、电母、风伯、雨师、潮神七星麓上、跳舞科下。龟精七星透场科，下。八星追八星科，下。作战科、龟精下。同八星神禀白）……	按：与乾隆本相同。	（白）众星神，各显神威摘此丑类者。（众星，龙王两场门下。天英星，天猛星，天威星，蟹精，鱼精，蚌精上，各单对下。天英星追海龟上，对宝光星、普护星、红鸾星，星续上。对海龟执珠一颗，冲波奔上，即逃下，回白）……	（白）众星神，各显神威摘此丑类者。（众星，龙王从两场门下。八水怪，龟精从两场门上，众星追上作战科，从两场门下。雷公、电母、风伯、雨师从两场门上，跳舞科，从下场门下。龟精从上场门上，绕场科，从下场门下。八星追八怪从上场门上，作战科，从下场门下。龟精，八星从寿台上场门上，作出宝珠，从下场门逃下，众星神禀白）……	同上本。

乾隆本	国图149271	珍本丛刊 I 本	九本	珍本丛刊 II 本
(长庚星夺海龟精珠、击海龟隐下、变原形暗上、龙王、水卒从地井下。文曲星作锁立龟背科)	按：与乾隆本相同。	(长庚星夺海龟精珠、击变原形、搀献龙王、水云、文曲星锁立龟背神白)	(长庚星夺海龟精珠、击海龟、隐从下场门下、水星神追下、龙王、水卒从两场门下、文昌下云板、上高台、众星神作锁龟形、从下场门上、文曲星作立龟背科众星神白)	同上本。
大云板、四隅云兜下至寿台、文昌等下云板、众星神上仙楼科唱。	按：与乾隆本相同。	众星神上仙楼科唱。	众星神作云兜下至寿台、文昌帝君等下云板云兜、众星神上仙楼科唱。	同上本。
(文昌白)尔等将此宝瓶先往神州庆贺，我随后来也。	按：与乾隆本相同。	按：同乾隆本。	(文昌白)尔等将此宝瓶先往神京庆贺，我随后来也。	同上本。

第六节　跳灵官、净台咒及清内廷演剧的开场仪式

在前面的章节中,我们反复提到清代内廷仪典剧最为突出的特点就是其鲜明的仪式性,这个特征尤为明显地表现在内廷演剧的开场仪式上。本节,将根据清代内廷演剧档案及曲本的记载,对宫廷演剧的开场仪式进行探析,试图还原在档案和曲本中经常出现的"跳灵官""净台咒"等仪式的内容和程序,着重探讨仪式后所蕴藏的文化内涵,从而立体地展现仪典剧之面貌。

清宫演剧"跳灵官"之俗,清末民初文人笔记即有所载,刘禺生《世载堂杂忆》云:

> 跳灵官之制,为宫中演剧之常例。亡友陈任中仲骞曰:宫外演戏,先跳加官;宫内演戏,无官可加,先跳灵官以祛邪。龙虎山只灵官一人,当门接引,三只眼,红须红袍,左手挽袂,右手持杵。宫内演戏,则用灵官十人,选名角十人跳之,形象须袍,皆仿龙虎山灵官状。据《升平署志》所载:有全班出而跳灵官者。[1]

以今存升平署戏曲文献对照,刘氏的记载并不十分相合,但由是观之,宫中演剧"跳灵官"当为常例。刘氏之后,民国时期的多位学者也注意到这一独特的现象并加以阐释。其中,傅惜华先生《内廷承应传奇之开场》《净台》二文,前者专论清宫所编"连台大戏"的开场形式,后者则介绍了"净台""跳灵官"的程式,并对"净台咒"的来源进行了初步的探索。今分引两文中跳灵官的描写、程序如下:

> 内廷扮演承应传奇,于开场之后,例有"跳灵官"之举,谓之

---

〔1〕 刘禺生:《世载堂杂忆》,钱宾甫点校,北京:中华书局1997年版,第301—302页。

"净台"，亦曰"扫台"。与民间梨园戏班初开幕时之"跳灵官"略同，惟灵官为八人，乃杂色扮。各戴札巾额，扎靠，穿战靴，挂"赤心忠良"牌，持鞭。同从升天门上，跳舞，放爆竹。将下场时，走势舞蹈，转九次，更念"净台咒"，咒曰："哩拉莲。拉连哩莲。哩拉莲。拉哩拉莲。哩拉链。拉哩莲。"念毕，仍从升天门跳下，正剧始开场。[1]

昔日清宫演剧，于开场之先，例跳灵官，谓之"净台"，或曰"扫台"。灵官凡八人，……走势舞蹈，同念"净台咒"，跳舞而下，大戏始开场焉，其"净台咒"曰：哩拉莲。拉哩莲。哩拉莲。拉哩拉莲。哩拉莲。拉哩莲。[2]

　　傅氏之文，在今日原始演出资料不足的情况下，为我们研究清宫演剧净台和开场的仪式提供了宝贵的材料。两文一为"承应传奇"，即今日多被称为"清宫大戏"的连台本戏的开场和净台仪式；一为介绍清宫一日演剧程序中"净台"仪式。前文的"开场"是指明清传奇的所谓"家门"，是演剧形式上的概念。后者则是指一日演剧的开始，是时间上的概念。但两者"跳灵官"的程序、装扮完全相同，且《净台》一文所谓"例跳灵官"，由此则使人产生疑问，"跳灵官"在整场演出之中究为何时举行呢？是所有演出进行之前？亦或传奇开场之后？或者一日演剧竟跳两次灵官？再者，关于"净台咒"的问题，两文所引用的"净台咒"在文字上存在着细微差异，或为作者误记。但观其文义，似为每跳灵官必颂"净台咒"，但以今存剧本观之，即如傅氏作为研究对象的清宫传奇大戏，也并不是每种都在"跳灵官"后念诵"净台咒"，如《古本戏曲丛刊》九集本《鼎峙春秋》第一出《五色云降书呈瑞》："众扮灵官从福台禄台寿台上跳舞科下"。其后由释迦佛等出场唱诵"家门大意"，众

---

〔1〕 傅惜华：《内廷承应传奇之开场》，《北京画报·戏剧特号》1931年6月6日（第45期）。
〔2〕 傅惜华：《净台》，《大公报·剧坛》（天津）1935年1月13日。

人下场后正戏开始,并没有念诵净台咒。这些问题显然都是需要参阅更多资料才能得到解答的。

关于"跳灵官"或"净台"的时地和程序,同时代的学者亦多有论述。曹心泉谓之:"(按:指清宫演剧)每年正月初一日演戏,开场先跳灵官。除头出戏由南府扮者外;其余后台所有人众,俱扮灵官。"〔1〕这是对"跳灵官"演出时间的回忆,而关于跳灵官的人数,齐如山在《谈四脚》中说到:"宫中演戏,虽不打通,但须跳灵官,名曰净台。至少 4 位,或 8 位 16 位,倘遇大礼节,则扮 32 位。听说有一次扮过 64 位。"〔2〕这与前引傅文 8 人的记载也存在着冲突。"跳灵官"的程序和形式,今日并无原始清宫戏曲档案流传。白文在《清宫演剧谈》中记载:"清宫演剧,必跳灵官,所以祈除不详。跳灵官往往由供奉太监为台列案,上置水果等品,灵官跳至台前,尤必尽取之,亦成例也。"〔3〕放置水果之说,未见他文记载。而对清宫"跳灵官"程序所述最为详细的,是今人傅学斌援引翁偶虹先生的说法:

> 但是若说起以灵官为主角的戏,就惟有岁末封箱的《跳灵官》了,这出只表演舞蹈的吉祥戏,也称《跳五灵官》,先是灵官们手拿灵官鞭,跳"四门斗",中场上鞭炮竿子,此时台中放着装满黄纸钱的"聚宝盆",由后台捡场师父,从高空抛扔的一把"火彩"引燃,以红红火火的震响之声,祈求除秽辟邪而大吉大利。翁偶虹老师曾讲,清宫大内每逢演戏,必跳灵官,扮相与民间戏班不同,除戴都子头,扎软靠外,还在胸前系戴赤心忠良牌,嘴里要念净台咒、名曰净台。同时扮灵官的也不止五个,或八个或九名,但几人中必有一个扮演老灵官,勾娃娃红脸、面画白纹,额开天目,挂白色札。

〔1〕 曹心泉口述、邵茗生笔记:《前清内廷演戏回忆录》,《剧学月刊》1933 年第 5 期(第 2 卷),第 35—45 页。
〔2〕 齐如山:《谈四脚》,《京剧谈往录》三编,北京:北京出版社 1996 年版,第 125 页。
〔3〕 白文:《清宫演剧谈》,《幸福》1948 年第 5 期,第 108—109 页。

后来民间普通戏班凡跳《五灵官》也扮一个老灵官,正是遵循这一老例,其余的四个灵官照规矩全都勾红脸,并且全挂红札、穿红靠。翁老还说清代内廷还独有个跳五色灵官,所谓五色灵官,当然要在勾脸时分五种颜色,老灵官勾娃娃红脸之外,那四位是红脸红札,黄脸黑札、蓝脸苍札和白脸黑满,脸谱多用揉底,再以笔勾出纹理。[1]

与今存清宫戏曲档册、剧本相核,清宫"跳灵官"之仪出场灵官均为双数,并未见有五色灵官之说,但翁氏为我国著名戏曲学家,其说自当有据,故引此以备一说。

以上是对前人关于清宫演剧开场仪式研究成果的一个简要回顾,从中可以看到,至少有以下几个方面的问题尚需进一步讨论:1. "跳灵官"与"净台咒"之间的关系;2. "跳灵官"的时地;3. "跳灵官""净台咒"之类开场仪式的文化内涵和所承载的深层含义。关于此点,傅惜华先生在《净台》一文中已经为我们留下了解决这些问题的钥匙,在考察了"净台咒"的来历后,傅氏推测"总之,此种净台习俗,原必与宗教有关,而衍称为梨园一种信仰。"将内廷演剧的开场仪式与宗教相连,确为不易之论。接下来,我们将根据傅氏提供的线索,继续深入探讨"跳灵官""净台咒"的具体形式及其背后的文化内涵。

1. 跳灵官

灵官,在中国的神仙谱系中,为道教护法之神,位卑职小,故向有五百灵官之说。灵官的来源,自古就有多种说法,李昉《太平广记·卷三一三·神二十三》"张怀武"条载:

> (张怀武)前揖太虚曰:身张怀武也,常为军将,上帝以微有阴功及物,今配此庙为灵官。(沈太虚)既痊,起视壁画,署曰五百

---

〔1〕 傅学斌:《三世同跳灵官》,《人民日报》(海外版)2008年1月18日,第13版。

灵官。[1]

所叙之事为道士沈太虚奉命祭祷庐山九天使者庙，军将张怀武梦中来见，言因死于忠义之事，故得死后为神，掌灵官之职。元代道教经典《玄天上帝启圣录·卷一》则记载了另外一个关于灵官来历的故事，谓玄天上帝在武当山修道之时，其父令大臣领兵五百往寻，因太子不愿回朝，五百将士"愿从太子学道。……帝升真之后，皆证仙道，今武当有五百灵官者是也。"[2]由上引两条材料可见，道教的灵官神人员构成并不固定，早期只是上位神的护法使者，而随着道教思想的散播流传，为了迎合并固化大众善恶相报的心理，灵官也被作为酬功的职位，赋予人间的忠直善良之士。故此，流传至今的灵官传说十分庞杂。那么，灵官又是如何与戏曲发生联系的？清宫开场仪式中的"灵官"与民间流传的灵官传说又有何关系呢？在解决这个问题之前，我们有必要首先回顾内府曲本中关于"跳灵官"的描述。《古本戏曲丛刊》九集影印《升平宝筏》第一出《转法轮提纲挈领》开场科介如下：

> 场上设仙石山科。杂扮三十六灵官，各戴扎巾额，扎靠，/穿战靴，挂赤心忠良牌，持鞭，从福、禄、寿台上，作跳舞科，/仍从福禄寿台下。

他本凡出现灵官之处，扮相均与此相同，可认为是内廷演出中灵官的标准扮相。其中有两点值得注意：其一为挂"赤心忠良牌"，其二为"持鞭"，结合这两点，我们不妨来看看元明两代道教文献中的记载。

明正统道藏所收宋元间道教典籍《太上三洞神咒·卷九·雷霆祈祷诸咒》载有"召王灵官咒"：

---

[1] （宋）李昉：《太平广记》，北京：中华书局1961年版，第2475页。
[2] 《玄天上帝启圣录》，《道藏》（第19册），据明正统、万历道藏影印，北京：文物出版社；上海：上海书店；天津：天津古籍出版社，1998年版，第572—573页。

神威豁落,金甲黄巾,手持铁鞭,红袍罩身,绿靴风带,双目虎睛,腰缠龙索,受命三清,追摄邪祟,速缚来呈,不伏吾使,寸斩如尘,急急如律令。[1]

材料中的灵官"手持铁鞭",可见,至少在宋元之间,"持鞭"已经是灵官神的固定形象。那么,咒语中的这位"王灵官"又是何许人呢?

王灵官,是道教灵官神中声名最著的一位,明代道教经典《太上元阳上帝无始天尊说火车王灵官真经》讲述的就是这位王灵官的故事。[2] 其事迹见元刻《新编连相搜神广记》(以下简称《搜神广记》)后集"萨真人"条:

萨真人,名守坚,蜀西河人也。少有济人利物心,尝学医,误用药杀人,遂弃医道……继至湘阴县浮梁,见人用童男童女生祀本处庙神。真人曰:"此等邪神,好焚其庙!"言讫,雷火飞空,庙立焚矣,人莫能救。但闻空中有云:"愿法官常如今日!"自后庙不复兴。真人至龙兴府,江边濯足,见水有神影,方面黄巾金甲,左手拽袖,右手执鞭。真人曰:"尔何神也?"答曰:"吾乃湘阴庙神王善,被真人焚吾庙后,今相随一十二载,只候有过,则复前仇。今真人功行已高,职隶天枢,望保奏以为部将。"真人曰:"汝凶恶之神,坐吾法中,必损吾法。"子(《绘图三教源流搜神大全·萨真人》条"子"作"其")神即立誓不敢背盟。真人遂奏帝授职,收系为将,其应如响。[3]

上述引文,同见于道藏本《搜神记》及明刻《绘图三教源流搜神大全》"萨真人"条,文字基本相同。前文提到的《太上元阳上帝无始天尊

---

〔1〕《太上三洞神咒》,《道藏》第2册,第117页。
〔2〕参见《太上元阳上帝无始天尊说火车王灵官真经》,《道藏》第34册,第737—740页。
〔3〕《绘图三教源流搜神大全(外二种)》,上海:上海古籍出版社1990年版,第516—518页。

说火车王灵官真经》所述事迹亦同此。这位"湘阴庙神王善",因与宋代道教著名真人萨守坚扯上关系,在后代灵官信仰中占据了十分重要的地位。王善灵官的显像也是"金甲持鞭",与戏曲演出的灵官扮相已经十分接近了。但是,前面已经说到,"持鞭"应当看作灵官神的共同形象,单凭此点并不足以说明"跳灵官"的来历。通过翻查相关史料,明《绘图三教源流搜神大全》"王元帅"条的记载引起了我们的注意:

> 襄阳洛里姓王名恶字秉诚……遂至荆襄,闻有古庙为江怪所占,显灵本方里,递年六月六日会主备牛羊猪各十牢、酒十酿免瘟,否则人物流血而疫递。会贫苦者几至鬻男女以徇之,悲声盈耳,帅恶而烧之,庙像两烬,怪风大作,适值萨真人托药救瘟以来,遂作法反风而灭妖,境籍以安。诸土主述事以奏,玉帝敕封豁洛王元帅,锡金印如斗,内篆赤心忠良四字,官天下都社令,凡有方士奏入者,雷厉风行,察有大过者立撾之。[1]

这里的"豁洛王元帅",身悬"赤心忠良"金印,是道教神祇中一个十分特殊的形象。这时又产生了另一个问题,在《绘图三教源流搜神大全》中"萨真人""王元帅"是并列的条目。显然,至少在编者的认识中,"萨真人"条的"王善"与"王元帅"条的"王恶"并非一人。王恶的封号为"天下都社令",亦非灵官,那么,是否有材料证明"豁洛王元帅"王恶与"灵官"王善曾经发生过联系呢?

成书于明万历三十一年(1603)的《萨真人得道咒枣记》(明邓志谟撰)为我们提供了答案。《咒枣记》是一部以萨真人修行故事为主线的小说,其中以数回的篇幅描写了萨天师收伏王灵官事,唯将时代改为五代,而感化的对象的名字,已由"王善"改为"王恶"。可见,至迟在万

---

[1] 《绘图三教源流搜神大全(外二种)》,上海:上海古籍出版社1990年版,第178—179页。

历年间,二王的事迹在民间传说中的界限已近消弭。究其原因,前引《绘图三教源流搜神大全》"王元帅"条的记载已经说明了问题,善人王恶在除魔卫道的过程中也曾得到过萨真人的帮助,既然同受真人恩泽,善人"王恶"与邪神"王善"的结合也称得上是顺理成章。后世灵官信仰中的"王灵官"形象,正是在综合了二王事迹后形成的。由此,我们可以认为,清内廷演剧"跳灵官"之灵官扮相正是在结合了民间传说中"王(善)灵官""王(恶)元帅"形象的基础上形成的。

在厘清了灵官形象来源后,我们需要解决第二个问题,道教护法神灵官是如何与戏曲仪式相结合的? 在回答这个问题之前,我们有必要首先简要回顾"王灵官"的"发迹史"。

前文已揭,虽然王灵官"神格"的获得与宋代道教著名真人萨守坚脱不了干系,但灵官信仰的"暴得大名",则晚至明代前期,完全得力于明永乐间道士周思得的鼓吹。周思得其人,历侍永乐、洪熙、宣德、正统、景泰五朝,因永乐间"扈从北征,累著功绩",[1]其得帝王宠信,在他的大力宣扬下,明初诸帝对王灵官及其师萨真人极尽顶礼,推崇备至,累建"火德观""显灵宫"等供奉,后改"大德观"。[2]《明史·礼志四》载:

> 崇恩真君、隆恩真君者,道家以崇恩姓萨名坚,西蜀人,宋徽宗时尝从王侍宸、林灵素辈学法有验。隆恩,则玉枢火府天将王灵官也,又尝从萨传符法。永乐中,以道士周思得能传灵官法,乃于禁城之西建天将庙及祖师殿。宣德中,改大德观,封二真君。成化初改显灵宫。每年换袍服,所费不赀。[3]

成化年间,对二真君三年一小祀,十年一大祀,值寿诞、冬至、元旦

---

〔1〕 (明) 田汝成:《西湖游览志·卷二十一·北山分脉城内胜迹》,上海:上海古籍出版社 1998 年版,第 229 页。
〔2〕 戴申:《跳灵官》,《中国京剧》2003 年第 6 期,第 34—35 页。
〔3〕 (清) 张廷玉等编:《明史·卷五十·礼志四》,北京:中华书局 1974 年版,第 1309 页。

三大节,并遣官告祝,足见宫中灵官信仰之炽。清沿明制,其于"灵官"信仰之偏爱,当是其演变为宫中演剧祈福之神的背景。

再者,从"跳灵官"所起到的仪式性作用来分析,在高度程式化表演的背后,蕴藏着更为深刻的宗教含义。以本源而言,"跳灵官"和与之相似的开场仪式,取悦的对象并非戏台之下观剧的凡人,当盛装打扮的"灵官"们在舞台上跳转腾挪之时,实际上充当了人界与神界沟通的桥梁。在喧嚣的鞭炮声中,通过灵官向漫天神佛鬼怪传递的信息是"神灵降临,则邪祟退避",兼具有迎神与驱邪的作用,是上古以来戏剧"娱神"功能和傩仪在后代演剧中的遗存。

既然演剧开场具有这样的宗教含义,那么就需要考虑王灵官的神格是否与此相协调。前引《绘图三教源流搜神大全》谓王恶元帅"官天下都社令";而追随萨真人的王灵官,在萨真人飞升后,自愿成为道教守护神,护卫天下一切洞天福地;《历代神仙通鉴》卷二十所记的"邪神"王灵官身世与《绘图三教源流搜神大全》等三书略有不同,谓之"吾先天大将火车灵官王,久值灵霄殿,奉玉敕,庙食湘阴,以惩此方恶业"。[1] 综上,王灵官的神职不外纠察与驱邪两点,所谓"正直为神"者是也,由其担负沟通神人的职责的确十分合适。

当然,不论是灵官信仰在明清两代的盛行,亦或神职上的相似性,都并不足以说明王灵官与演剧之间的内在联系。张亭《石牌发现"王灵官"戏神庙石匾》一文披露的资料为我们解决这个问题带来了启示,据张文转引当地生于光绪十二年(1886)的老伶工王奎应先生介绍:"听老辈师傅说,清代嘉庆年间,石牌建有王灵官庙,庙里供奉的有王灵官祖师。戏班要做'九皇斋',就在庙里举行。"[2]

显然,这里将王灵官当作了艺人的祖师,是伶人们供奉的戏神。将王灵官与戏神联系在一起,乍看实属无稽,但如果将灵官信仰与同

---

〔1〕 (清)徐道:《历代神仙演义》,周晶等校点,沈阳:辽宁古籍出版社1995年版,第1172页。
〔2〕 张亭:《石牌发现"王灵官"戏神庙石匾》,《黄梅戏艺术》2002年第1期,第54页。

为戏神的华光大帝结合起来,则灵官作为戏神也并非无迹可寻。道教神祇华光大帝,在中国神仙谱系中出现较晚,是糅合了多位神仙传说而最终定型的神话人物。明正统道藏本《太上洞玄灵宝王(五)显灵观(官)华光本行妙经》,撰人不详,约成书于元明之间,述华光来历,谓之"三天境内有灵官大圣,华光五大天帅,发弘誓愿,救度众生,摄伏群魔,阐扬道化,威灵炟赫,功德巍巍。"[1]可见在华光信仰形成过程中,华光大帝与灵官神格一直存在重合之处。至明万历间余象斗《五显灵官大帝华光天王传》(《南游记》),所叙华光身世,明显采用了明刊本《绘图三教源流搜神大全》"灵官马元帅"条的记载。[2]而华光与王灵官的关系,容肇祖先生在《五显华光大帝》一文中,引《铸鼎余闻·卷一》的记载,说明华光形象在形成过程中也吸收了王灵官的神格。[3]当然,王灵官对华光形象的影响,更多地表现在二者均为火神上,如前述《明史·礼志四》载,王灵官为"玉枢火府天将"。《南游记》中,华光的众多身份之一就有"火部兵马大元帅"。华光成为戏神的原因,学者多有考论,在对华光的神格和形象进行分析后,多将原因归纳为:火神的身份;驱邪恶逐疫的神格;以及赐人子嗣的功能。[4]值得注意的是,华光除了被艺人供奉为戏神,在部分地区的戏曲文献中,也作为开场净台仪式的承担者。如广西北路壮剧的开台"华光化妆开三只眼……头戴武盔,身穿战袍,一手执枪,枪上挂串鞭炮,在锣鼓声中上场,走圆场三圈入场",自报家门后,耍枪舞蹈,"众人齐声接诵:个个平安。"[5]华光扮演者遂即退场。与前引跳灵官的记载,若合符节。由此可见,既然吸收了灵官神格的华光可以作为戏神,那么,灵官被艺

〔1〕《太上洞玄灵宝王显灵观华光本行妙经》,明正统道藏(第 57 册),台北:艺文出版社 1977 年版,第 46597 页。
〔2〕《绘图三教源流搜神大全(外二种)》,上海:上海古籍出版社 1990 年版,第 220—222 页。
〔3〕容肇祖:《五显华光大帝》,《迷信与传说》,《中山大学语言历史学研究所民俗学会丛书》之一,1929 年版,第 255—256 页。
〔4〕李计筹:《戏神华光考》,《艺术百家》2006 年第 2 期,第 50—53 页。
〔5〕《中国戏曲志·广西卷》,北京:中国 ISBN 中心 1995 年版,第 473 页。

人选为净台仪式的施行者,与之有着类似的文化和宗教内涵。灵官与戏曲演出发生关系,也是在情理之中了。

2. 净台咒

在前人的论述中,"净台咒"从来都是与"跳灵官"形影相随的。在灵官上台表演后,"走势舞蹈,同念'净台咒'"几乎成了开台的表演定式,但清内府曲本上的记载却与此说不同,《古本戏曲丛刊》九集影印五色本《劝善金科》第一本第一出《乐春台开宗明义》:

> 杂扮八灵官各戴扎巾额、扎靠,穿战靴,挂赤心忠良牌,持鞭,从升天门上,跳舞鸣爆竹,鞭净台科,仍从升天门下。场上设香几内奏乐八开场人各戴将巾……

第二出《敕天使问俗观风》:

> 杂扮四功曹……引生扮三台北斗,戴冕旒,穿蟒,束玉带,执圭,从升天门上,众同唱……众拥护三台北斗,仍从升天门下。二十八宿绕场科,仍从升天门下。内奏十番乐,众同念净台咒哩拉莲,拉莲哩莲,哩拉莲,拉哩拉莲,哩拉莲,拉哩莲(九转)。

在《劝善金科》的开场仪式中,"跳灵官"在正戏开场之前,且跳毕灵官俱已下场,而念诵"净台咒"则已是第二出,此时正戏已经开始,念诵者也肯定不是灵官。再如《故宫珍本丛刊》662册《万福移徙·群星拱护》,剧演:圣主恭奉皇太后入园,孙思邈真人召来箕毕羽林五潢星官,令其护卫太后入园。又遇土地、周仓、关圣帝君亦来护卫,于是众人一起入园。由剧情观之,此剧为光绪奉慈禧太后移驾颐和园承应之剧,而且应当是在园内开台演剧的第一出,兼具净台的作用。此剧全剧没有"跳灵官"的仪式,但剧末念"净台咒":

净台咒哩拉连,拉连哩连,[转]哩拉连,拉哩拉连,拉哩连拉,
哩连拉,连哩连[转前三次]。

可见,"净台咒"也并非定与"跳灵官"之仪前后相继。那么,"净台
咒"又是怎么出现的呢?

以"啦哩嗹"三字作"净台咒"之例,除清内府曲本外未见记载,但
学界关于同为"净台咒"的"啰哩嗹"之探讨成果颇丰,对解析清内府本
净台咒之来源极有参考价值。

康保成先生在《梵曲"啰哩嗹"与中国戏曲的传播》一文中曾经总结
"啰哩嗹"的使用场合:祭祀戏神所唱的咒语;与婚恋有关的喜庆场合;
乞儿所唱莲花落;作为衬字、帮腔使用。[1]饶宗颐先生在分别追溯了
释道二教、南宋讴歌缠声、戏曲作品中唱"啰哩"的传统后,得出结论:"啰
哩"实为南戏戏神咒。[2]以下试举几个由其作为戏神咒的例子。

明汤显祖在其著名的《宜黄县戏神清源师庙记》一文中就记载了
祭祀戏神唱"啰哩嗹"的习俗:予闻清源,西川灌口神也,为人美好,以
游戏得道,流此教于人间。讫无祠者。子弟开呵一醪之,唱啰哩嗹而
已。[3]而"啰哩嗹"与戏曲演出发生关系,则更可追溯到宋元时期的
诸宫调、杂剧、南戏等等艺术形式。在戏曲作品中,作为"戏神咒"出
现,最为典型的是明成化本《刘知远白兔记》的开场:

(扮末上开云)诗曰:国正天心顺,官清民自安。夫贤夫祸
少,子孝父心宽。

【满庭芳】……

〔1〕 康保成:《梵曲"啰哩嗹"与中国戏曲的传播》,《中山大学学报》(社会科学版)2002年第2
期,第60—67页。
〔2〕 饶宗颐:《南戏戏神咒"啰哩嗹"之谜》,《梵学集》,上海:上海古籍出版社1993年版,
第209—219页。
〔3〕 (明)汤显祖:《汤显祖集诗文集》(卷三十四),上海:上海人民出版社1973年版,第
1128页。

【红芍药】哩罗连罗罗哩连　哩连哩罗哩连哩　连罗连哩连罗哩　罗连罗哩连哩　连罗连哩连罗连　□□□□□□哩　连罗哩罗哩

　　关于"啰哩嗹"的含义，美国学者白之曾经做过精辟的阐释："末角开场，用'白舌赤口'这样的强硬语言把他的警告送上天送下地，以驱祟逐邪。然后，在鼓板喧天之中，他唱起迎神曲。这支歌看来是唱给神仙听的，只有神仙明白这支歌是什么意思，因为全歌四十五个字全是'哩'、'啰'、'嗹'三个音节，毫无意义地颠来倒去。"〔1〕将念诵"啰哩嗹"背后的宗教内涵揭示在读者面前。而在演出开场唱"啰哩嗹"的传统，在今日之南方戏剧演出中仍然十分普遍，胡忌《宋金杂剧考》引《莆剧谈屑》："莆剧在未正式演出时，由后台先打'三锣鼓'，如京剧闹台般……三锣鼓过后，有彩棚，彩棚时内念四句大白是：盛世江南景，春风昼锦堂。一枝红芍药，开出满天红。大白念时，是全体艺员一同念出，念完，唱下词尾。下词尾没有曲文，只'哩啰嗹'三字颠倒唱出。这三字是咒文，为得怕舞台上'不洁净''秽渎'了'神明'，唱这咒文，便可保台上大家平安。"〔2〕

　　上面简要回顾了中国演剧史上，开场演剧之前唱"啰哩嗹"的传统。从中可以看出，清内廷演剧之诵"净台咒"与之一脉相承，宫廷和民间戏曲舞台，虽然追求的审美情趣、艺术风格迥异，但对古老戏曲宗教仪式的传承则是一致的。上引白之先生的观点已经初步说明，在戏曲演出开场时念诵"啰哩嗹"之类的类似咒语的文字，目的在于迎神和祛祟，清黄旛绰《梨园原》对此的解释亦足参考：

　　　　古时戏，始一出鬼门道，必先唱〔红芍药〕一词。何也？因传奇内必有神、佛、仙、贤、君王、臣宰及说法、宣咒等事，故先持一咒，以

〔1〕［美］白之：《一个戏剧题材的演化——〈白兔记〉诸异本比较》，《文艺研究》1987年第4期，第70—77页。
〔2〕胡忌：《宋金杂剧考》，上海：古典文学出版社1957年版，第307页。

释其罪;兼诸利己——隔宿昧爽,因喉音闭塞,故齐声而扬。[1]

通过唱"啰哩嗹"来达到请求神佛仙贤释罪的目的,从本质上而言,仍是希望借助类似"秘密真言"一样的咒语来沟通人神,是中国人"侍神如神在"的传统心理在演剧中的反映,其与"跳灵官"仪式所希望达到的目的是一致的,这也许就是论者总是倾向于将二者合二为一的内在原因。

以上介绍了"啰哩嗹"作为戏神咒的用例和作用,关于其来源,学术界向有三种不同的观点。其一认为其来源于梵曲,如前引饶宗颐先生之文即持此论点,认为"啰哩嗹"来源于佛经中"鲁流庐楼"四字的异读,康保成老师在《傩戏艺术源流》中亦持此说,并在考察了佛经、莲花落、戏曲中唱"啰哩嗹"的形式后,认为"啰哩"最早在佛唱中出现,而"沿门驱疫"的传统是促进不同艺术形式之间交流并使"啰哩"曲散播的必要条件,进而提出"啰哩"曲传入中国,是通过"啰哩人(吉普赛人)"的流浪生涯实现的。[2] 第二种观点则是在对宋词进行研究的基础上,认为"啰哩啰"之类的和声为中国本土的歌唱习惯所致,于佛教唱颂并无太大关联。第三种观点认为,"啰哩嗹"民歌衬词源于中国古代生殖崇拜,并以"莲"训"嗹",以前者在传统中国文化中代表的生殖崇拜含义证明论点[3]。

迄今为止,也许在"啰哩嗹"的起源问题上尚缺乏定论,但宋元以来,佛曲、莲花落、山歌、戏曲中均已出现各种"啰哩嗹"的和声确属无疑。那么,各种艺术形式在流传演出的过程中发生联系,进而产生相互影响也是一个合理的推论,这也是解释"啰哩嗹"作为戏神咒所具有的宗教内涵的一个视点。

上面介绍了戏神咒"啰哩嗹"的发展途径,清内府本中的净台咒

---

[1] (清)黄旛绰:《梨园原》,《中国戏曲论著集成(九)》,北京:中国戏剧出版社 1959 年版,第 9 页。
[2] 康保成:《傩戏艺术源流》,广州:高等教育出版社 2005 年(第 2 版),第 77—119 页。
[3] 孟凡玉:《论傩歌"啰哩嗹"的生殖崇拜内涵》,《音乐研究》2007 年第 4 期,第 45—53 页。

"啦哩嗹"与之应属同一类型,用在整场戏曲演出的开始阶段,所起到的也是除祟和迎神的双重作用。然而我们也注意到一点,不论是前引戏文《白兔记》,抑或是梵曲、民歌之中,所唱的都是"啰""哩""嗹"三音节的排列组合,而清宫"净台咒"则多出"啦"音,没有"啰"音。关于这一点,笔者目力所及,并无文献可供说明"净台咒"在清宫中变化的轨迹。据沈沉《论啰哩嗹》一文介绍永嘉碧莲老灵姑(巫婆)丑三妈所唱《驱魔咒》(又叫《破七煞》),其文曰:

> 勒奉太上老君急急如律令:噜噜仓连噜仓连咙来唠啦哩罗连咙……草木精妖鸟兽虫鱼、三死游魂有影无形远避也者。噜噜仓连噜仓连咙来苏萨唠啦哩罗连咙……[1]

其中出现"啦"音,这也许可以说明,在戏剧演出之前所唱的这种驱魔性质的文字,存在着依照当地方言发生音变的可能,清宫不唱"啰哩嗹"而诵"啦哩嗹"或者也与满语中相关文字的发音有关联,列此以备一说。

最后需要解决的一个问题,前面分别引述的傅惜华先生论文、《封神天榜》《劝善金科》及《万福攸徙·群星拱护》中所录"净台咒",其文本至少存在三个不同版本。傅氏《内廷承应传奇之开场》《封神天榜》《劝善金科》所列文字、断句均同;《净台》与《万福攸徙》与之则稍异,为另外的两个版本。限于今日资料阙如,我们也许已经无法判定产生这种现象的原因,仅据他种内府曲本作出一点推测。《故宫珍本丛刊》662册《清平见喜·和合呈祥》文前附该剧排场一份,其第二场如下:

> 二场　/两场门成对上,前抄、后抄、喜神中间抄,列两/边。
> 喜神唱至辘轳,双分冲上列开,单领分下。/[众和合送场白]万寿

---

〔1〕 沈沉:《论啰哩嗹》,《南戏国际学术研讨会论文集》,北京:中华书局 2001 年版,第 380 页。

年［天喜］　寿年万年［喜］　万寿年［天喜］　万寿万年［天喜］/
寿万年［喜］　万寿年［天喜］

　　无独有偶,北大藏《九九大庆》卷《五方呈仁寿》文末剧中人共咏
"万寿年。寿年万年。寿万年。万寿万年。寿万年。万寿年"。两剧
均演福神呈祥献瑞事,在剧中结尾部分出现类似口号的祝颂之词,与
剧情毫无关联,只是通过这样仪式般的念诵表达对帝王的祝福,与"啦
哩嗹"均可看做咒语性质的祝祷,考其断句与《劝善金科》等本所记"净
台咒"版本一致,这也许就是清宫演剧中类似咒语的标准格式。据此,
《劝善金科》本的"净台咒"或可视为正体。

　　3. 清宫演剧的开场仪式

　　上面分别对"跳灵官"和"净台咒"的来源进行了考证,下面将结合
清内府本中的记载,集中探讨清宫演剧的开场仪式的具体程序。

表 3-16　　清内府本之"跳灵官"和"净台咒"

出处	开场仪式
五色本《劝善金科》[1]	《劝善金科》第一本第一出《乐春台开宗明义》开场先跳灵官、第二出《敕天使问俗观风》末念净台咒,文辞见前文所引
康熙本《劝善金科》	开宗　灵官扫台/开宗　灵官先上扫台[2]
嘉庆刊本《昭代箫韶》	第一出　万国春台同兆庶 (杂扮众灵官,各戴扎巾额,扎靠,挂赤心忠良牌,持鞭各/从福台、禄台、寿台两场门上,同作跳舞净台科,仍各从/两场门分下)…… 第二出　三宵帝座拱星辰 (杂扮二十八宿……引生扮紫薇大帝……)……(福台、禄台、寿台众神各从两场门下。内奏十番乐,众同念净台咒)哩拉莲。拉莲哩莲。哩拉莲。拉哩拉莲。哩拉莲。拉哩莲。[三转]

〔1〕　以下所引清宫连台大戏,如无特别说明,均摘自《古本戏曲丛刊》九集影印本。
〔2〕　前为国图藏本(国家图书馆普通古籍馆,索书号:140031);后为艺术研究院藏本(转引自:戴云:《劝善金科研究》,北京:北京师范大学出版社 2006 年版,第 270 页)。

出处	开场仪式
国图本《封神天榜》 （国家图书馆善本部藏， 索书号：03498）	第一出　庆春台挈领提纲 （场上安楼，东西侧满安地平楼，前拉灵霄门帏幕， 后面拉彩云帏幕，东西城城门升天门，东西侧安山 子科。杂扮六十四八卦神，各戴八色扎巾额，带八 卦硬脸，黄纸钱扎八色靠，穿战靴，执八卦旗，同从 两场门分上，舞科，仍从两场门分下）…… （从下场门下。场上随撒香儿/科，内作乐，众同念 净台咒）哩拉莲。拉莲哩莲哩拉莲。拉哩拉莲。哩 拉莲。拉哩拉莲〔九转〕
《升平宝筏》第一本第一 出《转法轮提纲挈领》	场上设仙石山科，杂扮三十六灵官，各戴扎巾额，扎 靠，/穿战靴，挂赤心忠良牌，持鞭，从福、禄、寿台 上，作跳舞科，/仍从福禄寿台下
《升平宝筏》第一本第十 八出《闹天阍九霄有事》	杂扮灵官，戴扎巾额，扎靠，挂赤心忠良牌，持鞭，从 禄台/门上白
《升平宝筏》第一本第二 十出《廓清馋虎庆安天》	内奏乐。场上设高台香茗桌椅科，杂扮众天将，各 戴大/页巾，穿箭袖、排穗，从福台上。杂扮灵官戴 扎巾额，扎靠，/挂赤心忠良牌
《升平宝筏西游记》第一 出玉皇升殿〔1〕	场上悬灵霄门匾，设仙石山科。杂扮八灵官， □□□巾额，扎靠，穿战靴，挂赤心忠良牌，持鞭，从 升□□□作跳舞，鸣爆竹鞭科，仍从升天门下
北大藏康熙本《升平宝 筏》〔2〕	第一出　长生大帝弘圣教 末扮长生大帝，杂扮二仙官、二仙童、二仙女执长旛 宝/盖同上
《古本戏曲丛刊》本《鼎 峙春秋》	第一出　五色云降书呈瑞 （众扮灵官从福台、禄台、寿台上，跳舞科下……）
《古本戏曲丛刊》本《楚 汉春秋》	第一出　三皇论数 扮八灵官各执鞭上，跳舞一回，放爆开场下
《古本戏曲丛刊》本《忠 义璇图》	第一出　宣诸神发明表旨 杂扮八灵官，执鞭，从升天门上，跳舞、鸣爆竹鞭净 台介。仍从升天门下

〔1〕国家图书馆善本部藏，索书号：02464。
〔2〕北京大学图书馆古籍部藏（善本），4函24册，索书号：NC/5720/6138。

出处	开场仪式
国图本《盛世鸿图》《楚汉春秋》《平龄会》[1]	按：均无跳灵官、净台咒
北大本《式围受禄》[2]	场上设云帐，设紫芝山一座。扮游河五老，各捧太/极图手卷，从寿台上场门上唱
《式围受禄》(《故宫珍本丛刊》662 册)	扮三十二灵官，持鞭，从福、禄、寿台上跳舞科，下。场/上设紫芝山一座。扮十六云科。扮五老，五老各捧太极图手卷，同/从寿台上，五老唱
天官祝福(《故宫珍本丛刊》660 册 358-360 页)	杂扮众灵官，各持金鞭上，跳舞鸣鞭科，各分下。杂扮众福神，各揢笏上，跳舞科，各分下。杂扮众仪从，各执神旗，杂扮功曹，挂四值牌，扮仙童，各持如意，扮金童、玉女各持幡，引天官上唱
《万福移徙》群星拱护(《珍本丛刊》661 册 5-8 页)	按：此剧未跳灵官，但文末有诵净台咒。 净台咒 哩拉连。拉连哩连。[转]哩拉连。拉哩拉连。拉哩连。拉哩连。拉连哩连[转前三次]
《群仙庆贺》(《珍本丛刊》661 册页 100)	第一出 敕谕青阳(扮灵官跳舞科下。扮雷部神将、真君、道童、仙女引海潮上同唱)
《九如歌颂大罗天》(《珍本丛刊》662 册页 187)	(仙楼前预设祥云、竹帘、帐幔，福台扮八灵官，禄台十二灵官，寿台十六灵官，各戴扎巾额、扎靠，穿战靴，挂赤心忠良牌，持鞭，福、禄、寿台从两场门分上。听金鸣，上下合作跳舞毕，各仍从两场门分下。寿台场上设香几，内奏乐，众扮八洞仙，各戴八仙巾，穿八仙衣……从寿台两场门分上)

上表主要辑录了清宫编演连台大戏及仪典剧中关于"跳灵官"和"净台咒"的记载。其中，只有乾隆五色刊本《劝善金科》、嘉庆十八年刊本《昭代箫韶》、清内府抄本《封神天榜》三种兼备"跳灵官"和"净台咒"，再次说明了这两个仪式并非一定为同时进行的。需要特

---

[1] 国家图书馆善本部藏，《盛世鸿图》(索书号：03499)、《楚汉春秋》(索书号：03500)、《平龄会》(索书号：03508)。
[2] 北京大学图书馆藏《九九大庆》所收本(索书号：812.7/4440)，卷七第十种。

别说明的是,不管是宫廷还是民间,演剧前举行开台仪式的传统由来已久,可以肯定的是,在长期的演出实践中,这些仪式已被固化下来。于戏班或演员而言,此类表演已经烂熟于心,并不一定要在剧本上详细记录这些表演的具体程式。因此,在根据曲本内容进行分析时,我们只能根据已有记载去推测清宫演剧开场仪式的形式,而不能进行反向推理,即不能以某些现象在内府本上没有记载而进行否定的判断。如上表中所引两种《式围受禄》,北大本为《九九大庆》剧本集之一种,故没有跳灵官的仪式;《故宫珍本丛刊》本是单独演出的剧目,很可能是该日演出的第一出,故要在正戏开演之前"跳灵官"。下面我们将根据这一原则,对"跳灵官"和"净台咒"的具体表演形式进行分析。

(1)"跳灵官"的仪式均在每场演剧之始,念诵"净台咒"则多在本出结束之后。表3-16中所有"跳灵官"之例均在正戏开始之前,且可以明显看出,"跳灵官"的仪式是和其后开演的正戏截然分开的,两者除了时间上前后相继的关系,内容上并无关联。关于这点,罗燕老师在《试析清宫承应戏表演中的仪式性特点》文中提到一种"跳判官"的仪式,引清内廷中元节承应戏《迓福迎祥》开场:"众判官执牙笏从寿台上跳舞毕,分侍科,十殿阎君上同唱",认为"跳判官"与"跳灵官"为同质异形。[1] 笔者认为此说值得商榷。在前人笔下,不管是何时举行的"跳灵官"仪式,其主体均是以动作为主,通过灵官夸张化的动作达到驱除邪祟的目的,"跳灵官"结束之后正戏开始,仪式与正式演出并无内容上的关联,"跳灵官"后首几出均为各式吉祥戏,如吴小如先生转引尚小云之子尚长春的回忆:

大年初一的戏(九点开戏),先是开始跳灵官。我们是二十一

---

〔1〕 罗燕:《试析清宫承应戏表演中的仪式性特点》,《文化遗产》2010年第4期,第74—81页。

个灵官,我是头一个。跳完灵官是扫台童儿,扫台童儿之后是跳双加官,跳双财神,然后演《天官赐福》《富贵长春》《财源福辏》这些吉祥戏。[1]

罗文所引《迓福迎祥》,据其科介,判官舞蹈之后仍旧留在台上,继续参与表演,已经不是单纯的仪式性表演了。据此,笔者认为《迓福迎祥》(再如《万福云集》《万福攸同》)之类的剧目,与其认为其开场是"跳灵官"的表演,不如以其为仪式结束后所演出的吉祥戏为是。至于"跳灵官"的具体时间和场合,清代内廷演剧史料缺载,可以肯定的是,并不是每场演出都需要跳灵官,在南府改升平署之前,清宫几乎隔日即演剧,如果每天演出之前都"跳灵官",何来仪式的严肃性和神秘性。在清宫演剧原始资料阙如的情形下,我们只有从前人记述的民间演剧"跳灵官"仪式中寻找线索。据笔者整理,民间演剧中须跳灵官的场合包括:岁末封箱戏(农历腊月二十三);[2]每年元旦首场演出;[3]堂会戏开场;[4]破台和开台。[5]其中,除了岁末封箱戏演于当日全部演出结束之后,其余均为开场仪式之一。"破台"是指旧时新建戏园启用前的净台仪式,和"开台"同在除岁夜举行。清宫演剧,例无"封箱",冬至到除夕之间仍需演出,故不取岁末封箱戏之说。此外,元旦、除夕、新戏台启用诸说,应当于内廷也是适用的,以下,笔者取内廷常演剧目《天官祝福》为例,摘录南府、升平署档案中该剧的演出记录,借以推测"跳灵官"承应的具体情形。

---

〔1〕 吴小如:《从"跳灵官"谈起》,《文史知识》2001 年第 5 期,第 74—76 页。
〔2〕 同上。
〔3〕 傅惜华:《南府轶闻》,《国剧画报》1932 年 3 月 11 日、18 日、25 日(1 卷 8—10 期)。曹心泉口述、邵茗生笔记:《前清内廷演戏回忆录》,《剧学月刊》1933 年第 5 期(2 卷),第 35—45 页。
〔4〕 《有关昆曲开场古法》,资料来源:http://zhongguokunju.blog.163.com/blog/static/188041342009125114896602/.
〔5〕 戴申:《跳灵官》,《中国京剧》2003 年第 6 期,第 34—35 页。

表 3－17　《天官祝福》承应时日

出处	承应内容
嘉庆二十四年恩赏旨意档〔1〕	（正月）初四日　奉三无私承应　《天官祝福》
嘉庆二十四年旨意档	（四月）十八日　广育宫承应《天官祝福》
嘉庆二十四年旨意档	（十月）初一日养心殿承应　《天官祝福》（按：嘉庆万寿）
嘉庆二十四年旨意档	（十月）初八日　恒春堂早膳承应《万载恒春》《天官祝福》（后略）
道光二年恩赏日记档	十五日　重华宫承应　《天官祝福》（后略）
道光三年恩赏旨意档	四月十八日　广育宫承应《天官祝福》（后略）
道光四年恩赏日记档	四月十八日　广育宫万岁爷拈香，外学承应《天官祝福》
道光四年恩赏日记档	十二月三十日（前略）寿康宫内学承应　开场《天官祝福》（后略）
道光五年恩赏日记档	正月初一日（前略）卯正十三分　万岁爷驾还重华宫，中和乐、十番乐迎请，后台粗乐迎请。承应《天官祝福》（后略）
道光九年承差档	（正月）十三日　展诗应律承应　《天官祝福》《痴诉点香》（后略）
道光九年承差档	（正月）十六日　奉三无私承应晚班　《天官祝福》《衣锦还乡》（后略）
道光九年承差档	四月初一日　同乐园承应　《天官祝福》《前金山》（后略）
道光十一年恩赏日记档	闰四月初一日　同乐园承应戏　《天官祝福》（后略）
道光十一年恩赏日记档	（十二月）二十四日　寿康宫承应　《天官祝福》《小妹子》（后略）
道光十六年恩赏日记档〔2〕	十一月初一日　午正叫走。未初五分，养心殿帽儿排《天官祝福》（按：后略）

---

〔1〕 本文所引清宫戏曲档案，如无特别说明，均转引自：朱家溍、丁汝芹：《清代内廷演剧始末考》，北京：中国书店 2007 年版。
〔2〕 道光十六年后，承应时地不出表二所列范围，文繁不录。

由上表可见,在内廷演出中,《天官祝福》一般都是作为开场第一出戏,这显然符合"跳灵官"开场仪式的性质,其中,除去不上妆的帽儿排,其他演出之前均有"跳灵官"的可能性。总体说来,《天官祝福》多演于年节(除夕、元旦、四月十八日碧霞元君诞辰)、万寿圣节。这大致上也体现了清宫"跳灵官"仪的适用范围。

(2)"跳灵官"以舞蹈动作为主;"净台咒"以念诵为主。"跳灵官"的程序,从今天所能见到有限的文字记载中,已经很难还原其面貌。其演出形式,从表3-16中辑录到的有价值的文字包括:"听金鸣上下合作跳舞""持金鞭上跳舞鸣鞭科""跳舞鸣爆竹鞭净台介"。借助有限的文字,我们不妨展开想象的翅膀,穿越历史的重重迷雾,来到清宫戏台上欣赏一场热闹非凡的"跳灵官"表演:在内廷演出的袅袅青烟中,手持金鞭、扮相威严的灵官们,听锣鸣结对而出,在舞台上作出各种舞蹈动作,同时金鞭触地,发出响亮的脆鸣,使一切邪祟闻风而逃,向漫天神佛传达人世间最虔诚的敬意。最后,在确保凶灵避走,神佛齐降之后,喧闹的鞭炮声响起,灵官们结束了使命,在锣鼓喧阗中隐去身形。于是,凡人遁去,神仙上台,又一场繁花似锦的宫廷戏曲演出就此拉开了帷幕。

在缺乏文献支持的前提下,想象力所能达到的边界实在有限。所谓"礼失求诸野",民间演剧"跳灵官"的程式或许能够对我们有所启发:

> 武场"打通"后,奋起,四位灵官在"急急风"锣鼓的伴奏下上场。四人均勾红脸,戴红扎髯,穿红靠,不扎靠旗,手持灵官鞭,由老生、武生、花脸、小生等行演员应工。在场上的四位灵官做一些跳跃、挽袂的舞蹈,最后,四灵官一齐走大圆场站成一排,由检场人递过四根竹竿,竿上各挑一挂鞭炮,于是,四位灵官接过来,归向舞台的四个犄角。检场人急将台毯卷起一半,再将生铁铸的"钱粮盆"放到舞台的正中,另一检场人当即撒(撒)一把"过梁

火彩",正将盆里的敬神钱粮（千张、元宝、黄钱）引着,这时,四位灵官将手中的竹竿往盆里一挑,几挂鞭炮即被引着,顿时,噼噼啪啪地一齐响了起来。四灵官待鞭炮放完后,始回后台卸装。然后,由扮成童子的两位青年演员拿着新笤帚、新簸箕将台上的鞭炮皮子统统扫到钱粮盆里。表示敛财聚宝,故扫台谓之"敛财";两个童子则谓之"扫财童子"。至此,跳"四灵官"即告结束。清代,还有跳"群灵官"的。由班中净、生行演员扮成八位或十六位灵官。据梨园行传说,清代,宫中演戏之前都要跳群灵官,有时遇上节日上三十二灵官,甚至上六十四灵官。群灵官与四灵官的表演程式相同,只是由于人多,鞭炮也多,使观众觉得更火炽。[1]

引文的作者显然认为清宫"跳灵官"与民间堂会戏的"跳灵官"在程式上并没有什么不同,只是人数多寡之别,因此不吝篇幅引于此处,亦可备一说。有一点可以肯定,不论是清宫还是民间的"跳灵官",都以动作为主,灵官们在整个演出过程中都不开口。此外,戴申在《跳灵官》一文中介绍了破台仪式中的"跳灵官","在舞台上舞蹈跳跃,跳无定法,舞罢停止,全场净场,全园灯烛共熄,人员全部撤出,灵官在园内各个角落,大声呐喊,做搜索驱逐态,直到次日之天明止,就完成破台程序。"[2]与一般戏曲演出开台前的跳灵官不太相同,引文的记载,其继承"傩仪"的痕迹十分明显,灵官通过大声呼喝和做出各种威吓动作,使诸邪退避,这与"傩仪"所采取的手段和期望达到的目的并无二致,从中也可看到"跳灵官"之类开台仪式的远源。

相比于"跳灵官",清宫演剧念诵"净台咒"之俗的文字记载更加罕

---

〔1〕《有关昆曲开场古法》,资料来源:http://zhongguokunju.blog.163.com/blog/static/18804134200912511489602/.

〔2〕戴申:《跳灵官》,《中国京剧》2003年第6期,第34—35页。

睹,前引有关"啰哩嗹"戏神咒在民间演出之情形,其念诵者多由开场人或负责开台的"田公元帅"担任,且不定在剧中或仪式结束之前进行,考之与清内廷演剧之仪皆不相同。从表3－16可知,清宫演剧"净台咒"均在本出演出结束后念诵,具体形式为"内奏十番乐众同念",且有反复念三次(三转)和九次(九转)的区别。关于十番学的源流,王芷章先生《清升平署志略》考之甚详,[1]可参看,其在清宫演剧中上演频率甚高,此处出现显非特例。"众同念"传递的信息则比较特别,在清内府本中,均未明确注明念诵"净台咒"的角色,从文本上看,是在参与正剧演出的所有演员都下台后,由众人同声念诵,此时舞台上已经没有演员了,那么,这里的众人只能假定为后台诸人。而在演员全部下台之后,由后台人员齐声念诵,显示出念诵"净台咒"与正戏演出之间的间隔性,即"净台咒"并不属于剧中的一部分,而是一种独立于剧外的仪式。

(3)"灵官"的扮相与人数。在前面的论述中,我们已经详细介绍了清宫演剧中"灵官"独特扮相的由来,是在综合了中国历代神仙传说中"王善""王恶"形象基础上形成的。这里只需要再提出一点,从表3－16所引《升平宝筏》舞台提示可知,灵官不仅是开台仪式"跳灵官"的主角,亦可作为剧中角色出现,灵官扮相是清宫演剧中戏曲角色"灵官"的标准扮相,并非"跳灵官"仪式所独有。其次,"跳灵官"的主角在绝大多数情况下都是"灵官",但也有极少变例的出现,如表3－16引国图本《封神天榜》,开演后首先出场的是六十四八卦神,上台舞蹈后即下场,其后不再参与演出,其表演的作用与"跳灵官"相同,可以看作变例。[2]最后,"跳灵官"出场人数的问题,据表3－16所列剧目统

---

〔1〕 王芷章:《清升平署志略》,北京:商务印书馆 2006 年版,第 18—19 页。
〔2〕 关于《封神天榜》以"六十四八卦神"代替"灵官"的原因。据笔者推测,中国古代的灵官传说,最早也不过附会至"封神榜"上雷部二十四天君之一的王变天君,显然在《封神天榜》所演故事之后,且封神故事本身在宗教倾向和思想内涵上都偏向于道家,故此本作者弃灵官而采用六十四八卦神开台。参见:郭铸编:《王灵官的故事》,《中国道教》1993 年第 4 期,第 53—55 页。

计,"跳灵官"时出场的人数,有 8 人、32 人、36 人、64 人四种,其中以出 8 人者居多,应当是清宫演剧"跳灵官"的一般规模。

以上从源流和形制上考证了清代演剧开场——"跳灵官"和"净台咒"的相关问题。这些带有神秘信仰色彩的仪式,溯其远源,不难看出其与上古傩仪之间千丝万缕的联系。宫廷驱傩,其俗由来尚矣,饶宗颐先生《殷上甲微作裼(傩)考》一文就曾指出:"傩肇于殷,本为殷礼,于宫室驱除疫气,其作始者实为上甲微。"[1]先秦典籍代有所载,至《后汉书·礼仪志》,其记宫廷大傩仪式甚详,可见其在宫廷生活中的重要作用。关于傩仪与戏剧是如何产生联系的,前辈学者述之甚详,笔者无意在此班门弄斧。在此提出宫廷演剧开场与傩之间的关系,只是希望借以说明,从历史的角度上看,虽然宫廷与民间剧坛呈现出各自相对独立的发展脉络,但在对于传统文化及形成戏剧的诸要素的继承方面,仍然显示出其同处中华文化圈而具有的同质性。但在以往的研究中,特别是对于傩戏等问题的研究,学界更加关注来自民间的资料,对于宫廷演剧中的相关形式尚少注目,这显然是一个有待于我们继续挖掘的宝库。

第七节 "跳加官""跳财神"及连台大戏的开场

1. "跳加官""跳财神"等与清宫仪典剧

除去"跳灵官"外,民间演剧还有"赠送戏(饶头戏)"之说,即在正戏开始之前,向观众"赠送"几个带有祝福性质的表演,均以动作为主,与正戏无关,其名目包括:"跳加官""跳财神""跳魁星"等。关于其与"跳灵官"的关系,前引刘禺生《世载堂杂忆·跳加官》将清宫"跳灵官"之仪附列"跳加官"条目之下,显然认为二者是相同性质的演出。笔者认为此说不确,对此吴小如先生在《从"跳灵官"谈起》一

---

[1] 饶宗颐:《殷上甲微作裼(傩)考》,《传统文化与现代化》1993 年第 6 期,第 34—37 页。

文曾有论述：

> "跳灵官"是为了消灾祈福，祓除不详；而"跳加官""跳财神"
> 则是世俗升官发财思想的反映。

可见二者在演出目的上并不相同，由之带来演出场合的千差万别。"跳加官"之类的"饶头戏"，取悦的对象是台下的观剧者，演员通过表演传达对观众的祝福，希望起到静场和讨好观众的目的。[1]"跳灵官"之仪，以本质而论，是凡人向神灵表达敬意的手段，通过扮演"灵官"，使得邪祟远离，迎接神仙的降临。当然，二者的出现大致都与我国古代"沿门逐疫（乞讨）"的传统不无关系。但是，"跳灵官"显然更多地继承了其神秘的宗教性特征，而"跳加官""跳魁星"之类则表现出更多的娱乐性。

在这里我们注意到一条研究清代内廷演剧时经常引用到的材料，曹心泉口述《前清内廷演剧回忆录》记载宫中新年"跳灵官"事：

> 每年正月初一演戏，开场先跳灵官……孙怡云二君，初入内廷供奉未久，即逢扮演灵官，由王楞仙为彼等勾脸。时小福目大瞪视，楞仙即为之勾宽大眼窝，眼梢上吊，状类风筝大沙雁脸样；孙怡云目小，即为之勾小脸膛。使二人跳头一对灵官，出场，太后即大笑。问二人脸谱，为谁人所勾？众以楞仙对。太后笑谓此子太恶作剧！

论者多以此条材料证明宫中"跳灵官"仪式，突破"灵官"多为净、

---

〔1〕 么书仪：《漫谈"跳加官"》，《晚清戏曲的变革》，北京：人民文学出版社 2006 年版，第57—62 页。

生等角扮演的惯例，以全部行当应工。但笔者更感兴趣的是通过引文透露出清末宫中"跳灵官"的欢快气氛。其中，"跳灵官"所应具备的严肃的仪式性特征荡然无存，不论扮者还是观者，无不抱着几分戏谑的心态来对待这场别开生面的演出。在这里，神性退位，人性登台，即使是"跳灵官"这样宗教性浓厚的开场仪式，在清代末期，其仪式性也不得不让位于演剧的娱乐性。这从另一个角度说明，虽然中国戏曲远源上与巫术、傩仪不无关系，但是随着戏曲艺术的发展，戏剧性在不断加强，娱乐性最终成为戏剧艺术的主要诉求。

最后，关于清宫演剧是否有"跳加官"之类的表演，前引《世载堂杂忆》谓"宫内演剧，无官可加"，论者多沿其说，因此对内廷演剧"跳灵官"之外的仪式较少关注，笔者认为此说值得商榷。民国时期，傅惜华先生发表《内廷除夕之承应剧——如愿迎新》介绍家藏内廷仪典剧《如愿迎新》：

> 此剧排场穿插，尚为紧凑，不见呆板。净色扮锡福使者四人上场，跳舞毕，科白，下场。旦色扮仙女如愿上场，歌完【玉交枝】曲，科白。锡福使者复上场，接歌曲完，与如愿相见，宾白。如愿歌【山坡羊】首只，梳妆时锡福使者接歌完。马夫上场带马，如愿上马，歌【山坡羊】第二只完。场上吹打，跳加官。如愿接歌第三只，时场内外打太平鼓，杂色扮门神二人上场，跳舞毕下场（后略）。[1]

今以《故宫珍本丛刊》第 661 册影印本核之，其科介如下："加官吹打，内打太平鼓科，曲中扮门神上，舞一回下。醉司命、醉土地上诨一回下"，可见清宫演剧亦有"跳加官"之例。

此外，北大图书馆藏《九九大庆》卷八第九种《太平有象》，全剧无

---

〔1〕 傅惜华：《内廷除夕之承应戏——如愿迎新》，《国剧画报》1932 年 2 月 5 日（第 1 卷第 4 期）。

曲无白,全文如下:

> 扮四金刚,各持风调雨顺,从寿台中佛门上,作跳/舞科毕,仍从中佛门下。扮十八阿罗汉,各持拂尘,/随一龙一虎,同从寿台中佛门上,作摆式跳舞科/毕,仍从中佛门下。内奏乐,扮一百八名罗汉,从寿/台两场门上,作跳舞,成太平有象科[下]。

与马书田先生《华夏诸神》中所举"跳加官"形式对看:

> 表演者身穿大红袍,面戴"加官脸"——一种作笑容样的假面具。表演者手持朝笏,走上戏台,绕场三周,笑而不言——不唱也不说。再进场后,抱一小儿(道具)出来,绕场三周,退场。最后出场,笑容满面,边跳边向观众展示手中所持红色条幅,上写有"加官进禄"之类的颂词,再绕场三周后,退场然后是正式节目开始。[1]

两者何其相似,可见,即使宫中果真因"无官可加"而少有此项表演,必然也有大量如上引《太平有象》之类的单纯仪式性表演,起到与民间演出"跳加官""跳财神""跳魁星"等类似的演出效果。

2. 清宫所编连台大戏的开场

清宫所编连台大戏,从体制上说,均属传奇,前引傅惜华先生《内廷承应传奇之开场》一文,其研究对象就是此类清宫连台本戏,其开场形式与明清传奇开场的惯例大致相似,但也有特别之处,故下表据《古本戏曲丛刊》九集及国家图书馆、北大图书馆藏本,总结其开场形式如表3-18。

---

〔1〕 马书田:《华夏诸神》,北京:燕山出版社1999年版,第339页。

表 3 - 18　清宫所编连台大戏的开场

剧名	开场仪式		开场家门			开场后首出人物	备注
	跳灵官	净台咒	开场者及扮相	曲/词牌	形式		
康熙本劝善金科	有	无	开宗【玉女摇仙佩】(二末上)……河山一统,日月双丸……	【玉女摇仙佩】按:此曲与剧情无关。	内外问答 (内云)借问台上的,今日搬演谁家故事?(末云)搬演《目连救母劝善金科》……	一卷一出　察善恶天使临凡【北新水令】(末扮三台北斗神君领众神将力士曹使上)	
五色本劝善金科	有;第一出首	有;第二出末	第一出　乐春台开场　明义 杂扮八开场人,各戴将巾、扎额、簪孔雀翎,穿直领,系鸾带、捧直如意,从两场门分上,各设炉盘于香儿上,焚香三顿首科,起各执如意,绕场科分白	【玉女摇仙佩】按:此曲与剧情无涉。	内外对答 (内白)借问台上的,今日搬演谁家故事?(八)搬演《目连救母劝善金科》……开场人白……按:其后解说传奇大意,念诵一首七律后下台	第二出　救天使问俗观风 (杂扮四功曹……引生扮三台北斗……从升天门上众同唱)	

剧名	开场仪式		开场者及扮相	开场家门		开场后首出首人物	备注
	跳灵官	净台咒		曲/词牌	形式		
昭代箫韶	有；第一出首	有；第二出末	第一出 万国春天同兆庆 杂扮八开场人各戴绛巾，簪孔雀翎，穿开场衣，系鸾带，捧炉执如意，从两场门分上，各设炉盘于香几上，炷香三顿首毕，各执如意绕场首，分台	【玉女摇仙佩】 按：此曲与剧情无涉。	内外对答 （内白）借同台上的今日搬演谁家事故事（八开场白以搬演北末演义 昭代箫韶…… 按：其后解说传奇大意，念诵一首七律后下台	第二出 三霄座拱星辰 （杂扮二十八宿…… 引生扮紫薇大帝…… 同从禄台中场上紫薇大帝唱）	
封神天榜	有，第一出首	有，第二出末	第一出 庆春台奉领提纲 开场人各戴大页巾，扎额，簪孔雀翎，穿开场衣，带朝珠，执炉盘，如意，从上场门上，将炉盘安于几上，炷香三顿首，执如意分台	【玉女摇仙佩】 按：此曲曲解说剧情大意。	【玉女摇仙佩】曲终开场人即下	第二出 升金殿明因定劫 （杂扮八仪从各戴大页巾……引生扮吴天大帝戴冕旒……唱）	
康熙本升平宝筏	无	无	第一出 长生大帝弘圣教 末扮长生大帝杂扮二仙童二仙女各执长旛宝，宝二仙童二／盖宝同上	同唱【瑞鹤仙】【缠绵道】【小普天乐】末唱【古轮台】【尾声】	按：第一出的内容和形式与明清传奇"付末开场"并不相同，更类似元剧之楔子。	第二出 金蝉佛子领慈旨 （生扮金蝉佛子装裟上唱）	

剧名	开场仪式		开场家门				备注
	跳灵官	净台咒	开场者及扮相	曲/词牌	形式	开场后首出人物	
升平宝筏	有；第一出出明心	无	第二出 诸灵府见性明心。杂扮八开场官，各戴孔雀大页翎，扎额，簪孔雀翎，穿开巾，系衣，系孪带，穿开场衣，捧炉执上。从寿台两场门分上，各设炉盘于香几上，焚香如意。各执如意绕场三顿首，毕，各执香绕场场科分台	【玉女摇仙佩】按：此曲与剧情无涉。	内外对答：（内白）借问台上的今日搬演谁家故事（八开场官白）搬演唐僧取经……升平宝筏。按：其后解说传奇大意，念诵一首七律后下台	第三出 震旦行庆日 金蝉子化（杂扮众沙弥……引生扮金蝉子，戴僧帽……从禄台上场门上唱）	第一出《转法轮提纲挈领》
鼎峙春秋	有；第一出出首	无	第二出 三分鼎演义提纲，场上设香几，内奏乐，扮八开场人，捧炉执上，从两场门上，各设炉盘于香几上，焚香三顿首科，起，各执如意，焚香绕场分台	【汉宫春】按：此曲已涉剧情。	内外对答（内白）借问台上的，今日搬演谁家的是开场人白《三国演义鼎峙春秋》……按：其后解说传奇大意，念诵一首七律后下台	第三出 楼桑村帝子潜踪（杂扮院子引生扮刘备上唱）……	第一出《五色云降书呈纲》

295

剧名	开场仪式		开场家门			开场后首出人物	备注
	跳灵官	净台咒	开场者及扮相	曲/词牌	形式		
楚汉春秋	有；第一出首	无	第二出 开场人,扮从人开场门分上。意,炉盘如意门分上。各设炉盘如意于香儿上。接香三顿首香科,各执如意绕场分白	【玉女摇仙佩】按：此曲曲迷传奇大意。	【玉女摇仙佩】曲终开场人即下	家宴春秋 第三出 扮刘邦上唱	第一出《三皇论教》
如意宝册	无	无	第二出 开场末上	【满庭芳】玄女神通。袁公归洞。蛋子非常。……三遂不荒唐	（转身向内介）告过开场下	第三出 下山（众扮八揭谛……引玄女上唱）	第一出《诸佛圣部洲游巡》
忠义璇图	有；第一出首	无	无	无	无		第一出《宣诸神发明表旨》
盛世鸿图	无	无	无	无	无		第一出《天庭述运》
铁旗阵	无	无	无	无	无		第一出《太乙遣仙》

清代内府曲本研究

在对上表进行分析之前，我们有必要首先回顾李渔《闲情偶寄》卷三中所记载的明清传奇开场正体：

> 传奇格局，有一定不可移者，有可仍可改，听人自为政者。开场用末，冲场用生。开场数语包括通篇，冲场一出蕴酿全部，此一定不可移者。

> 开场　开场数语，谓之"家门"，虽云为字不多，然非结构已完胸有成竹者，不能措手……未说家门，先有一上场小曲，如西江月、蝶恋花之类，总无成格，听人拈取。此曲向来不切本题，只是劝人对酒忘忧、逢场作戏诸套语。予谓词曲中开场一折，即古文之冒头、时文之破题，务使开门见山，不当借帽段顶。即将本传中立言大意包括成文，与后所说家门一词，相为表里。前是暗说，后是明说……增出家门一段，甚为有理。然家门之前另有一词。今之梨园，皆略去前词，只就家门说起，止图省力，理没作者一段深心。

> 冲场　开场第二折谓之冲场。冲场者，人未上而我先上也。必用一悠长引子。引子唱完，继以诗词及四六排语，谓之定场白，言其未说之先，人不知所演何剧，耳目摇摇得此数语，方知下落，始未定而今方定也。此折之一引一词，较之前折家门一曲，扰难措手。务以柳柳数言，道尽本人一腔心事，又且蕴酿全部精神，扰家门之括尽无遗也。同属包括之词，而分难易于其间者，以家门可以明说，而冲场引子及定场诗词全以暗射，无一字可以明言故也。非特一本戏文之节目，全于此处埋伏，而作此一本戏文之好歹亦即于此时定价。[1]

由引文可知，李渔认为的传奇开场格局包括以下几个要素：

〔1〕　李渔：《闲情偶寄》，《中国古典戏曲论著集成（七）》，北京：中国戏剧出版社1959年版，第64—67页。

（1）开场用末，继之出场的为冲场的生；（2）开场的内容和形式：首先念诵"上场小曲"，该曲应与本剧无涉，其后为"家门"，敷演传奇大意。（3）再结合明清戏文、传奇，在"上场小曲"之后，均采用内外问答的方式引出"家门"，如《目连救母劝善戏文》《桃花扇》等均是如此。

在回顾了明清传奇开场的一般形式后，我们回到表3-18，对清宫编演连台本戏的开场格局进行分析，表3-18中所引12种剧目，按照其开场形式的不同可以分为三类。

（1）康熙本《劝善金科》、五色本《劝善金科》《昭代箫韶》《封神天榜》四种为第一类。特别是前三种，与李渔所记明清传奇开场形式完全相同，第一出均由"末"或"开场人"（按：此为清宫特例，不见民间演剧，但其性质与开场之"末"并无不同）首先上场，念诵一首与剧情无关的诗词，然后通过内外问答的形式引出"传奇大意"，最后以一首七律作尾下场，继之而出的正戏演员也主要由生扮演。《封神天榜》开场人上场后只念诵一首解说传奇内容的诗词，旋即下场，这就是李渔所谓"今之梨园，皆略去前词"的做法。可见，宫廷剧作者显然也十分了解明清传奇开场的发展趋势。最后，康熙本《劝善金科》开场仍用"末"，至五色本时已改为开场人，由此可略见"开场人"出现的大致时间。

（2）《升平宝筏》《鼎峙春秋》《楚汉春秋》《如意宝册》四种为第二类。此四种均有开场家门，但开场之前另有一出，开场之后的第三出则由本剧主角或"生"出场。开场前的第一出，剧中主角尚未登场，故事情节亦不展开，但是已经借由出场的神佛菩萨之口，对本剧所涉人物进行善恶评定，体现因果报应的思想，其性质与前述第一类剧目的第二出（如《第二出　敕天使问俗观风》）完全相同。清宫编演连台大戏，除了丰富内廷演出外，其蕴含的内在诉求在于"使天下担夫贩竖，奚奴凡婢，亦莫不耳而目之而心志之。恍如有刀山剑树之在其前，不特平旦之气清明，即夜梦亦有所惧而不敢肆"，[1]借演剧达到教化人

---

[1]　五色本《劝善金科·序》，《古本戏曲丛刊》。

心,维护阶级统治的目的。因此,几乎所有清宫所编连台戏,在正戏开始之前都必有此出,就其在整部作品结构上所处的位置而言,更像元剧中的楔子,而与明清传奇开场并无关联。相比于第一类开场形式,此类将"开场家门"放在了第二场,破坏了传奇开场的惯例。

(3)康熙本《升平宝筏》《忠义璇图》《盛世鸿图》《铁旗阵》四种为第三类。此类均无开场,但有如第二类首出的出目,其中康熙本《升平宝筏》的情况稍为特殊,其第一出出场主要人物为"末扮",编者应该希望此出起到开场的作用,但全出唱套曲,其内容形式亦与明清传奇开场惯例不同。此类已经完全省去了"家门开场"的形式,直接切入正题,开始正戏的演出了。

第四章
《升平宝筏》考

上一章中，我们对内府本仪典剧的内容、结构、来源等问题进行了考证。仪典剧和清宫所编连台大戏是清代宫廷演剧中最具特色的两种形式，为宫廷剧坛所独有。故此，从本章开始我们将对三种著名的连台大戏《升平宝筏》《昭代箫韶》《劝善金科》进行版本源流的梳理。首先进入我们视野的是以西游故事为蓝本创作的清宫连台大戏。现存文献可征，至少在康熙时期清宫已有改编西游戏的记载，从编演年代来说，在全部清宫连台大戏中属于最早的一批。在第二章中，已经详细介绍了近百年来《升平宝筏》研究的主要成果。在本章中，将根据文献调查的结果，概述《升平宝筏》的版本系统，论证康熙旧本系统诸版本之间的关系，介绍域外所藏稀见《升平宝筏》的相关情况，最后以西游戏中"唐僧出身"故事在内府本中的发展轨迹为例，探讨《升平宝筏》《江流记》等内府戏曲作品与明清《西游记》小说之间的关系。

第一节 《升平宝筏》版本述略

一、康熙旧本系统

《升平宝筏》是清宫连台大戏中版本系统最为复杂的一种。康熙懋勤殿谕旨中就记载过内廷改编此剧的情况。今天已被发现的康熙时期或同系统抄本共有 5 种，只有一种为全本，10 本 240 出，其余均为残本。与乾隆后改本不同，康熙旧本系统诸本文字较为粗鄙古朴，且同系统诸本在曲文说白、情节取舍上亦有不同，在版本年代上存在着先后之别。乾隆时期，又据康熙旧本对《升平宝筏》进行了改编，改本保持了 10 本 240 出的规模，但增删了部分情节，并针对曲文、说白做了规范格律，雅化文辞的工作。乾隆时期抄本存世甚多，主要可以分为两个系统，其一为没有征西域情节的，以大阪府立中之岛图书馆本为代表的版本系统；其一为以《古本戏曲丛刊》九集影印本为代表的，包括了上述情节的版本系统。两者在情节取舍上亦存在着差异。道光朝以后，复据乾隆抄本改编《升平宝筏》，其特点为改本为段，每段6—8 出不等，较乾隆时期版本，篇幅大有删减。故乾隆、道光两期版本相对而言，前者为繁本系统，而道光后版本被称为简本系统。下面，将以时代为序，梳理《升平宝筏》的版本留存情况。

1. 升平宝筏　4 函 24 册　135 mm×239 mm[1]

清抄本，10 本 240 出，8 行 24 字。无框、格、版心。曲牌、曲文粗体大字，说白大字，科介小字。北大图书馆藏（NC/5270/6138）[2]，卷端题"昇平寶筏第一本目錄"，目录首页有两枚方印，从下到上依次为"吉事有羊""别存古意"，目录均标"新增""原本"等字样，"新增"出目

〔1〕　以下如无特别说明，所注版面尺寸均为宽×高。

〔2〕　关于此本的版本年代，张净秋博士在其博士论文中，主要根据避讳字推断该本为康熙旧本。如上述第一出"弘"字未缺笔，而该书全本"玄"字均作"元"。除此之外，笔者尚可补充一个论据，此本第一本《第二十四出　盂兰会菩萨请行[增改]》，剧演：节届盂兰，佛祖率罗汉，进香恭祝当今太子、太后等福泽厚长，并述取经缘起。其中佛祖出场后的科介曲文如下：（引末扮如来佛上，内吹打介，众唱偈介白）降伏魔力死，除洁/无余。（上座介）闻此妙香偈，当进云来集。（坐介，众和介）南无云来集。菩萨摩诃萨。（起立介，拈香祝介）一瓣香，愿/当今皇上万寿无疆，皇图巩固，亿万载之洪基。麟趾呈祥，庆螽/斯之绵远。雨顺风调，共乐尧天舜日。民安国泰，咸歌吁咈都俞。/一瓣香，愿/皇太子千岁，天家盘石，圣代维城，遵往则于瑶山。皇子着誉，溯/庆流与玉水。滚滚承庥，/皇太后与阃宫后妃，福衍绵长，寿弘山海。/诸王千岁，喜洽屏藩，德隆宗牒。三瓣香，愿在朝大臣，幸逢圣明，/吁咈一堂之庆。在外诸臣，美政民怀，处处甘棠之想。大众，自伏乖猿之后，约计年月有半千矣。今值盂秋望日，我有一宝盆，盆内俱设百样奇花，千般异果。有清一代，惟康熙年间曾立太子，这里借神佛之口向"当今"称祝，是判别此本年代的一条力证。

前用△标记。正文首页卷端题"第一出　长生大帝弘圣教[新增]",印章两枚"燕京大学图书馆""小琴如意"。

2. **升平宝筏**　4函20册　130 mm×230 mm　框104 mm×163 mm

清光绪二年(1876)精抄本,10本240出,7行18字。四周双边,蓝色行格,单鱼尾。科介说白小字,曲文大字,曲文中的衬字亦用小字。朱笔句读。北大图书馆藏(812.5/6138.2),出目、内容与前本(北大NC/5270/6138)完全一致。卷端印章"亨寿家藏书画印"。正文前有原藏者题跋:乾隆初,海宇升平,纯皇帝命张文敏公[照],制雅/曲以备乐部演习。《升平宝筏》者,演唐元奘西域取经事。/每于上元前后日奏之,《啸亭杂录》谓:"词藻奇丽,引用内典经卷,大为超妙。"其他如《劝善金科》,为目犍连尊者救/母事。又屈子竞渡,子安题阁诸出,皆文敏亲制。此卷乃/当时院本,流落人间,明窗敬观,而九天韶护近在眉/睫。非李慕宫墙听谱者,所可同日语也。得获珍藏,洵可/宝矣。光绪丙子嘉平二日,亨寿敬记于雪州香南/馆,时大雪缤纷盆梅蓓蕾矣。

3. **西游记**　存4本96出

清抄本,残存头、三、四、六本,每本24出,12行20字左右,存本亦有部分出目缺失。无框、格、版心。科介小字,曲文说白大字,曲牌用"[　]"标示。台湾"中央研究院"傅斯年图书馆藏(K868),封面题"西游记[头本/二本][全][三/四]",每本正文前均有目录,目录卷端题"西游头/三/四/六本"。《俗文学丛刊》68册据以影印。此本笔者未见原本。

4. **升平宝筏**　4册100折

古吴莲勺庐抄本,不分卷,4册100折,10行24字左右。"古吴莲勺庐钞存本"专用竹册格纸所抄,有句读,宫调小字双行。国家图书馆藏(XD6158),系古吴莲勺庐主人张玉森旧藏,辗转流出后,郑振铎先生挑拣其中百种版本精良者购入,后随西谛藏书归藏国图。封面署"昇平寶筏",正文前有目录,全书不分卷,以"折"标目。《郑振铎藏古吴莲勺庐抄本戏曲百种》第 11 册据以影印。

5. 升平宝筏 残存 6 卷 53 出

清抄本,残本存第四、五、六本,每本分上下两卷。中国艺术研究院图书馆藏,系傅惜华先生旧藏,康熙年间抄本,封面及各卷正文卷端均题"昇平寶筏"。此本原本笔者未经寓目。

二、乾隆后繁本系统

1. 升平宝筏 10 本 240 出

乾嘉间抄本,每本分上下,8 行 21 字。故宫博物院藏,《古本戏曲丛刊》九集据以影印。卷端钤"珊瑚阁珍藏印"。

2. 西游传奇 2 函 10 册 240 出 206 mm×253 mm

清抄本,9 行 21—23 字不等。无框、格、版心。曲文、曲牌粗体大字,宫调小字双行,科介小字,说白大黑字,朱笔句读。首都图书馆藏(甲四 1520),签题"昇平寶筏",其他位置均题"西游传奇",卷端钤"北京孔德学校书章""首都图书馆藏书章"。

3. 渡世津梁 2 函 6 册 144 出

清抄本,北大图书馆藏(812.7/4200/：1),卷端钤"国立北京大学藏书"、"平妖堂"(马廉先生藏书章)印。

正文前有序文:《渡世津梁》序/夫古之乐府,乃今之弹词也。警世之谈,末不发微。至理代子之秋,归田于羹里之榕树,独座无聊,偶阅长春邱真人《西游原旨》,□所得虽系无稽之谈,实乃劝善规旨。反复捧读,余心大悟,摘其至要之关,普删荒谬,编成弹词贰函,分为六册,计百四十有四出,名之曰《渡世津梁》。驳僧家之虚谬,破羽士之忙言,乃吾儒者曰忠曰孝,至□论文章之丹头,除邪守拙,克己覆仁之大道也。览是书,如身入其境,观其事,如魔在当头。比吾之规,如吾之表,礼义自见,清浊立分,诸邪自退,百怪不侵。余知世上喜动而恶静,乐而忘忧,故作是书,以繁华为提纲，以清作收场。世事如梦，人不觉尔。虽愿明礼诸公，仔细参详，如有误笔，订正为感。　乾隆丙子冬十月念二日/书于青藤画室/镇海梅伯姚燮书

序文后接目录：礼集目录序　开场○〔1〕　传经○　定方○　临凡○　入定○　别师○　图像○　正道○　占天○　设计○　指迷○　屠龙　建醮　道场　赠衣　拜求　饯送　胜概　指路　延宾　脱难　除贼　敕龙　遗神　现魔

乐集目录　获法△　躯邪△　思凡△　作媒△　遭魔△　约法△　被捉△　寻盟　开罪　歼骨　嘱寄　昵膺　撑棹　色界　失国　留圭　还佩　重圆　伏狮　献丹　拘僧　破灶　求方　活树

射集目录　命将□　被围□　赴宴□　取刀□　归山□　入水□　渡河□　演法□　醮坛□　圣水□　斗法　传名　冻河　遭捉　夸狐　伏精　聚饮　悟吞　逼姻　远秽　梦谐　逼缔　收蝎　放魔

御集目录　贪凡、　斗草、　托钵、　浴泉、　蛛网、　访圣、迎佛、　访魔　爱日　钻风　收剑　赠金　演蛇　擒豹　摄瓶　供轿　正法　扬教　花烛　误救　破啖　漏风　请神　闹姻　扫孽

书集目录　脱兔　构衅　亲征　放宝　展能　收妖　摄王　谈音　抛彩　醉闹　言情　返月　殛蟒　闹道　投师　夺宝　横行　求救　收神　赏灯　游街　捉犀

数集目录　望信×　兴师×　善调×　朗祝×　绝交×　攫宝×　窃芝×　迎神　挟嫌　辩屈　得情　出难　皈依　悟禅　取经　凯旋　鼋怒　向枝　迓经　开法　降祥　奉敕　满誓　集福　毕　/全部共计六册一百四十四出总目终

---

〔1〕　出目后符号系原文如此，不解何意，故列此存疑。

此本目录虽尽标为二字目,但正文仍为七字目,核之实据珊瑚阁本删节而成。

4. 升平宝筏　残存 1 册 12 出　172 mm×265 mm

清抄本,存第五本卷下 12 出。无框、格、版心,8 行 21 字。宫调、曲牌、科介、唱词中夹白均为小字双行。北大图书馆藏(812.5/6138/1),卷端钤"不登大雅文库""国立北京大学藏书"印。核其内容,即珊瑚阁本第五本卷下残本。

5. 升平宝筏　2 函 20 册　176 mm×284 mm　框 137 mm×214 mm

清内府朱丝栏四色精抄本,10 本 240 出,8 行 21 字,白口四周双边。宫调、曲牌金色,曲文黑色、说白绿色,科介、韵脚小字双行红色。日本大阪府立中之岛图书馆藏(甲汉-33),扉页钤"八田氏寄赠"章。无目录,封面后直落正文。核其出目,与康熙本、《古本戏曲丛刊》本均颇为不同,属另一系统抄本,具体情况笔者另文述之。

6. 升平宝筏　残存 1 册 12 出　172 mm×285 mm　框 141 mm×230 mm

清朱丝栏精抄本,存第三本卷下 12 出,8 行 24 字。白口四周双边,单鱼尾。北大图书馆藏(MX/812.5/6138)。核其内容,与大阪本第三本卷下完全相同。

7. 升平宝筏　残存 1 本 24 出

清抄本,存头本 24 出,10 行 26—34 字不等。无框、格。曲牌、曲文、说白均为大字。科介小字。国家图书馆藏(10975-1。按:国图藏书号为 10975 的《升平宝筏》是拼合本,前半部分存头本 24 出,为七字出目本;后半部分存一至九本,为四字出目本,二者情节出目均颇为不同,应属两种版本系统。故将七字出目本称为 10975-1 本,四字出目本称为 10975-2 本)。核其内容,与珊瑚阁本属同一系统。此本遇"晓""祥"缺末笔,据张净秋博士推断为怡亲王家抄本。

8. 升平宝筏　存 8 卷 180 出

清抄本,存第二至第九本。国家图书馆藏(10975-2 本),正文前有目录。年代应略晚于 10975 - 1 本,但仍属乾嘉间版本系统。各本出目数分别为：20、20、20、31、25、22、22、20。

9. 升平宝筏　1 册 16 出

清抄本,存 16 出。首都图书馆藏(己 316),吴晓铃旧藏,《绥中吴氏抄本稿本戏曲丛刊》据以影印,四字出目本,但不属简本系统,且与诸本次序均不相同,出目如下：江心被劫　龙王留宴　江流撇子　感梦收婴　老龙赌卦　鲥师献计　错行雨泽　指迷求圣　梦决泾龙　参禅悟彻　辞师参学　龙魂求度　观音点化　大建水陆　永庆升平　盂兰胜会。

10. 升平宝筏　10 本 240 出

清乾嘉间抄本,10 本 240 出。中国艺术研究院图书馆藏,钤"齐氏所藏戏曲小说印",据傅惜华考订为乾隆内府抄本。张净秋博士介绍此本卷端有"曙雯楼"小印,下文简称为曙雯楼本。此本笔者未见原书。

三、道光后节本系统

1. 升平宝筏西游记　12 册 144 出

清抄本,12 段 144 出,每段 12 出。8 行 22 字。四周双边白口,科介、宫调小字双行,韵脚等用〇圈起。国家图书馆藏(02464),卷端题"昇平寶筏西遊記"。即吴晓铃先生谓之"是道光间节本,即俗名《天花集福》者是"。

2. 升平宝筏　4 函 22 册　200 mm×270 mm

清抄本,21 段 174 出。首都图书馆藏(己/559),吴晓铃旧藏本。

3. 升平宝筏　21 册 174 出

清抄本。国家图书馆藏(/149703)。此本笔者未曾寓目。

4. 西游记　存 1 册 8 出

清抄本。故宫博物院藏,《故宫珍本丛刊》第 669 册第 237—282 页据以影印。

5. 升平宝筏提纲

故宫藏本，10 本 240 出，《古本戏曲丛刊》九集据以影印；故宫博物院藏，头、四、十六至十八段提纲，八至十一段提纲，每段八出，《故宫珍本丛刊》第 693 册第 75—118 页据以影印。

以上择要介绍了现存《升平宝筏》各版本系统中较具代表性的本子，在后面的章节里，笔者将对其中的个别版本进行个案研究，对《升平宝筏》的版本序列，"唐僧出身"故事源流等问题进行考述。

第二节　康熙旧本系统《升平宝筏》考

在清内府本中，西游记和目连救母是最早被改编为宫廷连台大戏的两个题材。和《劝善金科》一样，《升平宝筏》早在康熙年间即有改本出现，是今日通行的乾嘉抄本的祖本和重要的改编依据。张净秋博士在其学位论文《清代西游戏研究》中首次披露了康熙抄本《升平宝筏》的收藏情况，并对其主要内容及与乾嘉抄本的关系进行了详细的论述，资料翔实，观点明确，可参看。但张文的着力点在于探讨康熙旧本与乾嘉抄本之间的关系，对同为康熙旧本系统的几个版本之间的关系较少涉及，笔者将在此节中就这一问题谈一点浅见。

一、康熙旧本系统《升平宝筏》概览

今日尚存于世的康熙旧本系统《升平宝筏》主要有四种：北大本〔北大本 1(NC/5270/6138)、北大本 2(812.5/6138.2)〕、国图古吴莲勺庐本、傅斯年图书馆藏《西游记》本(《俗文学丛刊》据以影印)、艺术研究院本。其中，北大 2 本是北大 1 本的复抄本(因北大 1、2 本完全一致，下文提到的"北大本"均指北大 1 本)，且仅此两本为全本，其他均为删节本或残本，上述诸本的版本信息参见本章第一节的介绍。以下，是康熙系统诸本与清代盛行的西游小说代表《西游证道书》的出目对照表。

表4-1　康熙旧本系统《升平宝筏》出目对照表

北大本	古吴莲勺庐本	《俗文学丛刊》本	艺研院本	西游证道书
	第一折　开宗			
△一出　长生大帝弘圣教［新增］				
二出　金蝉佛子领慈旨［原本改］	第三折　金蝉佛子领领慈旨			
三出　灵根化育源流出［原本改］	第二折　灵根化育源流出	第一出　灵根化育源流出		灵根育孕源流出
四出　心性修持大道生［原本改］	第四折　心性修持大道生	第二出　心性修持大道生		心性修持大道生
五出　悟彻菩提真妙理［原本改］	第五折　悟澈乾坤真妙理	第三出　悟彻菩提微妙理		悟彻菩提真妙理
六出　断魔归本合元神［原本］	第六折　断魔归本合元神	第四出　断魔归本合元神		断魔归本合元神
七出　借兵器龙王拱伏［原本改］	第七折　借兵器龙王拱伏	第五出　四海千山皆拱伏		四海千山皆拱伏
八出　闹森罗十类除名［原本改］	第八折　森罗殿十类除名	第六出　九幽十类尽除名		九幽十类尽除名
九出　官封弼马心何足［原本］	第九折　官封弼马心何足	第七出　官封弼马心何足		官封弼马心何足
十出　名注齐天意未宁［原本］	第十折　名注齐天意未宁	第八出　名注齐天意未宁		名注齐天意未宁
△十一出　宴瑶宫天帝怜才［新增］				
△十二出　集蓬莱群仙赴会［新增］				
十三出　蟠桃会大圣偷丹［原本］	第十一折　蟠桃会大圣偷丹	第九出　蟠桃会大圣偷丹		乱蟠桃大圣偷丹
十四出　花果山诸神捉怪［原本］	第十二折　花果山诸神捉怪	第十出　花果山诸神捉怪		反天宫诸神捉怪

北大本	古吴莲勺庐本	《俗文学丛刊》本	艺研院本	西游证道书
十五出　八卦炉中心不定［原本改］	第十三折　八卦炉中心不定	十一出　八卦炉中逃大圣		八卦炉中逃大圣
十六出　五行山下志坚牢［原本改］	第十四折　五行山下志坚贞	十二出　五行山下定心猿		五行山下定心猿
		十三出　金蝉子谪降尘世		
		十四出　陈光蕊遇难舟中		
十七出　殷氏乘流浮木匣［新增］	第十五折　殷氏乘流浮木匣	十五出　殷氏乘流浮木匣		
十八出　渔翁送子入金山［原本改］	第十六折　渔翁送子入金山	十六出　渔翁送子上金山		
	第十七折　袁守诚妙占神数	十九出　守诚妙算施神术		袁守诚妙算无私曲
	第十八折　泾河龙拙犯天条	二十出　老龙拙计犯天条		老龙王拙计犯天条
	第十九折　出元神代天行罚	二十一出　魏相神斩泾河龙		
十九出　苦参禅悟彻无生［新增］	第二一折　苦参禅悟彻无生	第十七出　苦参禅悟彻本来		
二十出　初行脚拜辞师座［原本改］	第二三折　初行脚择离师座	第十八出　初行脚拜辞师座		
△二十一出　历间关路阻兵戈［新增］				
△二十二出　定方隅基开宇宙［新增］				
△二十三出　凌烟阁功臣图像［新增］				
二十四出　盂兰会菩萨请行［重改］	第二十折　盂兰会菩萨请行			

北大本	古吴莲勺庐本	《俗文学丛刊》本	艺研院本	西游证道书
	第二二折 感幽魂吁帝垂慈	二十二出 唐王梦会幽冥主		唐太宗地府还魂
		二十三出 劝修因明彰果报		
（以上第一本）		二十四出 庆生还广种福田		
一出 释迦佛早识升平[新增]		（以上第一本）		
二出 观音喜降临尘界[原本改]	第二四折 观世音降临尘界			
△三出 登大宝黎民乐业[新增]				
△四出 启文运学士登瀛[新增]				
△五出 梦幽魂历求超度[新增]				
△六出 度沉沦辩正灵门[新增]				度孤魂萧禹正空门
七出 元奘秉诚建大道[新增]	第二五折 元奘秉诚建大道			玄奘秉承建大会
八出 观音显相化金蝉[原本改]	第二六折 观音显相化金蝉			观音显像化金蝉
九出 奉特旨西域求经[新增]	第二七折 奉特旨西域求经			
十出 集巨卿灞桥饯别	第二八折 集巨卿灞桥饯别			
十一出 过番界老回指路[原本]	第二九折 过番界老回指路			
十二出 逢岔岭伯钦留僧[原本改]	第三十折 逢岔岭伯钦留名			双叉岭伯钦留僧

北大本	古吴莲勺庐本	《俗文学丛刊》本	艺研院本	西游证道书
十三出 历苦楚心猿归正[新增]	第三一折 历苦楚心猿归正			心猿归正
十四出 奋坚刚六贼潜踪[原本改]	第三二折 奋坚刚六贼潜踪			六贼无踪
十五出 蛇盘山诸神暗佑[新增]	第三三折 蛇盘山诸神暗佑			蛇盘山诸神暗佑
十六出 莺愁涧意马收缰[新增]	第三四折 鹰愁涧意马收缰			鹰愁涧意马收缰
十七出 观音院僧谋宝贝[原本改]	第三五折 观音院僧谋宝贝			观音院僧谋宝贝
十八出 黑风山怪窃袈裟[原本改]	第三六折 黑风山怪窃袈裟			黑风山怪窃袈裟
十九出 孙行者大闹黑风山[原本改]	第三七折 观音收伏熊黑怪			孙行者大闹黑风山观世音收伏熊黑怪
二十出 野狼精败遁黄沙塞[重改]				
二十一出 八戒游春窥美色[原本]	第三八折 八戒游春窥美色			
二十二出 悟能行聘赘高门[原本]	第三九折 悟能行聘赘高门			
二十三出 云栈洞收降八戒[原本]	第四十折 云栈洞收伏八戒			云栈洞悟空收八戒
二十四出 浮屠山妙解五蕴[新增]（以上第二本）				浮屠山玄奘受心经
一出 伽篮神圣施护卫[新增]				
二出 须弥菩萨定风魔[新增]				须弥灵吉定风魔

北大本	古吴莲勺庐本	《俗文学丛刊》本	艺研院本	西游证道书
三出　流沙河法收悟静［原本改］		第一出　流沙河边收悟净		木叉奉法收悟净
四出　空山院圣试禅心［新增］		第二出　空山院里识禅心		四圣试禅心
五出　万寿山大仙留故友［原本］		第三出　万寿山款留故友		万寿山大仙留故友
六出　五庄观行者窃人参［原本］		第四出　五庄观私窃人参		五庄观行者窃人参
七出　镇元仙赶捉取经僧［原本］		第五出　镇元赶捉取经僧		镇元仙赶捉取经僧
八出　孙行者大闹五庄观［原本］		第六出　行者大闹五庄观		孙行者大闹五庄观
九出　普陀岩活树洒甘泉［原本改］		第七出　受辛勤蓬岛求方		孙悟空三岛求方
		第八出　仗慈悲甘泉活树		观世音甘泉活树
十出　宝象国赏灯迷爱女［原本改］		第九出　黄袍郎兴风摄女		
十一出　白骨妖说女成婚［原本］		第十出　白骨妖巧说成婚		
十二出　三尸魔戏僧作幻［原本改］		第十一出　圣僧恨逐美猴王		尸魔三戏唐三藏，圣僧恨逐美猴王
		第十二出　老魔怒捉唐三藏		
十三出　释真僧柏氏寄书［原本改］		第十三出　释高僧公主寄书		脱难江流来国土
十四出　认假婿元奘变虎［原本改］		第十四出　认妖婿元奘变虎		邪魔侵正法

清代内府曲本研究

北大本	古吴莲勺庐本	《俗文学丛刊》本	艺研院本	西游证道书
十五出　龙马救师遭败[原本改]		第十五出　小白龙救师入府		意马忆心猿
十六出　猴王重义下山[原本改]		第十六出　美猴王重义下山		猪八戒义激猴王
十七出　妖洞中匿真幻假[新增]		第十七出　妖洞中匿实幻假		
十八出　法场上反伪为真[原本改]		第十八出　法场上反假为实		孙行者智降妖怪
十九出　奎木狼仍归原宿[原本改]		第十九出　奎木狼仍归原宿		
△二十出　宝象国恭送西行[重作]		二十出　宝象国恭送西行		
二十一出　平顶山悟能探路[原本改]		二十一出　平顶山悟能探路	第二出平顶山悟能探路	平顶山功曹传信
二十二出　莲花洞木母逢妖[原本改]		二十二出　莲花洞木母逢妖	第三出莲花洞木母逢妖	莲花洞木母逢灾
二十三出　心猿获宝伏邪魔[原本改]		二十三出　心猿获宝伏邪魔	第四出心猿获宝伏邪魔	心猿获宝伏邪魔
二十四出　太上收妖归正道[原本改]		二十四出　太上收邪归正道	第五出太上收妖归正道	
（以上第三本）		（以上第三本）		
△第一出　盼灵山十宰行香[新增]	第四八折　盼灵山十宰行香		第一出盼灵山十宰行香	
△第二出　开洛河万商毕集[新增]				

北大本	古吴莲勺庐本	《俗文学丛刊》本	艺研院本	西游证道书
第三出　风紧荒山悲异路［新增］				
第四出　月明古寺话禅心［新增］	第五三折　月明古寺话禅心		第十一出月明古寺话禅心	劈破旁门见月明
△第五出　鉴清词敕神卫道［新增］				
第六出　夸玉面巧说怀春［原本］			第六出夸玉面巧说怀春	
第七出　圣婴劝母息雷霆［原本］		第五出　圣婴劝母息雷霆	第七出牛王慕色贪风月	
第八出　牛魔慕色贪风月［原本］	第四九折　牛王慕色贪风月	第六出　牛魔慕色贪风月	第八出阻禅机妖儿纵火	
第九出　阻禅机妖儿纵火［原本］	第五十折　阻禅机妖儿纵火	第七出　阻禅机婴儿纵火	第九出装假父行者称雄	
第十出　装假父行者称雄［原本］	第五一折　装假父行者称雄	第八出　妆假父行者称雄	第十出红孩儿坐莲被擒	观音慈善缚红孩
第十一出　红孩儿坐莲被擒	第五二折　红孩儿坐莲被擒	第九出　红孩儿坐莲被擒		
△第十二出　罗刹女劫钵遭败［新增］		第十出　罗刹女劫钵遭败		
△第十三出　广皇恩远迩俱蒙泽［新增］				
△第十四出　被霖雨神棍想行奸［新增］				

清代内府曲本研究

北大本	古吴莲勺庐本	《俗文学丛刊》本	艺研院本	西游证道书
△第十五出　乌鸡镇妖道谋主［新增］	第五四折　乌鸡镇妖道谋主		第十二出乌鸡镇妖道谋主	
△第十六出　软沙河贞女亡身［新增］				
第十七出　坐禅床夜诉沉冤［新增］	第五五折　坐禅床夜诉沉冤	第一出　宝林寺夜诉沉冤	第十三出作禅床夜诉沉冤	鬼王夜谒唐三藏
第十八出　入猎场点化幼子［新增］	第五六折　入猎场点化幼子	第二出　乌鸡国备陈始末	第十四出入猎场点化幼子	悟空神化引婴儿
第十九出　一旦人间难匿隐［新增］	第五七折　一旦人间难匿	第三出　一粒金丹还阳世	第十五出一旦人间难匿隐	一粒金丹天上得
第二十出　三年井底又重生［新增］		第四出　三年故主复邦畿	第十六出三年井底又重生	三年故主世间生
△第二十一出　开士机锋超大乘［新增］				
△第二十二出　贞婆魂魄礼慈航［新增］				
△第二十三出　劫利无知空鼓浪［新增］				
△第二十四出　圣明独断预兴师［新增］				
（以上第四本）				
△第一出　卫銮舆百灵效顺［新增］				
△第二出　建谋谟三路分兵［新增］				

315

北大本	古吴莲勺庐本	《俗文学丛刊》本	艺研院本	西游证道书
		第十三出 法身元运逢车力		法身元运逢车力
		第十四出 心正邪妖度脊关		心正妖邪度脊关
第三出 三清观行者留名〔原本改〕	第四一折 三清观大圣留名	第十五出 三清观行者留名	第十七出 三清观行者留名	三清观大圣留名
第四出 车迟国悟空显法〔原本改〕	第四二折 车迟国悟空显法	第十六出 车迟国悟空斗法	第十八出 车迟国悟空显法（以上第四本）	车迟国猴王显法
第五出 僧因日暮阻长河〔原本〕	第四三折 访河源垂慈拯赤	第十七出 僧因日暮阻长河	第一出 唐因日暮阻长河	圣僧夜阻通天水金木垂慈救小童
第六出 魔弄寒风飘大雪〔原本〕	第四四折 幻冰河水怪施谋	第十八出 魔弄寒风飘大雪	第二出 魔弄寒风飘大雪	魔弄寒风飘大雪
第七出 元奘沉水独遭殃〔原本改〕	第四五折 急西行履冰蹈险	第十九出 圣僧沉水独遭殃	第三出 元奘沉水独遭殃	僧思拜佛履层冰
	第四六折 三藏有灾沉水窟			三藏有灾沉水宅
第八出 灵感救灾亲示现〔原本〕	第四七折 观音收难现鱼篮	二十出 灵感救灾亲示现	第四出 灵感救灾亲示现	观音救难现鱼篮
		第十一出 黑河鼋孽擒僧去		黑河妖孽擒僧去
第九出 西洋龙子捉鼋回〔原本〕		第十二出 海洋笼子捉妖回		西洋龙子捉鼋回

北大本	古吴莲勺庐本	《俗文学丛刊》本	艺研院本	西游证道书
第十出 沙漠贼徒闻炮遁[新增]				
		二十一出 行者大闹金兜洞		悟空大闹金兜洞
		二十二出 如来暗示主人公		如来暗示主人公
第十一出 黄婆运水解邪胎[新增]		二十三出 黄婆运水解邪胎		黄婆运水解邪胎
第十二出 定力赐婚逃女国[新增]		二十四出 悟空定力辞女国（以上第四本）		心猿定计脱烟花
第十三出 斗草妖仙传喜信[原本]	第六八折 慰春情妖仙传言			
第十四出 化斋老衲落迷津[原本改]	第六九折 堕妖计衲子迷津			
第十五出 盘丝洞七情惑本[原本改]	第七十折 浴垢泉行者惩妖			盘丝洞七情迷本
第十六出 黄花观百眼用毒[原本改]	第七一折 黄花观三僧中毒			
第十七出 脱灾幸遇黎山母[原本改]	第七二折 指迷津金针破欲			
第十八出 破欲全凭菩萨计[重做]				
△第十九出 李卫公下马战鸥鹢[新增]				
△第二十出 尉迟恭藤牌破枭獍[新增]				
△第二十一出 谕部落城筑受降[新增]				

317

北大本	古吴莲勺庐本	《俗文学丛刊》本	艺研院本	西游证道书
△第二十二出 歼渠魁首传西部[新增]				
△第二十三出 佛现金书启鸿运[新增]				
△第二十四出 凯旋玉殿赐华筵[新增]（以上第五本）				
△第一出 东皇君泽布阳和[新增]				
△第二出 齐锡纯存心秉正[原本]				
△第三出 卓如玉为亲献寿[原本]				
第四出 罗刹女忆子兴悲[原本改]				
第五出 牛魔王庇妾求狮吼[原本]				
第六出 九头妖行凶偷舍利[原本改]	第五八折 九头鸟行凶偷舍利		第五出 九头妖行凶偷舍利	
第七出 通圣女私窃九灵芝[原本]				
△第八出 徐锡纯联吟逢塔会[原本]				
△第九出 赖太傅溺爱倾良善[原本改]				
△第十出 卓左相发怒诘因由[原本改]				
△第十一出 兰香婢代赴廷尉狱[原本改]				

清代内府曲本研究

北大本	古吴莲勺庐本	《俗文学丛刊》本	艺研院本	西游证道书
第十二出　唐三藏路阻火焰山〔原本〕	第五九折　唐僧路阻火焰山		第六出三藏路阻火焰山	唐三藏路阻火焰山
第十三出　孙行者一调芭蕉扇〔原本改〕	第六十折　行者一调芭蕉扇		第七出孙行者一调芭蕉扇	孙行者一调芭蕉扇
第十四出　孙行者二调芭蕉扇〔原本〕	第六一折　孙行者二调芭蕉扇		第八出孙行者二调芭蕉扇	孙行者二调芭蕉扇
第十五出　牛魔王罢战赴华筵〔原本〕	第六二折　牛魔王罢战赴华筵		第九出牛魔王罢战赴华筵	牛魔王罢战赴华筵
第十六出　孙行者三调芭蕉扇〔原本改〕	第六三折　孙行者三调芭蕉扇		第十出孙行者三调芭蕉扇	孙行者三调芭蕉扇
第十七出　牛魔王变法斗行者〔原本改〕	第六四折　牛王变法斗行者		第十一出牛王变法斗行者	
△第十八出　齐公子刺配游魂岭〔原本改〕				
△第十九出　悟空救善落魄林〔原本改〕				
第二十出　三藏暗宿金光寺〔原本改〕	第六五折　三藏借宿金光寺		第十二出三藏借宿金光寺	
第二十一出　孙行者扫传塔尖妖〔原本改〕	第六六折　行者扫塔得尖妖		第十三出孙行者扫塔缚尖妖	涤垢洗心惟扫塔
第二十二出　唐三藏面陈齐福庄〔原本改〕				

北大本	古吴莲勺庐本	《俗文学丛刊》本	艺研院本	西游证道书
第二十三出 荡龙宫佛宝重还[原本改]				
第二十四出 送圣僧良缘新缔[重改]（以上第六本）				
第一出 庆慈寿祥光示现[新增]				
第二出 沛深仁法外施恩[新增]				
第三出 木仙庵三藏谈诗[新增]				木仙庵三藏谈诗
第四出 假雷音四众遭厄[新增]	第六七折 假雷音四众遭厄		第三出 假雷音四众遭厄	妖邪假设小雷音四众皆遭大厄难
第五出 两路诸神遭毒手[新增]				诸神遭毒手
第六出 一尊弥勒缚妖魔[新增]			第四出 一尊弥勒缚妖魔	弥勒缚妖魔
第七出 行者救灾禅性猛[新增]			第五出 行者救灾禅性猛	拯救驼罗禅性稳
△第八出 悟能离秽道心清[新增]			第六出 悟能离秽道心清	脱离秽污道心清
第九出 修药物异域行医[新增]			（以上四出自第六本）	
第十出 掷金杯筵前息火[新增]				

北大本	古吴莲勺庐本	《俗文学丛刊》本	艺研院本	西游证道书
第十一出　思夫主喜得家音				
第十二出　狎双环醉遗重宝				
第十三出　麒麟山妖魔被擒				
第十四出　朱紫郡夫妇重合				
第十五出　灭法国伽篮指迷		十九出　灭法国伽蓝指迷		
第十六出　招商店师徒被盗		二十出　招商店师徒被盗		
第十七出　国君感梦反钦僧		二十一出　国君感梦反钦僧		
第十八出　樵子孝亲兼得度		二十二出　樵子孝亲兼得度		
△第十九出　凤仙郡冒天指雨		二十三出　凤仙郡冒天致旱		
△第二十出　孙悟空劝善施霖		二十四出　孙悟空劝善施霖		
△第二十一出　兰亭重建集游人				
△第二十二出　伊阙春游扈仙跸				
△第二十三出　南极星官能寿世				
△第二十四出　西京士庶庆丰年				
（以上第七本）				
△第一出　航海梯山修职贡［新增］				

北大本	古吴莲勺庐本	《俗文学丛刊》本	艺研院本	西游证道书
△第二出 耕田凿井乐雍熙［新增］				
△第三出 柳氏母子客他乡［原本改］				
△第四出 和家兄妹辩分产［原本改］				
第五出 庆长生灰婆巧说［原本改］	第七三折 无底洞群妖上寿		第十四出 庆长生灰婆巧说	
第六出 谒三魔豹鼠同途［原本改］	第七四折 炫风情鼓动春心			
	第七五折 鼠精觅偶遇艾文			
第七出 狮驼岭三妖防范［原本改］		第一出 狮驼岭三妖防范		
第八出 隐雾山柳生射狼［原本改］		第二出 隐雾山柳生射狼		
第九出 愤怒报仇兴豹怪［原本改］		第三出 奋怒报仇兴豹怪		
第十出 慈悲救苦仗鹦歌［原本改］		第四出 慈悲救苦仗鹦哥		
△第十一出 柳生脱难投亲［原本改］				
△第十二出 和舅薄情拒婿［原本改］				
第十三出 柳逢春献谋受职［原本改］		第五出 柳逢春献谋受职		
第十四出 孙悟空救难除妖［原本改］		第六出 孙悟空救难除妖		心猿钻透阴阳窍
第十五出 心猿钻透阴阳窍［原本改］		第七出 心猿钻透阴阳窍		木母同降怪体真

322

北大本	古吴莲勺庐本	《俗文学丛刊》本	艺研院本	西游证道书
第十六出　木母降怪体真[原本改]		第八出　木母同降精怪真		
第十七出　释迦佛力伏三怪[原本改]		第九出　释迦佛力伏三怪		
第十八出　比丘国真传四僧[原本改]		第十出　感深恩传写四僧		
△第十九出　柳逢春衣锦完花烛[原本改]				
		十一出　比丘怜子遣阴神		
		十二出　金殿辨魔谈道德		
第二十出　老鼠精诡计玷清修[原本改]	第七六折　黑松林妖玷清修		第十五出鼠精诡计玷清修	
		十四出　心猿护主识妖邪		
第二十一出　镇海寺心猿识怪[原本改]	第七七折　镇海寺心猿识怪	十五出　镇海寺心猿识别怪	第十六出镇海寺心猿识妖	镇海寺心猿知怪
第二十二出　黑松林徒弟寻师[原本改]	第七八折　寻师远涉陷空山	十六出　黑松林徒弟寻师	第十七出黑松林徒弟寻师	黑松林三众寻师
第二十三出　姹女育阳求配偶[原本改]	第七九折　姹女求阳图配合	十三出　姹女育阳求配偶	第十八出姹女育阳求配偶	姹女育阳求配偶
第二十四出　元神悟道识丹头[原本改]	第八十折　天王获怪葆元神	十七出　元神悟道识丹头	第十九出元神悟道识丹头	心猿识得丹头
（以上第八本）		十八出　姹女还元归本性	（以上第五本）	姹女还归本性

北大本	古吴莲勺庐本	《俗文学丛刊》本	艺研院本	西游证道书
△第一出 灵山凝盼取经僧[新增]	第八一折 灵山凝盼取经僧	（以上第六本）	第一出 灵山凝盼取经僧	
△第二出 三藏坐禅观世界[新增]				
△第三出 玉华府艺授门人[新增]				心猿木母授门人
△第四出 黄狮精会设钉耙[新增]				黄狮精虚设钉钯宴
△第五出 金木土计闹豹头山[新增]				金木土计闹豹头山
△第六出 黄白猱报仇天竺国[新增]				
△第七出 盗道躔禅静九灵[新增]				
△第八出 师狮授受同归一[新增]				师狮授受同归一
△第九出 金平府元夜观灯[新增]				金平府元夜观灯
△第十出 元英洞唐僧供伏[新增]				玄英洞唐僧供状
△第十一出 三僧大闹青龙山[新增]				三僧大战青龙山
△第十二出 四星挟捉犀牛精[新增]				四星挟捉犀牛怪
第十三出 给孤园问古谈因[新增]	第八二折 给孤园问古谈因		第二出 给孤园问古谈因	给孤园问古谈因
第十四出 结彩楼经过遭偶[新增]	第八三折 结彩楼经过遇偶			天竺国朝王遇偶

北大本	古吴莲勺庐本	《俗文学丛刊》本	艺研院本	西游证道书
第十五出　四僧宴乐御花园[新增]	第八四折　四僧宴乐御花园			四僧宴乐御花园
第十六出　一怪空怀情欲喜[新增]	第八五折　一怪空怀情欲喜			一怪空怀情欲喜
第十七出　假合真形擒玉兔[新增]				假合形骸擒玉兔
第十八出　真阴归正会零元[新增]	第八六折　布金寺会如团圆			真阴归正会灵元
△第十九出　冠员外善待高僧[新增]	第八七折　寇员外善待高僧			寇员外喜待高僧
△第二十出　唐长老外遭魔蛰[新增]				金酬外护遭魔毒
第二十一出　宝幢光王垂接引[新增]	第八八折　宝幢光王垂接引		第七出宝幢光王垂接引	宝幢光王垂接引
第二十二出　雷音寺里见如来[新增]	第八九折　雷音寺里见真佛		第八出雷音寺里见如来	功成行满见真如
△第二十三出　三三行满经初得[新增]				三三行满道归根
△第二十四出　九九归真道行全[新增]				九九数完魔灭尽
（以上第九本）				
△第一出　天边贝叶自西来[新增]	第九十折　天边贝叶自西来			
△第二出　庭外栢树咸东指[新增]				
第三出　恭迎大藏福臣至[新增]	第九一折　恭迎大藏福臣民		第十一出恭迎大藏福臣民	

北大本	古吴莲勺庐本	《俗文学丛刊》本	艺研院本	西游证道书
第四出　奏对山川邀帝佑〔新增〕	第九二折　奏对山川邀帝佑		第十二出奏对山川邀帝佑	
△第五出　魏征拟撰醴泉铭〔新增〕				
△第六出　萧翼计赚兰亭字〔新增〕				
△第七出　乡愚争赴华严会〔新增〕				
△第八出　庠序闲谈心性宗〔新增〕				
第九出　洪福寺文臣检藏〔新增〕	第九三折　洪福寺文臣检藏		第十三出洪福寺文臣检藏	
第十出　莲花座瑜伽给孤〔新增〕	第九四折　莲花坐瑜伽给孤		第十四出莲花座瑜伽给孤	
△第十一出　四孤魂梦里谢天恩〔新增〕				
△第十二出　十冥府顷时空地狱〔新增〕				
第十三出　开觉路海波不扬〔新增〕				
第十四出　飞法雨天花昼下〔新增〕				
△第十五出　序圣教千古宣扬〔新增〕				
△第十六出　赋骊歌举朝送别〔新增〕	第九五折　赐大乘群臣送别			
△第十七出　藏经阁妖魔归化〔新增〕	第九六折　藏经阁妖魔归化			

326

北大本	古吴莲勺庐本	《俗文学丛刊》本	艺研院本	西游证道书
第十八出 金山寺师弟重逢[新增]	第九七折 金山寺师弟重逢			
△第十九出 世遇雍熙赐大酺[新增]				
△第二十出 运际明良颁内宴[新增]				
△第二十一出 释愆尤复还故职[新增]	第九八折 释衍尤复还故职		第十五出释衍尤复还故职	
△第二十二出 崇道行济拔先灵[新增]	第九九折 崇道行拔济先灵			
△第二十三出 去来今佛轮永焕[新增]	第一百折 古来今佛轮永焕		第十六出去来今佛轮永焕	
△第二十四出 千万亿帝道遐昌[新增]			(以上第六本)	
(以上第十本)				

二、北大本和古吴莲勺庐本

北大 1 本《升平宝筏》,是张净秋博士文中所重点介绍的康熙抄本,在前面版本概述的章节,笔者亦在张文外补充了一条证明该本为康熙旧本的论据,此本属于《升平宝筏》祖本系统版本应属无疑,但该本具体的版本年代则要复杂一些。在张文中,主要根据避讳字情况,断定该本为康熙抄本,但经笔者校勘,实际情况要复杂得多。

表 4-2 北大 1 本避讳情况一览表

出处	出目	曲白	避讳情况
第一本	一出 长生大帝弘圣教	"弘"字未缺笔	未缺笔
第一本	二十四出 盂兰会菩萨请行	皇太后与阖宫后妃,福衍绵长,寿弘山海	未缺笔

出处	出目	曲白	避讳情况
第四本	十一出　红孩儿坐莲被擒	【南吕过曲】【桂枝香】恒河弘大，普陀潇洒	缺末笔
第七本	七出　狮驼岭三妖防范	【前腔】道行高强，神通弘广，鸡声唱，也立朝堂。	缺末笔
第九本	八出　师狮授受同归一	弟子感戴弘恩	未缺笔
第十本	二十一出　释愆尤复还故职	【黄钟引子】【玉女步瑞云】位列天宫，有旨意须遵奉。今日里弘颁帝宠。	未缺笔

由上表可知，仅考察"弘"字的避讳情况，北大 1 本第一、九、十本未避讳，而四、七本则缺末笔书写，这样看来，仅以避讳字来推定北大 1 本的年代是不够准确的。根据对"弘"字避讳不同的各本抄写字体各异的事实来看，北大 1 本应该是一个拼合本，未避讳的几本应为康熙时期抄本，其他则可能是乾隆之后的复抄本，也不排除乾隆时期复抄时曾对康熙旧本进行改编的可能性，但据内容、曲文综合判断，在《升平宝筏》的整个版本系统中属于比较早期的本子。

通过表 4 - 1 的出目对比，北大本与别本最大的不同之处在于：1. 首次加入了太宗西征颉利可汗的内容；2. 首次出现宝象国闻仁、百花羞，祭赛国齐福、卓如玉，狮驼岭柳逢春、和鸾娘的故事段落；3. 将乌鸡国、朱紫国受难的国君改为将军和郡守。关于第 2、3 点，才子佳人遇合的故事，是明清传奇的主要题材，内廷的编剧者也未能免俗，三段生旦传奇故事的出现，应该是选取当时广泛流传于民间的相关作品谱入剧中的结果，且都在剧中直接宣扬了女性从一而终，身死事小失节事大的封建道德观，体现了改编者和统治阶层所倡导的价值观。而将受难的国王改为其手下的臣子，可能是受明清以来禁止在舞台上扮演人间帝王的影响。太宗西征，平定西域的故事则是由北大本《升平宝筏》起，第一次与西游故事相结合，属于内府本的独创，对我们认定其改编

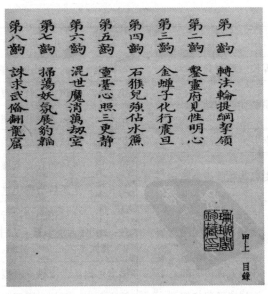

图 4－1 《古本戏曲丛刊》九集本《升平宝筏》

年代具有重要的价值。

北大本中涉及太宗西征情节的约有 10 出，除北大本外，唯有《古本戏曲丛刊》九集所收故宫藏本《升平宝筏》有此情节，两本的相关出目名称虽有不同，但内容情节完全一致，九集本的部分说白曲文直接从北大本移录，可见二者有直接的血缘关系。以下列出二本"太宗西征"出目对照表。

表 4－3　北大本与九集本"太宗西征"出目对照表

北大本	九集本
（第四本）第二十三出　劫利无知空鼓浪	（第九本）第二出　思构峗颉利鸥张
第二十四出　圣明独断预兴师	第三出　大唐国亲整王师
（第五本）第一出　卫銮舆百灵效顺	（第十本）第一出　太白召诸神扈跸
下界大唐皇帝原是文殊菩萨转世……今黑风山野狼精托生劫利，犯顺边陲皇，帝定策亲征……特命众天神前往空中护驾。	下界大唐贞观皇帝靖扫海内、已奏升平，只因沙漠颉利、自持强梁、不服王化、皇帝大怒、亲自西征。

北 大 本	九 集 本
第二出　建谋谟三路分兵	第四出　奉纶音元戎出塞
第十出　沙漠贼徒闻炮遁	第五出　探风声军师捣鬼
	第六出　闻雷震劫利消魂
第十九出　李卫公下马战鸥鹎	第七出　鏖妖道鏖战贺兰
第二十出　尉迟恭藤牌破枭獍	第八出　逼凶酋狂奔紫塞
	第九出　运藤牌敬德追逃
第二十一出　谕部落城筑受降	第十出　颁凤诏秦琼接旨 按：此出【天下乐】【一封书】曲后即结束，北大本之后尚有数曲。
第二十二出　歼渠魁首传西部	第十一出　沙漠贼劫利授首
第二十四出　凯旋玉殿赐华筵	第十六出　凯旋玉殿赐华筵

《升平宝筏》中"太宗西征"的剧情如下：西域颉利可汗不服王化，欺凌弱小部落，该部落向大唐求救，太宗亲征，兵分三路征伐突厥。颉利可汗有乌鸡国逃来妖道和恶棍东西浑相助，兴兵抗击大唐，但不敌尉迟恭、秦琼众将率领的多路大军，最终兵败自刎，原依附颉利的西域部落尽皆归附大唐。太宗班师，赐宴封赏功臣。

贞观元年(627)至四年(630)，发生在突厥与大唐之间的战争真实存在于历史记载中，北大本的作者借此题材创作了《升平宝筏》中"太宗西征"的情节，可以称得上是"确有所本"。那么，北大本的相关出目是否就是对这次战争的艺术再现呢？我们不妨看看《新唐书》中关于此次战争的记载：

> 贞观元年，薛延陀、回纥、拔野古诸部皆叛，使突利讨之，不胜，轻骑走，颉利怒，囚之，突利由是怨望……明年，突利自陈为颉利所攻，求救……又明年，属部薛延陀自称可汗，以使来。诏兵部尚书李靖击虏马邑，颉利走，九俟斤以众降，拔野古、仆骨、同罗诸

部、习奚渠长皆来朝。于是诏并州都督李世勣出通漠道,李靖出定襄道,左武卫大将军柴绍出金河道,灵州大都督任城王道宗出大同道,幽州都督卫孝节出恒安道,营州都督薛万淑出畅武道,凡六总管,师十余万,皆授靖节度以讨之……四年正月,靖进屯恶阳岭,夜袭颉利,颉利惊,退牙碛口……颉利至京师,告俘太庙……乃拜为刺史,辞不往,遂授右卫大将军,赐美田宅。[1]

　　唐朝初年,由于中原多年战乱,西域少数民族突厥飞速崛起,一直是唐王朝在西北边陲的最大威胁。在与突厥长达数十年的交往过程中,双方实力此消彼长,到了贞观年间,唐王朝对突厥的策略经历了一个由战略防守向战略进攻的转化。贞观三年(629),太宗亲自部署了平定西北的决战,并最终在次年,取得了对以颉利可汗为代表的东突厥战争的决定性胜利,极大地降低了西北少数民族对中原的威胁。但是,将历史记载中的战争与北大本《升平宝筏》相较,可以发现至少存在着以下两点重大的不同之处:1. 贞观初年的决战,唐太宗并未亲征,针对颉利可汗的战争由初唐名将李靖领导;2. 战争的结局,颉利可汗并未如戏曲描写的自刎身死,而是向唐王朝投降,在长安得享天年。当然,戏曲是对生活艺术化的再现,偏离史实的处理也许是艺术加工的需要。但是前面讨论清宫仪典剧的章节中,我们不止一次地提到,清宫编演剧目的一个突出特点就是借古喻今,将本朝统治者取得的"功业"谱入词曲,达到歌颂皇帝的作用。带着这样的疑问,笔者查阅了清代相关史料的记载。清初康雍乾三世,清王朝连续多次对漠西蒙古准噶尔部落发动战争,战争的细节似乎能够给我们更多的启示。

　　准噶尔属于厄鲁特漠西蒙古的一支,兴起于明清易代之际。康熙十年(1671),噶尔丹成为准噶尔部首领后,该部实力迅速壮大,遂与清

---

〔1〕 (宋)欧阳修、宋祁:《新唐书》(卷二百十一五)《突厥上》,北京:中华书局1975年版,第6034—6035页。

朝展开了延续数十年的争夺蒙古领导权的斗争。康熙二十七年（1688），噶尔丹借口漠北蒙古喀尔喀部宗教领袖哲布尊丹巴·呼图克图不尊达赖使者，在沙俄支持下悍然发动对该部的战争。喀尔喀部向康熙求救，直接导致了清王朝与准噶尔部之间激战的爆发。为了彻底解决这一问题，康熙在位期间，分别于康熙二十九年（1690）、三十四年（1695）、三十六年（1697），三次亲征噶尔丹。并最终在康熙三十六年（1697）取得战争的最终胜利，噶尔丹自杀身亡，初步平定了蒙古地区的动荡局势。但是，康熙时期虽然取得了对噶尔丹战争的胜利，却未能彻底解决准噶尔部的威胁。雍正时期和乾隆初年，清朝又多次发动对准噶尔的战争，虽然抑制了其扩张的野心，但是并未能摧毁其政权。直到乾隆十年（1745），因准噶尔部发生严重内讧，才给清廷彻底解决这一问题提供了契机。乾隆二十年（1755）、二十二年（1757），清廷连续对准噶尔部用兵，最终进驻伊犁，俘获该部首领达瓦齐。至此，彻底取得了长达数十年的对准噶尔战争的胜利，巩固了清廷在蒙古诸部的宗主国地位。[1]在清初延续三代的对准噶尔战争中，惟有康熙帝曾亲征蒙古，而前已论证了北大本《升平宝筏》应属康熙时期改本，如此我们不妨看看史料记载中康熙时期用兵漠北的细节。

> （二十九年）秋七月……辛卯，噶尔丹入犯乌珠穆秦。命裕亲王福全为抚远大将军，皇子胤禔副之，出古北口。恭亲王常宁为安远大将军，简亲王喇布、信郡王鄂扎副之，出喜峰口……癸卯，上亲征，发京师。己酉，上驻博洛和屯，有疾回銮。

> （三十四年）十一月己未朔，日有食之。壬戌，命大军分三路备噶尔丹……（三十五年）丙子春正月甲午，下诏亲征噶尔丹。九月甲寅朔，回回国王阿卜都里什克奏："臣伏天威，得以出降。遣

---

〔1〕 参见李秀梅：《清朝统一准噶尔史实研究——以高层决策为中心》，北京：民族出版社2007年版。

臣回国叶尔钦,请敕策旺阿拉布坦勿加虐害。"

(三十六年)丁丑春正月丙辰,上幸南苑行围。戊辰,哈密回部擒噶尔丹之子塞卜腾巴尔珠尔来献……二月丁亥,上亲征噶尔丹,启銮……(夏四月)甲子,费扬古疏报闰三月十三日噶尔丹仰药死,其女钟齐海率三百户来降。上率百官行拜天礼。敕诸路班师。——《清史稿·卷七·本纪七》第229—247页

在这里,历史与戏曲作品表现出惊人的相似,战争的起因同样是因为受欺凌的弱小部落向宗主国求救,战争的方略也同为御驾亲征,兵分三路。在北大本《第二十二出　歼渠魁首传西部》中,曾经出现过一个细节,劼利兵败逃亡,其子又被掳走,劼利因见大势已去,故而自刎身亡。在正史的记载中,亦出现了噶尔丹之子被清军俘获的细节,这样的"撞车",大概不能仅以巧合来解释了。如果说,上面的证据还不足以说明北大本所描绘的战争图景究竟属于清初哪位帝王的武功,北大本第七本《第二出　沛深仁法外施恩》又给我们提供了一个旁证,该出剧演:太后六旬万寿,为了给太后祈福,皇帝令官员审查卷宗,赦免囚徒。其中,出场官员说:"前年万岁爷荡平沙漠,已曾颁赦天下。目合阳和布令,且今年恭逢皇太后六旬慈寿……"

据《新唐书·列传一·后妃上》(第3468—3469页)记载:唐太宗之母太穆窦皇后,卒于隋大业年间,太宗即位后追谥为太穆神皇后。除太宗生母外,终高祖之世未再立后。显然,本出是借古人之口演今人之事。而清代康熙、乾隆年间,均有为太后庆祝六旬大寿的记载,分别为康熙三十九年(1700)和乾隆十六年(1751),辅以曲文中说到的"前年万岁爷荡平沙漠",那么逆推"荡平沙漠"的年份应该是康熙三十六七年或乾隆十三四年,跟前文述及史实相较,结果一目了然。北大本《升平宝筏》中的征伐颉利可汗故事,是以康熙年间数次对噶尔丹用兵的史实加以改编而成的,北大本的创作年代应该在康熙三十九年(1700)左右。

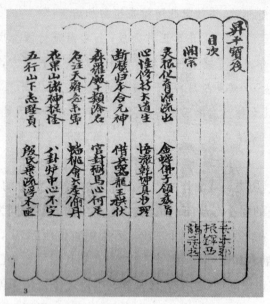

图 4-2　古吴莲勺庐本《升平宝筏》

通过上面的讨论，我们已经基本考证出北大本《升平宝筏》的来源和创作年代。在表 4-1 的对比中，古吴莲勺庐本在情节和出目名称上，都是和北大本最为接近的，两者之间又有怎样的关系呢？

1. 古吴莲勺庐本是一个删节本。从出目对照表中可以看出，古吴莲勺庐本相比北大本少了一半以上的内容，最为奇特的是前文无收伏沙僧的情节，后文则延续师徒四人出场的模式，由此可以确证，古吴莲勺庐本属删节本无疑。

2. 古吴莲勺庐本的主体部分应源自与北大本同一系统的底本。试举两例说明。其一，古吴莲勺庐本《第五七折　一旦人间难隐匿》演悟空揭破假乌鸡国将军面目，妖怪逃遁而去。其卷末妖怪说白"只得逃往沙漠去罢"，与北大本一致。北大本"乌鸡国故事"后即接颉利兴兵，由乌鸡国逃走的妖怪到了沙漠，成为颉利的军师，此出如此处理显然是为了给后文铺垫。古吴莲勺庐本完全删除了西征的情节，此出的说白在后文没有得到照应，就显得莫名其妙了。而乌鸡国妖怪成为突

334

清代内府曲本研究

厥军师的情节,即使是同样载有西征故事的九集本都是没有的,古吴莲勺庐本的来源不言而喻。其二,北大本八本《第二十四出　元神悟道识丹头》和古吴莲勺庐本《第八十折　天王获怪葆元神》同演陷空山老鼠精故事,但均演至悟空发现老鼠精与托塔天王的关系后即戛然而止,都没有其后悟空大闹天宫,托塔天王父子收妖的情节。显然是改编时的一个疏漏,古吴莲勺庐本作为一个删节本,不大可能对作品进行重新创作,这样奇怪的现象只能是承袭底本而来。

3. 古吴莲勺庐本的底本并不一定就是北大本,更有可能出自与北大本同源的底本。通过校勘,北大本与古吴莲勺庐本也有不少细微的差异。首先,古吴莲勺庐本有泾河龙王的情节,北大本无。其次,二本有不少出目在曲套数量上存在出入,如北大本第四本《第九出　阻禅机妖儿纵火》和古吴莲勺庐本《五十折　阻禅机妖儿纵火》,虽用套曲,但古吴莲勺庐本比北大本多出数支曲子。类似的情况在两本之间并不少见。前面已经介绍过,北大本为康乾配抄本,且所有出目后都标有"新""旧"等字样,足见其非清宫西游戏祖本,而是据祖本改编的工作本。故古吴莲勺庐本据其祖本改编的可能性也并非不存在。

4. 古吴莲勺庐本的底本并非同期内府本,应该是根据流传于民间的与康熙旧本同源底本,或者内府抄本《升平宝筏》的复抄本删节而成的。古吴莲勺庐本中,凡出现"宁"的地方均缺末笔,显然是道光后抄本,而内府《升平宝筏》发展到道光时期,主要以四字分段本的形式呈现,如果古吴莲勺庐本的底本是内府本,不用道光时期盛行的四字本,而取古老的康熙旧本系统改写,显然是不合情理的。此外,北大 2 本《升平宝筏》,与北大 1 本完全一致,但明确注明为道光后抄本,可见康熙旧本系统的《升平宝筏》确曾流入民间,古吴莲勺庐本的底本应该就是这类流入民间的本子。

三、《俗文学丛刊》本与《西游证道书》

通过上面的介绍已经知道,康熙旧本系统中,北大本的年代要早于古吴莲勺庐本，那么《俗文学丛刊》本又与之孰先孰后呢？

《俗文学丛刊》本是笔者所见《升平宝筏》诸版本中最接近于清初盛行的《西游记》小说的版本。因《俗文学丛刊》本为残本，今日已难复原其全貌。通过对现有情节的考察，《俗文学丛刊》本中应该是没有征伐西域的情节的，而与诸本相比则有以下几个特点：1. 泾河龙王故事中，唐王亲身入冥，见崔珏，授以魏征亲书得返阳世，其中由演员扮演太宗亲自出场；2. 泾河龙王与袁守诚斗法中累及的渔夫名叫"张梢"，别本均为"吕全"或不录姓名；3. 宝象国遇难的女子百花羞，身份为宝象国公主；4. 车迟国斗法的故事中，《俗文学丛刊》本包括了隔箱猜物的情节。通过与小说《西游证道书》的情节比较，凡是《俗文学丛刊》本与诸本《升平宝筏》情节不同之处，均是遵从了小说的情节安排。此外，《俗文学丛刊》本唐僧取经遇难的顺序也是诸本中唯一与《西游记》小说一致的，所有这些现象都说明了，《俗文学丛刊》本是根据《西游记》小说进行改编的版本。在表 4-1 的比较中，我们可以清晰地看

图 4-3 《俗文学丛刊》本《西游记》

到,与晚出的乾嘉抄本《升平宝筏》相比,康熙旧本系统诸本的出目名称,相当部分均直接源自小说回目,也就是说,在康熙朝改编《升平宝筏》的过程中,小说《西游记》是改编者非常重要的参考材料。如果我们进行一个简单的逆向推导的话,那么,越是接近于小说的戏曲改本,在版本序列中所处的位置应该更加靠前。

关于康熙年间改订《西游记》的记载,今日唯有孤证存世,康熙年间懋勤殿谕旨载:

> 《西游记》原有两三本,甚是俗气。近日海清,觅人收拾,已有八本,皆系各旧本内套的曲子,也不甚好。尔都改去,共成十本,赶九月内全进呈。

单看此条只能确定康熙时期"西游戏"至少经过两次改编,而清宫西游戏祖本有两至三本,第一次改编扩充为八本,第二次又在此基础上增加到十本。但当我们在对康熙旧本系统的各个版本进行了详细考察后,再参证此条,不禁有豁然开朗的感觉。《俗文学丛刊》本今仅存三本(头、四、六本),但是以其与小说的内容比照,已经涵盖了约三分之二的情节,六本之后大概再有一到两本的容量,即可结束全部故事。康熙帝在谕旨中提到的"近日海清",所指的应该就是平定噶尔丹叛乱之事。两相参看,《俗文学丛刊》本极有可能就是谕旨中提到的经过初次修改的"已有八本"的《西游记》,北大本则是二次改本。从谕旨中来看,从两三本到八本,再到十本,实际所用的创作时间十分短暂,这大概也是康熙旧本曲词粗糙、疏漏百出的直接原因。于是,到了局势稳定、国富民强的乾隆时期,康熙旧本的艺术水准已经不能令酷嗜演剧的乾隆皇帝满意,对《升平宝筏》的再次改编势所难免,流传至今的众多乾嘉抄本也证明了这一点。下一节,我们就将关注点转向版本情况更为复杂的《升平宝筏》乾嘉抄本中去。

第三节　大阪府立中之岛图书馆藏《升平宝筏》考

日本大阪府立中之岛图书馆藏清内府四色精抄本《升平宝筏》（下称大阪本），抄写精美，品相完好，据其版本形制和内容推断，为清乾隆后抄本，在《升平宝筏》的版本系统中也是十分具有代表性的一种，具有较高的文献价值。因其远渡东洋后国内学者寻访不易，故借对此本相关情况的介绍，考证《升平宝筏》乾隆后抄本的版本序列。

大阪图书馆藏《升平宝筏》（甲汉-33），清内府乌丝栏四色精抄本，扉页钤"八田氏寄赠"并"大正二年（1913）六月十四日"章。

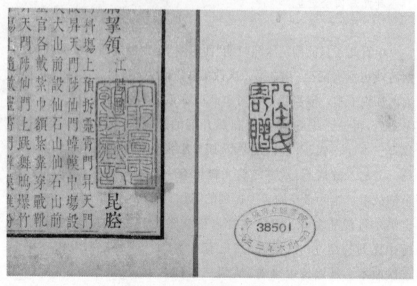

图4-4　大阪本《升平宝筏》首页

一、大阪本与《古本戏曲丛刊》九集本

前文已及，在《升平宝筏》的版本系统中，北大本、《俗文学丛刊》本、古吴莲勺庐本文字较为接近，在整个版本序列中属于年代较早的几部，以下称其为《升平宝筏》旧本系统。相对于旧本系统的几部作

品,大阪本的年代明显要晚一些,其抄写风格,装帧形式与上海图书馆藏四色抄本《江流记》十分一致,应与《江流记》属于同一时代的版本。仅就作品内容来看,大阪本与旧本系统的差异也十分明显,而与同属乾嘉抄本的《古本戏曲丛刊》九集所收本(下简称九集本)更为接近,以下列出二者的出目对照表,下文将据此对两者的关系进行讨论。

表4-4　大阪本、九集本出目对照表

大阪本[1]	《古本戏曲丛刊》九集本	备注
第一出　转法轮提纲挈领	第一出　转法轮提纲挈领	石猴出世
第二出　凿灵府见性明心	第二出　凿灵府见性明心	
第三出　金蝉子化行震旦	第三出　金蝉子化行震旦	
第四出　石猴儿强占水帘	第四出　石猴儿强占水帘	
第五出　灵台心照三更静	第五出　灵台心照三更静	菩提祖师授艺
第六出　混世魔消万劫空	第六出　混世魔消万劫空	灭混世魔
	第七出　扫荡妖氛展豹韬	
第七出　借资武备翻龙窟	第八出　诛求武备翻龙窟	闹龙宫
第八出　训练强兵献赭袍	按:无此出。	独角鬼王献赭黄袍
第九出　翠云洞邀盟结拜[2]	第九出　大力王邀盟结拜	众魔结拜
第十出　铁板桥醉卧拘拿	第十出　铁板桥醉卧拘拿	闹地府
第十一出　闹森罗勾除判牒	第十一出　闹森罗勾除判牒	
第十二出　诣绛阙交进弹章	第十二出　诣绛阙交进弹章	天庭告状
第十三出　祝美猴出班接诏	按:无此出。	美猴王祝寿
第十四出　封弼马到任开筵	第十三出　官封弼马沐猴冠	

[1]　与大阪本、九集本同为乾嘉《升平宝筏》抄本的,完整的存本尚有首都图书馆藏《西游传奇》、中国艺术研究院藏曙雯楼本、国家图书馆10975本。经笔者校勘,如无特别注明,曙雯楼本出目均与大阪本相同;《西游传奇》出目均与九集本相同。10975-1本出目与大阪本完全一致。故本文只选取大阪本与九集本进行对比。

[2]　曙雯楼本为“第九出　大力王邀盟结拜”。

大阪本	《古本戏曲丛刊》九集本	备注
第十五出　托塔领兵重领旨	第十四出　兵统貔貅披雁甲	
第十六出　蟠桃偷宴复偷丹	第十五出　园熟蟠桃恣窃盗	
第十七出　集天神二郎有勇	第十六出　营开细柳专征伐	二郎收妖
第十八出　烧仙鼎八卦无灵	第十七出　烧仙鼎八卦无灵	
第十九出　降伏野猿虔奉佛	第十八出　闹天阘九霄有事	大闹天宫
	第十九出　降伏野猿虔奉佛	
第二十出　廓清馋虎庆安天	第二十出　廓清馋虎庆安天	
第二十一出　掠人色胆包天大	第二十一出　掠人色胆包天大	
第二十二出　撇子贞名似水清	第二十二出　撇子贞名似水清	唐僧出身
第二十三出　长老金山捞木匣	第二十三出　金山捞救血书儿	
第二十四出　空王宝地会盂兰 （以上第一本）	第二十四出　宝地宏开锡福会 （以上第一本）	
第一出　佛教传经敷中土	第一出　传经藏教演中华	
第二出　民乐昌期享太和	按：无此出。	
按：无此出。	第二出　定方隅基开宇宙	
第三出　大士临凡寻凤慧	第三出　大士临凡寻凤慧	
第四出　元奘入定悟前因	第四出　元奘入定悟前因	唐僧出身
	第五出　金山寺弟子别师	
第五出　离合悲欢成一梦〔1〕		
按：无此出。	第六出　凌烟阁功臣图像	
第六出　酒色财气摄群魔	第七出　入世四魔归正道	观音收四徒
第七出　祈雨四民环谒庙	按：无此出。	

---

〔1〕　曙雯楼本作"第五出　水风地火参四大"。

清代内府曲本研究

大阪本	《古本戏曲丛刊》九集本	备注
第八出　占天三易忌垂帘	第八出　占天三易忌垂帘	泾河龙王。 大阪本有唐王入冥，吕全献瓜事。
第九出　涌玉音军师设计	第九出　涌玉章军师设计	
第十出　判金口术士指迷	第十出　判金口术士指迷	
第十一出　沾濡惠泽时中庆	按：无此出。	
第十二出　超度人王觉后疑	第十一出　魏征对弈梦屠龙	
第十三出　小轮回明君降旨〔1〕	第十二出　萧瑀上章求建醮	
第十四出　大启建鹿苑修斋	第十三出　建道场大开水陆	
第十五出　逗露机锋传法宝	第十四出　重法器明赠袈裟	
第十六出　拜求梵贝荷皇恩	第十五出　拜求梵呗荷皇恩	
第十七出　奉敕送行群宰辅	第十六出　饯送郊关开觉路	群臣饯别
第十八出　备言胜饯胖姑儿	第十七出　胖姑儿昌言胜概	胖姑儿
第十九出　遘狮蛮雷音得路	第十八出　狮蛮国直指前程	回回指路
第二十出　逢猎户熊口余生	第十九出　刘太保两界延宾	两界山
第二十一出　路遇五行开石镇	第二十出　孙大圣五行脱难	收行者
第二十二出　道除六贼授金箍	第二十一出　除六贼诳受金箍	
第二十三出　化成神马羁坚辔	第二十二出　敕小龙幻成白马	收白龙马
	第二十三出　化成里社遗金勒	
第二十四出　现出心魔照慧灯 （以上第二本）	第二十四出　现出心魔照慧灯 （以上第二本）	
按：无此出。	第一出　香花供法高幢建	
第一出　炼丹炉陡惊走汞	第二出　铅汞走丹空鼎烧	
第二出　谋法宝自取焚身	第三出　成瓦砾焚烧绀宇	观音院
第三出　黑风洞锦襕窃去	第四出　护珍宝盗窃锦襕	
第四出　紫竹林熊怪降来	第五出　黑风山同心谈道	
	第六出　紫竹林变相收妖	

〔1〕　曙雯楼本作"第十三出　小轮回龙魂托梦"。

大阪本	《古本戏曲丛刊》九集本	备注
第五出　踪女游春愁撞祟	第七出　花底游春偏遇蝶	
第六出　辞婚入夜喜留僧	第八出　庄前纳聘强委禽	收八戒
第七出　假新人打开招赘	第九出　假新人打开赘婿	
第八出　狠行者牵合从师	第十出　狠行者牵合从师	
第九出　浮屠选佛心经授	第十一出　浮屠选佛心经授	
第十出　灵吉降魔禅杖飞	第十二出　灵吉降魔禅杖飞	黄风怪
第十一出　爱河悟净撑慈棹	第十三出　爱河悟净撑慈棹	收悟净
第十二出　色界黎山试革囊	第十四出　色界黎山试华囊	四圣试禅心
第十三出　人参款客因滋累	第二十出　仙款金蝉献草还	五庄观
	第二十一出　镇元仙法袖拘僧	
第十四出　道观加刑远觅方	第二十二出　孙行者幻身破灶	
	第二十三出　求方空遇东华老	
第十五出　宝树嘘枯由佛力	第二十四出　活树欣逢南海尊	
第十六出　乌鸡失国被妖侵	第十五出　幻假容乌鸡失国	乌鸡国
第十七出　夜诉冤留圭作证	第十六出　沉冤魂作证留圭	
第十八出　朝打猎化兔引踪	第十七出　白兔引唐僧还佩	
第十九出　出重泉邦君复位	第十八出　悟能负国主重圆	
第二十出　照明镜罗汉收妖	第十九出　显明慧镜伏狮怪（以上第三本）	
第二十一出　桃林放后留余孽	（第六本）第二十三出　桃林放后留余孽	金兜洞
第二十二出　函谷乘来伏老君	（第六本）第二十四出　函谷乘来伏老君	
第二十三出　洞府群仙遥渡海	按：无此出。	
第二十四出　天宫太乙届添寿（以上第三本）	按：无此出。	太乙祝寿
第一出　分遣众神遥护法	第一出　两祖师遣神护法	

清代内府曲本研究

continued表

大阪本	《古本戏曲丛刊》九集本	备注
第二出 暂依古寺静谈心	按：无此出。	
第三出 安乐镇募缘惑众	按：无此出。	
第四出 闻道泉秉正驱邪	第二出 闻道泉秉正驱邪	
第五出 爱女遭魔惊五夜	第五出 爱女遭魔惊五夜	宝象国
第六出 媒人约法守三章	第六出 媒人约法守三章	
第七出 上长安寒儒被捉	第七出 上长安单寒被捉	
第八出 会妖洞双艳寻盟	第八出 会妖洞双艳寻盟	
第九出 审乌台书生出罪	第九出 审乌台书生出罪	
第十出 歼白骨徒弟来驱	第十出 歼白骨徒弟来驱	白骨精
第十一出 释高僧双鱼嘱寄	第十一出 释高僧双鱼嘱寄	
第十二出 昵赝婿一虎叱成	第十二出 昵赝婿一虎叱成	
第十三出 白龙马雪仇落阱	第十三出 白龙马雪仇落阱	
第十四出 美猴王激怒下山	第十四出 美猴王激怒下山	
第十五出 萍水寄书欣巧合	第十五出 萍水寄书欣巧合	宝象国（黄袍郎）
第十六出 兰闺分镜喜重圆	第十六出 兰闺分镜喜重圆	
第十七出 撇下虎伥明宝象	第十七出 撇下虎伥明宝象	
第十八出 颁来凤诏得金星	第十八出 颁来凤诏自瑶池	
第十九出 大元帅国门祖道	第十九出 大元帅国门祖道	
第二十出 小妖儿岩穴消差	第二十出 小妖儿岩穴消差	
第二十一出 编谎辞巡山吓退	第二十一出 编谎辞巡山吓退	
第二十二出 夺请启截路颠翻	第二十二出 夺请启截路颠翻	平顶山（金角银角）
第二十三出 狙公狸母分身现	第二十三出 狙公狸母分身现	
第二十四出 银气金光立地销（以上第四本）	第二十四出 银气金光立地销（以上第四本）	
第一出 十朝宰行香望信	（第六本）第一出 洪福寺行香望信	

大阪本	《古本戏曲丛刊》九集本	备注
第二出　一野狐卧病怀春	（第四本）第三出　玉面姑思谐凤侣	玉面怀春
第三出　獾阿婆巧媒撮合	（第四本）第四出　獾婆儿巧作蜂媒	
第四出　牛新郎蠢货招亲		
第五出　火云洞婴王命将	第一出　火云洞婴王命将	红孩儿
第六出　枯松涧圣僧被围	第二出　古松涧圣僧被围	
第七出　牛魔王化身赴席	第三出　假牛王乔赴宴席	
第八出　红孩儿合掌归山	第四出　真菩萨敕取罡刀	
	第五出　红孩儿合掌归山	
第九出　鼍怪计擒遭覆溺	第六出　黑水河翻身入水	黑水河
第十出　龙宫法遣护平安	第七出　擒鼍怪四众渡河	
第十一出　三妖幻相投金阙	第八出　说国王三妖演法	车迟国
第十二出　一醮酬恩建宝坛	第九出　车迟国大建醮坛	
第十三出　道观卷盘施圣水	第十出　三清观戏留圣水	
第十四出　车迟斗法灭邪妖	第十一出　除怪物车迟斗法	
第十五出　人羴代充陈暮夜	第十二出　变婴儿元会传名	陈家庄（鱼篮观音）
第十六出　鳖鱼献计冻长河	第十六出　鳖鱼献计冻长河	
第十七出　别师徒惨罹水厄	第十四出　法侣遭魔堕深堑	
第十八出　认兄妹丑说风情	第十五出　夸张狐媚莺花寨	
第十九出　狂鳞海上编篮取	第十六出　收伏鱼精凤竹篮	
第二十出　渔妇溪边饮酒欢	第十七出　女儿浦聚欢为饮	西梁女国
第二十一出　子母河惧吞得孕	第十八出　子母河误吞得胎	
第二十二出　烟花阵坚逼招亲	第十九出　风月窘逼缔姻缘	
第二十三出　大唐僧攀辕秽土	第二十出　清净身不沾污秽	
第二十四出　罗刹女揭钵灵山（以上第五本）	第二十四出　铁扇公主放魔兵	
第一出　贺青阳尧天舜日	按：无此出。	

大阪本	《古本戏曲丛刊》九集本	备注
第二出　诱黑业楚雨巫云	第二十二出　蝎精灵逼缔丝罗	蝎子精
第三出　昂宿元神收蝎毒	第二十三出　昂日星君收蝎毒（以上第五本）	
第四出　散仙变相指鹏程	按：无此出。	
第五出　祝椿萱婉容上寿	第四出　卓如玉朗祝椿萱	
第六出　盟金石正色绝交	第五出　齐锡纯正色绝交	
第七出　女中罗刹还思子	第二出　芭蕉洞炉姜兴师	
第八出　魔里牛王却惧妻	第三出　牛魔王善调琴瑟	
第九出　借宝碧波应快婿	第六出　九驸马诡谋攫宝	
第十出　窃芝翠水认偷儿	第七出　窃灵芝翠水往还	
第十一出　看大会红楼唱和	第八出　迎神会红楼蓦见	
第十二出　挟私嫌白简纠参	第九出　权相挟嫌污玉质	
第十三出　侍儿代审冰同洁	第十出　侍儿辩屈表冰操	祭赛国（九头虫）
第十四出　廷尉超冤镜并明	第十一出　廷尉司宋老得情	
第十五出　赖斯文泼钱买路	第十二出　落魄林齐生出难	
第十六出　齐锡纯遇难呈祥		
第十七出　投单动念僧拘系	第十三出　投精舍众僧诉苦	
第十八出　扫塔遄知贼音信	第十四出　扫浮屠二怪被擒	
第十九出　二案覆盆伸一旦	第十五出　祭赛国两案齐翻	
第二十出　九头噬犬靖空潭	第十六出　碧波潭九头露相	
第二十一出　舍利还金光复现	第十七出　还舍利复现金光	
第二十二出　花星照壁合联吟	第十八出　开玳宴重谐凤卜	
第二十三出　求经逗六耳机关[1]	（第七本）第六出　六耳摹形构幻相	

---

[1] 曙雯楼本作"第二十四出　求经逗六耳机关/第二十三出　飞锡盼四僧消耗"。

大阪本	《古本戏曲丛刊》九集本	备注
第二十四出　飞锡盼四僧消耗（以上第六本）	按：无此出。	
第一出　钦法国伽蓝显圣	按：无此出。	灭法国
第二出　梅花计师弟遭擒〔1〕	第十九出　南山妖设梅花计	南山大王
	第二十出　东土僧遭艾叶擒	
第三出　假人头封成马鬣	第二十一出　洞口掷头惊弟子	
第四出　分法相扑灭狼精		
第五出　域外山樵苏兼度	第二十二出　柳林释缚毙妖王（以上第六本）	
第六出　人中兽虎豹探囊	第二出　二强肆横丧残生	六耳猕猴
第七出　撞绿林知风脱险	第三出　绿林强灭心猿走	
第八出　扰白业遭摈分离		
第九出　正悟空海山诉佛	第四出　紫竹慈容大士留	
第十出　伪行者野地殴师	第五出　二心惹怪劫缁衣	
第十一出　捣鬼装人惊悟净	第七出　真形幻相总分明	
第十二出　认诚作妄证潮音	第八出　宝地师前难识别	
第十三出　金箍咒一般疼痛		
第十四出　照妖镜两下模糊	第九出　照妖镜两影模糊	
第十五出　地藏王根寻合相	第十出　森罗殿二心混乱	
第十六出　如来佛立辨幻心〔2〕	第十一出　如来佛咒钵辨形	
第十七出　荆棘能芟清净域	（第十本）第二出　唐僧遭弟子披刑	木仙庵
第十八出　松筠思结喜欢缘	（第十本）第三出　联诗社红杏情牵	

---

〔1〕曙雯楼本作"第一出　南山妖设梅花计/第二出　东土僧遭艾叶擒"。
〔2〕曙雯楼本作"第十六出　牟尼佛立辨幻心"。

大阪本	《古本戏曲丛刊》九集本	备注
第十九出　火焰山召神问诀	（第七本）第二十出　翠云洞公主报仇	火焰山
第二十出　翠云洞借扇翻冤		
第二十一出　赚取芭蕉终捕影	（第七本）第二十一出　赚取芭蕉终捕影	
第二十二出　戏调琴瑟又生波	（第七本）第二十二出　戏调琴瑟又生波	
第二十三出　诓女赠言传妙蕴	（第七本）第二十三出　诓女赠言传妙蕴	
第二十四出　缚魔归正许修持（以上第七本）	（第七本）第二十四出　缚魔归正许修持（以上第七本）	
第一出　四海安澜徵圣治	（第七本）第一出　四海安澜徵圣治	盘丝洞黄花观
第二出　七姨斗草报天缘	第二出　七姊妹寻芳斗草	
第三出　托钵驀逢乔妮子	第三出　托钵驀逢娇娘子	
第四出　浴泉猝遇猛鹰儿	第四出　浴泉猝遇猛鹰儿	
第五出　蛛网牵缠遭五毒	第五出　蛛网牵缠遭五毒	
第六出　黎山指点访千花	第六出　黎山指点访千花	
第七出　破情丝毗蓝解厄[1]		
按：无此出。	第七出　金顶乘云迎佛子	
第八出　开寿域地涌称觞	（第七本）第十九出　陷空山夫人上寿	
第九出　煽风情灰婆绾合		
第十出　猜哑谜艾叶投机	第八出　艾文结伴访狮驼	狮驼岭
第十一出　叹飘零诚殷爱日	第九出　叹飘零诚殷爱日	
第十二出　探消息令集钻风	第十出　探消息令集钻风	

---

〔1〕曙雯楼本作"第七出　破情丝艾叶投机"。

大阪本	《古本戏曲丛刊》九集本	备注
第十三出　狼子双除收宝剑	第十一出　收宝剑狼怪复仇	狮驼岭
第十四出　鹦哥特拨护祥门		
第十五出　和鸾娘赠金赴阙	第十二出　赠黄金柳生献策	
第十六出　柳逢春献策封侯		
第十七出　五花营长蛇熟演	第十三出　五花营长蛇熟演	
第十八出　一字阵文豹先擒	第十四出　一字阵文豹先擒	
第十九出　猿摄宝瓶装便破	第十五出　猿摄宝瓶奘便破	
第二十出　象供藤轿送成虚	第十六出　象供藤轿送成虚	
第二十一出　收伏狮驼皈正法	第十七出　收伏狮驼皈正法	
第二十二出　图容香火答高僧	第十八出　阐扬象教仰高僧	
第二十三出　荷恩纶荣归花烛	第十九出　荷恩纶荣归花烛〔1〕	
第二十四出　献嘉瑞逃匿鹿狮（以上第八本）	（第八本）第一出　九头狮离座贪凡（以上第八本）	
第一出　张紫阳下凡保节	（第七本）第十二出　紫阳仙授衣保节	朱紫国（赛太岁）
第二出　赛太岁厌境贪花	（第七本）第十三出　赛太岁压境贪花	
第三出　巧行医脉悬彩线	（第七本）第十四出　孙行者牵丝诊脉	
第四出　潜放火焰息金杯	（第七本）第十五出　息妖火飞掷金杯	
第五出　欲达佳音遣二女	（第七本）第十六出　达佳音私遗宝串	
第六出　为乘沉醉换三铃	（第七本）第十七出　换金铃赚入香闺	
第七出　犼怪羁縻归佛座	（第七本）第十八出　收犼怪仍归法座	

---

〔1〕　西游传奇本作"（第八本）第十九出　荷恩纶双凤和鸣"。

大阪本	《古本戏曲丛刊》九集本	备注
第八出　鹿精炮制进仙方	按：无此出。	比丘国
第九出　召摄鹅笼缘保赤	按：无此出。	
第十出　试征药引许开心	按：无此出。	
第十一出　装难女途中误救	（第八本）第二十出　装难女途中误救〔1〕	陷空山
第十二出　病维摩寺内遭擒	（第八本）第二十一出　镇海寺三僧破唉	
第十三出　泄佳期巧逢汲水	（第八本）第二十二出　陷空山二女漏风	
第十四出　惊好合赶散张筵	（第八本）第二十三出　孙行者闹破鸾交〔2〕	
第十五出　闹鼠狱长庚解结	（第八本）第二十四出　李天王扫清鼠孽〔3〕	
按：无此出。	（第九本）第二出　思构崒颉利鸥张	太宗亲征
按：无此出。	（第九本）第三出　大唐国亲整王师	
第十六出　成蝶梦八戒圆亲	（第五本）第二十一出　猪八戒梦谐花烛	
第十七出　公子虚怀借兵器	（第九本）第十七出　暴沙亭公子投师	
第十八出　钉耙大会漏风声	（第九本）第十八出　虎口洞悟空夺宝	玉华国（九头元圣）
第十九出　白泽驱除虎口洞		
第二十出　苍旻求救妙严宫	（第九本）第十九出　白泽横行玉华国	
	（第九本）第二十出　苍旻求救妙岩宫	
第二十一出　九节山魔收太乙	（第九本）第二十一出　九节山魔收太乙	

〔1〕 西游传奇本作"（第八本）第二十出　救难女三僧被唉"。
〔2〕 西游传奇本作"（第八本）第二十三出　惊好合赶散张筵"。
〔3〕 西游传奇本作"（第八本）第二十四出　清鼠孽天将神兵"。

大阪本	《古本戏曲丛刊》九集本	备注
第二十二出　金平府夜赏花灯	（第九本）第二十二出　金平府夜赏花灯	金平府（犀牛精）
第二十三出　元夕游街冲假佛	（第九本）第二十三出　元夕游街充假佛	
第二十四出　四星鏖战捉群犀（以上第九本）	（第九本）第二十四出　四星鏖战捉群犀（以上第九本）	
第一出　小雷音设深陷阱	（第九本）第四出　小雷音狂施法宝	小雷音寺（黄眉童）
第二出　黄眉佛展大神通	（第九本）第五出　黄眉祖师通大展	
	（第九本）第六出　弥勒佛结庐收妖	
第三出　一诚能解瞒天罪	按：无此出。	凤仙郡
第四出　独蟒俄除过路僧	（第九本）第十五出　殛蟒蛇行者除魔	柿子山
第五出　柿子山悟能开道	（第九本）第十六出　清秽污悟能开道	
第六出　广寒宫玉兔潜逃	（第九本）第一出　暗怀嗔广寒兔脱	天竺国（玉兔精）
第七出　天竺国公主被摄	（第九本）第七出　天竺国公主被摄	
第八出　布金寺衲子谈因	（第九本）第八出　布金寺衲子谈因〔1〕	
第九出　抛彩球良缘凑巧	（第九本）第九出　抛彩球情关释子	
第十出　招驸马吉礼安排		
第十一出　御园留众徒设宴	（第九本）第十出　流春亭醉闹僧徒	
第十二出　月妖代三藏摹情	（第九本）第十一出　倚香阁狡兔言情	

---

〔1〕　西游传奇本作"（第九本）第八出　过荒寺衲子谈因"。

清代内府曲本研究

大阪本	《古本戏曲丛刊》九集本	备注
第十三出　双蜂媒拆开鸳偶	（第九本）第十二出　流苏帐蜜蜂出侣〔1〕	
第十四出　寻兔窟惊动蟾宫	（第九本）第十三出　兔窟荡平返月殿	天竺国（玉兔精）
	（第九本）第十四出　花宫宁迓复金闺〔2〕	
第十五出　大圣救师施妙法	按：无此出。	寇员外
按：无此出。	（第十本）第一出　太白召诸神扈跸	
按：无此出。	第四出　奉纶音元戎出塞	
按：无此出。	第五出　探风声军师捣鬼	
按：无此出。	第六出　闻雷震劫利消魂	
按：无此出。	第七出　錾妖道鏖战贺兰	唐太宗亲征西域
按：无此出。	第八出　逼凶酋狂奔紫塞	
按：无此出。	第九出　运藤牌敬德追逃	
按：无此出。	第十出　颁凤诏秦琼接旨	
按：无此出。	第十一出　沙漠贼劫利授首	
第十六出　宝幢引路脱凡胎〔3〕	第十二出　东土僧化脱凡胎	
第十七出　五应度檀林见佛	第十三出　印度皈依瞻圣境	
	第十四出　檀林见佛悟禅心	
第十八出　千花藏珍阁授经	第十五出　经取珍楼开宝笈	
按：无此出。	第十六出　凯旋玉殿赐华筵	
按：无此出。	第十七出　老鼋怒失西来信	
第十九出　归信验柏枝东指	第十八出　古柏欣怀东向枝	

〔1〕西游传奇本作"（第九本）第十二出　变蜂媒拆开鸳偶"。
〔2〕西游传奇本作"（第九本）第十四出　布金迎迓七香车"。
〔3〕曙雯楼本作"第十三出"。

大阪本	《古本戏曲丛刊》九集本	备注
第二十出　设仪迎梵卷西来	第十九出　迓金经仪仗全排	
第二十一出　开法会瑜伽广演	第二十出　开法会瑜伽广演	
按：无此出。	第二十一出　冥府降祥空地狱	
第二十二出　谒灵霄帝救巡游	第二十二出　灵霄奉敕步天宫	
第二十三出　满誓愿慈航共济	第二十三出　满誓愿宝筏同登	
第二十四出　庆升平宝筏同登	第二十四出　庆升平天花集福	

通过上面的对比，虽较旧本系统的诸本而言，大阪本与九集本的相似度更高一些，但是两本在情节取舍、故事安排上的差异仍是显而易见的。在西游故事中，唐僧一去十四载，历经九九八十一难的取经之路，给剧作者提供了十分广阔的创作空间，不论是大阪本还是九集本，都没有将全部八十一难的故事完整地搬上舞台，在情节上各有取舍，并且增加了一些小说中未曾出现的内容。其中，大阪本有而九集本无的情节如下：

1. 独角鬼献赭黄袍（第一本《第八出　训练强兵献赭袍》），演独角鬼向孙悟空献赭黄袍投诚事。此情节亦不见于小说。

2. 悟空庆寿（第一本《第十三出　祝美猴出班接诏》），演悟空寿辰，结义七魔王前来祝贺，此时金星传诏，初封悟空。此情节亦不见于小说。

3. 太乙祝寿（第三本《第二十三出　洞府群仙遥渡海》/《第二十四出　天宫太乙届添寿》），此情节亦不见于小说。

4. 散仙指路（《第四出　散仙变相指鹏程》），同小说相关情节，下不复注。

5. 灭法国（第七本《第一出　钦法国伽蓝显圣》）。

6. 比丘国（第九本《第八出　鹿精炮制进仙方》/《第九出　召摄鹅笼缘保赤》/《第十出　试征药引许开心》）。

7. 凤仙郡（第十本《第三出　一诚能解瞒天罪》）。

8. 铜台府(第十本《第十五出　大圣救师施妙法》)。

九集本有大阪本无的情节：

1. 唐太宗登基(第二本《第三出　定方隅基开宇宙》)，此情节亦不见于小说。

2. 亲征西域(第九本《第二出　思构衅颉利鸥张》《第三出　大唐国亲整王师》;第十本《第四出　奉纶音元戎出塞》《第五出　探风声军师捣鬼》《第六出　闻雷震劫利消魂》《第七出　鏖妖道鏖战贺兰》《第八出　逼凶酋狂奔紫塞》《第九出　运藤牌敬德追逃》《第十出　颁凤诏秦琼接旨》《第十一出　沙漠贼劫利授首》)，此情节亦不见于小说，具体情节参见前章。

3. 通天河老鼋发难(第十本《第十七出　老鼋怒失西来信》)。

两本均有但细节不同的出目：

1. 江流和尚。大阪本的唐僧出身故事十分完整，从渡江遇盗至玄奘报仇，自成起讫，是一条独立完整的故事线，且与清代通行《西游记》小说的处理手法一致。九集本则弱化了唐僧出身的情节，只保留了这一故事段落前半段的内容，删去了玄奘十八年后"寻母、报仇"的情节，故事比较单薄，且有"头重脚轻"之嫌。由于"唐僧出身"在内府本西游戏中异文较多，笔者另文述之，此处仅简要介绍二者的差异。

2. 泾河龙王(第二本第七至第十三出)。在西游故事中，与"泾河龙王"相关的故事情节，是取经的起因。大阪本和九集本虽同有"泾河龙王"的故事，但其处理方法却有着本质的不同。大阪本中，泾河龙王在向唐太宗求救不果的情况下，将太宗告入地府，从而引出太宗游地府的情节，此外也保留了刘全进瓜(大阪本改为吕全)的故事线，其情节脉络基本遵循《西游记》小说展开。九集本在"泾河龙王"故事的前半部分，与大阪本基本保持一致，惟完全取消了渔翁吕全的情节线，但在后半部分，则完全跳出《西游记》小说的故事框架以外，泾河龙王被斩之后，龙魂求助的对象是唐初名臣萧瑀，由萧瑀向太宗提出修斋建醮、超度亡魂的建议，从而引出唐三藏的正式出场，无唐太宗入冥的情节。

3. 宝象国（黄风怪）（《第二出　暂依古寺静谈心》《第三出　安乐镇募缘惑众》）。在西游故事的固有情节中，大阪本、九集本与小说《西游记》最大的不同之处在于，前者在宝象国（黄袍郎）、祭赛国（九头虫）、狮驼岭三个篇章中，分别插入了三个才子佳人的传奇故事。祭赛国与狮驼岭的故事安排，九集本与大阪本完全一致，惟宝象国故事，大阪本多出二出的内容，演闻仁劝服乡邻驱除妖道，以后文观之，九集本的祖本应该也有这一内容，可能是改编时故意删削所致。

除了情节上的差别，大阪本与九集本的故事序列也明显不同，特别是剧本的后半段，两者的对应情况比较混乱，上述这些显著的差异，很容易使人得出两本分属不同版本系统的判断，但事实果真如此吗？笔者曾以二者逐出校勘，得出的结果却恰恰相反，以两本 10 本 240 出的规模而言，二者的异文实在不能算很多。而文本的对比也给判定大阪本与九集本的版本序列提供了更多的论据。

首先，大阪本与九集本在主体情节上应属同源。从校勘结果而言，除去上述情节有无的差异外，在共同的故事段落里，二者的异文非常少见，即使在出现异文的情况下，大多也属于繁简上的差别。如大阪本第一本《第九出　翠云洞邀盟结拜》，演孙悟空与牛魔王等六妖结拜事。九集本相对于大阪本少了几支众魔王夸耀武艺的曲子。大阪本第三本《第十六出　乌鸡失国被妖侵》，大阪本多出假乌鸡国王与王后的一段对话，异文之外，二者的曲文说白完全一致。类似的情况在校勘过程中并不少见，是两者异文的主要形式。当然，大阪本与九集本也有部分出目，唱词说白完全不同，如大阪本第四本《第一出　分遣众神遥护法》和九集本第四本《第一出　两祖师遣神护法》，俱演玄奘西行，诸神奉旨护佑事，二者套数完全不同，显非同源。但是，有趣的是，出现这些显著差异的出目，全部都是游离于西游故事主线之外的过渡性场次（再如大阪本第五本《第一出　十朝宰行香望信》和九集本第六本《第一出　洪福寺行香望信》），而在西游故事的主线上，两者保持了惊人的一致。

其次，大阪本的年代应早于九集本。这一点可以用两个例子来说明。其一,大阪本和九集本的祭赛国故事,均插入了一段书生齐福与相府千金卓如玉的生旦遇合故事。其中,大阪本第六本《第十一出 看大会红楼唱和》和九集本第六本《第八出 迎神会红楼蓦见》,俱演二人观法会初识事。二出曲牌套数完全一致,惟大阪本有二人吟诗唱和的情节,九集本无。在随后的情节发展中,祭赛国奸臣赖贪荣为达到打击如玉父亲卓太师并强占如玉为媳的目的,诬陷卓如玉与齐福私通,其提出的罪名如下:

> 大阪本(第六本《第十二出 挟私嫌白简纠参》):(赖贪荣白)……有了,我如今说那卓立,纵女在金光寺与齐福通奸,淫词唱和,大乖风化……
>
> 九集本(第六本《第九出 权相挟嫌污玉质》):(赖贪荣白)……有了,我如今说那卓立,纵女在金光寺与齐福吟诗唱和,大乖风化……

九集本前文根本没有出现过诗词唱和的情节,此处提出的罪名显得莫名其妙。但以两本对看,就可知道九集本据以改编的底本本应有"红楼唱和"的情节安排,只是在改编过程中被删落而后文未及作出相应修改而致。

再如大阪本、九集本第九本《第二十四出 四星鏖战捉群犀》,演金平府群星相助收伏犀牛精事。二本均采用"【高宫支曲】【九转货郎儿】[他当日]天宫里胡行叱咤……"套,按照格律,此套应有同格的九支曲,大阪本九曲俱全,九集本则少【第三转】【第五转】【第七转】【第八转】四支曲子,显然,九集本系据前者改编而来的。

第三,大阪本、九集本与旧本系统诸本的关系。前面已经说明,大阪本的年代要早于九集本,两者在主体情节上基本同源,那么是否存在一种可能,大阪本和九集本是据同一祖本改编的呢?通过与旧本系统诸本的比较来看,旧本系统的诸本是大阪本和九集本共同的远源,但九集本的主体部分应直接改编自大阪本或与其同一版本系统的本子。以下亦举两例说明。

表 4-5 《升平宝筏》诸本"石猴出世"出目对比

古吴莲勺庐本	俗丛本	大阪本	九集本
第二折 灵根化育源流出	第一出 灵根化育源流出	第一出 转法轮提纲挈领	第一出 转法轮提纲挈领
【园林好】整朝仪鸣珂佩珰,肃宫僚绯衣绣裳。忽听得静鞭三响,齐沾惹御炉香,愿圣寿永无疆。	【园林好】	【双调正曲·华严海会】辉煌金阙……	【新水令】灵霄一气理阴阳……
【生查子】缥缈瑞烟笼,金阙殿云上。扶辇驾龙云,仪舞昭天仗。	无此曲	【双调正曲·普贤歌】含元秉矩理阴阳……	无此曲
按:【生查子】曲后玉帝出场,念说白。	按:玉帝未出场,仙官传旨。	按:玉帝出场,念白与古吴莲勺庐本同。	按:玉帝出场,念白与古吴莲勺庐本同。
【二犯江儿水】阎浮世上,觑着那阎浮世上,江山如在掌。桑田沧海,迁变何常。论荣华,不过草上霜。潇洒度时光,何须苦自忙。曲水流觞,歌舞徜徉,听新词声绕梁。扪心细想,您可也扪心细想,停晴片晌,您且试听晴片晌,试看取石猴儿跳出场。	【二犯江儿水】(按:与古吴莲勺庐本同)	【双令江儿水】阎浮世上[韵],则见那阎浮世上[叠],劳生空抢攘[韵]。/有许多蛮触[句],几度沧桑[韵],悟盈虚参消长[韵]。飞锡月千江[韵],/餐霞尘一晌[韵],鹤岭翱翔[韵],鹿苑徜徉[韵],漫分腮佛合仙原无两/[韵]。(内作乐,玉皇大帝下座,随撒座科,众神同唱)胜因阐扬[韵],须记取胜因阐/扬[叠]。觉缘细讲[韵],且谛听觉缘细讲[叠],那神僧修功德去礼象/王[韵]。	【二犯江儿水】按:与大阪本同。

表 4-6 《升平宝筏》诸本"诸魔结拜"出目对比

古吴莲勺庐本	俗丛本	大阪本	九集本
	第六出 九幽十类尽除名	第九出 翠云洞邀盟结拜	第九出 大力王邀盟结拜
无此出	结拜六魔为：牛魔王——平天大圣、美猴王——齐天大圣、蛟魔王——覆海大圣、鹏魔王——混天大圣、狮驼王——移山大圣、猕猴王——通风大圣、犬禺狨王——驱神大圣	结拜七魔：天生大圣——美猴王、覆海大圣——蛟魔王、平逢骄虫王——蝥长大圣、万江鳄鱼王——鱼虎大圣、瑶崖钟山子——司山大圣、尧光猾里王——掌水大圣、青邱九尾狐王——不蛊大圣、牛魔王——平天大圣	按：与大阪本相同

由表 4-5 可以看出，虽然四本在细节上各有不同，但九集本显然与大阪本更加接近一些。表 4-6 所示的情况更加直观，孙悟空与诸魔结拜之事，《西游记》小说没有正面描写，但在后文中出现了孙悟空称牛魔王为结拜大哥的情节，内府本想要对这个情节进行扩充，但没有现成的蓝本可供参考，属于内府本根据小说情节自行生发的内容，从诸本结拜众魔的称号来看，九集本与大阪本一脉相承，而非改编自年代更为久远的旧本系统诸本。

最后，大阪本与九集本的情节差异。上文提出了许多例证来论述，九集本应该直接改编自大阪本一系的本子，但是，大阪本与九集本在情节和部分出目上出现差异的原因，是上述论点得以成立所必须解决的问题。现在我们不妨回过头来仔细研究两本互为有无的情节，除去过渡性场次，大阪本有九集本无的，全部是西行八十一难中的几个故事段落，是取经故事的主体。而九集本有大阪本无的故事，其实只有一个，即唐太宗征服西域，颉利可汗授首之事，完全游离于取经故事之外。可以肯定，九集本的这个故事属于内廷的重新创作，也就是说在内廷据以改编的"西游戏"和西游故事中，本没有太宗西征的故事存在，相反是在九集本的改编过程中，为了纳入太宗西征的故事，而放弃了不少八十一难中的情节，这再次说明了大阪本的年代应该早于九集本。最后需要说明的是,虽然九集本的主体部分改编自大阪本系统,但是大阪本并不是九集本改编时唯一的参照。如上述太宗西征故事,最早在北大1本《升平宝筏》中即已出现(第五本《第十九出　李卫公下马战鸱鸮》《第二十出　尉迟恭藤牌破枭獍》《第二十一出　谕部落城筑受降》(《第二十二出　歼渠魁首传西部》《第二十三出　佛现金书启鸿运》《第二十四出　凯旋玉殿赐华筵》),显然就是九集本相关出目的来源。其他一些与大阪本差异巨大的过渡性场次也不排除是源自大阪本系统以外的《升平宝筏》或西游戏,但就整体而言,大阪本与九集本不能称为两个独立的版本系统,二者之间有明显的承继关系,九集本直接源于大阪本或与之同一系统的本子。

二、大阪本的版本特点

前文主要讨论了大阪本与九集本之间的关系,至此我们已经明了,在《升平宝筏》的现存版本中,有以北大藏本为代表的旧本系统,也有据大阪本系统而来的九集本系统,而大阪本及其代表的同源诸本恰好处在一个承前启后的关键位置,下面将以纵向的维度,根据实例,对大阪本的版本特点进行总结。

首先,以大阪本为代表的同源诸本是《升平宝筏》版本系统中最早从事规范格律、化俗为雅工作的本子。现存《升平宝筏》旧本系统的三种本子,曲词古朴、俚俗,极有可能是直接移录自当时流传于民间的俗本。大阪本是现存版本中最先对曲词、说白等进行宫廷式改造的本子。以下仅从第一本中选取几个例子说明。

表4-7　北大本与大阪本曲文对比

北大本	大阪本
第四出　心性修持大道生	第四出　石猴儿强占水帘
【尾声】登山度岭踰沧海,怎惜得功夫,踏破鞋,不遇神仙誓不回。	【庆余】攀崖陟磴去天涯外[韵],暂使分离别尔侪[韵],总只要他/日奇勋耀上台[韵]。

北大本	大阪本
第五出　悟彻菩提真妙理	第五出　灵台心照三更静
【尾】从今离却仙灵院，不许浪言，道法是吾传。(白)你若说出我来呵，(唱)定把你挫骨穿皮，将魂魄遣。	【北尾声】早挂了六铢衣[句]，端上了三清殿[韵]，不许轻言法受/灵台院[韵]。(白)悟空，你及早去罢。不许你露出我一字，待你行满之日，再行相见便了。(唱)期望你大愿圆成到竺干。
第八出　闹森罗十类除名	第十出　铁板桥醉卧拘拿
【归朝欢】他每的声声叫饶，一个个提铃喝号，齐相送躬身拜倒，令行似风吹偃草……	【庆余】恨这猴儿恣意多强暴[韵]，擅自把森罗来闹[韵]，只怕我/便相容天不饶[韵]。
叵耐猿猴不奉公　恃强恣意任纵横 欺心来闹森罗殿　我即容时天不容	

　　前两例中，大阪本与北大本同出同曲，曲文所要表达的意思类似，但大阪本的曲词明显要文雅一些，且大阪本区别正衬字、标明格律，也是宫廷改编戏曲作品时的惯用手法。第三个例子是大阪本将北大本下场诗改编为末支曲的例子，在北大本中，约有三分之二的出目卷末均吟下场诗，而将其改为末支曲是大阪本所惯常采用的改编手法。出末的下场诗，通常起到概括本出大意或强调核心情节的作用，但从演出效果来说，在每个表演段落的末尾念诵诗句，有带领观众跳脱剧情之嫌，而将其改为正式的曲文，起到了同样的作用，却又不至于让观众"出戏"，是戏曲表演形式进步的产物，被宫廷戏曲演出广泛采用。

　　其次，"政治正确"与"艺术选择"妥协的产物。人间帝王从不直接出现在戏曲演出舞台上，是明清宫廷演剧一个十分突出的特点。明代内府本中，凡是需要帝王出现的场次，均作"内白"或者由内官出场"代天宣旨"，清代的宫廷演剧完全继承了明代的做法。对内廷演剧的实践者来说，不能让帝王直接出现在台上、不能表现帝王的负面情节，这是编剧所要遵循的首要准则，是保证其"政治正确性"的前提。现存

《升平宝筏》诸版本中,北大本是贯彻这一原则最为彻底的本子。在北大中,首次出现了前述宝象国(闻仁百花羞)、祭赛国(齐福卓如玉)、狮驼岭(柳逢春和鸾娘)三段生旦才子佳人的故事,且将《西游记》小说中本为宝象国公主的百花羞降格为将军之女,这些改动在其后的大阪本、九集本中都得到了继承。最为特别的是,在北大本中,乌鸡国、朱紫国的受难者分别改为了乌鸡国将军和朱紫国郡守。可以说,在北大本中,不仅作为"天朝正统"的唐太宗从未正面出现过,即使是西行路上的附庸小国,如果涉及可能有损帝王威严的情节,北大本必然对其进行毫不留情的改动。显然,这样并非出于艺术考虑的改动,对整个故事的完整性和连贯性的损害不言而喻,是艺术性屈从于政治性的产物。到了大阪本,其改编者变为了一批具有较高艺术鉴赏力的宫廷词臣,他们在平衡艺术性和政治性方面可谓"煞费苦心",虽然保留了三段生旦传奇故事,但将乌鸡国、朱紫国的主角改回为了国王。当然,做出这种改动的原因,不外因为朱紫国王和乌鸡国王属于传统意义上的"贤王",而且是西行路上的藩属小国,他们受难形象的出现不会对帝王形象产生负面的影响,但是大阪本的这种坚持从客观上来说提高了该版本的艺术性。在这一点上最为突出的例子是诸本关于太宗"修斋建醮"原因的处理。

表 4-8　诸版本《升平宝筏》取经缘由对照表

	俗丛本	古吴莲勺庐本	北大本	大阪本	九集本
情节对照	梦斩泾王——龙魂告状——唐王入冥(其后情节缺)	梦斩泾龙——龙魂求度(萧瑀)	萧瑀行香——四魂求度(逢蒙、白起、李斯、摩登伽女)	梦斩泾龙——龙魂求度——唐王入冥——将士求度——还阳进瓜——修斋建醮	梦斩泾龙——龙魂求度(萧瑀)
表现手法	唐王出场	泾河龙王出场、内白传旨	内官出场	六内侍分白	泾河龙王求度之事由萧瑀口述;内白传旨

小说中关于泾河龙王、唐王入冥的情节是一个非常完整的故事段落,也是《西游记》小说中比较精彩的一节,唐王入冥、刘全进瓜还是受到民众广泛欢迎的民间故事,曾经产生了不少据其改编的戏曲作品。如果要把这个故事搬上舞台,不可避免地需要唐王出场,而对泾河龙王的"言而无信",以及入冥时所表现的对于"玄武门之变"的负疚,必然会损害到唐太宗作为一个圣明君主的形象。《升平宝筏》的改编者对于这个问题的处理显得颇为犹豫不决。俗丛本是目前《升平宝筏》存本中最早的本子,它对这一问题的解决方案显示了内府本所据底本的面貌,也是清初对此问题规范不严的产物。到了北大本,清廷对于演剧的控制大大加强,也许是囿于改编时间所限,创作者直接删落了这个故事,转而让四名"钦定"恶鬼出场,既起到了警示民众的作用,又解决了太宗不能出场所带来的情节衔接上的裂缝。大阪本则是最贴近于小说情节的本子,这也许是出于改编者对于艺术的追求,不忍舍弃小说中已经成熟的故事段落,但是为了保证其"政治正确性",不得不将小说两回的情节让六个内侍用说白的方式一一道来,虽然读来味同嚼蜡,但至少保证了情节上的连贯,实在称得上是"匠心独运"。宫廷词臣们在艺术选择与政治站队间令人炫目的"走钢丝技巧",也颇为令人称赞。相对于大阪本,九集本是一个态度不那么端正的作品,"偷工减料"之处数不胜数,或许是不愿意在这个问题上浪费精力,亦或此时的改编者已经换为南府艺人,九集本虽然采用了类似古吴莲勺庐本般讨巧的处理方法,但是完全删去了古吴莲勺庐本泾河龙王的大段唱词,使得本出仅仅成了衔接场次的过渡性出目。

最后,大量借鉴《西游记》小说的文辞,是大阪本保证其艺术性的重要手段。在大阪本中直接源自小说的词句比比皆是,以下仅举一例说明。

陛下左手寸脉强而紧,关脉涩而缓,尺脉芤且沉;右手寸脉浮而滑,关脉迟而结,尺脉数而牢。夫左寸强而紧者,中虚心痛也;

关涩而缓者,汗出肌麻也;尺芤而沉者,小便赤而大便带血也。右手寸脉浮而滑者,内结经闭也;关迟而结者,宿食留饮也;尺数而牢者,烦满虚寒相持也。诊此贵恙是一个惊恐忧思,号为双鸟失群之证。——《西游证道书》(《第六十九回　心主夜间修药物　君王筵上论妖邪》)

　　启上国主。细看此脉。左手寸脉强而紧。关脉涩缓……(悟空白)患的是中虚心痛。汗出肌肤麻木。小便赤。大便带血……(悟空白)此从惊恐忧思而起。号为双鸟失群之症……——大阪本第九本《第四出　巧行医脉悬彩线》

　　在戏曲作品中插入这样大段的专业对白,不免有"掉书袋"的嫌疑。但如果从小说中来搜寻源头,二者的关系就一目了然了。当然上举这个例子并不是一次成功的借鉴,但在曲本中大量采用小说了中富于生活气息的对白,客观上增强了曲本的观赏性。同样的说白,九集本则完全删去,仅让悟空一语道出病名,显然没有大阪本对于原著的忠实。

　　以上介绍了大阪府立中之岛图书馆藏《升平宝筏》的主要内容和特点,论证了九集本与大阪本并非分属两个版本系统,而是先后继承的关系,九集本据大阪本或与大阪本同系统的其他版本改编而成,最后对大阪本的艺术特点进行了总结,认为其是现存《升平宝筏》诸版本中艺术价值和成就最高的版本。

第四节　内府本西游戏"唐僧出身"故事考

　　前面两节,我们主要从横向的维度,考证了同时期《升平宝筏》的版本序列。下面,我们将截取一个断面,从纵向上对康熙至道光时期《升平宝筏》的先后次序及继承关系提出看法。"唐僧出身"(或称"江流故事")是《西游记》小说研究中一个十分重要的议题,该情节的有无,是判别明清以来小说诸版本序列的重要论据。作为与小说关系最为密切的艺术形式——戏曲,西游戏中的"唐僧出身"故事,也呈现出十分复杂的面貌。即便同处内府本之列,亦可轻易找到分属不同源流的各种版本。本节将以内府本西游戏中"唐僧(江流)故事"为研究对象,梳理宋元以来存留的相关戏曲史料,考察上海图书馆藏四色精抄本《江流记》的源流,最后通过对《升平宝筏》诸版本中"江流故事"的校勘,对清宫连台大戏《升平宝筏》的版本流变提出看法。

一、清内府本之前的"江流故事"

在 10 本 240 出的清宫连台大戏《升平宝筏》成立以前,与西游记相关的"唐僧出身"故事已经广泛地流传于民间传说及小说、戏曲等各类艺术形式中。流传至今的保存有相关故事情节的戏曲和小说作品主要有:《陈光蕊江流和尚》(宋元南戏)、《诸侯饯别》(散出,明天启刊《万壑清音》所收本)、《杨东来先生批评西游记》(元明间杂剧)、《慈悲愿》(明传奇)、《唐三藏西游释厄传》(小说,明朱鼎臣本)、《西游记传》(小说,明杨致和本)、《新刻出像官板大字西游记》(小说,明万历二十年世德堂本)、《西游证道书》(小说,清初汪象旭本)。

《陈光蕊江流和尚》,明徐渭《南词叙录》"宋元旧篇"著录,今已无全本传世,惟存残曲 40 支,为明清以来各种曲选所录。近人钱南扬《宋元戏文辑佚》据以辑录,并略考各曲情节。据残曲推断,戏文《江流和尚》至少包括陈殷结亲、旅店寄母、之官逢盗、抛子漂流等情节,其叙陈光蕊故事始末甚详。但此时的"江流和尚"似尚未与唐僧取经故事结合,是广泛流传于我国南方地区的异生神话"漂流婴儿"故事在戏曲作品中的反映,[1]独立于取经故事之外。

《诸侯饯别》,杂剧散折,明天启刻本《万壑清音》卷四收录,标名

―――――――――
〔1〕 王振星:《唐僧"江流儿"身世的原型与流变》,《南通大学学报》(社会科学版)2007 年
　　第 2 期,第 62—65 页。

"西游记"。孙楷第先生《吴昌龄与西游记杂剧》一文考证其为元吴昌龄《唐三藏西天取经》杂剧中的一折，[1]其中，唐僧甫一出场，即自叙身世：

> 贫僧俗姓陈，法名了缘。父亲陈光蕊。一举状元。除授洪州刺史，带领母亲之任。行至中途，大江遇着水贼刘洪，见俺母亲姿色，将俺父亲推落大江之中。比时贫僧在母腹中有七八个月日了，未曾分娩，我母亲只得勉强而从。后来产下贫僧，刘洪又要害俺的性命。多亏我母亲用计，造成木匣一个，咬指滴血，写下血书一封，将贫僧放在木匣之内，抛入大江，流至金山脚下。幸遇千安长老在江中洗钵，捞取木匣，打开看时，见了贫僧，留在寺中，抚养成人，教习经典，无所而不通，无所而不晓。因唐天子跨海征东，杀伐太重。[2]

《杨东来先生批评西游记》，六卷二十四折，元明间杂剧，今仅存明万历甲寅四十二年（1614）刻本，原藏日本宫内厅书陵部，为宇内孤本。目前通行于世的是盐谷温博士刊行的排印本。其剧最早被认为即吴昌龄所撰《西天取经》杂剧，后经孙楷第先生考证为明杨讷（景贤）作品，但著作权究竟谁属尚存争议，不过将该剧定为元明间作品当大体无差。该剧是现存最早也是最全面敷演唐僧身世的文艺作品，以一卷四折的篇幅（《之官逢盗》《逼母弃儿》《江流认亲》《擒贼雪耻》）完整地展现了唐僧出身故事始末。

《慈悲愿》，明传奇，剧本今已无存，《曲海总目提要》卷三十著录，基本情节与《西游记杂剧》同，惟殷氏江边认子情节为诸本所无。

以上是清内府本《升平宝筏》《江流记》成立前，有关"江流故事"戏

---

〔1〕 孙楷第：《吴昌龄与杂剧西游记》，《辅仁学志》1939年6月（8卷1期）。
〔2〕 （明）止云居士：《万壑清音》，《善本戏曲丛刊》，台北：学生书局1987年，第249页。

清代内府曲本研究

曲作品的回顾。与戏曲曲本相比,小说中"唐僧出身"故事的面貌显得尤为复杂。现存明、清《西游记》小说版本有十数种。其中,明刻本6种,又分为简本和繁本两个版本系统。繁本以《新刻出像官板大字西游记》(金陵世德堂本,以下简称世本)为代表,此外尚有《新镌全像西游记传》(杨闽斋本)、《唐僧西游记》《李卓吾先生批评西游记》,均与世本同源。简本系统则有《唐三藏西游释厄传》(朱鼎臣本,以下简称《释厄传》)、《西游记传》(杨致和本)。上述诸版本中,惟有《释厄传》以1卷8则的篇幅完整地铺陈了唐僧的身世,其余诸本均在唐僧首次出场时以一段数百字的文字,简要地介绍了唐僧的身世来历。清代的《西游记》版本,几乎全部承袭世本而来,但又在其中加入朱鼎臣本关于唐僧身世的情节。如康熙刊本《西游证道书》,在第九回加上了唐僧出身故事(陈光蕊赴任逢灾,江流僧复仇报本),今日通行之百回本《西游记》亦仿此制。自《西游记》的明刊诸本被发现以来,关于其版本序列的争论一直没有停止,特别是围绕着世本、朱本、杨致和本三者承继关系的讨论,时至今日也没有一个能够得到广泛认可的结论。除去情节上的取舍和剪裁,唐僧出身故事是简本与繁本之间最为突出的一个差别,虽然朱本是明刊本中唯一一个具有完整的唐僧出身故事情节的版本,但世本除去唐僧出场时一段记叙身世的韵文外,在后文中亦有数十处提及唐僧家世的文字,[1]其与朱本孰先孰后,或世本之底本究竟有无完整唐僧身世回目,在目前所能掌握的资料下,还很难得到解决。

二、《江流记》成书考

前文简要介绍了元明清戏曲和小说中与江流和尚、唐僧身世有关的主要作品。作为清宫舞台上最受欢迎的文艺题材之一,西游戏在今传内府曲本中占据了相当的比例,《江流记》是其中专演唐僧及其父母

---

〔1〕 关于世本中有关唐僧身世的资料辑佚,可参看熊发恕:《也谈〈西游记〉中唐僧出身故事》,《康定民族师专学报》(哲社版)1993年第1期,58—64页;黄肃秋:《论〈西游记〉的第九回》,《西游记研究论文集》,北京:作家出版社1957年版,第172—177页。

故事的作品。

《江流记》，四色精抄本，一册18出。上海图书馆藏，一函两册（与《进瓜记》合函）。扉页钤"五福五代堂宝""八徵耄念之印""太上皇帝之宝"，是乾隆帝御览本，在内府本的分类中应属精抄精校的安殿本，目录首页卷端钤"延秋阁物"方印。[1] 函内并附有尚小云致周志辅（明泰）原函一封，可知此书为尚小云转赠周明泰，后随周氏几礼居

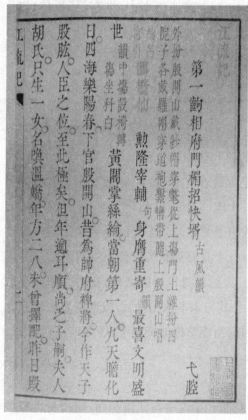

图4-5 《江流记》首页

图4-6 《江流记》扉页印章

〔1〕 关于"延秋阁物"方印，此本之外尚见于中国艺术研究院藏康熙旧本《劝善金科》卷首，据戴云先生推测，"延秋阁"可能是某位皇室成员的斋号。今《江流记》亦钤此印，可见这位"延秋阁"主人与皇室确有密切关系。参见戴云：《劝善金科研究》，北京：北京师范大学出版社2006年版，第39页。

旧藏一道归于上海图书馆者。日本《东北大学东亚细亚善本丛刊》第11集据以铜板彩印,矶部彰先生并为之作《上海图书馆所藏〈江流记〉原典与解题》,述此书情节源流甚详,可参看。

此剧传本甚为罕睹,上海图书馆外未见藏本。全剧18出,由陈光蕊相府招亲始,结于江流儿寻母复仇,夫妻母子团圆。关于此剧,以往的研究成果不多,赵景深先生《元明南戏考略》之《陈光蕊江流和尚》篇曾录此书目录,并以此本补充钱南扬先生所辑南戏"江流和尚"残曲及考证的不足之处,对于本书源流,作者认为"它也可以说是元明以来江流故事的集成剧本"。[1] 1980年,沈津先生发表《上海图书馆所藏清乾隆内廷精写本〈西游记〉传奇二种》,其文详细介绍了上海图书馆所藏《江流记》《进瓜记》的版本信息,并据以推断二书"不仅为乾隆内府原装,并且是宫中演戏时进呈乾隆阅看之本",[2]是对两书版本年代的权威判断。2002年,孙书磊先生《从"江流"故事的演变看古代戏剧与小说的趋俗性》一文,论述了西游故事进入文学领域以来,小说与戏曲作品之间的相互影响,并举内府本《江流记》与西游记杂剧、南戏佚曲对校,认为《江流记》虽然从之前的戏曲作品中吸收了不少养分,但更多的是受到小说《西游记》唐僧出身故事的影响。[3]由于这些论文并非针对《江流记》的专题研究,故而在得出结论时,不免失之于简。特别是在《江流记》与之前小说、戏曲的关系上,并未提出确凿的论据,对《江流记》的成书、源流等问题的讨论还远未令人满意。

在中国戏曲史上,标名为"江流"的作品不少,最早如前述《南词叙录》所载戏文"陈光蕊江流和尚"。至传奇兴盛的明代,至少存在一种以"江流"命名的剧目。明传奇《江流记》,无名氏撰,《传奇

〔1〕 赵景深:《元明南戏考略》,北京:人民文学出版社1990年版,第68—77页。
〔2〕 沈津:《上海图书馆所藏清乾隆内廷精写本〈西游记〉传奇二种》,《文物》1980年第3期,第95页。
〔3〕 孙书磊:《从"江流"故事的演变看古代戏剧与小说的趋俗性》,《中国典籍与文化》2002年第3期,第103—108页。

汇考标目》〔1〕、《今乐考证》〔2〕"著录六明院本"并著录,均系"无名氏"作品名录下。《曲海总目提要》卷三十著录《慈悲愿》剧,曾以之与《江流记》比较,谓"词曲与江流记不同"。〔3〕近人周贻白《中国戏曲剧目初探》著录此剧,谓之"存,富春堂本,陈玄奘事",〔4〕不知何据,且所记版本亦不获见。前文已述,上海图书馆藏本《江流记》,为乾隆内府四色精抄本,那么它与前代同名传奇之间的关系如何? 在其成书过程中,是否受到小说、戏曲作品的影响? 这是我们接下来所要解决的问题。

1.《江流记》与南戏残曲、《杨东来先生批评西游记》

因明传奇《江流记》版本已失,内府本之前,戏曲作品中,惟南戏残曲和《杨东来先生批评西游记》保存了"江流故事"。笔者以之与内府本《江流记》相校,校勘结果如表4-9、表4-10所示。

表4-9　《江流记》与南戏"江流和尚"残曲校勘表

曲牌	南戏〔5〕	《江流记》〔6〕	备注
【南吕过曲阮郎归】	孩儿去求科举。到如今。尚兀自无个消息。遣娘悬望。倚定柴门无踪迹。只怕你恋酒贪花。顿忘了亲闱甘旨。闪的我冷清清。闷恹恹。扑簌簌泪双垂。何日挂锦衣归。（《旧谱》P137,"江流"）	第四出　慈母欢从意外来　首支曲"【南吕宫过曲】"作"【南吕宫正曲】";"孩儿去"作"孩儿往";"尚兀自"作"兀自";"顿忘了"作"顿忘却"。	此曲为光蕊母许氏盼子归来时所唱曲。

〔1〕《传奇汇考标目》,《中国古典戏曲论著集成(七)》,北京:中国戏剧出版社1959年版,第220页。

〔2〕(清)姚燮:《今乐考证》,《中国古典戏曲论著集成(十)》,北京:中国戏剧出版社1959年版,第237页。

〔3〕董康:《曲海总目提要》,北京:人民文学出版社1959年版,第1409页。

〔4〕周贻白:《中国戏曲剧目初探》《周贻白小说戏曲论集》,济南:齐鲁书社1986年版,第183页。

〔5〕所据诸版本:《旧编南九宫谱》,明嘉靖己酉(1549)三径草堂刻本,《善本戏曲丛刊》第三辑据以影印,《九宫正始》,清顺治辛未(1651)抄本,《善本戏曲丛刊》第三辑据以影印。

〔6〕前者为戏文佚曲,后者为《江流记》曲文。

曲牌	南戏	《江流记》	备注
【正宫过曲 泣秦娥】	记十年勤苦在莹窗雪案里。正桃花春浪。一跃化龙鱼。感天恩相眷。娶得一个如花似玉娇颜女,得蒙刺史新除。腰金衣紫。拥朱旛画戟荣乡里。想成人也是诗书。想误人也是诗书。(《正始》P202,"陈光蕊明传奇")	第四出 同上 第二支曲。"【正宫过曲】"作"【正宫正曲】"。	此曲为殷府院子向许氏报信时所唱曲。
【南吕过曲 缠枝花】	告壮士听拜启。念我是儒生辈。要财宝。都拿去。望周全。归人世。好笑你无道理。敢把我如儿童戏。若要我周全你。只饶你个血流体。(《旧谱》P136,"江流")	第九出 掠人色胆包天大 第五支曲 "【南吕过曲】"作"【南吕宫正曲】";陈光蕊唱"告壮士"至"归人世";刘洪接唱"好笑你"至"血流体"。	此曲为刘洪谋害光蕊夫妇时,光蕊、刘洪分唱曲。
【南吕过曲 贺新郎衮】	这贼汉全无些道理。杀害我一家使婢。若把我男儿害取。我情愿先投下水。休恁的。只为你。只为你庞儿俊美。(《旧谱》P136,"江流")	第九出 同上 第六支曲 殷氏唱"这贼汉"至"投下水";刘洪唱合"休恁地"至末。	此曲接上曲,为殷氏与刘洪分唱曲。
【仙吕入双调 过曲】【柳梢青】	今日试展开藩。看来煞富贵。正新除。政事廉能。黎民总喜。今日画堂深处。贱累得蒙望周庇。(和)广设华筵。畅饮高歌。大拼沉醉。(《旧谱》P215,"江流")	第九出 同上 第七支曲 "【仙吕入双调过曲】"作"【双调正曲】";"开藩"作"开旛";"今日在画堂深处"作"欢乐在画堂深春"。	此曲为刘洪谋害光蕊后,取得官诰,欲冒充赴任时众盗所唱曲。

曲牌	南戏	《江流记》	备注
【前腔第三】	簇簇草舍疏篱。人家半掩扉。江边旅艇渔舟。聚于沙尾。羁情悄悄。奔往前途。要赶孩儿。称咱心意。（合前）（《正始》P1009—1010，"陈光蕊明传奇"）	第九出 同上 第八支曲 "【前腔第三】"作"【又一体】"；"要赶孩儿"作"要早生孩"。	此曲接上曲，亦为群盗合唱。
【南吕引子转山子】	梦叶麒麟应佳兆。又添我无聊。才离了十月怀胎担。又恐惹一场烦恼。战兢兢度日，算凶吉未保。（《旧谱》P126，"江流"）	第九出 同上 第十一支曲 "怀胎担"作"怀胎"；"未保"作"难保"。	此曲为殷氏产子，担忧刘洪陷害所唱曲。
【南吕过曲】【红芍药】	负屈衔冤。苍天也知道。闪得我扑扑簌簌泪痕交。寻思痛苦咽倒。算来此事难恕饶。拔刀出断不入鞘。你如今真个待杀小儿曹。只得把冤屈事。负声高。（《旧谱》P149-150，"江流"）	第九出 同上 第十二支曲 "【南吕过曲】"作"【南吕正曲】"；"负屈衔冤"作"负屈与衔冤"；"拔刀出"作"拔刀处"；"真个待杀小儿曹"作"你如今一心待杀小儿曹"；"负声高"作"拼的个人怨也声高"。	此曲接上曲，亦为殷氏所唱。
【南吕引子】【女冠子】	（按：题【小女冠子】）冤家今日开芳宴。这苦事怎生言。画堂中只管频呼唤。不知道我心中怨。（《旧谱》P124，"江流"）	第九出 同上 第十三支曲 "【女冠子】"作"【小女冠子】"。	此曲接上曲，为满月宴殷氏所唱。

清代内府曲本研究

曲牌	南戏	《江流记》	备注
【南吕过曲】【痴冤家】	猛可里听得闹炒。老汉大胆来到。只见相公吁气心下焦。夫人在那厢烦恼。无倚靠。如何是好。难说尽这般圈套。(《旧谱》P140"江流")	第九出　同上　第十四支曲　"【南吕过曲】"作"【南吕宫正曲】";"猛可里"作"猛可的";"猛可的"至"烦恼"为院子所唱;剩下部分为殷氏合唱。	此曲为刘洪因不满殷氏反悔不与其成亲,两人吵闹,前半部分为刘洪心腹院子所唱,后半为殷氏所唱。
【仙吕过曲醉扶归】	望得望得肝肠断。哭得哭得泪珠干。你去为官已开藩。怎不把你亲娘管。常言道子孝教我母心宽。也不坏了我秋波眼。(《旧谱》P73"江流")	十三出　思儿许氏贫兼病　第二支曲　"【仙吕过曲】"作"【仙吕正曲】";"开藩"作"开藩";"子孝教我母心宽"作"子孝母心宽";"也不坏了我秋波眼"作"不到泪滴尽秋波眼"。	此曲为光蕊许氏感叹儿子十八年杳无音信时所唱曲。
【仙吕过曲香归罗袍】	金炉香冷。银红灯烬。离人怕到黄昏。又早黄昏光景。怨孤眠凤帏。愁歌鸳枕。我欲图一觉。捱他寒更。阳台争奈梦难成。今有相思令。心归门里。放秋上心。问道思量甚。我便只思量着那个人。(《旧谱》P83,"江流")	十四出　寻母高僧喜共悲　首支曲　"【仙吕过曲】香归罗袍"作"【仙吕宫集曲】【香归双罗袍】";"香冷"作"香喷";"怨孤眠凤帏"作"怨孤枕眠凤帏怨孤眠凤帏";"思何事"作"思量甚"。	此曲为十八年后,殷氏忆子忆夫时所唱曲。

表4-10 《江流记》与《杨东来先生批评西游记》校勘表

曲牌	杨东来先生批评西游记 第一折 之官逢盗	江流记 第六出 遇凶棍起难生灾[古风韵]
【仙吕宫引】【番卜算】	无此曲	陈光蕊唱曲
	(陈光蕊引夫人上,云)几年积学老明经,一举高标上甲名。金牒两朝分铁券,玉壶千尺倚冰清。下官姓陈名尊,字光蕊,淮阴海州弘农人也。妻殷氏,乃大将殷开山之女。下官自幼以儒业进身,一举成名,得授洪州知府……(做对夫人云)夫人,夜来我买得一尾金色鲤鱼。欲要安排他,其鱼忽然眨眼。我闻鱼眨眼龙也,随即纵之于江去了。(夫人云)相公说的是也。咱着王安去觅船,明日早行(唱)。	(场上设椅陈光蕊殷氏各坐科)几年积学已明经,一举高标上甲名。金牒却思分铁券,玉壶千尺倚冰清。(陈光蕊白)下官姓陈名尊,字光蕊,海州弘农人也。得授江州州长……夫人,我昨日买的一尾金色鲤鱼。欲要安排做馔。其鱼见我到厨下。向我眨眼。似欲要我救他性命一般。是我见之不忍。随即亲身综之江中去了。(殷氏白)相公所行极是。已着院子觅船去了。明日就要起行。只是母亲染病。留于店中……
【仙吕调支曲】【赏花时】	……百姓行必有个主张……	"百姓行必有个主张"作"百姓行必知个爱养"。
【仙吕调支曲】【点绛唇】	从离乡间……	从别乡间……
【仙吕调支曲】【混江龙】	……一片锦帆云外落,千重绣岭望中舒。江声汹涌,风力喧呼……	一片锦帆云外挂,千重岫岭望中舒。江声汹涌趁风喧。
【仙吕调支曲】【油葫芦】	……布衣中跳到洪州路,倒不如借住在步兵厨	布衣中跳到江州路,倒不如借住步兵厨。
【仙吕调支曲】【天下乐】	你恨不得解珮留琴当剑沽,全不学三闾楚大夫,叹独醒满都是酒徒。习池边颓了季伦,竹林中迷了夷甫。这两个好饮的君子,到如今,播清风一万古。	我恨不得……满朝皆酒侣……到如今播清名留万古。按:此曲《西游记》为殷氏所唱,《江流记》为光蕊所唱。

曲牌	杨东来先生批评西游记	江流记
	第一折　之官逢盗	第六出　遇凶棍起难生灾［古风韵］
【仙吕调支曲】【村里迓鼓】	听了他语言无味，觑了他面色可恶。……（夫人唱）我虽不是汉时许负，端详了是个不良人物。你看他胁肩谄笑，趋前退后，张皇失错。……（夫人唱）聪明的王伯当，……（夫人唱）糊突了裴闻喜，休送了孤寒鲁义姑，恁堤防着船到江心漏苦。	听了他语言无味，觑了他面色可恶。你看他胁肩谄笑，趋前退后，张皇失错。……（殷氏唱）我虽不是汉时许负般。却也端详了。知是个不良人物……按：此本曲文间未插入对白。
	按：此本后还有【元和令】等八支曲，均为殷氏所唱。《江流记》改写其曲为第七出。	按：【村里迓鼓】后还有一支【煞尾】，此出至此终。
	第一本第二折　逼母弃儿第一折　之官逢盗	第七出　海龙王报全慈慧［鱼模韵］
	（龙王上，云）误入尘寰醉碧桃，泾阳宫殿冷鲛绡。不因子产行仁政，难免公厨银镂刀。小圣南海小龙，为赴分龙宴饮酒醉了，化作一尾金色鲤鱼，卧于沙上，被渔人获之，卖于百花店。有陈光蕊者，买而放之于江，此恩未尝报得，不想此人被水贼刘洪推在水中，又有观音法旨，令某等水神随所守护。被小圣救入水晶宫殿，待十八年后，复着他夫妻父子团圆。渔翁市上卖金鳞，放我全身入海津。其子剑诛无义汉，我将金赠有恩人。按：以上第一本第二折。	（……杂扮东海龙王……上白）误入尘寰醉碧桃，泾阳宫殿冷鲛绡。不因子产行仁政，难免公厨银镂刀。（中场设椅转场坐科白）小圣东海龙王是也，为赴分龙宴饮酒醉了，化作一尾金色鲤鱼，卧于沙滩之上，被渔人获去贩卖。赖有陈光蕊者，买而放之于江，此恩未尝报得，今日水贼刘洪，要将他推入水中，霸占他妻子。昨奉观音法旨，令某等水神随救护，不令损伤，还有大因果在内。吾神既奉慈旨，又是恩人，少不得前去走遭。救他来时，安之于水晶宫殿之内。以待因缘便了。按：以下诸曲皆为龙王所唱。

曲牌	杨东来先生批评西游记	江流记
	第一折　之官逢盗	第六出　遇凶棍起 难生灾［古风韵］
【仙吕调支曲】 【元和令】 【仙吕调支曲】 【上马娇】 【仙吕调支曲】 【又一体】 【仙吕调支曲】 【游四门】 【仙吕调支曲】 【胜葫芦】 【仙吕调支曲】【后庭花】 【仙吕调支曲】 【青歌儿】 【赚煞】	按：其下诸曲未注明者，均出自第一本第一折。 料心肠似蝎毒，看眼脑似狼顾。（陈云）娘子，灰头草面不打扮，倘或江上遇着相知朋友，怎生厮见？（夫人唱）路途中何须用巧妆梳，金凤翘珠络索。却不道周亡殷破越倾吴，都则因美艳妹。 按：左八支曲均出自杂剧第一折，为殷氏独唱。	恁心肠……（白）陈光蕊呵，（唱）扁舟一叶泛江湖。（白）殷氏呵，（唱）更何用巧梳妆，说甚钗翘金凤。络索明珠。却不道周亡殷破越倾吴土。都则因红颜误。 按：从此曲开始，龙王等分唱八曲，系由杂剧第一折后半段移来，在杂剧中为殷氏所唱。
【仙吕调支曲】 【胜葫芦】	则见他风顺帆开船去速，更疾似马和车。（刘做推抢科）（夫人唱）俺歹煞是洪州民父母，你怎敢推前抢后，你来我去。 按：其上为殷氏与光蕊、刘洪对话时所唱曲，其后接刘洪将众人推入江中。	则见他……他歹煞是洪州父母如。（白）你看那一班贼子。（唱）推前抢后，你来我去。（白）我若不救他。谁人来就。（唱）常言道君子报恩切…… 按：此前之曲为龙王尾随光蕊夫妇行船，见船上情形所唱之曲，其后刘洪劫杀光蕊。
	第一本　第二折　逼母弃儿 1. 南海龙王奉观音法旨搭救； 2. 本出只有刘洪、殷氏两人出场； 3. 刘洪未患病。	第十出　撇子贞名似水清［尤侯韵］ 按：两本曲牌套数完全一致，惟《西游记》在【煞尾】前多两支曲【般涉调】【么】。 1. 东海龙王救光蕊；南海龙王救江流（观音法旨）； 2. 本出有院子、殷氏、刘洪出场。 3. 刘洪染患疯瘫。

曲牌	杨东来先生批评西游记	江流记
	第一折　之官逢盗	第六出　遇凶棍起难生灾[古风韵]
	第一本　第三折　江流认亲 按：前半部分为金山搭救，仅以说白交代情节，无曲。后接"遣徒报仇；殷氏认子"。	第十一出　一水顺流漂匣至 按：本出渔翁出场念诵上场诗与《西游记》杂剧本基本相同。 第十二出　玄奘入定悟前因 按：本出法明禅师向玄奘出示血书说明身世之白文，与《西游记杂剧》基本相同。 第十四出　寻母高僧喜共悲[侵寻韵] 按：此曲套曲与《西游记杂剧》一本第三折完全相同，惟《杂剧》为殷氏一人主唱，《江流记》【柳叶儿】曲为玄奘唱。此外，《杂剧》无光蕊母情节。
	第一本第四折　擒贼雪仇 ……小官虞世南。方今唐太宗皇帝即位，贞观二十一年，小官官拜翰林应奉。为江上鼠贼伤人，御笔点差我为洪州太守。今日升堂坐衙，看有甚么人来。	十七出　昭彰恩怨登时判[支思韵] 按：与《西游记》杂剧套曲一致。 ……下官虞世南。方今大唐贞观皇帝即位。小官蒙圣恩。为翰林应奉。为因江州鼠贼伤人，积案累累。御笔点差我为江州太守。今日清闲，不免在内书房闲坐片时可也。 按：《江流记》多出陈萼一家相见后互诉别情的大段说白，为《西游记》杂剧所无。

前文已及，在明清曲谱中，南戏"江流和尚"残曲约有 40 支，其中的 12 支出现在表 4 - 9 中，占残曲总数的 30％左右，以《江流记》18 出的规模来看，比例并不算很高。《杨东来先生批评西游记》杂剧，第 1 卷 4 折俱演玄奘出身故事，这四折全部出现在《江流记》的相关出目中，且被十分完整地继承了下来，源自杂剧的共有 7 出之多，几乎占到全剧的一半。可见，赵景深先生判断其为元明江流故事的集成剧本，确为不易之论。那么，我们应该如何认识《江流记》的成书源流呢？其是否有可能就是前文提到的明传奇本？

笔者认为，内府本《江流记》就是明传奇本的可能性不大。内府本 18 出，每出卷端均标明声腔，其中弋腔 13 出、昆腔 5 出，弋腔约占全剧的十分之七强。清廷演剧，向视昆弋二腔为正宗，康熙帝懋勤殿谕旨曾称其为"弋阳佳传"，乾隆帝并取昆弋二腔所长，并以弋阳腔为主，创造出所谓的"御制腔"。在今存内府曲本中，弋腔戏与昆腔戏的数量几乎对等，且开团场戏基本以弋腔为主，清宫所编连台大戏，二者的比例亦不相上下。而在同时代的民间剧坛，弋腔则往往被划入"花部"的范畴，与雅部的昆腔相对。如成书于乾隆六十年的《扬州画舫录》卷五"新城北录下"条所谓："两淮盐务例蓄花、雅两部以备大戏。雅部即昆山腔。花部为京腔、秦腔、弋阳腔、梆子腔、罗罗腔、二簧调。"[1]可见，在清代前期，将弋腔提到与昆腔同等的地位，是宫廷独有的做法。以《江流记》中弋腔所占比重来看，该剧为清内府改编本的可能性要更高一些。此外，内府本《江流记》的出目名，均为雅驯对仗的七字目，这也符合乾隆时期改编曲本的一贯做法。

由此我们可以对《江流记》的性质作如下判断：内府本《江流记》是清代前期，由宫中负责演剧的机构或宫廷词臣，对前代"江流"戏曲作品加以改编整合而成的。在戏文残曲和《西游记》杂剧之外，《江流记》尚有不少未知出处的曲文，这些曲文很可能同属前代作品，也不排

---

〔1〕 （清）李斗：《扬州画舫录》，北京：中华书局 2007 年版，第 107 页。

清代内府曲本研究

除其中有明传奇《江流记》残曲的可能。相比对南戏戏文少量地吸收，全盘照搬《西游记》杂剧的原因，应当是相对于戏文来说，杂剧的艺术水准更高，其中如"撒子"【中吕】套"满腹离愁"，"一江春水向东流"诸曲，尽得古趣，传唱至今，应当比较符合内廷改编时的审美情趣。

那么，在继承之外，内廷改编者所做的工作有哪些呢？其一，雅化出目、曲白，规范格律。如前述将出目改为对仗工整的七字目，是内廷独有的做法。在曲白方面，内府本亦有同样的雅化趋向，具体情况可参见表4-10的校勘。在格律方面，《江流记》每曲均注韵脚、句读，且以大小字区别正衬，与南戏和杂剧相比，更加严格地遵守着曲律的要求。其二，将取自杂剧的套曲，从一人主唱改为众角色轮唱的传奇体例。由于《西游记》杂剧套曲均遵循杂剧一人主唱的音乐体制，在改编《江流记》时，改编者有意识地对曲词做了一些修改，改一人主唱的套曲为众角分唱，使之更加符合传奇在音乐体制上的要求。如杂剧第一卷第一折《之官逢盗》为殷氏主唱，《江流记》将之一分为二，并对曲文做了相应修改，由陈光蕊、殷氏、龙王、水卒等分唱诸曲。其三，根据内廷演出的需要，对剧情进行删改。《江流记》在曲文上，对前代戏曲作品多加继承，但在剧情的处理上则兼受同时代小说的影响，并根据宫廷演出的需要，做出相应的调整。如杂剧中陈光蕊赴任之所为洪州，小说和《江流记》均作江州，于是需要对曲文进行修改。如《西游记》杂剧第一折《之官逢盗》【油葫芦】唱词"……布衣中跳到洪州路，倒不如借住在步兵厨"，《江流记》第六出《遇凶棍起难生灾》同曲作"布衣中跳到江州路，倒不如借住步兵厨"。而第七出《海龙王报全慈慧》【胜葫芦】曲"则见他……他歹煞是洪州父母如"，这很明显是改编者的一个疏漏，照搬杂剧而未加删改所致。

通过上面的分析我们已经知道，内府本《江流记》并非内廷所创作的剧本，而是在继承前代已有作品的基础上，针对内廷演出的要求加以删改而成的改编本。但是我们同时也发现，《江流记》虽然在曲白上对前代戏曲作品多有继承，但是在故事情节上却与之有着微妙的差异,而这些差异需要在更广阔的视野下,在更多的文学作品中寻找答案。

2.《江流记》与元明清戏曲、小说作品的关系

上文已及,内府本《江流记》的曲文主要继承自前代戏曲作品,而曲文之外的说白部分,《江流记》与《西游记》杂剧颇不相同。在戏曲作品中,曲文往往起到抒发情感的作用,而说白则更多地承担了推动情节发展,交代故事走向的任务。作为西游文学作品中相对晚出的一部,在进行创作时,《江流记》的作者是有条件,也有能力看到包括明清诸版本《西游记》小说在内的前人作品的,在充分占有资料的前提下,改编者必然会在故事情节上,做出符合宫廷价值取向和审美情趣的取舍。这在一定程度上使得《江流记》的故事看上去更像是前代作品的"大杂烩"。

(1)南戏、杂剧与小说《西游记》

表 4-11 对比了从南戏到《江流记》之间现存全部"唐僧出身"文艺作品的故事情节,从中可以看到,虽具有大致相同的故事框架,但是在细节上的差异也是非常明显的。《杨东来先生批评西游记》杂剧,是朱鼎臣本《唐三藏西游释厄传》之前叙"江流故事"最为完整的戏曲作品,故而在讨论朱本故事来源时常常被拿来加以比对。但是通过表 4-11 的比较我们可以看到,与杂剧相比,包括朱本在内的小说《西游记》中的"江流儿"故事,与南戏的情节更为接近一些。南戏与杂剧,除了人名上的差别,故事情节最大的不同之处有二:其一是南戏有陈光蕊母亲的故事线;其二是江流儿在认母后求助的对象,杂剧为虞世南,而南戏则为其外祖殷开山。相关情节方面,小说完全继承了南戏,而与杂剧大异旨趣。

"漂流婴儿"之类的出生劫难故事,在我国历史上并不鲜见,前人在论述小说《西游记》"江流故事"源头时,就曾拈出南宋周密《齐东野语》卷八"吴季谦改秩"条漆盒载儿浮江事;《太平广记》卷一二二"陈义郎"条;同书卷一二一"崔尉子"条等加以说明。中国南方,自古水网密

表 4-11 清代以前"江流"故事一览表

	江流身世					神灵救护		之官遭盗			撤子祭江			刘洪	渔翁	金山遇救		求助者	江流报仇			
	前世	父	母	祖母	其他	龙王	观音	赴任	寄母	遇盗	光蕊	殷氏	江流祭江			长老	血书		光蕊	殷氏	祖母	江流
南戏[1]		陈光蕊	殷氏	光蕊母	中举成婚；荣归故里	纵放鲤鱼		洪州	旅店寄母	见色起意；冒名赴任		被逼撤子				迁安长老	有	殷开山			祖母思儿，哭瞎双眼。团圆。	一家
诸侯饯别		陈光蕊			状元及第			洪州刺史		刘洪见色起意；冒名上任		被逼弃子	木匣漂流			千安长老	有					法名丁缘
杨东来先生批评西游记	西天毗卢伽尊者	海州弘农县陈鄂字光蕊	殷氏；殷开山之女		中举成婚	光蕊放金色鲤鱼	观音传法旨于沿海龙王	洪州知府		刘洪见色起意；冒名上任	被南海龙王教	姑母从臾；被逼撤子	木匣为南海龙王救护		渔翁捞匣	丹霞禅师；伽蓝夜报	此子贞观三年十月十五日子时生	虞世南	东海龙王送还；封楚国公	封楚国夫人		观音显象；玄奘取经

〔1〕 表 4-11 中戏曲"江流故事"情节所据版本说明：《诸侯饯别》据《善本戏曲丛刊》影印《万壑清音》本。《杨东来先生批评西游记》据《续修四库全书》1766 册据影印日本铅印本。《慈悲愿》据《曲海总目提要》所载内容疑缺。

379

前世	江流身世			其他	神灵救护		之官遭盗			撇子祭江				渔翁	金山遇救		求助者	江流报仇			江流
	父	母	祖母		观音	龙王	赴任	寄母	遇盗	光蕊	殷氏	江流	刘洪		长老	血书		光蕊	殷氏	祖母	
世德堂本西游记〔1〕	金蝉子	陈光蕊;海州弘农郡聚贤庄	殷开山之女		状元及第;彩球联姻			洪州		江上遇盗		满月抛江				迁安长老		殷开山				长安洪福寺住持
全像唐僧出身西游记传	金蝉子	陈光蕊;海州弘农郡聚贤庄;贞观十三年	殷开山女满堂娇	张氏;辞母赴考	状元及第;彩球联姻;荣归故里	观音法旨王帝钧命	万花店纵放金色鲤鱼	江州州长	万花店寄母	水贼刘洪、李彪;冒官赴任	龙王救护	殷氏产子;金星传信;南极救子;届节从瘕	南极星送入金山			法明长老	有,足指为证	殷开山	龙王送还;官封丞相	夫妻团圆	思儿失明;旅店寻祖;至僧医眼	龙兴寺修行〔2〕

〔1〕 表4—11中《西游记》小说情节所据版本均为《古本小说集成》刊本。其中《唐三藏西游释厄传》收在第2辑114册;世德堂本收在第4辑67册;《西游证道书》收在第3辑117册。安平秋等辑:《古本小说集成》,上海:上海古籍出版社1990—1994年版。

〔2〕 《全像唐僧出身西游记传》,即俗称的朱鼎臣《唐三藏西游释厄传》。该书现存两个版本。其一为孙楷第先生20世纪30年代于日本村口书店发现,原书现藏台湾,中国国家图书馆藏此书胶卷,1984年人民文学出版社点校出版时,即以此为底本,取《西游证道书》补足第四卷的"唐僧出身故事"。其二藏于日本日光轮王寺慈眼堂法库,1941年,王古鲁先生据此本拍摄照片,1987年中华书局影印出版《古本小说丛刊》,所收即据王氏所摄照片。慈眼堂法库本封面尚存,题"全像唐僧出身西游记",内容亦完整无缺,且与通行的《西游证道书》补足本不颇不相同。参见:李金泉:《〈西游记〉唐僧出身故事再探讨》,《明清小说研究》1993年第1期,第65页。

| | 前世 | 江流身世 | | | 其他 | 神灵救护 | | 之官遭盗 | | | 撇子祭江 | | | | 金山遇救 | | | 江流报仇 | | | | |
		父	母	祖母		观音	龙王	赴任	寄母	遇盗	光蕊	殷氏	江流	刘洪	渔翁	长老	血书	求助者	光蕊	殷氏	祖母	江流
西游证道书	金蝉子	陈光蕊;海州农人	殷温娇;殷开山女	张氏;辞母赴考	状元及第;彩球联姻;荣归故里	奉观音法旨	万花店纵放金鲤	江州州长	万花店寄母	水贼刘洪,李彪;冒名赴任	龙王救护	殷氏产子;南极报信;届节从贼	江边养子			法明长老	有;小足指为证	殷开山	龙王送还官封学士	全节自尽	思儿失明;旅店寻祖;圣僧医眼	洪福寺修行
慈悲愿	毗卢尊者	陈光蕊;海州农人	殷氏;殷开山女		夺魁娶妻	纵放金鲤(龙神子)		江州州长		渡江劫杀	龙王搭匦	被逼养子;啮子足指	木匣漂流			丹霞神师;伽蓝夜报	有	殷开山	龙王送还	保节不失;江边认子[1]		观音显相;住持洪福
江流记	金蝉子化身	陈光蕊;海州农人	殷温娇;殷开山女	许氏	状元及第;彩球联姻;荣归故里	观音嘱今东海龙王救护	纵放金鲤(东海龙王)	江州州长	旅店寄母	刘洪二盗;见色起意;冒名赴任	被东海龙王救;至水晶宫	姑日从贼;被逼撇子	南海龙王护持木匣	染患病瘫;殷氏保节	捞匣见书	法明长老;伽蓝夜报	有;其子本年八月十五日子时建生	虞世南	龙王送还;翰林学士	保节全贞	寒笞寻机;贤骰夫人	观音显相;住持洪福

[1]《慈悲愿》剧情为：贼洪恶殷氏逆己，折磨备至。尝令返水江边，晤其貌肖己夫。讯出家始末。类出血书。殷乃认其子。与《江流记》不同。

381

布，且古代交通不便，在赴任、经商途中遇险之事当不鲜见，"江流故事"的出现就是这类事件在民间传说中的反映。而当这类故事进入民间传说的领域后，在长期的流传过程中，经过人们的不断加工，使其显得更加"本土化"，更为贴近流传区域的生活环境。故此，往往造成民间传说虽有大致相同的"外壳"，却在不同地域不断被赋予新的"内涵"，形成其相对复杂的流传谱系。

南戏和杂剧显然就是这样两条"同形异质"的"江流故事"线。当然，"江流故事"流传之初，与取经圣僧之间并无必然联系。正史记载上的玄奘法师，虽佛法高深，志量恢弘，但出身平凡，并无任何神异之处，将"江流儿"的故事附会至大师身上，不过是后人必欲给伟人配上不凡出身的传统心理作怪罢了。而当作家们希望把"江流儿"故事谱入自己的西游作品时，如何在众多传说版本中取舍是一个令人头疼的问题。前文已及，《杨东来先生批评西游记》的作者尚存争议，但其为元明间作品当无疑问。元明易代之际，杂剧的生命力已然消退，虽然因皇室推崇，仍占剧坛霸主的地位，但其作已经脱离了群众，在民间的生命力远不如南方诸腔。及至明代中叶，《西游记》小说创作之际，相比于杂剧，小说的作者更有可能熟悉的是一直流传于南方地区的"陈光蕊江流和尚"一脉的民间传说，并以之为蓝本创作了小说《西游记》唐僧身世的相关情节。

小说《西游记》诸版本之间的关系，历来是学界争论的焦点，笔者无意在此班门弄斧，仅就其中有关唐僧出身的部分谈一点浅见。目前已知的《西游记》明代诸本，以世德堂本刊刻年代最早，其中虽无完整的唐僧出身故事章节，但以唐僧出场时的韵文和后文零星提及的信息，世德堂本中唐僧身世在细节上更加接近于南戏的情节，如陈萼（光蕊）赴任之所为洪州，搭救唐僧的僧人法名迁安等。朱鼎臣本是《西游记》诸本中一个十分特殊的版本，其以加入了完整的唐僧出身故事为号召，封面题以"全像唐僧出身西游记传"，其用意不言自明。在故事情节上，虽与南戏大致相同，细节上的差异却也不少。如将陈光蕊赴任之所改为江州,江流儿师傅的名字改为法明等。最为奇怪的是,题目上径称"江流儿思报本",但在情节上却完全取消了"满月漂江"的故事安排,代以南极星君送入金山,使"江流儿"的称号来的莫名其妙。朱本与南戏情节在细节上的差异,说明即使是南戏一脉的"江流故事",在流传的过程中也形成了不少版本。

以今存朱本观之,该书的改编者显然并不是一个负责任的作家,第四卷唐僧身世的章节,不足一万字的故事,错漏抵牾之处不胜枚举,其在改编时,手头上可能握有不止一个本子,通过改编者的糅合形成了我们今日所能见到的面貌。而取消了"江流漂江"的故事情节,也许是作者为了显示圣僧出世,诸神护佑的神异而特意为之,囿于资料所限,此问题的解决尚待来日。最后,清代以后的《西游记》小说尽依世本,但都加入了第九回唐僧出身的章节,形成今日通行百回本的规模。其唐僧出身故事,虽提出所据者为所谓"大略堂《释厄传》",[1]但以情节观之,与朱本之间的承继关系十分明显,即使不是直接改编自朱本,也应使用的是同一系统的本子。惟将结局改为殷氏全节自尽,玄奘出家取经,实际上是家破人亡的悲惨结局,与元明诸本截然不同,反映了清代礼教趋严的社会风尚,应是清人所作修改,对其后西游戏曲作品,如《升平宝筏》《江流记》均产生了重要影响。

(2)《江流记》与小说、戏曲故事的关系

上文以较多的篇幅论述了南戏、杂剧、小说在唐僧出身故事情节上的相互关系,是为了说明元明以来民间流传的"江流儿"故事,其传播路径并非线性,而前代作品虽然拥有大致相同的故事框架,实际上却体现了不同传播路径下"江流故事"的面貌。这给《江流记》的创作提供了十分丰富的背景材料,而《江流记》的改编者也没有浪费资源,最终改定而

---

[1] 《西游证道书》第九回评语。原文如下:童时见俗本竟删去此回,杳不知唐僧家世履历,浑疑与花果山顶石卵相同。而九十九回历难簿子上劈头却又载遭贬、出胎、抛江、报冤四难,令阅者茫然不解其故。殊恨作者之疏谬。后得大略堂《释厄传》古本读之,备载陈光蕊赴官遇难始末,然后畅然无憾。俗子不通文义,辄将前人所作,任意割裂,全不顾凫胫鹤颈之讥。

成的内府传奇《江流记》，是对前代作品的一次总结和概括。

内府本《江流记》，主体上继承了南戏一脉的故事主线，特别是与清通行本《西游记》小说的相似度最高。如殷氏女名温娇，为清代版本小说所独有。光蕊母张氏（《江流记》作"许氏"）的故事线，以及刘洪与其手下诸盗的人物安排，都是在小说中得以展开的情节，《江流记》将之完整继承。如《第九出　掠人色胆包天大》刘洪外尚有二盗出场，三人在劫杀光蕊、强占殷氏后还有大段科白文字，是对小说中刘洪、李彪二盗情节的继续演绎，而与《西游记》杂剧不同。在前文中，笔者曾以《江流记》与《西游记》曲文对校，已知《西游记》杂剧是编写《江流记》时的重要参考资料，虽然《江流记》在情节主线上继承小说而来，但是受杂剧的影响也十分明显。其《十一出　一水顺流飘匣至》中渔翁捞匣，转送金山；以及《十七出　昭彰恩怨登时判》玄奘师徒寻虞世南伸冤报仇的情节，均为杂剧所独有，在这些情节的安排上，《江流记》的编写者弃小说而采杂剧，体现了内府本在改编上自有准则，对情节的选择也并非随意，下面将以实例讨论内府本改编所遵循的原则。

在敷演唐僧出身故事的文学作品中，玄奘的生日一直广受诟病，具体情形如表4-12所示：

表4-12　诸版本"江流故事"时间表

	西游记杂剧	世德堂本	朱鼎臣本	江 流 记
光蕊赴任时间	贞观三年		贞观十三年	贞观初年八月
玄奘出生时间	贞观三年十月十五日子时建生			本年八月十五日子时建生
玄奘复仇时间	贞观二十一年	贞观十三年	十八年后	十八年后

《西游记》杂剧中，玄奘生于贞观三年（629），十八年后，即贞观二十一年（647）复仇，随后西行取经，杂剧第六本第二十三折《送归东土》

父老上场云"三藏国师,去西天十七年也,松枝今日向东也。"算来应为贞观三十八年回归东土,贞观年份仅有二十三年,于是,从唐僧出生到取经东归,其间的时间安排一直是令西游故事作者困扰的问题。随后的明刊本《西游记》中,同样的问题依然没有得到解决。历史上的玄奘法师生于隋仁寿二年(602),贞观三年(629)秋八月起程西行,贞观十九年(645)春回到长安。文学作品中为了给法师一个神奇的出身,不得不把他的出生年月移到贞观年间,却使得取经时间上的混乱始终无法解决。《江流记》的作者对此疏漏也显得无能为力,但是他们采用了虚化时间的方法,笼统的提出贞观初年的说法,想必也是为了让故事情节更加贴近史实一些,这就体现了内府改编剧的第一个特点,即在改编的过程中,尽量贴合史实和情理。再如《十八出 母子夫妻一旦欢》,剧中主要人物上场之前,先由殷府院子出场解释了为何十八年间,相府与女儿女婿音信全绝的原因:"我家老爷夫人,自从陈状元夫妻赴任之后,音信全无,只当是受恩不报,丧却天良,心中懊恨不过。说他既不使人问安,我也不使人前去,故此从未使人前去。后来解任调养,老爷夫人也置之度外。"在杂剧和小说中,殷小姐负屈含冤十八载,母家却不闻不问,这样不合情理的情节漏洞是《江流记》改编者所不能容忍的,所以特别加入了这段说白进行解释说明。再如陈光蕊复生后,杂剧和世德堂本一封楚国公,一封丞相,《江流记》则延续了《西游证道书》的安排,封其为翰林学士,显得更加符合情理一些。

《江流记》中,对玄奘母亲殷氏结局的安排,是内府本对之前诸本改动最大的地方。前文已及,清代以前的"唐僧出身"文学作品,不管殷氏是否屈节从贼,最后仍然给玄奘一家以夫妻团圆、母子重会的美满结局。到了清代,殷氏的结局却发生了根本性的转变,因为曾经"失节于贼",不论殷氏是为了儿子"忍辱屈从",还是因夫仇不报而"委身周旋",在玄奘寻母复仇之后,殷氏身上的"污点"都已经无法洗刷,改编者所能接受的对于殷氏唯一的安排只能是"全节自尽"。这虽然符合传统礼教下女子"饿死事小,失节事大"的价值观,但客观上却给玄奘一家安排了一个妻离子散,家破人亡的结局。清代小说中,殷氏结局的转变固然与清初礼教关防趋严的社会风气有关,这也是清代统治者所希望在民众中提倡的价值取向。但是,当这样的结局在宫廷戏曲舞台上演出时,对于观看演出的皇室成员来说,显然不是一个令人愉悦的观剧体验,也不符合中国戏曲作品追求大团圆结局的创作传统。为了解决这个问题,我们可以从今存《江流记》的剧本上,看到剧作者的煞费苦心,既不能让殷氏失节,又不能破坏故事的完整性,这样才能在殷氏保节不失的基础上给玄奘一家安排一个幸福美满的结局。于是,只能借助于神秘的力量,让无恶不作的水贼刘洪"染患疯癫",让备受折磨的殷氏保持贞节烈女的形象,在与恶贼的周旋中,等待夫妻母子团圆一日的到来。这就是内府编剧的第二条准则:既要一如既往地宣传统治者所提倡的封建伦理,又要让剧中人善有善报,恶有恶报,给好人一个光明完满的结局。

综上,我们对上海图书馆藏内府四色精抄本《江流记》的成书源流进行了考察,该本是在广泛参考前代小说、戏曲作品的基础上加以整合改编而成的。其曲文大半移植旧作,尤以移录《杨东来先生批评西游记》杂剧者为多,南戏残曲亦在其列。在故事情节上,主要参照了清代西游记小说的故事主线,但也吸收了杂剧的一些细节,最后根据内廷演剧的特殊要求进行了改编,最终形成今天我们所能见到的面貌。内府本西游戏中,《江流记》并非是唯一一个有唐僧出身故事情节的戏曲作品,10 本 240 出的连台大戏《升平宝筏》,其中亦有数出的篇幅敷演此事,其展现的面貌与《江流记》又不尽相同,下面将继续介绍《升平宝筏》诸版本中的"江流故事",并据之对《升平宝筏》的版本序列进行判断。

三、《升平宝筏》诸版本中的"江流故事"

在前面《升平宝筏》版本概述的章节里,已经按照年代简要回顾了该书的主要存本。不论是在哪种版本系统中,"唐僧出身"都是一条重要的情节线,占据了 4—5 出的篇幅。表 4-13 是据 10 种《升平宝筏》主要版本列出的"唐僧出身"出目对照表。

表 4－13　诸版本《升平宝筏》"江流故事"出目对照表

康熙本	古灵莲勺庐本	俗文学丛刊	大阪本	曙雯楼本	10975－1	古本戏曲丛刊	渡世津梁	10975－2本	国图02464本
		第十四出 陈光蕊遇难舟中	第廿一出 掠人色胆包天大	第廿一出 掠人色胆包天大	第二十一出 掠人色胆包天大	第二十一出 掠人色胆包天大		第二出 陈尊被盗	第二出 遇盗撒子
十七出 殷氏乘流浮木匣[原缺]	第十五折 殷氏乘流浮木匣	第十五出 殷氏乘流浮木匣	第廿二出 撒子贞名似水清	第廿二出 撒子贞名似水清	第二十二出 撒子贞名似水清	第二十二出 撒子贞名似水清		第三出 撒子遇教	第三出 撒子遇教
十八出 渔翁送子入金山[原本改]	第十六折 渔翁送子上金山	第十六出 渔翁送子上金山	第廿三出 长老金山捞木匣	第廿三出 长老金山捞木匣	第二十三出 长老金山捞木匣	第二十三出 金山捞救血书儿			第四出 "金山捞救""打坐祥师"
十九出 苦参禅悟彻无生[新增]	第二一折 苦参禅悟彻无生	第十七出 苦参悟彻本来[1]	(第二本)第四出 无奘人定悟前因	(第二本)第四出 无奘人定悟前因		(第二本)第四出 无奘人定悟前因	第四出 无奘人定悟前因	第五出 无奘人定	第三出 "打坐祥师""金山捞救"
二十出 初行脚拜祥师座[原本改]	第二三折 初行脚拜祥师座	第十八出 初行脚拜祥师座	第五出 离合悲欢成一梦	第五出 水风地火参四大		第五出 金山寺弟子别师	第五出 金山寺弟子别师		
(第十本)第二十一出 崇道行拔济先灵	第九九折 崇道行拔济先灵								

[1] 此本此出正文题作"苦参禅悟彻无生"。

表 4－13 中，除去国图 10975 本和《俗文学丛刊》本为残本外，其他版本的"江流故事"均完整无缺。与《江流记》相比，《升平宝筏》中的"唐僧出身"故事要简略的多，仅留下"之官被盗、祭江撒子、金山遇救、玄奘入定、弟子别师、江流报仇、救拔先灵"的故事主线。而各版本在情节取舍、曲文说白上的差异也十分明显。为此，笔者选取北大藏康熙本(下简称康熙本)、《俗文学丛刊》本、古吴莲勺庐本(下简称莲勺庐本)、《古本戏曲丛刊》九集本(以下简称九集本)、大阪本、国图 10975－2 本、国图 02464 本的相关出目进行校勘，下面将按照情节顺序对各版本间的异文进行分析。

1. 之官被盗

康熙本、古吴莲勺庐本无此情节。大阪本、10975－1 本、九集本头本"二十一出　掠人色胆包天大"、10975－2 本二本"第二出　陈萼被盗"，02464 本头本"第二出　遇盗撒子"，《江流记》"第八出　狠强盗丧却良心"和"第九出　惊人色胆包天大"述此事，均采【南吕宫金钱花】"江湖好汉不低微"套。其中，大阪本与 10975－1 本完全相同。九集本、10975－2 本至殷氏产子，金蝉投生，本出即结束，无大阪本光蕊入龙宫情节。02464 本为节本，删去了大量曲文说白，"殷氏产子"后同出即接"撒子"。《俗文学丛刊》本头本"十四出　陈光蕊遇难舟中"亦演此事，情节相同，但曲文说白大异，所用为【燕归梁】"数载莹窗信未通"套，与前述诸本均不相同。

诸版在情节上的差异主要有以下几个方面：(1)对光蕊母情节线的处理。《江流记》中，光蕊母许氏是一条完整的故事线，在《升平宝筏》中，因其游离于取经故事之外，故而采取了弱化处理。在大阪本、10975－1、10975－2 本中由光蕊在说白中交代"旅店寄母"的情节，九集本、02464 本则直接删除了光蕊母的情节。(2)刘洪冒名赴任。《江流记》中，刘洪劫杀光蕊后窃取其官诰文书冒名赴任，但在《升平宝筏》的各个版本中，此情节均被取消。(3)与《江流记》相比，《升平宝筏》在光蕊落水后，刘洪与二盗之间有一段科诨表演。(4)《江流记》中有多支曲均未见于《升平宝筏》。在现存清宫演剧档案中，《升平宝筏》历经数代而常演不衰，与之相对，《江流记》则从未出现在档案记载中，因为《升平宝筏》要经常在皇室成员面前上演，必然要求其中绝对不能出现"有损官体"的情节，于是"冒名赴任"被删除就在情理之中了。而在表演段落中，有净、末、副等扮演的角色进行一些插科打诨的表演，这是清宫演剧中惯常采用的调剂场次的手法，在前文论述仪典剧的特点时曾加详述，可参看。

2. 祭江撇子

康熙本头本《第十七出　殷氏乘流浮木匣》演此事，采【南吕一江风】"痛裙钗夫死家倾败"套，情节曲文均与诸本不同。古吴莲勺庐本与康熙本完全相同。《俗文学丛刊》本头本《十五出　殷氏乘流浮木匣》、《江流记》第十出、大阪本/10975－1/九集本头本二十二出《撇子贞名似水清》、10975－2本二本三出《撇子遇救》、02464本《遇盗撇子》俱采【中吕粉蝶儿】"满腹离愁"套，情节曲文均大体相同，惟10975－2本"撇子"情节与"金山遇救"合为一出。

诸本主要异文如下：(1)《江流记》开篇多出南海龙王与刘洪各自独白一段。(2)《俗文学丛刊》本护持金蝉托生的神灵为"韦陀"。(3) 刘洪与殷氏的关系。《江流记》、大阪本、10975－1本，给刘洪安排的下场是"得了个疯癫症候寸步难移"，于是殷氏因此保节不失。《俗文学丛刊》本、九集本、10975－2本、02464本则无此情节。(4) 殷氏的结局。此情节实际上是与第三点中刘洪与殷氏关系互为呼应的。《江流记》、大阪本、10975－1本中，因刘洪"染患疯癫"，所以给殷氏的安排是屈身侍贼，等待儿子前来报仇。而《俗文学丛刊》本、九集本、10975－2本、02464本，则让殷氏在"弃子抛江"后投江自尽。《俗文学丛刊》本并多出两支曲，述光蕊、殷氏在龙宫团聚。(5) 康熙本和古吴莲勺庐本的情节与诸本均不相同，此两本无"江中遇盗"的情节，给玄奘父的安排是"偶尔渡江舟覆中流身"，殷氏亦非出身名门，产子后殷氏溺水而亡，其子漂江等事，均系金山寺龙王蓄意为之。

正如前文在论述《江流记》与之前"江流和尚"戏曲作品之间关系时提到的那样,清代是中国历史上礼教关防最严格的时代,在宫廷演出的剧本不能出现女主角"失节"情节,让刘洪"染患疯癫"应该是《升平宝筏》改编初期的选择。这样的安排虽然可以让殷氏保持贞节,但毕竟要与水贼共同生活十八年,这显然仍是一件于女子"名节有损"的事情,于是剧作者就给殷氏安排了一个更为节烈的结局——"投江自尽",并让殷氏在水府中与自己的丈夫团圆,这更加符合清代的价值取向。从这一点来说,采用殷氏自尽情节的《升平宝筏》,在版本年代上可能要更晚一些。《俗文学丛刊》本是一个特例,虽然亦采用自尽的结局,但从整体看来,《俗文学丛刊》本尽依小说情节安排,各出曲文与康熙本更为接近,故在《升平宝筏》版本系统中亦属早期版本。

3. 金山遇救

康熙本头本十八出、莲勺庐本十六折、《俗文学丛刊》头本十六出《渔翁送子入金山》属同一系统,采【浪淘沙】"兔走与鸟飞"套,前两者完全一致,《俗文学丛刊》本多出一支曲。《江流记》十一出《一水顺流漂匣至》、大阪本、10975-1、九集头本二十三出《金山捞救血书儿》、10975-2三本三出《撇子遇救》、02464本二本三出《金山捞救》,采【一江风】"妙高峰拳峙江心耸"套。此出诸本情节均大致相同,惟《江流记》开篇多出"渔翁捞匣"情节。康熙本系统所用【浪淘沙】曲,《旧谱》《沈谱》收录,题"江流";另有前《俗文学丛刊》本陈萼被盗出目中所采【燕归梁】"数载莹窗信未通"曲,与《旧谱》所录同名曲大同小异,显据后者改写。这些残曲应该都是当时流行于民间,且被广泛传唱的曲目,在今存本《升平宝筏》中,类似的情况并不少见。

4. 玄奘入定

康熙本十九出、莲勺庐本二十一折、《俗文学丛刊》本头本十七出《苦参禅悟彻无生》、《江流记》十二出、大阪本、九集本二本四出《元奘入定悟前因》、10975-2二本五出《元奘入定》、02464本二本四出《打坐辞师》俱演此事。诸本所采同套曲文,惟前述康熙本系统三本首支曲为【双调引子夜行船】，其余各本为【商调引杏花天/台】。此外，《江流记》本、10975－2本、02464本，"入定"后紧接"辞师"，未分出。

此出诸本所采为同套曲文，但情节安排却有诸多不同之处：(1)《江流记》、大阪本、九集本，在【琥珀猫儿坠】曲后，玄奘随即下场，《江流记》本接法明出场，大阪本、九集本至此结束。(2)康熙本、10975－2本，【琥珀猫儿坠】曲后，接玄奘入定，陈光蕊夫妇、金蝉子原身先后入定境为玄奘指迷，指出取经之途。(3)02464本，玄奘出场后只唱【杏花天】曲，其后即接"辞师"，其余诸曲均被删除。

玄奘父母入定的情节，在《升平宝筏》前的"江流和尚"剧作中从未出现，应属内府本改编时新创情节。玄奘西行取经，历史上真实的动因是为了辩证佛经得失，最终的目的在于弘扬佛法，实现佛家普济苍生的价值追求，表现了玄奘法师对理想和信仰的坚持与求索。在《升平宝筏》中，由于法师的出身被附会上"江流儿"的烙印，在本出中让其父母的亡魂出场，通过其口将玄奘引向西行取经的道路，使得源于信仰的取经事业带上了超度先人的色彩。这样，让本为虔诚佛教徒的玄奘法师，其行为准则在不期然间贴上了中国传统儒家文化中"孝"的标签，这是明清以来三教融合思想在剧作中的反映，也是统治者所极力宣扬的行为准则。正如原本单纯谈"孝"的《劝善金科》，在内府改编本中却要被加入李晟平叛的情节，使得该剧不仅要"论孝"，更加要"劝忠"，也是同样的目的在剧本中的体现。

5. 弟子别师

康熙本二十出、莲勺庐本二十三折、《俗文学丛刊》十八出《初行脚拜辞师座》，《江流记》十二出《元奘入定悟前因》，大阪本二本第五出《离合悲欢成一梦》，九集本《金山寺弟子别师》，10975－2本三本五出《玄奘入定》，02464本二本四出《打坐辞师》，诸本所采均为同套曲，惟康熙系三本首支曲为【一剪梅半】"绕径松篁白日寒"。除02464外，其余各本首曲均为【浣沙溪】"山崎长江白日寒"。其后诸曲曲白文字略有更易。情节方面，《江流记》、大阪本俱为法明向玄奘出示血书，玄奘辞师寻母,其余诸本则无血书情节,玄奘辞师后四方巡游。

6. 江流报仇

此情节惟《江流记》与大阪本所有,《江流记》十四出《寻母高僧喜共悲》,大阪本第五出《离合悲欢成一梦》前半,俱演玄奘认母情节,但前者采【香归双罗袖】"金炉香喷"套,后者采【宜春令】"恨生来命不堪"套,且大阪本剧情为殷氏江边汲水,母子相认,两者应原属不同版本系统。大阪本的后半部分则与《江流记》十八出《母子夫妻一旦欢》大致相同。在已知"江流故事"的戏曲作品中,"江边汲水"的情节惟独见于《慈悲愿》传奇,据此推断,大阪本的"江流报仇"情节,"认子"部分可能取自于《江流记》不同系统的戏曲作品,很大可能就是《慈悲愿》传奇,后半部分"一家团圆"的情节应该改编自《江流记》。

7. 救拔先灵

今存《升平宝筏》诸本中,此节惟见于康熙本系统的北大本和古吴莲勺庐本,两者情节曲文完全相同,剧演:唐僧取经东归,龙王邀光蕊夫妻相聚,告知玄奘已成正果,光蕊夫妻上升天界。

8. 小结

上文主要从横向上比较了《升平宝筏》诸版本及《江流记》在"唐僧出身"故事情节上的主要差异,下面将在此基础上,再以纵向的维度,对《升平宝筏》诸本间的关系展开讨论。首先,我们要列出的是各版本在"唐僧出身"故事上的主要情节线。

康熙本、古吴莲勺庐本:光蕊渡江丧生——殷氏江边产子——金山寺龙王护持漂流——殷氏溺水同归水府——金山收养——入定见母——辞师巡游——取经东归、先灵得济。

《俗文学丛刊》本:江中遇盗、龙王相救——祭江撒子——殷氏自尽、夫妻同归水府(按:其后情节与康熙本相同,惟《俗文学丛刊》本亦为残本,是否有救拔先灵的情节尚不清楚)。

《江流记》、大阪本、10975-1本:江中遇盗、龙王搭救——祭江撒子——刘洪疯癫——殷氏忍辱侍贼——金山收养(按:10975-1本至此终,后文缺)——入定参禅(按:无与父母定中相见情节)——血书相示——辞师寻母——报仇团圆。

10975－2本:江中遇盗、龙王搭救——祭江撇子——殷氏自尽、同沉水府——金山收养——入定见母——辞师巡游(按:10975－2本第十本缺,是否有救拔先灵的情节不得而知)。

九集本、02464本:此两本前半情节与10975－2本完全相同,惟有"入定"时玄奘未见父母,后接"辞师",末卷亦无救拔父母的情节。

至此,我们可以对各版本《升平宝筏》中"唐僧出身"情节的关系总结如下:

(1)北大藏康熙本、古吴莲勺庐、《俗文学丛刊》,此三本应为同一系统,作为《升平宝筏》的早期版本。康熙本(包括古吴莲勺庐本)没有选择脍炙人口的三藏出生劫难故事,而是将其改为一个普通初生婴儿劫难,且玄奘法师父母之死,及其本身被送入金山,都是上天神祇蓄意为之。为了表现法师出身的神奇,却无辜夺去其父母的生命,这显然是一个不符合情理,更无逻辑的改编,故康熙本后再未被其他改编本采用。《俗文学丛刊》本虽补上了"渡江遇盗"的情节,但却与后世《升平宝筏》通行本中相关出目并非同源,应属"江流故事"民间流传中的另一版本。除去此出,《俗文学丛刊》本后面的几出与康熙本完全相同,都在《升平宝筏》版本系统中处于比较靠前的位置。

(2)《江流记》、大阪本、10975－1本为同一系统。笔者曾以大阪本、10975－1本的出目进行对比,二者完全一致,两者为同一版本的不同抄本。而大阪本"江流故事"应该改编自《江流记》或与之同源的版本。值得注意的是,虽然大阪本与《江流记》的故事构架、曲文说白均有惊人的相似,但在大阪本的改编过程中,参考的绝非仅有《江流记》,前述"江流报仇"的情节,大阪本采用了《江流记》系统外的另一版本。

(3)10975－2本。此本的情况比较特殊,其前半部分改编自《江流记》系统,后半部分则与康熙本系统较为接近。因该本第十本残缺,未能了解其全貌,但据其采"殷氏自尽","父母入定"的情节安排来看,在第十本中应该亦有与康熙本系统相同的父母脱离水府、上升天界的出目。

（4）九集本、02464 本。此二本的情节安排完全一致，虽前半部分尽遵 10975 - 2 本，但在"入定"的出目中，既无"陈光蕊夫妻入定"的情节，玄奘出定后"（白）我想既已出家、这些事那里顾得，且自勉力参学便了"，目的就是为了给玄奘出身的俗家故事画上一个句号。于是，在第十本中陈光蕊夫妻就再也没有出现过了。02464 本是分段的节本，与九集本颇多删削，但与其应属同源。

（5）10975 - 1 本、10975 - 2 本。因这两本都是残本，故尚无确证证明二者之间的关系，但从版本年代上说，10975 - 2 本应该晚于10975 - 1 本。10975 - 1 本第二十二出"撇子贞名似水清"，与10975 - 2本"撇子遇救"中，均安排了刘洪心腹院子出场，弃子抛江之前，殷氏以两股金钗系于儿身，金钗后被院子盗走，其中殷氏说白如下：

> 10975 - 1 本：（殷氏白）自古财动人心，你看他拿了金钗，他便去了，说便这等说。

> 10975 - 2 本：（殷氏白）自古利动人心，他便去了，说便这等说。

同样的例子在两本间并不少见，可知至少 10975 - 2 本是在10975 - 1本之后改定的。

综上，我们介绍了《升平宝筏》诸版本中"唐僧出身"故事的源流，从中可以看到，由于"西游戏"版本流传的多样性，《升平宝筏》诸本间关系的复杂超出了我们的想象。越是后期的版本，其可资借鉴的材料越多，特别是对于《升平宝筏》这样改编多于创作的作品来说，各版本之间往往并非呈现出线性分布的关系，而表现出类似网状的结构图。

第五节　本章小结

在本章的前几节中，笔者概要介绍了今存《升平宝筏》的版本情况,对康熙旧本系统诸本的版本序列进行了考证,披露了域外藏本的相关情况,并对大阪本和九集本的关系提出了看法,最后选取"唐僧出身"故事为个案,对内府本的改编及来源进行了梳理。在本章即将结束之际,笔者以《西游记》小说清初版本《西游证道书》为参照系,列出《升平宝筏》各主要版本与之的情节与次序对照表,对《升平宝筏》的版本序列进行总结。

表 4 - 14 小说《西游记》与《升平宝筏》情节对照表

西游证道书		北大本〔1〕	莲勺庐本	俗丛本	大阪本	九集本
1	石猴出世	1	1	1	1	1
2	水帘称王	2	2	2	2	2
3	菩提授艺	3	3	3	3	3
4	灭混世魔	4	4	4	4	4
5	东海借宝	5	5	5	5	5
6	大闹森罗	6	6	6	6	6
7	封弼马温	7	7	7	7	7
8	官封齐天	8	8	8	8	8
9	偷桃偷丹	9	9	9	9	9
10	二郎擒孙	10	10	10	10	10
11	八卦炼猴	11	11	11	11	11
12	大闹天宫	12	12	12	12	12
13	如来收妖	13	13	13	13	13
14	奉旨西行	14	14	14	14	14
15	观音收四妖	15	15	15	15	15
16	江流和尚	16	16	16	16	16
17	泾河龙王	无	17	17	17	17
18	唐王入冥	无	无	18	18	无

〔1〕《升平宝筏》诸版本下所列数字是指在《西游证道书》中该情节的序列。

西游证道书		北大本	莲勺庐本	俗丛本	大阪本	九集本
19	刘全进瓜	无	无		19	无
20	修斋建醮	20 幽魂求度	20		20	20
21	观音显像	21	21		21	21
22	玄奘西行	22	22		22	22
23	两界山	23	23		23	23
24	五行救猿	24	24		24	24
25	棒杀六贼	25	25		25	25
26	收伏白龙	26	26		26	26
27	观音院	27	27		27	27
28	收八戒	28	28		28	28
29	乌巢禅师	29	无		29	29
30	黄风怪	30	无		30	30
31	收悟净	31	无	31 收悟净	31	31
32	四圣试禅心	32	无	32	32	32
33	五庄观	33	无	33	33	37 乌鸡国
34	白骨精	34	无	34	37 乌鸡国	33 五庄观
35	宝象国(黄袍郎)	35	无	35	42 金兜洞	34 白骨精
36	平顶山(金角银角)	36	无	36	34 白骨精	35 宝象国
37	乌鸡国	38 红孩儿	38 红孩儿	37	35 宝象国	36 平顶山
38	红孩儿	37 乌鸡国	37 乌鸡国	38	36 平顶山	38 红孩儿
39	黑水河	40 车迟国	无	39	38 红孩儿	39 黑水河
40	车迟国	41 陈家庄	40 车迟国	40	39 黑水河	40 车迟国
41	陈家庄	39 黑水河	41 陈家庄	41	40 车迟国	41 陈家庄

清代内府曲本研究

西游证道书		北大本	莲勺庐本	俗丛本	大阪本	九集本
42	金兜洞（青牛精）	无	无	42	41 陈家庄	43 西梁女国
43	西梁女国	43 西梁国	无	43	43 西梁女国	44 蝎子精
44	蝎子精	无	无		44 蝎子精	47 祭赛国
45	六耳猕猴	无	无		47 祭赛国	58 南山大王
46	火焰山	52 盘丝洞	52 盘丝洞		57 灭法国	42 金兜洞
47	祭赛国（九头驸马）	53 黄花观	53 黄花观		58 南山大王	45 六耳猕猴
48	木仙庵	46 火焰山	无		45 六耳猕猴	51 朱紫国
49	小雷音寺	47 祭赛国	46 火焰山		48 木仙庵	46 火焰山
50	柿子山	48 木仙庵	无		46 火焰山	52 盘丝洞
51	朱紫国	49 小雷音寺	无		52 盘丝洞	53 黄花观
52	盘丝洞	50 柿子山	47 祭赛国		53 黄花观	54 狮驼岭
53	黄花观	51 朱紫国	49 小雷音寺		54 狮驼岭	56 陷空山
54	狮驼岭	57 灭法国	无	54	51 朱紫国	49 小雷音寺
55	比丘国	无	无	55	55 比丘国	无
56	陷空山	58 南山大王	56 陷空山	56	56 陷空山	62 天竺国
57	灭法国	59 凤仙郡	无	57	60 玉华国	无
58	南山大王	54 狮驼岭	无		61 金平府	50 柿子山
59	凤仙郡	56 陷空山	无	58	49 小雷音寺	无
60	玉华国	60 玉华国	无		59 凤仙郡	60 玉华国

397

西游证道书		北大本	莲勺庐本	俗丛本	大阪本	九集本
61	金平府	61 金平府	无		50 柿子山	61 金平府
62	天竺国(玉兔精)	62 天竺国	62 天竺国		62 天竺国	48 木仙庵
63	铜台府(寇员外)	63 铜台府	63 铜台府		63 铜台府	无
64	通天河老鼋	64 老鼋	无		无	63 老鼋
65	柏枝东指	65 柏枝东指	无		65 柏枝东指	65 柏枝东指
66	玄奘讲经	66 玄奘讲经	66 玄奘讲经		66 玄奘讲经	66 玄奘讲经
67	四圣成真	67 四圣成真	67 四圣成真		67 四圣成真	67 四圣成真

在上列《升平宝筏》的所有版本中,俗丛本与小说最接近,且已被确证为由宫廷词臣创作的故事段落,因此断其为现存版本中版本序列最靠前的本子。据康熙懋勤殿谕旨的记载,该本广泛吸收了旧有《西游记》曲本的内容,从该本现存的部分来看,也确实如此,其中包括了不少南戏、杂剧、传奇作品的残曲。应该说,清初以前流传于民间的"西游戏"和《西游记》小说,共同构成了俗丛本的源头。

北大本属于一个拼合本,其中有康熙旧抄的内容,也有数本为乾隆时期复抄,就其内容而言属于旧本系统,但是否经过再次修改尚不得而知。从情节和曲文内容推断,此本的创作年代应该在康熙三十九年(1700)左右。

莲勺庐本是一个删节本,且不属内府本之列,所据底本应为与北大本同源的版本。

大阪本和九集本所代表的《升平宝筏》乾嘉抄本,过去被认为属于不同的版本系统,但经笔者校勘,认为大阪本应早于九集本,九集本系统的本子应据大阪本系统的本子改编。前面介绍康熙旧本系统诸本的章节中,我们根据清初清廷对准噶尔部战争的史实推定,北大本大约创作于康熙三十九年(1700)。大阪本和九集本,前者无西征内容,后者有继承自北大本的出目。根据今存唯一一条记载了乾嘉本《升平宝筏》创作时间的材料——昭梿《啸亭杂录》"大戏节戏"条,《升平宝筏》《劝善金科》等清宫连台大戏的著作权属于清代著名文人张照。张照为康乾名臣,生于清圣祖康熙三十年(1691),卒于高宗乾隆十年(1745),那么由其主持的对于《升平宝筏》的改编不可能晚于乾隆十年(1745)。以今存乾隆武英殿五色刻本《劝善金科》与大阪本对照,不论其装帧、抄写风格,还是内容形式,均有极高的相似度。由此推断,大阪本很有可能就是乾隆初年张照组织的改编本,在其创作过程中,由于创作者具有较高的艺术鉴赏能力,因此对康熙旧本进行了十分彻底的修改,并广泛吸收了当时流行的戏曲作品,如《江流记》《进瓜记》的内容,再辅以小说的情节,共同构成了今存版本的面貌。据此我们也可以对九集本的创作年代进行一点推测,大阪本的版本年代在九集本之前,但没有太宗西征西域的内容。在前面介绍康雍乾三世对准噶尔部的多次征讨时,我们已经知道,乾隆二十年(1755)左右,通过三代人的努力,清廷终于占领了伊犁,完成了对准部的最终征服。大阪本作为乾隆初年的版本,征讨准部并非眉睫之急,因此未被谱入剧中。九集本应该是乾隆二十年左右(1755)的改编本,清廷在取得了战争的决定性胜利后,好大喜功的乾隆完全有理由将其"十大武功"之首的事迹加入到演出中去。道光过后的《升平宝筏》节本,如国图02464本,太宗西征的情节又被删除,也从侧面证明了这一点。

至此,我们可以对表4-14中的各版本进行一个简单的排序:俗丛本——北大本——大阪本——九集本。当然,各本之间并非都是垂直继承的关系,如九集本虽然源自大阪本,但也吸收了北大本的出目。其年代关系大致如此,对某个版本的来源进行考证时,需要更加具体的分析。

最后不得不提到的是《升平宝筏》与小说《西游记》的关系,不论是康熙旧本还是大阪本,其对小说可以说是贯穿始终。诚然,《升平宝筏》的作者在创作的过程中,广泛地吸收了当时流行于民间的"西游戏",如南戏《江流和尚》、杂剧《杨东来先生批评西游记》等,但是,为《升平宝筏》所搭建的故事框架却源自《西游记》小说。自康熙年间初次改编《升平宝筏》起,《西游记》小说的影子在这部皇皇巨制中无处不在,从康熙旧本中明显源自小说的出目名称,到大阪本中完全照搬于《西游记》小说的说白,小说对戏曲的影响无处不在。在讨论西游戏的"唐僧出身"故事时曾经多次提到,作为关系最为密切的两种艺术形式,小说和戏曲在发生发展的过程中一直互相影响,互为渗透。这一点,在《升平宝筏》和后文所要论及的另一部清宫大戏《昭代箫韶》身上,被不止一次地反复证明。换个角度来说,明清之际,是我国古代小说发展的巅峰时期,产生了大量题材丰富、篇幅较长的经典著作,为戏曲创作提供了丰富的素材。而在清初的宫廷中,能够在相对十分短暂的时间内,涌现了数十部关目繁复、取材多样的连台大戏,无法否认明清小说的繁荣在其中所起到的巨大作用。从这一点说,宫廷连台大戏在清初的出现具有历史的必然性。

第五章
《劝善金科》考

《劝善金科》和《升平宝筏》是清宫连台大戏中,已被披露有康熙时期抄本传世的两种。上一章中对《升平宝筏》的版本序列提出了看法,在本章中,我们仍将采取相同的方法,对《劝善金科》的版本源流进行考察。首先补充几种尚未被前人披露的《劝善金科》的版本,然后对其中的部分版本进行个案研究,以揭示《劝善金科》的成书过程及刻本行世后的传播路径。

第一节 《劝善金科》版本述略

《劝善金科》的版本系统没有《升平宝筏》复杂,目前已经发现的最早版本为康熙抄本。现存的康熙时期或同系统抄本的差别不大,惟在个别出目次序上略有调整,整本长度在 235—238 出之间不等。乾隆初年,在皇帝的直接授意下,由宫廷词臣以康熙本为蓝本,对《劝善金科》进行了改编,告竣后由武英殿刊出五色刻本。至此,《劝善金科》皆以五色刻本行世,此本今之存本亦多。五色刻本曾入坊间流传,约在清代中期后,在民间出现了五色抄本和五色重刻本。五色抄本据五色刻本影抄。而五色重刻本虽以五色本为底本,但对内容作了不少修订。以上,为《劝善金科》的主要流传谱系。在宫中

401

演出过程中,《劝善金科》另有一套昆弋四字出目抄本流传,如《罗卜行路》《上路魔障》等。清末乱弹兴起,复有《劝善金科》的乱弹改本演于内廷,但均以零本传世。对于宫内流行的四字昆弋腔本、乱弹本,因资料不足,姑且不论以待来日。以下将分康熙旧本、乾隆内府五色刻本、五色复刻本、据五色刻本影抄本几类,分别介绍《劝善金科》今存本的情况。

一、康熙旧本系统

1. 劝善金科　2 函 10 册　186 mm×246 mm[1]

清抄本,10 本 235 出(含《开宗》),8 行 16 字(第十本为 9 行 20 字)。无框、格。曲牌、出目、曲文等大字,说白、科介小字。曲牌用[　]括起。科介用(　)括起。有句读,在部分曲白处有标识,如郑赓夫旁常标"孝子",段司农处标"忠臣",错字旁改。国家图书馆藏(140031),除第十本外,每本正文前均有后人所加目录。笔者曾以首都图书馆藏本《劝善金科》(下简称首图本)核之,二者出目内容基本一致,惟此本每出出目均标"旧""新"等字样,如"第一出　察善恶天使临凡[新]",为首图本所无。按:此本第十本与前九本行款、字体完全不同,且出目后未作标识,与首图本相同。可见,首图本与此本虽属同一版本系统,但抄写年代有先后之别,首图本的年代应略晚一些。

2. 劝善金科　1 函 10 册　171 mm×256 mm　框 145 mm×201 mm

清朱丝栏精抄本,10 册 238 出(含《开宗》),9 行 20 字。四周双边,单鱼尾。科介小字,说白、曲文大字,有朱笔句读。首都图书馆藏(甲四/69),封面无题,亦无目录,封面后直落正文。正文不分卷,每出卷端标出目,但每册出目自成起讫。每册卷端均钤"青云得路"阴文印、"北京孔德学校之章""首都图书馆藏书之章"阳文印,为孔德学校旧物。

---

[1] 以下数据,如无特别说明,均为宽×长。

此本即吴晓铃《跋胡适之先生所藏抄本救母记曲本》所记孔德图书馆藏本。戴云据该本《第二十三出　万类尽登极乐世》避讳字推断其为雍正抄本。《中国戏曲通史》（中国戏剧出版社 2007 年版，第 980 页）则谓之为康熙二十年（1681）之目连戏宫廷改编本。

3. 劝善金科　10 卷 235 出

清康熙内府宋体字精抄本，9 行 19 字，卷一下册 9 - 22 出佚。中国艺术研究院图书馆藏，傅惜华旧藏。此本笔者未曾寓目，据戴云《劝善金科研究》转录。核其出目，与国图 140031 前九本同源。

4. 救母记曲本　1 册 50 出　131 mm×253 mm

清抄本，刘青提角本，8 行 24 字左右，不分卷，50 出。无框无格，有朱笔句读。曲牌、科介用括号括起，因系角本，曲文、曲白之间用"，"间隔。北京大学图书馆藏（X/I237.1/3），封面题"救母记曲本"，扉页题"劝善金科角本"。核此本内容，与五色本、康熙本均有不同。卷末有吴晓铃跋文，与后来发表于《华北日报》者略有不同，移录于下：

伶伦氍演所用之抄本例有二歧，一为并登各角曲白与原作无殊者，名曰总本，亦曰总讲，或称全宾，亦称全贯。其他则名单本，又名角本，盖只录某种脚色之曲词而已也。此书封面题曰《救母记曲本》，文辞则属诸正旦所扮之罗卜母刘氏青提。然与明郑之珍氏《目连救母劝善戏文》迥异，审其内容当是清初所撰之《劝善金科》，后见封里复页果有《劝善金科角本》数字，始知所料不谬。乃执之与乾隆张照等撰著之《劝善金科》五色印本相较。依通例言之，抄本为适于搬场故，较原著必多删削，而此本则反是。例如第二卷下本第十九出之《先避贼老尼报信》与抄本《忙中报信》文辞尽同，而抄本则多出【清江引】【浪淘沙】及【皂罗袍】三曲，诸如此类不胜枚举，溯源何自颇费思维。忽忆客岁曾以所得康熙旧抄全贯《劝善金科》残帙二册赠诸郑因白师，遂谒望绿荫馆求读该曲，此本编制竟与之无一字之讹，亦云奇矣。康熙本《劝善金科》是张照撰著之蓝本，传世绝稀，以予所知惟郑氏绿荫馆残存六册。闻孔德图书馆所藏抄本亦属此类，惜未寓目，不敢断言。近年乐官抄本发现甚多，惟均限于花部曲文之零折，若全剧见存之传奇角本，如适之师此本者固已有其相当之价值，更何况其书为犹存人世觏见之康熙原作者乎。春假后尝往米粮库胡先生宅读曲，颇诧此本之精，乃借归详阅一过，适之师嘱跋数语于册后，因谨赘言如右。／绥中吴晓铃谨跋　／时在民国廿六年六月初

5. 劝善金科　1 册 4 出　124 mm×237 mm

清道光十九年（1839）抄本，1 册 4 出，8 行 26 字。无框无格，科介小字，说白、曲文大字，曲牌用［　］括起。首都图书馆藏（丙四/4996），《唱本二十九种》之一，封面署"劝善金科"，"道光十九年正月十二一日抄"，二字出目本。笔者以之核乾隆五色本并康熙旧本，文字均不相同，但文字古朴，应属旧本系统。另，刘祯《民间目连文化》揭中国艺术研究院图书馆藏梅兰芳先生捐赠本，题"劝善金科"，其第六册出目"《定计》《化缘》《打父》《雷打十恶》"，与此本略同，艺研院藏本笔者未曾寓目，二者关系待考。

二、五色刻本系统

1. 劝善金科　4 函 20 册　190 mm×314 mm　框 139 mm×203 mm

清乾隆武英殿五色刻本，10 本 240 出，8 行 22 字。四周双边白口，单鱼尾。宫调双行小绿字，曲牌单行大黄字，科文与服色俱以小红字旁写，曲文单行大黑字，衬字则以小黑字旁写。首册依次为：劝善金科序；题词【集贤宾】二阕；凡例；总目。后接正文。

北大图书馆（NC/5662/4882），钤"悦古斋印""燕京大学图书馆"。

首都图书馆（乙三/1095），序言目录部分为补抄。

首都图书馆（己/561），吴晓铃旧藏，全书分装元、亨、利、贞 4 木

匣,每匣 5 册,匣盖上除序号"劝善金科"题名外,尚有"殿板"字样。《古本戏曲丛刊》九集据以影印。

首都图书馆藏(甲四/124),4 函 24 册。

上海图书馆藏(线善 T280378-98,线善 311949-58,线善 776674-93,线善 855211-20)

国家图书馆藏(XD6126),4 函 20 册,第四本二十二出后缺。惟第一册目录、题词、序文等为刻本,正文为抄本,为据五色本补抄本。卷端书脊钤"文甫雅玩""长乐郑振铎西谛藏书""公余雅玩""□□堂□□宝"等印。

国家图书馆藏(108463),2 函 10 册,钤"苏州吴梅 字瞿安别号霜厓/188-1939 藏书"印。

国家图书馆藏(120347),存 1 函 4 册,重装 166 mm×259 mm,核之即五色本第一本。函套浮签题"劝善金科 猗移室 辛酉"。

2. 劝善金科 4 函 21 册(卷首 1 册) 173 mm×281 mm 框 148 mm×208 mm

清中期据五色本改刻本,10 本 240 出,8 行 22 字。版式全仿乾隆五色本,惟部分曲词及第六本出目与五色本相异。第 21 册卷末有重镌跋文:

重镌《劝善金科》跋/ 传奇之作,自元明迄今,五百余年,数其名/目,指不胜屈。毁誉诽讥者有之,绮靡浮艳/者有之,诙谐解颐者有之,穷幽极异者有/之,无非荡人心、骇人目之所为作也,于世/有何裨益? 求其劝忠、劝孝,廉顽立儒,可兴/可观,有裨于世者,虽有,亦仅见而不多。然/演之亦不可过,竟日雷光石火,岂足感发/凶顽哉。若夫《劝善金科》之为传奇者,则又/不独劝忠劝孝,可兴可观已也。佛说:造业受报,有三现报、来生报、身后报,是剧无所/不备。《感应篇》曰:善恶之报,如影随形。是言/其必然也。搬演是剧,亦种种示人之必然。如响之应声,分毫不爽。

醒世惊顽,与人为善,有如此谆谆不倦者,孰不奉为金科也哉！然其书既以金科目之,则必应寿诸梨枣,以垂永久。第历年既久,不无残损,睹此如璠如玙之板,有所缺落漫漶,有不修之葺之者乎。复恐搬演有年,不免后人之增减迁移转折,皆所必有。前人或失之太简,后人或失之过凿。固当斟酌,去取是非舛讹,悉加厘正。亥豕鱼鲁,雠校详明。然后付诸剞劂,重复装潢,俾金科玉板,焕然一新,永为劝善之书,与世长存可也。较诸所谓荡人心、骇人目之刊刻,不啻松乔之视蒲柳,讵得同日而语哉。聊缀数语,以识岁月。　/海门金士林鹏九/古吴魏慎修培德/顾琦瑶峰/鸿城程雅徵九如/松陵吕明文良/虞山张学鸿翀元　同校

国家图书馆藏(3477),存19卷,第一本下卷至第十本下卷。

国家图书馆藏(86133),钤"润字藏书"印。

国家图书馆藏(110798),2函8册,残本,配抄本。存:第四本上下、第六本上、第八本下、第七本上下、九上、十下。第四本(第1、2册)为刻本,核之为五色重刻本。后6册为五色抄本,系据乾隆五色刻本补抄,但文字多有校改。

日本大阪府立中之岛图书馆藏(238-76),钤"大阪府立图书馆大正二年六月十四日""八田氏寄赠"等章。

三、五色本抄本系统

1. 劝善金科　2函20册　171 mm×247 mm

清五色抄本,10本240出,8行22字。内容版式均仿乾隆五色抄本,为该本之影抄本。日本东北大学图书馆藏(丁B/2-5 1/47),黄色封面,钤"东北帝国大学图书馆　法　文　大正14 6.5受入","和甲7479"等印。封面后直落正文,无五色本卷首内容。

2. 劝善金科　存1册5出　237 mm×282 mm

清抄本,存第七本共五出,分别为:(1)临绝命草草托孤;(2)搜

空篋弱息飘零;(3)过奈何桥;(4)担母担经;(5)响银铛鬼门点解。第1、2、5出版式相同,9行22字,无框无格,曲文、曲牌、说白大黑字、科介小黑字、曲牌以红色括号标示。第4出,8行18字。国家图书馆藏(148477),核其内容,与乾隆五色本相同。

第二节 北京大学图书馆藏《救母记曲本》考

北京大学图书馆藏《救母记曲本》,1册50出,原系胡适先生旧藏,吴晓铃先生跋文谓之"康熙原作者",属《劝善金科》祖本系统成员,对《劝善金科》的版本、源流研究具有重要的价值。此本归于北京大学后,尚未有学者撰文予以披露,故论者或有"此书未见,不知今归何处"之叹。2010年上半年,笔者在北京大学访学期间,得见此书原本,特撰此文予以介绍。

一、《救母记曲本》的主要内容

北京大学藏《救母记曲本》,为目连母刘氏青提(四真)角色角本,仅录刘氏说白、曲词,情节线索与明代郑之珍戏文《目连救母劝善戏文》基本相同,但出目多有出入,此本内容显较戏文本丰富,但与康熙旧本系统《劝善金科》出目基本能够对应,文字也十分相近,故吴晓铃先生认为其属康熙旧本系统,确有所本。《劝善金科》的康熙旧本系统,据戴云先生考察,比较完整的版本有首都图书馆(甲四/69)(以下简称首图本)和中央艺术研究院图书馆藏本(以下简称艺研院藏本)。笔者在访书过程中,还发现一种国家图书馆(140031)藏本(以下简称国图本),核以出目,国图本与艺研院藏本完全一致,与首图本仅在个别出目的次序上略有差异,惟国图本1至9本的出目上缀有"新""旧""改"等文字。表5-1是《救母记曲本》与戏文本、首图本、国图本、五色本的出目对照表,因国图本出目与首图本基本一致,故仅列出目后缀文字。

表 5-1 《救母记曲本》与戏文、《劝善金科》出目比较

救母记	戏文	首图本	国图本	五色本
善门积庆	元旦上寿	第二出 宴佳辰善门集庆	旧	第三出 宴佳辰善门集庆
花台发愿	刘氏斋尼	第五出 秉诚心花台发愿	旧	第六出 傅长者垂训传家
绣阁斋尼		第六出 宣善果绣阁斋尼	旧	第七出 赴斋筵众尼说法
忙中报信	化强从善	第十六出 比丘尼忙中报信	旧	第十九出 先避贼老尼报信
绿林向善		第十九出 布忠诚绿林向善	改白	第二十二出 感神明绿林向善
刘贾借银		第二出 乐善堂刘贾借银	旧	第二出 香茗筵大舅贷金
傅相修因	傅相嘱子	第九出 写遗嘱傅相劝修因	旧	第九出 苦叮咛傅相嘱妻
青提伤别		第十出 哭夫灵青提伤死别	旧	第十出 悲哽咽罗卜哭父
修斋荐父	修斋荐父	第十一出 孝子修斋荐父	旧	第十一出 孝子修斋建道场 按：此出无刘氏出场
巧言误姐	劝姐开荤	第十三出 劝开荤巧言误姐	旧	第十四出 进巧言姊厌清斋
遣子经商	遣子经商	第十四出 遣经商借镜疏儿	旧	第十五出 餮饕母遣子经商
劝姐开荤		第七出 再借金劝姐开荤	旧	第八出 遇良辰对燕思儿
遣童入市	遣买牲牲	第八出 买牲牲遣童入市	合一出	第十一出 馋妪垂涎动杀机
刘氏悔盟		第十二出 毁佛像刘母悔盟	旧	第十三出 退善心先抛佛像

救母记	戏文	首图本	国图本	五色本
百岁伤心		第十四出　上夫坟百岁伤心	旧	第十五出　青松岭上列珍馐
		第十五出　垂戒警家堂示怪	新	第十六出　白日堂中呈怪异
殷犬开荤		第十六出　悦口腹肴核为欢	旧	第二十出　傅相妻开荤背誓
僧道相劝	刘氏开荤	第十七出　献殷勤花子唱词	旧	
尼僧受辱		第十八出　勉修持尼姑受辱		第二十一出　为劝修持尼受辱
李公苦劝	李公劝善	第二十一出　李公苦口劝回心	旧	第二十三出　念金兰李公进谏
议遣佃户	议逐僧道	第十五出　逐僧尼议遣佃户	旧	第五出　姊弟同谋甘作孽
刘氏忆子	刘氏忆子	第十七出　倚门间刘氏忆子	旧	第十七出　倚门间心诚问卜
罗卜回家	母子团圆	第十八出　拜堂帏罗卜见母	旧	第十八出　深忏悔步祷还家
罗卜称觞	寿母劝善	第一出　祝母寿罗卜称觞	旧	第二出　奉慈帏一堂称祝
暗室难欺	刘氏自叹	第十出　瞒过恶暗室难欺	旧	第十二出　婢仆园中谋瘗骨
空庭自叹		第十五出　刘氏空庭自叹	旧	第十六出　愚妇犹悭供佛灯
扫地含酸	花园捉魂	第十六出　益利扫地含酸	旧	第十七出　好善奴扫地焚香
花园设誓		第十七出　花园内对儿设誓	旧	第十八出　作孽母指天誓日
医药无灵	请医救母	第二十出　受魔障医药无灵	旧	第二十出　一魂儿悠悠欲去

救母记	戏文	首图本	国图本	五色本
怎逃勾摄		第二十三出　罪大怎逃勾摄	旧	第二十三出　黑黑冥途从此始
难免钢义		第二十四出　钱多难免钢义	旧	第二十四出　昭昭天报自今明
东岳有灵		第五出　昭赫赫东岳有灵	旧	第五出　游地府法罹惨毒
诸恶毕集		第十一出　恶报恶诸恶毕集	改白	第十出　罚恶同时证因果
历尽沉途	城隍起解	第十三出　解阴府历尽沉途	旧	第十二出　造业缘自画招供
暂时回煞	刘氏回煞	第十四出　盼阳间暂时回煞	旧	第十三出　返家庭一灵托梦
过破钱山	过金钱山	第十九出　破钱山重重险峻	旧	第十八出　破钱山路判险夷
过滑油山	过滑油山	第二十一出　滑油岭步步颠危	旧	第二十出　滑岭愁移寸步难
上望乡台	过望乡台	第四出　望家乡恶途坎坷	改	第二出　望乡台业重难登
过奈何桥	过奈何桥	第七出　不良妇魂过奈何桥	改白	第十五出　度危桥恶鬼驱行
罪查前世	过升天门	第二十出　五重关罪查前世	增改	第十九出　响银铛鬼门点解
		第二十二出　惨别离姐弟伤情	旧	第二十二出　恶孽缠身催对簿
		第二十一出　唤愚蒙颠僧劝善	新	第二十出　明指引颠语说因
奴主相逢	主婢相逢	第六出　孤恓埂奴主相逢	增改	第八出　孤恓埂相逢旧主
贫子报恩		第七出　乌风洞贫子报恩	增改	第九出　思遗爱贫儿知报

救母记	戏文	首图本	国图本	五色本
				十二出　严旌别案主分明
一殿寻母	一殿寻母	第十二出　业镜台法惩众恶	一殿增改	第十三出　重勘问业镜高悬
子情迫切	二殿寻母	第二十一出　游冥府子情迫切	二殿新	第二十一出　归地府眼前报应
母德高深	三殿寻母	第二十二出　叹血湖母德高深	改白	第二十三出　爱河沉溺浩无边
		第二十四出　上刀山明彰恶报	四殿旧	
大梦还迷	四殿寻母	第八出　丰都城大梦还迷	改白	第二十四出　剑树崚嶒森有象
法惩众恶	五殿寻母	第十出　森罗殿微愆必录	五殿新	第三出　定律法诸犯悔心 按：无刘氏出场。
六殿逢母	六殿见母	第十六出　六殿逢娘生惨戚	旧	第八出　历苦劫圣僧见母
		第十七出　法无私坠城暗解	旧	第九出　不饶恕缒城法重
七殿寻母		第十九出　受阴刑周曾巨解	七殿增改	第十一出　被严刑周曾断体
	八殿寻母	第四出　都市王严究罪恶		第十四出　夜魔城诉请免罪
十殿寻母	十殿寻母	第九出　大发放十殿轮回		第十八出　赤心一片乍知非
				第四出　拔泥犁好觅新魂
				第八出　幽圹惊看不坏身
		第二十出　善眷咸升兜率天		第九出　迎天诏善气盈门

救母记	戏文	首图本	国图本	五色本
一门有庆		第二十一出　游上界 一门有庆		第十出　游月宫祥光 溢宇
	盂兰大会			第十三出　旧游地狱 化天宫
				第十五出　刀山剑树 现金莲
				第二十出　盘献果会 赴西池
				第二十一出　游海岛 恰遇献琛
				第二十二出　过田家 尚思焚券
				第二十三出　观法会 齐登宝地
				第二十四出　劝善类 永奉金科

二、《救母记曲本》与康熙旧本系统《劝善金科》

由表 5-1 可知,《救母记曲本》(以下简称《救母记》)与郑之珍戏文本的差异较大,而与康熙旧本系统的《劝善金科》更为接近,笔者曾以首图藏本与《救母记》对校,并参以国图本得出《救母记》与康熙旧本《劝善金科》的主要异文如下:

1. 康熙本较《救母记》增加了部分出目,如《第十五出　垂戒警家堂示怪》,演刘氏与金奴祖先堂上香,土地示警事。《第十七出　献殷勤花子唱词》,叙刘氏开荤,招来乞儿演唱莲花落。此外,演地府八殿受审的《都市王严究罪恶》、罗卜全家升仙游天宫的《善眷咸升兜率天》均不见于《救母记》。

2. 康熙本对部分曲牌的名称进行了更改,如《救母记》的"尾",康熙本均改为"尾声"或"余文"。此外，《救母记》科介中表示角色开唱的科介均记为"叹"，康熙本则为"唱"。

3. 康熙本改写了部分曲词和说白。康熙本改动的标准主要是将文辞雅化，《救母记》的科白、曲词，从整体来看比较俚俗浅白，康熙本改动之处大部分是将原来比较粗俗的文字改得较为雅致。如《罗卜回家》与《拜堂帏罗卜见母》，前者作"今日离间我娘儿。若有疏危。我定肰不放你。老狗我定肰不放你"，后者改为"今日离间我娘儿。儿若有疏危。定然不放你"。

虽然有一些出目和内容上的差别，但从整体而言，《救母记》和康熙本《劝善金科》的异文不多，两者应属同一版本系统。即使仅从出目名称上来看，虽然《救母记》为四字目，但和康熙本的相应出目对比，两者存在着明显的因袭关系，这是其他"目连戏"版本所不具备的。那么，《救母记》与康熙本《劝善金科》两版本间的先后关系如何呢？

首先，《救母记》应属于清代初期内府编演"目连戏"之属。我们知道，以《劝善金科》为代表的清宫所编目连戏，与民间目连戏传本的最大不同在于，《劝善金科》在目连救母的主线外，加入了一条完整的唐德宗时期李晟平叛的辅线，这是内府本所独创的一个故事段落。《救母记》中《罪查前世》出刘氏白云："阴司里也是不公道、一样阵亡的两样法、是了、头一起、想是使用了几个钱。"康熙本《惨别离姐弟伤情》与此出对应，说白曲词完全相同，该出完整的故事情节为：鬼门关主审问众鬼囚，在刘氏之前先分别发落了唐将李晟和叛军朱泚手下的两起将士，判其一升天堂一入地狱，故刘氏有此疑问。从《救母记》亦保留了这段说白来看，《救母记》原本中应该已经具备了李晟平叛的战争描写，故此本应属内府目连戏的传本之一。

其次，在《救母记》完成的时代，内府目连戏应该尚无"劝善金科"的称号。《救母记》最后一出《一门有庆》，对应康熙本《游上界一门有庆》，两者说白曲词几乎完全一致，惟在最后一支曲【煞尾】中，《救母记》本作"这善师劝善有来历"，康熙本则为"这金科劝善有来历"，康熙

413

本的曲词与曲本名称遥相呼应，《救母记》只称"善师"，可能是由此本中傅相升天后被封为"劝善太师"化成。

最后，《救母记》可能是康熙本《劝善金科》据以改编的底本之一。《救母记》"一殿寻母""法惩众恶"两出，分叙刘氏一殿、五殿受审。对应的康熙本出目分别为《业镜台法惩众恶》（对应一殿）和《森罗殿微愆必录》（五殿）。通过将两者的曲词进行对比，实际上是康熙本将《救母记》五殿"法惩众恶"的内容改写为一殿，而重谱一出为新五殿。《救母记》"法惩众恶"【驻马听】曲为刘氏向阎罗天子申诉时所唱，曲词有云"奈因前殿不容情。使奴受尽多刑并"。在康熙本《业镜台法惩众恶》出中也继承了这句唱词，但康熙本此出所演为一殿受审，刘氏此时才刚刚踏入"遍游十殿地狱"的行程，文中出现"前殿不容情"的唱词，并不符合逻辑。但通过与《救母记》进行比较就可以清楚地看到，正是因为将底本后面的内容前移才造成了这样的问题。此外，通过表 5 - 1 我们亦可看出，前述康熙本比《救母记》多出的出目，在国图本中均标示为"新"，代表该出为宫廷编剧新创的内容，而在康熙本一殿和五殿的出目下，一标为"改"一标为"新"，也和与《救母记》的对应情况相符合。故此，可以推测《救母记》的版本年代应早于康熙本，且是康熙本所据的底本之一。

通过上面的分析，已经基本明晰了《救母记》和康熙本《劝善金科》之间的关系。《救母记》的年代要早于康熙本，此剧的总本应该就是康熙本改编的主要依据之一。那么，《救母记》又是从何而来呢？从《救母记》的版本特征上来看，抄写较为潦草，多用俗字，如文中"然"字均作"肰"，"荤"均作"晕"，文字不似一般内府本的整饬，且曲白中夹杂了大量"滚白/唱"，这些现象都表明了《救母记》并非内廷中世代流传的版本，而是源自流行于民间的目连戏。故此，下面将继续讨论《救母记》与《目连救母劝善戏文》之间的关系，以求找到《救母记》的源头。

三、《救母记》与《目连救母劝善戏文》

《目连救母劝善戏文》（下简称戏文本）是《劝善金科》之前，篇幅最长的目连故事戏曲作品。与《救母记》相比，戏文中有刘氏出场的出目仅为 34 出，远少于前者。两本的主要异文如下：

1.《救母记》有而戏文本无的出目：《刘贾借银》（刘贾一次借银）、《青提伤别》（邻女吊丧）、《劝姐开荤》（刘贾二次借银）、《刘氏悔盟》（三官堂内毁佛像）、《百岁伤心》（刘氏上坟）、《空庭自叹》（浑油点佛灯）、《怎逃勾摄》（青提死别）、《难免钢义》（钢叉擒刘）、《东岳有灵》（东岳判案）、《诸恶毕集》（初入阴府）。这些出目中，有一些是过渡性场次，如刘贾的两次借银，与情节主线关联不大。但也有一些属于衔接前后场次的重要出目。如《空庭自叹》出，演罗卜归来后，刘氏不得已又假意持斋，但心中多有不满，此时益利前来申领清油供奉佛前，刘氏不允，予其浑油点灯，益利不满而去，刘氏疑心益利背后议论，尾随益利前往佛堂。紧接一出即演刘氏与益利发生争执，遂至花园发誓。在戏文中，此出的前后场均保留下来，唯独没有《空庭自叹》这一场，于是后场刘氏偷听益利背后议论的情节就显得比较突兀了。因此，或者可以做如下推测，郑之珍改编戏文时所据的底本应该是有这些情节的，只是在郑氏的二次创作下，根据其创作意图和审美取向，删去了部分出目。我们不妨再来看看戏文本没有的出目，一个共同的特点就是这些出目基本上都是以刘氏为主，集中表现刘氏人物性格的场次。刘贾借银的两出表现了刘氏的姐弟之情；《青提伤别》《百岁伤心》等出则体现了刘氏的夫妻之爱。特别是刘氏在悼念亡夫的过程中，反复提到自己开斋的理由并非为贪口腹之欲，而是丈夫一生持斋却未满六旬身丧，从而使得她对神佛之说产生了怀疑，如《刘氏悔盟》中所云"我那员外夫、若留得你在、只愿夫妇齐眉、那想五荤美味、孩儿也不在家中、遣他远离。"《百岁伤心》出"非我违却从前誓。所为夫妻俩拆离。因你未满六旬丧。我的把素持斋心已灰。"而且这些出目中为刘氏设计的曲词、说白，感情真挚，情理均足以动人，不免令观者产生对刘氏的同情，使得其开斋破誓的行为也显得没那么"罪不可恕"了。郑氏在改编过程中，只有着力突出刘氏之恶，才能使其"历遍十殿地狱之刑"的惩罚"罪刑相适"，也许就是出于这样的目的，郑氏删掉大量以刘氏为主的出目。

2. 在戏文本与《救母记》共有的出目中，曲词、说白完全不同的出目如下：《忙中报信》《化强从善》——《化强从善》（按：前者为戏文本出目，下同）；《罗卜称觞》——《寿母劝善》；《医药无灵》——《请医救母》；《六殿逢母》——《六殿见母》。以《忙中报信》出为例，戏文本《化强从善》包含了《救母记》两出的内容，《救母记》两出刘氏先后唱"清江引、浪淘沙、驻马听、皂罗袍、前腔、桂枝香、前腔、出队子"等八支曲子，戏文本则一支未唱，仅有刘氏说白。再如《救母记》《罗卜称觞》出，刘氏先后唱"引、风入松、甘州歌"，戏文《寿母劝善》则为"谒金门、惜奴娇、黑麻序"，两者曲文完全不同。在目前所能掌握的资料下，很难判断这些完全不同的出目，究为郑氏所改，还是本来就属于不同的版本系统。

3. 在前两点所述出目之外，戏文本与《救母记》的对应出目应该源自相同的底本，但戏文本较《救母记》对底本的删减更多。如戏文本《刘氏斋尼》，包括《救母记》《花台发愿》和《绣阁斋尼》两出的内容，其首支曲"【高阳台引】"与《花台发愿》首曲"【庆青春】"同，但戏文本删掉了其后的"【下山虎】【懒画眉】【一江风】"诸曲，接《绣阁斋尼》的"【江头金桂】【四边静】"。戏文本这样的处理方法，从情节上完全删除了花园搭台，傅相一家盟誓的全部内容，但"花园发誓"在后面的情节中被多次提到，应该看做戏文本对底本的删改不严所致。再如《罪查前世》（《救母记》）和《过升天门》（戏文），前者刘氏所唱曲牌如下：【玩仙灯】【窣地锦裆】【风入松】【前腔】【折宫花】。戏文本仅保留了"【玩仙灯】【风入松】【前腔】"三支曲。

综上，我们可以对戏文本和《救母记》的关系做一总结。首先，从两本的整体对照来看，大部分出目之间存在着因袭的关系，两本很可能参考了共同的底本。其次,《救母记》与戏文相比,保留了更多的细节,依次为:花台发誓、刘贾借银、傅相死别、临行缝衣(《遣子经商》)、二次借银、毁灭佛像、刘氏哭坟、对燕思儿、浑油点灯、傅相显灵、六瘟魔障(《医药无灵》)、刘氏死别、钢叉被擒、东岳勘问。包含了这些情节的目连戏,极大可能就是两本所据底本。第三,戏文和《救母记》参考的目连戏可能不止一种。除了同源出目外,二者也有部分出目,情节相同,但曲词说白全异,这有可能出于郑氏的改编,但也不能排除二本参考了多种底本,这些看上去属于不同的系统的出目源自不同的底本。

最后,关于《救母记》、戏文本与康熙本《劝善金科》之间的关系。三本《母德高深》(《救母记》)、《三殿寻母》(戏文)、《叹血湖母德高深》(康熙本)俱演刘氏三殿血湖地狱受审事,其中均有三段"七言词"述世间女子苦楚,将三者进行比较,我们发现,戏文本与康熙本的文字完全相同,具体情况如表5-2所示。

表5-2 "三殿"文辞对照表

救母记	戏文本	康熙本
《母德高深》	《三殿寻母》	
【七言词】……岂知一旦腹中疼。乜的冷汗似雨淋(按:旁红笔小字"疼得热气不相接")。口中咬了青系发。产下孩儿抵千金。三朝五日尚欠乳……	岂知一旦腹中疼。**疼的热气不相接**。痛得冷汗水般淋。口中咬了青系发。**产下儿子抵千金。炉灰掩时血满地。污衣洗下血盈盆。**三朝五日尚欠乳……	按:与戏文本同。
……爱儿一似掌中珍。日乜抱儿在怀内……	爱儿一似掌中珍。[儿耶儿]一日吃娘十次乳。十次百次未为频。衣裳裹儿尿与屎。时时更洗净清清。儿若生疮娘一样。手难动也脚难行。头要梳时梳不得。蓬松两鬓包头巾。日日抱儿在怀内……	按:与戏文本同。

417

救母记	戏文本	康熙本
〔前腔〕……一愿媳妇人品好。二愿媳妇好妆资。若是般比都好了……儿只说他老婆是。开口便说老娘非。只道老娘身常在。	……一愿媳妇人品好。二愿媳妇好妆资。三愿媳妇心性好。四愿媳妇好姿姿……儿只说他老婆是。开口便说老娘非。娘亲只望儿长大。儿全不念老娘衰。老娘身似枯柴样。儿子心也不惊疑。只道老娘身常在……	按：与戏文本同。
〔前腔〕第三苦楚最恓惶……媳妇先要点衣妆。若是女儿不曾嫁。真心哭得泪汪匕。若是人家孝顺子……	第三苦楚最恓惶……媳妇先要点衣妆。女儿来哭要手迹。买他上得一炉香。若有些些不称意。原轿抬了离门墙。若是女儿不曾嫁。真心哭的泪汪汪。其余亲戚来作吊。不过答礼只寻常。一七二七三七里。打鼓抬棺出荒冈。若是人家孝顺子……	按：与戏文本同。

仅以此例并不足以说明康熙本源自戏文，在本文的第二部分已经分析了，《救母记》与康熙本《劝善金科》拥有着更近的血缘关系。通过对上表刊落文辞的比较，《救母记》所缺少的部分亦有可能是写手漏抄所致，但这样的对比无疑也从另一个角度说明了，三种目连戏在成书的过程中，曾经参考过同一系统的民间目连戏传本。

四、《救母记》与五色本《劝善金科》

从版本源流上来说，与五色本最为接近的是康熙旧本系统的《劝善金科》，前面已经分析了《救母记》代表的系统版本是康熙本改编参考的底本之一，从这个意义上来说，《救母记》也可以说是五色本的远祖。关于五色本对康熙旧本的删改之处，戴云先生在《劝善金科研究》中有详细的介绍，故此处仅简要述及《救母记》与五色本的异同之处。

1. 五色本中许多说白直接化自《救母记》、康熙旧本，但将文辞改得更为雅致，做了许多规范格律、雅化文辞的工作。五色本中的不少曲子，直接化自《救母记》。此例甚多，在此仅举一例说明：

> 《花台发愿》（《救母记》）：【庆青春】淑气冲融。晴光荡漾。芳草渐回春意。双鬓星星。差照/镜中憔悴。
>
> 《傅长者垂训传家》（五色本）：【仙吕宫引】【鹊桥仙】和蔼年光。冲融天气。芳草渐回春意。镜中两鬓早星星。叹近日不禁憔悴。

2. 五色本无而《救母记》有的情节。五色本《度危桥恶鬼驱行》，演刘青提过奈何桥，见善人过金银桥事。其中无遇亲家母曹氏夫人情节；《第八出　历苦劫圣僧见母》演罗卜六殿见母事，无罗卜以鸟饭奉母情节。

3. 五色本、康熙本、《救母记》均有但细节不同的情节，三本"六殿见母"的出目，均演阎王赴会，罗卜趁机进入地狱见母。但阎王所赴的大会，《救母记》为"四月初八（浴佛节）"、康熙旧本为"二月初九观音生日"，五色本则为"二月初一日是九华山教主得道之辰"。这说明，三本虽然具有一定的继承关系，但是在成书过程中也受到了其他民间流传的目连戏版本的影响。

综上，对北大图书馆藏《救母记曲本》的源流及其与《劝善金科》的关系进行了考证，通过上面的分析可以看出，虽然《救母记》与《劝善金科》，特别是康熙旧本之间存在着明显的承袭关系，但是仍然无法断定《救母记》的底本就是康熙本《劝善金科》唯一参考的版本，对于康熙旧本来源问题将是我们在下一节中所要重点解决的。

第三节　国家图书馆藏康熙旧本《劝善金科》考

上节中，我们介绍了北大藏《救母记》角本的相关情况，着重讨论了其与康熙旧本《劝善金科》的关系。本节，我们将以国图藏本为个案，更加细致地对康熙时期《劝善金科》抄本的来源进行考察。康熙旧本系统的《劝善金科》，经戴云先生调查，已有首图本和中国艺术研究院藏本先后得以披露。2011年4月，笔者在国家图书馆普通古籍部发现一种十册本的《劝善金科》，书号：140031。核其内容，亦属康熙旧本系统版本，且与中国艺术研究院藏本出目完全一致，惟国图本前九本在出目后缀有"新""旧"等字样，可见此本为《劝善金科》康熙旧本改编时的"工作本"，[1]在《劝善金科》的版本序列中属于年代较早的一种，有其特殊的文献价值。

一、国图本《劝善金科》概述

国图本《劝善金科》，10册10本，前九本正文前有目录，但目录页纸张大小、字休与正文不同，疑为后加。前九本不避"真""镇""弘"等字，应为雍正前抄本。第十本正文前无目录，出目亦不注"新""旧"等字样，行款版式与首图藏本相同，且"真""镇"等字缺末笔（如第十本《第四出　都市王严究罪恶》"真君"等处），属于雍正后抄本，该本可能是后人补配或补抄本。国图本出目如下：

　　　开宗　［新］　第一出　察善恶天使临凡［新］　第二出　宴佳辰善门集庆［旧］　第三出　傅善人释道契同心［旧］　第四出李希烈奸邪生叛志［新］　第五出　秉诚心花台发愿［旧］　第六出　宣善果绣阁斋尼［旧］　第七出　恶土豪见色起私［新］　第八出　狠狱卒得财害命［新］　第九出　痛孤孀陈母永诀［新］　第十出　救贫困傅相施恩［新］　第十一出　卢杞设计害忠良

---

〔1〕同样的情况，在成书年代较早的清宫连台大戏中并不少见。如北京大学图书馆藏《升平宝筏》（NC/5270/6138）。赵景深先生在《〈忠义璇图〉与〈虎囊弹〉》一文中披露的二十出残本《忠义璇图》，亦在出目后缀写"新""旧""改"等字样，这些版本在考证早期清宫连台本戏的来源方面具有重要价值，同时也从侧面为判断这些版本的年代提供了旁证。

[新]　第十二出　朱泚潜谋通判逆[新]　第十三出　周故旧败子回头[旧]　第十四出　劫乡村强人肆暴[旧]　第十五出　比丘尼忙中报信[旧]　第十六出　急觉神暗地护持[旧]　第十七出　彰报应白马能言[旧]　第十八出　布忠诚绿林向善[改白]　第十九出李文道图财施毒手[新]　第二十出　臧通判卖法放凶身[新]　第二十一出　陆学士忧国炳几先[新]　第二十二出李令公勤王奋忠勇[新]（第一本）

　　第一出　玉霄殿群真会议[新]　第二出　乐善堂刘贾借银[旧]　第三出　姚令言纵兵琼林库[新]　第四出　段秀实击贼金马门[新]　第五出　召升天阎罗接旨[旧]　第六出　锡善类城隍挂号[旧]　第七出　轸饥荒堂前焚券[新]　第八出　遇接引园内烧香[旧]　第九出　写遗嘱傅相劝修因[旧]　第十出哭夫灵青提伤死别[旧]　第十一出　孝子修斋荐父[旧]　第十二出　善人游狱升天[旧]　第十三出　劝开荤巧言误姐[旧]第十四出　遣经商借镜疏儿[旧]　第十五出　受伪职甘为奸细[新]　第十六出　动公愤怒射土豪[新]　第十七出　窃神器朱泚僭尊称[新]　第十八出　战渭桥李晟恢大业[新]　第十九出哭穷途乞丐衔恩[新]　第二十出　骗钱财拐子行智[改]　第二十一出　忤逆子背伦打父[改]　第二十二出　雷霆公示报诛凶[改]　（第二本）

　　第一出　游戏神奉使下云霄[新]　第二出　傅罗卜经商逢夏日[旧]　第三出　擒叛贼令言兵败[新]　第四出　歼首恶朱泚身亡[新]　第五出　爱亲儿赏春成衅[新]　第六出　遭继母攘蜂遇害[旧]　第七出　再借金劝姐开荤[旧]　第八出　买牺牲遣童入市[两出合一出]　第九出　逼改节恶妇宣淫[原本改姓名]　第十出　叹无归怨鬼争替[两出合一出]　第十一出　守节操陈媛自缢[旧]　第十二出　毁佛像刘母毁盟[旧]　第十三出争主顾二厨角口[旧]　第十四出　上夫坟百岁伤心[旧]　第十

五出　垂戒警家堂示怪[新]　第十六出　悦口腹肴核为欢[旧]
第十七出　献殷勤花子唱词[旧]　第十八出　勉修持尼姑受辱
第十九出　斋使者通灵显圣[旧]　第二十出　肉馒头慢佛亵僧
[旧]　第二十一出　李公苦口劝回心[旧]　第二十二出　大佛
现身施法力[旧]（第三本）

　　第一出　惜景光菩提度世[旧]　第二出　远嗜欲敬慎持心
[旧]　第三出　施神力和合变化[旧]　第四出　脱货物利世叹
金[旧]　第五出　李希烈背主称尊[旧]　第六出　颜真卿忠君
被害[新]　第七出　避干戈父子滇沛[新]　第八出　遭劫掠母
女流离[新]　第九出　真烈女断发毁容[新]　第十出　痴和尚
贪淫受辱[旧]　第十一出　辞旅店风雪归程[旧]　第十二出
救难妇波涛援手[新]　第十三出　张佑大刀下识恩人[新]　第
十四出　傅罗卜途次全夫妇[新]　第十五出　逐僧尼议遭佃户
[旧]　第十六出　飏功德拆毁桥房[旧]　〇第十七出　倚门间
刘氏思儿[旧]　〇第十八出　拜堂怖罗卜见母[旧]　第十九出
度厄难接引迷途[改]　第二十出　整规模重新旧业[旧]　〇第
二十一出　傅罗卜矜老怜贫[即一枝梅]　第二十二出　朱紫贵
卖身葬父　第二十三出　落沉冥二鬼失路[旧]　第二十四出
遍尘寰四神探访[旧]（第四本）

　　第一出　逢月晦司命议事[新]　第二出　祝母寿罗卜称觞
[旧]　第三出　结朋友兽心人面[新]　第四出　拜门生婢膝奴
颜[新]　第五出　忘报本顿起淫心[新]　第六出　献邪媚还遭
色妒[新]　第七出　误被杀欢喜冤家[新]　第八出　错抵偿糊
涂判断[新]　第九出　背师教尼姑恋俗[旧]　第十出　败宗门
和尚贪淫[旧]　第十一出　瞒过恶暗室难欺[旧]　第十二出
昭鉴察神灵有赫[旧]　第十三出　玉帝降旨肃威灵[旧]　第十
四出　阴府金差行赏罚[旧]　第十五出　刘氏空庭自叹[旧]
〇第十六出　益利扫地含酸[旧]　〇第十七出　花园内对儿设

誓[旧]　第十八出　五瘟大闹黄泉路[旧]　第十九出　二鬼指引青提门[旧]　第二十出　画堂前探姐生嗔[旧]　○第二十一出　受魔障医药无灵[旧]　第二十二出　任拘拿家宅不佑[旧]第二十三出　罪大怎逃勾摄[旧]　第二十四出　钱多难免钢叉[旧](第五本)

第一出　龙华会尊崇佛法[新]　第二出　劝善师悯悼家门[旧]　第三出　现青莲慈悲为本[旧]　第四出　颁凤诏孝行当求[新]　第五出　昭赫赫东岳有灵[旧]　第六出　落冥冥幽途难度[旧]　第七出　赌博场牵连盗案[新]　第八出　冤孽债显示冥诛[新]　第九出　恶僧尼思逃法网[旧]　第十出　活无常勾摄真魂[改白]　第十一出　恶报恶诸恶毕集[改白]　第十二出　善得善众善攸归[改白]　第十三出　解阴府历尽沉迷[旧]　○第十四出　盼阳间暂时回煞[旧]　○第十五出　罗卜滴泪写亲容　第十六出　才女留诗旌善念[旧本删改]　第十七出　里长催粮知孝应[旧]　第十八出　旌幢接引过金山[旧]　○第十九出　破钱山重重峻险[旧]　○第二十出　滑油岭步步颠危[旧]　第二十一出　李令公独运奇谋[新]　第二十二出　莫可交难逃凶报[新]　第二十三出　古战场一轮明月[新]　第二十四出　擒逆贼十面精兵[新](第六本)

第一出　脱尘缘佛力垂慈[改]　第二出　拜父坟子心存孝[旧]　第三出　游冥府善境逍遥[旧]　○第四出　望家乡恶途坎坷[改]　第五出　诛逆贼众鬼报冤[新]　第六出　露邪谋两奸势败[新]　第七出　毙牢狱冥算无差[新]　第八出　悬藁街官刑不爽[新]　第九出　庆升平大臣出使[增改]　第十出　托家私鳏老遗孤[新]　第十一出　辞官爵志明淡泊[改]　第十二出　却婚姻心谢繁华[改]　第十三出　思母德报本焚尸[旧]第十四出　负兄恩巧谋霸产[新]　第十五出　不良妇魂过奈何桥[改白]　第十六出　昧心人家遭天火烧[删改]　第十七出

惜分离贤主贤仆[旧]　○第十八出　求救苦担母担经[旧]　第十九出　清溪镇债欠来生[旧]　第二十出　五重关罪查前生[改]　第二十一出　唤愚蒙颠僧劝善[新]　第二十二出　惨别离姐弟伤情[旧]　第二十三出　说因果鬼王秉教　第二十四出　庆地藏十殿修因[旧]（第七本）

第一出　报西来一封鹤信[新]　第二出　逢野宿多般幻影[新]　第三出　群魔障道德消除[新]　第四出　净垢离凡登正觉[改白]　第五出　见世尊迷津宝筏[改]　○第六出　孤恓埂金奴遇主[增改]　第七出　乌风洞贫子报恩[增改]　第八出　参大道觉路金绳[旧]　第九出　发慈悲灵山法遣[新]　第十出　历幽冥佛力弘通[新]　第十一出　东岳殿会勘诸奸[新]　第十二出　业镜台法惩众恶[一殿改]　第十三出　段公子见艳思春[四出改一出]　第十四出　曹夫人听谗逼嫁[旧]　第十五出　昊再贞偷盗生灾[旧]　第十六出　曹赛英坚操自誓[改]　第十七出　奉使命起马还朝[新]　第十八出　憩中途尼庵遇女[旧]　第十九出　错姻缘坠楼双故[旧]　第二十出　巧配合颠倒还魂[旧]　第二十一出　游冥府子情迫切[二殿新]　○第二十二出　叹血湖母德高深[改白]　第二十三出　诉阴曹苦觅亲魂[三殿旧]　第二十四出　上刀山明彰恶报[四殿旧]（第八本）

第一出　上西天一念真诚[旧]　第二出　阅冥界群生普庆[新]　第三出　奏凯歌太平筵宴[新]　第四出　知贡举盛代文明[新]　第五出　举子争观黄榜[新]　第六出　群英赐宴琼林[新]　第七出　孤儿喜报泥金[新]　第八出　贞女于归花烛[新]　第九出　酆都城大梦还迷[改白]　第十出　森罗殿微愆必录[五殿新]　第十一出　囚逆贼狱底知非[新]　第十二出　救忠贞阴曹勘罪[新]　第十三出　叩慈悲二度见佛[旧]　第十四出　守曹归一言不语[旧]　第十五出　孟婆训鬼诚贞淫[新]

清代内府曲本研究

〇第十六出　六殿逢娘生惨凄［旧］　第十七出　法无私坠城暗解［旧］　第十八出　孝可念赠尺追寻［旧］　第十九出　受阴刑周曾锯解［七殿增改］　第二十出　现世报伦保求济［旧］　第二十一出　甘淡泊清斋却馈［旧］　第二十二出　散天花神女采桃［旧］　第二十三出　度尘缘观音变化［旧］　第二十四出　贺生辰罗汉逍遥［旧］　（第九本）

第一出　调玉烛万汇丰灯　第二出　祇树园三番见佛　第三出　夜魔城普放光明　第四出　都市王严究罪恶　第五出　仗佛慈照破地狱　第六出　按神剑收回恶鬼　第七出　过九殿目连寻母　第八出　篇天阍傅相救妻　第九出　大发放十殿轮回　第十出　小变化众生孽报　第十一出　蓬莱岛良会集忠贞　第十二出　冲虚观斋坛说报应　第十三出　普陀寺重问本来　第十四出　少华山冬余射猎　第十五出　高石岩做犬逢儿　第十六出　仰家店变驴还债　第十七出　识天性庵门相认　第十八出　返故园墓道生悲　第十九出　禅友齐赴盂兰会　第二十出　善眷咸升兜率天　第二十一出　游上界一门有庆　第二十二出　回玉旨八表时雍　第二十三出　万类尽登极乐世　第二十四出　四海咸归劝善科（第十本）

二、国图本《劝善金科》的内容

1. 国图本与首图本《劝善金科》

《劝善金科》康熙旧本的诸版本，中国艺术研究院藏本笔者未曾目寓，据戴云先生书中所附艺研院本目录，与国图本出目相核，二者完全相同，惟国图本出目后所注"新、改"等字为艺研院本所无。首都图书馆藏本，据其避讳字推断，属于雍正时期抄本，内容则与国图本、艺研院本基本相同，其细微差异如下：（1）首图本第一册《遇荒年减食养亲》《恶土豪见色起私》两出，国图本合为第七出《恶土豪见色起私》一出。第六册《奉菩萨二圣临凡》《罗卜滴泪写亲容》，国图本合为《罗卜

425

滴泪写亲容》一出;(2) 首图本《鸨儿赶妓善回心》出国图本无;(3)《逢月晦司命议事》国图本为五本第一出,首图本为五本第十二出;(4) 国图本第五本第二十出《画堂前探姐生嗔》、第二十一出《受魔障医药无灵》,第六本第十八出《旌幢接引过金山》、第十九出《破钱山重重峻险》,第九本第八出《贞女于归花烛》、第九出《酆都城大梦还迷》,首图本的出目顺序与之相反。

2. 国图本《劝善金科》的新增内容

国图本标为"新"的出目共计 79 出,包括以下一些内容:

(1) 李希烈、朱泚叛乱,李晟平叛的全部内容,包括:第一本第一、四、十一、十二、二十一、二十二出;第二本第三、四、十七、十八出;第三本第一、三、四出;第四本第五、六出;第六本第四、二十一、二十三、二十四出;第七本第五、第六、第七、第八出;第八本第十一出;第九本第三、十一、十二出。除去李晟平定朱李叛乱的情节外,尚有奸相卢杞设计陷害忠良,颜真卿、段秀实为国尽忠和贪官田希监、臧霸通敌叛国终受恶报事。在第七本中给剧中的反叛者安排了冤魂缠身、枭首街头的结局。第八本中众叛臣死后魂入地狱,仍受阴诛,表现了《劝善金科》剧贯穿始终的因果报应的思想。第九本第十一出《因逆贼狱底知非》,演朱泚、李希烈重重地狱恶刑加身,苦不堪言,终知悔悟。通过剧中人物之口,直接劝诫世人忠于朝廷,勿为反叛。第十二出《救忠贞阴曹堪罪》演忠臣颜真卿、李泌,死后升仙,奉玉帝敕旨会勘奸相卢杞,后二人互诉心志。康熙本《劝善金科》中的李晟平叛出目,据戴云先生考察,不少出于明屠隆《昙花记》传奇,戴氏书中列出了八出出目与《劝善金科》比较。据笔者校勘,除此八出之外,尚有第一本第一出《察善恶天使临凡》的说白出自《昙花记》第十三出《天曹采访》。《劝善金科》剧"天使临凡"演三台北斗星君令采访使者访查人间善恶,用北曲"新水令"套,为三台北斗"末本"。《天曹访查》全为白文,无曲,且出场者为"毗沙门下采访使者"。《劝善金科》剧几乎全文移植了传奇的说白,惟将其改为三台北斗星君所云。康熙旧本中有 9 出均改编自《昙花记》,

应该说屠隆的传奇是康熙旧本改编者的重要参照之一,但《昙花记》在全部 25 出"平叛"戏中只占到了三分之一稍强的比例,其余的出目可能参考了别的相关戏曲作品,当然也不能排除其中有宫廷词臣重新创作的内容。

(2)过渡性场次。第二本第一出《玉霄殿群真会议》;第五本第一出《逢月晦司命议事》,此两出均演天界众仙议论人间善恶;第六本第一出《龙华会尊崇佛法》演香山教主生辰,四海龙王带宝物往贺;第八本第一出《报西来一封鹤信》演善才龙女使白鹤往灵山报信。这种敷演仙佛故事的出目,是明代以来内府本最为常见和擅长的题材,在《劝善金科》中基本上都在每本的开头出现,一方面通过仙佛之口引出剧中主要人物的命运,体现了"命由天定"的宿命论思想,本质上是希望通过戏曲的教化作用,达到麻醉民众,维护封建统治的目的。另一方面,此类场次出场人物众多,放在每本的开头,场面热闹,较易引起观众的观赏兴趣。在这些出目中,有一点特别值得注意,在康熙本《玉霄殿群真会议》中,由"小生"扮"玉皇大帝"出场,对群仙启奏的内容直接批复。而五色本《劝善金科》的对应出目为《灵霄殿群星奏事》,两者情节完全一致,惟五色本玉帝未直接出场,由值殿仙官代替玉帝传旨。内府本中凡涉及帝王形象,一般不会直接出现在舞台上,这与明代以来禁止在戏剧中扮演帝王将相有关,脉望馆抄本中的明内府本集中地表现了这一特点。清内府本亦沿明例,乾隆时期编演的连台大戏,如五色本《劝善金科》、四色抄本《升平宝筏》都严格地遵守着这个规矩。康熙本《劝善金科》中出现了演员扮演玉帝直接出场的情况,从侧面说明了此本的编写年代较五色本要早。而出现这种情况不外两种可能性,其一康熙时期对戏曲演出的控制还不十分严格,其二康熙本的创编时间非常短,编者还来不及对一些摘自其他戏曲作品的出目进行调整,保持了其民间流传的原貌。

(3)陈祖荣鬻儿,恶绅张节谋妻害命事。包括第一本第七出《恶土豪见色起私》、第八出《狠狱卒得财害命》、第九出《痛孤孀陈母永诀》

427

《救贫困傅相施恩》；第二本第十五出《受伪职甘为奸细》、第十六出《动共忿怒射土豪》；第九本第七出《孤儿喜报泥金》、第八出《贞女于归花烛》。其中，《恶土豪见色起私》改编自元郑廷玉《看钱奴买冤家债主》杂剧第二折，惟将杂剧秀士名由"周祖荣"改为"陈祖荣"，且加入一段张节趁汴州旱灾，故意抬高米价的情节。其后几出不知所本，演张节见陈妻貌美，诬陷陈祖荣为李希烈奸细，后被张节买通狱卒害死狱中。张节逼婚不遂，陈母气急而亡，陈妻不甘受辱逃走，路遇傅相搭救，遣退张节，留财安葬陈母，抚育幼儿。李希烈兵乱，张节投靠叛军，阴潜入城，欲谋不轨，被守城军士所执，乡民忿其哄抬米价，乱箭射杀张节。陈祖荣一灵不昧至阎罗处告状，张节死后，拘其鬼魂至阴曹对质。陈祖荣、子陈肇昌奉母攻书，得中状元，由朱紫贵做媒，婚配刘青提堂兄广渊之女，其母并受皇封，嘉其贞节。

（4）李文道谋财害命事。包括第一本第十九出《李文道图财施毒手》、二十出《臧通判卖法放凶身》；第六本第七出《赌博场牵连盗案》、第八出《冤孽债显示冥诛》。演河南商人黄彦贵与伙计李文道、仆从兴儿往南昌府经商，归途中天降大雨，黄彦贵被寒重病，李文道趁机谋财害命，兴儿虽告至官府为主伸冤，但文道买通贪官臧霸颠倒黑白，逃脱制裁。李文道尽得黄彦贵资财，挥霍赌场，被公差当作盗窃大库的贼人捉拿，后被黄彦贵阴魂摄走丧命。其中《李文道图财施毒手》一出改编自元孟汉卿杂剧《张孔目智勘魔合罗》楔子和第二折，曲文与杂剧第二折套数完全相同，惟杂剧中李文道与被害者李德昌为堂兄弟，杂剧亦无兴儿一角出现。

（5）朱紫贵卖身葬父事。包括第四本第七、八、九、十二、二十四出；第九本第六出的部分内容。剧演李希烈、朱泚兵乱封城，朱纮、朱紫贵父子为避干戈，欲出城难逃，先为张佑大所擒，后因战事突起，张佑大放走朱氏父子。朱紫贵未婚妻华素月母子在逃难途中为叛将周曾所擒，周垂涎素月美貌，逼其成亲，素月守节不从，毁容相抗。此时周曾接令进兵，命张佑大镇守陈州。因军饷不足，众军士将素月等被俘女眷鬻售,恰逢罗卜经商还家经过此地,施以援手,将素月母女买下。朱父不堪流离,客死他乡,朱紫贵无力安葬,只得卖身葬父,罗卜还家,继承父志,周济乡里。感朱紫贵纯孝,赠银助其葬父,后得知朱紫贵即素月夫婿,为其完婚。朱紫贵刻苦攻书,与陈肇昌同榜得中。

(6)莫可交忘恩负义事。第五本第三至八出;第六本第二十二出《莫可交难逃凶报》。演莫可交与董知白为旧时故交,莫在叛将姚令言手下为军,姚渭桥兵败,莫走投无路之下投奔在田希监手下为官的故友董知白。董顾念旧情收留莫可交,莫忘恩负义,勾引知白妻李翠娥。贪官臧霸向田希监进献美女惊鸿,田妻善妒,田不得已之下令董知白将惊鸿带回家中看管。莫可交夜会翠娥,不料却误杀惊鸿,逃跑途中又将翠娥杀死。贪官臧霸不问青红皂白,判知白杀人将其下狱。贤相李泌奉命督师,莫可交投靠臧霸,与叛贼李希烈私通款曲,翠娥与惊鸿魂魄附身其上,于李泌行辕前分剖始末,莫可交、臧霸、田希监等人被执,董知白得释。

(7)刘贾欺凌孤女事。第七本第十出《托家私鳏老遗孤》、第十四出《负兄恩巧谋霸产》。演刘贾、刘青提族兄广渊,家财万贯,膝下惟得一女,广渊病重不治,将家财及孤女托付族弟刘贾照料。刘贾为霸占广渊家财,欺凌孤女,将其迫至后院破屋居住,后刘贾生魂被阴司捉拿,广渊女得朱紫贵为媒,配与陈肇昌为妻。

(8)傅相、傅罗卜父子行善事。包括第二本第七出《轸饥荒堂前焚券》演时值荒年,傅相将众乡邻、佃户借券堂前焚化。第十九出《哭穷途乞丐衔恩》,演罗卜、益利经商途中周济张佑大。第四本第十四出《傅罗卜途次全夫妇》,演罗卜归家途中遇卖膏药者将妻子卖与银匠,出银相助,使其夫妻免于分离。

(9)刘青提地狱受刑的部分出目。罗卜母刘氏青提开荤违誓,重重地狱受磨折是"目连救母"故事的主线,也是各种目连戏的必备情节,但在康熙本中,二殿、四殿、五殿等出目均标为新。从内容上来看,这些标为"新"的出目,除了刘青提地狱受审遭刑的情节外,"二殿"尚有黄彦贵告状,淫妇李丁香受罚事,"四殿"有阎君判断朱绂、朱泚、李希烈、莫可交、李翠娘、刘氏、董知白等人生前所为,使善恶各有所归。"五殿"有阎罗天子发放淫僧本无、静虚,霸占家产刘贾,叛将周曾李克诚事。可以看到,这些出目中涉及的出场人物,大多是康熙本《劝善金科》新增情节中的主角,也许正是为了容纳这些新增人物,所以才重新改写了刘青提地狱巡游的部分出目。第九本第十五出《孟婆训鬼诚贞淫》也是一般目连戏中没有的情节,演孟婆训诚地狱女鬼(包括嫉妒犯妇黄秀英,淫妇李翠娥,谋篡武则天,刘青提,不孝陈六娘)事。

（10）罗卜赴灵山求佛救母事。第八本第二出《逢野宿多般幻影》,演罗卜挑经挑母行至山野无人之处,被虎怪所惊,至一茅庵躲避。有粪蜣螂精、蚯蚓精、蝉蟟精、乌龟精等互相攻讦,佛祖化作频伽佛鸟解说因果,点化众妖。罗卜于暗中听众妖论法,领悟佛法。第三出《群魔障道德消除》演五通妖闻罗卜往西天见佛救母,伏于路中捉走罗卜,欲吸其血以成妖功。哪吒太子奉佛旨相救,将五通鬼押往西山地狱。第九出《发慈悲灵山法遣》、第十出《历幽冥佛力弘通》演目连求佛祖救母,佛祖赐锡杖、芒鞋,使黄巾力士护送,罗卜初入地狱。

（11）第二本第二十出《骗钱财拐子行智》,演张焉有、段以人二人素行不端,闻罗卜性好施舍,张焉有说服段以人合作行骗,罗益利主仆被二人骗走白金百两。第三本第十五出《垂戒警家堂示怪》,演刘氏青提开荤前往祖先堂拜扫,先灵示警,阻其开斋,刘氏一意孤行。第三本第十出《叹无归怨鬼争替》演四冤死鬼为争夺替身吵闹。第七本第二十一出《唤愚蒙颠僧劝善》,演癫和尚奉劝善师之命,在五重关前唱"劝善歌",以唤醒沉愚。第八本第十七出《奉使命起马还朝》演曹赛英父完成使命奉旨回朝,此出是为了引出后文庵中逢女情节的过渡出目。第九本第四出《知贡举盛代文明》、第五出《举子争观黄榜》、第六出《群英赐宴琼林》,演唐皇为贺荡平李希烈叛乱,特开恩科,众举赴试。第九本第二出《阅冥界群生普庆》,演罗卜入冥,见西施、项羽、石崇、邓通地狱受苦,点化众魂托生而去。

3. 国图本《劝善金科》与《目连救母劝善戏文》

《目连救母劝善戏文》是《劝善金科》成书之前,篇幅最长的,并由文人改写定型的一部目连戏,也是康熙本《劝善金科》的重要参照之一,二者在情节方面互为有无,下面将对二书的异同之处进行比较。

(1)国图本新增出目中戏文本有的内容。二本一出《玉霄殿群真会议》与戏文上卷《三官奏事》;二本二十出《骗钱财拐子行智》与戏文本上卷《拐子相邀》《行路施金》;五本第一出《逢月晦司命议事》与戏文本中卷《司命议事》。第四本第二十二出《朱紫贵卖身葬父》戏文中卷《斋僧济贫》中部。上述对应出目的情节内容相似,《骗钱财拐子行智》《朱紫贵卖身葬父》两出的曲文说白亦与戏文本基本相同,应出同源。其余两出虽情节相同,但所录曲牌、说白大异,如戏文本《三官奏事》出场人物为三官大帝和玉帝,《玉霄殿群真会议》则为紫薇帝君、东岳、天官、众神仙等,且所用套数亦不相同。

(2)国图本旧有出目中戏文本无的内容。第二本第二出《乐善堂刘贾借银》演刘贾第一次向姐姐、姐夫借银经商。第二本第十出《哭夫灵青提伤死别》演傅相逝后,邻女相劝,刘青提伤心不已。第二本第二十一出《忤逆子背伦打父》演傅罗卜路遇忤逆子张三打父,施以援手。第三本第二出《傅罗卜经商逢夏日》,即罗卜行路,演罗卜傅相到达苏城投宿客店。第三本第六出《遭继母攘蜂遇害》,演郑赓夫被继母设蜜蜂计陷害,被逼自尽事。第三本第七出《再借金劝姐开荤》,演刘贾二次借银,劝姐开荤。第三本第九出《逼改节恶妇宣淫》,第十一出《守节操陈媛自缢》,演刘贾经商归来,与寡妇沈氏有染,垂涎沈媳陈桂英美貌,与沈氏合谋逼桂英屈从,桂英因丈夫经商在外,不得已自缢身亡,国图本第九出标为"原本改姓名"。第三本第十二出《毁佛像刘母毁盟》,演刘青提三官堂撤佛像。第三本第十三出《争主顾二厨角口》,演刘青提开斋,令安童寻厨师前来置备酒席,二厨为争主顾,争执不休。第三本第十四出《上夫坟百岁伤心》演青提开荤之前,备素斋给傅相上坟。第三本第二十二出《大佛现身施法力》，演佛祖显身，令观音前往点化张佑大，地藏护持罗卜。第四本第一出《惜景光菩提度世》，演观音与地藏结伴同观南瞻部洲四季景色，见化缘善僧，践踏麦苗牧童，二盗等众生相。第四本第二出《远嗜欲敬慎持心》，演店主做媒，罗卜辞婚事。第四本第二十三出《落沉冥二鬼失路》，演土地指引郑赓夫、陈桂英鬼魂寻采访使者申冤。第四本第二十四出《遍尘寰四神探访》，演采访使者访查人间善恶，遇自刎、自缢二鬼。第五本第十一出《瞒过恶暗室难欺》，演刘青提为掩盖开荤恩行，命金奴安童往花园中埋骨。第十八出《五瘟大闹黄泉路》、第十九出《二鬼指引青提门》、第二十出《画堂前探姐生嗔》、第二十一出《受魔障医药无灵》、第二十二出《任拘拿家宅不佑》、第二十四出《钱多难免钢叉》，演五瘟鬼、无常鬼、巴辛等奉命拘拿青提魂魄。刘贾前来探望姐姐，与罗卜发生口角。刘氏被五瘟魔障无药可救，傅氏祖先向差鬼求情赦免青提，差鬼不从。刘氏阴魂被执后，用祖先所给金钱贿赂差鬼，趁差鬼不注意时逃走，被差鬼用钢叉叉回。第六本第二出《劝善师悯悼家门》、第三出《现青莲慈悲为本》，演傅相升天被封为劝善大师，知妻子阴司受苦。恰逢六月十九日南海观音得道之辰，四海龙王前来献宝祝贺，傅相亦往求情，观音令善才、龙女前往点化罗卜。在第三出中，观音道出罗卜来历"伊子傅罗卜乃上苍金刚星。降下凡尘。为伊善心所报"，这种罗卜出身的安排在目连戏中甚为罕见。第六本第五出《昭赫赫东岳有灵》，演东岳会勘诸恶。第九出《恶僧尼思逃法网》，第十出《活无常勾摄真魂》，演阴司捉拿淫僧本无、静虚事，尼姑和尚"双下山"是一种十分流行的民间小戏，但因原本不存，现在能看到的早期版本都是明代曲选中的各种单出，而国图本此出标明为"旧"，不能排除其源自"双下山"底本的可能性。第七本第十三出《思母德报本焚尸》，演罗卜焚化母尸，往西天见佛皈依。第十六出《昧心人家遭天火烧》，演朱紫贵为刘贾之子塾师，刘子顽劣不堪，刘贾反责老师。三台北斗星君降灾，烧毁刘贾家私。第十九出《清溪镇债欠来生》，演刘贾欠酒银不还，店主往城隍庙告状。第二十三出《说因果鬼王秉教》,第二十四出《庆地藏十殿修因》,演地藏得道之辰,十殿阎君听鬼王说法。第八本第十五出《奚再贞偷盗生灾》,演奚再贞偷鸡,与王婆对骂事。第十九出《错姻缘坠楼双故》、第二十出《巧配合颠倒还魂》,演妇人不满丈夫痴呆,与丈夫双双坠楼而死,夫妇阴魂至一殿秦广王处被审,阎王同情妇人遭遇,准其还阳,且让妇人还魂为男身,痴呆丈夫为女身,夫妻团圆。第九本第十四出《守曹归一言不语》,此出只有一句说白,为小鬼传令二月十九日观音生日,命众司赴会。值得注意的是,此出与民间流行的"哑判行文"不是一出,国图本中没有与"哑判行文"对应的出目。第二十出《现世报伦保求济》,演刘贾死后,其子刘伦保流落街头为乞丐,为益利所见,益利不计前嫌周济伦保。第二十二出《散天花神女采桃》,观音生日,王母令众仙女采蟠桃相贺。

(3)戏文本有国图本无的情节。包括:《遣将擒猿》《白猿开路》《过黑松林》《过寒冰池》《过火焰山》《过烂沙河》《擒沙和尚》(前半部)。戏文本有国图本无的情节,全部是傅罗卜在往西天见佛皈依路途中所遇险阻,其中穿插了观音戏目连,佛祖遣白猿护法相助,罗卜白梅岭脱化凡胎等内容。这些故事与"西游记"的情节十分相似,二者之间的关系也是学者讨论的一个热点。国图本则完全抛开了这些情节,描写罗卜在见佛路程中所遇困难的出目为第八本第二出《逢野宿多般幻影》、第三出《群魔障道德消除》,其内容已在前文做过介绍。在国图本中没有白猿和西游故事的人物出现。

(4)国图本与戏文本均有,但内容完全不同的情节。这些出目一般情节相同,但所用套曲、说白完全不同,应出自不同的底本。如国图本《背师教尼姑恋俗》《败宗门和尚贪淫》与戏文的《尼姑下山》《和尚下山》;《傅善人释道契同心》与戏文本《斋僧斋道》等均属此类。其中,比较突出的是两本目连十殿救母的情节,二者的出目对照情况如下表所示:

表 5 - 3　戏文本与国图本目连十殿寻母出目对照表

国图本			戏文本
第八本	第十二出	业镜台法惩众恶[一殿改]	五殿寻母
	第二十一出	游冥府子情迫切[二殿新]	二殿寻母
	第二十二出	叹血湖母德高深[改白]	三殿寻母
	第二十三出	诉阴曹苦觅亲魂[三殿旧]	
	第二十四出	上刀山明彰恶报[四殿新]	无对应出目
第九本	第九出	鄷都城大梦还迷	四殿寻母
	第十出	森罗殿微愆必录[五殿新]	无对应出目
	第十六出	六殿逢娘生惨凄[旧]	六殿见母
	第十八出	孝可念赠尺追寻[旧]	
	第十九出	受阴刑周曾锯解[七殿增改]	七殿见佛
第十本	第二出	祇树园三番见佛	
	第三出	夜魔城普放光明	目连挂灯（后半段）
	第四出	都市王严究罪恶	一殿寻母
	第五出	仗佛慈照破地狱	八殿寻母
	第六出	按神剑收回饿鬼	
	第七出	过九殿目连寻母	无对应出目
	第九出	大发放十殿轮回	十殿寻母

　　如表中所见，国图本与戏文本的相关出目不单并未一一对应，且出目的位置也发生了较大的调整。通过上面的介绍可以看出，国图本和戏文本虽然主体情节一致，且不少出目的曲文、说白大体相同，应属同源。但二者在情节的有无及出目顺序上的差异也十分明显，根据国图本所标"新""旧"的出目与戏文的对应情况来看，国图本的底本肯定不是戏文，下面将在此基础上继续探讨国图本《劝善金科》

的来源。

三、国图本《劝善金科》的来源

通过国图本与戏文本的对比可以看到,国图本与戏文本在情节选择、出目顺序方面有着较大的差异,特别是国图本中不少标为"旧"或"改"的情节在戏文本中并未出现。另一方面,国图本与戏文本的共有出目,其曲文、说白的相似程度还是非常高的,有个别出目甚至基本上没有异文。因此对于二者的关系可以做出如下推断,戏文本不是国图本据以改编的底本,但二者很可能参照了同源的目连戏曲作品。国图本《劝善金科》的底本应该具备以下条件:最大程度的包括了国图本中标为"旧"和"改"的情节;没有其中标为"新"的情节。

20世纪80年代以来,目连戏一直是学术研究的一个热点问题,作为研究的基础性工作,对于各地流传的民间目连戏曲本的发掘也是其中一个成绩斐然的领域,尤以台湾施合郑基金会出版的《民俗曲艺丛书》在此方面着力最多。在其已经出版的前九辑中,各地目连戏校注本和目连戏资料就有19种之多。特别是茆耕茹先生的《目连资料编目概略》一书,按照时间和空间两种维度,介绍了历史上流传于各地的目连戏并附以目录,为读者了解各地目连戏的内容提供了一条捷径。在表5-4中,笔者辑录了国图本《劝善金科》中的部分情节,[1]将其与《目连救母劝善戏文》以及各地流传的目连戏进行比较,[2]具体情况如下表所示。

---

〔1〕 关于表5-3中对于国图本《劝善金科》情节选择的标准,"刘氏开荤、目连救母"是所有目连戏必备的情节,对其的比较意义不大。因此,表中选取的国图本的情节基本上都是目连救母主线以外的及俗称为"花目连"的情节,且基本上都是戏文本所无的内容。

〔2〕 各地目连戏出目主要参照了《目连资料编目概略》和《中国民间目连文化》两书,如无特别说明,表中所注均为《目连资料编目概略》页码。茆耕茹:《目连资料编目概略》,台北:施合郑基金会1993年版。刘祯:《中国民间目连文化》,成都:巴蜀书社1997年版。

表 5-4 国图本《劝善金科》与各种民间目连戏情节对照表

出目	安徽		江苏			江西		湖南		福建
国图本 戏文本	南陵本[1]	皖南本[2]	串客会本[3]	两头红本阳腔定埠本[4]	阴腔目连戏[5]	弋阳腔目连救母[6]	青阳腔目连戏[7]	花目连辰河高腔[8]	目连传（祁剧高腔）[9]	目连傀儡（泉腔）[10]
三等	遭三等	挂牌同济			斋僧	遭观三等	三教斋会			
刘贾借银										
张三打父	训父	赵甲打父	逆父		训父	不义打父	赵甲打父			许豹打父
罗卜行路			客路				罗卜投店		罗卜投店	
郑赓夫蜜蜂计								继母冤儿	蜜蜂头		

[1] 手抄本，三卷一百五十一出。1957年，南陵县人民政府文教科刻写油印，1987年该县文化局重刻油印。第266—267页。
[2] 周贻白旧藏。原本批有："此卷由安徽省皖南而得"字样，称《目连戏》，共三册，计一百一十七出。
[3] 中国艺术研究院藏，文戏679.61，三十二折。参见《中国民间目连文化》，第167—169页。
[4] 陈忠美抄本，二卷三十九出，第329—330页。
[5] 江苏省高淳县文化科1957年挖掘。1957年12月江苏省剧目工作委员会内部刊行，第327—328页。
[6] 《弋阳腔目连救母》，第332—333页。
[7] 《青阳腔目连戏》，第324—336页。
[8] 辰河高腔，目连五大本之《花目连》，第315页。
[9] 祁剧高腔《目连传》，第305—307页。
[10] 《目连救母》手抄本四册，现存泉州木偶戏剧团资料室。第290—296页。

分类	剧目	安徽			江苏		江西		湖南	福建
	陈媛自缢	博施济众	施环	陈氏施环		化钗求子、出神、脱凡	吊神出现,吊神自叹,金氏上吊	耿氏上吊,普化送神	耿氏上吊	
	刘母毁佛像									
	二厨相争									
旧	一枝梅（哑驮瘫）			增一枝梅	一枝梅		哑夫驮妻	青妻上桥,一枝梅		公背婆
	观音四景		四景	香山四景		观四景	游观四景	游观四景		
	五瘟魔障	行牌、伤亡	差牌	公道发鬼			孤幽上路,大捉,小捉	五鬼上路,大捉刘氏	五瘟祈福,公差上路,无常引路	
	钢叉叉刘			大捉小捉						
	刘贾被捉									

		安徽		江苏		江西		湖南	福建
旧	王婆骂鸡	骂鸡	王妈骂鸡、审问偷鸡	骂鸡	骂鸡、送鸡	王妈骂鸡			
	颠倒姻缘								
	伦保求讨	刘龙保求讨饭							
	卖身葬父	斋僧济贫、穆敬卖身	卖身葬母	卖身	孝妇卖身、男卖身	孝妇卖身、孝子卖身	孝子卖身		
	刘广渊								
新	堂前莱券						火焚斗秤		
	罗卜全夫妇								
	孟婆训诫								
	罗卜遇径								
	家堂示警								
	怨鬼争替						水鬼诉冤		

438

通过表 5-4 的对比可以看出,康熙本《劝善金科》标明为"旧"的出目之底本应该是一个主要流行于安徽、江苏、江西一带的目连戏曲本,也可能是综合了这些地区的众多传本后统一加以删改的结果。标为"新"的出目,可能并非源自目连戏,而是吸收了元明以来的传奇杂剧改编而成,如李晟平叛内容与《昙花记》,陈荣祖鬻儿与《看钱奴》杂剧。

以上,详细介绍了国家图书馆藏康熙旧本《劝善金科》的主要内容,并对其与乾隆五色刻本及明郑之珍《目连救母劝善戏文》之间的异同进行了考察。再结合各种民间目连戏史料,对旧本底本的来源作出推断。康熙以后,乾隆时期又据旧本改编了五色刻本,是内府本中罕见的有刻本行世的版本。五色本问世后,对后世目连戏的发展产生了重大影响。又因其官修的地位,使其在民间流传的过程中备受推崇,出现了五色重刻本和五色抄本,这是内府本传播史中的重要一环。下面,我们将追寻《劝善金科》在民间流传中的脉络。

第四节　五色刻本的民间流传——五色抄本及五色重刻本

《劝善金科》是清宫连台大戏中年代最早,版本较多的一种,从早期的康熙改本,到乾隆武英殿五色刻本,《劝善金科》的版本变迁为我们清晰展示出目连戏在清宫内的发展轨迹。五色本刻印以后,《劝善金科》以刊本行世,通过官修图书的发行渠道,很快便将其影响力带到了民间。日本东北大学图书馆藏五色抄本及清代中期五色重刻本《劝善金科》就是在乾隆五色刻本影响下出现的新版本,对研究清宫演剧及其对民间剧坛的影响具有重要的价值。

一、日本东北大学藏五色清抄本《劝善金科》

日本东北大学图书馆藏五色清抄本《劝善金科》(丁 B/2-5.1/47),2 函 20 册,2 册为一本。线装,黄色封面,无框无格,未标句读,核其内容版式,与乾隆五色本完全相同,所使用颜色的对应情况也与五色本一致。

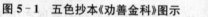

图5-1　五色抄本《劝善金科》图示　　　图5-2　五色抄本《劝善金科》图示

　　既然五色抄本和刻本的内容完全一致,那么二者孰先孰后呢?虽然两书的内容相同,但是由于在抄写过程中很难做到完全无误,经过校勘,二者仍然存在着少量异文,这些异文将帮助我们解决这一问题。两本的异文主要分为以下三种情况:

　　(1)抄落。如抄本第七本二十三出《消火焰地近清凉》缺末页,应是所据底本不全或抄手抄落。第一本第五出第四面四行,五色刻本作"杂扮三执纛人",五色抄本漏抄一"执"字,但下文特别空出一格以求与刻本保持一致,可见五色刻本就是抄本的底本。此外,因抄本的科介、韵脚等都用不同颜色抄写,与五色刻本相比,抄本"韵""句""读""合"等字常漏写。

　　(2)抄误。与刻本相比,五色本抄错之处很多。如第四本第十九和第二十出,抄本的出目均为《争座位众匠回心》,但出目内容与刻本前后两出相同,显为抄手误写。文中错字更是不胜枚举,如第一出"孔雀翎",抄本误作"孔省翎",第三出"劝善金科"误抄为"勤善金科",可以想见,五色本抄手的工作态度并不认真,并非内府安殿本精抄精校的风格。

　　(3)缩抄。在五色抄本中有一个有趣的现象,部分出目的卷末位

440

置,抄本将刻本两面的内容缩抄在一面里。如第一本第三出刻本卷末一句为"同从下/场门下",在第一个"下"字处换页,抄本则将后三字小字抄在前一页。这种情况,在抄本的第一本第十四、十六出,第六本第二十出末等处多次出现,看来并非偶然情况。五色抄本的这种处理方法,应当是为了节省纸张之故,这种做法似民间书坊射利之为,不若内府本的追求精美、不计工本。

以上介绍了五色抄本和刻本的校勘情况,由之可以得出以下结论:

(1)五色刻本是五色抄本的底本,抄本据刻本影抄。

(2)五色抄本不是内府本,应当是民间书坊据刻本抄写鬻售之本。五色抄本虽然以黄色书衣包裹,但抄写潦草,错误甚多,特别是出现了为了节省纸张而将原本在两页的内容缩写于一页的情况。内府本中的多色抄本,多为供帝王御览的安殿本,抄写精美、字体秀丽,如前面介绍过的上海图书馆藏《江流记》、大阪图书馆藏《升平宝筏》,五色抄本的抄写质量与之还有相当大的差距。此外,五色抄本前后字体不一,特别是不同色彩的文字显然成于众人之手。因此,笔者据以推断,五色抄本不是内府本,而是民间书坊为了谋利,组织职业抄手复抄的版本。当然,这种民间抄本出现,本身就说明了五色刻本对民间剧坛的影响力。

(3)最后,关于五色抄本的抄写方法,通过对五色抄本的校勘可以发现,五色抄本漏抄的内容有相当部分都是"韵""句""读"等字。究其原因,当与五色抄本的抄写方法有关,在抄写的过程中,抄手是按照颜色分多次抄写完成的,每次抄写一种颜色而预留下他色文字的位置,蓝色的韵律符号是抄写最后一道工序,因为字数少,预留下的位置在再次抄写时不易被辨认出来,因此导致了这类文字缺失的情况最为多见。

二、五色重刻本《劝善金科》

五色重刻本《劝善金科》,版式全仿乾隆武英殿五色本,卷末附有重校者的跋语,主事者重修此本的缘由在于原板"历年既久,不无残损"。重刻本的刊印年代,据戴云先生推断为嘉庆时期。重刻本虽然以五色本为底本,但正如校者在跋文中所说的一样,对原版本进行了大量"斟酌去取,是非舛讹悉加厘正"的工作,笔者曾以之与《古本戏曲丛刊》九集影印五色本进行校勘,以下将据之讨论二者的关系。

 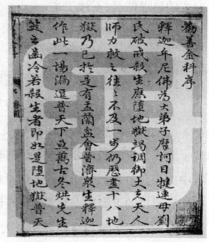

图5-3 《劝善金科》五色本序　　　图5-4 《劝善金科》五色重刻本序

1. 重刻本与五色本

重刻本与五色本的异文可以分为以下几种情况:

(1)重刻本更改了五色本的部分科介。如第一本第三出《宴佳辰善门集庆》第6面,五色本原作"〔内奏乐,二院子随撤香案,场上设桌椅,益利/捧茗盏,罗卜接盏定席毕,傅相、刘氏坐科,罗卜行礼科,唱〕",重刻本改为"〔内奏乐,二院子随撤香案,罗卜白〕看香茗过/来。〔益利应科,场上设桌椅,益利捧香茗盏,罗卜接盏定席/毕,傅相、刘氏坐科,罗卜行礼科,唱〕",这种情况在两者的异文中非常常见,应该说重刻本的这种改编,基本上都是为起到了细化科介提示的作用,对舞台演出更具有指导意义。

(2)重刻本的新增内容。相对于五色本,重刻本新增了不少的内容,这是二者异文最主要的形式。新增内容也可分为两类,其一是动

清代内府曲本研究

作戏的增加。如第二本第三出《姚令言乘机劫库》,演叛将姚令言假借勤王之名劫掠长安大库。重刻本的后半段中着重刻画了长安城老副将的战斗场面,由老副将出场唱一支曲,并有详细的战争场面的舞台提示,相同的场景五色本仅一笔带过,而康熙旧本中则根本没有老副将这一人物出现。再如,第五本第二十四出《昭昭天报自今明》,演五差鬼捉拿刘氏。钢叉叉刘是民间目连戏演出中一个十分火爆的"武场戏",扮演五差鬼的演员抛掷钢叉,刘氏左右腾挪闪避,场面热闹惊险,是一场极具观赏性的演出。五色本虽然也有五差鬼出场,但并没有展现这一场景,重刻本则用了很大的篇幅渲染这一表演。

其二是出场人物和曲词的增加。如第二本第二十四出《快人心雷公霹雳》,演雷公风婆奉旨追打恶人。五色本在淫妇李氏出场唱"【又一体】奴奴貌赛嫦娥"后,雷公风婆即出场,随后是"雷打"的科介。重刻本在李氏后多出贪官钱茂选、酷吏包可达、奸臣宁为仁、妖道温清虚、恶妇贾氏、强氏出场唱的三支【又一体】。值得注意的是,五色本虽然在前文中没有这些人物出场,但是在后文"雷打"的科介中这些人物的名字又一一出现。可见,这些人物和曲文在《劝善金科》的底本中本来应当是有的,五色本删除了这些内容,重刻本又将其重新编入。再如第九本第十四出《夜魔城诉情免罪》,五色本在刘氏出场受审前并无别的鬼囚出现,重刻本则加入了本无、静虚、刘贾等数人,并多一支【水底鱼】曲。阎君发落这些鬼囚后,重刻本对鬼卒如何施刑有非常详细的舞台说明,重刻本这样处理的目的应当是为了加强舞台效果,表现恶人恶报的可怖,达到"警人心、骇人目"的目的。

(3)改动了部分出目的名称。五色本和重刻本第六本的出目名称自第三出起均不一致。此外,五色本和重刻本在部分出目中的曲文各有增减。如第六本第三出《定律法诸犯悔心》,五色本比重刻本多"【北收江南】""【南园林好】"两支曲。重刻本则比国图本多出"【南侥侥令】""【北收江南】""【南园林好】"三支曲。

2. 重刻本的改编

前面介绍了五色本和重刻本的主要差异,随之而来的问题是,重刻本与五色本异文的来源在哪里? 重刻本是否在五色本之外还参考了别的目连戏。"和尚、尼姑双下山"是目连戏中常演不衰的场次,有趣的是,康熙本、五色本、重刻本《劝善金科》在这个故事段落上文字均不相同,下面将以《劝善金科》"双下山"故事的相关出目为例,讨论重刻本的改编。

康熙本"双下山"对应的出目为第五本第九出《背师教尼姑恋俗》、第十出《败宗门和尚贪淫》。五色本和重刻本的对应出目为:第五本第九出《动凡心空门水月》、第十出《堕禅行禅榻风流》、第十一出《僧尼山下戏调情》,根据校勘结果,三者的关系如下:

(1)"尼姑下山"的出目。五色本与重刻本基本属于同一系统,所采用的均为"山坡里羊""九转采茶歌"套。二者的差异在于重刻本有罗汉出场配合尼姑思春的表演,五色本无。五色本的部分说白,重刻本删落。康熙本的"尼姑下山"与戏文属于同一系统,均采用"娥郎儿""日转花阴"套。但康熙本出目有一段尼姑见山下人家娶亲,从而坚定决心逃离庵堂的描写,为戏文本所无,五色本和重刻本都保留了这段文字,应当是继承自康熙本。

(2)"和尚下山"的出目。"和尚下山"的情况比较复杂,重刻本的开头与诸本均不相同,首支曲为【赏宫花】"和尚暖出家",五色本和康熙本均为"青山影里塔重重"曲。其后内容,康熙本与五色本基本一致,重刻本的部分说白曲词与《目连救母劝善戏文》相同。康熙本与重刻本均以"阇黎都是高人做"为末支曲,五色本则无此曲。总的说来,"和尚下山"的部分,三者应源自同一系统的底本,但在改编的过程中分别参照了别的系统的本子,从而形成了如今的面貌。

(3)"僧尼相调"的出目。康熙本未单独分出,"僧尼相调"的情节合并入《败宗门和尚贪淫》。前半部分,三者基本相同,均以尼姑唱【步步娇】"离了庵门来山下"开始,但僧尼说白则有较大差异,康熙本与五色本同源，与戏文本一致，重刻本则要简略的多。从【一江风】曲后，康熙本与五色本基本一致，重刻本的异文较多。出末康熙本与五色本均以【驻云飞】为末支曲，重刻本则多出一支【清江引】。

（4）关于曲体。五色本"双下山"的两处均标为"四平调"，重刻本则标为"弦索调"，但两者曲文相同。

上面比较了三种《劝善金科》"双下山"的出目，关于康熙本和五色本"双下山"故事的来源，戴云先生在其《劝善金科研究》中曾有介绍，可参看。总体来说，重刻本与五色本应属于同一系统，但五色本并非重刻本的唯一来源。《缀白裘》第七集中收录了清代传奇《孽海记》"下山"出，其第一和最后一支曲分别为：

> 【皂罗袍】和尚出家，受尽波查，被师父打骂，我只得逃往回家。一年二年，养起头发，三年四年，做起个人家，五年六年，讨一个浑家，七年八年，养一个娃娃，九年十年，只落得和尚，叫我一声爹爹。
>
> 【清江引】才好、才好，方才好，丢下了僧伽帽，养起头发来，戴顶新郎帽，我和你做夫妻同到老。[1]

这与重刻本几乎完全一致，而重刻本与康熙本、五色本不同的说白，也都见于《孽海记》。可见，重刻本在改编过程直接参照的底本是《孽海记》，而前面谈到的重刻本比五色本多出的内容也很有可能源自民间流传的目连戏。因此，笔者认为，重刻本《劝善金科》并不是在内府组织下的重新翻刻，而是五色本流传到民间后，江南文人的个人行为。

---

〔1〕（清）玩花主人编选：《缀白裘》，《善本戏曲丛刊》（第五辑），台北：学生书局 1987 年版，第 3181—3194 页。

在本节中我们介绍了两种在五色本影响下出现的《劝善金科》新版本，清代内府刻书，在供帝王御览和赏赐臣下之用外，尚有完善的发行流通渠道。[1] 我们知道，清内府曲本的编演除去演出需要，更重要的是承担起教化民众，传达统治阶级意志的作用，这在《劝善金科》《昭代箫韶》等剧的序言中已经得以直观地展现。因此，此类书籍刻成之后，清代的统治者对于其在民间的流传盛行应当是乐观其成的，不存在"内府秘本"敝帚自珍的心态。而《劝善金科》在流传至民间后，也"不负圣望"地表现出极大的影响力和生命力，对民间目连戏的发展起到了积极的作用。五色抄本和五色重刻本的发现，不仅展现了五色本《劝善金科》在民间受追捧的程度，同时也为沟通宫廷与民间剧坛搭建起了一座桥梁。

---

〔1〕 内府刻书面向民间鬻售，在《清内府刻书档案史料汇编》中多有所载，如："（乾隆三十九年）兹据英廉复称：查得此项《佩文韵府》，向来用台连纸刷印发售，每部价银十一两六钱二分九厘。今次所售，因系库存原板初刊，又系竹纸刷印，是以按照纸色工费，每部银十二两四钱六分，较连台纸书每部增价八钱三分一厘。至此外尚有《渊鉴类函》等书十种，亦系精好适用，现在出售价值，均按旧例，分别连四竹纸、榜纸作价，比之连台纸，亦皆稍增。谨分别缮单寄复。等语。"——翁连溪：《清内府刻书档案史料汇编》，扬州：广陵书社 2007 年版，第 195 页。

第六章
《昭代箫韶》考

《昭代箫韶》和《劝善金科》是内府本中唯一有刻本传世的两种,相对于有康熙旧本存世的《升平宝筏》《劝善金科》,《昭代箫韶》是清宫连台大戏中出现较晚的一种,目前所能见到最早的版本是嘉庆十八年(1813)的武英殿朱墨双色套印本。如果说《劝善金科》剧和《升平宝筏》剧体现了内府本的早期风貌,《昭代箫韶》则是研究清代中叶以后,内府本发展变化的重要文献。此外,杨家将戏是清代宫廷戏曲演出中一个十分受欢迎的题材,特别是清末诸帝后对杨家将戏表现出超乎寻常的喜爱。在慈禧太后的直接授意和亲自主持下,先后出现了两种皮黄改编本,对我们研究清末宫廷戏曲演出的声腔变革及内府本皮黄戏的改编具有重要的参考价值。

第一节 《昭代箫韶》版本述略

《昭代箫韶》的版本系统并不复杂,总体来说,可分为昆弋本系统和皮黄本系统两种。昆弋腔版本,目前已能确知年代的是嘉庆十八年(1813)序刊本,由于《古本戏曲丛刊》九集即据此本影印,故亦以此本最为世人熟知。但是在清宫演剧中,经常使用的是四字昆弋腔本,其内容、情节均较刻本为简。《昭代箫韶》的皮黄版本,均为慈禧太后时期组织编撰，一为升平署改本，一为慈禧太后近侍太监科班用本。以下将择要介绍两个系统中的主要存本。

1. 昆弋腔《昭代箫韶》[1]

（1）昭代箫韶　10本20册　首1册　朱墨双色套印本　14.9 cm×19.3 cm　框18.1 cm×29 cm

嘉庆十八年（1813）序刊本，10本240出，8行22字，白口，四周双边，单鱼尾。正文前依次为：昭代箫韶序、凡例、总目。宫调、科介、服色以及韵句等用小红字，曲牌用单行大红字，曲文用单行大黑字，衬字用小黑字。有句读，北调之入声应分隶平、上、去三声者标注小红圈。序末题"嘉庆十八年岁次癸酉"，兼署"校阅燕山张生寅文虞、宛平李禄喜中和、昆山邹焕章锦文、参定古吴陈楚畹纫佩、长洲张凤林绍廷、编辑虞山王廷章朝炳、分纂茂苑范闻贤知愚"。

国家图书馆藏（A03480），21册，卷端钤"朱希祖"阴文印，为朱希祖先生让与国图者。

国家图书馆藏（10976），存17册，二本卷上至十本卷下，卷端钤"长乐郑振铎西谛藏书"印，内文多页页眉处有木制印记"爱莲堂"，可能是书坊木记。

国家图书馆藏（16328），存17册，卷首至卷九下；卷十下。首册封面有郑振铎先生题写跋文：

正面：予欲得《昭代箫韶》者三十年矣，以其价昂不能下手，实亦难遇全本也。五三年来，着手影印《古本戏剧丛刊》，乃亟思获此剧，收入丛刊中。遍访厂肆，适值其参加社会主义改造，清产估价，凡陈年尘封之古本，胥得重见天日。乃于来熏阁得此书十册，于遂雅斋得此书六册，于修绠堂得此书八册，去其重复，凡得

---

[1]《昭代箫韶》的嘉庆十八年序刊本、七字目皮黄本、四字目皮黄本，并有周志辅（明泰）先生藏本，因笔者未经寓目，故未列入文中，具体情况可参看周志辅《〈昭代箫韶〉之三种脚本》。

十七册,仅阙七卷之下、八卷之上,及十卷之上三册耳。再加探访,当不难成一部全书也。/一九五六年六月十七日 西谛

背面:一书之收得,其难如此。一书之得成全帙,其难又如彼。坐享其成的学者们,将怎样感谢辛勤艰苦的采访者呢?采得百花成蜜后,劳动者是会自食其劳动的果实的,但憾世之知此艰辛者甚少耳。/西谛又记 六月十七日灯下

首都图书馆藏(甲四78),存7册,一本上至三本下;第三本(第一出缺首页)。钤"北京孔德学校之章",内文页眉位置有长方形木记"爱莲堂"。此本内附书签,从左往右依次题写:孔德图书馆藏/原刊朱墨本[残]清王廷章等编/国立北平图书馆戏曲音乐展览会/第一七号。

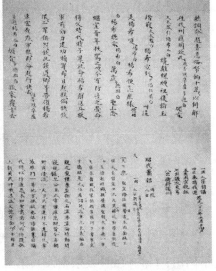

图6-1 嘉庆十八年刊本《昭代箫韶》　　图6-2 四字昆腔本《昭代箫韶》

(2)四字出目本

清道光后抄本,据嘉庆十八年(1813)序刊本改编四字出目本。内容与七字出目昆弋腔本相同,惟对刊本进行了删减缩写,出目较刊本

为少，且不似刊本分"本"，四字出目本以"段"为演出单位。四字出目本的整本，未见传本，笔者据《故宫珍本丛刊》辑录部分版本如下：

《故宫珍本丛刊》第 670 册"昆弋本戏"所收单出，《钦斩四恶》《设计救贤》《教场比武》《不臣陷主》《争劫仁美》《木寨招亲》。

《故宫珍本丛刊》第 668 册"昆弋本戏"第 476—481 页所收本，封面题"一出　太宗朝议/四出　奏请伐辽/五出　太宗亲征/七出　议取东易/八出　擒将据州/道光二十三年六月十四日"，卷端题"昭代箫韶[头段/八出]"。

《故宫珍本丛刊》第 692 册"各种提纲"所收本。

2. 皮黄腔《昭代箫韶》

（1）七字出目皮黄本

清光绪后抄本，本家班演出本，慈禧太后主持改编。出目悉依嘉庆刊本，仅翻改至刻本第五本，此种皮黄本知见版本如下：

《故宫珍本丛刊》第 683 册"乱弹本戏"第 348—361 页所收本，头本一至四出。

首都图书馆藏（丁 013761），19.1 cm×27.2 cm，6 行 18 字左右，白封红签，封面题"[头本]昭代箫韶[一出至四出/总本]"。

（2）四字出目皮黄本

光绪二十四年（1898）后抄本，升平署演出所用本，据昆弋本改编，至第七本第三出止。知见版本如下：

《故宫珍本丛刊》第 670 册"昆弋本戏"所收单出，《大破辽兵》《玉娥斗法》《得图探阵》《椿岩揭榜》《素真报信》。

《故宫珍本丛刊》第 668 册"昆弋本戏"第 462—476 页所收本，一本四出：《第一出　太宗朝议》《第二出　萧后打围》《第三出　辽将寇边》《第四出　奏请伐辽》。

《故宫珍本丛刊》第 683—684 册"乱弹本戏"第 362 页至卷末，与 668 册所收本可合为全秩。升平署乱弹本，每册四出，至《摄九环锋》止。

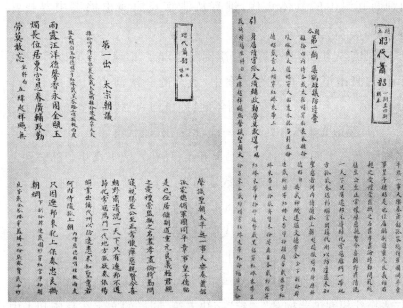

图 6-3　升平署本《昭代箫韶》　　　　图 6-4　本家皮黄本《昭代箫韶》

第二节　《昭代箫韶》的第一次改编——四字昆弋腔本

《昭代箫韶》的昆弋腔版本，为世人所熟知的是嘉庆十八年（1813）武英殿朱墨双色刻印本，但是在清宫演出中，这种 10 本 240 出本得到的演出机会并不多，道光以后宫中演出所用的是四字出目昆弋本，相对于嘉庆刊本，这种四字出目的版本只有抄本存世，得到的关注也不多，本节将介绍四字出目昆弋本《昭代箫韶》的相关情况。

一、四字昆腔本《昭代箫韶》的年代

四字出目昆弋腔本《昭代箫韶》是根据嘉庆十八年（1813）刊本改编而成的，可以肯定其年代肯定晚于嘉庆十八年（1813），但这种版本因传世之本稀见，且仅以不完整的抄本行世，故很难准

确判断其诞生的具体年代,惟有从清宫戏曲演出档案中寻找蛛丝马迹。

周明泰先生《清升平署存档事例漫抄》卷六记载了道光以后《昭代箫韶》的演出记录,在现存档案中,最早的一次演出为道光十七年(1837)至十八年(1838),据这两年的《差事档》记载,从道光十七年正月十五日至道光十八年九月初一日,共演《昭代箫韶》二十六段。其后,在道光二十四年(1844)至二十五年(1845)、咸丰八年(1858)到九年(1859),又分别演出了两次,数量仍为二十六段。〔1〕无独有偶,在《故宫珍本丛刊》第668册和第692册我们也发现了这种分段的本子,曲文显示这种分段本所唱为昆弋腔,且第668册"昆弋本戏"所收《昭代箫韶》第一段封面署"道光二十三年六月十四日"。此外,《故宫珍本丛刊》第670册所收《昭代箫韶》单出"钦斩四恶"末支曲【扑灯蛾】中唱词"恶狰狞相铁锁要拘拿","狞"字缺末笔,同样的文字在嘉庆刊本中则未缺笔。综上,分段本的《昭代箫韶》产生的年代应该在道光十七年(1837)以前,出目为四字,据嘉庆刊本改编,数量为二十六段。道光时期将清宫连台大戏改本为段,《昭代箫韶》并非特例,同样的情形发生在《升平宝筏》《鼎峙春秋》《征西异传》《铁旗阵》等众多曲本上,特别是《升平宝筏》和《鼎峙春秋》,因今日仅存的几册嘉庆朝南府档案幸运地记载了嘉庆二十四年(1819)《升平宝筏》演出记录,在嘉庆朝的倒数第二年里,《升平宝筏》还是按本演出的,随后的道光朝升平署档案中,《升平宝筏》和《鼎峙春秋》的演出形式就是分段了。值得注意的是,虽然改本为段是道光朝以后才形成的演出形式,但四字出目昆弋腔本的出现则要早得多。《嘉庆七年旨意档》记载该年"(四月)二十二日 长寿传旨,《遇仁搭救》'斗黑麻'闻仁唱'感师傅慈悲'唱了接板了,改起板。"〔2〕闻仁是清宫西游戏中新增的人物,仅见于连台大戏《升平宝

〔1〕 周明泰:《清升平署存档事例漫抄》,《几礼居戏曲丛书》(第四种),1933年自印本,第155—163页。
〔2〕 丁汝芹:《清代内廷演戏史话》,北京:紫禁城出版社1999年版,第78页。

筏》，此处的"闻仁搭救"述唐僧师徒搭救宝象国书生闻仁事，是《升平宝筏》的单出。可见，至迟在嘉庆七年，宫中演剧已有了连台大戏的四字出目改本，而将这种改本为段的四字出目本大规模地用于演出则应该是道光朝以后的事了。

至于改本为段的原因，笔者认为，七字出目本是清内府曲本的独创，同时代和之前的戏曲作品鲜有这种命名方法。内府本的做法，显然是受到了明清小说出目命名方法的影响，虽然这种七字目雅驯深奥，但佶屈聱口且不利于记忆，因此在日常演出中，演员为了演出的便利有意识地将其简化，这种行为也得到了皇帝的默许。特别是道光朝以后，为了节约成本，大肆地缩减了宫廷演剧和演出机构的规模，将七字出目本改为四字分段本顺应了这一要求，这也解释了分段本何以在道光朝以后全面占据了宫廷戏曲演出舞台。以上对四字出目昆弋腔本《昭代箫韶》出现的年代和原因进行了阐释，以下将以具体例证来说明其与嘉庆刊本的关系。

二、四字昆腔本的内容

《昭代箫韶》的四字昆弋腔本，笔者目力所及未有整本传世，惟有从《故宫珍本丛刊》刊载的曲本中辑录该本的出目如下：

表 6-1　四字昆腔本《昭代箫韶》的出目

头段	一出　太宗朝议	六段	一出　廷让败逃	十一段	二出　私行事泄
	二出　萧后打围		二出　潘虎求救		三出
	三出　辽将寇边		三出　顾亲枉法		四出
	四出　奏请伐辽		四出　韩连纳贿		五出
	五出　太宗亲征		五出　鞭毙贪婪		六出　仁君恩宥
	六出　威赫辽邦		六出　大审奸党		七出
	七出　议取东易		七出　群英悦服	十二段	一出　计建降台

头段	一出	太宗朝议	六段	一出	廷让败逃	十一段	二出	私行事泄
	八出	擒将据州		八出	焦赞劫粮		二出	
二段	一出	肖邦赴援	七段	一出	森罗发票		三出	
	二出	德昭遣将		二出	廷铮除奸		四出	解诗赐死
	三出	仁美妒功		三出	钦斩四恶		五出	舍身全义
	四出	解围反困		四出	杨景授职		六出	
	五出	父子勤王		五出	奸拨残兵		七出	
	六出	君臣定计		[连七出]六出 争劫仁美			八出	
	七出	乔妆议和		七出	箭攒潘虎	十三段	一出	兵困魏府
	八出	分兵追袭		八出	九鬼对叉		二出	邓州访贤
三段	一出	萧后招婿	八段	三擒伏良			三出	
	二出	计陷呼延		四出	王强僭景		四出	
	三出	冒希劫营		五出			五出	会合勤王
	四出	踹夺宋营		六出	冒名进鱼		六出	
	五出	萧后设伏		七出	剖露真情	十四段	一出	大破辽兵
	六出	激将遭困		八出	施药病马		二出	椿岩揭榜
	七出	求救闯围		九出	智赚骗骊		三出	五国应援
	八出	箭射七郎		十出	中途截救		四出	得瑞探阵
四段	一出	义感群心	九段	一出	诓困六郎		五出	
	二出	怀浦抒忠		二出	孟良突围		六出	玉娥斗法
	三出	分兵突谷		三出		十五段	头出	素真报信
	四出	撞碑失忠		四出	盗千里风		二出	三探天门
	六出	埋亲中箭		五出			三出	任仙济景
	七出	琼娥会战		六出	连解双围		四出	桂英擒保
	八出		十段	一出	森罗彰报		五出	木寨招亲
五段	一出	琼娥劫营		二出	骂奸起衅		六出	焚寨
	二出	代写冤状		三出		四段	七出	辕门斩子

清代内府曲本研究

头段	一出 太宗朝议	六段	一出 廷让败逃	十一段	二出 私行事泄
	三出 击鼓伸冤		四出		八出 桂英闯帐
	四出 逼滚钉板		五出	末段	第一出 投幽避兵
	五出 密谕赏边		六出		第二出 背城决战
	六出 仁美失机				第三出 劝母归降
	七出 屈斩黄龙				第四出 纳欸班师
	八出 赚印扭解				第五出 奏凯回朝
					第六出 封功锡爵
					第七出 问罪诛奸
					第八出 赐宴团圆

上表主要参考了《故宫珍本丛刊》692 册刊载的《昭代箫韶》"题纲本",未列出出目名称者因原本失题。除去第八段为"十出"外,其他各段以"八出"为多,应该说每段八出是这种刊本的惯例。在本文的第一部分已经介绍过,分段本的全本应有二十六段,此出仅辑录到其中的十六段,从现有出目来看,基本上包括了嘉庆刊本的全部内容,因题纲本不录曲文,无法对二者进行整体比较,以下将根据《故宫珍本丛刊》中所刊载的四字昆弋腔《昭代箫韶》的单出,比较其与嘉庆版本的异同。

三、四字昆弋腔本与嘉庆刊本

由表 6-2 可知,四字出目本对嘉庆刊本做出的最大改编是将多出合为一出,这也解释了为何四字出目仅以每段八出就能基本涵盖嘉庆刊本的全部内容。从内容上而言,四字出目本基本上保留了嘉庆刊本相关出目的全部内容,但是也有部分出目对嘉庆刊本进行了较大程度的删改,以下以《钦斩四恶》为例与嘉庆刊本校勘,表 6-3 黑体字部分即为四字出目本与嘉庆刻本的异文。

表6-2　四字昆弋腔本与嘉庆刊本出目对照表(选出)

四字昆腔本	嘉庆十八年刊本
头段　太宗朝议	第一本　第三出　集鹓班议防边忧
四出　奏请伐辽	第八出　辽宋干戈自此兴
五出　太宗亲征	第十出　申天讨御驾亲征
七出　议取东易	第十二出　如神妙算赞中枢
十三出　擒将据州	第十三出　振先声龙骧虎贲
七段　钦斩四恶	第三本　第十七出　冥主拒魂聚鬼差
	第十八出　贤王执法荐明君
	第十九出　四恶虽除继二佞
七段　较场比武	第三本　第二十出　一官赞授守三关
	第二十一出　残兵聚虎豹潜藏
七段　争劫仁美	第三本　第二十二出　义旅伸鸥鹗并获
	第二十三出　山寨复仇开劲弩
设计救贤	第五本　第四出　云阳市虎口余生
	第五出　圣主怜才肆赦宥
不臣陷主	第五本　第十三出　计退三城倾宋社
	第八出　施毒计易字倾贤
	第九出　献私札丧耻忘廉
十四段　大破辽兵	第六本　第一出　奋雄威三城连克
	第二出　催劲敌万骑齐奔
十五段　木寨招亲	第六本　第十六出　结良缘老妪主婚

表6-3　《钦斩四恶》与嘉庆刊本校勘

第十七出　冥主拒魂聚鬼差 (左场门设升天门,右场门设酆都城科。杂扮牛头、马面,/各戴套头,穿铠,持叉。杂扮鬼卒各戴鬼脸,穿蟒,箭袖,虎皮卒挂。杂扮判官各戴判官帽,穿圆领,扎带,持笔簿。小生/扮金童戴线发,紫金冠,穿氅,系丝绦,执旛。旦扮玉女戴过梁额、仙姑巾,穿氅,系丝绦,执旛,引净扮五殿阎君戴冕旒,穿蟒,袭氅,束玉带,从丰都城内上,五殿阎君唱)	钦斩四恶 (牛头、马面侍从鬼卒、判官、金童、玉女引五殿阎君上唱)

【黄钟宫正曲】【出对子】人何愚昧[韵]只认天高却听卑[韵]伊才举/念预先知[韵]善恶未行祸福随[韵](合)[怎知]巧诈欺天[读]/伊心自欺[韵]

(中场设高台帐幔公案,转场升座科,白)善彰恶瘅影随行,毫发难欺掌正平。业镜无私休作恶,森罗有法不容情。吾乃第五殿最胜耀灵神君阎罗王是也。职司六道,总理三才,出生入死,金光不散,动轮回,彰善罚恶,业镜分明。察果报,刀山剑树皆劝善之箴规。热铁熔铜,悉驱恶之药石。天堂地狱,由人自步,善果恶报,惟心自召。正是丝毫不爽觇天道,刑赏成时案判。

(金星内白)玉旨下。(判官禀科白)玉旨下。(阎君下座科,内奏乐,杂扮仪从……末扮金星……白)纶绯颁来自玉陛,御音宣向铁围城。(作进酆都城,阎君作迎接进门俯伏科,金星开读科白)玉旨下……

(作起,接旨意付判官科,阎君白)星君请坐。(场上设椅,各坐科金星白)神君,若据继业、杨希告那潘仁美呵,(唱)

【仙吕宫正曲】【皂罗袍】……

(阎君白)那班奸贼一生所作所为笔笔登记。至如前者八殿下拿他时节,还屈杀了老将黄龙,昨日冤魂已告到案下,莫说这奸贼天网难逃,就是枉死城中,有无数冤鬼等着这奸贼哩。(唱)

【又一体】……

(金星白)就是告辞,覆旨去也。(阎君白)不敢久留,潘仁美一案,自当遵旨施行。(金星白)请。(同起随撤椅科同唱)[合]……

(仪从引金星作出酆都门,从升天门下,阎君复升座科,白)判官厅旨。(唱)

【又一体】……

(阎君作怒科白)谁料奸恶之党,有如许之多。可恼夏!可恼!(唱)

【又一体】……(白)殿前鬼使听旨。(鬼卒应科五殿阎君唱)……

(鬼卒作鸣锣响号……杂扮一鬼使……杂扮九鬼差……九差鬼作参见科,白)九鬼叩躬。(阎君白)九鬼听令,来日有王强、傅鼎臣、谢庭芳于监中探取潘仁美,设计陷害杨景。尔等速将傅鼎臣活捉到来,以警王强、谢庭芳之阴谋,倘或回心,庶几免咎。(唱)

【正宫正曲】【四边静】……(白)其奸党王侁、米信、刘君其、田重进四人,奉旨在市曹正法,尔等捉取鬼魂同往盘/龙山,等候待潘仁美与其妻子共受人诛,然后一并解赴阴司受罪(唱)……

【排子】

(白)业镜无私休作恶,森罗有法不容情。吾乃第五殿阎罗王是也,职司六道,总理三才,出生入死,金光不散。正是丝毫不爽觇天道,刑赏成时铁案判。

按:黑体字部分此本皆无。

(九鬼差同唱)【又一体】…… (阎君白)尔等九鬼,速领火牌恶报彰。(作付牌都差鬼接科,九差鬼白)拘拿来见狠阎王…… 第十八出　贤王执法谏明君[真文韵] (……王强白)……前日拜我为老师,孝敬却也不少。果然富贵一齐来了。只有八千岁几次在圣上面前说我好险小人,不可大用。嚱!争奈他是圣上的侄儿,又且手中那一条金鞭利害得紧,只好权时忍耐,日后用计再处。昨晚谢门生…… (德昭唱) 【越角套曲】【斗鹌鹑】曙色东方[句]晓星渐隐[韵][彻耳的]汉苑钟响[句][趋步的]金阶路近[韵][拂拂的]御鼎香凝[句][湛湛的]金盘露润[韵]旭日辉丽紫宸[韵][早则见]闾阖宏开[句][列鹓行]绅拖笏揩[韵]…… 【越调套曲】【紫花儿序】[仁美的]辜恩背旨[句][毒害杨门[韵][挟私仇]误国欺君[韵]这滔天罪恶[句]情实真[韵]明君[韵]治政无私讨罪臣[韵]不能怜悯[韵][似这等]巨恶奸顽[句][非]寻常比伦[韵]…… (……德昭白)……与孤家折证是非 【越调套曲】【小桃红】驾前佞语乱平论[韵]思救权奸准[韵]欲害忠臣屠锋刀……(唱)佞谗臣[韵]留他终把朝纲紊[韵]……(唱)[把你]奸心化导[句][将]金鞭戒警[押][且容他]改过自从新[韵]…… 第十九出　四恶虽除继二佞[江阳韵] (几差鬼上同唱)……	(唱)背旨害杨门。误国欺君。罪恶深。这滔天罪。恶情清真……

以上介绍了四字出目本《昭代箫韶》的相关情况,因笔者学力有限,对四字出目本的探讨还不成熟,之所以特别提出这一版本进行介绍,是因为四字出目昆弋本是嘉庆本与光绪后期皮黄改本之间的一个不可或缺的桥梁,升平署皮黄改本源自四字出目本,而非我们一般认为的嘉庆刊本。故此,我们对四字出目本应当给予更多的重视,笔者此文正是希望能够在这一论题上抛砖引玉,让四字出目本得到更多的关注。

第三节　《昭代箫韶》的第二次改编——皮黄本《昭代箫韶》

上一节介绍了《昭代箫韶》的两种昆弋腔本。清代末期的宫廷剧坛,杨家将戏曲仍是十分受欢迎的剧目,但《昭代箫韶》的昆弋腔戏却失去了对舞台的统治力。慈禧太后统治时期的宫廷演剧,是皮黄腔全面取代昆弋腔,并最终占据宫廷戏曲演出舞台主导地位的时期。由慈禧亲自主持的对清宫连台大戏《昭代箫韶》的两次皮黄翻改,是其中一个具有标志意义的事件,不仅体现了皮黄腔在清宫演出中主体地位的确立,同时也反映了京剧早期剧本的面貌,而内廷供奉在改编中所起到的重要作用,是研究宫廷民间剧坛交流史的绝佳例证,下面将对《昭代箫韶》的两种皮黄改本进行考证。

一、升平署皮黄本《昭代箫韶》

《昭代箫韶》的两种皮黄改本,据周志辅先生考证,其一为光绪二十四年(1898)翻改之升平署演出本(以下简称升平署本),四字出目,翻为四十本,相当于翻至嘉庆刊本的第七本第三出。其二亦为光绪二十四年之前完成,供慈禧近侍太监组成的科班"普天同庆"演出所用者,七字出目,翻成五本(以下简称本家本)。其改编方法,据周氏询问慈禧宫中太监伶人,为慈禧太后口述,太医院、如意馆内臣退而整理,后交由本家班排演。参与其事的还有在慈禧太后时期红极一时的内廷供奉们,齐如山先生《谈四脚》一文记载了陈德霖协助慈禧太后翻改《昭代箫韶》的经历,谓"德林除了安置场子并编词句外,还要把西后所编之词,都安上唱腔"。[1] 两种改编本的底本,周志辅先生认为均为嘉庆十八年(1813)刊本,特别是升平署本,谓之"与旧日本数出数大相径庭",周氏此论是在没有见到四字出目昆弋本《昭代箫韶》的前提下作出的。笔者在对升平署本、嘉庆刊本、四字出目本的出目和内容进行校勘后,认为升平署本的底本应为道光朝四字出目昆弋本,表6-4是三者的出目对照表。

---

[1] 齐如山:《谈四脚》,《京剧之变迁》,沈阳:辽宁教育出版社2008年版,第309页。

表6-4 升平署皮黄本、四字出目昆七腔本、嘉庆刊本《昭代箫韶》出目对照表

	四字昆七腔本		升平署皮黄本	嘉庆刊本
头段	第一出 太宗朝议	头本	第一出 太宗朝议	第三出 集鹡班议防边忧
	第二出 萧后打围		第二出 萧后打围	第五出 围合龙沙驰万骑
	第三出 辽将寇边		第三出 辽将寇边	第六出 傲传雁塞寇三边
	第四出 奏请伐辽		第四出 奏请伐辽	第八出 辽末干戈自此兴
	第五出 太宗亲征	二本	第一出 太宗亲征	第十出 申天讨御驾亲征
	第六出 威赫辽邦		第二出 威赫辽邦	第十一出 无敌成名惊北鎜
	第七出 议取东易		第三出 议取东易	第十二出 如神妙算赞中枢
	第八出 擒将据州		第四出 擒将据州	第十三出 振先声龙襄虎贲
二段	第一出 肖邦赴援	三本	第一出 肖邦赴援	第十四出 合劲旅鲸奋犄张
	第二出 德昭遣将		第二出 德昭遣将	第十五出 宋师嫉劲纵强敌
	第三出 仁美妒功		第三出 仁美妒功	第十六出 辽师奋勇困坚城
	第四出 解围反困		第四出 解围反困	第十七出 臣解君忧退虎旅
	第五出 父子勤王	四本	第一出 父子勤王	第十八出 子承父志假龙袍
	第六出 君臣定计		第二出 君臣定计	第十九出 好弟兄全忠死义
	第七出 乔妆议和		第三出 乔妆议和	第二十出 贤父子扈驾回銮
	第八出 分兵追袭		第四出 分兵追袭	

（嘉庆刊本：一本）

清代内府曲本研究

段	四字昆弋腔本	升平署皮黄本	本	嘉庆刊本	
三段	第一出 萧后招婿	第一出 萧后招婿		第一出 慕少年丝罗误结	
	第二出 计陷呼延	第二出 计陷呼延	五本	第二出 救老将兄弟连擒	
	第三出 冒希劫营	第三出 冒希劫营		第三出 面真同谋倾勇将	
	第四出 踹夺宋营	第四出 踹夺宋营		第五出 劫宋寨欣得王强	
	第五出 萧后设伏	第一出 萧后设伏		第六出 投辽邦先图继业	
	第六出 激将遭困	第二出 激将遭困	六本	第八出 苦逼迫赤胆先锋	
	第七出 求救闯围	第三出 求救闯围		第九出 单枪闯阵祭全孝	
	第八出 箭射七郎	第四出 箭射七郎		第十出 万箭攒身先尽忠	二本
四段	第一出 义感群心	第一出 义感群心		第十一出 慕义孤军甘舍命	
	第二出 怀浦抒忠	第二出 怀浦抒忠	七本	第十二出 抒忠烈将愿捐躯	
	第三出 分兵袭谷	第三出 分兵袭谷		第十三出 突绝谷将死兵伤	
	第四出 撞碑失忠	第四出 杨景得信		第十四出 求救军父围弟殁	
	第六出 埋亲中箭	第一出 撞碑失忠		第十五出 头触碑敬心未泯	
	第七出 琼娥会战	第二出 埋亲中箭	八本	第十六出 尸埋地冷泪难干	
	第八出	第三出 王强献计		第十九出 献谋刺臂期倾宋	
		第四出 琼娥会战		第二十四出 琼娥阵上展雄风	

461

	四字昆弋腔本	升平署皮黄本		嘉庆刊本
五段	第一出 琼娥劫营	九本	第一出 琼娥劫营	第一出 暗偷营琼娥计出
	第二出 代写冤状		第二出 代写冤状	第三出 巧写状借剑杀人
	第三出 击鼓伸冤		第三出 击鼓伸冤	第六出 击冤鼓竭心催
	第四出 逼滚钉板		第四出 逼滚钉板	第七出 滚钉难洗孤儿血
	第五出 密谕黄边	十本	第一出 密谕黄边	第八出 持节先劳圣主心
	第六出 仁美失机		第二出 仁美失机	第九出 不重力失机迁怒
	第七出 屈斩黄龙		第三出 屈斩黄龙	第十出 怀私念斩将示威
	第八出 赚印扭解		第四出 赚印扭解	第十一出 赚兵符斩奸邪狗扶
六段	第一出 廷让败逃	十一本	第一出 廷让败逃	三本 第二出 明对阵廷让军残
	第二出 潘虎求救		第二出 潘虎求救	第十二出 卖国法狼须贪缘
	第三出 顾亲枉法		第三出 顾亲枉法	第十三出 假虎威不分陇鲤
	第四出 韩连纳贿		第四出 韩连纳贿	第十四出 惧狮吼强纳金珠
	第五出 鞭毙贪娄	十二本	第一出 鞭毙贪娄	第十五出 举金鞭义除贪酷
	第六出 大审奸党		第二出 大审奸党	第十六出 定铁案罪奢奸雄
	第七出 群英悦服		第三出 群英悦服	
	第八出 焦赞劫粮		第四出 焦赞劫粮	第四四出 莽劫粮因风放火

段	四字昆弋腔本	升平署皮黄本	嘉庆刊本
七段	第一出 森罗发票	十三本　第一出 森罗发票	三本　第十七出 冥主拘魂聚鬼差
	第二出 廷铮除奸	第二出 廷净除奸	第十八出 贤王执法荐明君
	第三出 钦斩四恶	第三出 钦斩四恶	第十九出 四恶虽除继二凶
	第四出 杨景授职	第四出 杨景受职	第二十出 一官赞授守三关
	第五出 奸拨残兵	十四本　第一出 奸拨残兵	第二十一出 残兵聚虎豹潜藏
	第六出 争劫仁美	第二出 争劫仁美	第二十二出 义旅伸鸥鸰并获
	第七出 箭攒潘虎	第三出 箭攒潘虎	第二十三出 山寨复仇开劲弩
	第八出 九鬼对叉	十五本　第一出 九鬼对叉	第二十四出 泉台捉鬼掷钢叉
八段	三摘伏良	十六本　第一出 一摘孟良	四本　第二十一出 射马初擒虽被缚
		第二出 二摘再释	第二十二出 坠坑再获又结心
		第三出 三摘伏良	第二十三出 摘虎将义结金兰
	第四出 王强僭景	十七本　第一出 王强僭景	第二十四出 失龙驹奸施谗谮
	第五出	第二出 嘉山结盟	第二十五出 连雁心同归虎帐
	第六出 冒名进鱼	十八本　第一出 冒名进鱼	第二十六出 献鱼胆壮探龙潭
	第七出 剖露真情	第二出 剖露真情	第二十七出 识名将施顺夫成绩
	第八出 施药病马	第三出 施药病马	第二十八出 药良骥青夫行权

段	四字昆弋腔本		升平署皮黄本			嘉庆刊本		
八段	第九出	智赚骗骗	十八本	第四出	智赚骗骗		第九出	赚来骐骥排兄难
	第十出	中途截救		第五出	中途截救		第十出	逐退熊罴解弟危
九段	第一出	诓困六郎	十九本	第一出	诓困六郎		第十一出	能料敌终堕诡谋
	第二出	孟良突围		第二出	孟良突围		第十二出	敢突围始料称忠勇
	第三出			第三出	截援困城		第十三出	劲旅雨一筹莫展
	第四出	盗千里风	二十本	第一出	盗千里风		第十六出	盗追风南营纵火
	第五出			第二出	换万里云		第十七出	巧易名骑驰万里
	第六出	连解双围		第三出	连解双围	四本	第十八出	迅飞禅杖解重围
十段	第一出	森罗彰报	二十一本	第一出	北岳勘奸		第十九出	舌下风雷飙骤魄
	第二出	骂奸起衅		第二出	骂奸起衅		第二十出	眼前袭破快人心
	第三出			第三出	奏试骗赚		第二十一出	试骗赚冲途计险
	第四出		二十二本	第一出	计倾杨府		第二十二出	倾巢陈扫六端谋深
	第五出			第二出	拆天波府		第二十三出	天波禅杖无端被拆
	第六出			第三出	森罗彰报		第二十四出	森罗殿有案冤逃
			二十三本	第一出	私下三关	五本	第一出	离案难违慈母命

嘉庆刊本		升平署皮黄本		四字昆弋腔本	
第二出	还京拾堕佞臣谋	二十三本 第二出	私行事泄	十一段 第二出	私行事泄
第三出	金吾府鱼肠泄愤	第三出	诛奸泄愤	第三出	
		第四出	赔祸被拿	第四出	
第四出	云阳市虎口余生	二十四本 第一出	法场余生	第五出	仁君恩宥
第五出	圣主怜才肆赦宥	第二出	仁君恩宥	第六出	
第六出	顽民渔色逞强梁	第三出	强梁夺艳	第七出	
第七出	备雄心挥刀诛贼	第四出	闹董家林		
第十三出	计退三城倾末社	二十五本 第一出	计建降台	十二段 第一出	计建降台
第八出	施毒计易字倾贤	第二出	首杨郡马	第二出	
第九出	献反札丧耻忘廉	第三出	群英失散	第三出	
第十出	解反诗奇冤极枉	第四出	解诗赐死	第四出	解诗赐死
第十一出	重义轻身甘入地	二十六本 第一出	贤王叹景	第五出	舍身全义
第十二出	归朝函首巧瞒天	第二出	金阶覆旨	第六出	
第十七出	陈谏不从遥愿睽	二十七本 第一出	暗护囊舆	第七出	
第十八出	受降有变急回鉴	第二出	受降生变	第八出	

五本

续表

段	四字昆弋腔本	升平署皮黄本	嘉庆刊本
十三段	第一出 兵困魏府	二十八本 第一出 兵困魏府	第十九出 强食言辽人肆志
	第二出 邓州访贤	第二出 邓州访贤	第二十出 图报国侠士同心
	第三出	第三出 汝州召贤	第二十一出 救国患重效驰驱
	第四出	二十九本 第一出 话捉祖忠	第二十二出 捉奸魂明彰报应
	第五出 会合勤王	第三出 会合勤王	第二十三出 旌旗壁垒群雄会
	第六出	第三出 天威赫辽	第二十四出 龙虎风云大武昭
十四段	第一出 大破辽兵	三十本 第一出 大破辽兵	五本 第二出 催劲敌万骑齐奔
	第二出 椿岩揭榜	第二出 椿岩揭榜	第七出 榜始悬妖仙应召
	第三出 五国应援	第三出 五国应援	第六出 五国雄兵匝地陈
	第四出 得胜探阵	三十一本 第一出 得胜探阵	第九出 示图有意骄仇国
	第五出	第二出 三探天门	第十出 探阵无心遇至亲
十五段	第一出 玉坡斗法	三十二本 第一出 玉坡斗法	六本 第十一出 拼胜负阵前决战
	第二出 素真报信	第一出 素真报信	第十二出 通消息月下乔妆
	第三出 三探天门	三十三本 第二出 三探天门	第十三出 阵图全惊心骇目
	任仙济景	第三出 任仙济景	第十四出 仙驭降死地回生

四字昆弋腔本			升平署皮黄本			嘉庆刊本		
十五段	第四出	桂英摘保	三十四本	第一出	桂英摘保		第十五出	仗神术英雄被缚
	第五出	木寨招亲	三十五本	第一出	穆寨招亲		第十六出	结良缘老妪主婚
	第六出	焚寨		第二出	焚寨嫌降		第十七出	绝归途孟纵火
	第七出	辕门斩子	三十六本	第一出	辕门斩子		第十八出	违严令宗保诈亲
	第八出	桂英闯帐		第二出	桂英闯帐		第十九出	奋军威救夫闯帐
			三十七本	第一出	剪梅下山	六本	第二十出	乘云驭招婿下山
				第二出	神锋耀武		第二十一出	地现九环耀神武
				第三出	宗显订姻		第二十二出	仙圆双璧订良缘
				第四出	收取神锋		第二十三出	宝器顺时归幼主
			三十八本	第一出	钟离辅宋		第二十四出	天心消劫降真主
				第二出	祭纛兴师	七本	第一出	建大纛备起雄师
			三十九本	第一出	破金锁阵		第二出	举神刀劈开金锁

从上面的出目对比来看,凡升平署本与嘉庆本顺序不同的出目,均同于四字昆弋本,如升平署本第九本第二、三出《代写冤状》《击鼓伸冤》,对应嘉庆刊本为第三本第三出和第六出,而与四字昆弋本的出目顺序完全一致。除了出目的对比外,现存内府曲本给我们提供了更加直接的证据,《故宫珍本丛刊》第670册"昆弋本戏"收《椿岩揭榜》《大破辽兵》,该本实际为四字昆弋本翻改皮黄本的工作本,《故宫珍本丛刊》此处为误收。此本有两个值得关注的地方:其一,此本为皮黄本,唱段均注明为"西皮",曲词的字体与说白科介明显不同,唱词和说白之间常留有空白。经与昆弋腔曲本校勘发现,留白处即昆弋本原套曲曲词的位置,造成这些空白的原因,是昆弋唱词改为板腔体唱词后字数减少未能完全覆盖原来位置所致。其二,《故宫珍本丛刊》同册第246—247页收上述两出的另一种版本,只录曲文,不含说白,该本第一出卷端题"大破辽兵[十四段]第一出",正文则注明昆弋本每支曲曲牌,下列出改为西皮后的词句。在上一节我们已经介绍过,分段是四字昆弋本最大的一个特点,此处在《昭代箫韶》的皮黄改本上直接出现了段数,是升平署皮黄本据四字昆弋本改编的直接证据。同时我们还可以据之推测升平署本的翻改过程,应当是首先抄写四字昆弋本的说白科介,在曲词位置留空,后由专人对照昆弋本进行改写。

由于四字昆弋本《昭代箫韶》传本甚稀,且四字昆弋本对嘉庆刊本的改编主要限于出目合并,内容曲词基本因袭后者,故笔者仍以嘉庆刊本为参照,对升平署皮黄本的部分出目进行了校勘。通过校勘,升平署本有以下几个主要特点:1. 保留了昆弋本的大部分说白、科介,正如前面所推测的升平署本的改编过程,由于采用了先抄写说白科介的方法,故此昆弋本的非唱词部分得以最大限度得保留。2. 曲词从昆弋本转化而来。升平署本的唱腔为板腔体,曲词为对仗的上下句,但其内容均从昆弋本套曲中转化而来。如《大破辽兵》首段唱词为大辽萧太后所唱摇板西皮,内容如下"仓促间败北遁心中不定。荒郊外立营寨聚养残军。兵与将酣战得精神劳困。好教我一阵阵坐卧不宁",昆弋本此曲为【新水令】,唱词为"荒郊立寨聚残军[韵],弃三城[仓猝里]败北慌遁[韵]。人共马[读],驱驰的多苦辛[句]。兵与将[读],酣战得少精神[韵]。暂草创营垒栖身[韵],单则怕劫营烧屯[韵],[少不得]预防患[要]亲勤慎[韵]。"二者的继承关系一目了然。3. 升平署本删减了昆弋本的部分唱曲。如《太宗亲征》出,升平署本删掉了昆弋本开场的【菊花新】【和佛儿】两曲,被删除的内容是潘仁美出场的一段,与本出的主体内容关涉不大,升平署本应当是有意为之,使得改本更加紧凑。

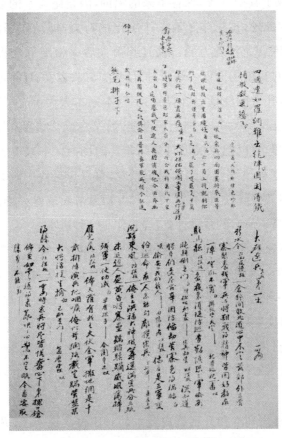

图6-5 《大破辽兵》皮黄改本

二、本家本《昭代箫韶》

以上介绍了升平署皮黄本《昭代箫韶》的相关情况,本家皮黄改本几乎与之同时出现在升平署戏曲档案中。遗憾的是,这种完全按照嘉庆刊本顺序翻改的本子,除周明泰先生外未见披露,传本亦甚罕睹,笔者仅在《故宫珍本丛刊》第683册"乱弹本戏"中发现此本头本四出。此外,首都图书馆藏(丁013761)《昭代箫韶》亦为本家皮黄本,内容与683册刊出者完全一致。笔者曾以首都图书馆本为底本,将之与嘉庆刊本进行了校勘,《故宫珍本丛刊》本为参校。相对于升平署本,本家本对昆弋本的改编幅度要更大一些。上述四出昆弋本共有19支曲,本家本删减了其中9支,保存下来的唱词,因袭昆弋本的痕迹还是十分明显的。此外,本家本还有一个突出的特点,即动作场面的增加。《第五出 围合龙沙驰万骑》,演辽邦萧太后率领麾下众将会猎临潢府,昆弋本对行围场面仅一笔带过"辽兵、马夫、蟊女、辽将耶律休格等应,上马科,作合围绕场,从两场门下",本家本大大扩充了这一场面,让藤牌兵、辽军男女兵分别上场操演,后又令众人合演,出场人物众多,场面火爆,可以想象演出时热闹非凡的场面。本家本为慈禧太后亲授曲本,这种改编自然出自慈禧授意,可以想见西太后对动作戏的痴迷。当然,宫廷演剧也有这样的人力物力来表现盛大场面,从艺术上来说,提高了演出的观赏性,应当看作是一种进步。

虽然本家本与嘉庆刊本一样都是七字出目本,但相对于升平署本对昆弋本的全盘照抄,本家本的来源显得更加丰富,在部分出目中甚至体现了一种迥异于宫廷本的气质,周志辅先生最早注意到了这点,在其文中全文照录了嘉庆刊本、升平署本、本家皮黄本关于杨继业"托兆碰碑"出目内容。笔者据周氏所录文本,以之与京剧著名剧目"碰碑",以及日本双红堂文库藏内府抄本《碰碑》相校,校勘结果见表6-5所示。

首先,嘉庆刊本和升平署皮黄本的对比再次说明了,升平署皮黄本是据昆弋本改编的版本。二者虽出目名称不同,但在情节和唱词上

表 6-5　各版本《碰碑》校勘

版本	主要人物	情节	杨继业唱段
头触碑歇心未泯（《昭代箫韶》第二本第十五出）（昆腔）	杨继业、辽将十数人、令公帐下将官、杨泰、杨歆、杨高等三子、土地、山神、众天神	交战、斩将、中箭、拔箭、又遣众将、射马、步战、触碑、归位、死殉、升仙	【双调·正曲II锁南枝】雄心怒，恨满腔。一身转战将万骑挡。鬼不敢忘。【又一体】我心如铁，身似钢，忠肝义胆烈志肠。正气透云霄，丹心贯日朗。【又一体】俺豪知遇，报圣皇。疆场戮力坚忠志刚，仁美报私仇，又逢王米二奸党。（唱）臣故摘，玷朝堂，自拔身，全色望。心念圣恩深，便作历鬼不敢忘。
撞碑失忠（《昭代箫韶》第八本第一出）（皮黄，升平署皮黄所用）	杨继业、萧天佑、耶律休格、韩德让、萧达兰等辽将、杨希、众天神	交战、中箭、拔箭、又遣众将、射马、步战、触碑、归位、升仙	（杨继业上唱摇板西皮）我父子保宋朝忠心献上，到如今只落得被困山岗。根北国打来了连环战表，他要夺我主子锦绣家邦。（杨继业作恨气斜唱摇板西皮）心如铁石身似钢，忠肝义胆志坚刚。正气直透云霄上，一片丹心贯日光。（唱摇板）我今率身俱被伤，贼兵今至怎提防。少若迟延全军丧，快快逃走还诈梁。（唱摇板西皮）俺豪被困三朝上，恐遭瓱祸站朝堂。力尽不能烟尘荡，全我忠节达上苍。（唱摇板西皮）臣今被困三朝上，祥云簇拥三顶上，天道无私奖忠良。
头触碑歇心未泯（《昭代箫韶》第二本第十五出）（皮黄，本家所用）	杨继业、辽将十余人、杨泰、杨歆、杨高、杨希第四子、众天神	叹子、弓断、交战、中箭、拔箭、斩将、又遣众将、射马、步战、触碑、归位、死殉	（唱反二黄慢板）叹杨家秉忠心大宋扶保，为国家只落得瓦解冰消。环战表，他要夺我主子锦绣龙朝。潘洪贼在金殿挂了招讨，我父子到做了马前英豪。金沙滩双龙会一战败了，只杀得我父子东奔西逃。我的大郎儿替宋主把忠尽了，二郎儿短剑下命归阴曹。四八郎失番邦无有下稍。五郎儿在五台修真学道，七郎儿去辕门乱箭芒。只剩下杨彦昭南征北讨，可怜他又尽忠，又把三子丧了，把三子丧了。我的儿呀！眼见得一家人无有下稍，一饮生血战沙场，昼夜勤劳。可叹我八个子把三子丧了，我父子做先行去把战交，

版本	主要人物	情节	杨继业唱段
同上	同上	同上	黄道日不出兵讨，黑道日命出兵去把战交。偏偏的得了胜回营去把根住程壕。没奈何又杀人番营去了，怎想到被胡儿围困山巢。因向故这几日不见音号。恨江人连日里来把战讨，可怜我年迈老苍，困只在那两狼山，里无粮外无草，盼兵不到，望子不归。眼见得这老残生难已回朝。我的儿吓！

版本	出场人物	情节	杨继业唱段
《碰碑》内府钞本（双红堂·戏曲·167）	杨继业（老生）、苏武（外）、老军	叹子、弓断、马倒、苏武点化、触碑、升仙	(慢长垂老生上唱反调)叹杨家秉忠心大宋来保，为社稷只落得兵败荒郊。宋王爷得一梦甚是不好，一心要五台山还愿挂袍。兵败在雁门关实大营扎了，贼韩昌领人马来把战交。那韩昌收兵转回国去了，萧英宗又定下计黄龙。命韩昌雁门关去打来战表。请宋王到他朝两国相交。他言道番邦地四季花草，因此上设双龙变把变朝。宋王爷闻此言珠泪垂吊，教老臣保贤王去把命逃。老杨业在宝帐一本奏道，命大郎扮假王起合他朝。酒席前与番王言语不到，金沙滩前命赴阴曹。[我的儿吓！](单垒)大郎儿替宋王忠心尽了，二郎短箭打一战四子丧了。四杨三郎被马踏尸骸难找，四郎失落番邦无有下稍。(慢长垂)我的儿吓！五郎儿在五台削发修道，六郎下六郎保驾回朝。五郎儿去把贼扫，五番嫌打胜仗才转回朝。潘洪剩下我老杨业父子去把贼扫，杀尽不绝不准父子们又入贼道，杀胡儿贼在大帐传令一道，没奈何斩不尽用何今天。没奈何父子们上马时险些儿跌下鞍儿。众老军一个个东歪西倒，怕的是老性命难以回朝。

清代内府曲本研究

版本	主要人物	情节	杨继业唱段
《李陵碑》《戏考》第二册	杨继业（老生）、杨延昭（末）、杨延嗣（净）、耶律休哥、老军	七郎托兆、六郎突围、叹子、弓断、马倒	（反二簧慢板）叹杨家秉忠心大宋未扶保。到如今只落得瓦解冰消。恨胡儿打来了连环战表，他要夺我主爷锦绣龙朝。贼潘洪在金殿挂了招讨，我父子倒作了马前英豪。（反二簧原板）金沙滩双龙会一战败了，只杀得血成河鬼哭神号。我的大郎儿吓，替宋王把忠尽了，二郎儿短剑下命丧阴曹；杨三郎被潘洪马踏如泥，四八郎在番邦无有下梢；五郎儿在五台修真学道，七郎儿东征西剿。可怜我六郎儿东荡西剿，昼夜杀欲，为国勤劳。可怜我八个子把四子丧了，我把四子丧了，我的儿吓！一家人只落得死无下梢，根萧营报前仇又打战表，请我主把两狼摆一摆枪刀。这潘洪一次挂了招讨，我父子做先行连得黄道黑道，遇水安桥。山开路，黄道日不尽兵不把贼剿，黑道日命官去把贼交。为国家哪顾得黄道黑道，我父子一马当先杀进了贼巢。头一阵得了胜回营票报，狗奸贼将人马扎定了坡濠。传一令将胡儿斩杀尽了，斩不尽兵不绝不许回朝。二次里闯贼巢人了圈套，我父子困焦牙入了笼牢。我也曾命六郎回营去了，可怜我为国家，秉忠心，年迈苍苍，困两狼，里无粮，外无草，盼兵不到，盼子不归，我这老残生，就不能还朝！的儿吓！

版本	主要人物	情节	杨继业唱段
《李陵碑》谭鑫培唱段	杨延嗣（七郎）、杨令公、杨延昭（六郎）、韩延寿、苏武、老军	七郎托兆、六郎突围、叹子、弓断、马倒、苏武、点化、碰碑	(反二黄慢板)叹杨家秉忠心未来辅保。到如今只落得兵败荒郊。恨北国萧营中打来战表。撺想夺我主令争锦绣龙朝。沙滩双龙会一阵败了，只杀得血成河鬼哭神嚎。我的大郎儿替宋王把忠尽了，二郎儿短剑下命赴阴曹。杨三郎被马踏尸首不晓，四八郎失番营首首无有下梢。只落得杨延昭随着征讨，可叹他又得忠义进孝，昼夜杀欣，马不停蹄为国辛劳。只落得杨延昭为国辛劳。可怜我八个子四子丧了，把四子丧了！我的儿啊！(长锤)(转原板)闪得我年迈人无有下梢，方良臣与潘洪又生计巧，请我主到五台快乐逍遥。又谁知中了那奸贼的笼套。四下里众番人马夜来战道，那是我东西杀欣，左冲右撞，虎撞羊群，被困圣驾祠出笼年。有老夫领人马，内无粮，外无草，救兵不到，眼见得这老残生就残以难回朝。我的儿啊！
《李陵碑》杨宝森1955年录音整理本	杨继业（老生）、杨延昭（老生）、苏隐士（老生）、韩延寿（净）、四老军	夜梦、七郎、六郎突围、叹子、弓断、马倒、苏隐士点化、碰碑	(反二黄慢板)叹杨家秉忠心未来扶保。到如今只落得兵败荒郊。恨北国萧营中打来战表。撺抢夺我主令争锦绣龙朝。贼潘洪成河成河，只杀得血成河鬼哭神嚎。金沙滩短剑下命赴阴曹；杨三郎被马踏马踏花标。四八郎失番洪营首首无有下梢。只落得杨延昭可怜他得忠，可怜他得忠，又尽孝、血染沙场，马不停蹄，为国辛劳。可怜我八个子把四子丧了，把四子丧了，我的儿啊！(反二黄原板)可怜我一家人无有下梢。魍魉臣与潘洪又生计巧，请我主到五台快乐逍遥。又谁知中了那奸贼的笼套。四下里又闻又闻贼叫道，着得我东西杀欣，左冲右撞，虎撞羊群，被困圣驾祠出笼年。有老夫一次里又无粮，里无粮，外无有草，盼兵不到，眼见得这老残生就残生难以还朝！我的儿啊！

都非常相似,升平署本的曲词直接化用了昆弋本的几支曲子,惟升平署本比之多出几句唱词。

第二,本家本与昆弋本和升平署本的关系。情节方面,本家本与昆弋本和升平署本基本保持了一致,只是比之多出杨继业与辽兵交战,弓箭断裂这一细节。曲词方面,本家本自成系统,与另两者均不相同。值得注意的是,在民间演出本中,"碰碑"向与"托兆"连演,《昭代箫韶》的三种版本虽然在曲词上分属两个系统,但均无托兆的情节。杨继业在碰碑殉国之前,并不知道杨希已被潘仁美乱箭射死,本家本中也只是唱到了"七郎儿去搬兵凶吉难保"。虽然没有托兆的情节,但《昭代箫韶》比民间本多出众神祇迎接令公魂魄归位的内容,只是三本出场的神祇有所不同,杨希在两种皮黄改编本中也是前来迎接令公的神祇之一,但是没有特别突出的戏份,只是作为杨家将中壮烈殉国,死后成神的一员。《昭代箫韶》的这个独有的情节,还是为了表现因果报应的思想,使善有善报,恶有恶报,这种宿命论的论调是清宫连台大戏十分热衷表现的一个主题。

第三,双红堂本《碰碑》同上述三种内府本杨家将戏一样,也没有托兆的情节,但是多出一段苏武点化的内容。最为特别的是,本家本和民间皮黄本的唱词虽有个别字句的差别,但细校均属同一系统,双红堂本曲词与诸本均有不同之处。

第四,民间本《碰碑》及其与内府皮黄本的关系。民间本"碰碑"从曲词上来看均源自同一系统,但情节上却各有差异,《戏考》本没有苏武点化的情节。杨宝森本与谭鑫培本之间是继承与被继承的关系。《戏考》本杨继业陷阵的起因是辽邦再次犯边,这与内府本是一致的。其他两种民间本则是宋太宗被奸臣怂恿往五台行香被困,杨继业为救驾陷于敌阵。从曲词上来看,本家本与民间本之间应该存在着继承关系。

最后,上述各版本"碰碑"之间,不论是曲词还是故事情节上,均表现出多向联系,仅仅依靠文本校勘,在没有其他史料支持的情况,很难判断各版本之间的先后关系。但是，以此为例可以看到，内府皮黄本与民间本之间确实存在着互相影响、互相借鉴的可能性，正是这种艺术上的交流促进了京剧在清末的飞跃式发展。

清代内府曲本研究

结语：
清代内府曲本研究展望

　　至此，本文以六章的篇幅，从纵、横两个维度，对清代内府本涉及的相关问题进行了讨论。

　　第一章《清代内府曲本和内廷演剧概述》，首先重新界定了内府曲本的概念，挑选研究中经常发生的歧义和混淆的五组概念进行辨析。指出过去研究中存在的问题，很大部分是因为概念分类标准不一致造成的。然后，在明晰了概念的内涵和外延的基础上，充分回顾了前人在内府曲本分类方面的研究成果，提出《清代内府曲本分类体系表》，按照声腔，将内府本分为曲牌体和板腔体两大类，具体的下位类包括：仪典剧、传奇杂剧、清宫连台大戏、乱弹戏等。并对 1924 年以来，清代内府戏曲文献的流散状况进行了梳理，考证今内府本主要藏处的藏书来源和藏书规模。最后，概要地介绍了自顺治至慈禧太后时期宫廷演剧制度的变迁，总结了清代内廷演剧和内府曲本的主要特征。

　　第二章《清代内府曲本研究述评》，对 20 世纪 20 年代以来，国内外学界清代内府曲本研究的主要成果进行总结，介绍最近研究进展，并对未来可供探索的方向提出看法。

　　第三章《清代内府仪典剧研究》，首先从宏观角度对仪典剧的源流进行了考述，通过对其内容、结构、演出形式的分析，认为清代内府仪典剧直接继承了唐宋以来宫廷戏曲演出的传统，特别是在结构上与宋杂剧演出中的"致语"一脉相承。如果说，宋、元杂剧是其远源，那么，明内府本就是清代仪典剧的近源。将脉望馆本中的明内府本、《雍熙乐府》所载内廷承应曲套，与清内府本相比发现，其中的部分曲词直接源于明代遗存，且在编剧手法、艺术特色上直接继承了明内府本。在从历史发展的角度对仪典剧的来源进行考辨后，本章选取了北京大学图书馆藏清内府寿戏集《九九大庆》、乾隆朝英使进贡朝贺戏《四海升平》为个案展开分析。考证《九九大庆》的版本年代为嘉庆二十四年（1819）；《九九大庆》中的戏出和《四海升平》，都经历了一个承应目的不断发生变化的过程，这反映了清宫仪典剧排演的特色。

　　第四章至第六章，是对清宫连台大戏三个代表剧目的版本考辨。《升平宝筏》和《劝善金科》是已知的清宫连台大戏中完成年代最早的两种，目前均有康熙旧抄本传世，但康熙旧本之间，及其与乾隆时期改本之间的关系尚不明了。在列举了两剧的知见版本后得出如下结论：《升平宝筏》的康熙旧本系统诸本，《俗文学丛刊》影印傅斯年图书馆藏本的年代最早，次之为北京大学图书馆藏本，其创作年代为康熙三十九年（1700）左右。《升平宝筏》的乾嘉改本中，以大阪府立中之岛图书馆藏四色精抄本为代表的本子，完成年代约在乾隆十年（1745）左右；《古本戏曲丛刊》九集本及其同系统的本子为乾隆二十年（1755）左右改编本。《劝善金科》的康熙旧本差别不大，北京大学图书馆藏《救母记曲本》的年代要早于中国艺术研究院图书馆、首都图书馆所藏康熙/雍正时期抄本，可能是其来源之一。国家图书馆普通古籍馆藏有的一种《劝善金科》康熙抄本，是前述艺研院、首图本改编时的"工作本"，在每出出目后注明了"新""旧""改"等字样。《劝善金科》的乾隆武英殿五色刻本行世后，对后世目连戏的传播和发展起到了重要作用，文中举出的嘉庆后五色重刻本，及日本东北大学图书馆藏五色影抄本，就是为了说明这种影响和传播途径。《昭代箫韶》是清内府连台大戏中另一部有刻本传世的作品，慈禧太后统治时期，此剧由其亲自组织翻为皮黄，分为升平署皮黄本和本家皮黄本。在第六章中，首先披露了该剧的昆弋腔版本,除去嘉庆十八年(1813)武英殿朱墨双色七字出目刻本外,尚有一种四字出目本,内容较七字出目本为简。升平署皮黄本据以改编的底本是这种四字出目本,而非七字出目本。最后举《托兆碰碑》为例,论证了本家皮黄本在改编时不止参照了昆弋本,且广泛吸收了民间传本的特色。

以上是本文的主要结论。在行文过程中,笔者尽量按照先整体后局部的原则,首先从宏观角度对研究对象进行总体把握,然后选择具有代表性的个案,以点统面,加深论述的深度。限于学力和时间,本文仍然还有许多未能解决的问题。首先,按照笔者对内府曲本的分类,除了在文中涉及的几种类型外,还应有内府本传奇、杂剧,以及乱弹剧。由于这两类曲本的数量特别庞大,且都有大量的同期民间传本存世,故此,研究结论必须建立在与民间传本全面比较的基础之上。因此,对于内府本中的此类剧目,虽然已经搜集了一些资料,但是在整体把握不足的情况下,也只能割爱,留待来日了。其次,本论是从文献学角度对清内府本展开的研究,关注的重点在于曲本源流、版本流变等一些问题。虽也努力在论述的过程中,将内府本作为一个历史现象,放入当时的时代背景下考量,但这种努力的程度显然还是有待加强的。总之,对于清内府曲本这样一个数量庞大,内容复杂的研究对象,本论只是一个起点,在未来的研究中,至少有以下两个方面是我们所应继续关注的。

(1)清代内府曲本的文献学研究。自 1924 年清代内府曲本大规模散出以来,对其进行整理编目和结集出版的工作一直没有中断过。特别是进入 21 世纪后,出版条件的改善,促成了多种影印戏曲丛书的出现,清代内府曲本的基础资料建设工作已经取得了令人瞩目的成就。对于研究者来说,这意味着科研条件的改善,有利于推进本领域研究的发展。但是,研究中存在的问题也暴露了出来,在内府曲本的文献学研究上,重出版而轻整理的现象表现得十分突出。迄今为止,国内各主要内府曲本收藏机构都有影印丛书问世,但是内府曲本总目尚付阙如,这不能不说是一个遗憾,也为接下来的研究提出了要求。

在清内府曲本文献学研究方面,编制《清代内府曲本总目》是当务之急,在这个过程中需要解决的问题有以下一些:① 内府曲本的总量,包括现存内府曲本的数量、种数;曾见于史籍记载但无存本留世的内府本的数量、种数;内府本存疑目。② 内府曲本分类。由于内府曲本本身数量的庞大,如何对其归类整理仍是文献学研究中一个亟待解决的问题。本文曾以专节对这个问题进行了初步的探索,但在现有分类体系下,仍有不同类目下的曲本如何忽见,同类曲本如何细分等诸多问题需要解决。在今后的研究中,应当继续坚持从原始文献出发,按照文献本身的特点和版本序列,并充分借鉴本领域已有的分类惯例,对内府曲本进行进一步的细分。③ 内府曲本版本源流考辨。内府曲本的版本流变复杂,这在前面对《四海升平》《升平宝筏》等作品的考证中已有直观反映。即使是内容、结构相对稳定的仪典剧,其演出过程中发生的变化亦足令人瞠目,如寿戏《寿益京垓》,八出,后被改编为四出的《灵仙祝寿》。《故宫珍本丛刊》并收《福禄寿灯》,内容与《寿益京垓》完全相同。仪典剧中这种情况并不罕见。清宫连台大戏在这方面的问题更加明显。故此,在相当长的时间内,版本考证仍然是内府曲本研究的重点。在细致深入的文献调查的基础上,对内府本的各种传本进行对勘比较,是解决这一问题的唯一途径。④ 内府曲本演出史料汇编。作为一种活在舞台上的艺术,戏曲曲本的价值必须通过演出来体现。如果仅仅从版本差异的角度对内府曲本展开研究,得出的结论可能是偏颇的。演出的需要,是异本产生的重要因素。故此,在内府曲本的文献学研究领域,应当善于利用演出史料,为内府本研究建立一个动态的谱系。

(2) 社会、历史学背景下的清宫演剧及内府本。在前面的论述中,我们一直试图强调一个观点,清内府本和清宫廷演剧研究不应脱离其所处的时代背景。与之对应的是,在研究过程中,研究者应该有意识地利用历史学、社会学的成果和理论,对研究对象进行更深层次的剖析，更加立体化的展现。以内府本仪典剧为例，一剧多用的情况非常普遍，如果抛开其所处的时代背景，我们只能感叹其版本系统的复杂性，并对这种现象产生的原因莫衷一是。但是，当我们以历史的眼光来看待这个问题时，一切的疑问都得到了很好的解释。

仪典剧是中国宫廷演剧史上最稳定的一种形式，清仪典剧的内容与结构，与唐宋以来的宫廷演剧传统相比，并未发生根本性的改变。这就是说，清代宫廷演出的仪典剧，其内容和形式，在千年历史长河中已经被基本固化下来，对于观演两端的参与者来说，都是如同"经典""惯例"一样的存在。再从清代宫廷的演出环境来看，仪典剧本来就是一种形式大于内容的演出形式，保证"政治正确性"远比追求"艺术超越性"更为重要，更何况，对业已成为"经典"的内容与形式进行改动，本身就承担着风险。但是，不论是出于追求新的审美刺激，还是讨好观剧的统治者的需要，在日复一日的演出中，推陈出新也是必须的。那么，面对这种局面，宫廷演出组织者的理性选择是什么呢？在前文的论述中，我们将之称为"模块化"作业，经过多年的积累，内廷中的仪典剧已经形成了众多的"模块"，这些"模块"具有相似的内容和结构，在组织一场演出之时，只需在这些模块中挑选合适的剧目进行排列组合，这首先保证了演出可以被不断地"程序化"生产。在维持基本形式不变的前提下，对于曲本细部则可进行微调，改变称祝的称谓，或者在其中加入当朝史实都是惯常采用的手段。至此，仪典剧一剧多用，一剧多本的原因就得到了比较圆满的解释。

再如，清宫连台大戏《昭代箫韶》，有慈禧太后时期的两种皮黄改本，两部改本的改编都花费了大量的人力、物力、财力。对此我们不禁要问，为何要在几乎相同的时间里，花费如此大的力气对同一部作品进行两次改编呢？对于这个问题，如果单看《昭代箫韶》的两种改本是解决不了问题的。当我们将同题材的民间戏曲作品引入其中时，一个可能的解释就出现了。《昭代箫韶》的本家皮黄改本，与升平署皮黄本相比，更多地借鉴了民间曲本。我们知道，慈禧太后统治时期的京师剧坛，是一个京剧艺术迅速发展的时代下，人才辈出，众星闪耀剧坛。慈禧太后是懂戏的，也有"票戏""捧角"的嗜好，在她亲自主持下翻改的《昭代箫韶》，在一些唱段、情节的处理上，明显借鉴了慈禧钟爱的内廷供奉们的演法。如第六章中对《托兆碰碑》出目的对比，本家本更多地采用了谭鑫培的演法，而摒弃了宫廷常用的表演方式。如果我们对这个问题进行更深层次的思考，就必须要正视清代亲贵们对京剧艺术形成、发展所起到的重要作用。不管任何时代，由上而下的社会风尚的形成，总是要比自下而上容易得多，戏曲艺术的发展也印证了这个观点。一方面，上层统治者掌握着资源和话语权；另一方面，来自民间的内廷供奉们也亟需得到来自官方的认可，从而在与别种艺术形式的争夺战中取得某种意义上的"权威"地位，清末的宫廷剧坛恰好就给双方提供了一个一拍即合的机会。在清代的统治阶层之间，"票戏""捧角"一时蔚然成风，慈禧太后就是其中最大的推手。在这个过程中，出身草根的内廷供奉们按照宫廷演出的要求，规范皮黄剧的形式和内容，得到的回报就是来自最高统治阶层的认可和追捧。很快，这股弥漫在清代上层贵族中的"票戏"之风，又迅速地反作用于民间剧坛，使得原本粗鄙不文，崛起于乡野之间的皮黄剧得到了"精致艺术"的标签，余波所及，使京剧在民国时期终获"国剧"称号，清代贵族在其中，功莫大焉。当然，承认清代宫廷演剧和清代贵族在京剧形成和繁荣过程中所起到的作用，并不是否认这种艺术形式本身具有的生命力。我们只是希望说明，中国戏曲史上的各个声腔剧种，总是首先发生、发展于民间的沃土，在得到文人或者上层阶级的加工再造后达到艺术和表演上的双重巅峰，成为具有全国影响力的艺术形式。而流行于上层阶级的观演风尚，也会反之作用于民间剧坛，在一定程度了促进了各种艺术形式的全面发展，在这个过程中，任何一方的作用都是不应被忽略的。

世界上没有孤立的事物，宫廷剧坛虽然是一个相对独立的环境，但是仍然不可避免地受到来自民间新兴艺术形式的冲击；而当新兴艺

清代内府曲本研究

术形式进入宫廷之后,也必然会受到宫廷演剧在形式上的改造,当其返回民间剧坛时,因其"供奉内廷"的特殊经历,又会反过来对民间剧坛风尚之形成产生影响。这种交互作用才是研究者所应深入发掘的。因此,虽然我们的研究对象是宫廷演剧和内府曲本,但是,仍然需要拓宽视野,在更广阔的背景下展开讨论。具体到研究方法上来说,在对内府曲本进行研究时,不仅要从纵向上与前代宫廷演剧和内府曲本进行比较,同时也应关注横向维度,以同时期王府藏曲本、官藏曲本以民间舞台演出本等为参照系,辅以社会学、历史学视角,将内府曲本置入当时时代背景下,进行全面的考量。

综上,我们对本文的主要结论进行了总结概括,并对清代内府曲本研究未来的发展方向提出了看法。资料收集是任何一项研究工作的基础,在清代内府曲本研究暂告一段落之后,本人的工作也将转向《清代内府曲本总目》的编制,将根据各种目录、影印丛书及笔者文献调查所得,逐条对内府曲本的内容、存藏情况进行著录,希望通过我的工作,引起更多学者对本领域研究的关注,促进清代内府曲本研究走上新的高度。

参考文献

一、目录、工具书和古籍

1. 目录和工具书（专门目录在前）

[1]《节令宴戏大戏轴子目录》，傅惜华旧藏，艺术研究院戏001.60/0.846（146053），北平国剧学会抄本，一册

[2]《南府戏档》，傅惜华旧藏，艺研院戏 140.60/0.236（146664），建国后抄本，一册

[3]《升平署内外学戏目》，傅惜华旧藏，艺研院戏 151.60/0.467（147887），民国抄本，一册

[4]《清升平署藏曲总目》，傅惜华旧藏，艺研院戏 140.60/0.717（136344），旧抄本，一册

[5]《按节令排的戏目》，傅惜华旧藏，艺研院戏 140.600/0.274（137420—137421），清抄本，二册

[6] 张次溪编，《升平署演戏场所考》，首都图书馆藏（丁）/723-1，民国稿本，一册

[7] 张次溪编，《升平署演过剧目录》，首都图书馆藏（丁）/723-2，民国稿本，与上种合订

[8] 刘澄清.本学门所藏清升平署剧本目录[J].北京大学研究所国学门周刊，1925.12.23（11）：22-23；1926.1.6（13）：23；1926.7.7（18）：22-23；1926.7.14（19）：22-23；1926.7.21（20）：22-24

[9] 故宫博物院编.故宫所藏升平署剧本目录[N].故宫周刊，

1933.8-1934.1 月：276-315 期,第 4 版

[10] 王芷章.国立北平图书馆藏升平署曲本目录[M].1936 年版

[11] 傅惜华.图书展览会之小说戏曲（1-2）[J].北京画报,1930.10.19;10.22,127-128 期

[12] 合众图书馆编.几礼居藏戏曲文献录存[M].民国间油印本

[13] 升平署外学目录之二——谭鑫培君承应戏目[J].国剧画报,1932 年 1 卷 4 期

[14] 傅惜华.碧蕖亭藏曲识略（1-2）[J].国剧画报,1932.11.17、24：2 卷 4-5 期

[15] 傅惜华.缀玉轩所藏曲草目[J].国剧画报,1933.6.22、29;7.6、13、20、27;8.3、10(民国廿二年),2 卷第 23-30 期

[16] 杜颖陶.记玉霜簃所藏抄本戏曲[J].剧学月刊,1933 年第 2 卷 3-4 期

[17] 国立北平图书馆编.国立北平图书馆戏曲音乐展览会目录[M].1934 年版

[18] 傅惜华.缀玉轩藏曲志[M].1934 年版

[19] 齐如山.北平国剧学会陈列馆目录[M].1935 年版

[20] 傅惜华.北平国剧学会图书馆书目三卷[M].1935 年油印本

[21] 吴晓铃.国立中央研究院历史语言研究所善本剧曲目录[J].图书季刊.1940.9(新 2 卷 3 期);392-415

[22] 齐如山.齐氏百舍斋戏曲存书目[J].图书季刊,1948 年 9 卷 1-2 期合刊：29-38。参见：齐如山.百舍斋存戏曲书目[M]//齐如山全集.台北：联经出版事业公司,1979：2589-2624

[23] 陶君起.京剧剧目初探[M].北京：中国戏曲出版社,1963 年

[24] 傅惜华.清代杂剧全目[M].北京：人民文学出版社,1981.2：351-620

[25] 庄一拂.古典戏曲存目汇考[M].上海：上海古籍出版社,1982 年

[26] 曾白融主编.京剧剧目辞典[M].北京：中国戏剧出版社，1989 年

[27] 吴同宾、周亚勋.京剧知识词典[C].天津：天津人民出版社，1990

[28] 张中月主编.中国古代戏剧辞典[C].哈尔滨：黑龙江人民出版社，1993.1

[29] 万依.故宫辞典[M].上海市：文汇出版社，1996.2

[30] 齐森华、陈多、叶长海主编.中国曲学大辞典[M].杭州：浙江教育出版社，1997 年

[31] 钱仲联、傅璇琮、王运熙等主编.中国文学大辞典[M].上海：上海辞书出版社，1997 年

[32] 王森然.中国剧目辞典[M].石家庄：河北教育出版社，1997 年

[33] 李修生主编.古本戏曲剧目提要[M].北京：文化艺术出版社，1997 年

[34] 邓绍基主编.中国古代戏曲文学辞典[J].北京：人民文学出版社，2004 年

[35] 王文章主编.傅惜华藏古本戏曲珍本丛刊提要[M].北京：学苑出版社，2010.1

2. 古籍

[1] (宋) 孟元老等著.东京梦华录(外四种)[M].上海：古典文学出版社，1956.11

[2] (清) 黄丕烈.也是园藏古今杂剧目录[M]//中国古典戏曲论著集成七.北京：中国戏剧出版社，1959.12：393-394

[3] 吴晓铃主编.古本戏曲丛刊九集[M].上海：中华书局，1962-1964

[4] 朱传誉.清宫大戏[M].台北：天一出版社，1986 年

[5] 北京图书馆编.北京图书馆藏升平署戏曲人物画册[M].北

京：北京图书馆出版社,1997

[6] 故宫博物院编.故宫珍本丛刊[M].海口：海南出版社,2001.1

[7] 吴书荫主编.绥中吴氏抄本稿本戏曲丛刊[M].北京：学苑出版社,2004 年

[8] 王汎森等主编.俗文学丛刊[M].台北：新文丰出版股份有限公司,2001－2006

[9] 王文章等编.中国艺术研究院藏清升平署戏装扮像谱[M].北京：学苑出版社,2005

[10] 首都图书馆编.明清抄本孤本戏曲丛刊[M].北京：线装书局,2008.5

[11] 殷梦霞选编.郑振铎古吴莲勺庐抄本戏曲百种[M].北京：国家图书馆出版社,2009 年

[12] 王文章主编.傅惜华藏古典戏曲珍本丛刊[M].北京：学苑出版社,2010.12

[13] 中国国家图书馆编.中国国家图书馆藏清宫升平署档案集成[M].北京：中华书局,2011.05

二、民国刊物

[1] 铁鹤客.清宫传戏始末记[J].戏杂志,1923.1(第 6 期)

[2] 瘦庐遗著.斌庆社之《混元盒》[J].戏剧杂志,1923 年第 2 期

[3] 刘澄清.写本戏曲鼓儿词的收藏[J].北京大学研究所国学门周刊,1925.11.18(6)：24

[4] 刘澄清.清代升平署戏剧十二种校刊记[J].北京大学研究所国学门月刊,1927.11(1 卷 7.8 号合刊)

[5] 傅惜华.谈《天香庆节》[J].北京画报,1928.9.28,15 期

[6] 傅惜华.两张道光年间承应戏单之研究(1－2).民言戏剧周刊2－3 期,1929.10.21；28

[7] 傅惜华.西游记杂剧介言[J].民言戏剧周刊,1929.10.15

［8］傅惜华.内廷承应戏《封神天榜》书影［J］.民言戏剧周刊,1929.12.2,第 8 期

［9］傅惜华.内廷承应戏之开场［J］.民言戏剧周刊,1929.12.2,第 8 期

［10］傅惜华.清代宫苑舞台考略（1－2）［J］.民言戏剧周刊,1929.12.16;23,第 10－11 期

［11］傅惜华.德和园戏台考略［J］.北京画报（戏剧特号）,1930.8.17,第 17 期。

［12］傅惜华.关于故宫戏衣之研究（1－4）［J］.民言戏剧周刊,1930.8.18;8.25;9.1;9.15,第 44－46 期

［13］林炎.谈南府旧本《昭代箫韶》剧［J］.北洋画报,1930 年（10 卷 487、490 期）

［14］傅惜华.《升平宝筏》——清代伟大之神话剧（1－6）［J］.北平晨报艺圃,1930.12.16－21

［15］傅惜华.寿安宫戏台建筑考［J］.北京画报戏剧特号,1931.2.12,第 35 期

［16］傅惜华.内廷普通之承应开场剧［J］.北京画报戏剧特号,1931.5.18,第 43 期

［17］傅惜华.记《封神天榜》——清廷承应传奇之一种［J］.北京画报戏剧特号,1931.5.27,第 44 期

［18］傅惜华.内廷承应传奇之开场［J］.北京画报戏剧特号,1931.6.6,第 45 期

［19］傅惜华.剧谭——《混元盒》之嬗变（1－4）［J］.北平晨报·艺圃,1931.6.20、22、26、27

［20］朱希祖.整理升平署档案记［J］.燕京学报,1931.12（10）：2083－2122

［21］庄清逸.南府之沿革［J］.戏剧丛刊,1932 第 2 期

［22］双合印（升平署抄本）［J］.国剧画报,1932 年 1 卷 13 期-18

清代内府曲本研究

期,1 卷 20 期-33 期

[23] 芸子.升平署扮相谱题记[J].国剧画报.1932.1.15,1 卷 1 期

[24] 傅惜华.内廷除夕之承应戏——如愿迎新[J].国剧画报,
1932.2.5(1 卷 4 期)

[25] 傅惜华.内廷承应传奇之开场[J].半月戏剧,1938.2.25(1 卷
4 期)

[26] 齐如山.风雅存小戏台志[J].国剧画报,1932.2.26(1 卷 6 期)

[27] 傅惜华.南府轶闻[J].国剧画报,1932.3.11、18、25(1 卷 8 -
10 期)

[28] 岫云.升平署之闻见[J].国剧画报,1932.4.22、29 日,6.3、17
日,7.8、29 日,8.20 日,9.2 日等 8 期

[29] 王瑶青.关于"喜音圣母"——王瑶青君之来书[J].国剧画
报,1932.3.18 日,1 卷 9 期

[30] 齐如山.倦勤斋小戏台志[J].国剧画报,1932.4.8 日(1 卷
14 期)

[31] 如山.升平署腰牌记[J].国剧画报,1932.4.29 日,1 卷 15 期

[32] 傅惜华.宁寿宫畅音阁小记[J].国剧画报,1932.6.24,1 卷
23 期

[33] 齐如山.德和园戏台考略[J].国剧画报,1932.7.29 日(1 卷
28 期)

[34] 周志辅.关于谭鑫培入升平署承应之年月[J].国剧画报,
1932.8.20(1 卷 30 期)

[35] 方问溪.关于《升平署之闻见》——方星樵之生年[J].1932 年
8 月 26 日,1 卷 32 期

[36] 齐如山.南府戏台志[J].国剧画报,1932.10.14(1 卷 39 期)

[37] 刘儒林.同乐园演剧之史料[J].国剧画报,1932.12.1、8 日(2
卷 6 - 7 期)

[38] 刘儒林.内廷演剧之史料[J].国剧画报,1932.12.15、23 日(2

卷 8 - 9 期)

[39] 刘儒林.景祺阁小戏台记[J].国剧画报,1933.1.19(2 卷 12 期)

[40] 齐如山.纯一斋剧台志[J].国剧画报,1932.4.20、27 日(2 卷 14 - 15 期)

[41] 齐如山.谈升平署外学脚色[J].戏剧丛刊,1932.12.20(3)

[42] 周明泰.清升平署存档事例漫抄[M].1933(几礼居戏曲丛书)第四种

[43] 曹心泉口述,邵茗生笔记.前清内廷演戏回忆录[J].剧学月刊,1933.5(2 卷):35 - 45

[44] 周志辅.《昭代箫韶》之三种脚本[J].剧学月刊,1934.1 - 2,第 3 卷 1 - 2 期

[45] 曹心泉口述,邵茗生记谱.清宫秘谱零忆[J].剧学月刊,1934 年 3 卷 4 - 6、8 期

[46] 松凫.清末内廷梨园供奉表[J].剧学月刊,1934.11(3 卷 11 期)

[47] 周志辅.清末梨园供奉表校补记[J].剧学月刊,1935 年第 4 卷 2 期

[48] 傅惜华.清廷元旦之承应戏(1 - 2)[N].大公报·剧坛(天津),1935.1.1;3

[49] 傅惜华.净台[J].大公报 剧坛(天津),1935.1.13

[50] 傅惜华.记缀玉轩藏内府抄本(1 - 2)[N].大公报·剧坛(天津),1935.1.22 - 23

[51] 傅惜华.《如愿迎新》——清代内廷除夕之承应戏[N].大公报·剧坛(天津),1935.2.2 - 3

[52] 傅惜华.清代内廷之开场、团场剧(上)[N].大公报·剧坛(天津),1935.7.4 - 5、9、12、14 - 18

[53] 傅惜华.记乾隆抄本《太平祥瑞》杂剧[N].大公报·剧坛(天

津),1935.7.7

[54] 傅惜华.清宫之月令承应戏(1－3)[N].大公报·剧坛(天津),1935.8.21－23

[55] 故宫博物院编.鼎峙春秋[J].故宫周刊,1934—1935 年,第101－425 期。

[56] 王芷章.清代伶官传[M].北京：中华印书局,1936

[57] 吴志勤.升平署之沿革[J].故宫文献论丛,1936.10

[58] 傅惜华.碧蕖馆藏曲志(1－4)[J].北平晨报·国剧周刊,1936.6.4、11;7.23、30,85－86 期;92－93 期

[59] 傅惜华.《混元盒》剧本嬗变考[J].北平晨报·国剧周刊,1936.6.25

[60] 傅惜华.清宫内廷戏台考略(1－4)[J].北平晨报·国剧周刊,1936.7.30;8.6、20;9.17

[61] 襄如.清末戏班承值内廷史料之一斑[J].北平晨报·国剧周刊,1936.8.6－9.10,第 94－99 期

[62] 张笑侠.清宫寿剧《吉星叶庆》[J].半月剧刊,1936.12,第 1 卷9 期

[63] 故宫博物院编.御雪豹[J].故宫周刊,1935.2.9—1936.4.25,第 427－510 期。

[64] 王芷章.清升平署志略[M].北京：国立北平研究院史学研究会,1937：1－307

[65] 升平署昆弋承应戏[J].文献丛编,1937 年,第 5－7 期

[66] 傅惜华.狮吼记[J].半月剧刊,1937 年 16－17 期。

[67] 傅惜华.内廷承应传奇之开场[J].半月戏剧,1938.2.25(1 卷4 期)

[68] 傅惜华.清代宫廷之开场与团场戏[J].晨报·剧学,1938.11.18

[69] 翁偶虹.混元盒之大锚小锚[N].三六九画报,1940 年第

34 期。

［70］侠公.《混元盒》原本无广成子内廷秘本现仍存在视为古董品矣［J］.立言画刊,1940 年第 89 期

［71］步堂.劝善金科［J］.立言画刊,1940.7.20,第 95 期

［72］侠公.内廷元旦演戏跳灵官［J］.立言画刊,1941 年第 123 期

［73］郑菊瘦.端午应节戏［J］.立言画刊,1941 年第 140 期

［74］槐隐.梨园话旧——内廷中秋节演戏之回忆［J］.立言画刊,1941.9.6,第 154 期

［75］张聊公.观天香庆节记［M］//听歌想影录.天津书局,1941.10:97－98

［76］砚斋.新年内廷承应戏［J］.三六九画报,1942 年 14 期

［77］周贻白.《鼎峙春秋》与旧有传奇［M］//周贻白小说戏曲论集.济南:齐鲁书社,1980,11:628－638(原载《万象》1942 年 1 卷 8 期 50－56 页)

［78］赵景深.《忠义璇图》与《虎囊弹》［J］.小说月报,1942(19)

［79］翦伯赞.清代宫廷戏剧考［J］.中原,1943 年 1 卷 2 期:33

［80］傅惜华.北大图书馆善本藏曲志(1－2)［J］.文学集刊,1943.9:202－212;1944.4

［81］清宫各应节之习俗［J］.新民报,1943 年 6 期:24－26

［82］听寒外史.中秋应节戏梨园今已不甚注意［J］.立言画刊,1944 年第 314 期

［83］砚斋.新年内廷演戏承应事例摘录［J］.立言画刊,1945.1.6,第 328 期

［84］清宫端节演剧盛况［J］.立言画刊,1945 年第 343 期

［85］赵景深.清代宫廷戏一例［J］.文潮月刊,1946.8.1,第 1 卷 4 期。

［86］唐长孺.红楼梦中的几出冷戏和南府剧本［N］.申报·文史第 21 期,1948.5.5。

[87] 吴晓铃.跋胡适之先生所藏抄本救母记曲本[J].华北日报·俗文学,1948.9.17,第 64 期 6 版。

[88] 翁偶虹.八本《混元盒》[N].戏剧电影报

[89] 齐如山.谈应节戏[M]//戏界小掌故.北京：北京出版社,1990：439－442

[90] 齐如山.混元盒[M]//戏界小掌故.北京：北京出版社,1990：443－444

[91] 齐如山.谈四脚[M]//京剧谈往录三编.北京：北京出版社,1996.6：103－192

三、专著

[1] 胡忌.宋金杂剧考[M].北京：古典文学出版社,1957

[2] 周贻白.中国戏曲史讲座[M].北京：中国戏剧出版社,1958：200－201

[3] 翁偶虹.翁偶虹戏曲论文集[M].上海市：上海文艺出版社,1985

[4] 龚和德.舞台美术研究[M].北京：中国戏剧出版社,1987

[5] 北京市艺术研究所,上海艺术研究所.中国京剧史上卷[M].北京：中国戏曲出版社,1990.1：210－234

[6] 朱恒夫.目连戏研究[M].南京：南京大学出版社,1993

[7] 茆耕茹.目连资料编目概略[M].台北：施合郑基金会,1993

[8] 王芷章.清朝管理戏曲的衙门和梨园公会、戏班、戏园的关系[M]//京剧谈往录.北京：北京出版社,1986.12：515－523

[9] 刘祯.中国民间目连文化[M].成都：巴蜀出版社,1997.7

[10] 齐如山.齐如山回忆录[M].北京：新华书店,1998：222－224

[11] 赵杨.清代宫廷演戏[M].北京：紫禁城出版社,1999.5

[12] 丁汝芹.清代内廷演戏史话[M].北京：紫禁城出版社,1999

[13] 陈芳.乾隆时期北京剧坛研究[M].北京：文化艺术出版

社，2001

[14] 吴新雷.二十世纪前期昆曲研究[M].沈阳：春风文艺出版社，2005.2.

[15] 康保成.傩戏艺术源流[M].广州：高等教育出版社，2005.7（第2版）

[16] 王芷章.清升平署志略[M].北京：商务印书馆，2006

[17] 么书仪.晚清戏曲的变革[M].北京：人民文学出版社，2006年

[18] 戴云.劝善金科研究[M].北京：北京师范大学出版社，2006年

[19] （清）昭梿撰，何英芳点校.啸亭杂录[M].北京：中华书局，1980（2006年重印）

[20] 齐秀梅、杨玉良.清宫藏书[M].北京：紫禁城出版社，2005.4：411-449

[21] 王政尧.清代戏剧文化史论[M].北京：北京大学出版社，2005年

[22] ［日］内藤湖南等著，钱婉约、宋炎辑译.日本学人中国访书记[M].北京：中华书局，2006年

[23] 朱家溍、丁汝芹.清代内廷演剧始末考[M].北京：中国书店，2007年

[24] 周贻白.中国戏曲史长编[M].上海：上海书店出版社，2007.4

[25] 张影.历代教坊与演剧[M].济南：齐鲁书社，2007.11

[26] 范丽敏.清代北京戏曲演出研究[M].北京：人民文学出版社，2007

[27] 胡忌.菊花新曲破：胡忌学术论文集[M].中华书局，2008.9：119

[28] 民国京昆史料丛书[M].北京：学苑出版社，2009.5

[29] 么书仪.程长庚谭鑫培梅兰芳——清代至民初京师戏曲的辉

煌[M].北京：北京大学出版社,2009 年

[30] 朱家溍.故宫退食录[M].北京：紫禁城出版社,2009 年

四、论文(1949—　　)

[1] 赵景深.昭代箫韶第七本[M]//明清曲谈.北京：古典文学出版社,1957：163－165

[2] 赵景深.劝善金科//明清曲谈[M].上海：古典文学出版社,1957：154－162

[3] 赵景深.目连救母的演变[M]//读曲小记.北京：中华书局,1959,7：82－89

[4] 蒋星煜.清代中叶上海著名连台本戏剧作家张照[J].上海戏剧,1962,9：13－14

[5] [日] 太田辰夫.戏曲西游记考[J].神户外大论丛,1971

[6] 郑骞.杨家将故事考史证俗[M]//景午丛编下.台北：中华书局,1972 年：1－84

[7] 朱家溍.清代的戏曲服饰史料[M]//朱家溍.故宫退食录.北京：北京出版社,1998.12：646－662(原载于《故宫博物院院刊》1979(04)：26－32)

[8] 朱家溍.清代宫廷演戏情况杂谈[M]//朱家溍.故宫退食录.北京：北京出版社,1998.12：542－555(原载于《故宫博物院院刊》1979年 02 期)

[9] 沈津.上海图书馆所藏清乾隆内廷精写本《西游记》传奇二种[J].文物,1980(03)：95

[10] 耿进喜口述、朱季潢记录.太监谈往录[J].紫禁城出版社,1980(02)：40－41

[11] 赵景深.谈清宫大戏《忠义璇图》[J].艺谭,1980(02)

[12] 龚和德.清代宫廷戏曲的舞台美术[M]//舞台美术研究.北京：中国戏剧出版社,1987 年(原载于《戏剧艺术》1981 年 02－03 期)

[13] 韩忠文、吴长庚.蒋士铨的生平创作和创作道路初探[J].上饶师专学报(社科版),1981(Z1):57-66;15

[14] 朱家溍.关于《穿戴题纲》的几点说明[J].故宫博物院院刊,1981(2):84

[15] 龚和德.《穿戴题纲》的年代问题[J].故宫博物院院刊,1981(2):81-84

[16] 周贻白.中国戏曲发展的几个实例[M]//周贻白戏剧论文选.湖南人民出版社,1982,5:15

[17] 许姬传.演戏活动与梅家三代与紫禁城的演戏活动[J].1982(02):3-5;11

[18] 陈左高.明清日记中的戏曲史料[J].社会科学战线,1982(3):292

[19] 艺苑.升平署教习陈德霖[J].紫禁城,1982(04):28-29

[20] 李宗白.浅析《忠义璇图》[J].艺谭,1982(04):85-88

[21] 刘荫柏.《西游记》和西游戏[J].徐州师范学院学报,1982(04):85-87;84

[22] 李鹏年.一人庆寿举国遭殃——略述慈禧"六旬庆典"[J].故宫博物院院刊,1984(03):32-40

[23] 朱家溍.《万寿图》中的戏曲表演写实[M]//朱家溍.故宫退食录.北京:北京出版社,1998.12:635-645(原载于《故宫博物院院刊》1984年01期)

[24] 王利器.皇家做生的戏本名目[J].故宫博物院院刊,1984(03):93-94

[25] 杨常德.清宫演剧制度的变革及其意义(上)[J].戏曲艺术,1985.2:89-96

[26] 杨常德.清宫演剧制度的变革及其意义(下)[J].戏曲艺术,1985.3:98-103

[27] 许玉亭.宫廷戏衣[J].故宫博物院院刊,1985(04):76-79

清代内府曲本研究

[28] 周妙中.蒋士铨和他的十六种戏曲[J].上饶师专学报(社科版),1985(03)：1-15

[29] 周贻白.《鼎峙春秋》与旧有传奇[M]//周贻白小说戏曲论集.济南：齐鲁书社,1986：628-638

[30] 郎秀华.清代升平署沿革[J].故宫博物院院刊,1986(01)：13-18

[31] 王芷章.清朝管理戏曲的衙门和梨园公会、戏班、戏园的关系[M]//京剧谈往录.北京：北京出版社,1986.12：515-523

[32] 张淑贤.清宫戏衣材料织造及其来源浅析——兼谈戏衣衬里上的几方印铭[J].故宫博物院院刊,1986(02)：58-64

[33] 许玉婷.晚清宫廷演戏点滴[J].紫禁城出版社,1986(03)

[34] 姜舜源.故宫文物痛苦流离[J].紫禁城出版社,1988(04)：34-35

[35] 杨芷华、傅如一.从《昭代箫韶》看乾嘉宫廷戏曲之鼎盛——《杨家将论丛》之九[M].山西大学学报,1990,4：72-79

[36] 贺海.清代戏曲活动与皇家[J].紫禁城,1991(05)：11-12

[37] 郎秀华.清代宫廷戏曲发展浅谈[J].故宫博物院院刊,1991(2)：70-76

[38] 陈翔华.明清时期三国戏考略[J].文献,1991(1)：23-59

[39] 李玫.目连戏的两种面貌——《目连救母劝善戏文》与《劝善金科》的比较研究[J].戏剧：中央戏剧学院学报,1991.3：28-39

[40] 李玫.目连戏中的"恶"与"惩恶"论析[J].戏剧艺术,1992(3)：69-76

[41] 李玫.从目连戏看民间剧作与宫廷剧作艺术上的差异[J].武汉大学学报(社会科学版),1992(3)：12-18

[42] 金耀章.京剧进入清宫的历史作用[J].中国京剧,1992(06)：30

[43] 张淑贤.从清宫戏剧档案与戏剧人物管窥清代宫廷演剧[M]//清代宫史求实.北京：紫禁城出版社,1992：334-343

[44] 挥之.张照和《劝善金科》[M]//目连戏研究文集.艺海编辑部,1993:138-156

[45] 李金泉.《西游记》唐僧出身故事再探讨[J].明清小说研究,1993(01):63-76

[46] 贾英华.永和宫戏班[J].紫禁城出版社,1993(04):43-44

[47] 丁汝芹.嘉庆年间的清廷戏曲活动与乱弹禁令[J].文艺研究,1993(06):100-106

[48] 顾跃建.蒋士铨及其著作[J].江西图书馆学刊,1993(4):85-87

[49] 丁汝芹.英法联军入侵前后的宫廷戏曲活动[J].紫禁城出版社,1994(05):34-35

[50] 孟燕宁.张照与乾隆朝宫廷戏曲[J].紫禁城出版社,1994(4):44-45

[51] 王政尧.满族入关与清前期戏剧文化[J].清史研究,1994(02):37-46

[52] 戴云.简论张照及《劝善金科》(上)[J].戏曲艺术,1995(3):91;93;103

[53] 戴云.简论张照及《劝善金科》(下)[J].戏曲艺术,1995(4):81-84

[54] 戴云.一部珍贵的目连戏演出本——谈影卷《忠孝节义》[J].戏曲研究,1995(2):189-201

[55] 萧领弟.寿安宫及其戏台的变迁[J].紫禁城出版社,1995(04):10-11

[56] 邓云乡.杨小楼周志辅升平署档[J].读书,1995(06):24-29

[57] 桑咸之.论京剧与晚清文化[J].中华戏曲,1996(02):164-175

[58] 刘祯.京剧《目连救母》[J].民族艺术,1996.3:60-67

[59] 廖奔.清宫剧场考[J].故宫博物院院刊,1996(04):28-43

［60］廖奔.目连与双下山故事文本系统及源流［J］.文献,1996(4)：29－51

［61］刘效民.傅惜华戏曲曲艺著述索引［J］.戏曲研究53辑,1996年：169－189

［62］陈桂声.勾栏行院升平署考释［J］.苏州大学学报(哲社版),1997(01)：79－83

［63］王政尧.略论《燕行录》与清代戏剧文化［J］.中国社会科学院研究生院学报,1997(03)：54－61

［64］李鼎霞.北京大学图书馆藏《九九大庆》全本简介［M］//周绍良先生欣闻九秩庆寿文集.北京：中华书局,1997.3：475－491

［65］丘慧莹.关于《清升平署志略》——论及"南府"、"景山"的几个问题［J］.南京师范大学学报(社会科学版),1998.2：115－119

［66］朱家溍.序《故宫藏珍本图书丛刊》［J］.文物,1998.2：80－86

［67］朱家溍.南府时代的戏曲承应［J］.紫禁城,1998.3：4－6

［68］林叶青.承应戏中的白眉——论《西江祝嘏》［J］.艺术百家,1998(02)：17－21

［69］朱家溍.升平署时代昆腔弋腔乱弹的盛衰考［M］//朱家溍.故宫退食录.北京：北京出版社,1998.12：556－572(原载于《故宫博物院院刊》1995年S1期)

［70］朱家溍.清代乱弹戏在宫中发展的史料［M］//朱家溍.故宫退食录.北京：北京出版社,1998.12：573－628

［71］朱家溍.升平署的最后一次承应戏［M］//朱家溍.故宫退食录.北京：北京出版社,1998.12：629－634(原载于《紫禁城》1995年01期)

［72］丁汝芹.清内廷经常上演的剧目［J］.文史知识,1999(8)：80－84

［73］俞健.清宫大戏台与舞台技术［J］.艺术科技,1999(2)：8－16

［74］苏兴.《升平宝筏》与《西游记》散论［J］.洛阳师专学报,1999.6

（03）：71－74

[75] 李玫.《升平宝筏》在清代宫廷里缘何受青睐[N].中国文化报，2000.5.11

[76] 丁汝芹.清宫演出的节庆戏[J].文史知识，2000（2）：73－77

[77] 王政尧.清代宫廷"关戏"概说[J].中国京剧，2000（6）：19－21

[78] 丁汝芹.关于道光朝改南府为升平署[J].戏曲研究第56辑，2001：214－223

[79] 么书仪.西太后时代的"内廷供奉"[J].寻根，2001.3：88－95

[80] 林叶青.蒋士铨行事考述[J].艺术百家，2001（3）：48－50；23

[81] 么书仪.晚清宫廷演剧的变革[J].文学遗产，2001.5：94－105

[82] 李玫.汤显祖的传奇折子戏在清代宫廷里的演出[J].文艺研究，2002（01）：93－103

[83] 刘效民.记傅惜华《清代传奇全目》手稿残页[J].文献季刊，2002.1：278－284

[84] 孙书磊.从"江流"故事的演变看古代戏剧与小说的趋俗性[J].中国典籍与文化，2002（03）：103－108

[85] 杨永占.清宫戏曲演员杂谈[J].北京档案，2002.8：49－50

[86] 刘畅.清代宫廷和苑囿中的室内戏台述略[J].故宫博物院院刊，2003（2）：80－87

[87] 王澈.论清廷对戏剧的管理[J].历史档案，2003（3）：77－85

[88] 戴云.张照艺术成就述略[J].艺术百家，2003（4）：50－54

[89] 戴云.清代艺术家张照生平事迹考[J].广西社会科学，2003.11：109－112

[90] 杨天在.避暑山庄的戏剧文化[J].大舞台，2003（4）：8－12

[91] 杨天在.避暑山庄的戏剧文化（续）[J].大舞台，2003（5）：34－38

[92] 闫钟.雍正皇帝与乐户[J].山西大学学报,2003.2（1）：82-86

[93] 沈津.周志辅和他收藏的戏曲文献[J].中国典籍与文化,2003.1：37-41

[94] 柳和城、穆伟杰.穆藕初先生与昆曲藏书[J].档案与历史,2003（06）：68-70

[95] 吴赣生.颐和园德和园大戏楼[J].中国京剧,2004（1）：41

[96] 刘海燕.《鼎峙春秋》与早期京剧中的关羽形象[J].萍乡高等专科学校学报,2004（3）：91-94

[97] 陆萼庭.典礼背后的世俗心态——读《翁同龢日记》中的清宫演戏资料[J].中华戏曲,2004.3：53-74

[98] 吴书荫.吴晓铃先生和"双棓书屋"藏曲——《绥中吴氏抄本稿本戏曲丛刊》序[J].文献,2004.3：4-18

[99] 戴云.康熙旧本《劝善金科》管窥[J].湖南社会科学,2004.5：139-145

[100] 戴云.试论康熙旧本《劝善金科》[J].戏曲研究,2004年64辑

[101] 范丽敏.南府、景山承应戏声腔考[J].中国戏曲学院学报,2004.2：66-69

[102] 范丽敏.清末内廷演剧由"雅"到"花"过渡时间考索[J]戏曲研究,2004（2）：147-162

[103] 范丽敏.清代内廷花盛雅衰的戏曲承应[J].四川戏剧,2004（05）：28-30

[104] 范丽敏.《穿戴题纲》的年代问题及剧目研究[J].中华戏曲,2004（30）：105-117

[105] 王政尧."侉戏"的最早记录[J].紫禁城出版社,2005（01）：134-135

[106] 秦华生.清代内廷演唱弋腔戏管窥[J].戏文,2005（5）：

23－24

[107] 戴云.康熙旧本《劝善金科》本事探源[J].中华戏曲,2005
(33)：215－230

[108] 戴云.鼓词《目连记》散论[J].浙江艺术职业学院学报,
2005,6：90－95

[109] 苗怀明.清升平署戏曲文献的搜集、整理和发现[M]//苗怀明.二十世纪戏曲文献学述略.北京：中华书局,2005.6：178－185

[110] 戴云.京剧目连戏研究[J].戏曲艺术,2006.2：55－59

[111] 李舜华.清代戏曲文献简述[J].广州大学学报(社科版),
2006.2：75－80

[112] 张丽环.清代皇帝的戏剧情结与避暑山庄的皇家演戏[J].承德职业学院学报,2006(03)：169－172

[113] 么书仪.关于升平署档案[C]//中国古代戏曲学术研讨会论文集.哈尔滨：黑龙江大学文学院,2006：399－403

[114] 李占鹏.清升平署戏曲文献的发现、整理和著录[C]//中国古代戏曲学术研讨会论文集.哈尔滨：黑龙江大学文学院,2006：404－429

[115] 宋俊华.《穿戴题纲》与清代宫廷演剧[C]//中国古代戏曲学术研讨会论文集.哈尔滨：黑龙江大学文学院,2006：430－440

[116] 温显贵.清代宫廷戏曲的发展与承应演出[J].云南艺术学院学报,2006.1：54－61

[117] 温显贵.从教坊、南府到升平署——清代宫廷戏曲管理的三个时期[J].湖北大学学报：哲学社会科学版,2006.3(2)：206－209

[118] 戴云、戴霞.傅惜华的研究著述与其戏曲收藏[J].文学遗产,2006(5)：113－124

[119] 戴云.清代南府彩绘戏剧脸谱——兼谈梅氏缀玉轩藏清初昆弋脸谱的绘制年代[J].中国京剧,2006(04)：33－35

[120] 戴云.清代南府彩绘戏剧脸谱——兼谈梅氏缀玉轩藏清初

昆弋脸谱的绘制年代[J].中国京剧,2006(05)：33－34

[121] 杨珍.荣辱未卜的皇室女性——以瓜尔佳氏、郭络罗氏为例[M]//故宫博物院八十华诞暨国际清史学术研讨会论文集.北京：紫禁城出版社,2006：108－134

[122] 梁宪华.清皇太后万寿庆典戏《九九大庆》的编演——以崇庆慈禧皇太后万寿庆典为例[J].收藏家,2006(08)：13－16

[123] 胡淳艳.清宫"西游戏"的改编与演出——以《升平宝筏》为核心[J].中国戏曲学院学报,2006.11：111－116

[124] 梁宪华.乾隆时期万寿庆典《九九大庆》戏[J]：历史档案,2007(1)：128－135

[125] 肖岸芬.关于清代宫廷戏研究的几个问题[J].四川戏曲,2007(2)：50－52

[126] 宋俊华.《穿戴题纲》与清代宫廷演剧[J].中山大学学报(社科版),2007(04)：22－28

[127] 梁宪华.清宫南府时期戏剧编演[J].文博,2007(5)：89－94

[128] 苗怀明.傅惜华戏曲研究述略[J].戏曲研究 74 辑,2007：147－160

[129] 戴云.旧京赛社一瞥——燕九承应戏《庆乐长春》中的赛社场景描写[J].中华艺术论丛,2007：286－292

[130] 胡淳艳.《清代内廷演剧始末考》中的一个失误[J].中国京剧,2007(4)：35

[131] 吴志武.《新定九宫大成南北词宫谱》收录的清宫戏——曲文、曲乐材料来源考之一[J].南京艺术学院学报,2008.1：19－25

[132] 李小红.《鼎峙春秋》研究综述[J].兰州学刊,2008(2)：207－208;111

[133] 李小红.《鼎峙春秋》演出研究[J].戏曲研究第 76 辑,2008.6：211－230

[134] 李小红.清宫何以盛行三国戏[J].文史知识,2008(1)：

123 - 131

[135] 戴霞、戴云.傅惜华的俗文学研究及其他——写在傅惜华百年诞辰之际[J].文艺研究,2008(07):87 - 94

[136] 曾凡安.试论清宫演剧的礼乐性质[J].浙江学刊,2009(02):102 - 107

[137] 伏涤修.西游取经故事的主旨演变与玄奘身世安排的嬗变[J].烟台大学学报(哲社版),2009(02):69 - 73

[138] 曾凡安.礼乐文化与晚清宫廷演剧的变革[J].文学遗产,2009(3):123 - 130

[139] 岳微.清同治光绪年间内廷伶人的时代特征及畸形的文化认同[J].山东艺术学院学报,2009(5):55 - 60

[140] 常立胜.两出清宫戏在菊坛的影响[J].中国戏剧,2009(08):54 - 55

[141] 王汉民.王文治年谱[J].中华戏曲第 39 辑,北京:文化艺术出版社,2009.6:336 - 354

[142] 张净秋.西游戏百年研究述评[J].中华戏曲第 39 辑,北京:文化艺术出版社,2009:322 - 335

[143] 葛兆光.不意于胡京复见汉威仪——清代道光年间朝鲜使者对北京演戏的观察与想象[J].北京大学学报(哲学社会科学版),2010(1):84 - 92

[144] 康小芬.《忠义璇图》研究综述[J].文艺理论,2010.3:16 - 17

[145] 刘政宏.清代宫廷皇家剧团管理机构沿革考[J].河北师范大学学报(哲社版),2010.5:121 - 127

[146] 张净秋.清宫三层戏楼结构新探[J].中国戏曲学院学报,2010.5:101 - 105

[147] 李玫.明清戏曲中"小戏"和"大戏"概念刍议[J].文学遗产,2010(6):105 - 114

[148] 罗燕.试析清宫承应戏表演中的仪式性特点[J].文化遗产,2010(4):74-81

[149] 曾凡安.晚清时期京剧与其他剧种的互动情况考察[J].广东技术师范学院学报,2010(4):77-82

[150] 李小红.从《三国志》到《鼎峙春秋》:曹操形象嬗变及其原因探析[J].河南师范大学学报(哲社版),2010.11:153-156

[151] 游富凯.晚清宫廷剧团"普天同庆班"演出活动研究[J].戏曲研究,2011(01):305-334

[152] 王晓春.清宫大戏《忠义璇图》创编时间考述[J].四川戏剧,2011(1):74-76

[153] 康小芬.清宫"水浒戏"的传播——以《忠义璇图》为核心[J].明清小说研究,2011(1):58-65

[154] [日] 山下一夫.混元盒物语の成立と展开[J].近代中国都市芸能に关する基础的研究,107-132.文献来源:http://wagang.econ.hc.keio.ac.jp/~chengyan/publish/bp1/yamashita.pdf

[155] 李小红.《鼎峙春秋》与京剧三国戏[J].戏剧研究,2011(1):80-87

[156] 李小红.清代宫廷戏曲研究述要[J].云南艺术学院学报,2011.1:29-31

[157] 章宏伟.故宫博物院清朝宫廷戏剧文献收藏现状[J].戏曲艺术,2011(3)

[158] 钱志中.清代宫廷戏剧演出的组织管理与经济投入[J].学海,2011.2:178-182

[159] 许勇强、李蕊芹.近百年三国戏研究述评[J].戏剧文学,2011.7:49-55

[160] 张净秋.明代西游戏叙录[J].文艺评论,2011(08):135-139

[161] 赵毓龙、胡胜.试论清阙名《进瓜记》传奇对"刘全进瓜故事"的改造[J].辽宁大学学报(哲社版),2011.5:41-46

五、学位论文

[1] 郑文佩.清代帝王与戏曲研究[D].台北：台湾大学中国文学研究所硕士论文,1997年

[2] 林叶青.论蒋士铨的戏曲创作[D].南京：南京大学博士论文,1998年

[3] 韩军.杨家将戏曲研究[D].南京：南京大学中文系博士论文,2001年

[4] 张世宏.中国古代宫廷戏剧史论[D].广州：中山大学博士学位论文,2002年：55-81

[5] 曾凡安.论清同光时期的戏曲[D].广州：中山大学博士学位论文,2004年

[6] [韩]柳珍姬.鼎峙春秋与关公造型之研究[D].台北：政治大学博士论文,2004年

[7] 颜全毅.清代京剧文学史[D].南京：南京师范大学博士论文,2004年

[8] 周丰.历史衍变下的清宫大戏台[D].上海：上海戏剧学院硕士学位论文,2007年

[9] 黄雍婷.清代宫廷承应戏曲研究[D].台南：成功大学硕士论文,2010年

[10] 梁骥.张照年谱[D].长春：吉林大学硕士学位论文,2007年

[11] 肖岸芬.清代宫廷戏剧研究综述[D].广州：广州大学硕士论文,2007年

[12] 李小红.《鼎峙春秋》研究[D].北京：北京师范大学博士论文,2008年

[13] 李军.齐如山戏曲理论研究[D].济南：山东大学博士学位论文,2008年

[14] 郝成文.杨家将戏曲暨《昭代箫韶》研究[D].太原：山西师范大学硕士论文,2009年

[15] 范德怡.清同治光绪年间宫廷演剧研究[D].广州：中山大学硕士论文,2009 年

[16] 张净秋.清代西游戏研究[D].北京：北京师范大学博士论文,2009 年

[17] 陈霞.中国古代西游戏研究[D].开封：河南大学硕士论文,2009 年

[18] 李佳.晚清"升平署"及"内廷供奉"制度研究[D].北京：中国艺术研究院硕士学位论文,2010 年

[19] 潘琰佩.从三国戏到《鼎峙春秋》关羽形象的演变研究[D].开封：河南大学硕士学位论文,2011

[20] 罗燕.清宫承应戏及其形态研究[D].广州：中山大学博士学文论文,2011

后　记

　　2007年,因硕博连读的缘故,在硕士二年级之初,我的导师黄仕忠教授便建议我以"升平署戏曲文献"为博士论文选题。我的本行是图书馆学,本科以来,接受的系统训练也以现代图书馆理念和管理技术为主,虽然在此之前已经跟随黄师学习过一些戏曲文献学的知识,但于宫廷演剧和戏曲文献一道,是不折不扣的门外汉。或是应了"无知者无畏"的道理,在对这个题目毫无认识的情况下,我竟毫不犹豫地将其"认领",从此结下了与清代内府曲本研究的缘分,倏忽之间,五年时间就这样过去了。由于基础知识储备的不足,其中的艰难可想而知。知识结构的欠缺,只需勤学便可弥补,而研究方向上的迷茫却常常使人动摇。

　　2007年,当我刚刚开始接触这个研究课题时,内府曲本研究可称得上是一片空白,虽然"万事开头难",但"广阔天地,大有作为"的前景也是支撑我继续前行的动力。然而,2008年后,随着本领域研究的推进,各种成果不断出现,宫廷演剧研究几有成为显学之势,即使是内府戏曲文献方面,也有多种专著和博士学位论文问世,其中的不少论题,在我的初期研究计划上,也是赫然在列的。心中的惶恐可想而知,但过河卒子也只能一往无前,唯一能够坚持的,是诸位师长耳提面命的文献学研究方法——"从一手材料做起"。

　　2009年11月,我和几位同学得到一个赴北京访书的珍贵机会。近两个月的时间里,初到时还是金风送爽,转眼间便成了银装素裹雪世界,北国的天气如过山车般变化,我们的收获却装满了行囊。虽然之前通过影印出版物已经见过不少的内府曲本,但亲手翻阅原件时所能关注到的信息,是影印本无法比拟的。两月之间,我们拜访了中国国家图书馆、北京大学图书馆、中国艺术研究院图书馆等多家收藏机构,得以浏览大量原始文献。如果说之前通过文献调查和前人研究成果,对内府曲本的认识尚有隔膜,那么,正是通过这次访书,我直观地感受到内府曲本数量之庞大,品类之繁多,论题之广泛,从而坚定了继续以此为题的信心。事实上,对于文献学的学者来说,不论从事何种论题的研究,从原始资料出发,用材料说话,都是我们所应坚持的基本思路和方法,这也正是导师一直努力灌输给我们的理念。

于是,2010年至2011年间,我申请了"教育部研究生教育创新计划项目"和"国家建设高水平大学公派研究生项目"资助,先后赴北京大学中文系和日本东北大学文学部访问学习,访学的大部分时间都被我用在各大图书馆的古籍阅览室里,因此得以积累了大量的一手资料,为论文写作打下了坚实的基础。夏日炎炎,惟古籍书库恒温如春,是为一乐;城市车鸣马喧,而图书馆独守净土,又为一乐;终日昏昏,偶见珍本,心中狂喜,是为乐之至矣。数年之间,遍访北京各大图书馆,足迹并远及大阪、东京,国内外各主要内府曲本收藏机构均曾亲访,虽不敢自夸穷尽碧落黄泉,但所得皆有所据,自是无愧于心的。收获了许多珍贵资料之余,更让我高兴的是,原来所学的图书馆学知识在期间助力甚多,信息检索法让我收集的资料更加全面,而对图书馆排架、分类方法的了解,使我能够更快地熟悉所访图书馆的馆藏布局。图书馆学和古典文献学,两个起源完全不同的学科门类,因其研究对象在一定程度上的重合,也有了互相取长补短的可能,而学术研究在基本方法和思维模式上的共通性,在此时表现得淋漓尽致。

在多年的求学生涯中,我的导师黄仕忠先生,不仅给予了我严格的学术训练,更教会了我许多做人处事的道理和方法,师恩难忘,点点滴滴都将让我受益终生。此外,北京大学的钱志熙教授,日本东北大学东北亚研究中心的矶部彰先生也曾担任过我的指导教师。感谢钱志熙先生,愿意接受我这样一个研究选题与其学术兴趣完全不同的学生。燕园访学,让我领略到国内第一学府的气度,更为重要的是,对于以清代宫廷戏曲文献为研究对象的我来说,如果没有北国求学的经历,研究的信度是要大打折扣的。感谢矶部彰教授,为我争取了留学资格并提供了学费。在日期间,不仅给予我学业上的精心指导,还多次为我创造参加学术会议的机会,使我能够近距离地体悟日本学者的研究思路和视角。师母矶部祐子先生是日本俗文学研究领域的知名学者,近年来学术兴趣亦部分转向到内府演剧和曲本的研究,在日期间,多次得到先生的指导,日本学者严谨的学风,独特的视角,都给我的研究以巨大的启发,在此一并向诸位恩师致以谢忱。

感谢中山大学资讯管理学院的程焕文教授、曹树金教授、黄晓斌教授、潘燕桃教授、肖永英副教授、罗曼副教授等,诸位先生都曾为我亲授课业,答疑解惑,学生的每一点进步,其中凝聚的都是老师们十倍百倍的付出。

感谢我的师兄、师姐,还有我的同学们,黄门犹如一个大家庭,多年以来,我们守望相助、共同进退,正是因为有了你们,才使得略显枯燥的求学之路上有了许多的笑语欢颜相伴。感谢我的朋友们,为我调整了论文格式并制作了书目索引,这篇论文很长,没有你们的帮助,今天我也无法按时完成任务。

感谢我的母校,长久以来,我常会思考,十年中大学到的最重要的东西是什么。或许我的母校名头不是最响亮的,给的补助也不是最多的,但是我仍以身为中大人而自豪,感谢母校让我学会了包容,感谢母校给每一个同学自由成长的权利。

记得多年前跟随我的导师参加一次学术会议时,黄老师将我介绍给一位在戏曲文献学研究上成就斐然的前辈,并顺带提及我将以清代宫廷戏曲文献为题完成博士学位论文。这位先生提携后辈,自然对我多加鼓励,但也不免替我担心,此论题即使给身处燕北的学者来做也

清代内府曲本研究

非易事,何况我等偏居南粤,于资料获取一径已处先天劣势。先生的担心确实中肯,但世事大抵如此,唾手可得的东西反而被人轻视。做人、做事都要谋划天时、地利、人和,但现实未必尽如人意,如此,不妨糊涂一点,踏实做事,可称上策。

及之而后知,履之而后艰,乌有不行而能知者乎? 做学问如此,做人亦如此,志此永记,为我的康乐园求学画上一个句号。

熊　静

2012 年 5 月于广州

修订再记

　　当我提笔写下这段文字的时候，距离我以《清代内府曲本研究》通过答辩，并取得博士学位恰好过去五年。五年之间，虽然研究仍在继续，但从头至尾地重读博士论文尚属首次。本计划在修订完成后，重新写一篇后记，但再读五年前的文字，虽然稚嫩，却是一名"新鲜"博士，在经历十年求学生涯后，对那段酸甜苦辣的时光最真诚的回忆。而我在撰写学位论文时遇到的问题，怀疑与肯定之间的摇摆不定，对于每名博士生来说应该都不陌生，因此决定保留原记，希望能给后来者一点信心。所谓学术研究，不过是在正确的道路上多坚持一刻。

　　博士毕业后，我辗转北京、上海等地，成为了一名人们口中的"青椒"。生活在继续，我对内府曲本的关注也在继续。呈现在大家面前的这篇拙文，是在博士论文基础上，结合近年来新见的各种文献修订而成的。值得庆幸的是，新出材料补充了大量论据，但并未影响原文结论的准确性。

　　正如我在文中多次强调的那样，内府曲本是一个十分宽广的研究领域。近年来，随着国家图书馆、故宫博物院所藏文献的披露，凡大宗收藏内府曲本的机构，存藏面貌已基本清晰。对于本领域的研究者来说，这是一个"最好的时代"。反观学界的研究现状，至少在三个方面尚有大片可待开拓的空间。首先是内府曲本的编目。在对现存文献全面访查的基础上，解决内府曲本的总量，类别等基本问题，厘清家底。这属于研究的基础性工作。其次是内府曲本的版本研究。使用

清代内府曲本研究

文献学研究方法,在文本校勘的基础上,梳理重要曲本的流变情况,确定内府曲本的版本序列。第三是内府曲本的演出研究。综合利用南府、升平署档案,戏曲文献学研究的成果,以及各种明清史料,复原清代宫廷演剧的原貌及其变迁过程,进而解决宫廷戏曲史和京剧形成史上的众多理论问题。上述诸端,需要包括我在内的众多研究者共同努力。

因此,这本小书的出版,是对我近十年来在内府曲本研究方面所作工作的一个小结,囿于学力,错误疏漏之处在所难免,在此诚挚地求教于诸位方家,望各位前辈、同道不吝指正。希望在这本书的基础上重新出发,为推进本领域的研究继续贡献力量。

最后,借本书出版之机,我要感谢多年来一直关心帮助我的诸位师长、家人、同门、友朋。感谢我的博士后导师,北京大学的王余光教授,以及师母钱婉约教授,燕园三年,留下的是终生不会褪色的温暖记忆。感谢我的父母,一直默默支持我从事自己喜欢的工作。感谢上海市学术出版基金的资助,以及相关工作人员和出版社同仁的辛勤工作,使得这本书能够如此顺利地刊出。

纸短情长,恕我无法一一写下那些给我前行力量的名字。为理想而努力的日子总是充实而艰难的,不知何时才会成为生活的智者。所幸的是,我们已经在路上了。

熊　静

2017 年 3 月于上海

图书在版编目(CIP)数据

清代内府曲本研究 / 熊静著. —上海：上海书店
出版社，2018.9
ISBN 978 - 7 - 5458 - 1712 - 6

Ⅰ.①清… Ⅱ.①熊… Ⅲ.①古代戏曲－剧本－研究
－中国－清代 Ⅳ.①Ⅰ207.37

中国版本图书馆 CIP 数据核字(2018)第 196772 号

责任编辑　盛　魁　解永健
装帧设计　夏　芳

清代内府曲本研究
熊　静　著

出　　版　上海书店出版社
　　　　　　(200001　上海福建中路 193 号)
发　　行　上海人民出版社发行中心
印　　刷　上海商务联西印刷有限公司
开　　本　635×965mm　1/16
印　　张　33.25
版　　次　2018 年 9 月第 1 版
印　　次　2018 年 9 月第 1 次印刷
ISBN 978-7-5458-1712-6/Ⅰ.448
定　　价　115.00 元